新世纪第一个十年小说研究

邵燕君 著

北京大学出版社

新世纪第一个十年小说研究

邵燕君 著

北京大学出版社

图书在版编目(CIP)数据

新世纪第一个十年小说研究/邵燕君著.—北京:北京大学出版社,2016.1
(博雅文学论丛)
ISBN 978-7-301-26854-4

Ⅰ.①新… Ⅱ.①邵… Ⅲ.①小说研究—中国—当代 Ⅳ.①I207.42

中国版本图书馆 CIP 数据核字(2016)第 019109 号

北京市社会科学理论著作出版基金资助

书　　名	新世纪第一个十年小说研究
著作责任者	邵燕君　著
责任编辑	艾　英
标准书号	ISBN 978-7-301-26854-4
出版发行	北京大学出版社
地　　址	北京市海淀区成府路 205 号　100871
网　　址	http://www.pup.cn　新浪微博:@北京大学出版社
电子信箱	pkuwsz@126.com
电　　话	邮购部 62752015　发行部 62750672　编辑部 62756467
印刷者	北京中科印刷有限公司
经销者	新华书店
	965 毫米 × 1300 毫米　16 开本　20.5 印张　344 千字
	2016 年 1 月第 1 版　2016 年 1 月第 1 次印刷
定　　价	49.00 元

未经许可,不得以任何方式复制或抄袭本书之部分或全部内容。
版权所有,侵权必究

举报电话: 010-62752024　电子信箱: fd@pup.pku.edu.cn
图书如有印装质量问题,请与出版部联系,电话: 010-62756370

目 录

绪 论 ··· 1

第一章 "后革命"时期的"历史重述" ··········· 22
  一 "新历史观"的形成与"新历史小说"的延续 ········ 22
  二 现实主义脉络的"史诗化"书写 ··········· 25
  三 "超现实主义"脉络的寓言化书写 ··········· 35

第二章 以"纯文学"为方法的历史/现实叙述 ··········· 42
  一 "先锋一脉"的"向外转" ··········· 42
  二 余华《兄弟》的"正面强攻" ··········· 49
  三 阿来《空山》的民族史叙述 ··········· 56

第三章 陷入困境的现实主义叙述 ··········· 69
  一 "个人奋斗"成长模式的变迁 ··········· 69
  二 乡土叙事的危机 ··········· 82
  三 坚持走"传统老路"的现实主义作家 ··········· 93

第四章 "底层文学""打工文学""新左翼文学" ··········· 103
  一 "底层文学"的发生和发展 ··········· 103
  二 围绕"底层文学"的观念概念之争 ··········· 123
  三 从"底层文学"到"新左翼文学"——曹征路的创作 ··········· 130
  四 "打工文学"的发展及其"主流化"问题 ··········· 138

第五章 "新海外华人作家"的创作 ··········· 147
  一 "新海外华人作家"创作概览 ··········· 147
  二 代表性作家的写作——严歌苓、陈河、陈谦 ··········· 155

第六章　"期刊新人"与"80后"作家 … 164
一　"期刊新人"的成长成熟 … 164
二　"80后"作家：由"市场"到"文坛"到"自立门户" … 176

第七章　其他重要作家作品 … 191
一　重要长篇创作 … 191
二　中短篇佳作 … 212

第八章　网络文学的发展及其与文学史的对接 … 225
一　网络文学的发展历程和态势 … 226
二　豆瓣阅读：网络时代的"纯文学"移民 … 232
三　"新文学"传统的断裂与"85—95独孤一代"的横空出世 … 235
四　"启蒙绝境"下的"中国穿越" … 238
五　在"第二世界"重新立法——以猫腻创作为例 … 244

结　语　重建"主流文学" … 252

参考文献 … 259
附录Ⅰ 文学年表（2000—2010年，"传统主流文学"部分） … 263
附录Ⅱ 中国网络文学大事记（1987—2011年） … 283
附录Ⅲ 重要奖项一览表（1999—2010年） … 309
后　记 … 325

绪　论

"新世纪"开端不久,"新世纪文学"就已经成为研究界的一个热门议题。① 虽然有关"新世纪"之"新",讨论者各有阐发,不过相关论争的分歧点主要还是集中在对新世纪以来文学的评价上。本研究则将关注点集中在文学生态的"变局"上。在笔者看来,"新世纪第一个十年"并不是一个自然的时间概念,而是恰逢重大"变局"发生的十年。这"变局"在文学媒介、文学标准和文学体制三个层面同时发生,笔者称之为千年之变、百年之变和五十年之变。因此,"新世纪第一个十年的小说"最大的研究价值也不在于对其自身的评价,而在于它的过渡性和转折性,在于其起落的大势上呈现出的某种结局或开始的征兆。

一

所谓"千年之变"自然指互联网发明以来引发的"媒介革命"。正所谓"媒介即讯息"②,网络技术彻底改变了人类讯息的发布、传播、分享的模式,自印刷术发明以来人类形成的以图书为中心的文明方式,包括由此塑造的沉静默思的思维方式,甚至支持此种思维方式的物质基础——大脑的神经

---

① 《文艺争鸣》自2005年第2期开辟"关于新世纪文学"专栏,同年5月,沈阳师范大学中国文化与文学研究所和《文艺争鸣》杂志联合召开了"新世纪文学与文学的新世纪"全国学术研讨会。此后,"新世纪文学"作为一个新兴的文学概念开始被接受。《中国人民大学报刊复印资料·中国现代、当代文学研究》2007年第1期集中转载了3篇关于"新世纪文学"研究的论文。时任《文艺争鸣》主编的张未民等主编的《新世纪文学研究》论文集也于2007年1月出版(北京:人民文学出版社),集中汇集了该研究的重要成果。2010年10月24日沈阳师范大学中国文化与文学研究所和《文艺争鸣》杂志社再度联合召开"新世纪文学十年"学术研讨会,对新世纪文学十年来的发展以及新世纪文学研究的现状进行了深度研讨。参见孟繁华、程光炜合著的《中国当代文学发展史修订版》(北京:北京大学出版社,2011年)第20章"新世纪文学"相关论述。
② 参阅〔加〕马歇尔·麦克卢汉:《理解媒介——论人的延伸》(增订评注本),何道宽译,南京:译林出版社,2011年。

回路,都将发生结构性的改变①。以文字为依托的文学艺术正处于此变的核心地带,这是自不待言的。

然而,纵然身处人类文明整体范畴的"千年之变"中,中国网络文学的发展速度和膨胀势头似乎也过于迅猛了。如果从1997年底"榕树下"建立算起,新世纪的头十年正是中国网络文学发展的幼儿期和童年期。但这个新生儿实在长势惊人,据中国互联网络信息中心(CNNIC)发布的第27次《中国互联网络发展状况统计报告》显示,至2010年12月中国网络文学用户规模达1.95亿,较2009年底(1.63亿)增长19.8%,是互联网娱乐类应用中用户规模增幅最大的一项,用户使用率为42.6%②。如果我们把这个数字和文学期刊的订户数量做一个对比,即使以最乐观的估计,目前全国文学期刊订户总数也不过几十万,在这里仅是一个零头。经过十余年的"疯长",2010年鲁迅文学奖终于开始接纳网络文学参评,开启了网络文学向"主流文坛"进军的"破冰之旅",2011年茅盾文学奖也向网络文学打开大门。2011年还被称为"网络文学改编元年",随着《步步惊心》《后宫·甄嬛传》等一部部"穿越剧""宫斗剧"③的热播,电影《失恋三十三天》(改编于豆瓣"直播贴")的席卷,"网外之民"开始身不由己地"被网络化",文学网站开始取代文学期刊,成为影视改编基地。

---

① 参阅〔美〕尼古拉斯·卡尔:《浅薄:互联网如何毒化了我们的大脑》,刘纯毅译,北京:中信出版社,2010年。在对"大脑可塑性"认识的基础上,作者谈到:"问题在于,互联网精确地释放出某种类型的感官刺激和认知刺激——反复的、高强度的、交互式的、使人上瘾的,这种刺激已经导致大脑神经回路和大脑功能发生了强烈而迅速的改变。除了字母和数字之外,互联网可能是引起大脑改变的唯一一项最有力的通用技术。最起码是自有书籍以来最有力的一项技术。"第126页。
② 另据中国互联网络信息中心2015年1月发布的第35次中国互联网络发展状况统计报告,网络文学近年来稳步高速发展,网络文学用户2011年2.03亿,2012年2.33亿,2013年2.74亿,2014年2.93亿。
③ "穿越"是到目前为止中国网络小说中最热门的文类。其基本要点是,主人公由于某种原因从其原本生活的年代离开,穿越到另一个时空,在那时空展开了一系列的活动。穿越所至的时空可以是过去、未来或者另一个平行时空,但大多数的"穿越小说"是回到中国古代。由"穿越小说"改编的或有"穿越"元素的电视剧为"穿越剧",目前的"穿越剧"大都为言情剧。以后宫为戏剧环境的电视剧称"宫斗剧",起源于香港经典剧目《金枝欲孽》,随着该剧在亚洲引起的轰动,《大清后宫》《宫心计》《美人心计》《宫锁心玉》等多部"宫斗剧"逐渐产生,以2011年热播的《甄嬛传》为高峰。"宫斗剧"中有部分同时是"穿越剧",但未必一定是"穿越剧"。

无论从发展规模还是影响力而言,中国网络文学的势头都远非欧美日韩等网络同样发达的国家可比,它造成的新世纪文学变局,就不能只从媒介的"千年之变"着眼,而是需要同时聚焦于文学制度的"五十年之变"——正如网络文学的兴旺蓬勃是中国这边风景独好,新中国成立以后建立起来的文艺生产体制也是极具中国特色的,而这两者之间有着必然的联系。

一方面,由于管理体制的限制,市场化在文艺生产领域始终不够充分,畅销书机制远不如欧美成熟,动漫产业更不似日韩般发达,使得大众文化消费者,尤其是真正伴随网络文学生长起来的"网络一代",一直没有稳定的消费基地和顺畅的消费渠道,转而成为英美日韩剧的粉丝、ACG(Animation,Comic,Game,动画、漫画、游戏)的粉丝(大量活跃于网络的志愿"字幕翻译组"的应运而生便是一例)。网络文学的出现终于使中国的通俗文化消费者有了一个本土基地,且由于费用低门槛低,使大量草根作者有了用武之地。中国网络文学不但吃下了类型小说这块原属于印刷文学的最大的商业蛋糕,还获得影视和ACG文化的反哺——这是网络革命在全世界发生而网络文学中国风景独好的内在原因。

另一方面,我们必须看到的是,中国大众文化生产机制的欠发达,正是新中国成立以来建立的社会主义文化制度设计的结果。在那套文化制度里,今日四处觅食、正被资本瞄准的消费大众,原本应该是被社会主义文化教育的人民群众,被培养的"接班人",或者被启蒙文化引导的读者,乃至"文学青年"。换句话说,今日在消费文化层面暴露出如此大的空位,正是当下"主流文学"整合能力失效的表征,那套曾在1950—1970年代以独特方式成功运转、在1980年代焕发巨大生机的"主流文学"生产机制,未能伴随1990年代以来的社会转型成功完成自身的市场化转型,新陈代谢功能发生严重障碍,"文化领导权"也逐渐丧失。"传统主流文学"生产机制的危机(为区分新中国成立以来建立的文坛"大一统"格局下的"主流文学",以及未来可能形成的"新主流文学",对当下"主流"地位受到挑战、经常被网络文学一方称为"传统文学"的"体制内文学",下文称为"传统主流文学"),正是需要我们重点考察的。

二

对"传统主流文学"生产机制危机的考察,最好的角度莫若从文学期刊入手。因为,新中国成立后建立起来的文学机制,其基本结构就是以文联、作协为核心,以各级文联、作协主办的文学期刊为基地。这是一个与国家行政级别和计划经济体制严格配套的网状结构,文学期刊既是地基平台又是中枢纽带。各级文学期刊执行着三个方面的职能:意识形态传播"主渠道"的宣传职能;促进文学繁荣、提高全民文学素质的发展、教育职能;培养本地作家、积累地方文化的建设职能。作为文学生产的中枢环节,文学期刊连接着生产者和接受者两大环节:作者群体和读者群体。只有保持这两个人群的数量和质量,以及新陈代谢机制的畅通,才能保证文学的可持续性发展。而现实的情况恰恰是,文学期刊与这两个群体的关系都出现了严重危机。

文学期刊的危机之一:与读者亲密关系的解体

文学期刊与读者亲密关系的解体是从1980年代中期开始的。从文学自身的层面看,原因主要有两个。

首先是文学进入象牙塔,与现实脱节。1985年前后,文学开始"向内转","回到文学自身",掀起了以西方现代派文学为主要学习对象的形式变革。这场先锋变革的发生自有其动因和意义,但问题是,在当时中国社会整体"向西看"的潮流下,文坛一窝蜂地求新求异,割裂了有最深土壤的现实主义文学传统。在"写什么"方面,与大众关心的社会内容脱节,在"怎么写"方面,超越大众熟悉的现实主义笔法,致使大众看不懂,也觉得没的可看。进入1990年代以后,文学又在专业化的社会潮流下,向"纯文学"方向发展,进一步与大众脱离。

其次是办刊机制滞后,落后于社会整体的商业化进程。在整个社会机构发生"市场化"转型之后,文学期刊一直延续社会主义计划经济体制的办刊模式,以自我为中心,以作家为中心,读者则被弃置一旁,他们被文学冷落的结果是文学迅速被大众冷落。

1990年代"市场化"转型以后,文学期刊的处境日益恶劣。到1998年有关部门重申 1984 年提出的所谓"断奶政策"①时,全国几百种文学期刊中,超过万份的不足 10%②,大多数只有几千份,甚至几百份。在巨大的生存压力下,1999 年开始,文学期刊发生过一次规模庞大、范围广泛的期刊改版潮。但由于入场晚、经验缺乏、体制限制等多方面原因,这次改版并没有取得多少成效,相反,"不改等死,一改准死"一时成为不少改版期刊的生动写照。不过,事实上,这些年来,文学期刊并没有死掉多少,并不是它们造血功能增强了,而是"奶"一直没有断,并且有所增加。这得益于中国经济十几年来的高速度成长,各级财政部门行政拨款增加。这对文学期刊是侥幸,但未必是幸事。它使已经出现明显机能坏死的办刊模式得以延续,但也只是延续而已。

如今,文学期刊最不愿意面对的一个问题是:读者是谁?这是大多数著名期刊的编者都回避的问题。每年从邮局征订上来的那几百、几千(如果有的话)订户到底是些什么人?各级单位图书馆?还是老少边穷地区那些依然坚守文学信仰的爱好者?从《人民文学》1998 年第 10 和《当代》1999 年第 1 期公布的读者调查结果来看,传统文学期刊的读者大部分为收入较低的工薪阶层,职业以机关、企事业公职人员、教师为主,工人、学生、军人、农民也占一定比例。月收入大都在 600—1200 元之间,2000 元以上、可称"白领"的比例极小(《人民文学》的调查中仅占 0.7%)。这些读者都十分关心国计民生,但具体到阅读文学期刊的理由,仍以"艺术欣赏"为首,"了解人生社会"次之。他们是"新时期"初期"文学产生轰动效应"的那几年庞大的读者群的遗留。如今,十几年过去了,这个读者群在流失,却没有年轻人补充进来。如果当时这些人四五十岁,现在已经退休,也就是说文学期刊的读者群已经完全老龄化了。

---

① 国务院在 1984 年发布的《国务院关于对期刊出版实行自负盈亏的通知》中要求,除少数指导工作、推动科学技术进步,以及少数民族、外文等类别期刊外,其余一律"独立核算,自负盈亏"。这就是俗称"断奶政策"的开始。
② 根据新闻出版署计财司统计的数据,2000 年全国共出版期刊 8725 种,其中文学艺术类 529 种;2001 年全国共出版期刊 8889 种,其中文学艺术类 545 种。由于统计数字中没有为文学期刊单独分类,所以只能估计。现在一些文章,甚至一些重要文学期刊负责人的有关说法中都称全国文学期刊有 800 种左右,不知这一说法从何而来。另一种二三百份的说法应该比较接近。笔者根据 2002 年北京报刊发行局派发的 2003 年报刊征订目录统计,通过邮局征订的文学期刊有 130 余种,其中非通俗类、非选刊类的文学期刊在 100 种左右,期发行量超过万份的比例估计不会超过全国各类期刊的平均值 10%。

更为严峻的是,即使存在着这样一批忠诚读者,他们也未必是核心读者。因为,经过这些年的变化,文学期刊的宗旨和样貌早已改变,和他们的趣味追求相去甚远。他们的痴心不改很可能只是一种惯性坚持。而我们知道,核心读者群的存在是一个杂志生存发展的基础,核心读者不仅是衣食父母,更是对话者和交流者,对刊物形成呼应、刺激和制约。文学期刊缺乏这样一个核心读者群体,就会沦为自说自话,成为一个个自我循环的孤岛。

文学期刊的危机之二:"专业—业余"作家体制的解体

与"作协—期刊"相配套的是"专业—业余"作家体制。中国作协和各省市级级作协都有专业作家编制,虽然人数仅在数千,但与此相配的是一支堪称百万大军的业余作者队伍。他们分布在生活的第一线,从各级文学期刊到厂矿田间的墙报都是他们的发表空间。而且,在1950—1970年代的文学创作中,作为写作素材的"生活"是被严格定义的,只有工农兵的生活是生活,专业作家必须"下生活"才能创作出符合规范的作品。这样的规定使专业作家必须走出象牙塔,保持与现实生活的密切联系,同时,也保障了业余作者在素材占有上具有先天的优势,而现实主义以及后来的社会主义现实主义的创作手法规定,又使业余作者的创作比较容易登上发表的台阶。无论我们今天如何评论这一文学体制和文艺政策的影响功过,都不能否认一个事实,它在一个文盲众多的国度,全面而迅速地建立起一个文学阅读—写作者的网络系统,这个系统是"新时期"文学复苏和产生轰动效应的基础。

进入"新时期"以后,文学权力开始向文学期刊集中。早在高玉宝、浩然走上文坛的时代,当代文学就建立了强大的编辑系统。文学编辑在享有极大的改稿权力的同时,也形成了优秀的伯乐传统,资深编辑和业余作家之间形成了一种切实的"师徒关系"。"新时期"文学期间,这一编辑系统发挥了重大作用,从"伤痕文学"到"先锋文学",每一种文学潮流兴起的背后,都可以看到引领风骚的名编们巨大的文学导向能力和组织能力。特别有趣的是"先锋文学",在这个以"回归文学自身"为宗旨的"纯文学"运动中,至今令人印象深刻的是李陀那样的大刊名编树起大旗,余华那样的县城青年冲锋陷阵。从"减角信封"的免费投稿邮政制度,到大刊的改稿邀请和免费差旅食宿,整个"先锋文学"运动的发生和发展都有赖于社会主义传统文学体制的惯性延续。对于像余华这样千千万万的基层文学青年来讲,从业余作者到专业作家之间,有一条现实可行的梦想之路。

然而,这条路恰恰在余华等"先锋作家"之后被渐渐阻隔了。主要原因就是前面谈到的,"纯文学"的理念使发表门槛大幅提高,广大土生土长的业余作家骤然失去了晋身的阶梯。与此同时,文学期刊未能在社会整体市场化转型的进程中成功地完成自身转型,迅速萎缩,面临严峻的生存压力。这些都使文学新人的成长既失去土壤又失去方向。那套无论在1950—1970年代还是1980年代都曾有效运转的"专业—业余"作家体系和新人培养机制逐渐解体,"业余作家"这个先被预期为文学创作的真正主体、后被视为文学创作的强大后备军的庞大群体,这些年来急速衰落,基本处于自生自灭的状态。

在"业余作家"衰落的同时,"专业作家"越来越走向自我封闭。如今,高居"主流文坛"的著名作家大多是从"专业—业余"作家体制中走出的佼佼者,但却很难界定他们今天的写作身份和写作性质。如果你说他们是国家供养的专业作家,他们已不必认真履行"弘扬主旋律"的任务。他们不必"下生活",而是理直气壮地进行"个人化写作"。但恰是因为寄身于当今中国的体制内,他们的个人生活与大众生活绝缘。于是他们的"个人"与他人无关,与其说是孤独的,不如说是单独的,既不能传达时代精神,也不能挖掘时代经验。他们的写作没有明确的对象,既不是需要引导的民众,也不是需要服务的受众,既不是笼统的大众,也不是特定的小众,甚至还会延续"纯文学"话语骄傲地宣称自己"背对读者"写作。然而,可以视之为对抗商业写作的精英写作吗?实际上又缺乏可以构成精英导向的精神资源和形式创新动力资源。严格地说,这是一种在社会主义专业作家体制惯性延续下的惯性写作,因此,写作的惯性成为其主要特征。这样的写作与其说是精英的,不如说是特权的,即使还有一定市场价值,也多是以往象征资本的余利。

与读者亲密关系的解体和"专业—业余"作家体制的解体,使以文学期刊为基地的"传统主流文学"不可避免地走向圈子化:作家写给编辑看,编辑办给批评家看,批评家说给研讨会听,背后支撑的是作协期刊体制和学院体制。应该说,圈子化是"传统主流文学"边缘化的根本原因。而且,这里的圈子,并不是志趣相投者的同仁团体,而是权力分享者的利益共同体——这一点其实是最为可怕的,这意味着,在文学变局发生后,"传统主流文学"未必能凭借多年的文学积累和仍有的制度支持转化为对大众有引导力的

"精英文学",从而在媒介"千年之变"的新格局中占据制高点;也就是说,面对以通俗文学为主体的网络文学的强势发展,"传统主流文学"丧失的可能不仅是大众市场,还可能包括小众市场,乃至文学标准层面的文化领导权,从而彻底丧失"主流文学"的地位。

三

"传统主流文学"体制的危机一直是与其背后的文学价值体系的危机相伴发生的,这个价值体系并非局限于社会主义文学的价值体系,而是要上溯到五四时期,"新文学"运动建立起来的精英文学价值体系,甚至涉及所谓"启蒙绝境"的人类精神转向。在整个现当代文学的范畴内,无论是"为人生的艺术",还是"为艺术而艺术",无论是"人民文学",还是"纯文学",本质上都是精英取向的,基于来自西方的启蒙价值立场,强调文学在思想和艺术上的引导教化功能(尽管不同主张的文学观有不同侧重),因此也被称为"严肃文学"。"新文学"的正统地位正是通过以其"严肃性"对偏于"消遣性"的"旧小说"的压抑而确立的,而最能体现文学"严肃性"的便是现实主义创作方法。与"千年之变""五十年之变"同期发生的"百年之变",正是启蒙神话破灭后,精英价值体系的解体,以及由此直接导致的现实主义文学遭遇的深层困境。

正如王德威等人近年对从晚清到五四的文学研究显示的,"新文学"现实主义文学传统的确立与当时"德先生""赛先生"的引进直接相关,背后是对启蒙主义弘扬的科学精神的崇拜。"文以载道"的士大夫传统和"感时忧国"的现实驱动,使五四前辈们化繁为简,弃宽择窄,放弃了自己曾经尝试过的多种文类,选择写实主义为唯一正统。[①] 后来现实主义更与马克思主义相结合,在新中国文学体制中被定于一尊。在这里,笔者不想讨论前辈们选择的功过是非,只想说,无论在"现代文学三十年"、当代文学"一体化"的"1950—1970"年代,还是1980年代的"新时期",现实主义手法都成功地实现了其文学功能和被要求的意识形态功能。而其成功的基础恰在于,当时的社会都坐落在一套明确完整的理想价值体系里(尽管各时期的蓝本不同)。因为,现实主义文学的核心功能是"客观真实地反映世界"。何为"客

---

① 王德威:《被压抑的现代性》,《想像中国的方法》,北京:三联书店,1998年。

观真实"？如何"透过现象看本质"？必须有一套社会整体"上下认同"的"镜与灯"。这"灯"里不仅有乌托邦图景，还要有一套可执行的替代性制度，因此才不但能教育民众认识世界，还能切实地鼓舞人民改造世界：富国强兵、建设新中国、与世界接轨——现实主义文学在各个历史时期产生的巨大社会动员力和凝聚力，是文学精英和政治精英们确认其严肃文学的价值，并以此贬斥消遣性的通俗文学的资本。

现实主义文学在实现意识形态整合功能的同时，对于个体读者而言，也具有巨大的精神抚慰功能。它使每一个孤独的个体在一个文学的整体世界里获得了定位、归属，尤其是在各个历史时期都特别受普通读者欢迎的"成长模式"，它向每一个底层青年许诺，只要勤奋上进，就能在现实社会中以合法（或至少是合情合理）的方式出人头地。这种功能直到1980年代都有效地发挥着作用，其中最成功的作品是路遥的《平凡的世界》（1986年）。路遥不但塑造了孙少平这样出身乡土的"当代英雄"，还提供了一套"黄金信仰"：勤劳能致富，好人有好报。这套源于民间的信仰因小说恰创作于1980年代中期农村土地承包的"黄金时期"而有了制度基础，加上路遥以命相抵的真诚，成功打造了一个高度逼真的梦想世界。该书是"新时期"以来在民间流传最广最久的作品，甚至是唯一对网络作家有深刻影响的作品。①

然而，现实主义的路在路遥这里既是顶点也是转折点。1990年代以后，随着世界格局和中国社会结构发生重大变迁，支持现实主义的价值系统遭受重创，甚至中国民间价值观都遭到深层质疑。于是，现实主义向"新写实"转向，"冷也好热也好活着就好"，"为了活着而活着"的福贵和用一张贫嘴打造幸福生活的张大民成为"精神胜利"的平民楷模。到了2005年余华出版《兄弟》的时候，代表"时代精神"的是"成功的恶人"李光头，而代表道德良心的宋钢则在物质和精神上都沦为可怜可笑的乞丐。这其中重要的转型作品是阎真的《沧浪之水》（2001年），小说沉痛无奈地书写了坚守"君子之风"和"人道主义"的知识分子池大为在现实"操作主义"面前放弃、屈服的必然性，唯其沉痛无奈，更反证了现实法则的不可抗拒。此后

---

① 参见拙文《平凡的世界不平凡》，《小说评论》2003年第1期。在后文第八章中笔者将做专门讨论的网络小说作家猫腻，就曾在《间客》后记《有时候》中称"我最爱《平凡的世界》"，以其为学习的两大样板之一，http://www.qidian.com/BookReader/1223147.aspx。

的现实主义写作就彻底进入了"狼图腾"的时代,不过"丛林法则"和"坏蛋逻辑"毕竟与和谐社会的主旋律违和,所以,主要在畅销书和网络文学领域大行其道。

更深层地反映现实主义文学困境的是 2004 年前后兴起的"底层文学",这是当代文学自 1980 年代中期进入象牙塔以来第一次大规模地转向社会重大现实问题,曾被寄望为"现实主义的复兴",但却在兴起不久后就陷入困境。事实上,"底层文学"遭遇的困境是路遥之后的现实主义之路必然遭遇的困境。其核心病症是,这些揭露现实苦难的作品背后没有一套批判现实的价值系统。作家们只能站在朴素的人道主义立场同情"底层"的苦难,却只能哭喊不能呐喊,因为在一个"阶级"被"阶层"取代的时代,无法论证其抗争的合法性。价值系统的缺失不但限制了作品的思想性,也内在伤害了作品的美学效果和快感机制——由于作家在思想上没底气,无法塑造出具有英雄色彩的主人公,现实主义作品中那种最令人期待的高潮情节,也总是推进一半就泄了气[①]。于是,再苦难的现实描写都不能形成悲剧感,既不能鼓舞人心,也不能抚慰人心。

精英价值体系遭遇的"百年变局"并不是在中国单独发生的,而是深深坐落在人类的"普遍处境"里,这就是齐泽克在《意识形态的崇高客体》一书中揭示的"启蒙主义的绝境":今日的意识形态,尤其是极权主义的意识形态不再需要任何谎言和借口,"保证规则畅通无阻的不是它的真理价值(truth-value),而是简单的超意识形态的(extra-ideological)暴力和对好处的承诺"[②]。这显然走向了启蒙理性的反面(启蒙主义假定人的理性和理想可以战胜一切卑污),因而表现出启蒙主义的绝境:"人们很清楚那个虚假性,知道意识形态下面掩藏着特定的利益,但他拒不与之断绝关系。"[③]为什么一切变得如此明目张胆?根本原因就在于人类已经没有"另类选择"。2011 年 10 月 9 日齐泽克在"占领华尔街"的街头演讲中,也活生生地向我

---

① 曹征路的中篇《那儿》(2004 年)或许可称唯一的例外,小说的美学成功恰恰建立在特殊的题材和视角使小说具有了明确的价值支撑和批判指向之上。而在其长篇《问苍茫》(2008 年)里,由于面对的问题更加复杂,同样出现了由于思想困境造成的美学内伤。参见第四章详细论述。
② 〔斯洛文尼亚〕斯拉沃热·齐泽克:《意识形态的崇高客体》,季广茂译,第 42 页,北京:中央编译出版社,2002 年。
③ 同上书,第 40 页。另参阅译者序的精彩分析。

们演示了大洋彼岸的抗议者们"梦醒之后无路可走"的彷徨:"我们知道我们不要什么。但是我们要什么呢?怎样的社会组织方式可以代替资本主义?怎样的新领导者是我们需要的?记住:问题不在于腐败或贪婪。问题在于推动我们放弃的这个体系。"①

四

"启蒙的绝境"抽掉了现实主义文学的价值基石,其"严肃性"的价值也必然遭到质疑。不过,这些年来,"传统主流文学"借以维持其正统地位的主要不是靠"严肃性",而是"艺术性",这悄悄的位移发端于1985年"先锋文学"运动提出的"形式变革"。

这场以"回到文学自身"为口号的文学运动其实有着明确的意识形态挑战指向,倡导者以西方现代主义文学样式为基本参照,试图从纯粹形式的角度,挑战现实主义的定于一尊,从而把文学从"文以载道"的工具乃至政治宣传的工具的地位上解放出来,确立文学的自足价值。然而这场旁敲侧击式的"革命"并没有如一些倡导者预期的那样,从形式变革进入到意识形态抗争,反而以"非政治"的姿态在"告别革命"的语境下落入了1980年代真正居于主流的"新启蒙意识形态"。正如贺桂梅在《新启蒙知识档案》一书中指出的,"回归文学自身"的"纯文学"本身是一种意识形态,从1980年代的"非政治化的政治",到1990年代的"去政治化的政治",其背后的理论支撑也从1980年代强调审美世界不但自身自律自足并且可以作为"现实世界样板"的"诗化哲学",转为1990年代适合自由市场主体意识的专业主义。② 在此过程中,"纯文学"也失去了其反抗政治体制的张力关系,卸去了先锋的爪牙,十分无害地寄身于作协体制之内。"纯文学"作家成为"主流作家","先锋写作"退入"个人化写作",包括一些号称"时代大书"的鸿篇巨制,本质上也是"小时代"的"小叙事"。这种价值模糊、趣味中庸的"小叙事",实际上是"传统主流文学"的创作主流,加之"专业作家"体制让不少著名作家居于云端,远离时代旋涡,使得"传统主流文学"在各个

---

① http://www.occupywallst.org/article/today-liberty-plaza-had-visit-slavoj-zizek/。
② 贺桂梅:《"新启蒙"知识档案——80年代中国文化研究》,第六章"'纯文学'的知识谱系",北京:北京大学出版社,2010年。

向度上日益丧失了反映现实的能力,包括以现代派手法寓言折射的能力。新世纪以来,无论是"纯文学"始作俑者的自我反思①,还是"思想界炮轰文学界"②,都指向在"纯文学"意识形态的导引下,"传统主流文学"脱离现实的后果。

如果从文学史的进程来看,"先锋文学"运动的发起有其历史必然,它所进行的"叙述革命"和"语言革命"的探索也对汉语写作的发展有突破性推进。然而,由此衍生的"纯文学"意识形态则对这些年来"传统主流文学"的发展产生了相当大的负面影响,这些负面影响今日从文坛多重变局的视角观察尤为明显。

首先,导致文坛格局内部失衡,自伤其根。

"先锋运动"本是一场由"新潮编辑""新潮评论家"发起、初出茅庐的青年作家打头的激进形式实验,如果不是"纯文学"意识形态的催化,再怎么炫目,也不会在两三年内发展成席卷整个文坛的主潮。当时的文坛却是"整体向新",在求异求变的大势所趋下,敢于坚持走现实主义老路的,即使像路遥这样的大作家,即使他拿出《平凡的世界》这样的后来被时间证明的经典之作,在当时也备受冷落压抑。而构成"新时期"中国作家主体的正是像路遥这样出身乡土、自学成才、在价值观和审美观乃至情感结构上都相当传统的现实主义作家。面对"纯文学"大潮的席卷,他们要么赶鸭子上架,要么甘于边缘寂寞。正值文学"失去轰动效应"的当口,这一刀又从内部伤了文学的根,加速了文学期刊与读者亲密关系的解体,"专业—业余"作家体制的解体。

其次,未建立起"小众文学"平台,新一代"文青"自立门户。

虽然在"纯文学"理念的召唤下,"主流文学"主动抛下大众而奔向小众,却始终未能凝聚培养起一个以高雅文学为旨趣的小众群体,更没有在市场化转型中,凭借"大社""名刊"的权威声望和各种资源积累建立起一个小众市场,从而在网络时代"华丽转身"。这一点可以从"80后""90后"中的新一代"文青"自立门户得到反证——郭敬明、韩寒、张悦然、笛安等"80后"作家在被主流文坛接纳不久后,都纷纷在畅销书机制的运作下创办文

---

① 李陀、李静:《漫谈"纯文学"》,《上海文学》2001年第3期。
② 《思想界炮轰文学界:当代中国文学脱离现实》,《南都周刊》2006年5月20日。

学杂志①,且大都以"纯文学"为旗帜;2005 年创办的豆瓣网几年内汇集数千万用户,被称为"全国文青基地",2011 年底推出的"豆瓣阅读"更是开始直接建立中短篇小说的下载收费平台——说明当代青年中不是没有"文学青年",而是这些"文学青年"不再凝聚在主流文学期刊周围,不再与前辈作家(包括"纯文学"作家)有师承关系。这固然有体制方面的多重原因,也与"纯文学"理念的片面性有关。如果当年的"先锋运动"不刻意割裂文学形式和内容的关系,那些生吞活剥来的西方现代派、后现代派技巧,尽管当时是超前的,但随着中国急速的现代化进程,早晚要落地生根,与本土经验打通。西方现代派文学正是在两次世界大战的灰烬中产生的反思启蒙文化的文学,与"后启蒙"文化孕育的流行文艺互为雅俗,更具有反抗性和挑战性,最能吸引"网络一代"的"新文青"。如果他们在以"西方文学现代派、后现代派传人"自命的"纯文学"作家那里找到某种共鸣,怎会不"如见父兄"?但事实上是,那些文学理念当时是舶来的,此后依然是"不及物"的。那些"凌空蹈虚"的"纸上空翻"恐怕也只有在"纯文学"神话的麻醉下,在作协体制的支持下,才能孤芳自赏多年。当新一代"文青"另起炉灶,"先锋文学"这些年在语言革命、叙述革命中积累的文学经验也无以传承。先锋是面向未来的,但不能被继承的先锋则只能湮埋在过去。

再次,"背对读者",自弃"文化领导权"。

"纯文学"的口号是"背对读者写作",从"文学场"的理论解读,"以输为赢"正是"小众文学"的生存逻辑甚至生存策略②。然而,"小众文学"的蜜糖,对于"主流文学"而言,却是不折不扣的砒霜。如果不是一种意识形态式的笼罩力量,我们很难想象,一直承担弘扬"主旋律"任务的"传统主流文学",为什么会在那么长的一段时间内,如此漠视读者"看不懂"的呼声,任由读者在失望中离开,这实际上中断了"新文学"诞生以来,以启蒙为理

---

① 2006 年 10 月,郭敬明主编的《最小说》创刊(长江文艺出版社);2008 年 6 月张悦然主编的《鲤》创刊(江苏文艺出版社);2010 年 7 月,由韩寒主编的《独唱团》(山西书海出版社出版,华文天下文化图书有限公司运作发行)经千呼万唤终推出创刊号后停刊;2010 年 12 月由笛安主编的《文艺风赏》、落落主编的《文艺风象》创刊(长江文艺出版社)。此外,2011 年 3 月,"70 后"安妮宝贝主编的《大方》创刊(十月文艺出版社,新经典文化有限公司);2008 年 10 月饶雪漫主编《最女生》创刊(万卷出版公司,万榕书业);2009 年 4 月蔡骏主编的《谜小说》创刊(新世纪出版社)。
② [法]皮埃尔·布迪厄(Pierre Bourdieu):《艺术的法则——文学场的生成和结构》,刘晖译,北京:中央编译出版社,2001 年。

想的文学精英们一直致力的"民族化、大众化"的努力,在未来的雅俗之争和文学建构中放弃"文化领导权"。

应该说,欧化的"新文学"在大众接受方面一直存在障碍,虽然"新文学"取得了正统地位,但"旧文学"只是被压抑下去了,在普通读者间一直有着更广大的市场(最典型的例子就是鲁迅在母亲面前"败"给张恨水)。"新文学"真正取得"压倒性胜利"是在新中国成立以后,其"压倒性"不仅在于政策上的压制取缔,更在于艺术上的转化吸收。特别是经由赵树理等"人民艺术家"的卓越努力,以及包括"样板戏"在内的"革命文艺"的创造性实践,将"旧文学"中有生命力的要素"批判地吸收"进革命文学,成为内化其叙述模式和快感模式的"潜在结构"。"新时期"初期,文学没有雅俗之分的困惑,"伤痕文学""改革文学""知青文学"的主题是全民共同关注的,依托的现实主义手法(此时还遗留着一定的"工农兵文艺"模式)经过多年普及也是读者熟惯的。直到接近1980年代中期"寻根文学""现代派文学""先锋文学"相继兴起,"新时期"的"文学共同体"才开始解体。一方面是"主流文学"越来越"雅",一方面是金庸、琼瑶等港台通俗文学大举进军。与此同时,城市体制改革起步,文学期刊"断奶政策"出台,整个社会进入转型期。

应该说,这是一个十分关键的时期,我们所说的文学制度的"五十年之变"此时已经起步,以往靠社会主义文学体制支撑的文坛大一统格局将要被打破,进入政治、经济、文学等各种力量相互博弈的"文学场"。"主流文学"的主导地位不能再仅仅依靠制度力量在权力秩序中建立,而是在相当程度上要借助"文化领导权"的整合力量。以今日的"后见之明","传统主流文学"此时应该以积极主动的态度面对文学的分化和转型,大力建设中国本土的通俗作家队伍和通俗文学生产机制,并重新调整自身定位,从以往的"严肃文学""纯文学"移向更有涵盖性和笼统性的"精英文学"——尽管在"启蒙的神话"和"纯文学神话"破灭以后,重建精英价值的"文化领导权"存在着悖论式的难题,毕竟,"严肃文学"和"纯文学"还存有巨大的"剩余能量",这能量不仅在作家队伍里,也在读者的普遍期待中。如果"主流文学"能够平衡内部格局中传统和创新的力量,以"纯文学"为旗帜打造高雅的"小众文学",以现实主义为导引,建设通俗的"大众文学",或许这个以精英为导向的"新主流文学"还是有可能建立起来。

可惜,此时"主流文坛"对"变局"的理解其实只在"市场化的冲击"和"通俗文学的侵袭"的层面,其反应基本是消极被动的。以"回到文学自身"

为口号躲进象牙塔,名为坚守,实为退守。对于"新时期"以后开始创办并在读者产生越来越大影响的各种带有通俗文学性质的报刊,如武侠类的《今古奇观》、侦探类的《啄木鸟》、民间故事类的《小小说》《故事会》等,以及伴随打工浪潮孕育而生的各种"打工文学"杂志,都未予以充分重视;即使关注,也是按"纯文学"标准要求其提升"文学性",其结果反而是使读者大量流失。这种被动的态度在变局发生之初尚有可理解之处,但长期的延续则与"纯文学"意识形态下膨胀的傲慢心态有关。正是这种傲慢导致了违背常识的偏见。

精英引导型社会的一个根本原则是,相信读者是应该被引导的,可以被引导的,也必须被引导的。但关键是如何引导。通常,一种精英价值观要深入人心需要两道"转译",一道是由理念转译成文艺,一道是由"精英文艺"转译成"大众文艺"①。即使在"政治挂帅"的年代,文艺主政者还需要想方设法将革命理念灌注到群众喜闻乐见的形式中去。中国传统的"文以载道"也讲求"言之无文,行之不远"。消费社会更需要"道成肉身",消费者没有义务去"主动提高欣赏水平",相反,他们有权利要求按照他们既有的口味和水准被满足、被吸引、被提高、被"寓教于乐"。要求大众读者像中文系学生那样精研细读"有挑战性的文本",这样的想法既不现实也不合理。"纯文学"的傲慢是一种末世贵族式的傲慢,在消费大潮汹汹来临之际"躲进小楼",在"去政治化"语境之下"回到自身",实际上是自弃"文化领导权"。因为,一种不能引导"大众"的"小众"仅仅是"少数",不再具有精英导向。

五

正是在"传统主流文学"荒芜的田野上,网络文学的野草旺盛地生长起来。网络文学最初起步阶段可以视为文学爱好者借助互联网的自由空间对期刊编辑权力的超越,然而"榕树下"的绿荫很快不敌资本风暴的席卷,在强大的商业力量和大众读者汹涌澎湃的阅读欲望的作用下,中国网络文学没有像西方那样走上实验文学的道路,而是成为大众文学的天堂。特别是

---

① 参阅孟繁华、程光炜《中国当代文学发展史》(修订版,北京:北京大学出版社,2011年)第三章第一节,关于延安"文化领导权"建立的过程中,"新文学"如何被"转译"成人民群众喜闻乐见的"民族化的革命文艺"的论述。

2003年底起点中文网成功建立VIP收费制度,继而被盛大集团收购后,网络写作迅速变成以商业化类型小说为主导的格局。不过,就像我们今天重新审查新中国文学体制的建立时,不仅要看到政治力量对文学自由的伤害层面,也要看到它对文学普及的建设层面一样,对于商业力量,也要看到它巨大的生产力。就像当年的"革命暴力"把作家变成了"文学工作者",但与此同时在工农兵中建立起一支前所未有的业余作者百万大军,今天的"资本暴力"在把作家再度变为"网络写手"的同时,又迅速建立起一个无论在数量上还是覆盖规模上都足以和当年的"专业作家"匹敌的作家网络。据中国作家协会专门负责与文学网站联系并追踪观察网络文学多年的马季2011年发表的调查研究,"现在全国大约有1万家左右的文学网站和社区,从事各种形式网络写作的人有千万以上,排除了重复注册等因素,经常写作、有签约的作者大概有100万,其中一万到两万人能从中获得经济收益,三千到五千人从事专职写作。专职写作的这部分人收入稳定,月收入少则一两千,多则十万元以上,甚至有个别月收入20万元以上的网络作家。整体来看,专职作者的分布呈梭形,两头小,中间大,月收入三五千的最多"。他还特别强调:"我们能注意到,传统写作者大部分居住在一线、二线城市,而网络写作者分布极其广泛,很多在小县城,甚至边远山区。"①

如今,网络文学的作者网络是靠各大网站以商业机制建立起来的。网站编辑在一定程度上代替了期刊编辑的职能,他们为网站打造"大神",挑选新人,会根据读者需求在写作题材和手法上向写手发出指令或建议。有的网站会为新手在前辈中找师傅,或办研修班,有的会给签约作家发底薪,为每日都更新的发全勤奖。不过,这一切都以商业利益为唯一标准。网络写手的生存条件可以说极为残酷,门槛极低,千万人竞发,一日数更、一更几千字的写作强度使之几乎成为一种高风险的青春行业。最后能存活下来的"大神"都得有顽强的生命力。不过,不少没有写作经验的写手也正是这么硬写出来了。

我们不妨设想一下,今天,一个如当年余华那样的居于县城的文学青年

---

① 马季:《网络写作:意义超越任何一次文学革命——访中国作协网络文学专家马季》,《中国社会科学报》2011年1月25日。另据《中国作协扶持引导 网络文学繁荣发展》(《文艺报》2012年9月14日,记者颜慧)公布的统计数据,截至2011年末,以不同形式在网络上发表过作品的人数高达2000万,注册网络写手200万,通过网络写作获得经济收入的人数已达10万,职业或半职业写作人群超过3万人。

如果走向文学之路,他会选择给网站还是给文学期刊写稿?十有八九是前者。因为,在网站写稿,很快能得到读者反应,哪怕只有几个人。反响多了,网络编辑会关注,再好会签约,更好就可以此为生,并期待成为"大神"①。相反,给文学期刊投稿很可能石沉大海,即使发表,稿费也是杯水车薪,以写作改变命运的路极其渺茫。不要小看这种粗俗的名利动机对文学的催动作用,没有一种生命力旺盛的艺术是生长在蒸馏水里的,总是先有泥沙俱下,才有大浪淘沙。一个文学的大国需要文学人口的基数,应该说,网络文学恢复了亿万民众心中的文学梦。

网络文学不但建构了庞大的作者网络,也建构了庞大的读者网络,与传统读者相比,网络文学读者的最大特点是"粉丝化"。在"粉丝文化"研究奠基者约翰·费克斯看来,生产力和参与性是粉丝的基本特征之一。粉丝既是"过度的消费者",又是积极的意义生产者,于是产生了一个新词——粉丝"产消者"(Prosumer,由 Producer 和 Comsumer 两个单词缩合而成)②。"粉丝经济"最大的特点是生产—消费一体化。粉丝的生产力不只局限于新的文本生产,还参与到原始文本的建构之中。文学网站的经营者也充分利用了"粉丝经济""生产—消费"一体化的特点,在 VIP 制度的基础上,还设计了"打赏""月票""评论"等制度。粉丝们不但付费阅读,还真金白银地"打赏",义务劳动地评论,通过投票参与"排行榜"的建构。每一部热门的网络小说在连载的一两年时间里,都会有大量的铁杆粉丝日夜跟随。相比于报刊连载,网上的交流空间更像古代的说书场。不过,除了"叫好"或"喝倒彩"外,有更多的创作参与。每日的连载像是主帖,读者的回应是跟帖。在互联网文化中,跟帖往往比主帖还要重要,至少是整个创作中不可忽略的一部分。粉丝人群中常常高手辈出,刁钻的用"剧透"的方式与作者比拼智力,仗义地献计献策甚至捉刀代笔。他们是作家的衣食父母,也是诤友兄弟。他们的指手画脚时时考验着作家的智力和定力,也给予他

---

① 在网文界,很多人敢于斩钉截铁地说,在相对公开、自由的网文机制下,这些年来网络文学没有"遗珠之憾",好的作家作品总会冒出来。参见邵燕君、猫腻:《以"爽文"写"情怀"——专访著名网络文学作家猫腻》,《南方文坛》2015 年第 5 期。
② "粉丝经济"是约翰·费克斯在粉丝文化研究奠基性论文《粉都的文化经济》(收入陶东风主编《粉丝文化读本》,北京:北京大学出版社,2009 年)中提出的概念,他认为生产力和参与性是粉丝的基本特征之一。以后的粉丝文化研究者也倾向于认为,"粉丝经济"最大的特点是生产—消费一体化。

们及时的启迪刺激。网络作家之所以能够长期保持如此"非人"的更新速度,不仅是迫于压力,也是因为很多时候处于激情的创作状态。相信从网络走出的作家,很难回到传统作家那种孤独寂寞的写作中。他们当中最有大师欲望的作家也会走金庸的路,连载创作完后,再花时间修改。一部吸引了众多精英粉丝的小说是集体智慧的结晶,作者像是总执笔人,想想中国绝大多数古典小说的生产方式,网络或许是更适合孕育中国式"伟大小说"的空间。

网络文学不但占领了大众文学市场,还在相当程度上(应该是无意识的)替代"传统主流文学"执行着主流意识形态职能。大众文化的一个基本功能就是满足"主流文化"空缺的匮乏。这些匮乏有些是"主流价值观"排斥压抑的,有些则是"主流文化"弱化后空缺的。以往我们对网络文学的关注点主要在前者——不错,那些被"新文学"压抑的"旧文类"重新成为文学超市的基础货架,被严肃文学鄙夷的消遣娱乐功能被当作基本的商业道德①,但真正构成今日网络文学发展核心动力,并且可能孕育新变的则是后者——尤其在网络文学中新生的也是最居"王道主流"的文类,如玄幻②、穿

---

① 颇有代表性的是网络作家南派三叔主编的小说杂志《超好看》(2011 年 8 月创刊,磨铁图书有限公司出品,青海人民出版社出版),其宣传口号赫然是"凡是不以好看为目的的小说就是耍流氓,做最好看的小说月刊!"其据称首印 50 万册、第二天即断货的巨大销量,以及郭敬明主编的销量稳定在 50 万册左右的《最小说》,韩寒主编《独唱团》,安妮宝贝主编《大方》都超过 100 万的首期销量,从另一方面反证,主流文学期刊读者流失的主要原因不在媒介革命,而在机制危机。见《南派三叔〈超好看〉出版 畅销作家当主编成趋势》,《法制晚报》2011 年 8 月 9 日。
② 关于玄幻小说的定义有不少争议。一般认为"玄幻小说"一词为香港作家黄易所提出,原意指"建立在玄想基础上的幻想小说"。网络文学中的玄幻小说的概念大致上和英语中的奇幻小说(Fantasy)较为接近。相对于奇幻,玄幻意指混合奇幻、科幻、武侠等多重要素的中文幻想小说。某种意义上也可以说,玄幻小说是西方奇幻小说的中国化,这种"中国化"发生在两个方面:一方面是在内容上,将西方的奇幻因子,诸如魔法、龙(西方龙)、骑士等,逐渐替换为中国本土的奇幻因子,诸如仙侠、上古异兽、丹药等。另一方面则是写作形式与技巧上的"中国化",具体的表现就是借鉴诸多中国传统的写作形式,并将之转化运用到文本中,比如白话文、诗词、史书等。这些元素的加入,打破了对于西方简单模仿的格局,无疑是大大丰富了中国奇幻的生气和活力。同时对于读者而言,中国元素的加入增强了文本的可读性和亲切感,使其具有了更好的接受度。到了后来,一大批作品开始将中国玄幻因子与西方的奇幻因子置于同一文本下,使得作品的内容和容量进一步丰富,同时在文本内部形成一种中西方文化冲突的格局,大大增强了作品的吸引力。参阅江林峰:《九州奇幻文学研究》,《网络文学评论》创刊号,广东省作协主办,广州:花城出版社,2011 年 10 月。

越、耽美①等,它们在很大程度上已经形成一套"全民疗伤机制"②,并且切实参与了中国当代"主流价值观"的打造,这是一件充满挑战性的事,因为,到底什么是当代中国人"一致认同"的"主流价值观"?它与"主旋律""社会主义核心价值观""中国梦""传统文化""普世价值",乃至无数网民个人的 YY 之间是什么关系?可以说,目前中国并没有一套上下认可、多数人共同享有的思想方式和文化方式。从某种意义上说,"主流价值观"尚模糊,它的建构需要一个自上而下、自下而上的反复协商过程,需要通过一部部饱受争议的作品(如《甄嬛传》)汇集各种力量的交锋,需要文学想象力——这是时代对网络文学提出的严正要求,也是网络文学向"主流文学"发展的难得契机。事实上,网络文学在十几年的发展中已经自觉不自觉地为"主流价值观"的建构做出了很大贡献,只是这些贡献尚待确认和总结③。

笔者并不想美化网络文学,但认为,如果要理解网络文学,必须先破除一个误区:所谓欲望,就一定是低级欲望;所谓匮乏,就一定是无聊的匮乏。网络文学中自然有很多是赤裸裸地满足读者低级庸俗甚至畸形变态的欲望的,但不是全部。事实上,一种类型发展得越成熟,越受资深粉丝追捧的作品,越具有较高的精神和文学品质。"大师级"的大众文学作品一向不是只安置人们的欲望,还要安置人们的灵魂;不是只满足人们最原始的欲望,还要缓解人们当下的焦虑。像网络文学这样的"集体创作"更是如此。在"大众文学圈"里,"精英圈"肯定是数量上的少数,但只要能被认可为"意见

---

① "耽美"(たんび)一词最早出现在日本近代文学中,是为反对"自然主义"文学而呈现的另一种文学写作风格,日文发音"TANBI",本义为"唯美、浪漫"之意。耽美即沉溺于美,一切可以给读者一种纯粹美享受的东西都是耽美的题材,BL(Boy's Love,即男男之爱)只是属于耽美的一部分。但就目前而言,我们提及耽美 99%指的是与 BL 相关的文化现象,"耽美"也就被引申为代指男性之间不涉及繁殖的恋爱感情。这种感情是"女性向"的,不仅作者和受众基本是女性,而且对立于传统文学的男性视点,纯粹从女性的审美出发,一切写作的目的都是为了满足女性的心理、生理需求,可以视为女性在逃离了男性目光的封闭空间里以女性自身话语进行书写的一种发展趋势。
② "全民疗伤机制"一说的提出者是目前正在美国加州大学戴维斯分校攻读人类学博士学位的周轶女士。2013 年 12 月周女士在笔者于北京大学中文系开设的网络文学研讨课上做专题报告时提出此说,尚未正式发表。笔者提前借用,特致感谢!
③ 笔者主编的《网络文学经典解读》(北京大学出版社即将出版)一书,即在尝试进行这方面的工作。该书选取"西游故事""奇幻""玄幻""盗墓""历史穿越""小白文""现代官场""清穿""宅斗""都市言情""耽美"等十数种类型文的代表作品进行解读,在分析其叙述模式、快感机制的同时,对其中体现的价值倾向进行提炼和分析。

领袖",就拥有了"文化领导权",从而参与"主流价值观"的建构。

六

尽管以文学期刊为基地的"传统主流文学"体制危机重重,以网络文学为主体的新机制生机勃勃,本书的研究重点依然落在"传统主流文学"一边,而把网络文学的发展作为一个必要的参照系①。至少在新世纪第一个十年内,"传统主流文学"的大体格局和基本体系还在。面对媒介革命的冲击、生产机制的竞争和文化领导权的争夺,"传统主流文学"在这十年间做出种种主动、被动、有意识、无意识的反应,在碰撞和妥协中发出种种"噪音",呈现了可供我们解读的"症候",让我们能够更准确地把握这十年文学律动的脉象,进而逼近这套文学体制和文学准则的本质特征。从另一角度说,如果"变局"注定发生,这个十年或许是传统文学形态能够完整存在的最后一个十年,其中的成果和泡沫都需要非常郑重地评估和清理。在此过程中,网络文学的发展态势是一个难得的参照系。网络文学在这十年间的发展壮大、自成一统和多元分层、整合完善,都使得"传统主流文学"对自身生产机制的危机、文学标准的僵化和媒介革命的压力,有了更切实的认识。

也正是从"变局"着眼,本研究不会像很多"阶段性"研究那样系统、周详地梳理此一时段小说发展的整体样貌,对重要的作家作品做笔力均衡的评述。因为,在笔者看来,"新世纪第一个十年"并不是"新时期"以来成长起来的著名作家纷纷拿出"扛鼎之作"、硕果累累的十年,而恰恰是虚热浮躁、青黄不接的十年。面对资本风暴和媒体革命的席卷,延续着"新文学"血脉的"传统主流文学"是否能在调整定位后重新站稳脚跟,经过一番脱胎换骨后在未来的文学生态中继续存活,是当下最迫切的问题。在某种意义上,"传统主流文学"也是需要"改组"的"国有资产"。其中的优质资源(精神资源、文学资源、制度资源等)能不能得到有效转化至关重要。因此,反思危机、探寻病根、去芜存菁、发现新生才是本研究最为关切的重点。

全书共分八章。第一章"'后革命'时期的'历史重述'",对包括莫言、王安忆、刘醒龙在内的著名作家的"时代大书"进行总体论述,分析其"新历

---

① 笔者有关网络文学的研究请见《网络时代的文学引渡》(桂林:广西师范大学出版社,2015年)一书。

史观"背后的"去革命化"倾向;第二章以"'纯文学'为方法的历史/现实叙述",对阿来、余华、格非三位"纯文学"作家面对历史/现实的"正面强攻"之作进行解读,揭示"纯文学意识形态"对其触摸历史的限制,以及他们在写实功力方面受到的考验;第三章"陷入困境的现实主义叙述",论述现实主义力作中"个人奋斗英雄成长模式"的变迁、"乡土叙事"的危机,以及一直走传统现实主义"老路"作家的实践努力;第四章"'底层文学''打工文学''新左翼文学'",系统梳理论述"底层文学""打工文学"的发生和发展,解读重点作家作品,并探讨这一新世纪文学唯一主潮的形成原因、现实困境及其向"新左翼文学"发展的可能;第五章"'新海外华人作家'的创作",对这一引人瞩目的创作群体的代表作家和作品进行深入解读,分析其创作实绩对大陆文坛的启示;第六章"'期刊新人'与'80后'作家",分为两个部分,由"期刊新人"和"80后"作家不同的"入场式"和成长轨迹,可以看到新世纪十年间随着生产机制的变迁,"文学场"内象征资本的颁发机制的多元化,以及它们彼此之间的对抗和博弈;第七章"其他重要作家作品",对于不属于任何文学潮流的作家作品分长中短篇进行评述,不过对于作品的选择,仍以本课题关注重心和研究者的价值判断为主,对于对文学史有推进意义的探索性作品,尤其是上升期作家的作品,给予重点关注。第八章"网络文学的发展及其与文学史的对接",在对网络文学的发展进行简要概述的基础上,选择在主流传媒产生最大影响的"清穿小说",以及在众多"网络大神"中最具"经典性"的作家猫腻的作品进行重点分析,探寻它们与文学史的对接点和与"主流文坛"的对话点——"清穿"①小说向《红楼》致敬,创造了"反言情的言情模式";猫腻上承路遥和金庸的文学传统,代表了网络文学的精英指向。前者以欲望的方式呈现了"启蒙绝境"的现实感受,后者以玄幻手法在"第二世界"中建立"异托邦",探索乌托邦的突围之路。在对"启蒙的绝境"的现实反映和突破这一点上,走通俗之路的网络文学和走精英之路的传统文学形成了新的对话可能。

---

① "清穿"是"穿越"的一种,专指穿越到清朝的小说,其中绝大多数穿越到康熙雍正时期,女主人公和康熙的诸位皇子间发生爱情纠葛。著名的"清穿三大山"是:金子的《梦回大清》;桐华的《步步惊心》;第三部一说是晚晴风景的《瑶华》,一说是月下箫声的《恍然如梦》。

第一章 "后革命"时期的"历史重述"

进入新世纪以来,当代文学创作中长篇的分量明显加重。这一变化的外因是"文学场"内部商业力量的上升,表现在文学生产机制内部是文学出版力量的持续走强和期刊发表力量的持续减弱,出版原则日益折射进发表原则。作为中短篇发表基地的文学期刊,一方面,由于自身的不景气,难以给作家带来足够的经济收入;另一方面,由于编辑力量的弱化,很少能策划和推动文学潮流,从而为作家提供集体亮相、获得文学史关注的象征资本。与此同时,文学期刊也必须参与文学市场的竞争,于是,著名作家的长篇新作成为期刊界和出版界共同争抢的"重头戏"。特别是自 2005 年以来,每年年初的出版旺季,都有 10—20 部"名家力作"被出版社和文学期刊同期"隆重推出"。除了图书操作力量外,"名家云集"现象产生的另一动因来自文学内部。如今,创作仍然活跃的著名作家大都是当代文学"新时期"以来伴随各种文学运动涌现出来的,更以"50 后"作家为主体,此时他们已当"天命之年",进入了文学创作的"成熟期"甚至"封顶期"。按照惯有的文学观念,大多数作家愿意以长篇创作来标识自己的文学成就。从这一角度看,"名家云集"的"长篇热"不仅是一个观察文学场变局的透视点,也可以在某种意义上视为"新时期"以来当代文学的成就总结——各种文学运动尘埃落定之后,各派领军人物拿出经过时间积淀的果实,接受文学史的考量。

一 "新历史观"的形成与"新历史小说"的延续

在新世纪第一个十年的长篇创作中,最引人注目的是一批有"史诗化"追求的"时代大书",如刘醒龙《圣天门口》(人民文学出版社,2005 年)、王安忆《启蒙时代》(人民文学出版社,2007 年)、铁凝《笨花》(人民文学出版社,2006 年)、迟子建《额尔古纳河右岸》(北京十月文艺出版社,2006 年)、严歌苓《第九个寡妇》(作家出版社,2006 年)、格非《人面桃花》(春风文艺出版社,2004 年)和《山河入梦》(作家出版社,2007 年)、余华《兄弟》(上海文艺出版社,2005 年)、阿来《空山》(人民文学出版社,2005 年)、贾平凹《古炉》(人民文学出版社,2011年,《当代》2010年第6期、2011年第1期连载)、莫言《生死疲劳》(作家出版社,2006年)和《蛙》(上海文艺出版社,2009年)、阎连科《坚硬如水》(长江文艺出版社,2001年)和《受活》(春风文艺出版社,2003年)、东西《后悔录》(人民文学出版社,2005年)等等。这些作品纷纷对刚刚过去的20世纪,亦即中国近代以来的历史(或者其中发生重大事件的历史时段),进行颇具野心的文学重述。

在文学史上,大规模"历史重述"的发生往往需要两个契机,一个是社会价值形态发生重大转型,由此发生历史观的转型;一个是文学创作手法发生重大变革,获得了重新讲述故事的方法。当然,这两种变化通常是同时发生的,彼此相互作用。当代文学中有关20世纪历史的正统叙述是由五六十年代集中出版的"革命历史小说"确立下来的,社会主义现实主义的叙述方法也在此文学实践中成熟完善,并定为一尊。"新时期"开启后,"伤痕文学""反思文学""改革文学"都在不同层面进行了不同程度的历史重述,到了张炜的《古船》(1986年)已经形成明显的意识形态挑战性,在叙述方法上,也从社会主义现实主义回归到以人道主义为价值立场的19世纪欧俄经典现实主义。形式上更具异质性的变革是从"寻根文学"开始的,到了"先锋文学"达到巅峰,莫言的《红高粱家族》、余华的《一九八六》、格非的《迷舟》《大年》等作品,虽然似乎只关注"怎么写",仅仅把革命历史当作叙述的载体,然而种种"叙述圈套""叙述空缺"等"花腔"般的叙述策略,都从内部颠覆了正统历史叙述的正当性和确定性。除了形式变革自身的动力外,这种"颠覆性"也受到来自西方的"新历史主义"理论①的影响。在种种合力作用下,中国文坛遂在1980年代末形成了"新历史小说"的写作潮流。该潮流跨越现实主义、新写实主义、先锋派写作几种写作派别,作品涵盖宽泛,共同叙述特征和价值倾向大致可概括为叙事立场的民间化、历史视角的个人化、历史进程的偶然化、解读历史的欲望化,以及理想追求的隐喻化等等。1993年陈忠实《白鹿原》的出版可以说把"新历史主义"小说创作推向高潮,而《白鹿原》在文学界高评簇拥下以并不存在的"修订本"入选第四届茅盾文学奖(1997年)的事件,说明这部作品中冒犯"老主流"的"新历史观"实际已经被"新主流"所接纳。

---

① "新历史主义"是西方后现代主义的一个重要分支,1970年代兴起于美国,1980年代到达鼎盛期。主要理论基础包括:尼采的"历史健忘症论"和"超人重构历史学说";福柯的"瓦解与重构历史文本"学说;德里达的解构主义学说;等等。

  "新历史小说"所依据的"新历史观"虽然受到西方"新历史主义"理论的影响,但更多源自中国大陆内生的"新启蒙"思潮。如贺桂梅在《"新启蒙"知识档案》一书中指出的,1980年代的"新启蒙"思潮经常被认为是对五四启蒙传统的重启,但二者已有不同。其中的一个大变化在于从"反封建"论述的革命范式向以"传统"/"现代"作为主要修辞的现代化范式的转变。她引用德里克的有关论述分析,"这种模式的突出特点在于,它用'一组与资本主义相关的发展'来解释中国现代史,并否定革命在中国现代历史中的中心位置,或在仍肯定其中心位置的情形下,将革命叙述为一个'衰落或失败的故事'"①。"现代化范式"在二战以后逐渐成为欧美社科界关于"中国叙述"的主导范式,1980年代经由美国的中国学研究学者的传播影响,逐渐成为中国史学界的新主导范式。这一在1980年代颇富精英色彩的新叙述范式及其"新历史观",在进入1990年代以后,随着整个社会向"小康"转型,在"告别革命"的社会语境中,逐渐趋于保守,并且从精英"普及"到民间,成为社会上下"一致认可"的新主流价值观。2000年曾在中央电视台播放、引发热议的59集大型历史连续剧《走向共和》,就是"新历史观"集大成的展现。② 在这种"新历史观"中,革命斗争被解读为权力之争,革命的动机受到深刻的怀疑,革命的灾难性后果被深度揭示。与之相对的是,社会安定的必要性、传统文化的恒定性、人之常情的可靠性、凡人生活的合理性受到特别的肯定和推崇,无论是"革命"还是"反革命",都被放到"人性"的意义上来解读;"革命叙事"被转化为"欲望叙事",任何大历史、大事件都可以通过"个人化"的"小叙述"来完成。

  在新世纪新一轮的"历史重述"中,这种虽然含混却已稳定并且安全的"新历史观",仍然被当作具有"颠覆性"的新思想被征用,说明自1980年代中期"文学回到自身"后,文学界确实已经和思想界发生严重断裂③。其"思

---

① 参阅贺桂梅:《"新启蒙"知识档案》,绪论部分第40页,北京:北京大学出版社,2010年。
② 参阅拙文:《"新保守主义"的集体无意识——解读电视连续剧〈走向共和〉》,《文艺理论与批评》2004年第3期。
③ 当年"纯文学"运动的重要推动者之一李陀,进入新世纪又带头对"纯文学"运动的负面作用进行反思。在"打头炮"的《漫说"纯文学"》(《上海文学》2001年第3期)一文中,他引述蔡翔的话说:"八十年代的文学界有一个优点,它和思想界是相通的,思想界有什么动静文学界都有响应,甚至那时候文学界有时还走到思想界的前面。可现在,文学界就是文学界,躲进小楼成一统,成了个自我封闭的小圈子,根本不注意思想界和学术界发生了些什么,这使得九十年代作家视野很窄,有种小家子气。"

想进度"不但已经追不上思想界,甚至相对于主流文艺界都时有落后。

从文学史脉络来看,这轮"重述"仍可算是"新历史主义"小说的延续。我们也依然可以从两个向度来观察这一延续性重述,一个是更注重"写什么"的现实主义路径,一个更注重"怎么写"的各种试图超越现实主义的形式主义路径。

二 现实主义脉络的"史诗化"书写

在现实主义一脉的创作中,刘醒龙的《圣天门口》成就最为突出。这部作者耗时六年创作的长达100万字的长篇巨制,以武汉附近的天门口小镇为切入点,对中国20世纪波澜壮阔的历史进行了颠覆性的"重述"。如果说注重形式突破一脉的"重述",其特点在于"反史诗化"的写法,《圣天门口》等现实主义一脉的创作,其特点恰在于对"史诗化"写法的全面继承和发扬,用刘醒龙的说法是:"要用新的写作为中国的现实主义文学正名"[①]。它的"突破性"在于对历史的"另一套说法":20世纪中国的历史不再是革命战胜反革命的历史,而是党派利益的纷争史、杀戮史,一部由种种杀戮与争斗的暴力行为所必然导致的广大民众的受难史。革命因其破坏性和动荡性,带给人民更深重的灾难。作家自负了神圣的使命,这便是以史诗的严正力量,还历史以真实和公道——如赫然印在三卷本(人民文学出版社,2005年)封面上的"卷首诗"表达的:"两种话都听了的人,冲着天堂大笑,觉得天下终于公平了一回。"

《圣天门口》的历史观是"新历史观"的典型体现,其价值的肯定性主要建立在两个支点上,一个是来源于中国文化内部的"常"的观念,一个是来自西方基督教文明的"圣"的理念。小说在正文叙述中一直贯穿着另一个文本——以评书形式讲述的《黑暗传》(按书中注解所称,该传主要参照《汉族长篇创世纪史诗神农架〈黑暗传〉多种版本汇编》,俨然一部民间流传的汉民族的史诗),讲述着从开天辟地到中华民国建立的汉民族的治乱兴亡史。在这强大的"千古一律"的"常规性"叙述里,20世纪的中国革命不过是又一场"乱",而历朝历代的老百姓要求的只是"安",这"安"是实实在在的居家日子,它没有任何理由以任何虚幻的"天下"的名目来牺牲断送。站

---

① 朱小如、刘醒龙:《血脉流出心灵史》,《文学报》2005年7月21日第3版。

在中国人"守常"的价值观念上,小说还设置了一个超越性的理念,这就是以基督教为代表的"圣"。小说中所称的"天堂",不是离天门口镇不远的共产党游击队曾经作为根据地的"天堂山",而是坐落在镇子里,每到动乱时就敲起钟声的教堂。在梅外婆、雪柠这样作为宽容、博爱、和平化身的"圣女"的映照下,无论是共产党的佛朗西、杭九枫,还是国民党的冯旅长、马鹞子,不过都是张扬暴力文化的"暴徒"。从书名在"天门口"前冠以"圣"字,我们就可以看到作者明确的价值立场,"天门口"只是天下英豪逐鹿的"天下",这里只有争夺和践踏,被囚禁在这种文化观念里的人们,无论是施暴者还是受虐者都求"安"而不可得,而只有朝向一种超越性的文化才可能获得解脱。只有来自"彼岸"的"圣",才能给每一个"此岸"的人带来"福音"。

在作家刘醒龙看来,这套观念的形成是建立在对现实历史的真实感受和自己独立思考上的。据他介绍,写作《圣天门口》的灵感缘于长辈以及妻子讲给他的故事,"小时候,家乡的长辈吓唬孩子,不是说狼来了、鬼来了,而是说某某来了。某某其实是当年家乡一带赫赫有名的革命者。小时候,一直以为他是个十恶不赦的叛徒之类的家伙,直到上高中时,才知道他是一位革命先行者的忠实学生。再后来,太太经常给我讲一些她母亲一家笃信宗教的事情,以及家族恩怨,其中有许多故事让我感动、震撼,成为我创作这部小说的原始冲动,并不知不觉就成了我仿佛有过的亲身经历"[①]。在经过多年的政治动荡和各种观念的反复洗礼后,这种建立在"亲身经历"般真切体验上的思考与祖祖辈辈流传的民间观念结合在一起,往往具有特别的可靠性。刘醒龙是一个来自民间也扎根民间的作家,他坚信依据"朴素的真理"可以"还原历史的真实"。然而,在这套如"朴素的真理"的价值观念里,我们其实可以看到"新历史观"的强劲影响,也可以看到自1980年代起中国人普遍怀有的对包括基督教在内的西方文明的文化想象。当然,这样的影响可能是潜移默化的。对于这样的观念和想象,学术界和思想界近年来一直在进行着深入的反思和激烈的争论,但这些思想要"走向民间"还需要相当长的一段时间。而且,究竟哪一种观点能够更被"民间"所接受,未必取决于这种观点是否更"合理",而是取决于它是否更"合情",受制于民众的思维定式和情感意愿。因而,完全站在朴素的"民间"立场上对复杂的历史进行反思,可能揭示出历史朴素的真实的一面,但同时也可能被朴素背后

---

① 《〈圣天门口〉为现实主义正名》,《京华时报》2005年6月11日。

的简单化所局限。在《圣天门口》这里,"简单化"的局限主要表现在对革命的理解上。

毋庸讳言,20世纪的中国历史就是中国革命的历史,不能深入地解读革命,就不能深入地解读历史。这场革命之所以不等同于中国历史上无数次反复的农民造反和改朝换代,一个根本性原因就是"革命"里包含了"圣"的理念。这种"圣"的理念虽然也存在于中国人的大同理想中,但主要是接受以基督教为背景的西方文化的影响。然而,基督教的超验精神对中国大多数人发生真正深入的影响恐怕不是通过教堂的钟声,而恰恰是通过革命的炮声——经由马克思主义的传播融入具体的中国革命实践中。马克思主义的形成本身就与基督教有深切的渊源,中国人在将近一个世纪的共产主义运动中,渗透着强烈的追求彼岸的"乌托邦冲动"。"此岸性"和"彼岸性"的内在矛盾,也是造成可怕的灾难性后果的重要原因,而这与基督教本身的矛盾也具有同构性。从基督教的角度进入剖析中国革命的历史是一个极佳的角度,但也是一个极高难的角度。刘醒龙的处理方式是把一种内在的矛盾外在化了,他先用"凡"解构革命的"圣",再用基督教的"圣"超越中国的"凡"。但是,剔除了"圣"的因子,就无法解释革命的发生和发展,也不能理解革命的独特魅力和灾难内因,结果只能是把它庸俗化和妖魔化;而将"圣"的追求完全寄托于一个抽象意义上的基督教,只能表达一种超越的情怀,这来自天外的"福音"也只能漂浮在教堂周围,难以内化于中国人的精神。

就艺术成就而言,《圣天门口》可称为这十年间写实作品中功力最扎实的力作之一,无论是讲故事还是写人物都相当出彩。但如用经典现实主义的标准来衡量,小说无论在"反映生活的真实"还是在"塑造典型环境中的典型人物"方面都有欠缺。比如,小说讲革命的发生就缺乏充分的合理性,为什么天门口镇能够发生暴动?作品中甚至没有提供一个"官逼民反"的社会环境,革命的起因似乎只是个别共产党员的策划,通过流氓无产者阴谋挑唆,使杭家这样的地方强族与国民政府结下了深仇大恨。以"个人恩怨"代替"阶级矛盾"并纠缠以家族争斗,虽然可以使故事进行,却无法解释在中国大地已经发生并且通过几十年的奋斗取得了胜利的革命。

小说的人物都经过作家的精心塑造,但最出彩的还是杭九枫、阿彩这样生长在民间文化里的人物,而共产党人佛朗西的形象总是时远时近——当他作为执着的共产党人追求革命理想时显得远,当他作为一方诸侯表现领导手腕或作为一个男人表现情欲时显得近;基督教徒梅外婆的形象也是或虚或实——当她作为包容一切的"圣母"时显得虚,而当她一招一式地调教外孙女雪柠如何做女人时显得实,此时的梅外婆活像《长恨歌》里的王绮瑶。佛兰西和梅外婆都是作家着力刻画的代表两种理想的"化身式"人物,理想性和世俗性的错位使人更明显地看到作家的文化情感定位,刘醒龙很像他笔下的人物董重里,是一个勤于思考的"民间说书人",在民间文化里如鱼得水,而对于革命和宗教都是遥远地眺望,或因厌恶而逃避,或因向往而仰望。人物一进入世俗的土壤便活色生香,一进入理想的范畴就模糊苍白。

这样的情感和文化倾向也导致全书情绪风格出现偏差。作为一部"还原历史真实"的庞大史诗,历史的严正性却往往抵不过涌荡全篇的情欲力量。在"革命历史小说"中被压抑的个人欲望在这里恣肆汪洋,甚至还加入了如"咬脚"这样极端的性习俗。这种处理不能完全看作是迎合市场需求,本质原因仍是作家在消解了革命的神圣性后,情欲就成为推动历史和叙述进行的唯一动力,以"欲望叙事"取代"革命叙述"正是"新历史主义"小说的一大特点。

铁凝的《笨花》也是立足"民间"的立场,"重述"上世纪初期到40年代这段"混乱的、纷杂的、起伏跌宕的、不安分的乱世"的历史。在铁凝的笔下,"民间"的内涵甚至消去了任何激情的力量,成为老百姓最安稳、最常规的"日常生活"。但按作家的说法,其本意并不是写"乱世的风云和传奇",而是写像向喜这样的"中国凡人"。向喜虽曾与一些赫赫有名的民国人物同僚共事,却始终没有什么高远的政治主张,只是一个被动地被时代风云搅进来的人,"每到关键性选择的时候,不是向前一步,而是退后一步",但最终能够保持气节和尊严。作家认为向喜这样的"中国凡人"虽在乱世中如尘土一般,却是最珍贵的尘土,是"这个民族的底色"。[①]

铁凝的这一说法很自然让人想起那句流传甚广的"张氏名言":"我发现弄文学的人向来注重人生飞扬的一面,而忽视人生安稳的一面。其实,后者正是前者的底子。"(《自己的文章》)这里必须辨析的是,张爱玲笔下的人物确实是一些地地道道的小女人,她们几乎游离于历史之外,过着地老天荒的日子。铁凝笔下的"中国凡人"却承担着演绎大历史的使命。作为"中国

[①] 铁凝:《长篇小说创作中的四个问题——从〈笨花〉说开去》,《长城》2006年第4期。

人底色"的代表,如果向喜的性格只是"凡事退一步"的话,那中国的历史风云是由什么人掀起的?难道这股力量不正蕴藏在"中国凡人"的性格之中吗?如果对照一下老舍《四世同堂》里那些"中国凡人"的形象(如大嫂韵梅,平时温良恭俭让,但儿子被日本人欺负时,却横眉冷对,毫不退让),我们可以看到,铁凝在向喜等人物的塑造上,着力肯定了其"安稳"的一面,而消去了其"飞扬"的一面,表现出一种有意的压抑性。

这种压抑性也直接影响了小说"独特美学风格"的形成。《笨花》的一个特点是"以静写动",通过对民俗、景物的细致书写,展现北方乡村的安稳沉静,创造出一种静谧安详的艺术格调。然而,作为一部有"史诗化"追求的作品,小说在整体格调上的问题恰恰是太静了,人物消去了火气,作品也失去了生气。另一特点是"以小写大",于细小和幽微处开拓历史的维度。但一簇簇失去了飞扬生命力的"笨花"最终难以连成一片组成波澜壮阔的历史画卷。

以"小叙述"建构"大历史"是当下不少作家,尤其是女作家喜欢采取的创作方式。迟子建在《额尔古纳河右岸》的创作谈中也谈到,她写的是"实实在在的小人物",他们是替代过去那种高大全式人物的"新英雄",因此,《额尔古纳河右岸》也被称为"平民化的史诗"。[①] 但是,如果不能在"平凡人"身上发现英雄气,在平凡日子里潜入历史的动力,所谓的"日常生活"就是一地鸡毛式的,以这样的"小叙述"去建构"大历史",虽在细部或有开掘之功,但在整体上却难以"以小见大"。

如果说"退守民间"的规避性在《圣天门口》里表现为"去革命化",在《笨花》里表现为固守"日常生活",在严歌苓的《第九个寡妇》里则干脆表现为"本能崇拜"。作家试图借助抒张女性的"自然本性",来翻转"不自然"的历史——只认人伦亲情、毫无"政治觉悟"的王葡萄在土改时,将被枪决(侥幸未死)的"恶霸地主"公爹藏于地窖二十多年,直到"改革开放"才重见天日,由此翻转了《白毛女》的故事,王葡萄以其"浑然不分的仁爱与包容一切的宽厚"守住了人生的"常"。放在"重述历史"的作品系列里,这部作品最大问题还不在于观念是否太偏执,而在于艺术论证得太无力。整个故事就靠王葡萄"天性生蛮"的"一根筋"性格来推动,无论是故事逻辑还是人物性格逻辑都在文本内部缺乏说服力。严歌苓是一位有扎实写实功力的

---

① 迟子建、周景雷:《文学的第三地》,《当代作家评论》2006年第4期。

作家,特别擅长写女性经验,然而,对一段并不熟悉的历史进行"重述",显然力不从心。

像王葡萄这样的"一根筋"形象在这一轮的"重述"长篇中并不鲜见。如莫言《生死疲劳》中的蓝脸、余华《兄弟》中的宋凡平也都是一条道走到黑的"牛脾气",他们能在一个特殊的历史时期坚持一种非常的生活方式,完全靠"本能"支撑。"本能"是固定的、生物性的,它似乎不受社会观念所左右,但实际上,这样僵硬的傀儡式人物恰是从理念里催生出来的,其纯之又纯的形象和一往直前的姿态其实很像当年芭蕾舞台上的白毛女、吴琼花。接受这样的人物不仅需要理解、认同,甚至需要信仰。这提醒人们,意识形态果然是没有终结的。像当年"革命历史小说"中那样鲜明的"规定性",可以以任何一种新理念的形式在"重述"中重现,形成对历史新的遮蔽。

这一类"时代大书"中,最令人希望落空的是王安忆的《启蒙时代》。作为当代最具"理论素养"的作家之一,王安忆直书"文革"前期一代青年的思想启蒙史,自然引人翘首以待。王安忆自己也谈到,《启蒙时代》是继《长恨歌》之后,经过《富萍》《逃之夭夭》《遍地枭雄》之后写的一个"大东西",推动《启蒙时代》写作的是一个"大欲望",于是找到这样一个大时代的故事。①

然而,这部以"时代"为题目、以"启蒙"为主题的小说却未能抓住那个时代的精神实质,正如学者薛毅所批评的,"小说没有写出这个时代给予的正面启蒙,是一个严重的缺席"。对此批评,王安忆的自我辩解是:"我承认没有对这个时代真正的了解,这个时代对我个人来说,是一个非常沉郁的时代,难免有失公允。但是里面有一件东西可算作那时代的馈赠,我到现在才有深的感触,就是我获得很大的自由,我有大把大把空白时间……"②而这"空白时间"用来做什么呢?实际上只是做一个"旁观者"。王安忆自陈,《启蒙时代》是和自己经验相关的东西,但又不是她的直接经验,小说里的人物是那个时代的主流,"而我是旁观者"③。并且承认,"旁观者"的位置必然造成个人写作的局限,"我们所以这么写,不那么写,很多时候是出于无奈。小说里的时间你们要仔细打量其实可以打量出来的,红卫兵过去了,

---

① 张旭东、王安忆:《成长·启蒙·革命——关于〈启蒙时代〉的对话》,收入张旭东、王安忆:《对话启蒙时代》,第2页,北京:三联书店,2008年。
② 同上书,第36—37页。
③ 同上书,第3页。

上山下乡还没来临,正好是两次大规模青年学生运动的一次间歇。这一年间歇暗合了我的个人经历。当时我是个小学生,前面的红卫兵运动我参与不进,后面的参与,上山下乡已经是另外一个话题了。这一段时间却是我可以参与到这个时代里去的,红卫兵落潮,青年们闲散到社会上,正与我的处境相符"①。

在对这部小说评价甚高的学者张旭东看来,"旁观者"的身份恰恰可以使小说成为一个"大东西",因为小说没有个人经验的支持,在一个"空白"里面来写,"作家就必须把自己所有的积累、能量、想象和技巧调动起来,最终把自己的'政治无意识'调动起来"②。《启蒙时代》这部作品的"政治无意识","正在于通过对文革一代的集体成长史中的精神张力和矛盾的'虚构',将我们今天所处时代自身的过渡性质、不确定性和矛盾再现出来"③。

笔者的观点与之相反。在笔者看来,一部没有经过时代反思、只是充分调动"政治无意识"的作品,只可能作为批评家建构"大东西"的材料,它本身则是一个"症候性文本"。《启蒙时代》的最大意义恐怕就是显示一种症候,一种当代创作的现状——作为从"新时期"走过几乎各个文学潮流的弄潮儿、中国最擅长思考的作家之一,王安忆对于"文革"这样的重大历史和启蒙这样的重大命题,始终未能从其"旁观者"的位置有实质性推进。她的写作既没有反思历史,也没有穿透现实,既没有写出"作品写作的年代"的"正面启蒙"主题,也回避了"写作作品的年代"与启蒙主题相关的时代命题,如专制—民主、物质—精神、革命—告别革命,等等。小说的实际落脚点是,在"无产阶级文化大革命"期间,出身革命家庭的子弟如何被"小资情调"启蒙——这正反映了当下最主流的"政治无意识",王安忆以其"文坛大家"的地位和写作"时代大书"的"大欲望",把这种无意识体现得特别生动,让我们看到,如今我们生活在一个多么强大的"后启蒙""后革命"的"小时代",这个"小时代"的生活逻辑和时代气息又是多么强劲地投射进那个革命的、启蒙的"大时代"。

这样一种"无意识"的写作,使《启蒙时代》未能超越《长恨歌》,而是成

---

① 张旭东、王安忆:《成长·启蒙·革命——关于〈启蒙时代〉的对话》,收入张旭东、王安忆:《对话启蒙时代》,第 7 页,北京:三联书店,2008 年。
② 同上书,第 11 页。
③ 张旭东:《"启蒙"的精神现象学》,收入张旭东、王安忆:《对话启蒙时代》,第 94 页,北京:三联书店,2008 年。

为《长恨歌》系列的"特别阶段史"。这部小说的预设目标其实是随着"写作年代"的推进，超越《长恨歌》对历史的解读，达到"启蒙"与"后启蒙"、"革命"与"后革命"两个时代的和解。在王安忆的设计里，在这部小说里，"日常生活"不再像《长恨歌》以来的小说那样具有"拯救力量"，作为精神和物质的和解，小说最终想找到的是一种包含理想追求的"一种正直、踏实而不庸俗的生活形式"①。

然而，这样一种写作目标在种种写作局限下无法实现，作家的笔力在不自觉中倾斜。比如，作家有意避开熟稔的日常生活的描写，以抽象化的理论辩论的方式建构历史空间，然而那些连篇累牍的议论和辩论，常常流于空洞和调侃，既缺乏理性的穿透力，又缺乏作家在1990年代初写作的《叔叔的故事》等作品中那种思想激情。转到写日常生活的部分，虽然已经是写腻了的，却自然笔下生风。这部分是小说最有可读性的部分，事实上，连张旭东也承认，《启蒙时代》"不好读"，"没有一般意义上的可读性，需要有另外的动力或好奇心推动阅读。但女孩子系列是写得最流畅的部分，轻车熟路，如鱼得水。"②即便是这些如鱼得水的部分，也远不如《长恨歌》那样滋润丰腴。这部试图超越《长恨歌》的作品，没能注入超越性的精神力量，又掏空了《长恨歌》中的世俗生命力。小说气势衰微又虚张声势，或许正显示出当人们对"日常生活"的信仰也崩溃了之后，更加无力茫然的时代"潜意识"。

在有关《启蒙时代》的写作访谈、对话中，王安忆多次坦诚地谈到自己的"局限"，如承认自己不擅长写大的历史事件，不擅长写男生，对红卫兵运动缺乏直接经验，承认作为一个低年级的"旁观者"，在那个时代拥有的只是自由时间，感受到的只是沉郁情绪，甚至对小说中人物展开激烈辩论的理论书，如《路易·波拿巴的雾月十八日》，自己也没有通读过，"我只是选择其中的几个段落，句子特别好看，词藻华丽、堆砌。我就是为强调革命的表面性对于青年的吸引力"③。我们在佩服其坦诚的同时，也不能不产生疑问，在这么多无法也无意突破的"局限"下，作家究竟凭什么写作这样一本"时代大书"？这坦诚中也让人感受到一种"文坛大家"天然拥有的写作"特

---

① 张旭东：《"启蒙"的精神现象学》，收入张旭东、王安忆：《对话启蒙时代》，第95页，北京：三联书店，2008年。
② 同上书，第49页。
③ 同上书，第35页。

权",好像只要她拥有"大欲望",就能写出"大东西"。这种"特权感"并非在王安忆一人身上存在,而是在"文坛大家"中带有一定的普遍性质,比如,在贾平凹的《古炉》中也能嗅到这种气息。

贾平凹的《古炉》可以视为"新世纪第一个十年"长篇小说的"压轴之作",以"厚重性"先声夺人——自觉步入老年的贾平凹终于在"控制不住的记忆"的逼迫下书写"文革",这段当代写作一直回避的历史如今纠缠着少年记忆"汪汪如水"涌上作家心头,激起了一个文坛名宿的雄心:要写"'文革'怎样在一个乡间的小村子里发生的",以一个古炉村隐喻整个中国的现实(参见《后记》)。这样的创作企图自然让人想起"红色经典"《红旗谱》(《红旗谱》就是通过讲述一个小村里革命的发生来论述中国革命的起源),而其有意摈弃欧俄现实主义文学传统,直承《金瓶梅》《红楼梦》的日常化、生活流的写作方式更引人期待,期待看到一部"积蓄着中国人的精气神"的"中国故事",看到这条贾平凹自《废都》《高老庄》起就自觉追求的写作道路如何经《秦腔》走向成熟。相比现实题材的《秦腔》,"文革"的故事更有经典意味,在全球化的时代,更能呈现"中国气派",甚至开辟中国当代写作的新方向。

在《古炉》里,贾平凹对自己有期许,对读者有承诺,"在我的意思里,古炉就是中国的内涵在里头。……写的是古炉,其实眼光想的都是整个中国的情况"(见封底文字)。这种以一个村子写一个民族、以一个普通个体的逻辑推演整体普遍规律的写作方法,也和《红旗谱》一样,是日常细节与意识形态的缝合。如果说《古炉》与《红旗谱》有什么不同,其实主要是意识形态具体内容的变更——在这一点上不得不再次遗憾地指出,贾平凹和绝大多数"新时期"以来的老作家一样,也是自觉不自觉地接受"新历史观",甚至是更此前流行的"人性论"。他以"人性论"代替"阶级论",将"文革"发生的原因简单地归结为人性恶,解决的方式也是朴素的人道主义启蒙:"我们放不下心的是在我们自己身上,除了仁义礼智信外,同时也有着魔鬼,而魔鬼强悍,最易于放纵,只有物质之丰富、教育之普及、法制之健全、制度之完备、宗教之提升,才是人类自我控制的办法。"(《后记》)而落实到小说中,更退归为儒释道传统文化,设置一个"善人"喋喋不休地为人"说病"。由此推演出的是确立日常生活本身的独立价值,其实这正是王安忆力图在《启蒙时代》中超越的《长恨歌》的主题。贾平凹再次老调重弹,不过是以继承《金瓶梅》《红楼梦》"散点透视"的"民族风"的路径推出,于是,那些鸡零狗碎的日常生活细节便堂而皇之地铺了一地,进一步强化了继《秦腔》之后贾平凹小说越来越难读的特征。

在此,作为"文坛大家"的贾平凹是否有能力驾驭一本"时代大书"的问题也同样凸显出来,而他的"特权感"表现为,小说里有一个过于强大的隐性叙述人。他有时寄身于显性叙述人狗尿苔身上,又经常超越他凌驾于整个小说之上。这个隐性叙述人就是作者自己,而且是正在步入老年的作者——指出这点或许残酷,但作品就是有年龄的,作者写作时的年龄,至少是心理年龄决定了作品的精气神。这个隐性叙述人的存在,使那个原本该由少年狗尿苔打开的世界蒙上了岁月的尘埃,也使"文革"题材内在包含的壮怀激烈趋于平缓,这种迟缓的节奏和气息,也是使小说沉闷的原因之一。这个隐性叙述人的对话者也是作者自己,他在相当程度上是自说自话的。因此,小说没能获得作家所期盼的《红楼梦》式的写实成功,"让读者读时不觉得它是小说了,而是相信真有那么个村子……"(《后记》)古炉村未能独立于作者而获得"自然"存在,要进入它需要读者有相似的生活经验自我补足。

强大的叙述人是现代小说的产物,背景是上帝已死,作家自立为王。叙述人从"上帝视角"走出,获得了前所未有的特权,也深怀着更本质的谦卑。在中国当代文学的创作中,具有统一性和目的性的"宏大叙事"解体以后,叙述人在"个人化叙述"中强大起来。而当作家们又转向史诗性题材的创作时,这个叙述人却忘记谦卑,继续膨胀,于是我们看到一部部"一个人的史诗"。如果说,在《秦腔》里我们看到了叙述人的谦卑(从"叙述者"退为"记录者",不"叙述"只"描写"),在《古炉》里看到的则是其膨胀。作者在《后记》中承认自己在"文革"中始终是一个"提着浆糊跟着高年级同学屁股后边跑的小初中生",一个旁观者,却自信"观察到了'文革'怎样在一个乡间的小村子里发生的","我的观察,来自我自以为很深的生活中,构成了我的记忆。这是一个人的记忆,也是一个国家的记忆吧"。一个人的记忆,多大程度上能够成为一个国家的记忆,确实取决于这个人的"深度":他参与核心事件的深度、当时观察感受的深度和事后反思的深度。可惜,在这几个方面贾平凹都没有达到他自以为的深度。旁观者的身份固然使小说超越了"伤痕文学"因"怨愤"导致的狭隘,却也限制了感受的强度,未能挖掘更深的经验,也未能提供更全面深刻的反思。读者的感觉始终是随着狗尿苔在各派重要人物之间跑腿,看着重大事件像龙卷风一样从自己身边卷过。甚至少年人的脚步还会把人带向"歧途",比如小说写村子里分牛肉的场面,远比武斗吸引人。不是这种歧途上的风景没有价值,而是那属于个人记忆。在未经过充分历史反思的个人记忆的引导下,《古炉》更应该算作一部老作家暮年回首的追忆之作,而不是一部"直逼二十世纪六十年代中国最大历史运动"的"民族史诗"。

三 "超现实主义"脉络的寓言化书写

自1980年代中期的"文学变革"起,中国作家就试图借用西方现代派的观念和技法来冲决现实主义定于一尊的格局。以现代派手法重述革命的历史,这形式变革本身就是对社会主义现实主义笔法确立的正统叙述的颠覆。进入到新世纪以后,各种现代派技法的演练愈加成熟,作家们得以从总体上对于历史进程进行寓言化的书写。然而,由于当年的"形式变革"运动中"写什么"和"怎么写"的分离,现代派思想观念一直附着在技巧之上,未能内化为支持作家从现代性的角度把握中国历史和现实的思想资源。这个后遗症在新世纪的历史寓言化书写作品中依然存在。

在这一脉创作中,最有代表性的是阎连科的《受活》(2003年)。该作品一被推出,立刻受到文学界的高度评价,被称为"中国当代文学'狂想现实主义的奠基之作'""中国的《百年孤独》""一部充满政治梦魇的小说""一个中国版的失乐园与复乐园的故事"……①评论界最为推崇的是阎连科对他以往擅长的现实主义创作方法所进行的大胆突破,称这部作品是一次"超现实写作的重要尝试"②,"对底层人民的苦难生活"做了"有史以来最奇特的书写"③,甚至有评论者认为阎连科的写作"改变着文学的秩序"④,他在"小说的体式、叙述语言上卓越的独一无二的创造",特别是对乡土中国的现代性书写,将鲁迅式的"国民性批判"、沈从文式的"乡土恋歌",以及

---

① 见《受活》一书封底介绍;咸江南:《阎连科:我的自由之梦在〈受活〉里》,《中华读书报》2004年2月11日;王鸿生:《反乌托邦的乌托邦叙事——读〈受活〉》,《当代作家评论》2004年第2期。
② 李陀、阎连科:《〈受活〉:超现实写作的重要尝试——李陀与阎连科对话录》,《读书》2004年第3期。
③ 李洱:《阎连科的力量》,《新京报》2004年1月6日。
④ 王尧、林建法:《小说家讲坛:主持人的话》,《当代作家评论》2004年第2期。

《古船》或《白鹿原》式的"文化秘史"送归"上一世纪"。①

阎连科的挑战姿态是非常鲜明的。在《受活》页首的"题记"里，他写道："现实主义——我的兄弟姐妹哦，请你离我再近些；现实主义——我的墓地，请你离我再远些。"在篇末的代后记《寻求超越主义的现实》一文中，他又明确表示："我越来越感觉到，真正阻碍文学成就与发展的最大敌人，不是别的，而是过于粗大，过于根深叶茂，粗壮到不可动摇，根深叶茂到已成为参天大树的现实主义。"在《受活》的"超越"受到众多评论家的好评后，他再次表示，重要的不是别人怎么评价，而是自己写得好，写得舒展，写得自由，"我只希望自己的写作能够跳出现实主义这个越来越庸俗的概念"，而《受活》正实现了他的"自由之梦"。②

如果从阎连科的创作轨迹来看，从"写实"到"超写实"也确乎是一条"自然发展的路"。《受活》中使用的"絮言体"在《日月流年》（1998年）中已见端倪，而对方言的运用以及"狂欢式的书写"，在《坚硬如水》（2001年）中已有了他后来自己承认"失控"的试验③，以荒诞、戏谑、黑色幽默等手法处理政治、苦难等严肃命题的方式，也是从《坚硬如水》开始运用的。可以说，自从以现实主义力作《日光流年》奠定了"实力派"作家的文坛地位之后，阎连科就"自觉且自然"地向现代主义方向转型。其实，这样的转型也不是从阎连科开始的，而是近二十年来的一种有普遍性的潮流倾向，这和1980年代以来学院派的评价体系中，一直将现代主义设定为比现实主义更高等级文学的价值倾向直接相关。

《受活》算得上是一部有雄心的作品，它反思的都是中国社会主义建设史上最重大的事件，如1958年的"大跃进"以及随后的"大饥荒"，1966年的"文化大革命"，1978年的改革开放，以及1990年代的商品经济热潮。小说写得颇用力，充满了阎连科式的语言狂欢色彩，在文体（"絮言体"）和语言（方言写作）等方面也做了刻意的尝试。小说最大的问题在于，其"新形式"与"旧观念"之间存在着明显的错位：形式完全是现代派的，反思的事件也是典型的现代性的，但思想观念和思维方式却完全是前现代的。作品中一

---

① 王鸿生：《反乌托邦的乌托邦叙事——读〈受活〉》，《当代作家评论》2004年第2期。
② 咸江南：《阎连科：我的自由之梦在〈受活〉里》，《中华读书报》2004年2月11日。
③ 李陀、阎连科：《〈受活〉：超现实写作的重要尝试——李陀与阎连科对话录》，《读书》2004年第3期。

个最引人注目之处是,它完全以中国古代的天干地支法来代替现代的公元纪年法①,不但对中国的事是这样记述的,连《参考消息》的日期、马克思、列宁的生卒年月日都不厌其烦地用天干地支重新推演一遍。这样刻意的叙述显示出一种决绝的拒绝姿态,拒绝承认一切现代文明,尤其是"外来革命"的合法性。然而,这样的拒绝姿态却完全是以"退回去"的方式呈现的——可以说整部《受活》反复展现的就是这样一个主题:退回去,将历史压回原点。

现代性一个最基本的特征就是时间因素的引进,时间单向性地进展,指向人类的终极目标。它赋予人类生活以方向感和历史感,生活按照合历史目的的形式进化发展。现代乌托邦制造的每一次狂喜和灾难都无不与人类的终极理想直接相关,其中的现代性含义绝非天干地支的循环历史观可以表达,其中复杂的矛盾困惑更非一个简单的"退回去"可以解决。退回到哪里去呢?老子的小国寡民?有批评者认为,《受活》的思想价值正在于作者虚构了一个老子、陶渊明式的"东方自然主义的乌托邦",以与已沦为意识形态的西方共产主义乌托邦对照。②但是,老子的乌托邦有一个致命的弱点,就是他对人类的发展欲望视而不见。如果说"乌托邦冲动"正是人类发展欲望中的一个基本欲望的话,共产主义的乌托邦是向前看的,小国寡民的乌托邦是向后看的。为什么生活在"世外桃源"里的"受活人"一次又一次地上外面"圆全人"的当,不也是由于不能拒绝发展欲望的诱惑吗?没有欲望就没有故事,不正视欲望就简化了故事。刻意用一种当代中国人已大都不会使用的纪年法,重新标记他们曾亲历的故事,以此抹去"现代"的痕迹,让人们退回到"王法不管"的远方,这似乎是一劳永逸的解脱,其实只是自欺欺人的逃脱。对现代性历史进行真正有意义的反思必须切入现代性的命脉,否则,表达的只是情绪,不是思考。

阎连科面临的问题也是具有相当普遍性的。中国的大部分作家尤其是

---

① 如对中华人民共和国的建立和十一届三中全会的召开,小说是这样记述的:"农历戊午年的乙丑末月中,耙耧山脉并没有什么异常,世界上也没什么异样,除了北京那儿开了一个盛会外,世界还是那个老世界,可是那个会,被后来的电台、报纸说得非非凡凡,和二十九年前的一个乙丑年份中,毛泽东宣布了一个国家成立样。"(《受活》第一卷第五章絮言"大孪胎"注解,第11页,沈阳:春风文艺出版社,2004年。)对中国当代政治史不熟悉的人,恐怕还真猜不出这绕来绕去的说法到底指的是什么事。
② 王鸿生:《反乌托邦的乌托邦叙事——读〈受活〉》,《当代作家评论》2004年第2期。

乡土出身的作家都是天生的"现实主义之子",对于现代主义的接受有某种"天然"的障碍。这固不必妄自菲薄,但也是中国文学向现代主义方向发展必须面对的实际状况。强行"超越",难免夹生。相对而言,年轻作家对于现代主义的接受,无论在理论学习的系统上,还是生活感受的亲和性上,都更有优势,但在理解深度上依然存在问题。

东西的《后悔录》也是一部用荒诞的笔法表现荒诞主题的小说,其内容与形式的统一性在于,荒诞的主题正建立在荒诞的叙述方式上——由一个执迷不悟的傻瓜认真地讲述这一辈子所做的后悔不迭的傻事,以此来叙写中国人半个世纪以来非常态的"性史"。这样的叙述方式自然令人想起艾萨克·辛格的《傻瓜吉姆·佩尔》:在认真的语调背后,是滑稽的场景,这一表一里构成奇异的反讽效果。但与辛格相比,东西显得缺乏俯瞰的视角和悲悯的态度——这或许正是他的追求,以表达对人类智慧的嘲讽,也显露了当代人更悲观悲凉的心态。但这至少给写作带来了极高的难度,那个"倒霉蛋"主人公总是在重复一个模式:一错再错,悔了又悔,却无力逃出窠臼。这构成小说发展的动力,也形成了语调和逻辑的惯性,从头到尾都在一个平面上滑行,无论是立意还是叙述都没有变化。造成这种状况的原因恐怕还是作家的精神力量不够强大,原本可能更丰厚、更微妙的荒诞感受被一个叙述模式压扁了,被叙述的惯性拖走了。

作为第一个获得诺贝尔文学奖的中国籍作家,莫言的文学成就在颁奖词中被概括为"用魔幻般的现实主义将民间故事、历史和当代社会融为一体"。这样一种概括至少在其创作实践努力方向上是准确的。如果说1980年代中后期的《红高粱家族》是莫言在拉美魔幻和中国寻根两大热潮催动下才华的"自然奔涌",此后更自觉的风格追求则是将"现代派"与"民族化"相结合,这也是"寻根文学"运动所倡导的方向,所谓"越是民族的越是世界的"。《檀香刑》(作家出版社,2001年)可以看作莫言这一自觉风格追求的第一个成熟的果实。

这部据称作家"潜心五年"写作的长篇,借用一种名为"猫腔"的民间小戏的曲调,将"声音"这一极具西方现代小说意识的主题用中国戏剧的方式呈现出来,以戏班子的"俗艺"对应歌剧院的"雅言"(参见"后记")。在这里,莫言公然炫技,用虎头——猪肚——豹尾的结构,将一种骇人听闻的酷刑——檀香刑的全过程,鲜活淋漓地描写出来,充分体现了其"残酷美学"的写作功力。莫言称,《檀香刑》的写作是其"创作过程中一次有意识的大踏步撤退",不过,这部号称"对魔幻现实主义和西方现代派小说的反动"的小说,并非如作家预言的那样"不合时宜",而是获得了文学界的高度评价。2002年《檀香刑》与《花腔》(李洱)同获在文学界口碑颇高的"民间纯文学大奖"——首届"21世纪鼎钧文学双年奖"①,被认为是"纯文学"的"正果"。

如果说《檀香刑》的写作是"一次有意识的大踏步撤退",其形式上的"撤退"是有意识的,在思想观念上的"撤退"倒可能是无意识的。小说以极具才华的渲染笔法把"千刀万剐"的过程写得活色生香,活脱脱一副鲁迅笔下"杀人看客"的图景,而作家似乎与刽子手和看客一道沉醉于"杀人的艺术",看不见反思,也看不出反讽。这种源自"纯文学"观念的"价值中立"的美学,其实是对五四以来"新文学"启蒙主义传统的反动。

在《檀香刑》之后,形式上的"推陈出新"和文化上的"认祖归宗"成为莫言努力推进的写作方向,另一部重头作品(也是在诺奖评选中特别被看重的一部作品)是2006年出版的《生死疲劳》。这又是一部宣称"向中国古典小说和民间叙事的伟大传统致敬的大书"(封底推介文字)。小说通过讲述一个"冤死地主"西门闹的六度轮回和一个单干农民蓝脸执拗一生的故事,对中国1950年到2000年的农村历史,对"土地与农民的关系",进行了"颠覆性重述"。除了具有"颠覆性"的"新历史观"和"六道轮回的东方想象力"之外,小说在叙述上运用了古典小说章回体的形式,并借用了各种动物的目光来观察世界,这些都构成了吸引人之处。

然而,如果以诺奖为标杆的经典标准来衡量,这部作品最大的问题在于思想和文化的内力不足——这正暴露了莫言最大的弱点,也是中国大多数"一流作家"共同的弱点,莫言甚至是相对更偏弱的,他虽然极富想象力和文学才华,但缺乏独立的价值观念和强大的思想能力,所以作品的思想水准特别依赖于社会主流思潮的水准。1980年代在"寻根文学"运动的烘托下,《红高粱家族》蓬勃的生命力和天马行空的想象力本身有着意识形态的突破性;到了《檀香刑》,对启蒙价值观念的"后撤",并不是现代主义意义上的"反启蒙",而是无意识地暗承了1990年代以后逐渐兴起的"专业主义"的"中立"价值观。到了2006年的《生死疲劳》,借以对"半个世纪的土地做出

---

① "21世纪鼎钧双年文学奖"系由十一位国内著名学者、编辑共同发起的一项专业性文学奖项,每两年举办一次。见附录Ⅲ。

重述"(封底推荐词)的,也正是这一时期刘醒龙《圣天门口》等"历史重述"作品普遍采用的"新历史观"。在艺术上,由于写实不是莫言的强项,作品着力塑造的人物(如蓝脸、洪泰岳)都是"一根筋"式的扁平人物,无法在道德伦理上展开更细腻复杂的关系。小说出彩处是"动物狂欢",西门闹转世托生的驴、牛、猪、狗、猴、大头婴儿各有各的欢腾劲,作家试图用西门闹的六次轮回展开"生死疲劳"的主题:当西门闹的苦难记忆在轮回里渐消渐褪时,一切来自于土地的都将复归土地。可惜,"狂欢"仅仅停留在文字表面,精神内核却很苍白。佛教"六道轮回"的观念只是在民间最简单的"轮回托生"的意义上被运用,它的实际功能不是建构小说的精神框架而仅仅是结构框架。而这一结构又无法与章回体"自成段落"的叙述特质内在相合,结果只是以章回体的"回目"对西式小说的"标题"进行简单的置换,未能达到《檀香刑》中"猫腔"的形式功效。

这部小说让人惊叹之处是莫言的才华依旧横溢。近 50 万字的长篇一气呵成,开篇即气势磅礴,直至篇末仍笔力不散,尤其据作家称,如此巨制竟在 43 天内完成,平均每天一万多字,堪比网络文学作家,可再度作为"莫言神话"的证明。为何能如此神速?除了才华横溢外,当然还是"写得顺"。然而,小说写得太顺有可能是顺流而下,也有可能是泥沙俱下,这两方面的问题《生死疲劳》都存在着。莫言曾说:"长度、密度和难度,是长篇小说的标志,也是伟大文体的尊严。"①相对于五年始成的《檀香刑》,《生死疲劳》只是更有长度,但缺乏密度并且放弃了难度。

2009 年的《蛙》给莫言带来了茅盾文学奖,生育,繁衍,半疯半癫,鬼魅奇观,在这些可以辐射的维度上,"蛙/娃"是一个非常契合莫言想象系统的意象。然而,在《生死疲劳》中还以惯性方式存在的才华,在这里已大面积稀薄。或许是惯性本身就不可能持久,或许是《蛙》的笔法更加写实,当天马行空落到以实写实,莫言的短板明显暴露出来。计划生育,这个包含情与法、官与民、个体生命与宏观政治多重悖论的主题,在时而飘忽时而快进的镜头下,再度呈现为一个奇观的故事。然而,没有了西门闹变驴变狗"六进六出"的热闹,主人公"我姑姑"的身影只能在飘忽中模糊,没有了"新历史观"托底,作家的立场也只能如那些被流产掉的孩子般没处落地。小说在形式上的看点是所谓包含书信、材料、戏剧的"三重叙事",其中,材料和戏

---

① 《捍卫长篇小说的尊严》,《当代作家评论》2006 年第 1 期。

剧基本上是点缀,比较落实的只有书信体。不管小说中收信的"日本友人"是否如许多读者猜测的那样是诺奖获得者大江健三郎①,书信体的运用都让人期待对话的可能。因为,计划生育这个"基本国策"既关乎"普世价值"又关乎"中国国情",进行全面客观的反思,需要一个距离化的他者的参照。可惜,莫言以书信结构全篇,其意却不在搭一座对话的桥梁,而是迎着西方猎奇的目光,展示又一面"中国的屏风"。确实,对于西方而言,没有什么比"计划生育"的题材更能满足奇观展现,又具有"挑战色彩"了。而实际上,对这项"基本国策"的挑战又不会对国家机器构成真正的冒犯,在日后诺奖"沉默者的胜利"②中达到最完美的平衡。虽然莫言的获奖为整个中国文坛带来荣誉,但从作家写作史的角度考察,我们不得不悲哀地看到,这部蕴含最明显"诺奖焦虑"的作品在莫言的长篇创作中是质量最低的,甚至显示出莫言的写作呈下滑趋势。当然,显示出"诺奖期待"的作家不止莫言一个,而"诺奖焦虑症"更是整个文坛的,甚至可以说在新世纪这一轮"历史重述"的诸多"时代大书"中都多少隐含着。对于一个积弱百年、追赶百年的曾经的大国而言,渴望西方最高价值体系的认可从而摆脱自卑心理,这种心态是正常的,不承认才是不健康的。从这个意义上讲,莫言的获奖无论如何都对中国文学发展有功,新世纪第二个十年的写作,作家们可以有更多的平常心了。

---

① 小说发表前后,莫言在访谈中反复说,小说中作为写信对象的日本友人是虚构的,并非如许多读者猜测的那样以诺奖获得者大江健三郎为原型,虽然"大江确实就在我开始写这部小说的那年去了我的故乡,也见过小说中姑姑的原型",两人还做过长篇对谈。参见莫言、傅小平:《谁都有自己的高密东北乡——对话莫言》,傅小平新闻博客,2009 年 12 月 15 日,http://blog.sina.com.cn/fxphappy0322。
② 莫言获得诺贝尔文学奖之后,有一个颇为流行的说法是"沉默者的胜利",因为莫言很少作为一个"公共知识分子"发言,他自己也表示,由于童年的悲剧性遭遇,他取名字谐音"莫言"来做笔名,以告诫自己。2009 年 9 月他在法兰克福"感知中国"论坛讲演中的话也被反复引用,"优秀的文学作品是应该超越党派、超越阶级、超越政治、超越国界的","它应该站在全人类的立场上,应该具有普世的价值"。参阅宋石男:《一个沉默者的胜利》,《博客天下》2012 年第 28 期。

第二章　以"纯文学"为方法的历史/现实叙述

"重述历史"、写作"时代大书"并不仅仅是以"50后"作家为主体的"文坛老将"的"集体冲锋",也是"八五新潮"之后登上文坛的各路"纯文学"作家的普遍冲动。在经过"文体的自觉"和"语言的自觉"等形式操练后,"纯文学"作家需要现实落地,从形式的走廊步入叙事的厅堂,甚至需要从"中短篇作家"向"长篇作家"跃进①。当然,这样的转向势必依然以"纯文学"为方法——"纯文学"不仅是一种内在的文学理念和艺术方法,同时也是一种观察历史现实的目光,是一种内在的"装置"。于是便产生了一些悬念:以挣脱现实桎梏姿态"回到文学自身"的"纯文学"如何走出"审美自律"重新触摸历史现实?又以何种价值观为基点建立整体叙述?以西方现代派为师形成的"个人风格"如何与传统的写实风格对接而重铸?甚至,这些以现实主义叛逆之子的身份登上文坛的作家还面临一种揶揄,在叛逆的姿态下,他们的写实功力到底如何?有没有讲好一个故事的基本功?

一　"先锋一脉"的"向外转"

在中国当代文学史上,"先锋派"虽然不是一个有组织的流派,但已有一个基本的界定,指的是马原以后出现的那些具有明确的创新意识,以西方现代派文学为主要参照,试图在艺术形式方面开创一条道路,并且初步形成自己的叙事风格的年轻作者,主要有马原、洪峰、莫言、残雪、扎西达娃、苏童、余华、格非、孙甘露、潘军、北村、吕新等。② "先锋派"的创作风格对在他

---

① "先锋作家"大都从1990年代初开始向长篇进军,如格非的《敌人》(《收获》1990年第2期)、苏童的《米》(《钟山》1991年第3期)。1993年花城出版社集中推出了一批"先锋长篇",包括苏童的《我的帝王生涯》、余华的《在细雨中呼喊》、孙甘露的《呼吸》、北村的《施洗的河》、吕新的《抚摸》。然而,这些"先锋长篇"缺乏传统意义上长篇小说所需要的更完整的世界观、更具总体性的视野、更具整体性的结构,所以,从某种意义上讲,仍是中短篇的拉长。

② 参阅陈晓明:《中国当代文学主潮》,第338页,北京:北京大学出版社,2009年。

们之后登上文坛的更年轻一代作者产生很大影响,出现不少"后继者"。这里把"先锋派"和他们的后继者统称"先锋一脉",他们构成了当代文坛"纯文学"作家的主体。

"先锋文学"运动于 1980 年代中期崛起,几年后落潮。正如"先锋派"最有力的鼓吹者也是最权威的评论家陈晓明所论述的:"1989 年,先锋派以其转向的姿态完成历史定格。文学原来怀有的挑战和创新愿望逐渐瓦解。90 年代初,先锋派放低了形式主义的姿态,或者说形式主义的小说叙事已经为人们所习惯,先锋派的形式外表被褪下,那些历史情境逐渐浮现,讲述'历史颓败'的故事成为 1989 年之后先锋派的一个显著动向。"①此后,"先锋派"的叙述进一步向故事和人物回归。在这一次转向中,最成功的是余华,在《活着》(《收获》1992 年第 6 期)、《许三观卖血记》(《收获》1995 年第 6 期)中,余华的"残酷叙述"变成了坚韧达观的"中国风度"。而与他齐名的苏童和格非,则未能如此扎实妥帖地落地,无论是苏童的《我的帝王生涯》(《花城》1992 年第 2 期),还是格非的《敌人》(《收获》1990 年第 2 期),其华丽的叙述或强大的主题,都无法与他们笔下的故事和人物贴合。进入新世纪以后,这三位"元老级先锋"不约而同地"向外转",对历史现实发起"正面强攻",建立"个人化叙述"。格非自 2004 年起,陆续推出"江南三部曲"②(又称"乌托邦三部曲";余华于 2005 年、2006 年相继推出《兄弟》上、下部③;苏童则在 2009 年推出《河岸》④。在此前后,稍后登上文坛的"先锋派后继者"中的佼佼者阿来和艾伟,也分别推出了三卷六部的《空山》(2004—2008)⑤和《风和日丽》(2009)⑥。这几部作品问世后,都受到评论界很高赞誉,屡获各种

---

① 陈晓明:《中国当代文学主潮》,第 353—354 页,北京:北京大学出版社,2009 年。
② 第一部《人面桃花》发表于《作家》长篇小说 2004 年夏季号,春风文艺出版社同年 9 月出版;第二部《山河入梦》发表于《作家》长篇小说 2007 年春季号,作家出版社同期出版;第三部《春尽江南》发表于《作家》长篇小说 2011 年秋季号,上海文艺出版社同年 8 月出版。2012 年 4 月,经格非重新修订后,《江南三部曲》完整版由上海文艺出版社出版。
③ 《兄弟》上部发表于《收获》2005 年长篇小说秋冬卷,上海文艺出版社同年 8 月出版。下部分两部分在《收获》2006 年第 2、3 期连载,上海文艺出版社同年 3 月出版。
④ 《河岸》发表于《收获》2009 年第 2 期,人民文学出版社同期出版。
⑤ 《空山》第一部《随风飘散》发表于《收获》2004 年第 5 期,第二部《天火》发表于《当代》2005 年第 3 期。2007 年陆续推出第三部《达瑟与达戈》、第四部《荒芜》(《当代》长篇小说选刊 2007 年第 1 期)和第五部《轻雷》(《收获》2007 年第 5 期),2008 年刊出终结篇(《人民文学》2008 年第 4 期)。人民文学社自 2005 年起陆续出版《空山》Ⅰ、Ⅱ、Ⅲ。
⑥ 《风和日丽》发表于《收获》2009 年第 4、5 期,作家出版社 2010 年 1 月出版。

海内外文学大奖①,可称为先锋写作在新世纪某种"仪式的完成"。

格非的"江南三部曲"分别以晚清到辛亥革命(《人面桃花》)、"大跃进"社会主义革命(《山河入梦》)和"后革命"时代的1980年代(《春尽江南》)为背景,试图书写百年来中国的革命史、乌托邦寻梦史、知识分子精神史。"三部曲"陆续推出后,受到评论界高度评价,被预测"确有可能成为一部伟大的小说"②。肯定主要集中在两个方面:第一,这是一种"先锋派""向外转"的创作实践;第二,格非在"向外转"的过程中,依然保持着"先锋派"的艺术视点和自己的话语风格。③

在"三部曲"中,最早推出的《人面桃花》可以说是一部典型的格非式的"先锋小说",如评论家陈晓明称赞的:"格非是依然有勇气按照自己的风格和意愿写小说的人……2004年的先锋派,因为格非的《人面桃花》而显示出真正的意义。"④小说的叙述时间虽然设定在辛亥革命爆发前后这一历史时期,但是具体的时代背景依然是悬空的,湮没在烟雨迷蒙的江南情调和如诗如画的抒情叙事中。构成故事逻辑的核心环节依然是一个个"叙述空缺"——一直在做"桃花源梦"的秀米父亲最终到哪里去了?"革命党人"张季元又如何成为母亲的相好?秀米在"水泊梁山"兼"大同世界"的花家舍成为"压寨夫人"以后,经历了怎样的历程?她如何东渡日本走上了革命的道路?又怎么成为"校长"?一切都在迷雾中,于是叙述依然是一个迷宫。小说中各种人物"革命"的动力以及文本自身的叙述动力依然源自各种"偶然""冲动""无意识"。

在有关《人面桃花》的评论中,陈众议从民族"集体无意识"角度的解读

---

① 《人面桃花》为格非摘得三项桂冠:"华语文学传媒大奖2004年度杰出成就奖"、第二届"21世纪鼎钧双年文学奖"、"中国小说学会2004年度中国小说排行榜榜首"。苏童的《河岸》2009年获第三届曼布克亚洲文学奖;格非的《春尽江南》、艾伟的《风和日丽》2012年同获第二届"《人民文学》长篇小说双年奖"。余华的《兄弟》虽落选于第七届茅盾文学奖,也于2008年获由法国著名的《国际信使》周刊设立的"首届《国际信使》外国小说奖"。
② 《格非〈江南三部曲〉:确有可能成为一部伟大的小说——格非〈江南三部曲〉学术研讨会发言纪要》,《作家》2012年10月号。
③ 参见《格非〈江南三部曲〉:确有可能成为一部伟大的小说——格非〈江南三部曲〉学术研讨会发言纪要》,《作家》2012年10月号;刘月悦等:《向外转的文本与矛盾时代的书写》,《小说评论》2012年第1期,该文为陈晓明于2011年10月27日主持的北大中文系研究生讨论纪要。
④ 《格非著〈人面桃花〉好评如潮》,《人民网》2005年4月19日。

很有启发性①。他称张季元之流的"革命家"和花家舍的"落草寇"共同传达了中华民族有关乌托邦的"集体无意识"——世外桃源梦+梁山泊神话+造反精神。不过,如果说这种古老的"集体无意识"尚可以解读为中国历代王朝农民造反的某种心理动因的话,用它来阐释20世纪深具现代性的革命动因,就嫌陈旧简单了。况且,小说并未能正面切入"集体无意识",无论对于"革命党"张季元,还是对于花家舍的"落草寇",甚至对于做"桃花源梦"的秀米父亲,都没有深透的描写和分析,他们始终悬浮在充满玄秘感的叙述中,如幻似梦。小说的视点主要集中在秀米身上,可以说,小说真正能抓住的人物只有秀米,而这个遗传着父亲的疯狂、母亲的情欲的怀春少女,无以承载以男性为主体的中华民族的集体无意识,20世纪中国革命的重担对于她来讲,更是太大了些。

  同样是从心理分析的角度切入,张清华选取的"个体无意识"路径似乎更为精准。他提出"春梦"一词,将之与"革命"并列,作为《人面桃花》处理革命历史的"美学点化"方式。在他看来,以"春梦"点化"革命"的《人面桃花》在两方面取得了很高的艺术成就:一个是它达到的"个体无意识"的深度。"大部分作家在处理革命和历史的时候,是着眼于外部的历史变迁、重大事件,包括道德和伦理这些社会性的话题和命题,很少能够像格非这样触及到人的精神世界的深处,触及到一个人感性世界里面最神秘、最敏感、最丰富的那些东西。在这个意义上他进入了人的无意识世界,而'春梦'是人的无意识世界的一个最敏感的经验内容和标志性符号。"第二,这个"春梦"也是中国古典小说的处理方式,"从《红楼梦》这样一部百科全书式的中国小说当中生发出来的一种手段。《红楼梦》就是使用了一种全息的,或者说'结构性'的处理方式,作家对这个世界的处理是通过对个体精神世界的深入精细的探究来完成的"。格非用"春梦"点化"革命",就把世界变成了一个"遥远的梦",把具体的经验变成了文化记忆,归入了"中国经验"的根部和谱系之中,"变成了一个中国人生命经验、文化经验的最经典最敏感的部分,变成了像《红楼梦》一样的东西,至少它有了类似的属性"。②

---

① 陈众议:《评〈人面桃花〉或格非的矛盾叙事》,《东吴学术》2012年第5期。
② 张清华:《春梦,革命,以及永恒的失败与虚无——从精神分析的方向论格非》,《当代作家评论》2012年第2期。《格非〈江南三部曲〉:确有可能成为一部伟大的小说——格非〈江南三部曲〉学术研讨会发言纪要》,《作家杂志》2012年10月号。

以"春梦"进入格非《人面桃花》以及"乌托邦三部曲"的解读，笔者以为不仅切中了作品的核心，也切中了作家本人的"个体无意识"。不过，由此推出的结论是笔者不能同意的。

首先，"个体无意识"正是当年"先锋作家"通过"去革命化""去历史化"而"向内转"的路径，如今试图"向外转"，必须重新"历史化""革命化"。无论作家采取怎样一种历史观和革命观，它们必须能够对历史现实具有阐释力，并且对文本具有统摄力。如果要继续用自己擅长的挖掘"个人无意识"的方式，至少选取的人物需要有足够的代表性，或者是具有坚定革命意志的"典型人物"，或者是沉淀着"集体无意识"的"大众化身"。否则，经过"春梦"的曲径通幽，所抵达的图景和革命有什么关系？而"先锋小说"中的人物往往是偏居一隅、缺乏现实感、偏执疯狂的。《人面桃花》中的主人公秀米仍然是这样一位"先锋人物"，她的革命动机里既没有现实动因，也没有革命信念，有的只是父亲遗传的"桃花源梦"，以及对一个恰好是"革命党"的男人的情欲冲动。无论作家怎样以上帝之手将她置于时代风潮的核心，她都在时代逻辑之外，也在人之常情之外，甚至不是遗世独立，而只是被世所遗。所以，她的"春梦"无以点化"革命"，更不可能进入"中国经验"的根部，更多的只是作家个人的历史意识或无意识的投射，隐喻式地显现了被边缘化的"先锋作家"试图重新建立与历史现实对话的艰难姿态和偏颇方式。

再说《红楼梦》式的中国古典小说处理方式。《红楼梦》的"梦"确实是建立在对现实世界全息性的、结构性的、百科全书式的处理上的，它探究每一个个人的隐秘心理，同时条分缕析地勾连起人物与人物之间、个人与整体之间的精微复杂关系。"假作真时真亦假"的梦幻感，正是建立在无一笔不妥帖真切的写作硬功夫和"世事洞明、人情练达"的常识感之上的，而这些正是"先锋作家"最缺乏的。当年在反抗常规伦常和语言规范的"形式革命"中，这个弱点被掩盖了，或者反而变成了长处。而当转向历史现实的正面叙述，进入长篇写作，传统意义上的"基本功"就不可或缺了。《人面桃花》给人的梦幻感不是"人生如梦"，而是它本身像个梦，局部逼真，整体无序，不仅是主人公秀米没有现实感，叙述本身也缺乏逻辑性——凡是逻辑不通的地方就神秘地"空缺"着，凡是刻画不准的地方就遥远地梦幻着。这不是中国古典小说的处理方式，仍然是"先锋小说"的叙述策略抑或"叙述特权"。

"江南三部曲"在主题、故事、人物上都有着延续性,叙述方式是一部比一部更"向外转"。《山河入梦》的故事背景是1950年代的农村合作化运动,主人公是"革命先驱"秀米的次子、一县之长谭功达。秀米梦游式的气质再次遗传到他身上,然而,他家传的"乌托邦"梦想又和时代的"乌托邦"梦想缺乏共振,最终主要由于性格原因而非时代原因被打落尘埃。或许相对于《人面桃花》的晚清和《春尽江南》的当下,《山河入梦》的时代背景说远不远说近不近,既无历史迷雾遮挡,又无切身经验补充,又或许是叙述上进一步"向外转"的结果,笔者认为,《山河入梦》是格非"江南三部曲"中最失败的一部。《人面桃花》中出现的问题在这里更明显地暴露出来。作家对乌托邦社会的理解和想象完全是简单化的,思想资源没有超出大众常识的水准,对一些政治规则和潜规则的描述甚至低于常识水准。人物也相当的概念化甚至漫画化。更令人惊愕的是,格非一直被人赞许、在《人面桃花》里虽因长篇有所稀释但仍保持着的"优雅精致"的语言风格①,在这里突然变得粗糙芜杂,简直认不出是格非的作品。这说明,"先锋作家"在"题材转型"和"风格保持"之间存在着矛盾。当初,"先锋作家""向内转"时提出"重要的不是'写什么'而是'怎么写'";同样,当他们开始"向外转"的时候,光转题材也是不够的,必须从原来的路径转过身来,重新探索"怎么写"的方法。真正的转型需要"写什么"和"怎么写"的统一,需要脱胎换骨式的创造性更新。

　　和格非的"乌托邦三部曲"一样,苏童的《河岸》也是一次"向外转"的努力。如果将《河岸》放到苏童的创作谱系中来看,似乎是一次旧曲翻新。小说中,既能看到枫杨树乡的历史演义与香椿树街的少年成长的交汇,也能窥见先锋的撕裂与新历史主义的解构的融合。苏童小说中常见的南与北、

---

① 格非《人面桃花》的语言风格在评论界获得普遍高评。2004年"华语文学传媒大奖"授予其"年度杰出成就奖"时,授奖词为:"格非的写作坚韧、优雅而纯粹。他的小说曾深度参与二十世纪八十年代以来的文学革命,他的叙事研究也曾丰富中国小说的美学肌理。他的写作既有鲜明的现代精神,又承续着古典小说传统中的灿烂和斑斓。他的叙事繁复精致,语言华美、典雅,散发着浓厚的书卷气息,这种话语风格所独具的准确和绚丽,既充分展现了汉语的伟大魅力,又及时唤醒了现代人对母语的复杂感情。格非出版于2004年度的长篇小说《人面桃花》,作为这一话语理想的延伸,在重绘语言地图、解析世道人心、留存历史记忆上,都富于创造性的发现。他对这一发现的深刻表达,不仅达到了中国作家所能达到的新的艺术难度,还为求证人类的梦想及其幻灭这一普遍性的精神难题辟开了一条崭新的路径。"

城与乡的对照在这里变成了河与岸的并陈,无论是像愚人船一样暗含着罪与罚的隐喻的向阳船队,还是辗转于河与岸之间的对母亲/归属和历史/身份的寻找,都可见作者在虚构故事之上对更大的象征载体的建构意愿。这一建构与苏童寄托在《河岸》之中的写作追求是分不开的——"在长篇小说中,清晰、明确地对一个时代作出我自己个人化的描述"①。

这促使我们把目光聚焦于他所描述的时代:政治风向标下的家庭哗变,后革命时代阶级定性的政治暴力,性与历史参照轴上的审父与驯子,荒诞的"屁股奇观"和惨烈的自我阉割……不能不说,这是一次让人因为过于熟悉而深感遗憾的聚焦。苏童力图离开"河岸",但他走得尚没有格非远。他对"文革"后期做出的"个人化的描述",丝毫未更新我们先前的阅读经验,也没能扭转我们对这一题材的审美疲劳。一贯的少年视角,似曾相识的意象符号,庸常的情节设置,在一种程式化的书写裹挟之下,"个人化的描述"再次沦陷于"个人的描述",未能在"重述历史"的意义上独辟蹊径,为读者打开具有启示性的新视角。

和苏童的"旧曲翻新"不同,艾伟的《风和日丽》无论从题材到写作都是开辟新局。他此前的《越野赛跑》(2000 年)、《爱人同志》(2002 年)和《爱人有罪》(2006 年)等虽是长篇,但却形同短刃,和他的许多中短篇一样始终在极限、深幽、非常态的问题上激进探索,"既邪且狠",一路压低重心地推着情节走,也推着读者往前进,这是非常难得的作者和读者都能屏息凝神的过程。可惜的是,到了《风和日丽》,那个用短刃逼着我们前进的艾伟变得平和松懈了,似乎被大的时代和长的历史慵懒了手脚,放下短刃,做起了编织活,颇为耐心地把革命将军私生女杨小翼的一生织进了从新中国成立前到成立之初再历经"文革"、中越战争、"八九风波"至商品经济热潮和千禧年狂欢的漫长五十年的历史里。

诚然,杨小翼的特殊出身和复杂遭际,足以使她的个人命运担当起和大历史缠绕纠葛、互渗互通的重任。但遗憾的是,《风和日丽》中艾伟在处理杨小翼情感困境上的笔力,一次次地被历史时代的强行植入削弱,而一旦引入对时代情势的书写,个人便仅仅沦为了穿针引线、"串"起历史的道具。杨小翼不停地行走,不停地经历,却只是如一个筛子一样任大历史从自己身上鱼贯而过,她自始至终没能"顶住"一个时代,没能让滔滔而去的历史在

---

① 《苏童:〈河岸〉距离我最远》,《文学报》2009 年 4 月 30 日。

自己身上留下冲击的深痕。

　　小说越往后写,处理的力度越是减弱,被一波一波的历史事件牵着走,拎得起脉络,却坐不实细节。你可以看到在东四十条活动的《今天》编辑部的再现,看到北岛、顾城、谢烨交往故事的翻版,看到1989年中国现代艺术展的枪击事件的重演,这种历史脉络节点多,而充实的细节少,虚实相映,让人忍不住玩起猜谜游戏,按图索骥地把小说人物和历史人物一一对号。人物命运反而让时代大背景喧宾夺主了去。虽然《风和日丽》敏锐地抓住了"革命"这个20世纪中国的关键词,通过杨小翼"私生女"的身份来观照革命父辈们的个人家庭的命运,并且借助日后成为学者的杨小翼对革命者遗孤问题进行研究、对革命的父辈进行调查和审问,来思考在纪律、使命、国家利益共同定义下的革命的父一辈,他们在遭遇人情、伦理、世俗生活时的艰辛抉择,以及每一次抉择所意味着的历史债务和留给"后革命"的子一代的历史遗产。这是一个切近而又复杂的问题,它给杨小翼的一生笼上了沉重的阴影。但是艾伟在文本中思考历史的野心,先是受到杨小翼的儿童视角的束缚,流于清浅,然后是疲于时代的周折,只得泛泛概说,无论是革命信仰与人情伦理的悖论,还是寻父、审夫的主题,都伤于直白、缺乏处理,而且在意识形态二元对立的框架内像翻烙饼似的颠前覆后,也让人怀疑究竟能有多少阐释的效用。

二　余华《兄弟》的"正面强攻"

　　1980年代末期"先锋文学"退潮后,"先锋作家"们普遍表现出一种面对现实的茫然,于是纷纷向历史深处"逃逸"。在那次转型中,余华应该说是最成功的一个。他的《活着》《许三观卖血记》虽然也有意淡化时代背景,但仍是把故事和人物落在了实处,并且把一种古老的、具有普适性的生活理念与当时中国人的时代心理连通——"活着就是活着"的理念,正是当时池莉等作家笔下"冷也好热也好,活着就好"的"新写实精神"更抽象更文学的表达。更难得的是,他在《活着》《许三观卖血记》等长篇写作中形成了一种成熟且富有特色的"余华风格",那种凝练简约的朴素风格既渗透了强烈的叙述意识,又化去了实验阶段的生涩怪异,它所凝聚的不仅是余华个人的才华,更是"先锋作家"在对现代汉语的常规叙述方式进行突破性和创造性的实验后,再与传统叙述风格相融合的结果,或许我们可以认为是这场"先锋文学"运动留下的最富有成效的成果。所以,当停笔十年的余华推出"向历史现实发起正面强攻"之作时,人们有理由期待一部凝聚着中国当代文学二十年变革成果的、世界级的"伟大的中国小说"。

《兄弟》上部面世后,评论界先是一片尴尬,不久后有人提出较尖锐的批评,认为余华的退化令人失望。余华曾言,等下部出来后,上部就"安全"了,就像当年《许三观卖血记》出来后,《活着》就安全了一样。① 果然,下部出来后,上部的"好处"开始被人提及——在上部中余华的退化虽然明显但仍留有其风格,但在下部,余华的印记被消除殆尽,"余华不再是余华"。但是,如果不管余华,单说《兄弟》,应该说33万字的下部比18万字的上部要"地道"。到这里,小说才真正做"顺"了,找准了定位——这是一部可以赢得广泛受众的畅销书。即使不借余华的名头,只要宣传得当,相信《兄弟》仍能畅销,改编成电视剧也会很好看。这不仅在于《兄弟》写了很多性,很多暴力,写得很煽情很刺激,而更在于《兄弟》扣准了大众心中隐藏的密码,顺应了大众内心的情感趋向和阅读习惯,是一部典型的"顺势之作"。

《兄弟》似乎涉及很多"宏大主题",像"时代与命运""苦难与欲望""道德与伦理",等等——如印在封底的"后记"中所提示读者的。然而,在余华充满自信又失控混乱的叙述背后,隐秘的主题其实只有一个,就是对强势的崇拜——在一个全社会公然以狼为图腾的时代,顺致羊对狼的顶礼膜拜。宋钢和李光头兄弟二人与其说各自是善与恶的代表,不如说是强与弱的代表。他们之间的关系不是善恶对抗,而是强弱对比,其结果不是善恶有报,而是弱肉强食——这正是我们这个社会中广大"群众"(借用《兄弟》里常用的一个词)普遍认同的价值观念。

然而,问题不在于"群众"认同什么,而在于作家站在哪一边,他想让读者认同什么——这是区分"纯文学"和文化工业意义上的畅销书的根本界限。一部畅销书成功的要素,不仅是准确地抓住并传达社会大众一致认同的价值观念,更是通过艺术手法制造幻觉,为此在情节设置、人物塑造等方面做"艺术安排",使这样的认同变得天经地义、自自然然。与之相应的,是提供一套大众熟悉的文化代码。而"纯文学",特别是具有先锋精神的"纯

---

① 《关于〈兄弟〉——余华访谈》,天涯社区"散文天下"2006年4月6日,http://www.tianya.cn/new/publicforum/content.asp?stritem=no16&flag=1&idarticle=78812&idwriter=0&key=0。

文学",所要进行的恰恰是价值观念上的怀疑挑战,语言形式上的陌生变形——这正是当余华被称为"先锋余华"时的作品特征。《兄弟》之所以令人失望,余华之所以被认为"不是余华",正是因为这部作品从艺术形式到主导观念上都放弃了怀疑挑战性,放弃了自我特性,顺流而下。

在艺术上,《兄弟》的"顺"表现在它取消了大众阅读的障碍和难度,主动靠近大众最惯常的叙述方式。其结构既没有《在细雨中呼喊》式的循环反复,也不具备《活着》式的精简浓缩,而是电视剧的"板块"式的,一条直线走到底,无论在哪里增减几集都不大妨碍理解。小说的语言既没有早期作品的冷峻,也没有《活着》以后的节制,基本是"段子"式的,尤其下半部,整个像无数个段子的叠加和扩展。这样的小说必然是"好读"的,至少看着不累。

《兄弟》更深层的"顺"表现在价值取向上。小说的主题之一仍然是余华惯常所写的苦难,但聚光灯却始终打在"成功人士"李光头身上,而非苦难的承载者宋钢——从余华的创作系列来看,宋钢才是福贵和许三观的"精神兄弟"。然而我们看到,到了宋钢这里,苦难的承载者已经不再是坚忍者,而是彻底沦为了失败者。作者对他也不再寄寓深切的同情和深层的敬意,即使表面上赋予他高大的身躯和高尚的美德,也无法掩盖无奈叹息之下的轻蔑。与宋钢惨兮兮的苦难故事相比,李光头的成功故事分外吸引人。李光头出场时只是个小流氓、小无赖,但随着情节的发展,这个人物形象越来越光彩夺目。他是欲望和罪恶的化身,但这欲望和罪恶在人物身上焕发出的是一种神话般的力量,生机勃勃,奔涌不息,为社会创造财富和繁荣,是推动社会发展的"原动力"。到最后,我们发现,这个人简直十全十美,他是刘镇的GDP产值,福利厂残疾工人的衣食父母,救助宋钢的好兄弟,深爱林红的好情人……但是,且慢,这样一个一向为了实现自己的欲望不择手段的人物,难道真的一点毛病也没有,一点伤天害理的事都没做过吗?肯定有,但作者都处心积虑地把痕迹抹去了。比如,他以一个异想天开的画饼集取了余拔牙们的血汗钱,一败涂地后却满不在乎。但作者没有把他写成一个胡作非为的骗子,而是暗赞他是个赢得起输得起的汉子。与之对照,余拔牙们则是利欲熏心、背信弃义又蝇营狗苟,只是一些不成器的李光头而已。李光头是带领芸芸众生前进的英雄,是代表我们时代精神的"那根骨头"。再如,李光头虽然"睡过的女人不计其数",但作者却让他一开始就为林红"守贞"而结扎,接下来策划一个滑天下之大稽的全国处美人大赛,得奖者全部是以身体与评委做交易的荡妇,再接下来让一群带着孩子的女人哭哭啼啼向李光头讹诈,于是,得出的自然结论是,性道德败坏的不是李光头,而是那些被他睡过的女人。相反,李光头倒是绝无仅有的"精神上的处子",那种亿万富翁求真爱不得的哀叹读来简直让人唏嘘,也让人不由感叹,作者对有钱人真是体贴啊!通过这样的翻转,全书完成了最深沉的对强力的崇拜——这甚至可能是无意识的,在失去控制的快感叙述中,余华在不知不觉中成为大众心理的代言人。

不过,《兄弟》一书最值得讨论的不仅仅在于它的"时代症候性",更在于它在余华的创作系列中占有的重要位置。余华曾多次说《兄弟》是他写得最好的作品,"光是上半部,就比《活着》和《许三观卖血记》要好",原因是以往的作品往往是有意识地淡化时代背景,而《兄弟》是一部"对历史现实发起正面强攻"的作品,"当《兄弟》写到下部的时候,我突然觉得自己可以把握当下的现实生活了,我可以对中国的现实发言了,这对我来说是一个质的飞跃"。① 这样的说法不能只当作图书宣传,至少我们可以说,《兄弟》是"先锋余华"向现实转型的用心之作。于是我们不得不面临的问题是,为什么被普遍认为是"中国当代最优秀的纯文学作家"的余华,自诩"十年磨一剑"的"飞跃之作",竟是一部从价值观到语言形式都顺流而下的作品?这暴露了余华在创作状态和创作能力上存在着怎样致命的问题?这些问题哪些是余华个人的,哪些是"先锋作家"为主体的"纯文学"作家所共有的?这与"先锋文学"的"先天不足"有何必然联系?

和大多数"先锋作家"一样,余华的作品一向不是以思想而是以感觉取胜,如早期先锋小说中阴森残酷的感觉,《在细雨中呼喊》中压抑孤独的感觉,《活着》《许三观卖血记》中辛酸无奈的感觉。这些感觉的表达固然与其附着的叙述形式有关,也建立在余华深切的个人经验之上。然而,写作《兄弟》时,这样的感觉显然已经离余华远去。随着由"无名"到"著名",余华的生活早已从边缘进入主流。如今,与之称兄道弟的如果不是"李光头们",恐怕至少也是"刘作家们"。身份地位的改变不但改变了他的生活状态,也直接影响了他的感觉状态和写作立场。我们看到,余华写作《兄弟》之际,当代文坛"底层写作"正处于热潮,其中到处挣扎着福贵和许三观的"兄弟"。然而在余华笔下,"底层人物"宋钢仅仅是作为"成功人士"李光头的映衬者存在的,他的真切苦难被放逐了。全书(尤其是下部)的叙述语调是

---

① 《余华:我能够对现实发言了》,《南方周末》2005年9月8日。

顺畅欢腾的、高歌猛进的调子彻底压抑了在细雨中的呼喊和在黑暗中的呜咽。虽然有不少场面写得血泪斑斑,但那些对苦难的描写不再让人感到不安和悲悯,只是让人感到悲惨和刺激,也就是说,余华最擅长的暴力叙述和苦难叙述沦为了廉价的欲望叙述和煽情叙述。

从写作手法来看,《兄弟》最大的变化在于叙述转型,余华发明了一个词叫"强度叙述",他谈到:"写随笔的过程中,我再次重读了陀思妥耶夫斯基和狄更斯等人的作品,感觉到这些伟大作家的作品都是一种强度的叙述。他们写小说比20世纪的作家们更强有力。他们是笨拙的,不像20世纪的作家那么聪明、那么轻巧和迂回。他们是直来直去的,正面展开的,而这是最需要功力的。当叙述的每个细部都写得很充分的时候,肯定也会带来更加强烈的阅读感受。"他表示,之所以放弃《活着》《许三观卖血记》中那种精练迅捷、点到为止的叙述风格而改为笨拙的"强度叙述",是为了"对历史现实发起正面强攻","要写出两个时代的特征","文革"和"改革开放时代"都不再是背景,"它就是正在发生的事,就是现场"。①

在"先锋文学"运动发生二十年后,余华向19世纪经典现实主义大师表达这样的致敬是颇有象征意味的。当年"先锋文学"从"写什么"到"怎么写"的文学变革,就是以20世纪作家的现代主义写作风格为学习样本而对现实主义写法的突破,余华的此次转型可以视为某种意义上的"逆子回头"。而且,其"回头"的方向显然不是以这些年来"先锋作家"努力学习的各种现代写法来拓展原有的现实主义写作模式,使其更为开放,更适合表达已经变化了的现代生活,而是更具有向经典学习,重新"补课"的意味。如何评价这样的"回头"此处姑且不论,但余华必须代表"先锋作家"接受一个无可回避的检验,就是他对当年挑战的现实主义写法的理解深度到底如何?其写实功力又如何?因为"先锋作家"大都是跨越写实直接实验的,当初一些实验作品的过于飘忽和后来不少作家创作的难以为继,使人怀疑中国的"先锋作家"并非如毕加索那样在变形前精通传统画法,甚至基本功都未必过关。遗憾的是,《兄弟》恰恰证实了这种猜测。

余华以"强度叙述"指认他所崇尚的传统现实主义大师们的写实风格,并将其仅仅落实为全面细致的细节描写,这本身就有偏颇。现实主义,即使从加洛蒂提出的最"无边"的概念来理解,其核心的要义也是对时代精神的

---

① 《余华:对历史现实发起正面强攻》,《南方都市报》2005年7月25日。

深刻把握和表达，只是表达方式可以不断变化而已。何况在《兄弟》一书中，余华的意图已经不在超越边界，而是要以写人物、讲故事、描写细节这样的"笨拙"方式"对历史现实发起正面强攻"，那么这样的作品就属于经典现实主义范畴之内，一些经典的衡量标准依然是有效的。按照恩格斯对巴尔扎克等人作品的概括，现实主义除了细节的真实外，还要真实地再现"典型环境中的典型性格"。而这典型性格，按照卢卡契的说法，既要"把真正历史倾向的各种规定性集中到他们的生存之中"，又绝不是这些规定性的体现和图解。① 也就是说细节的描写是重要的，但其本身并不是目的，强有力的细节描写不仅是为了强化读者的阅读感受，更是为了深化典型性格的塑造。细节、典型环境和典型性格之间必须有着有机的结合，对其间简明深刻又千丝万缕的联系是否有深透精微的把握，是考验一个现实主义作家思想艺术功力高低的关键，在这方面余华恰恰显出了软肋。

从《兄弟》中我们可以看到，余华有着强烈的塑造典型性格的意图，宋凡平、李兰、李光头、宋钢等主要人物分别是善、恶、欲望、道德等符号的代表，个个负载着"历史倾向的规定性"，这样的规定性不是太模糊了，而是太明确了。作品中也有大量的细节描写，但是这些细节描写往往是悬空的，缺乏与千变万化的具体时代背景、社会环境微妙生动的联系，于是，余华意欲正面表现的"文革"和"改革开放"两个时代，在小说中仍然只是背景，至多是个喧闹的舞台，却不是"现场"。并且，这些细节大都只传达人物的行动和效果，注重感观层面的体验，却对人物性格的深层动因缺乏有效的揭示或暗示。由于缺乏"有意味的细节"对人物进行多层次的立体塑造，这些人物也真的成了"规定性的体现和图解"，个个是简单的"一根筋"，非常概念化，而且，从头到尾没有变化，只是随着情节发展的需要更趋于极端化。以余华津津乐道的"李兰走出车站看到两个脏兮兮的孩子之后，直到把她的丈夫埋葬"这五六万字的大段叙述为例②，层层叙述中充满了如宋凡平因身材高

---

① 卢卡契：《批判现实主义的当前意义》，《卢卡契全集》第四卷，第429页，德文版；转引自范大灿：《两种对立的现实主义观》，柳鸣九主编《二十世纪现实主义》，北京：中国社会科学出版社，1992年。

② 余华自称这一段叙述写得非常好："层层推进地写，大概有五六万字。如果按照我在《许三观卖血记》里的写法，大概五千字就完了。我觉得点到为止很容易，有才华就够了。但正面地写是最难的，需要有力量。"《余华：对历史现实发起正面强攻》，《南方都市报》2005年7月25日。

大,以致入殓时不得不被敲断膝盖等细节,然而这些细节基本是平面细剖的,它们叠加在一起只是使叙述的速度放慢了,甚至到了如慢镜头播放那样一格一格"步进"的程度,刺激了读者的阅读感受,却未形成使苍白人物立体化的凝聚力量,其代价是失去了如《许三观卖血记》中那种简约叙述的凝练力量。其实,对超出常人承受能力的恐怖感受进行细节描述,本就是曾为牙医的余华在"先锋时代"就擅长的功夫,并非如他自己所说是什么"新的能力"。

于是,这样的"强度叙述"中显示出一种别扭的杂糅状态,叙述的架子是传统写实的,而细节描写的偏执极端又像"先锋小说"。舍弃在《活着》《许三观卖血记》中形成的"余华风格"而迈向"强度叙述"确实是一种冒险,因为所谓的前行其实可能只是退回到先锋变革的起点。不过余华的尴尬还不在于是前进还是后退,而是无论怎样他都踏了个空,《兄弟》肯定不是"先锋",但按传统要求也不达标。为了填充内容和拉长篇幅,余华在下半部又加进了不少段子式的情节和语言,使作品的风格呈现出一种层次更低的杂糅状态,也更显得失了方寸。

余华为什么要进行这样大胆的"跳跃"?除了写作本身的转型动力外,是否还有其他的一些动因?"先锋文学"诞生以来,我们一直关注"写什么"和"怎么写",但有一个问题多少被忽视了,就是"写给谁"。

"先锋文学"本身是 1980 年代文学精英们倡导的文学变革的产物,一批初出茅庐的"新潮作家"在一批握有相当大的发表命名权的"新潮编辑""新潮批评家"的鼓励、指导、提携下进行了大胆锐意的探索,迅速成为居于文坛高端的"先锋作家"。如果说余华等人当年的写作主要就是写给文学编辑和批评家看的,恐不为过。进入 1990 年代以后,批评界的权威逐渐衰落,这一时期,为余华这样继续创作的"纯文学"作家颁发最大象征资本的应该算是张艺谋这样的国际大导演和各种国际文学奖项。而在新世纪的文学生产环境中,市场的力量已上升到首位,普通读者"一人一票"的权利不但决定了销量,也通过网络等形式直接介入批评。余华在回答记者提问"你好像已经不大在意文学界的批评了?"时就曾明确说:"我们的文学最大的进步是没有权威,八十年代王蒙说一句话可以一言九鼎,现在谁说话也没有用了。最大的贡献是网络,网络让所有人都有了发言的权利。"①一直被

---

① 《关于〈兄弟〉——余华访谈》,天涯社区"散文天下"2006 年 4 月 6 日,http://www.tianya.cn/new/publicforum/content.asp?stritem=no16&flag=1&idarticle=78812&idwriter=0&key=0。

供在象牙塔里的余华不会不明白精英批评和大众批评的区别,如此公然以"群众意见"对抗"专家评价",这说明《兄弟》一书是写给掏钱买书的大众看的,或者可以说,是"先锋余华"凭借他多年来积累的象征资本向大众兑取经济资本的一次提款。从这个角度出发,我们不能简单地说《兄弟》是一部失败的作品——失败是从"纯文学"标准做出的评价,而这个标准余华可能已经不那么看重了。

三 阿来《空山》的民族史叙述

在"纯文学"作家转向历史现实的"史诗化"创作中,阿来的《空山》占有特别的位置。虽然阿来是在先锋退潮后登上文坛的,但仍算得上是一位典型的"纯文学"作家。这不仅由于奠定其文学地位的长篇处女作《尘埃落定》(1998年)被"纯文学"价值体系确认,并在当时"雅文化"回温的文化环境中因"纯文学"而畅销,更因为哺育其成长的文学资源来自于"纯文学"的知识谱系。和马原、余华等"先锋作家"一样,阿来也是喝"狼奶"长大的,他开出的一大串书单也是外国文学作家。[①] 而"藏族作家"的身份又使他肩负另一重使命:将民族史的叙述通过"纯文学"的路径纳入"世界文学"的谱系中。

《空山》无疑是一部有庞大野心的作品,这部三卷六部的长篇自2004年起历时四年陆续推出,持续在文坛形成热点。小说试图接续《尘埃落定》书写西藏社会近五十年以来的社会文化变迁史,从而完成一幅完整的西藏现代转型画卷——当政权交迭"尘埃落定"后,古老的藏族社会如何在外来文明的入侵和席卷下发生现代转型,其中,"原始的""自成一统"的藏族信仰传统和以"革命"为代表的现代文明的冲突是作品处理的核心问题。这对作家的全面创作才能——无论是思想才能还是文学才能都提出了极高的挑战。

《空山》的创作也可纳入本书前章论述的"史诗化"的创作潮流。正如前文讨论的,这些力图写作"时代大书"的作者都需要面对一个致命挑战,就是在意识形态的统一性瓦解之后,面对错综的历史和纷乱的现实,如何为自己的史诗化叙述寻找一个可以建立叙述逻辑、整合价值体系的内在支点?

---

① 阿来:《穿行于异质文化之间》,《就这样日益丰盈》,北京:解放军文艺出版社,2002年。

我们看到,面对这一挑战,作家们都未能做出有效应对。这是非常令人遗憾的。这样的"思想局限"不但影响了作品的深度,也在艺术上形成了致命伤,使"史诗"呈现出或陈旧老套、或表面花哨、或过于平淡、或偏执狂乱的症状。

和这些汉族作家比起来,阿来似乎得天独厚。作为一个藏族作家,他身后有着高大的雪域和不灭的神灵。其实,写作《空山》的阿来遇到的问题与他的汉族同行相似,这就是阿来自己谈到的"写当下最大的难度是认识问题":"毕竟这些人事都发生得太近。当我们试图在里面进行判断的时候,你会有怀疑。当然不会直接说好坏,但是字里行间肯定会透露这样一种判断。"阿来还谈到这样的怀疑在写《尘埃落定》时并不存在,因为《尘埃落定》写的是一个制度的崩溃,而《空山》写的是一种文化的瓦解和一种新秩序建立的艰难,因而,《空山》的写作比《尘埃落定》要难。①

不过,"神"还是给了阿来一份特别的笃定,使他有足够的信心也有足够的耐心完成这一写作长旅。当《空山》六部完全出齐,几年中屡被名家的急就章倒尽胃口的读者终于可以松一口气。无论相对于阿来自己的创作还是近十年来当代长篇创作而言,《空山》都可称达到了很高的水准。

然而,当我们离开"时代大书"这个总体令人失望的参照系,以文学史意义上"史诗"的标准考察,特别是站在全球化的背景下,考察作为一个用汉语写作的藏族作家,对自己的民族身份和文化身份是否有清醒的自觉,对作品所涉及的重大社会制度变迁、宗教文化的剧烈冲突是否有足够的思想文化功力进行深入剖析和展现时,立刻会感到失望。正如阿来所说,《空山》处理的主题,是一种独特文化的瓦解和新秩序的建立,但对这里交锋的几种力量,阿来都没有系统深入的理解。当镜头拉近放大,我们看到,在《空山》空灵的叙述背后,其实相当空旷,未能提供多少超出"文化外在者"惯常想象的"文化内在者"的独特发现。

近年来,随着西藏从一个遥远的雪域进入现实,成为政治、文化讨论的焦点,西方视野中,那个充满东方主义幻影的西藏想象被逐渐清晰地揭示出来。于是,我们惊异地发现,阿来笔下的西藏与西方人想象中的那个香格里拉那么相像——都是一片与世隔绝、自在自足的未受文明污染的净土,一群神性的、灵性的、拥有古老智慧的顺天知命的人群。而阿来所依恃的"神的

---

① 阿来、徐春萍:《作家阿来访谈录:重要的是信念不可缺》,《文学报》2007年2月8日。

法则"也那么的具有普世性,甚至先知先觉地"政治正确":保护自然,爱护生灵、敬畏生命,对一切政治和现代化入侵的断然拒斥……笔者并不是想说阿来有意地迎合西方趣味,或许不是迎合,而只是暗合,在这之中有一个巨大而暗藏的中转器,就是"纯文学"的观念和价值体系。

1980年代"纯文学"观念和价值体系建立的主要参照对象是广义上的西方现代派文学,它深深坐落于两次世界大战以后西方对现代化灾难性后果的反思和反共产主义的冷战逻辑里。从"伤痕文学"中走来的新时期作家,深怀着对政治斗争的恐惧和厌倦,以"回归文学自身"的反叛构建心灵歇息的堡垒,以追赶世界的心态拥抱西方思潮,冷战思路和东方主义视野被不自觉地接受下来。对西方现代派的追随在当时又与人道主义启蒙和"寻根文学"浪潮混合在一起,于是,古老的、未被现代性侵犯污染的文明代表着"永恒的人性"和"世界性",而这里的侵犯力量主要不是来自资本主义物欲追逐的破坏力量,而是社会主义革命的社会改造力量。

阿来具有"纯文学作家"和"藏族作家"双重身份。但是,"藏族作家"的身份背后并没有相应的藏族文化和文学传统。文学上的阿来依然是属于"汉文学"中的"纯文学"的。"纯文学"刺激了他的文学灵性,打开了他看西方的文学视野,同时也封闭了其前辈作家惯常的从政治经济社会制度等宏观视野看问题的方法,甚至是思考的欲望。于是,阿来只能用"纯文学"的方法想象西藏的百年变迁史——这方法可以简单地概括为意识形态上的"去革命化"、文化立场上的超越性和文学描写上的寓言化——《尘埃落定》如此,《空山》也如此。

在整部《空山》里,阿来对"新社会"的一切都采取了拒绝姿态,无论是社会制度的变革还是生产、生活方式的改变,全部被视为对藏民无忧无虑生活的侵害。农奴制在这里基本被虚化处理了,唯一一处出现的土司和头人都相当慷慨仁慈。虽然犯"口舌之罪"在"土司时代"会被割舌头,但那是书记官那种"喇嘛里的异端"才有的事,没有一个小老百姓因言获罪(《空山Ⅱ·荒芜》,第229页)。但"新社会"一来,一切都变了。突然冒出来一个"国家"成了山川森林的主人。神庙被毁,僧侣被遣,一切信仰被斥为迷信,一切"旧东西"都被取消,过年变成了"纯物质性"的。事实上,人们的物质生活并没有改善。汽车出现了,但只有干部才能坐,机村人还是用双脚走路。公路修通了,只为了将树木运到山外"为社会主义的雄伟大厦添砖加瓦",机村的男人们因此又多了一项从来没有忍受过的沉重劳役。机村人进入"新社会"的感觉像被迫还俗、被迫进山伐木的恩波的哀叹:"他仰起脸,对着天空露出对命运不解并不堪忍受的痛苦神情。要是上天真的有眼,看见这样的神情,也不会不动恻隐之心。"(《空山Ⅰ·天火》,第100页)

在这样的描述中作家的政治立场是显而易见的。不过,令人感兴趣的,不是阿来采取何种政治立场,而是他在进行一部史诗性作品的创作时,对那些无比复杂的历史变迁内涵,为什么采取如此简单生硬而又不容置疑的姿态和方法?阿来在写作《空山》的同时写下了一些小故事——包括"机村风物记"和"机村人物素描"两组①。这些故事都很短小,短的一两千字,长的也不过数千。据说,它们是用《空山》的"边角料"写成的。如果说《空山》是一朵由六枚花瓣组成的珠花,这些小品则是从花瓣间滑落的碎屑。然而,令人惊异的是,这些零散的短篇,几乎每一个都凝聚了比整部《空山》更多重的视点、更复杂的情感。《空山》的架势和内涵,在这些小短篇的比照下,完全不成比例。

在这些"小故事"里,"新社会"是伴随着大量的"新事物"降临的,如水电站、脱粒机、马车、喇叭,等等。这些新事物在给机村人带来惊奇、兴奋、高效的同时,也让他们感到不安、惶惑和伤痛。比如《脱粒机》,先写"电"给机村人带来的神奇感:"在机村人的经验中,除了有些时候,太阳与月亮周围会带上这样的光圈,再就是庙里的壁画上那些伟大的神灵头上,也带着这样的光圈——但这光圈出自画师的笔下。但今天,每一个人都看到机村被罩在了这样一个魅力的光圈下面。"接下来,写脱粒机巨大的生产能力,"机村使用脱粒机都两三年了,时不时还有人叹服电力的神秘与机器力量的巨大"。然后,又过了些年,人们才发现脱粒机的噪音大,怀念从前使用连枷脱米时,男男女女此起彼伏的歌声,"轰轰然的机器飞转着带齿的滚轮斩碎麦草的声音把一切歌唱的欲望都压制住了"。最后一笔,才是人不小心将手"喂"进机器口中,"这个人立时就昏迷了"。在这样的叙述中,既有代表现代文明的机器闯入任何一个传统的农耕社会带来的惊喜、矛盾、惶惑,又有藏族文化特有的意味。在阿来的笔下,那个在机器里左奔右突的"电"像一个威力无比又脾气暴躁的人格神,对科技"神力"的崇拜自然地从藏民神佛崇拜的思维和情感方式中生发出来。

---

① 这些小短篇陆续发表于各文学期刊,其中一部分收入小说集《格拉长大》(上海:东方出版中心,2007年)。

在这些故事里,"新社会"也展现出其美好向上的一面。人缘好的穷苦人衮佳斯基"翻身"做了妇女主任(《喇叭》),合作社社长格桑旺堆由于引进马车在村民中树立起"领头人"的权威,工作组中人有很耐心善良的人(《秤砣》),而工程师、地质队都是些"神气的家伙"(《水电站》)……对于毛主席和共产党,机村人也有着朴素的迷信、崇拜和感激:"那时,机村的一些人,慢慢开始明白,共产党不是一个人。但还是有很多人认为,共产党是一个人,和毛主席加在一起,是非常了不起的两个人。……麻子保管员说:'是毛主席要给我们发好东西了!'"(《马车》)

据说,这些小故事在《空山》未来进一步完善修改时会被整合进来,但笔者很怀疑这是否能完成。因为,别看这些小故事篇幅短小,但其呈现的复杂面向、蕴含的多种信息,却是《空山》整体划一的逻辑所不能容纳的。《空山》虽然结构上"破碎"为六部,但背后的叙述逻辑却是严格的"一边倒":革命以来前的"旧日子"是好的,革命来以后的"新日子"是坏的;倾向"旧日子"的是好人,拥护"新日子"的是坏人或者至少不是好人;外来的"革命者"都是官僚霸道的,机村的"积极分子"都是野心勃勃的,男人是蛮的,女人是丑的……甚至,这里出现的机器也都是破坏性的,如砍伐森林的电锯、炸毁神湖的炸药,现代化的双刃剑只露出了其伤人的一面。

为什么会出现这样的差异呢?一个可以成立的解释是,写作"小故事"的阿来心态是放松的,姿态是低的,是更忠实于经验的。其实,这些"小故事"虽呈现了"新社会"好的一面,但背后的调子还是趋于哀叹的。但是,这隐隐的否定立场却遮掩不住鲜活的记忆,其中有不少可能是童年的记忆。然而,在写《空山》这样的史诗性作品时,阿来的姿态是高的,他需要以一种高屋建瓴的方式把藏区百年变迁的历史整合到一个统一的叙述中去。遗憾的是,面对剧烈的社会结构变迁和激烈的文化冲突,阿来和写作《圣天门口》的刘醒龙等汉族作家一样,缺乏足够的思想资源和思考能力进行深入的剖析和整合。于是,他也采取了简化退守的方式,彻底地"去革命化"。于是,西藏这个本来充满政治复杂性的概念被抽空、固定为结构性的、稳定不变的本质主义概念,西藏的百年变迁史就成为一个"自然乐园"单向地被侵犯、被毁坏的历史。

阿来有一种独特的艺术才能,将他的简单退守表现为大智若愚。除了整体气势上的气定神闲之外,他还特别擅长创造一种姑且可称之为"蒙昧的通灵人"的形象,以他们为叙述者,或者悄悄将叙述者寄附在他们身上。

在《尘埃落定》中，这个人是土司的傻瓜儿子，在《空山》中，他们是住在树上的书痴达瑟、有着神秘的贵族出身的痴傻女人桑丹、最善良也最糊涂的额席江奶奶，等等。凡是需要思考的时候，他们都是蒙昧的、"脑子不好使"的，但凡是需要对大局做出判断时，他们总能一语道破"天机"。借他们之口，作家获得了发布"神谕"的特权。作家无须解释，读者也无从辩驳。

《空山》中，对"新社会"的评价大都是由这些"蒙昧的通灵人"做出的。在他们的视域下，"新社会"完全是一个贸然闯入的庞然大物，革命更是不可理喻的"天火"，无可逃避，也无法理解。对"新社会"一切新人新事的解读和评断，都被放置在他们古老而蒙昧的观念体系中。

小说中最重要的新人形象是民兵队长索波。如果把《天火》(时间段是"文革"前后)中的索波与《轻雷》(时间段是1980年代末"市场化"开始时期)中的拉加泽里对比一下，就会发现，这两个生活在意识形态基本对立时期的青年，其背后的价值观念却是完全一致的——都是个人奋斗、出人头地、建功立业。这套价值观念是改革开放以来主导"小康社会"的核心价值观，大概也是阿来自身在成长过程中最具支撑力的价值观，它贯注在拉加泽里这个"市场化"浪潮中的个人英雄身上显得特别坚实——可以说，拉加泽里不但是阿来笔下最丰满扎实的一个人物，也堪称"新时期"以来继高加林(路遥《人生》)之后又一个成功的"农村青年"的典型形象。然而，将拉加泽里的价值观念套用在索波身上就出现了严重的时代错位，虽然这两个年轻人身上"发狠"的青春劲头是那么相像，就像高加林和梁生宝(柳青《创业史》)都是积极向上的大好青年，但如果将高加林"空投"到梁生宝的时代，他不可能是"积极分子"，只能是充满小资产阶级个人主义思想的落后青年。在《空山》中，被抽空了革命理想的索波只剩下野心勃勃，他以出人头地的心态号召大家大公无私，就完全不具备任何道义上的合法性。于是，这个本来可能成为"典型"的人物被完全概念化了，"进步"时，他永远地反天意，永远地背民心；"退步"后，他不断地"犯错误"而终于成为机村人信服的"领头人"。对他"进步""退步"的解释，只有好人、坏人的逻辑。最后，甚至由其母亲(又一个"蒙昧的通灵人")解释为"革命"是寄居在儿子身体里的"怪人"，那个"怪人"离开了，儿子的善心就发动了(《空山Ⅱ·荒芜》，第309、311页)。革命就这样在被妖魔化后被驱逐了。

对革命意识形态的彻底放逐，使小说的主题无法深入。《空山》中写外来革命与西藏文化冲突最激烈、写法也最落实的一部是《天火》。小说的主题可分表里两层,表层写"文革"政治疯狂的火点燃了藏区森林自然的火,而深层则触及大火如何点燃了藏人心里的火,这就是巫师多吉说的"山林的大火可以扑灭,人不去灭,天也要来灭,可人心里的火呢?"(《空山Ⅰ·天火》,第202页)藏人"农奴翻身"的喜悦、建设"新社会"的理想和人类共有的乌托邦冲动,这些"心火"怎样与外来的"天火"呼应,又如何与自然法则和藏区原有文化发生冲突,这都是写西藏百年变迁史需要深入挖掘的。但是,由于小说在对"新社会"进行描写时,从来没有在藏人心中撒下革命的火种,这火只能来自外部,烧在表层。整部小说中只有几处涉及比较复杂的情绪,如写到灭火队进驻机村后,物质的极大丰富和临时共产主义的供应方式让机村人进入短暂的狂欢。但这样的情节在小说中实在太少,而且只在表层滑过。整部小说就像阿来笔下快速推进的大火,虽然来势汹汹,但缺乏盘旋和回溯,无法在深层形成"有效的杀伤","差不多是脚不点地的,只是从原始森林的顶端,从森林枝叶繁盛的上部越过"(《空山Ⅰ·天火》,第213页)。

其实,作为一部由藏族作家书写的表现本民族当代变迁的史诗,《空山》最令人遗憾的地方还不在于对外来冲击采取简单的拒斥态度,而在于其内部根基的空虚。无论是从宗教信仰还是从生活方式上,阿来都与中心地区的藏人相对疏离,文化上缺乏精深的滋养,立场上更有意"超越"。这就使阿来"退守"的背后没有建构的基础,"拒斥"的背后没有抵抗的含义。而且,作为一种边缘宗教文化群体的"发声者",阿来与其所属的族群缺乏那种具有深切悲情意味的"同在感",这是与写作《心灵史》的回民作家张承志完全不同的。

阿来一直称自己是一个"用汉语写作的藏族人"。他承认自己虽然是藏人,但家乡位于靠近汉人区山口的农耕地区;虽然母语是藏语,但不懂藏文,不能接触藏语的书面文学;虽然有强烈的宗教感,但不是佛教徒。尽管在阿来看来,这诸多的"但是"正成全了他的"超越性",如在接受藏族文化传统时免受佛教影响,更具有"民间"的朴素深刻性,从小在汉藏两种语言中流浪培养了文学的敏感①,然而,一个少数民族作家在不能进入本民族文化核心的前提下进行"超越",他还能在多大程度上具有本民族的文化属

---

① 阿来:《穿行于异质文化之间》,《就这样日益丰盈》,北京:解放军文艺出版社,2002年。夏榆:《多元文化就是相互不干预——阿来与特罗洛夫关于文明的对话》,《花城》2007年第2期。

性?如此轻盈地"穿行于异质文化之间",又能在多深的层次上触及异质文化的交锋?

在有关阿来民族文化身份认定的问题上,笔者特别赞同郜元宝的洞见,他称阅读阿来作品之后所能建立的关于作者身份的唯一认识就是,阿来"基本上是从小就失去本民族文化记忆而完全汉化了的当代藏边青年"。而《尘埃落定》与《空山》共同的问题都是:"作者在尚未自觉其文化归属的情况下贸然发力,试图以长篇小说的形式对复杂的汉藏文化交界地人们几十年的生活做文化与历史的宏观把握。"①如果有所补充的话,笔者认为应该强调阿来"纯文学"作家的属性。阿来在宣称不相信任何一种宗教信仰的同时,又宣称"文学是我的宗教"②。当然,这只是一种"文学的说法",而这里的"文学"肯定是"纯文学"。"纯文学"是讲求超越性的,但并非没有载体。在一种"政治无意识"的状态下,通常越"超越"的东西越会附丽在最强势、最通行的载体上。在阿来这里,"纯文学"的语言载体是汉语,并且是走向世界的汉语;背后的意识形态则是"普世价值观"。在《空山》里,阿来的"纯文学"信仰集中体现在对优雅汉语的崇拜和对以《百科全书》为代表的西方现代化科技文明的崇拜。

《空山》中,最能体现阿来自我文化身份认同的人物是达瑟(认同程度甚至超过了那个似乎是童年阿来的"我"),这个颇具科尔维诺笔下"树上的男爵"派头的藏族知识青年,在机村代表着最高的"理性智慧"。达瑟从城里运回一马车书,然后终身在树上阅读。对于书的类别,他是精心挑选的。这些书里"没有毛主席,没有共产党,也没有万岁,没有打倒",书里有的是花草树木、飞禽鸟兽的彩色图案和名字——这是一套《百科全书》,代表着自然科学、"纯粹的知识"。在达瑟这里,"书上的话"代表真理,而为什么"书上的话"有两种,而且彼此矛盾,达瑟虽然困惑但不深思,他只是"本能"地扔掉一种,信奉一种。

小说中有一个特别有象征意味的情节:有一天,"我"终于进入达瑟树上的书屋,在他的指导下打开了新奇神秘的《百科全书》——

> 机村的山野里植物众多,但全村所有人叫得出名字的种类不会到五十种。而且,好些名字是非常土气的。比如,非常美丽的勺兰,叫做

---

① 郜元宝:《不够破碎——读阿来短篇近作所想到的》,《文艺争鸣》2008年第2期。
② 阿来、脚印:《文学是我的宗教》,《文学报》2005年6月2日。

"咕嘟",只因这花开放时,一种应季而鸣的鸟就开始啼叫了。这种鸟其实就是布谷鸟。五月,满山满谷都回荡着它们悠长的啼声,但人们也没有给它们一个雅致的命名,只是像其鸣声叫做"咕嘟"。然后又把勺兰这种应声而开的花也叫了同样土气的名字。现在一本《百科全书》在我面前打开了。我置身其上而看不到全貌的树呈现在我面前。同时,还有一些环绕着大图的小图呈现出了这树不同部位的细节,和它在不同季节的情状。书本真是一种神奇的东西,它轻易地使一件事物的整体与局部,以及流逝于时间深处的状貌同时呈现出来。(《空山Ⅱ·达瑟与达戈》,第72页)

一本《百科全书》,三个名词,背后是三种文明体系及其在小说中的"自然排序"。为什么"咕嘟"是土气的,"布谷"就是雅致的?其实,无论汉语里的"布谷"还是英文中的 cuckoo 都和"咕嘟"一样是模仿鸟叫的声音命名的。布谷鸟在汉语中又叫杜鹃,它同样是花的名称。也就是说,在给花鸟命名的思维方式上,藏语和汉语、西语都是相似的。那么到底是什么不美呢?是"咕嘟"的发音,还是固定着发音的汉字?如果"咕嘟"译成"古渡"是不是就可以和"勺兰"媲美了?看来,优雅的不是"布谷"和"勺兰",而是这两个名词自然引发的诗文联想,其背后有着"最悠深、最伟大"的汉文学传统(阿来语)。而当它们印在《百科全书》上的时候,它们就以"世界本来面目"呈现在世人面前了。而"咕嘟"成了唯一需要被引号括出的"化外之音",它背后有什么呢?有藏传佛教对世界博大精深的独特认识系统吗?有藏文学灿烂多姿的文学传统吗?都没有。这些在我们汉语读者知识谱系里缺乏的东西,阿来也没有提供给我们。于是"咕嘟"的背后就只有村人的蒙昧、粗陋和土气。阿来甚至忘记了,他是拿自己母语里一种村野文化放到另一种强势文化的诗文系统里去比较,如果汉语中的一句"村话"放到藏语文学的系统里去打分,结果又会如何呢?在这里,阿来暴露了他对藏文化价值判断上的矛盾态度:在意识形态层面,西藏是足以对抗一切入侵的外来文明的,虽然逆来顺受,但高贵泰然;而一旦进入文化对抗层面,藏族立刻退回到"边疆落后地区"的位置。这一矛盾的心态背后,"纯文学"的价值系统却是同一的。

其实,在《空山》整体偏于飘忽的叙述中,这一段的描写是相当动人的——寂静的森林深处,风吹过树冠。一本又厚又大的《百科全书》从一块油布中被抽出、打开,于是,世界有了光。在对《百科全书》单纯的信奉中,我们几乎可以重温1970年代末中国人对于"哥德巴赫猜想"的热情。这里有一个虔诚的被启蒙者,他是谦卑的、好奇的、想飞的。相信这里面有着阿来真切的个人经验,如果在单纯的个人叙述里,如在前边谈到的那些有关机村的小故事里,这经验是纯朴动人的。然而,一旦这个怀有"当代藏边文学青年"心态的叙述者以"藏族历史上真正意义上的第一代的知识分子"①的姿态讲述西藏百年变迁史时,因母语文化的残缺导致的妄自菲薄就会显露出来。

《空山》全书问世后不久,阿来在中央电视台《面对面》栏目的一次访谈中②,谈到藏语是一种宗教语言,缺乏表现现代生活的语汇。结果,立刻受到一些藏族知识分子的激烈批评和反驳。他们指出,藏语完全有自己独立的文学系统和绝不亚于汉语的丰富生活语汇,阿来不应该在无知的情况下贬低自己的母语。③ 关于藏语的表现力问题不是我们这些门外汉可以讨论的,不过,这里触及一个可能引发强烈情感立场论争的问题:一个已经丧失母语的少数民族作家如何对待自己处于弱势的母语?④ 不过由于关涉复杂,这里也姑且不讨论。从本书论题出发,我们这里仅讨论一个与"纯文学"更相关的问题:作为一个"纯文学"作家,阿来如何对待普通话之外的方言?

有关机村人对生活中的植物缺乏命名的说法,特别容易让人联想起韩少功在《马桥词典》后记中提到的那个故事:一次,他在海南岛菜场上向当地卖主问一种不知名的鱼的名称,卖主瞪大眼睛说"海鱼",再问之下,不耐烦地说"大鱼么!"当时他差一点嘲笑、可怜他们语言贫乏,后来知道自己错了。海南有全国最大的海域,有数不尽的渔村,有历史悠久的渔业。关于鱼的词汇量这里应该是最大的。真正的渔民,对于几百种鱼以及鱼的每个部

---

① 中央电视台《面对面》栏目"见证西藏"系列节目:作家阿来(2008.04.29),http://space.tv.cctv.com/act/article.jsp? articleId = ARTI1209537961047296。

② 同上。

③ 参阅网友评论小辑《藏人驳阿来先生:我的葡萄不酸,还很甜》,新浪网2008-05-10,http://blog.sina.com.cn/s/blog_517fcba4010097g3.html。

④ 如次仁德吉在帖子《阿来和席慕蓉,以及策兰!》中谈到:"有些人同样是流亡在别人的语言中,却放低自己想要成全自己的母语,如:席慕蓉。有人问她,你们蒙语能够在人与人之间交流吗? 她没有生在蒙古,也没有长在蒙古,她更是不懂蒙语,可她却坚定地说:我很抱歉因为一些原因我并不懂自己的母语,可是我敢说那绝对是一种成熟的语言,父亲告诉我在蒙语里光是形容马的颜色的词汇就有500多种,一篇关于马的文章却可以从头到尾不用一个马字……与此相反西藏却出了个阿来,为了成全自己的一点脸面,不惜侮辱自己的母语。"

位以及鱼的各种状态,都有特定的语词,都有细致、准确的表达和描述,足可以编出一本厚厚的词典。但这些绝大部分无法进入普通话。"他们嘲啾呕哑叽哩哇啦,很大程度上还隐匿在我无法进入的语言屏障之后,深藏在中文普通话无法照亮的暗夜里。他们接受了这种暗夜。"①

如果说《空山》的背后有一个"虔诚的被启蒙者"的话,《马桥词典》的背后则有一个反思的启蒙者。而《马桥词典》的写作动机恰恰是揭开普通话的语言屏障,深入"嘲啾呕哑叽哩哇啦"的方言,按照它的原生语义和价值体系编写词典。这是对普通话霸权的颠覆,也是对大一统的文化观念的颠覆,更深远处则指向全球化和普世主义价值体系。《马桥词典》是"纯文学"谱系内有代表性的作品,韩少功也可以算是"纯文学"的开路先锋之一。"纯文学"的价值形态本是从"启蒙话语"推导而出的,但1990年代以后,继续"先锋"者已经走向质疑和颠覆。《马桥词典》发表于1996年,十年之后,阿来的《空山》又回到了"启蒙话语"的原点——笔者是想说,即使不谈少数民族作家对自己母语态度的问题,完全回到"纯文学"自身,阿来的思想观念也是滞后的。阿来的母语正是"深藏在中文普通话无法照亮的暗夜里",他的选择是,在现实生活中以个人的方式逃离,在文化判断上"接受这黑暗",而他的写作在某种意义上更加重了这黑暗。

之所以产生这样的状况,一方面是由于阿来一直没有走出"当代藏边青年"的心态,但更重要的是他缺乏知识分子应该具有的持续反思的精神和态度。在对优雅汉语的崇拜中,没有反思作为一种强势话语它如何与国家这个"庞然大物"结合;在对科技文明的崇拜中,没有反思它与现代性发展对自然掠夺毁坏之间的因果关系。在表层僵硬的拒斥和深层近乎天真的信奉之间,阿来的世界观存在着不自知的矛盾。而知识分子反思立场和少数民族文化守护立场的双重缺失,也使《空山》对于今日真正居于霸权、对边缘文化造成压抑消解的各种主流力量缺乏抵抗。

"去革命化"和民族文化身份的架空使阿来对"新社会"以来西藏社会变迁史的描述难以深入,两种冲突力量的交锋只能在人性、人道、天命、天道这样的"中性"地带进行,思想上的飘忽与写法上的"寓言化"结合在一起,使整部《空山》显得空旷而迷离。老实说,阅读完三卷六部皇皇七十万言的《空山》,除了优美的修辞风景,最终能够抓住的东西,还不如那几个短小精

---

① 韩少功:《马桥词典·后记》,北京:作家出版社,1996年。

悍的短篇。在此,笔者再次赞同郜元宝自称为"不合时宜"的观点,阿来最适合的小说形式恐怕是短篇。①虽然,对于"史诗化"创作,笔者也和许多作家一样怀有某种"心结"——依然期待有作家能以强大的思想力和文学表现力高屋建瓴地呈现中国巨大的社会历史变迁,哪怕这高屋建瓴仅是一家之言,却不回避矛盾,有自己的体系和思考。但阿来并不是这样的作家,他的"神"并没有给他坚定的信仰,也没有给他有效阐释这个世界的方法,只让他维持了一种气定神闲的叙述姿态。

尽管如此,这份气定神闲还是支持阿来至少在艺术层面上,保持了《空山》这部长篇巨制在气韵上的连贯和均衡。而且,在这部作品中,阿来也充分显示了他在技术上的全面拓展和推进,不但保持了《尘埃落定》的诗性风韵,也在写实方面显出硬功,无论是《天火》中对宏大场面的控制,还是《轻雷》中对典型人物的刻画都可圈可点。在这方面,阿来远远胜过那些比他成名更早的"先锋作家",甚至强过一些写实出身的"实力派"作家。

"先锋一脉"的"纯文学"作家在"先锋运动"退潮后,再次不约而同地聚焦于20世纪的中国历史现实的叙述,并且热衷于"革命史叙述",这样一次"向外转",虽然不像1980年代中期那场"向内转"的文学变革运动那样,有鲜明的旗号和强大理论的导引,但依然显示了当代文学发展的内在驱动力。一方面,在形式变革的力道消退后,革命和乌托邦的故事本身仍然可以寄托某种激越浪漫的情怀;另一方面,"革命史叙述"必然是"再叙述",在这样的"再叙述"中仍然可以继续文学史的对话。对"革命"的钟情,甚至某种程度上对"宏大叙事"(包括有意地颠覆)的钟情,是"先锋一脉"作家与经常混在一起来谈的"晚生代"作家不同的地方②。这些作品无一不是作家

---

① 郜元宝:《不够破碎——读阿来短篇近作所想到的》,《文艺争鸣》2008年第2期。
② "晚生代"指"先锋派"之后在文坛崛起的作家群体,主要有韩东、朱文、毕飞宇、何顿、述平、邱华栋等作家。按照"晚生代"这一概念的首倡者陈晓明的辨析,"晚生代"与"先锋派"的差别不在年龄上,而在艺术特征上:1."先锋"群体所做的形式主义实验依然是在文学史的语境内与经典现实主义构成对话,而"晚生代"群体却没有"文学史"的切实感受;2."晚生代"写作多年,等他们步入文坛时,"先锋派"已经成功成名就,并且那些形式主义高地已经被攻克占领。3."晚生代"是一批更加个人化的写作者,他们在市场经济中自谋出路,因为标志着与体制结为一体的当代文学历史已经被严重改变。4.在艺术上他们是无根的一代,失去了历史感的重负,既自由又孤独。陈晓明:《中国当代文学主潮》,第389页,北京:北京大学出版社2009年。

蓄势多年的转型之作。遗憾的是,恰恰在这样郑重的自我超越中显露了这一作家群体的局限——当年他们以出众才华和形式突破的锐气登上文坛,宏观视野和生活经验的先天不足没有影响他们的起跳,却影响了他们中年以后的跃进。由于独特的"个人历史观"的缺乏,其"个人化描述"非但没有清晰明确,反而模糊散乱,并且未见个性出新。对大历史的难以驾驭与对历史和人物关系的拙于勾连,使他们的"正面强攻"组织不力,以往力道紧绷的小叙述也松懈平淡,独特的话语风格无以保持。解读这些作品的过程应该说是一次次解构神话的过程。解构不是否定,而是还原其更真实的定位,给予其更恰当的评价,以期当代创作更理性地发展。

第三章　陷入困境的现实主义叙述

在当代文学的创作中,现实主义文学一直占据主流位置。作为一种创作手法,现实主义的正统地位是从五四"新文学"建立之初就被确立起来的。当年,五四前辈们之所以化繁为简、弃宽择窄,放弃了自己曾经尝试过的多种"主义",选择写实主义为唯一正统①,与当时"德先生""赛先生"的引进直接相关,背后是对启蒙主义文化精神的信仰崇拜。新中国成立后,作为现实主义文学价值支撑体系的启蒙主义被共产主义所替代,现实主义也转变为社会主义现实主义,在国家主导的文学体制中被定于一尊,并通过专业—业余作家体制培养出一支人数超过百万的现实主义创作大军。进入新时期以后,现实主义再度向18、19世纪欧俄经典现实主义回归,人道主义也在"新启蒙"思潮中被再度呼唤出来成为支持文学立场的主导价值。

然而,冷战结束以后,随着世界格局和中国社会结构发生重大变迁,支持现实主义的价值系统遭受重创。普遍的"启蒙主义的绝境"如釜底抽薪,使现实主义文学陷入困境。即便如此,我们也不得不看到,中国当代作家思想的普遍贫弱和思想资源的普遍匮乏,更使当下现实主义叙述陷入茫然和浮泛。与此同时,由于与现实主义长期配套的"下生活"等制度无法坚持,以及"专业作家"体制的封闭性,现实主义反映现实生活的功能大打折扣——其差距在少数坚持"走现实主义老路"作家创作的对比下愈加明显。新世纪以来的现实主义叙述就是在这样内外交困的困境下进行的。深度价值系统的抽离,写实功力的薄弱,都使现实主义文学原有的叙述效果难以实现。不过,社会生活发生的巨大变迁,社会主流价值的转变,也使现实主义文学的人物形象、美学风格发生着值得关注的新变化。

一　"个人奋斗"成长模式的变迁

现实主义文学在实现意识形态整合功能的同时,对于个体读者而言,

---

① 王德威:《被压抑的现代性》,《想像中国的方法》,北京:三联书店,1998年。

也具有巨大的精神抚慰功能。它使每一个孤独的个体在一个文学的整体世界里获得了定位、归属，尤其是在各个历史时期都特别受读者欢迎的"成长小说"，它向每一个底层青年许诺，只要勤奋上进，就能在现实社会中以合法（或至少是合情合理）的方式取得成功。这种功能直到1980年代都有效地发挥着作用，其中最成功的作品是路遥的《平凡的世界》（1986年）。

《平凡的世界》是一部"新时期"中国农民的"创业史"，它不再是梁生宝们那样的集体创业史，而是个人奋斗史。主人公孙少平基本是约翰·克利斯朵夫、于连那样的个人奋斗的英雄。这种向经典现实主义回归的努力使"典型人物"从"社会主义新人"的概念中解放出来，成为既扎根于黄土地又闪耀着"永恒的人性"光辉的"民间原型"，也使"批判现实主义"批判、抗争的对象从具体的政治制度、社会现实转移到更广义、抽象的生活、命运，从而使作品在一定程度上脱离了具体的时代背景，获得了更长久的生命力。

优秀的现实主义作品不但能创造出逼真的现实感，还能成功地创造一种乌托邦式的意识形态幻觉。《平凡的世界》里那套扎扎实实的写实描写背后有一种非常光明乐观的信仰：聪明、勤劳、善良的人最终会丰衣足食、出人头地、光宗耀祖。书中一个个推动故事发展的情节安排（如孙少平不断遇到善人帮助、得到贵人赏识，获得润叶、田晓霞等高干女儿"七仙女式的爱情"）都是基于这种信仰，这给了读者极大的心理满足和阅读快感。如果把《平凡的世界》与《人生》做一下比较就可以看到，《平凡的世界》不仅是细述的人生，更是完美的人生。高加林在事业追求和道德背叛之间的矛盾、"王侯将相，宁有种乎"式的怨愤不平在孙少平这里消失了。在他这里，事业成功与道德完善是一致的。他是"精人""能人"，又是最仁义的好人，是中华民族传统美德的化身。有人认为，在《平凡的世界》里，路遥减弱了与现实抗争的力度，有意调和矛盾。① 如果真是这样的话，很难解释为什么高加林和孙少平同样得到读者的普遍认同，创造他们的路遥会得到读者的一贯信赖。更合理的解释是，不是路遥变了，而是现实生活的基础变了。《平凡的世界》写的是1975年到1985年间北方农村的变迁史，酝酿、创作于1982年到1988年这六年期间。这段时间应该说是农村发展的"黄金时

---

① 参阅邢小利：《三个半作家及三个问题》，《陕西日报》1996年1月22日。

代"。土地所有制改革刚刚实行,在饥饿线上挣扎了多年的农民有望过上丰衣足食的好日子。靠政治秩序建立起来的人与人之间的等级关系开始解体,民间伦理重新确立,勤劳者致富,懒惰者受穷,被农村户口束缚了多年的"能人""精人"们也有了寻求别的生活机会的可能,高加林的问题有了可能的解决方案。路遥是一位真诚而敏感的作家,他在书中也写到了一些改革的负面效应,如孩子们不再上学,农民掠夺性地使用土地,农民的欲望被刺激起来,"共产主义时代"的温情关系解体……但后来越来越恶化的农民不堪重负被迫出外打工,社会腐败和不公现象益发严重的情况此时还没有出现。正是这样一个相对的"黄金时代"的生活基础,奠定了这套朴素信仰的"光明内核":社会虽然有无数的不公正,但通过不屈不挠的艰苦奋斗终能获得成功和幸福。这套信仰是民间土生土长的,又合乎资本主义个人奋斗的精神,它提倡以个人的而非集体的方式改变底层人民的命运,在一个"后革命"的时代正是政府倡导、老百姓普遍接受的主流意识形态。

《平凡的世界》自问世以来,近三十年魅力不减,而且持续在年轻人中产生影响,成为新时期文学中影响最大的"民间经典",其中一个重要原因就在于一种时间上的错位:当年孙少平面临的生存困境至今在很大程度上仍是广大农村青年面临的现实困境,对于许多希望凭一己之力改变命运的求学者、打工者来说,甚至面临着更残酷的生存压力。而路遥在相对"黄金时代"形成的"黄金信仰"又在一个道德危机的时代为苦苦挣扎着的"屌丝"①们带来了难得的温暖和有力的抚慰。

如果路遥没有在1992年英年早逝,如果他的创作生命一直延续至今,面对着众多当代作家所面对的不那么"明朗"的现实,以路遥的敏感和真诚,他的作品里还能有如此坚定的"黄金信仰"吗?抽掉了这样的"黄金信仰",现实主义作品还能有如此感人的魅力吗?答案是不容乐观

---

① 笔者个人对"屌丝"的定义是:被阻隔了正当阶层上升空间的下层有为青年。另参阅北京大学中文系硕士生林品2013年6月通过答辩的硕士论文《从网络亚文化到共用能指——屌丝文化研究》。林品在详细追溯了"屌丝"一词的缘起后提出,"屌丝"是一种亚文化群体,通过共同创造一套符号系统建构出某种虚拟共同体的身份认同。"屌丝"将"矮丑穷"作为自己的属性标签,"屌丝亚文化"以一种自我降格、自我矮化、主动认输、自动缴械的话语姿态,表达和应对中国当下社会文化存在的一种结构性矛盾——发展主义现代化语境下的中产阶级意识形态询唤与阶层分化乃至阶层固化的社会现实之间的矛盾,并对既得利益者主导的"成功学""中国梦"式的新主流文化叙事进行犬儒式抵抗。

的。某种意义上说,《平凡的世界》的长盛不衰,正是因为路遥之后难有路遥。

1999年,被称为"平原作家"的李佩甫推出了"平原三部曲"的首部《羊的门》(华夏出版社)。在这部堪称继《平凡的世界》之后又一部在民间广泛流传的现实主义力作中,李佩甫不但写透了"平原文化",成功塑造出呼伯这样一个"中原强者"的形象,也塑造了呼国庆这样一个为了"事业"背叛爱情、不择手段"上升",最后被呼伯选为呼家堡下一代"当家人"的"有为青年"形象。在第二部《城的灯》(长江文艺出版社,2003年)里,李佩甫更倾心塑造了一个"当代陈世美"式的"凤凰男"形象冯家昌,通过对这个出身贫苦的农家子弟充满良心罪恶的奋斗之路进行深入的内在剖析,使这个千古一律的道德批判故事获得了更复杂的现实解读,甚至达到某种程度的反转——不是对冯家昌没有道德谴责,却因体味入骨而使这谴责格外沉痛。呼国庆和冯家昌都是高加林的后继者,但是,高加林在事业追求和良心背叛之间的矛盾,在他们这里非但没能解决,反而更加剧了。和孙少平一样,他们也是乡土文化孕育出来的"好后生",心气高、能力强,并且担负着兴一家、护一方的责任,但在孙少平那里体现为仁义道德、与启蒙文化的人道主义价值和谐一致的民间伦理,此时已经走向了反面,变成了"忍""韧""狠",并以"生活真相""残酷真理"的面目论证着任何"普世价值"的天真和无效。

在《羊的门》里,一开篇,李佩甫就论述了平原上的"草民"文化。"在平原,有一种最为低贱的植物,那就是草了。""它们在田间或是路旁的沟沟壑壑里隐藏着,你的脚会踏在它们的身上,不经意的从它们身上走过。它当然不会指责你,它从来就没有指责过任何人,它只是默默地让你踩。"(第4页)"平原上的草是'败'中求生,在'小'中求活的。"(第7页)

这就是所谓的"草民",是历朝历代极权主义的温床,却也是这个古老的民族绵延不绝的力量所在。这块土地之所以被称为"绵羊地",就是因为它"无骨",却"有气","在这里人的骨头是软的,气却是硬的,人就靠那三寸不烂之气活着"(第9页)。骨与气,这两者之间的矛盾纠结关系,构成了平原人性格的根基。

在李佩甫的小说里,女人往往代表理想世界,男人则代表现实世界。女人以其高洁的人格衬托着男人的势利卑微,她们是这片土地的受害者、批判者、反思者,但在与男人的争辩中,却永远是被说服者。

在《羊的门》里,代表理想价值的是与呼国庆产生婚外恋情的外来干部谢丽娟。当呼国庆为了保住县长权力被迫与妻子的娘家势力妥协而牺牲爱情时,谢丽娟激愤地说:"你们这里的人个个都没有脊梁骨!所以,你们这里的人就老说,人活一口气。人活一口气,哼,那是一口什么样的气?窝囊气!"在她看来,这股"气"是专门滋养玩权术的小男人的,"它是专门养小的,它把人养得越来越小。它吞噬的是人格,滋养的是狗苟蝇营。在这块土地上,到处都生长着这样的男人。为了权力你们什么都可以牺牲"(第206页)。

对此,作为这片土地上成功男人的代表,呼国庆的回答是:"不错,在这里,生命辐射力的大小是靠权力来界定的。这对于男人来说,尤其如此。这里人不活钱,或者说不仅仅是活钱,这里生长着一种念想,或者说是精神。这是一棵精神之柱。气顶出去的就是这样一种东西。渴望权力是一种反奴役的状态。在平原,有句话叫做'好死不如赖活着',这里边体现的自然是一种奴性,是近乎无赖般的韧性和耐力。"(第207页)

表面上看,谢丽娟与呼国庆的争论是男女性别之争、外来文化与中原文化之争,其实,他们的争论背后更有着中国文化数千年以来的道术之争,以及更"普世"意义上的理想原则与现实法则之争。

在谢丽娟代表的话语系统里,"气"必须建立在正义的价值取向上,也就是孟子所谓的浩然之气,"其为气也,配义与道。无是,馁矣"(《公孙丑上》)。与"气"相连的必然是"节",有所为有所不为。在特别严峻的时候,"节"甚至意味着牺牲,"舍生取义,杀身成仁","人生自古谁无死,留取丹心照汗青"。在中国文化的语境里,历史常常代替宗教,成为一种具有永恒价值的尺度。

而在呼国庆代表的话语系统里,"气"的价值指向被取消了,孟子那里"富贵不淫,贫贱不移,威武不屈"的"大丈夫",在这里是"能屈能伸"、受得胯下之辱的,只要最后能成功。成功是唯一的标尺,成者王侯败者寇。所以,这里的"气"与"忍"相连,这就是呼国庆所说的:"在平原上长大,如果是有灵性的,都会逐渐悟一个字,那就是一个'忍'字。这个'忍'字就是他们日后成事的基础。一个'忍'字会衍生出一个'韧',这都是从平原生长出来的东西。这东西说起来很贱,一分钱也不值,但却是绵绵不绝的根本所在。就像是地里的草一样,你践踏它千次万次,它仍然生长着,而且生生不灭。"(第385页)

谢丽娟的话语系统是一直被大声宣讲的,至少在书本的世界里不证自明。在古代社会,是士大夫维护的忠孝节义道统;在现代社会,是知识分子捍卫的自由平等世界观。而呼国庆的话语系统则是一直在现实世界中暗暗奉行的,不仅是草民的生存术,也是帝王的统治术。但在以往的文明系统里,它是"只做不说"的,这当然虚伪,但虚伪中却包含着一种价值确认,承认在"现实如此"的世俗法则之上有一个"理应如此"的圣人法则,在一定程度上相当于有一个彼岸世界。然而,当时间行进至20世纪末,整个世界的价值观念都发生了变化。弱肉强食、适者生存的丛林法则终于理直气壮地走上了前台。所以,当谢丽娟责问"你们这里煤是白的吗?"的时候,呼国庆完全可以笃定地回答:"这是这块土地上流传了几千年的生存法则。"(第206页)原本理直气壮的谢丽娟此时无言以对,继而,一边在内心告诫自己"这个人没有一点人格",一边与他疯狂做爱。不是灵魂屈服于肉体,女人屈服于男人,而是她一直以为天经地义的那套价值系统遭到了深度质疑、挑战乃至颠覆。

在李佩甫《羊的门》之前,很少有人正面解析这套运行千年的现实法则。在以往的文学叙述中,凡是以权谋得"天下"的人会被称为"枭雄",最典型的是曹操。与之对立的一定有一个仁义的英雄,即使像刘皇叔那样"大善近伪"。新时期以来的文学叙述也基本延续这一逻辑。比如,张炜的《古船》(1987年)里也塑造了一个如《羊的门》中呼伯那样的民间强权人物——赵姓家族的族长四爷爷赵炳,但在塑造这个人物的过程中有意加入了其欺男霸女的恶行和"文革"时期造反派的历史,使这个人物具有恶霸色彩和政治原罪。而与之对抗的隋姓家族的长子隋抱朴则俨然是仁义的化身。在陈忠实的《白鹿原》(1993年)里,民间的乡绅文化更是建立在仁义的基础上,国共两党的斗争被描述为像翻烙饼,不管他们如何颠来倒去,占据着全书的道德精神制高点的始终是仁义的族长白嘉轩和不失高蹈迂阔的大儒朱先生。只有到了李佩甫的《羊的门》,民间文化、现实法则才拨开种种"正统"的覆盖,正面示人。这里没有"英雄"和"枭雄",只有"强者"和"次强者",所有的道德逻辑、文化逻辑都可以被整合进权力逻辑,世界变成单面的,且千年如此,铁打不动。李佩甫能做这样的叙述翻转也是时代逻辑使然,正如《古船》的背后有"新时期"启蒙思潮的涌动,《白鹿原》的背后有1980—1990年代的"文化热"对传统文化的重新肯定。而李佩甫的特别之处在于,他不贪大而取小,不走虚而偏实,借助"原型",专挖自己的根。在这种自剖式的解析中,有自陈、自证、自辩,也有对其劣根处深透的自省,却比"宏大叙事"更有说服力。

在《羊的门》之后的《城的灯》里,李佩甫再次通过一位土生土长的知识女性——村书记女儿刘汉香的思考,更内在地分析了"骨"与"气"的关系:"过去有一句老话叫:穷要穷得有骨气。现在想来,这句话是很麻醉人的。穷,还怎么能有骨气?'骨'是骨,'气'是气,骨是硬的,气是软的,怎么就'骨气'呢?可以看出,以气做骨是多么的勉强啊!'骨'要是断了,'气'还在么?那所谓的'骨气'不过是断了骨头之后的滥竽充数罢了。况且,这'骨气'也是硬撑出来的,是'脸面',是强打精神。往好处说,那是意在改变。要是你一直穷下去,都穷到骨头缝里了,那'骨气'又从何而来?穷,往上走,那结果将是奋斗或夺取;往下走,那结果将是痞和赖。这都是眼见的。其实那穷,最可能生产的是毒气和恶意……要是再不改变的话,那结果将是一窝互相撕咬的乱蜂!"(第352页)

在小说中,刘汉香是一个圣女般的人物,作者正是通过她圣女般的伟大牺牲来谴责冯家昌的负心背德。对于这个比陈世美更陈世美的男人,刘汉香却始终恨不起来。除了女人的深爱和圣女情怀之外,她对冯家昌始终有深层的体谅。在她对"骨与气"的分析里,有一句话已经呼之欲出——发展才是硬道理,这正是冯家昌所认定的理,有这个理在,他心不安理却得。小说用大量的细节描写了冯家昌所经受的贫穷和屈辱,他的无奈和不甘,他狠心背后的自伤。作家显然投入了深切的经验和情感,体味愈深,谴责愈难。某种意义上说,正是因为冯家昌认定的那个理无法推翻,作家才只能把刘汉香做"圣女化"处理,让她形成一座道德的大山,维持小说价值系统的勉强平衡。读者也几乎被说服认定这个理是千古不变的"硬道理"——如果不是那些贫苦的细节也是路遥描写过的,那些人性的考验也是孙少平经受过的;如果不是秦香莲的故事一直有一个《铡美案》的版本——深受欢迎的现实主义小说和代代相传的民间戏剧一样,是民间伦理和愿望的集中体现,也是一个民族"骨气指数"的生动显现。当人们怨无可怨、怒无可怒的时候,才会感到,不要说"包青天"神话的缔造,就是窦娥喊冤、香莲怀恨,也得有个彼岸世界的"老天爷"撑腰才行。

站在新世纪的门口,现实主义文学面临的最痛苦的转型就是价值转型。

这是一个"投降"①的过程,李佩甫的《羊的门》《城的灯》从民间文化的角度书写了这一从"人民"到"草民"的自降过程,对于"思想价值的生产者"知识分子一方,这更是一个"自我阉割"的过程,对于这一过程写得最透彻的是阎真的《沧浪之水》(人民文学出版社,2001年)。

《沧浪之水》时常被当作官场小说来解读,但它实在不是一部普通的官场小说,而是一部知识分子的精神蜕变史。作品突出了"官仆"奉行的"操作主义"和知识分子奉行的人道主义的对立,并沉痛无奈地写出知识分子放弃、屈服的必然性。主人公池大为大学毕业后进入仕途,他的人生选择处在两种对立的人物中间,一种是以父亲为代表的终身不得志但浩气长存的"君子",一种是以马厅长为代表的不但得势而且在所有人眼中都十分得意的"小人"。一向以君子自命的池大为不但在日常生活中日益被琐碎而残酷的现实问题所困窘、逼迫,更重要的是,他所坚守的价值系统不断遭到外界的嘲笑和内在的质疑,其中最具毁灭性的质疑来自他尊称为老师的宴之鹤。在池大为的眼中,孤傲清高的宴之鹤就是他活到今天的父亲,然而,这位"父亲"却将自己清高的一生评判为愧对妻女的失败的一生,以此训诫"儿子"不可重蹈覆辙。在池大为由"君子"转变为"小人"的过程中,宴之鹤从未担当过良心的敲打者,而是成为一个最佳的谋士,甚至分一杯羹者。最后,已为"人上人"的池大为在父亲坟前烧毁了曾经支撑他们父子精神世界的书卷——从孔子到谭嗣同12位中国各个历史时期最有代表性的志士仁人的传记画册,象征着数千年来支持着中国士大夫的精神传统,在"官仆"奉行的"仕文化"的全盘挤压下,自行灰飞烟灭。

池大为与《平凡的世界》中孙少平的形象本来有很大的共同之处,都是本质上正直、善良,从底层走出、凭一己之力个人奋斗的英雄,所面对的也同样是充满困苦和不公正的现实,不同的是,他们缔造了不同的神话。孙少平创造的是好人必有好报的神话,池大为则相反,创造的是好人只有变成坏人才能飞黄腾达,而且必然能飞黄腾达的神话。有人认为,官场小说只是平面地展露现实,属于自然主义的一路。其实不然,广受欢迎的官场小说无不在

---

① 在《城的灯》里,李佩甫写道:"很久之后,他(笔者按,冯家昌)才渐渐明白,那么往地上一跪,就是'投降'。在平原的乡村,'投降'几乎是一门艺术,还是一门最大的艺术。生与死是在无数次'投降'中完成的。有的时候,你不得不'投降',你必须'投降'。有了这种'投降'的形式,才会有活的内容。"(第20页)

生动地描摹现实的同时创作神话。为什么池大为一旦从"君子"变成"小人",立刻好运不断,平步青云,把一直兢兢业业做"小人"的丁小槐之流远远抛在后头?这和"文革"时期作品中落后青年一旦思想转变很快就能成为英雄有什么本质区别?背后是对操作主义的信服和肯定,是对权力的绝对崇拜。《沧浪之水》受到以"网民"为代表的广大普通读者的喜爱和特别推崇①,说明这套世界观是被他们深切认同的。

　　李佩甫的《羊的门》《城的灯》和阎真的《沧浪之水》都堪称《平凡的世界》之后难得的现实主义力作,无论是反映现实的真实性、思想深刻性还是艺术圆熟性,都达到了相当的高度。然而,如果用经典的现实主义文学的标准来衡量,这几部作品都存在着一个致命的弱点:在暴露揭示社会病痛的同时,认同了制造病痛的社会法则,这就使其缺乏了现实主义文学的必备要素之一——超越性。问题的关键就在于,并非作家缺乏超越的意识和愿望,他们只是缺乏超越的思想资源,以往各个时期现实主义作家赖以批判、超越现实的价值系统,无论是无产阶级世界观、西方的人道主义还是中国传统的君子气节、仁义道德,在这里不是虚无缥缈的,就是虚弱无力的,在那些"硬道理"面前,它们显得那么苍白迂腐,可怜可笑。李佩甫为了超越,在《羊的门》《城的灯》的卷首都生硬地插入了《圣经》的段落,对于刘汉香"圣女化"的处理使小说局部失真;《沧浪之水》开篇设置的父亲形象如刺字的岳母,使池大为整个投降的过程如芒刺在背,道德标尺不可谓不高,但却无力抵挡大势所趋。阎真以痛心疾首却又无可奈何的笔调细致地书写了这一过程,这也是全书最震动人心之处,唯其沉痛无奈,更反证了现实法则的不可反抗。说到底,现实主义的危机显示的是20世纪末中国知识分子的精神危机,也是人类思想的普遍危机。

　　在跨过"价值投降"的门槛后,现实主义叙述就彻底陷入了困境,这困境在不久后兴起的"底层文学"中有着深层体现(具体论述见下章)。在取消了价值的超越性和批判性之后,现实主义文学就越来越接近顺应主流价值观的畅销书,所以,"先锋"余华的现实转型之作《兄弟》成为一本不折不

---

① 2003年底第六届茅盾文学奖入围名单由新浪网公布后,引发强烈争议。许多网友为《沧浪之水》未能入选抱不平。《北京青年报》在有关报道中,直接以"莫言作品全票入选 直面现实之作落选备受争议"为副题,汇集网友们的尖锐批评:"像《沧浪之水》《梅次故事》《桃李》等有社会意义和艺术水准,大众爱读的现实作品却榜上无名,所以这个评委会是令人质疑的。"《茅盾文学奖挑起矛盾》,《北京青年报》2003年11月17日。

扣的顺世之作是不足为怪的。在这一过程中,有一部特别值得关注的作品,就是姜戎的《狼图腾》(长江文艺出版社,2004年)。

《狼图腾》由中国当代最资深的畅销书策划者安波舜①推出,以作者的知青经历、学者身份,作品的写实性、传奇性、思想性②,以及"九头鸟"长篇小说丛书③本身,架起与"严肃文学"的脉络渊源,而其最大的看点并不在文学性,而在于题目——"狼图腾"三个字,使"王道文化"下蛰伏千年的"霸道文化"不但获得一种响亮的文学表达,而且被提升到在社会转型期摆脱中国长久的农耕文明衍生的国民性之沉重羁绊的高度,暗示华夏民族之所以从未中断正是因为"龙图腾"的背后有着"狼图腾",自由强悍进取的"狼文化"才是华夏精神的"本来面目",才能够使未来的中华巨龙真正腾飞,"飞向全球,飞向太空,去为中华民族和整个人类开拓更广阔的生存发展空间"("后记")。《狼图腾》的"狼哲学"和《羊的门》的"草哲学"生动地阐释了新世纪中国社会文化心理的一体两面,成者为狼,败者为羊为草,羊/草和狼分享着同一生存逻辑,中间的道路就是操作主义。于是,操作主义从"潜规则"上升为"常规则",文学的关注点不再盘桓在要不要操作,而是如何操作。

《狼图腾》之后,现实主义小说越来越向类型化小说靠近,"反腐小说"转向"官场小说","成长小说"退为"职场小说"。此时正当网络文学兴起,有影响的小说大都先走红于网络,再进入实体出版,如《侯卫东官场笔记》《浮沉》《杜拉拉升职记》《二号首长》等等。其中最有文学

---

① 1990年代初,安波舜供职春风文艺出版社期间,曾成功打造了中国最早的畅销书品牌"布老虎"丛书,集合了皮皮、铁凝、张抗抗等一批中国颇具实力的作家,被称为"布老虎之父"。"布老虎"丛书的立足点即在于组织实力派作家写畅销书。2003年底,安波舜携《狼图腾》加盟长江文艺出版社,再次创造了号称销量三百万册的出版界神话。
② 作者姜戎(笔名),本名吕嘉民,1946年生,北京人。1967年自愿赴内蒙古额仑草原插队,1978年返城,1979年考入社科院研究生院。《狼图腾》是他出版的唯一一本小说。据称,自腹稿至终稿历三十余年。2007年《狼图腾》获第一届英仕曼亚洲文学奖。
③ "九头鸟"长篇小说丛书是由长江文艺出版社打造的著名长篇小说品牌,以出版实力派作家的长篇力作为主,包括张一弓《远方的驿站》、刘醒龙《痛失》等。该品牌脱胎于"跨世纪"丛书,"跨世纪"丛书在1990年代文学走入低谷时推出,当时出版界曾有"南有'跨世纪',北有'布老虎'"之说。参阅周百义:《我们为什么放飞这批九头鸟》,《中华读书报》2000年12月27日。

史对话价值的是被网友称为"当代的《平凡的世界》"①的《侯卫东官场笔记》。

《侯卫东官场笔记》2008年1月首发于起点中文网,原名《官路风流》,作者小桥老树②,2010年6月出版实体书时更名为《侯卫东官场笔记》(凤凰出版社)③。自2008年以来,该书在起点中文网的连载字数超过290万字④。截至2013年1月23日,总点击率1280万,在起点中文网官场沉浮类共1615部作品中排名第六。

网络小说动辄千万字,数百万字是常态。《侯卫东官场笔记》就是以数百万字的规模事无巨细地讲述了侯卫东作为一个考取公务员的大学毕业生,如何从底层一步步迈向权力中心:从最基层的"村官",到镇长、县委秘书、市长,直至省级要员。小说以岭西省为背景(岭西带有重庆的影子),时间跨度自侯卫东大学毕业的1993年直到21世纪初,其间基本勾连了中国改革开放以来的重大历史事件。和同类网络官场小说大都嫁接"重生""穿越"⑤等类型文不同,《侯卫东官场笔记》是一部严格的写实作品,作品的真实性是建立在作品"自传性"的基础上的。这部小说之所以被网友看作是"当代的《平凡的世界》",主要因为它的叙述模式是一个具有可参照性的"底层个人奋斗"的模式,主人公侯卫东或可视为于连式的人物,被时代赋予了某种象征意味。这正是作者小桥老树明白表述的:"侯卫东生于七十年代初期,他的成长恰好伴随了社会的巨变,这种变化既有看得见摸得着的物质变化,更有深入骨髓的精神改变。侯卫东具备了这个时代的重要精

---

① 参见网友言又博客文章:《强烈推荐当代的平凡的世界之侯卫东官场笔记》,http://blog.sina.com.cn/s/blog_6ed547c70100sonn.html。
② 小桥老树,本名张兵,男,1971年生,1992年毕业于重庆文理学院中文系,写此书时任重庆市永川区市政局副局长。在《官路风流》之前,小桥老树在起点中文网还曾连载《黄沙百战穿金甲》。
③ 实体书陆续出版至第8部,发行量至2012年底已突破350万册。见《侯卫东官场笔记》作者登中国作家富豪榜》,中国广播网2012年11月30日,http://native.cnr.cn/city/201211/t20121130_511455378.html。2012年同一作者出版《侯卫东官场笔记》的兄弟篇《侯海洋基层风云》两本,第一集仍由凤凰出版社出版,第二集改为人民日报出版社出版。
④ 由于涉及版权,2011年4月,小说在起点中文网停止连载,总计连载至八百六十三章。
⑤ "重生文"属"穿越文"的一种,特点是主人公保存着前生的记忆,在"第二次生命"中重新规划自己的人生,弥补过去的遗憾。

神——欲望和进取。"①这一切都显示了《侯卫东官场笔记》虽然出身于网络,但出生于1970年代的作者的文学"习性"使其在写作中显示出明显的现实主义文学的"惯性欲求",特别是进入实体书出版过程中,这种欲求更加强烈。在该书"后记"里,作者表白:"我甚至自不量力地产生了一种记录时代的使命感,写出我所热爱的一切:热情洋溢的巴国风俗文化,热火朝天的变革时代,为改变自己命运而热血沸腾的普通人。"②在其他场合,作者亦表示,"《侯卫东官场笔记》是一本写官场人物的小说,更是一部折射这个时代的小说"③。

然而,欲求仅仅是欲求,无法落实为形式。其中的一个致命的缺失,就是前文谈到的一种外在于小说内部官场逻辑的价值系统的缺失。"成长小说"不是"成功小说",成长小说的关键不是事业的成功,而是性格的成长,主人公经过无数次心灵的蜕变完成价值观的成型——或者上升,如《平凡的世界》里的孙少平;或者堕落,如《红与黑》里的于连。在《平凡的世界》里,孙少平最终并没有成为世俗意义上的"成功人士",而仅仅是一名矿工,他的成功是获得了人格的上升和心灵的安宁。但在《侯卫东官场笔记》里,世界观始终是平的。池大为经过痛苦挣扎最终认同的操作主义,在侯卫东这里从来没有受到半分怀疑,他需要的只是操作的技巧。超越性价值观的缺失导致的不仅是作品思想性的贫乏,更是小说结构的彻底改变。因为现实主义小说结构的核心框架是矛盾线索,主要矛盾和各种次要矛盾构成小说的主线和各个分支。当矛盾被抽离后,小说的结构就被摊平了。《侯卫东官场笔记》的故事结构完全是根据中国官僚系统的等级结构搭建的,小说的叙述线索就是侯卫东升迁的线索。他升官的每一阶段,自成一体构成一个相对独立的单元,内容元素相似,只是又升了一级。这和网络游戏的升级模式相似,也与"打怪升级"(与网络规则同构)的"小白文"没有本质差别。如此,小说变成一座可以无限叠加的高楼,为它封顶的不是小说的结构力量,而是官场的级别限制。于是,在"现代性"的意义上具

---

① 《潮流与遗珠:秋季要读的十本书》,《新京报》2010年10月11日,转引自新华网 http://news.xinhuanet.com/book/2010-10/11/c_12645915_3.htm。
② 小桥老树:《后记:写给读者朋友的几句话》,见《侯卫东官场笔记》第8部,第285页,南京:凤凰出版社,2011年。
③ 《潮流与遗珠:秋季要读的十本书》《新京报》2010年10月11日,转引自新华网 http://news.xinhuanet.com/book/2010-10/11/c_12645915_3.htm。

有透视性总体结构的小说,变成了松散的笔记,但又不是中国散点结构式的笔记小说,因为它有一个极为单一的总体性目标,然而,这个目标又只是一个暂时的节点,而不是一个各种矛盾获得解决之后的高潮性结局。正如一位研究者所言,"小说的无限敞开,是现实主义欲求的失败。作为一种理解现实的努力,现实主义欲求追求的是赋予现实以可理解的形式,而试图'折射这个时代'的《笔记》,的确在试图这样做。然而,小说的这种无限敞开,显示的恰是这种形式的残缺。换言之,小说并没有成功地为现实赋予完整的形式,一种没有终结的形式无法为自我提供理解现实的真正可能。小说作为赋予形式的努力失败了,就此而言,这也意味着现实主义欲求的失败"①。

在"去价值化"后,写实类小说的阅读重心转向中性化的知识,作为一种文学形式的现实主义小说蜕变为"知识性小说"乃至"指南""攻略"②。作品的"自传性"则是以"亲历性"佐证所传授知识的可靠性③。而主人公,不管是侯卫东还是杜拉拉,无论他们贯穿起一个拥有多少续集的故事,都始终是一个符号性的人物,而不是一个文学形象——他们存活在一个非人格化的"科层制"④体系中,构成其价值属性的不是人物个性而是职业特

---

① 石岸书:《网络文学 现实主义欲求——以〈侯卫东官场笔记〉为例》,《网络文学评论》总第3期,广东省作协主办,广州:花城出版社,2012年。
② 在《侯卫东官场笔记》纸质版的封面上,醒目地出现一个大红印章,上书"公务员必读""官场百科全书"。与此相呼应,《笔记》是作为出版社"知识小说"系列图书而推出的,所谓"知识小说",按出版社"知识小说"图标所注明的,即"读小说,学知识"。《杜拉拉升职记》的封面广告语是"中国白领必读职场修炼小说";《二号首长》则在封面上标注"当官是门技术活"。
③ 小桥老树自称:"35岁以前,喜欢公务员的身份,原因是大学毕业就当了公务员,还没尝试过其他职业。我进入公务员队伍以后比较顺利,28岁就在乡镇当党委委员,工龄不长,进底层领导班子的时间相对较长"——这和小说中侯卫东的经历颇为相似。他还谈到:"至于小说中是否有自传的成分,答案很简单,任何一部小说都是写作者集合各种素材的综合产品,他自己的经历肯定是最为重要的素材,任何作品都不能脱离作者的生活和经历。《侯卫东官场笔记》自然有着写作者的经历在里面,是全书不可分割的一部分。"卞文超:《小桥老树:基层本无"官场"》,人民网:http://www.people.com.cn/h/2012/0203/c25408-2898214343.html。
④ "官僚制"与"科层制",都是"Bureaucracy"的英译。"科层制"最初由德国社会学家马克斯·韦伯所提出,是一个中性分析范畴,由于受马克思主义的影响,中国以贬义性的"官僚制"来作为译名。参见:彼得·布劳、马歇尔·梅耶:《现代社会中的科层制》,中译序言,马戎、时宪民、邱泽奇译,上海:学林出版社,2001年。

性——因为,只有基于某个筛选体系评分标准的特性,才可以作为专业指南而对每一个读者有参照价值。

詹姆逊谈到小说的危机时曾说:"实际上,在新闻写作和社会学取代小说之外,今日小说形式危机的根源,还在于似乎极为复杂的无法用叙事模式加以表述的那种历史境况。"①我们看到,现实主义文学从遭遇价值危机到自动放弃为一个时代赋形的任务,显示了现实主义这一伴随启蒙主义诞生的文学形式在一个"后启蒙"时代已经变得"不再可能"。

二 乡土叙事的危机

在现实主义文学中,"乡土文学"所占比例极大。这不仅因为中国是一个农业大国,直至进入新世纪,农业结构依然是中国社会的主体结构,同时也因为,在新中国成立以来的"工农兵"作家培养体制下,一大批农家子弟成了作家,今天在当代文坛活跃的"50后""60后"作家大都出身乡土,并且一直以乡土生活为主要创作题材。虽然,"乡土文学"的概念范畴自从1920年代诞生起②,一直在发生嬗变(如在"1950—1970"年代成为"农业题材"小说,"新时期"以后又回归到现实主义文学中的乡村题材小说),但是有一点一直没有变,就是那个作为内在"他者"的现代性——作家们在描写乡村、抒发乡愁的过程中,直接或间接地表现出的传统农业文明与现代都市文明的对抗性。"乡土文学"本来就被鲁迅定义为"侨寓的文学"——进入城市的写作者以现代文明为背景重组乡土记忆,审视乡村传统生活方式和价值形态发生的变化。③ 然而,无论作家对"文明的冲突"持什

---

① F.詹姆逊:《语言的牢笼:马克思主义与形式》(下),钱佼汝、李自修译,第315页,南昌:百花洲文艺出版社,2010年。
② 1920年代,现代文坛上出现了一批比较接近农村的年轻作家,他们的创作较多受到鲁迅影响(尤其是其短篇小说《故乡》),以农村生活为题材,以农民疾苦为主要内容,形成所谓"乡土文学"。代表作家有彭家煌、鲁彦、许杰、许钦文、王任叔、台静农等。"乡土文学"是在"为人生"文学主张的影响和发展下出现的,是现实主义文学之一种。
③ 鲁迅《〈中国新文学大系〉小说二集序》中说:"蹇先艾叙述过贵州,裴文中关心着榆关,凡在北京用笔写出他的胸臆来的人们,无论他自称为用主观或客观,其实往往是乡土文学,从北京这方面说,则是侨寓文学的作者。"尽管鲁迅对"乡土文学"未做出正面的定义,但他勾画了当时的乡土小说的创作面貌。当时的乡土文学的作家群体多寄寓在都市,经历五四现代文明的洗礼,几乎成为当时作家书写"乡土文学"的一个重要的创作准备。

么样的情感立场,作为故乡的乡土在作家的情感系统里都是可把握的;作为文明对抗的一方,其生活形态和价值形态也都在变化中保持着相对的稳定。

但是进入"新世纪"之后,随着中国现代化进程的急速增进,大量农民工进城,农村被前所未有地抽空,加上全球化资本主义的价值席卷,传统乡土社会的生活方式和价值系统大面积解体了。乡土叙事无论在现实层面还是精神层面都陷入茫然,以至有学者提出中国现代文学以来的"乡土叙事"已经终结①。

新世纪以来的乡土文学创作中,最集中体现这一困境的是贾平凹的创作。作为出身农村、以"工农兵学员"身份进入大学中文系从而走上文学之路的老作家②,贾平凹一直执着地关注着中国农村的现实变迁,而没有将记忆中的乡村作为"纯文学"的叙述容器。他于2005年、2007年相继推出的长篇《秦腔》(《收获》2005年第1、2期,人民文学出版社,2005年)和《高兴》(《当代》2007年第5期,作家出版社,2007年),以"硬碰硬"的姿态直面中国乡村结构的断裂——农村的凋敝和农民的进城,从而也硬生生地显露出"乡土叙述"的整体危机。这危机不但与"启蒙的神话"的破灭相关,也与中国当代文学"专业—业余"作家制度紧密相联,既表现为现实主义文学形式的"不再可能",也表现为作家"下生活"制度的难以为继,无论是"让底层人说话"还是"为底层代言"都障碍重重。

据称"四易其稿""文章惊恐成"的《秦腔》(见"后记")无疑是新世纪十年中一部难得的厚重之作,其厚重性表现在"史诗性"图景——以《清明上河图》式的细描法全方位地描绘了当代农村现实生活的图景,而其"突破性"则表现在"反史诗性"的写法——这里的历史没有主导,由一个个鸡零狗碎、相互纠缠的"泼烦日子"构成;这里的人物没有主角,更没有正角和反

---

① 参阅陈晓明:《乡土叙事的终结和开启——贾平凹的〈秦腔〉预示的新世纪的美学意义》,《文艺争鸣》2005年第6期。陈文认为,在终结的一面,《秦腔》首先显示了乡土中国历史的终结;同时,更为内在地表现了乡土中国文化想象的终结;它的叙事方式本身也表达了乡土美学的终结。作为开启的一面,《秦腔》预示了另一种乡土叙事的景象,"那是一种回到生活直接性的乡土叙事。这种叙事不再带着既定的意识形态主导观念,它不再是在漫长的中国的现代性中完成的革命文学对乡土叙事的想像,而是回到纯粹的乡土生活本身,回到那些生活的直接性,那些最原始的风土人性,最本真的生活事相。对于主体来说,那就是还原个人的直接经验"。

② 贾平凹1952年出生,陕西丹凤人,1972年进入西北大学中文系,1975年毕业。1974年开始发表作品。

角,而是各显身手,你方唱罢我登场;这里的故事没有主线,无论大斗争还是小冲突都不被戏剧化地突出呈现,而是被打散在"密实的流年式的叙写"里;这里的叙述人没有主心骨,它被设定为半癫半痴的引生,指引给人们的是一个破碎、零乱、癫狂的世界。在剔除了众多"现实主义史诗"的常规要素后,作品呈现给读者的是大片大片的细节,它们逼真地、细致地、"原生态"地平铺,让读者自己去感知、辨识、组织、判断,作家的任务只是观察和记录。

有评论者认为,"反史诗性"写法的"突破性"打破了以往"乡土叙述"中"启蒙视点"的遮蔽性,"正是在这种'百科全书'式的结构中,'乡土'获得了它长期被改写的'主体性',获得了全方位、多层次、立体性地展示自我的机会,'乡土'藏污纳垢的本性得以真正呈现。应该说,在这部小说里对乡土的美学想象和文化想象都达到了极致的境地,这是一种真正放松的写作,贾平凹从高度紧张的现代性焦虑和启蒙焦虑中解放出来,同时也解放了'乡土'……"①

这样的评论虽然让人感到乐观但仍不免疑虑,现代性一直是中国乡土社会发展的重要命题,它不仅是文学命题,更是生活本身的命题,而且,今天比以往任何时期都更严峻地存在着,如果说以往"启蒙"的视点具有遮蔽性,那么贾平凹找到更好、更全面的视点了吗?如果没有,仅仅放弃就能够放松吗?在抽掉了"宏大叙事"常规的写作要素后,贾平凹采取的那种"生活流"的写作方式,"用细节与场面对日子进行结构性的模仿"真的是成功的吗?在这种不以主题聚焦透视而以散点铺陈细节的写作中,贾平凹剔除了读者熟悉的一切叙述模式——不光是西方现实主义小说的经典模式(如塑造典型环境中的典型人物、情节铺垫和高潮营造等),也包括一切章回体等中国古典小说模式(如人物刻画和情节动力),所有让叙述流畅起来的惯常通道全被堵死了,快感模式被取消了,深度模式被打散了,但以此为代价而突出出来的日常细节又不过真是一些鸡零狗碎的泼烦日子,没有什么太值得把玩之处,更不像现代主义小说细节那样具有深奥丰富的象征寓意。《秦腔》被普遍认为"难读"②,厚重的大书如一棵没法爬的大树,树干和树

---

① 吴义勤:《乡土经验与"中国之心"——〈秦腔〉论》,《当代作家评论》2006年第4期。
② 《秦腔》似乎开创了贾平凹作品"难读"之风,文艺界有"硬着头皮读《秦腔》"之说。此文风在贾平凹2011年推出的《古炉》中更被强化,似乎成为其刻意追求的一种文风。参阅拙文《精英写作的悖论和特权》,《文学报·新批评专刊》2011年6月2日。

枝都被抽空了,只剩下厚厚堆积的树叶,它们片片不同又大同小异,要一片一片地翻完确实需要职业精神。

对于《秦腔》在写作方式上的"突破",作家自己并没有那么乐观自信。无论是在"后记"还是在有关对谈中,贾平凹多次表达自己的创作困惑和茫然,对于正在发生巨变的故土生活,贾平凹在理性认识和情感把握层面都充满着痛苦感和无力感。他谈到,《秦腔》之所以与其以往的创作不同,是因为"解放以来农村的那种基本形态也已经没有了,解放以来所形成的农村题材的写法也不适合了",然而,"原来的写法一直讲究源于生活,高于生活,慢慢形成了一种思维方式,现在再按那一套程式就没法操作了。我在写的过程中一直是矛盾、痛苦的,不知道该怎么办,是歌颂,还是批判?是光明,还是阴暗?以前的观念没有办法再套用。我并不觉得我能站得更高来俯视生活,解释生活,我完全没有这个能力了"。①

与此同时,贾平凹对文学、对于长篇小说写作的观念并没有"革命性"的改变。在《秦腔》出版后不久进行的"捍卫长篇小说的尊严"的笔谈中,贾平凹特别强调重申了两句"老话":第一,长篇小说要为历史负责,成为一面镜子;第二,"要生活,要深切的生命体验"。"生活会给我们提供丰富的细节,细节的丰腴和典型可以消除观念化带给作品的虚张,使作品柔软而鲜活"。②这段话固然可以作为《秦腔》写作方式的注脚,但我们从中也可以看到,贾平凹对文学的责任、功能和创作方法的认识都没有超出现实主义文学的范畴。只是,当他看到以往的生活方式解体,由与之相应的意识形态和写作方法构成的"那面镜子"已经不能反映当下生活状貌后,决定拒绝这面"镜子"。在没有找到更准确的"镜子"之前,宁肯相信自己的眼睛和耳朵。但是,这样的拒绝里,并没有当年自然主义者的自信——他们相信自然主义的"真实"突破了现实主义"真实"的禁忌区,在科学主义的支持下达到了更全面、更客观、更精微的境地;也没有中国古代世情小说作家们的自由——他们没有什么"为历史负责"的使命,也不懂什么现实主义,写作就是生活本身的自在呈现。在贾平凹的拒绝里,有一个农民之子面对土地的诚恳,也有一个"失根者"找不到归宿的畏缩。这种畏缩感表现在他不但对他无法把握的世界取消了价值判断,甚至对他熟悉的人物取消了情感判断,如有的

---

① 贾平凹、郜元宝:《〈秦腔〉痛苦的创作和乡土文学的未来》,《文汇报》2005年4月28日。
② 贾平凹:《生活会给我们提供丰富的细节》,《当代作家评论》2006年第1期。

评论家指出的,"将主体意志降低为零"①,而作家主体意志的自我取消直接影响到作品的美学风格。

《秦腔》无论在精神上还是在文字上都呈现出一种"漫漶"的状态,显得没有生气,好像是一大堆素材堆在那里,人物缺乏更有力的刻画,情节缺乏更有效的提炼。是贾平凹没有处理这些素材的能力吗?当然不是。原因只能是写作《秦腔》的贾平凹在精神上处于一种消极被动状态,在价值上是虚无的,在情感上是"中立"的,对喜欢的人物不敢同情,对讨厌的人物不敢厌弃,为了"原生态"的真实,他拼命压抑自己,对知其然而不知其所以然的生活几乎采取逆来顺受的全盘接受姿态。而在一个复杂的世界中,一个没有明确意愿的作家并不能传达真正的众声喧哗,他能传达的只是一片嘈杂。这样的"原生态",只是打开了某些被遮蔽的面相,但却把整个世界压向了另一种单面化。

然而,这压抑中又充满了焦虑和不安。于是,我们看到,小说的叙述人明明设定为癫痴的引生,却又常常不知不觉地转换为全知全能;作家也没能压抑住所有的情感,到后半部,对夏天义这样的悲剧人物的同情和敬意越来越浓,这也是全书最吸引人、最流畅的部分。在这里,贾平凹流露了他的不忍和不甘,这份不忍和不甘在两年后推出的《高兴》里更充分地表现出来。

《高兴》可称为《秦腔》后续之作,它写的是"农民进城"——进城的农民工以拾破烂讨生活的故事,而这些拾破烂的农民正是贾平凹的乡亲,他们从商州走来,从《秦腔》中的清风镇走来,人物原型都有名有姓。正如贾平凹跪在父亲的坟头说的:"《秦腔》我写了咱这儿的农民怎样一步步从土地上走出,现在《高兴》又写了他们走出土地后的城里生活。"(见《高兴》"后记")也就是说,贾平凹沿着自己的创作轨道发展,随着自己"血缘和文学上的亲族"的生活变迁而推进,到了《高兴》,与2004年兴起的"底层写作"正面相遇,由此进入了这一写作的潮流。

站在"乡土文学"和"底层文学"的交汇处,《高兴》的文学史价值在于,贾平凹这位从"新时期"一步一步走来的老作家,以其扎实的写实功底、深厚的乡土情怀,写下了在中国跨世纪的现代化发展进程中(小说开篇即表明故事的发生时间在2000年3月10日到2000年10月13日主人公进城和

---

① 李静:《未曾离家的怀乡人——一个文学爱好者对贾平凹的不规则看法》,《当代作家评论》2006年第3期。

回乡之间),被以"大城市"为代表的现代文明挤压、剥夺、诱惑的农民,抛离土地,进城谋生的生活状况。小说通过大量的细节和刘高兴、五富等人物形象的塑造,描写了这些被称为"破烂"的农民的生活世界和情感世界:他们身处底层,操持贱业,忍辱负重,也苦中作乐。贾平凹在"后记"中说,希望把自己的作品写成一份份社会记录而留给历史。"我要写刘高兴和刘高兴一样的乡下进城群体,他们是如何走进城市的,他们如何在城市里安身生活,他们又是如何感受认知城市,他们有他们的命运,这个时代又赋予他们如何的命运感,能写出来让更多的人了解,我觉得我就满足了。"应该说这样的写作目标,《高兴》在一定层次上达到了。

然而,和《秦腔》一样,《高兴》也是一部充满了矛盾、困惑、茫然乃至"症候"的作品,而且,由于《高兴》没有像《秦腔》那样刻意用一种"生活流"的写法"记录",而是重新采取传统的现实主义的写法叙述,作品内在的"症候"更明显地暴露为艺术的缺憾。

首先,作为一部靠"体验生活"获取素材的作品,《高兴》在细节上虽然丰富却不够饱满,对人物性格的刻画虽然生动却不够深透。给人的感觉是,贾平凹"下生活"的程度还不够深,对他笔下的人物感情上也不够"亲"。因此小说中的人物无论遭遇大悲苦还是小辛酸,都不能勾起读者强烈的情感共鸣。这对于写"底层"的现实主义作品是一个尤为重大的缺憾。

其次,"典型人物"没有立住,主人公刘高兴形象分裂。作为一个有文化、心气高、一心想脱离农村进入现代都市的"新一代进城农民",刘高兴是金狗(贾平凹《浮躁》)、高加林、孙少平(路遥《人生》《平凡的世界》)的后继者。比起那些1980年代初期和末期在城乡间徘徊的农村青年,站在21世纪路口的刘高兴面临着更绝望的困境:不但现实中更加没有出路,心灵上也没有了家园和方向。背靠"弃园",面向"废都",身处垃圾场,刘高兴将怎样面对时代赋予他的命运?应该说这是一个非常重要的连接"乡土文学"和"底层文学"的典型形象。可惜,贾平凹无力处理这样的"典型人物",只是简单地让他"高兴"。他一方面从刘高兴的"原型人物"身上拿来一个张大民式的性格,同时又投射给他一个贾平凹式的灵魂,让这个以捡拾垃圾为生的农民工,一会儿像附庸风雅的士大夫,一会儿像游走在现代都市的游手好闲者。贾平凹在"后记"中称刘高兴既是"典型",又是"另类",是"泥塘里长出的一枝莲"。而在现实主义作品中,"典型人物"只是高于同类而非"另类"。"典型人物"与"典型环境"的关系是秧苗和泥土的关系,而不是泥塘与莲花的关系,出淤泥而不染的莲花无法代表在泥塘里打滚的人群。有意味的是,与《秦腔》里的叙述人引生一样,刘高兴也在自己所爱的人面前性无能。这似乎隐喻了这个人物的虚浮、无根、缺乏繁衍能力。

再次,全书以"拾破烂者"为表现人群,却以一个虚幻的爱情故事为情感和情节动力,并且,作为全篇核心情节的"锁骨菩萨"孟夷纯的身世故事缺乏可信性,致使整体框架根基不稳,全书所有的人物都是有始无终,故事虎头蛇尾,作为一个长篇,结构失衡。

不过,尽管存在着这些明显的缺憾,《高兴》仍然是一部极有价值的作品。原因在于,导致这些缺憾的问题不是贾平凹个人的,而是具有相当的代表性。进入新世纪以后,写"乡下人进城"的作品逐渐增多。比《高兴》稍早发表的《吉宽的马车》(孙惠芬,《当代·长篇小说选刊》2007 年第 2 期,作家出版社,2007 年)也是一部写"乡下人进城"的长篇。如果说《高兴》是贾平凹《秦腔》的续曲,《吉宽的马车》也可算是孙惠芬《歇马山庄》的延伸。小说的主人公吉宽和刘高兴一样,也是一个乡间的"另类",他靠读法布尔的《昆虫记》和天生的懒汉性情来对抗打工浪潮的席卷,最终仍经不起诱惑被裹挟进城。作家通过这样一个人物的设置,来展现城市和乡村两种价值观念的冲突和人物在城乡之间的挣扎,尤其是对人物的"内心风暴"写得细密生动。然而,孙惠芬在新作中也面临着和贾平凹同样的问题:当人物在歇马山庄时,样样得心应手,而人物一旦进了城,就对他们失去了把握和控制。或许是由于人物缺乏原型的缘故,作家甚至都很难给吉宽在城里找到一个合适的落脚处,更不用说对其处境感同身受的理解了。对于吉宽们当下的生活和未来的命运,作家和笔下人物一样惶惑茫然。

贾平凹、孙惠芬等作家的写作困惑"症候性"地显示了"乡土文学"与"底层文学"相遇后产生的新问题。中国当代作家中像贾平凹这样的"乡土作家"比例甚大,他们不但出身乡土,而且多年来仍以乡土生活为安身立命的写作资源。当"创作基地"人去田空后,作家也势必要跟着笔下的人物进城——从生于斯长于斯的故土,进入心灵上一直未能安家的城市,并且要"下"到生活上有"阶级差距"的"底层"。应该说,作家产生惶惑和茫然是自然的。而且,我们应该看到,这惶恐和茫然背后其实有着一份难得的诚恳——尤其对于著名作家来说——他们不愿意在父老乡亲已经无可避免地被现实和内心的风暴席卷后,仍旧停留在过去的乡土记忆中,以娴熟的技巧在封闭的空间内讲述过去的故事。这份诚恳促使他们将自己一贯熟悉和擅长的"乡土写作"推向"底层写作",同时也使"底层写作"中存在的深层问题进一步凸显出来。

首先凸显出来的是"代言"的障碍问题。

谁是"底层"?谁在写"底层"?"底层人"能说话吗?谁有资格为"底层人"说话?如何为"底层人"说话?这些都是"底层文学"兴起以来持续讨论的问题。这些问题有一个共同的指向,就是写作者和被写作者的阶级身份差异,以及由此差异所产生的对写作者代言合法性的质疑。

然而,在"乡土文学"中,作家"代言"的合法性从未受到这样的质疑。在鲁迅那里,虽然闰土的一声"老爷"硬生生地划出了"从来如此"的等级秩序,但启蒙者的职责恰恰是拆毁这秩序。当贾平凹1980年代初以"工农兵大学生"的背景登上文坛时,他完全是以"农民之子"的身份出现的。此时的"乡土作家"不是为农民"代言",而是为农民"立言"。但二十年后,情况发生了根本变化,住在西安城里的大作家贾平凹和进城来拾破烂的刘高兴已经是有云泥之别的两个阶层,并且,这"阶层之别"中又不再包含知识分子和民众之间"启蒙与被启蒙"的关系。当刘高兴的原型称自己是闰土时,贾平凹连忙说自己不是鲁迅,并且说:"他不是闰土,他是现在的刘高兴。"(见"后记")——这并不完全是谦辞。鲁迅式"代言"并不仅仅是"代底层发言",而是要代表这个阶级的根本利益来言说,哪怕"不幸者"本身是"不争"的,也要为其呐喊,按照自己的理想、信念为其争取权利。如此的启蒙使命是贾平凹无意也无力承担的,他要做的只是用文学的方式"记录"刘高兴们的生活,呈现"底层"的生活状态。而做到这一点本身相对于以往的乡土写作已经是新课题,因为刘高兴是"现在的",不是像闰土那样生活在鲁迅的童年记忆中。贾平凹在《高兴》"后记"中说,刘高兴和《秦腔》中的书正是同一原型,然而,写清风镇上的书正只需要调动生活体验,而写进了城的刘高兴就必须重新体验生活。这就涉及了社会主义文学体制中一个十分重要的传统:"下生活"。

在社会主义文学体制中,"下生活"曾是一项基本的制度。这里"下生活"的"下"不是居高临下的"下去",而是深入、融入、脱胎换骨,先做群众的学生,再做群众的先生。周立波的《暴风骤雨》、柳青的《创业史》、丁玲的《太阳照在桑干河上》都是知识分子作家以如此"下生活"的方式写下的"农村题材"作品。这样一套文学生产体制到1980年代以后开始解体,而到1990年代中期"个人化写作"兴起后,从前的"生活"的等级秩序彻底颠覆,

"个人生活"理所当然地成为写作的核心。如此写作形成的一个客观后果是，新一代作家大都只能写自己的生活，缺乏写别人生活的能力，更不用说"跨阶层"写作的能力，即使他们有这样的意愿。一个典型的例子是林白，2004年前后林白开始突破"个人化写作"的范围将目光投向"底层"，以"实验长篇"面目推出的《妇女闲聊录》完全由一个名叫木珍的农妇的口语独白构成，整部作品中，这个充满生命力的农妇鲜活的口语恣肆汪洋，作家则完全退到"记录者"的位置上。虽然《妇女闲聊录》和《万物花开》的写作在林白个人写作的进程上有突破性意义，"女巫"林白终于把双脚踏向大地，其努力和成果在整个"60后"作家群的创作中都有示范性，但如果将从《一个人的战争》到《妇女闲聊录》的林白与从《莎菲女士的日记》到《太阳照在桑干河上》的丁玲对比，就可以看出不同文学体制下，作家在表现不同阶层人物生活时能力的差异。

"底层写作"需要"下生活"，但在今天，"下生活"已经是作家的"个人行为"，背后的驱动力主要是作家个人的创作需要——这里边自然有传统的沿袭，但已有相当成分的职业需求了。贾平凹和刘高兴是什么关系？既不是鲁迅和闰土的关系，也不是柳青和梁生宝的关系，甚至不是贾平凹和书正的关系，本质上只是作家和原型人物的关系，这也如贾平凹在"后记"中写到的，进城二三十年，和家乡的人还是"隔远了"。虽有乡亲之谊，但无论在情感上还是在阶级上都难称兄弟。于是，大作家贾平凹到捡破烂的刘高兴处"下生活"，就变成了"微服私访"，是专业作家在搜集素材。

虽然从《高兴》的创作实绩来看，我们感到贾平凹"下生活"程度不够深，与笔下的人物不够亲，但当我们在"后记"中读到作家探访垃圾村的故事，特别是他如何脱了鞋坐在乡亲们的床上抽纸烟、蘸盐吃稀饭等细节时，仍会被其感动。因为，中国当代著名作家中能够"下生活"到这一步的已经是太少太少了。由此提出的一个现实问题是，在一个阶级已经明显分层的社会结构中，没有当年工农兵文艺的意识形态支持和制度保障，如何让一个专业作家深入"底层"，不但"同吃同住同劳动"，还在"感情上打成一片"？可行的途径在哪里？如果连"下生活"都不能深入，又如何为"底层"代言？

如果说专业作家为"底层"代言存在障碍，那么，让"底层人"自己说话行不行？事实证明，这条路也行不通。

"底层人"如果想用文学的方式表达自己，他们首先遇到的就是发表障碍，这一点在《高兴》的创作过程中也有生动的体现。从"后记"中我们得知,刘高兴的原型在知道贾平凹要写自己后,立刻兴冲冲地写了3万字的故事。贾平凹一看,虽然叙述生动,但满篇错字,根本达不到"发表水平"。

刘高兴的写作让人很自然地联想起当代文学史上一些著名的"业余作家"写作的故事,如高玉宝写《半夜鸡叫》,曲波写《林海雪原》。在"1950—1970年代"的文学体制中,为了使"工农兵生活"得到全面反映,一方面要求"专业作家"无条件地"下生活",另一方面则着重从工农兵中培养作家,鼓励"业余创作",艺术水平不够的问题可以通过编辑加工等方式解决。与此同时,各级作协在创办刊物、培养作家等方面都有一整套的系统,这一支数量庞大的"业余作家"大军是"专业作家"的后备力量,从中不难看出最终要以"工农兵作家"取代"小资产阶级出身作家"的"革命"意图。

这套作家培养机制和发表机制在"新时期"前期还有延续,包括贾平凹在内的一大批"新时期"作家走上文坛都与之相关;到1980年代中期以后逐渐解体,1990年代以后,虽有一些刊物编辑乃至刊物主政者以个人的方式极力坚持①,但事实证明难以维系。

不过,更直接的问题还是作家的思想资源问题。"底层"的问题涉及社会政治、经济等大问题,从"乡土"进入"底层",对作家思想能力的要求大幅度提升。对于贾平凹这类作家来说,思想的贫困是比"下生活"的困难更大的写作障碍。

在《高兴》"后记"中,贾平凹直接表达了他在思想认识和价值立场上的困惑:"为什么中国会出现打工这么一个阶层呢,这是国家在改革过程中的无奈之举,权宜之计还是长远的战略政策,这个阶层谁来组织谁来管理,他们能为城市接纳融合吗,进城打工真的就能使农民富裕吗,没有了劳动力的农村又如何建设呢,城市与乡村是逐渐一体化呢还是更拉大了人群的贫富差距?我不是政府决策人,不懂得治国之道,也不是经济学家有指导社会之术,但作为一个作家,虽然也明白写作不能滞于就事论事,可我无法摆脱一种生来俱有的忧患,使作品写得苦涩。"

这里涉及的诸多问题,如社会发展的效率与正义、城乡关系、阶级差异等,也是自1990年代以来,被称为"新左派"与"自由主义"的两派知识分子争论的焦点,至今很难说有哪一位经济学家或者政治决策者的观点能获得"上下一致的认同"。这是一个空前的"价值真空"的时代,作家必须以个人

---

① 比如后文将讲到的老作家浩然的努力。

的方式做出独立的思考、选择和判断,这也就意味着,今天要写出真正具有"现实主义精神"的作品,对作家思想力的要求远比价值形态相对稳定的年代为高。然而,与之相应的现实情况是,自从1980年代末文学界逐渐与思想界分离后,中国大多数作家的思想水准实际上停留在1980年代,对1990年代以来思想界面对社会重大变迁的思考、争论少有了解和吸收,更不用说在深入思考的基础上形成自己明确的价值立场(即使形不成完成的观念体系),在对现实的详细解剖中提出有深度的批判或质疑了。

从《秦腔》《高兴》及其"后记"中,我们都可以看到,对于这些年农村的衰败、农民工的漂泊,贾平凹是深怀哀痛、愤懑的,但却无力处理、解读这些问题。他只能哀刘高兴们的"不幸",却不知道如何争,甚至该不该争。于是,他又只能像在《秦腔》里那样,尽全力压抑自己的厌恶、仇恨,强打"精神"高兴。这也是刘高兴这个人物形象扭曲造作、虚浮无力、难以生根的原因。

《高兴》在结构上的失衡与贾平凹缺乏思想的支撑点有直接关系。"锁骨菩萨"孟夷纯这样的虚幻人物及其匪夷所思的身世故事,竟然被作为结构长篇的故事架构,其中情节上的硬伤对于贾平凹这样一个有着深厚写实功底的老作家而言几乎不可思议——这只能说明贾平凹和刘高兴一样需要一根救命的稻草,使人物的情感和作品的整体境界得以升华。在这里,爱情的"神性"和高兴的"天性"一样,是逃避现实困境的捷径。

相信贾平凹自己早已意识到这些问题,所以自从写作《秦腔》起,他就谦逊地把自己的作品称为"社会记录","这个年代的写作普遍缺乏大精神和大技巧,文学作品不可能经典,那么,就不妨把自己的作品写成一份份社会记录而留给历史"(《高兴》"后记")。事实上,即使是纯粹的纪实作品甚至新闻报道,背后也是有着隐藏的价值立场的,价值立场可以中立但不可缺失,缺失导致的不是"客观",而是混乱、失控、偏异——这些问题在《秦腔》中还可以被"生活流"的写法、大量"原汁原味"的细节所形成的繁复效果所覆盖,而在《高兴》这样素材积累还不够丰厚、人物和故事线索都比较简单的作品中,就容易显露出来。《高兴》的困局未必能证明《秦腔》突围的成功,但却生动地展示了以现实主义为方法的乡土文学叙述确实已经面临全面的危机。

三 坚持走"传统老路"的现实主义作家

尽管伴随冷战的结束全世界陷入"启蒙的绝境",中国当代文学的现实主义创作在新世纪也越来越陷入困境,但文坛上一直有几个坚持着"走老路"的作家,坚守着现实主义文学传统,甚至某些社会主义文学的体制传统。他们"不合时宜"的坚持,展示着另外一种风景,或许也显示着"另一种可能性"的参照启示。

比如浩然。在"文革"中曾被列为八个"样板戏"外那个"唯一的作家"的浩然,于1995年推出收官之作《苍生》(沈阳出版社),小说书写了1980年代中国农民改革的命运变迁,依然延续《艳阳天》《金光大道》式"源于生活、高于生活"的写实风格,依然采用朴实自然的生活语言,甚至在观念上也未能"跟上时代",对于"包产到户"等农村体制改革表示疑惑,对农民的生存状态表达忧虑——据说,因此未获茅盾文学奖①。同时,这位靠"工农兵文学"培养体制走上文坛的作家,坚持"不忘本",晚年致力于在京郊开展"文艺绿化工程",培养农民作家,指导他们写作,帮助他们发表作品、出版丛书——尽管,用他自己的话说,"都没有成长起来"②。再比如新近研究界发掘的被称为"中原化石"的乔典运。他也是一位典型的"工农兵作家",虽然在"新时期"以后,他在思想上加入启蒙反思的队伍,但在写作方法上仍然不改"工农兵文学"的本色。如研究者所指出的,在文学开始"向内转""与世界接轨"之后,他以"井底之蛙"自居,虽没有明确的"中国作风与中国气派"的追求,但内在继承了新文学以来的"大众化"和"平民文学"的传统。他1980年代、1990年代的"反思之作"与此前曾一度紧跟形势的

---

① 《苍生》责编吴光华回忆茅盾文学奖评奖时的情景时说:"评委们都认为这部小说写得好,但因作家表现出对改革不理解而没有评上。现在看来,正是这种不理解,显示出这部小说独有的价值。因为作家的许多忧虑在后来的改革过程中,都被证实了。在当时,很少有作品反映出这种时代的忧虑。"吴光华:《浩然的苍生》,《北京文学》2005年第10期。
② "文艺绿化工程"以"撒播文学田苗,呼唤农村文学,扶植农村文学青年"为宗旨。浩然主编出版了"北京泥土文学"丛书、"三河泥土文学"丛书、"昌乐泥土文学"丛书,创办了《苍生文学》杂志,培养了数以百计的农村业余作者。在其主政《北京文学》期间,还在头条位置发表了青年农民作家陈绍谦小小说25篇(1990年第10期)。"新时期"以来,以如此规格发表业余作家的作品应该说是第一次,也是唯一的一次。参见舒晋瑜:《抒苍生情,立苍生传》,《中华读书报》2002年4月24日。

"工农兵作家"的作品有着内在的连续性,这一联系性不仅体现在写作风格上,也体现在价值观念上,如对"公"的赤诚、对"私我"的克制,对"大众化"的坚持,因而其写作具有"中原化石"的意义。"老乔淡定执着(另一说是'死脑筋')的书写,一定程度上可视为冷战末期社会主义文学的'遗响',系中国文学由'文革'阶段向'全球化'转变期间的'过渡'或'中介物'。"①

本节笔者要重点讨论的作家是杨显惠。和浩然、乔典运不一样,杨显惠不是"工农兵作家",而是一位典型的"新时期"作家②。在创作方法上,他直承俄罗斯现实主义文学传统,在价值观念上,他深怀启蒙理想,站在人道主义立场,对专制主义给普通人造成的深重苦难予以不遗余力的揭露和申诉。但透过这些不一样,他们身上又有着本质上的相同之处——都是"死脑筋",一条路走到黑的,并非不与时俱进,而是只在自己认定的道路上推进。杨显惠自命为"反思文学"作家,写作的是"苦难文学",是对"伤痕文学""反思文学"的延续和深化。③ 当文坛的热潮已经从"伤痕""反思"过渡到"改革""寻根"乃至"现代派""先锋文学"时,他仍然孤独地继续着。从1990年代起,他开始酝酿写作"命运三部曲"——《夹边沟记事》《定西孤儿院纪事》《甘南纪事》,陆续在新世纪推出④,独树一帜,大放异彩。

"命运三部曲"是典型的"苦难文学"——按照杨显惠的自我定义,他笔下的"苦难"特指中国社会发展、改革的失误及重大政治事件所造成的全民

---

① 李丹梦:《现代中原"化石"——乔典运论》,《小说评论》2012年第4期。
② 杨显惠1946年出生于兰州,1965年上山下乡赴甘肃省生产建设兵团,当过农工、售货员、会计、教员、盐场秘书。1971年入甘肃师范大学数学系读书。1980年开始发表作品,短篇小说《这一片大海滩》于1988年获第八届全国短篇小说奖。
③ 笔者曾在自己主持的"北京大学当代最新作品点评论坛"(左岸网站,http://www.eduww.com)上力荐杨显惠的《定西孤儿院纪事》,并由此与杨先生建立了联系,通过书信和交谈的方式,对其小说中的一些具体问题进行过深入探讨,后整理为《文学,作为一种证言——杨显惠访谈录》,发表于《上海文学》2009年第12期。
④ 《夹边沟记事》(2002年由天津古籍出版社出版,2008年由花城出版社重版,补充12篇小说)被称为"中国的《古拉格群岛》"。《定西孤儿院纪事》(花城出版社,2007年)被《出版人》杂志、《中华读书报》《新京报》评为"年度图书"。2007年12月杨显惠因"直指人心痛处与历史伤疤,显示了讲真话的勇气和魅力"而被《南方人物周刊》评为"年度魅力人物"之一。《甘南纪事》也由花城出版社于2011年出版。据杨先生介绍,他还有两部重要作品要写,《甘南纪事》未必是最后定名的"命运三部曲"之一,但在题材上属同一范畴。三部作品在出版前都曾在《上海文学》连载。

族的不幸①。《夹边沟记事》《定西孤儿院纪事》和《甘南纪事》涉及的都是敏感地区的敏感人群,"夹边沟"是一批"右派分子"的流放地,三千多名被押右派仅数百人生还;"定西专区"是1960年左右的"大饥荒"在甘肃省内的一个"重灾区",五千多名孤儿是那场惨绝人寰的大饥荒的见证者;"甘南"是由传统转向现代的藏区,居住在那里的藏民经历过时代的递变,负载着文化转型的重负。杨显惠的写作不仅打开了历史的"禁区",更以个人叙述、细节描写的方式,将一幕幕惨烈情境撕裂在人们眼前。这些以血肉铭刻的历史,使群体的灾难不再是数字的累加,逼迫已"自然遗忘"或闻所未闻的当代人感同身受地体味,心怀怵惕地反思。在中国当代文学史上,以纪实的态度、文学的形式直面书写这些苦难历史的,这应该是第一次。

值得注意的是,杨显惠的创作不仅在思想上具有强烈的震撼性,在艺术上也颇具特色。作者在忠实史料事实和当事人陈述事实的基础上,创作出一部部具有高度典型性和原创性的作品。尤其是《定西孤儿院纪事》,每个故事都经过精心的剪裁和艺术处理,一些篇目白描的功夫已炉火纯青。在现实主义创作整体陷入困境之际,这样既直捣人心又讲究技巧的力作如凤毛麟角,引人注目。

《定西孤儿院纪事》系列共有22个故事。每个故事相对独立,叙述的方式很简单,就是在老老实实地讲故事。叙述的语气沉抑而低缓,气氛一开始也并不浓烈,但实际上是一种情节和情绪上的铺垫,它像一条路径引导读者从当下阅读的现实空间走向故事空间,也就是从人间走向地狱。通常是在故事进入到三分之一以后,绳索才慢慢地抽紧,惨烈的情景一幕幕地出现,读者的心在惊愕中一点点地下沉,直至受到那重重的一击——那就是这个故事的"核儿"。杨显惠的作品之所以每篇都能震动人心,不管你已经有了多高的心理预期,就是因为每次那个故事的"核儿"都是不一样的。比如,第一个故事《黑石头》的"核儿",是两个母亲的骇人之举,一个为了孩子有资格进孤儿院,在政府已经开始发放少量救济粮有望活命的时候,活活勒死自己;一个为了自己活命,将亲生孩子的尸体煮了吃,最后活到90多岁。《老大难》的"核儿"是一个中国的母亲面临"苏菲式的抉择":在饿死人的日子,母亲"狠心"地撇下儿子,带着女儿改嫁,最后母子见面时那种羞辱交加爱恨相缠的情景,令人肝肠寸断。《姐姐》的"核儿"也是一场可怕的抉

---

① 杨显惠、邵燕君:《文学,作为一种证言——杨显惠访谈录》,《上海文学》2009年第12期。

择,一对冻饿交加的姐弟,在乘人之危的牧羊人家借宿,倔强的姐姐为了保住弟弟这棵"家里独苗苗"的命,被迫献出了自己的贞操。《华家岭》写极度的困境中人性恶与善的较量,两家结伴而行的乞丐从互相救助演变成强者对弱者的抢夺,当那个急红眼睛的母亲用剪刀指向曾好心给过自己一家救命粮食的姐弟时,那种人在绝境中爆发出来的恶既让人愤恨又让人悲悯。《黑眼睛》是整个系列中写得最温情的一篇,为了救活3岁的秀秀,孤儿院的阿姨费尽心力,最终仍未能留住她脆弱的生命,秀秀死后那双闭不上的大大的黑眼睛,令人心神难安,难以忘却……这些故事的"核儿"构成了一篇篇作品的高潮,一次次冲破读者的心理疆界,它们的作用不仅在于揭露"历史的真相",也从不同角度开掘出"人性的真相",具有相当的普适性和超越性。

那些能够穿透人心的故事的"核儿"当然是从大量的素材故事中过滤挑选出来的,应该说有多少"核儿"才能成就多少篇故事。读杨显惠的作品,其艺术上的匠心一开始往往不易被人察觉,读者以为自己只是被故事题材本身的惨烈性所震撼。但读完整个系列,你会发现,这些作品的震撼力居然具有惊人的可重复性和可持续性——所有故事都有一个共同的情节模式:从忍饥挨饿到家破人亡;读者反复体验的也是同一种阅读感受:从震惊刺痛到痛定思痛。以极端的题材书写极端的体验以达到极端的震撼效果,这样的作品创作一篇或许还不是太难,完成一个系列则是对作者材料占有的丰富性、选材剪裁的精准性和叙述虚构的技巧性的极高挑战。据作者介绍,为了写作《夹边沟记事》,他花费五年时间,寻访了一百多名右派,最后写成21篇。《定西孤儿院纪事》的写作也历时三年,采访了一百五十多名孤儿,最后成就22篇故事。作者的工作首先是从大量片断的、逻辑并不明晰并且具有相似性的故事素材中,发现、筛选出那些"硬度"足够并且具有新质和代表性的"核儿"——可能是一个情节、一个细节或一个场景,再根据这些"核儿"的形状,运用移花接木、杂糅拼贴等方式,创作出一篇篇相对独立完整的作品。①

"原创性细节"是杨显惠小说中最有分量、最具历史和文学价值的部分,也是他给文坛带来的最宝贵的东西。正如陈冲先生在一篇评论中所说,它们是用"细节拼接的历史",当历史的全貌无法复原时,只有"逼真"的细

---

① 杨显惠、邵燕君:《文学,作为一种证言——杨显惠访谈录》,《上海文学》2009年第12期。

节才能"逼"近"真"的历史。① 比如,关于"大饥荒"的历史,其发生原因是什么,目前各派理论各有说法;到底有多少人饿死,不同核实方法的结论也相差甚远。历史不是自然公正的,"一切历史都是当代人叙述的历史"。但至少在亲历者逝去之前,我们应该弄清楚:这场灾难到底给受难者造成了怎样的痛苦?人在死亡边缘乃至"人相食"状态下究竟是怎样一种现实情景和心理状态?这正是文学家的任务。用杨显惠的话说,"'人相食'这三个字太简略了,千万人的死难压缩成这个三个字,就好像电脑死机了一样,后人打不开,并不知道是怎么回事。我写这些东西就是要人知道'人相食'是怎么回事,人为啥相食"②。"文学真实"是"历史真实"的必要组成部分,也是一切历史叙述、理论反思的可靠的情感基础。

严格说来,杨显惠的作品真正作用于人心的并不是"真实性",而是"真实感",是一种艺术效果。正是这种经过艺术化处理的"真实感",使作品不仅具有独特的真实性,也有艺术的典型性。这也是"纪实性小说"③区别于非虚构的纪实类作品的"文学性"之所在。

"纪实性小说"可以说一个新的"跨文体"的体例,它有两个要素:纪实与虚构。既然有虚构,本质上还是应该划归"虚构性文本",只是这样的虚构性非常依赖于纪实性。从内在精神来说,杨显惠的作品与近年来兴起的新纪录片运动有内在相通之处,都是"贴着地面行走",触摸最原始的真实。两者最大的区别就在于小说是有虚构性的。

其实,杨显惠也并非有意创造一种"纪实性小说"的新体例,他采用的应该说是最传统的现实主义文学的创作方法——"下生活"、收集素材、艺术加工,只是由于题材的特殊性使写实性达到极端而成为纪实性。这样的创作方法曾经是中国当代文学的创作主流,现在则几乎成了少数人的坚持。今天,这样多年来被文坛忽视的"默默的坚持"竟结出如此的硕果,正可以作为参照,让我们对这些年来的一些通行的文学观念和评价体系进行反思。

第一,是经验与想象的关系问题。

自从1980年代中期马原强调小说的虚构性质以后,虚构就越来越与写

---

① 陈冲:《历史的细节和由细节拼接的历史》,《南方文坛》2007年第6期。
② 杨显惠、邵燕君:《文学,作为一种证言——杨显惠访谈录》,《上海文学》2009年第12期。
③ 从思想史的角度说,"命运三部曲"是一种文学的证言。但实际上它们都是按小说的形式推出的。如果说《夹边沟记事》还带有一定的访谈痕迹的话,《定西孤儿院纪事》已经完全是小说的样式,《上海文学》推出该系列时命名为"纪实性小说"。

实分离,成为一种具有自足、自闭性质的"想象力"。其实马原自己还是非常强调写实的重要性的,他指出"声称故事是假的"有一个重要前提,就是提供可信的故事细节,这需要扎实的写实功底,"不然一大堆虚飘的情节真的象你声明的那样,虚假、不可信、毫无价值……"①但在马原之后,"扎实的写实功底"越来越不被更年轻的写作者所具备和重视,虚构也越来越成为单纯"靠意念行走"的"向壁虚构",小说的"虚构性质"甚至继而成为经验匮乏的新作者和经验耗尽的老作家的"挡箭牌"。这样发展二十年的结果,作家们的想象力并不是越来越旺盛,而是越来越萎缩贫弱。

可以说,今天的文学创作最缺乏的不是想象而是经验:原创性的想象固然缺乏,但更缺乏的是培养原创性想象的土壤——原创性经验。特别是随着文学的边缘化,越来越多的作家远离时代、偏居一隅,又持续不断地从自己已经固化的记忆中挖掘想象。这种想象看似有七十二般变化,实际上跳不出一个既定的圈子。因为想象力的飞翔其实是有疆域限制的,它受制于个人和人类经验的广度。当历史有黑洞般的经验一直被尘封,当下有大量鲜活的经验不能被作家感受表达时,经验比想象的疆域要大,这就是人们常说的"现实比文学更荒诞"。当想象的空间已经被拓尽,作家应该突破脚下的经验半径,从而让想象力拥有更广阔的星空。这样的拓展和突破性在杨显惠自己的创作发展脉络中就可以看出来。

杨显惠是一位自 1979 年就开始写作的老作家,最初登上文坛的代表作中有一篇《贵妇人》,这篇小说与《夹边沟记事》中的首篇作品《上海女人》(曾获 2004 年中国小说学会颁发的短篇小说奖)在人物形象和风格趣味上都有相似之处。两篇作品写的都是被政治风暴席卷到戈壁滩上的"上海女人",在人的生命和尊严都受到践踏的蛮荒之地上,她们代表文明的优雅和人性的高贵。在这两个"上海女人"身上,寄托着杨显惠个人早年生活的体验和情怀,也体现着很多中国人共有的文化想象。但是,如果不是深入到夹边沟做实地勘查,《上海女人》中那些最触目惊心的"核心情节"是他绝对虚构不出来的。比如,"上海女人"历尽千辛万苦终于找到丈夫的尸体——已经从一个英俊青年变成一具残缺不全的木乃伊时的反应:

可是那女人走近后只看了一眼,就咚的一声跪倒,短促地呀了一

---

① 马原:《小说》,《文学自由谈》1989 年第 1 期。

声,扑在"木乃伊"上。

  我的心沉了一下!她扑在"木乃伊"上之后,就一动不动了,没有了声息。这种情景持续了足有一分钟。我忽然害怕了,是不是一口气上不来憋死过去了。晁崇文反应比我快,他推了我下说,哎,这是怎么啦,别是没气了。快,快拉起来。我们同时跨出两步要拉她,她的身体却又剧烈地抖动了一下,同时她的嗓子里发出一种奇怪的咯吱吱的响声。咯吱吱的声音很费力地转化为一声凄厉的哭喊:哇啊啊啊……

  哇啊啊的哭声刚结束,她就使劲儿摇晃起那个木乃伊来,并且抬起脸看着天,嗓子尖利地喊出董坚毅的名字来:

  董——坚——毅——

  ……

  据作者介绍,这个故事和人物都是有原型的,如果没有原型作基础,单凭作者的想象不可能将故事推进到如此极端的情境,即使勉强设置了这样的情境也不可能进行细致的描写。当然,那些具体的表情、动作、声音的描写是根据想象虚构的,但这样的表情、动作和声音正是他无数次在受访者的身上看到,从他们的叙述中听到的。这些作品之所以每一篇都能动人心魄,就在于构成故事"核心"的经验是超出人们的想象力的。那些经验都是平常人没有的,"你可能挨过饿,但不知道人真快饿死的时候什么样。你吃过糠,吃过野菜,不知道人骨头、兽骨头怎么个吃法。要不是身临其境听人讲,凭自己想是想象不出来的"①。

  正是建立在大量的真人真事、真情实感和真切细节的基础上,作者的想象力才能在人性边缘处顽强而稳健地推进,陡峻而不偏邪,奇异而不诡异。这就是培养"原创性"的"底气",恰恰是画地为牢、空中建阁的作家们所不具备的。杨显惠这种"贴着地面行走""掘地三尺"式的纪实性写作,不但为当代文学提供了新经验,也为想象力的正常发展做了示范。

  第二,是"写什么"和"怎么写"的关系问题。

  1980年代文学变革在提出重要的不是"写什么"而是"怎么写"的命题时,有一个不言而喻的前提是,题材本身已经不具有重要意义了,所谓"太阳底下无新事"。真的是这样吗?杨显惠的作品向人们显示,题材本身仍

---

① 杨显惠、邵燕君:《文学,作为一种证言——杨显惠访谈录》,《上海文学》2009年第12期。

有着决定性的意义。与此同时,杨显惠的写作还促使人们重新思考形式与内容的关系问题:衡量一部作品艺术水平高低的标准,到底是其使用艺术手法的新旧程度,还是技巧与创作内容和创作目的的契合程度？脱离了"写什么","怎么写"是否本身还具有价值,特别是"等级性"的价值？

  当年从"写什么"向"怎么写"的转型中,有一个隐含着的"等级秩序"——原有的现实主义写作方法是陈旧过时的、"初级阶段"的,转型后引进的各种现代主义写法则是先进的、"高级阶段"的。现实主义创作方法到底过不过时？这不是靠理论就能推演出来的,而是由社会形态、作家素质、读者口味等多重因素决定的,其中一个重要的检验指标就是看这种方法还能不能产生深入地反映当代生活、感动当代读者的优秀作品。杨显惠的创作正可以作为这样的一块试金石。他采用的完全是最朴素的写实笔法,叙述基本是单线条的,叙述手法上没有一点花哨,语言简练干净,运用了一点方言,但完全是为了配合口语化的叙述口吻,烘托氛围,虽然加了注解,但即使不加读者也能根据上下文读懂,并没有"为方言而方言"的"语言实验"的意思。比如这样的叙述:

> 我奶奶很惨。奶奶去世的时候,她的几个儿子都没有了。我大大是死在引洮工地的,挖土方的时候崖塌下来砸死的。二大是右派送到酒泉的一个农场劳改去了,农场来通知已经死掉了。我大娘外出讨饭,听人说饿死在义岗川北边的路上了,叫人刮着吃了肉了。我大是奶奶去世前一个月从引洮工地回家来的,是挣出病以后马车捎回来的,到家时摇摇晃晃连路都走不稳了,一进家门就躺下了,几天就过世了。我大临死的那天不闭眼睛,跟我娘说,巧儿她娘,我走了,我的巧儿还没成人,我放心不下。咱家就这一个独苗苗了。
>
> 我大为啥说这样的话哩？我哥比我大死的还早。我哥是五九年春上,从靖远大炼钢铁后回到家的。八九月谷子快熟的时候,他钻进地里捋谷穗吃。叫队长看见了,拿棒子打了一顿。打得头像南瓜那么大,耳朵里往外流脓流血,在炕上躺了十几天就死掉了。我哥那年整十八岁。还没成家。
>
> 那天,我娘对我大说,娃她大,你就放心,只要我得活,巧儿就得活。
>
> （《定西孤儿院纪事·黑石头》）

如此平缓的语调、克制的语气、如实录般的记述,却极富张力地将人间的至痛至惨呈现在读者面前。正是因为小说写的是人间的至痛至惨,本身已经有足够的震撼性了,只有用这种最朴素、最诚恳的叙述方式,才使故事具有最大程度的可信性,从而使整个系列具有宝贵的人类心灵档案的价值。杨显惠曾表示,自己向往的美学境界是纯朴诚实、返璞归真、大智若愚、大巧若拙。① 杨显惠的作品在相当程度上已达到了这一境界,正像雷达在《告别夹边沟》的序言中所说,这貌似无技巧的技巧,绝非一日之功,"无技巧"正是"大技巧"。

试想,如果作者采用更诗性飘忽的语言、更复杂错综的叙述方式、更具变形夸张的寓言形式,能否取得更好的效果? 事实上,当代作家中已有人运用这种方式对类似题材进行翻写,结果并不理想。② 当然,这并不意味着处理这一题材只能用写实的方式,从理论上讲,处理一个题材可以用多种方式,这要视作家的风格、禀赋和追求而定。但至少意味着,写实是其中的一种方式。评价写实作品艺术水准的高低,就只能根据写实文学自身的标准来衡量,而不能因为它是写实的,因此就认为是"过时"的。这种艺术等级上"天然秩序"的隐性存在,实际上是1980年代文学变革僵硬地割裂了"写什么"和"怎么写"关系的后遗症。惯性地延续这一标准不但荒唐可笑,也会对文学的继续发展带来伤害。

第三,是人道主义立场是否还能支撑现实主义创作。

正如前文所谈到的,现实主义文学的危机本质上根源于"启蒙的绝境",是一种全球性精神危机。在此整体大势下,杨显惠的写作仍是立足于鲜明的人道主义立场。或许在他看来,"人道"根本就不是什么"主义",而是最朴素的"天理良心"。既然"人道危机"尚在,人道主义怎么会"过时"? 在《夹边沟记事》出版时,他曾明确表示:"我为什么二十一年不改初衷,旨在张扬人性和人道主义情怀。人道主义的核心是人的尊严,当我们面对成千上万在饥饿和死亡线上挣扎的卑微而弱小的蝼蚁般的生命,作何感想?

---

① 记者陈占彪:《杨显惠:文学似乎已误入歧途》,《社会科学报》2005年6月23日。
② 比如盛慧的《水缸里的月亮》(《大家》2004年第5期)也是一部写饥饿的作品,写诗出身的盛慧用诗一般的语言,表现异常残酷的骨肉相食,虽然也达到了某种极致,但与《定西孤儿院纪事》的"写实"相比,这里的饥饿感显然是想象出来的,缺乏更真实的打动人心的力量。钟晶晶的《第三个人》(《花城》2005年第3期)更是对《夹边沟记事》中《上海女人》和《逃往》的翻写,看似是在杨显惠写实叙述的基础上进行形而上的思考,实际却像是一种先行理念的文学图解,显得飘忽而生硬。

中国缺少愤怒的作家,这是中国文学的悲哀!"①

正是基于基本的人道主义情怀,杨显惠始终坚守着已被许多作家放弃的社会责任感。多年来,他穿行于戈壁大漠之间,揭开尘封的历史,挖掘真相,既为了告慰地下的亡灵,更为了让历史不再重演。所以,他笔下的"纪事"不是记录,所有的细节都是有充分意味的。在他看来,作家必须有使命感、责任感,文学必须有改造社会的功能和征服人心的力量。② 在回答理想主义是不是支持其写作的动力时,杨显惠说:"我没有多么伟大的理想,我是个生性愚钝无知无识的人,但我想做一件事:用我的笔记录自己视野中的这个时代,给未来的历史研究者留下几页并非无用的资料。"③

作为一位始终居于文坛边缘④的老作家,杨显惠给文坛带来的最深触动是,他多年来默默无闻地坚持着很多"过时"的东西:"过时"的观念立场,"过时"的文学理想,"过时"的创作方式……这些不断被文坛痛快丢掉的东西,在他身上居然还那么完整地保持着,并且还能绽放出这么耀眼的光芒。这些年来,文坛有太多的趋新者,太少他这样的固守者;有太多的聪明人,太少他这样的"愚钝者";有太多的养尊处优者,太少他这样的吃苦耐劳者——他也因此成为当今文坛少有的令人尊敬的作家。或许他的写作方式在后来的作家中难以为继,或许他的坚持未必能促使"现实重新'主义'"⑤,但他毕竟用自己的文学生命踏出了一条可称为"别样风景"的道路。其实,即使仅仅作为"化石",命运也是不坏的,他记录了历史,也必然被历史所记录。

---

① 赛妮亚:《历史的补丁》(代序),《夹边沟记事》,天津:天津古籍出版社,2002年。
② 杨显惠、邵燕君:《文学,作为一种证言——杨显惠访谈录》,《上海文学》2009年第12期。
③ 记者陈占彪:《杨显惠:文学似乎已误入歧途》,《社会科学报》2005年6月23日。
④ "命运三部曲"出版以来,杨显惠文坛之外的名声远远高于文坛的。2007年《新京报》将《定西孤儿院纪事》评为年度图书时,在"致敬词"中称其是"文学的边缘人、史学的门外汉、新闻的越位者",并说:"杨显惠与《定西孤儿院纪事》被发现与有良知的知识分子有关,与率先连载的《上海文学》有关,与有责任感的公共传媒有关,与文学界无关。"
⑤ 参阅"底层文学"代表作家曹征路的文章《期待现实重新"主义"》,《文艺理论与批评》2005年第3期。

第四章 "底层文学""打工文学""新左翼文学"

在新世纪第一个十年间,如果说有一种可以称为文学潮流的创作,那就是"底层文学"创作。自 1990 年代初"新写实小说"落潮后,文学就进入"无主潮"阶段。发轫于 2004 年的"底层文学"不但是十余年来文坛再度兴起的唯一主潮,其引发的论争也是继 1993 年"人文精神论争"之后,唯一能够进入公共领域的文学论争。"底层文学"引发了一系列的概念、观念之争,比如,何为"底层"? 如何界定"底层文学"?"底层"如何说话? 如何评价"底层文学"的文学性? 伴随"底层文学"的兴起,已经默默存在近二十年的"打工文学"也终于浮出水面。"底层文学"与"打工文学"的关系是怎样的? 二者与"纯文学""主流文学"的关系又是怎样的?"底层文学"和"打工文学"的发展方向在哪里? 是"'现实'重新'主义'",还是有可能形成"新左翼文学"? 等等。这些问题纽结了自 1980 年代中期文学开始"向内转"以来各种文学观念的交锋,也终于连通了思想界自 1997 年就已开启的"自由主义"和"新左派"之争,成为"新世纪文学"最值得观察探讨的潮流现象。

一 "底层文学"的发生和发展

关于"底层文学"的发生,很多梳理者追溯到思想界的论争、社会学家和经济学家的研究成果、报告文学和先锋文艺的影响,以及文学领域内一批最具思想力和社会关怀的作家、批评家的思想前导。①

在社会学研究方面,《读书》早在 1996 年就刊发了农村问题的文章,1999 年又刊登了温铁军有关"三农问题"的文章。《南方周末》也于 1998 年

---

① 在笔者读到的有关"底层文学"研究材料的梳理文章中,最有参考价值的当属洪治纲的《"底层写作"的来路与归途——对一种文学研究现象的盘点与思考》(《小说评论》2009 年第 4 期)和日本学者尾崎文昭的《底层文学—打工文学—新左翼文学》(原载《アジア[亚洲]游学》月刊第 94 号,《中国现代文学的越境》特辑,日本勉诚出版,2006 年 12 月,陈玲玲译)。二文材料丰富、脉络清晰,且观点一"左"一"右",可相互参看。

报道了包括艾滋村在内的农村贫困问题,此后还有若干后续报道。2002年春,陆学艺等人的《当代中国社会阶层研究报告》(社会科学文献出版社)出版后引起巨大震动,该书把整个社会重新划分为十个阶层,原本属于"国家主人翁"的工人和农民被划归最底端的三个阶层中。孙立平随后推出的《断裂——20世纪90年代以来的中国社会》(社会科学文献出版社,2003年)及其续编《失衡——断裂社会的运作逻辑》(社会科学文献出版社,2004年),也尖锐地指出中国社会自1990年代中期以后出现了阶层差距扩大化和阶层固定化的严重问题。同时,曹锦清的《黄河边上的中国——一个学者对乡村社会的观察与思考》(上海文艺出版社,2001年)、曾上书朱镕基总理以"农民真苦,农村真穷,农业真危险"经典概括"三农问题"的李昌平的《我向总理说实话》(光明日报出版社,2001年)、陈桂棣和春桃的报告文学《中国农民调查》(人民文学出版社,2004年),也以调查纪实的方式,报告了农民的真实处境,甚至包括官民之争引发多起农民集体暴动的实况。

在文艺界方面,2000年上演的小剧场话剧《切·格瓦拉》(张广天导演,黄纪苏编剧)的成功具有相当的象征性,表明在都市青年中已经出现了明显的左翼思潮,重访革命的记忆。2003年由独立导演王兵制作的长达九个小时的纪录片《铁西区》,详细记录了东北国营大厂的解体和工人阶级文化的颓败过程,不仅在海外引起关注(王兵因此于2006年获得"法国文学艺术骑士勋章"),在国内知识界也引起不小反响。

在文学创作方面,最早被追溯的是张承志1990年代初的《心灵史》和大量散文创作中提出的"穷人""富人"概念,韩少功在《马桥词典》(1997年)、《暗示》(2002年)以及随笔小说中对"民间"的打开、对"历史终结论"的质疑、对"中国方式"的探寻。而与"底层"问题直接相关的是批评家蔡翔1996年发表的散文《底层》(《钟山》,1996年第5期),作者在文中满怀深情地诉说了"新中国"成立以后"我的底层"与革命的"乌托邦承诺"之间的关系,以及在"后革命"的商品时代,"底层"在经济和文化上的双层跌落。此外,作家摩罗的《耻辱者手记》(内蒙古教育出版社,1998年)、王开岭的《激动的舌头》(中国电影出版社,2000年)后来也被视为"底层写作"的先行之作。

在文学期刊中,最早也最集中探讨"底层问题"的是被称为"新左派"主要阵地之一的《天涯》。自1996年改版后,《天涯》就开设了一个极具创造性的栏目"民间语文"。"民间"的概念与"底层"密切相连,相当于开辟了一个"底层自己说话"的窗口。2004年《天涯》在文学界率先发起"底层与关于底层的表述"专题讨论,刊发文化批评家蔡翔、王晓龙、刘旭的文章。同年6月,《天涯》再度组织讨论,发表王晓明的《L县见闻》、蔡翔与刘旭的《底层问题与知识分子的使命》、顾铮的《为底层的视觉代言与社会进步》、吴志峰的《故乡、底层、知识分子及其他》、摩罗的《我是农民的儿子》。这次讨论,可以视为"底层文学"发生的直接理论先导。2006年2月,"底层文学"已经遍地开花后,《天涯》杂志第三次组织"底层与关于底层的表述"讨论,发表学者陈映芳、南帆、柳冬妮、耿占春等人的文章,以全球的左翼思潮为背景,深度探讨中国的"底层"问题。在另一向度上,2001年,著名文艺评论家、"先锋文学"的倡导者之一李陀发表《漫说"纯文学"》(《上海文学》2001年第3期),带头反思"纯文学"的负面影响,提倡文学要重新面对社会发言,高扬现实批判意识。2002年,《中国现代文学研究丛刊》在第1期推出《左翼文学笔谈》特辑,文学的"人民性"概念也被重新召唤回来。此外,葛兰西的《狱中杂记》(复旦大学出版社,1999年版)、查特吉的《关注底层》(《读书》2001年第8期)、斯皮瓦克的《"属下"能说话吗》(收入罗钢刘象愚主编《后殖民主义文化理论》,中国社会科学出版社,1999年)等有关"底层"概念的重要文献的翻译、发表,也为"底层文学"的讨论提供了重要的理论参考。

这些社会调查、思想文艺论争和相关创作,无疑为"底层文学"的孕育提供了土壤。不过,据笔者当时主持"北京大学当代最新作品点评论坛"(即"北大评刊"论坛)①扫描追踪期刊作品的一线感受,"底层文学"的发生并非如"新时期"文学史上诸如"伤痕文学""寻根文学"以至"先锋文学"那样,是受一种新思潮所引导。情况恰恰相反,对于当时在社会上已经有广泛影响的社会分层、"三农问题""国企改革"等论争,文学界表现出相当的隔膜。这并不奇怪,因为自从1980年代中期文学开始"回到自身"以后,文学界就逐步与思想界分离,此后思想界面对世界格局变化和中国社会巨大转

---

① "北京大学当代最新作品点评论坛"成立于2004年,由北京大学中文系当代文学专业部分教师和研究生组成,后简称为"北大评刊"论坛。论坛对《收获》《当代》《十月》《花城》《人民文学》《上海文学》《大家》《钟山》《中国作家》《作家杂志》《山花》《西湖》《青年文学》等十几种主流文学期刊和新锐期刊进行追踪式扫描阅读,点评文字发表于左岸网站(http://www.eduww.com)"北大评刊"专栏、《中文自学指导》杂志以及多种报刊,论坛编选的小说年选本由北京大学出版社出版。论坛网站http://www.pkupk.com。

型所进行的思考很少再波及文学界,"专业作家"逐渐向"专业人士"靠拢,以"说故事者"自命。大部分作家的价值观念依然深受1980年代知识界主流观念的惯性影响,如果给一个粗略的"站队式"划分,他们更倾向于"自由主义"而非"新左派",主张"告别革命",倡导"普世价值"。这一思想倾向在前文论述的具有"重述历史"性质的史诗性长篇(如刘醒龙的《圣天门口》、莫言的《生死疲劳》、阿来的《空山》等)中有着不约而同的体现。"底层文学"发生的真正动因,与其说是有关"底层"思潮的影响,不如说是现实主义文学精神的复苏。尤其在2004年发轫初期,那些具有震撼力的作品大都出于"基层作家"或居于边缘的老作家之手,在"主流文坛"的乡土文学作家们大都把乡村作为"纯文学"叙述容器的时候,他们本着朴素的直面现实的写作精神,道出民间的疾苦,控诉社会的不公,显示出曾在中国文学土壤中深深扎根的现实主义传统依然保持着顽强的生命力。

  2004年初,一向坚持以"直面现实"为宗旨的《当代》,连续在杂志第1、2期推出短篇《农民刘兰香之死》(向本贵)、中篇《麻钱》(宋剑挺),并且,经过一番周折后终于在第5期推出曹征路的中篇小说《那儿》①。这几部小说直接触及了中国两大最主要的社会症结矛盾——三农问题和国有企业改革问题,作家虽都不太有名,但具有强劲的冲击力,在当时一派"安分守己"的创作氛围中,表现出鲜明的异质性和反叛性。在笔者主持的"北大评刊"论坛最初讨论这两篇刚刚发表的小说时,由于无以命名这种异质性,只能姑且称之为"三农小说",直到《那儿》出来,"底层文学"的大旗才真正树立起来。

  《农民刘兰香之死》围绕着一个可悲的怪圈展开:县里的扶贫行动不仅没有帮助农民摆脱贫穷,反而将农民刘兰香逼上了死路。作者通过对这一事件的描述和"追问",揭示了县乡政府与农村的一些现状和"潜规则",由此展现了上面的政策在基层"走样"的过程,以及这一过程中不同人的利害趋避和具体心态。宋剑挺的《麻钱》以关二生与梅叶夫妇为中心,写了三对农民夫妇在窑厂打工的艰苦生活。在这里,不但劳动是辛苦的,安全是无法保障的,甚至连最低限度的维持劳动力"连续再生产"的基本生活条件都不具备。为了多挣些钱,这三对夫妇不仅白天要去运八九个小时的砖坯,晚上

---

① 曹征路在接受李云雷访谈时称,《那儿》本来预计发表在《当代》2004年第3期,后因种种原因推迟到第5期发表。《曹征路访谈:关于〈那儿〉》,《文艺理论与批评》2005年第2期。

还要去整晚"出砖",其中一位(刘干家)因疲劳过度在窑塌时被砸死了,他的妻子却只有顶替他的位置继续做下去。他们这样的拼死拼活,换来的报酬却并非活人可以用的现钱,而是一种据说在阴间通行的"麻钱"——这并非寓言,工头说一个"麻钱"顶二百块钱,但没有人知道这些"麻钱"什么时候能够兑现,到底能不能兑现。在小说的最后,关二生夫妇要回家,百般乞求也没有把"麻钱"兑换成现钱,他们只有带着辛苦劳作一年所挣得的13个"麻钱"回家了。

当时在"北大评刊"论坛负责点评《当代》杂志的正是日后成为"底层文学"重要推动者和评论者之一的青年评论家李云雷,他敏锐地指出了这两部出自"非著名作家"之手的小说的异质性。他认为,《农民刘兰香之死》继承了赵树理的"问题小说"的传统,即其着力点在于"问题",虽然在艺术上有"问题小说"的不足,但对现实生活敏锐的洞察力和对弱势群体的人道关怀永远是现实主义令人尊敬之处。《麻钱》从题材上看,可以说是现实主义冲击波的延续,但在价值立场上,它终于突破了在"发展是硬道理"和"道德同情"之间的犹疑暧昧,不含混地站在了"底层"一边,因而作品在悲剧性和批判性方面都远胜于"冲击波"。"小说写得细致而不烦琐,冷静而不平静。没有丝毫抚慰式的幻想,将平实真切的语调贯彻始终。小说客观地写出了当下农民(尤其是青年农民)的处境:在农村的生活是艰辛而无望的,而外出打工却又是饱受欺凌与侮辱。有学者早就指出'青年农民是我国最大的政治',此篇小说通过文学方式的细节描写,又将这一问题鲜明地摆在了我们面前。"①在对《那儿》的点评中,李云雷和季亚娅也率先指出,这部小说"是对左翼文学传统"的延续(有关曹征路作品的评论详见下节)。由于"北大评刊"论坛及时追踪点评期刊最新作品的工作性质,这些点评应该算是文坛对"底层文学"最初作品的最早评价,对底层文学的定性和走向产生了一定影响。

2004年的春天,"底层文学"不仅在《当代》一地破土。《人民文学》第3期以头条位置推出陈应松的中篇《马嘶岭血案》,随后又在第6期发表王祥夫的中篇《找啊找》;《上海文学》第2期发表老作家李锐的短篇《寂静》《颜色》;《花城》第3期发表赵大河的中篇《北风呼啸的下午》。这些作品从不

---

① 李云雷、季亚娅:《看〈当代〉》,《中文自学指导》2005年第1期,左岸网站(http://www.eduww.com)"北大评刊"栏目。

同侧面触及了"三农"问题中的一些核心问题,如土地问题、上访问题、农民工问题、城乡对立问题……共同展示了中国农民在历史与现实中的处境、在城市与乡村间的挣扎。其中的奋斗与追求、动摇与幻灭、生存的苦难与命运的尴尬、尊严的坚守与心灵的破碎,呼唤着我们这个时代远超出文学之外的关爱与悲悯、正义与良知。它们在同一时期被推出应该说是不约而同,在多如牛毛的作品中引起评论者关注也不仅由于题材上触及底层(当时还没有这样一种命名),更由于题材触及"真问题"而使作品爆发出现实主义文学的力量。其中思想性和艺术性结合得最好的,当属后来和曹征路的《那儿》一起被列为"底层文学"代表作的《马嘶岭血案》。

《马嘶岭血案》的作者陈应松①是一位省级专业作家,这篇小说是他创作发生转型后写作的"神农架系列"中的一篇,而这次创作转型与他去神农架挂职锻炼的经历体验直接相关。在《马嘶岭血案》发表以前,他就曾在一篇创作谈中谈到这次写作转型的动因:"若我还是过去的我,我死也不会相信这种小说中的东西,以为是绝对地胡诌,是学西方的荒诞是居心叵测。作为专业作家,我已经习惯了养尊处优说假话喝小酒的日子,但当我挂职到那些偏远的地方去之后,我才相信了一切全是真的。"他表示:"以为远离我们视线的存在就不算存在,远离城市生活的生活就不算生活是极其糊涂的。我宁愿离开那些优雅时尚的写作,与另一些伏居在深山中的劳作者殷殷的问候和寒暄。"②对于有志于"底层写作"的专业作家来说,能不能从"云端"的生活状态中走下来,接上地气,"靠大地支撑",是首先要跨越的门槛。

《马嘶岭血案》写的是一桩骇人的凶杀案,下乡探矿的 7 名科考队员被两名贫苦的挑夫一一杀害。小说通过对这样一桩凶杀案的解剖性叙述,深入地揭示了"新时期"以来早已不被言说但实际上已经加剧存在的阶级对

---

① 陈应松,男,原籍江西省余干县,1956 年生于湖北省公安县,武汉大学中文系毕业,现任湖北省作协专业作家。出版有长篇小说《猎人峰》《到天边收割》《魂不守舍》《失语的村庄》《别让我感动》,小说集《鲁迅文学奖获奖作家丛书——陈应松小说》《陈应松作品精选》《巨兽》《呆头呆脑的春天》《暗杀者的后代》《太平狗》《松鸦为什么鸣叫》《狂犬事件》《马嘶岭血案》《豹子最后的舞蹈》《大街上的水手》《星空下的火车》、随笔集《世纪末偷想》《在拇指上耕田》《小镇逝水录》、诗集《梦游的歌手》等三十多部,《陈应松文集》6 卷。《松鸦为什么鸣叫》获第三届鲁迅文学奖。
② 陈应松:《靠大地支撑》,《小说选刊》2003 年第 8 期。

立。表面看来,仇恨的萌芽、生长和爆发是这篇小说的核心要素,但更核心的问题则是隔膜;知识分子与民众的隔膜、城里人与乡下人的隔膜、"富人"与穷人的隔膜。城里的科技踏勘队来到穷山恶水的马嘶岭勘查金矿,既是为了完成科考任务,同时也是造福一方。然而,在当下的农村现实中,踏勘队勘测到的金矿极可能被少数权势者霸占,九财叔等普通农民根本得不到丝毫的好处——除了出苦力、当挑夫。在他们眼中,科考队员不过是高高在上的雇佣者。而"雇佣"的观念也未必不在这些知识分子的意识或潜意识中,否则,他们不可能一方面抱有造福乡里的美好情怀,一方面无视挑夫们在繁重的担子下的具体苦痛。同时,由于城乡、阶层收入的巨大差距,这些普普通通、较平常的城里人更能吃苦耐劳、深入民间的知识分子,被九财叔们视作奢侈的"新富阶层"代表和仇恨、抢掠的对象。小说涉及了三重矛盾:一个是阶级矛盾,贫富之间的差异以及生活方式的不同;另一个是城乡矛盾,城市里的踏勘队员与农民们处于不同的位置,所思所想有很大的差异;最后一个是知识分子与普通民众之间互不理解的隔膜。正是这三重矛盾的交错,使小说悲剧性的刻画有着震撼人心的力度。

在现实主义写作历史上,阶级差别和对立一直是被反复表现的主题,但自1980年代以来,它一直被"历史的终结"遮蔽,被"普遍的人性"消解。《马嘶岭血案》也从人性剖析入手,但它呈现的不仅仅是抽象的"人性对立",而是在一个阶级分层重新成为现实的社会背景下,将小说主题直接指向了对城/乡、贫/富等新的社会矛盾的重新思考。阶级矛盾的重提,在今天的中国无疑有着重要的现实意义,而对知识分子与民众隔膜的揭示也令人触目惊心。值得关注的是,在这场似乎是"文明与愚昧的冲突"中,作者的立场已不是站在代表现代文明的踏勘队员一边,而是更倾向于弱势群体,对他们的生存状态投以同情和关注。

这篇小说的另一特点是思想性和艺术性的均衡,避免了"问题小说"的简陋,在叙述上颇见功力,如魏冬峰分析的:"小说在艺术上的成功表现在,它极有耐心又极有控制力地展现了仇恨的萌芽、生长和爆发的过程。踏勘队员对临时雇来的挑夫虽然没有直接的压迫和剥削行为,但他们在衣、食、住、劳动强度和待遇方面的差距凸显出挑夫们物质上的极度贫困,有意无意间流露出的颐指气使更是在心理上榨取了挑夫们残存的一点自尊。九财叔的仇恨在这恶劣逼仄的环境里一点点地被激发,小说叙事的力量也在这种文火慢炖的熬煎中挥发出来。作者明确而又不生硬地将'金子/金钱'设置成九财叔的心理暗流,在情节发展中不失时机地强调着这一点,使得'合理''对立'着的双方最终不可避免地陷入一个惨烈的悲剧当中,对读者形成了强大的冲击力。"①

在发自"基层"的声音以外,一些著名作家也顺着自己的写作路径或突破路径与"底层"相遇。

1990年代的"个人化写作"代表作家林白进入新世纪以后开始了创作转型,从《一个人的战争》(1994年)到《万物花开》(《花城》2003年第1期,人民文学出版社,2003年)再到《妇女闲聊录》(《十月·长篇小说》2004年寒露卷),"'女巫'林白双脚着陆"②,从幽闭中走向广阔天地,走向民间。《万物花开》和《妇女闲聊录》被一些人看作是"底层文学"的前导,呈现了"原生态的民间"。尤其是作为"植物"之"泥土"的《妇女闲聊录》③,更受到文学界高度肯定,林白以此获得2004年华语传媒大奖"年度作家奖",授奖辞称赞她"有意以闲聊和回述的方式,让小说人物直接说话,把面对辽阔大地上的种种生命情状作为新的叙事伦理,把耐心倾听、敬畏生活作为基本的写作精神,从而使中国最为普通的乡村生活开始发出自己的声音,并被这些真实的声音所重新塑造"。

《妇女闲聊录》是一部具有探索性的小说,它的探索性就表现在作家对权力的全然放弃——小说通篇是一个名叫"木珍"的农村妇女生动鲜活的"语录",作家林白完全退回到记录者的位置,照单全收,"捡到篮里都是菜"。于是我们看到了一个如蛮荒之地的乡村"王榨":这里所有的生产秩序、伦理秩序、道德秩序都崩溃了,人欲横流,男盗女娼。这不由让人想起蔡翔在《底层》一文里对"底层"的担忧和哀叹。那个曾经"将这个世界默默托起,同时遵守着这个世界对它发出的全部的道德指令"的"底层"正在堕落消失,"底层不再恪守它的老派的欲望,对富裕的追求同样导致了人的贪婪"。不过在林白这里并没有那重担忧和哀叹的目光,而是满怀赞赏和敬畏。在她耐心的倾听中,木珍的叙述肆无忌惮、理直气壮,似乎那些乡村秩

---

① 魏冬峰:《看〈人民文学〉》,《中文自学指导》2004年第4期;左岸网站(http://www.eduww.com)"北大评刊"栏目2004年第2期。
② 张燕玲:《作品推介榜榜评》,《文艺报》2004年12月25日。
③ 林白在《妇女闲聊录》的前言中说,《万物花开》的部分素材来自《妇女闲聊录》,"《闲聊录》和《万物花开》的关系大概相当于泥土与植物的关系吧。"《万物花开》,北京:人民文学出版社,2003年。

序不是崩溃了,而是从来都不曾存在,这里的人不是没有道德,而是压根儿没有道德感。然而,这样的"原生态"背后真的没有作家的立场吗? 在这一点上笔者同意徐则臣的分析:"对王榨的纵容在某种意义上正是林白的立场所在。林白并未放弃她一贯的'个人化'写作立场,她只是把前此的私人生活的'个人化'悄悄地转换成了民间立场上的'个人化',这也是她尊重原生态的王榨生活的原因。"①这样的"纵容"在"纯文学"内部具有冲决陈规的挑战意义,但在公共价值的承担层面也显示出一种"超道德"的漠然。从"私人立场的个人化"到"民间立场的个人化",林白确实极大程度地突破了自己,可惜未能抵达"底层"。她以放弃的姿态相当深入地打开了"民间",却与"底层文学"有一纸之隔——隔的就是那道超越性的知识分子的目光。

李锐在走出新历史主义的"银城"(《银城故事》发表于《收获》2002年第1期)后,开始回归现实的"厚土",自2004年起开始推出总题为《太平风物》的"农具系列小说",陆续在《上海文学》《收获》《山花》等杂志上发表《袴镰》《残摩》《桔槔》等短篇。这些小故事从一个个与农民最贴心的农具入手,写出了传统化的农耕文明在现代化浪潮的席卷之下正在消失的命运,古老的农具凝聚着现实的苦难和现代性的焦虑,语言洗练,意蕴饱满。与此同时,他在《上海文学》2004年第2期发表的两个短篇《寂静》和《颜色》游离出这个系列,直接触及"底层"问题。

《寂静》在安详、柔缓的语调中小心地展开,在"寂静"的叙述中,你逐渐听到一个令人愤懑的故事:老退伍军人满金被乡亲推为"上访代表",在六年的上访过程中,家破身亡,最后吊死在林间的老核桃树上。这应该是一个以死抗争、执着如怨鬼的故事:"总不能因为乌鸦黑老百姓就都死绝了吧? 你乱流河的乌鸦黑,还有县里,县里乌鸦黑还有省里,省里乌鸦黑还有北京,北京乌鸦黑还有联合国,联合国乌鸦黑还有如来佛、还有老天爷,总得找个说理的地方……"但是,在主人公走向死亡的过程中,你已听不到悲愤的控诉,而是一种解脱的安详:"你要是没有上访过,你就不知道什么叫个累,真累,从心里头累……"这不是怨而不怒、哀而不伤,而是绝望中的疲倦。什么是寂静? 寂静就是这种来自生命深处的疲倦,一种只有佛祖、老天爷才能接纳抚慰的疲倦。小说见功力处就在于作者以精微的笔触写出了寂静的外

---

① 徐则臣:《小说、世界和女作家林白——评〈万物花开〉和〈妇女闲聊录〉》,《文艺理论与批评》2005年第1期。

景和人物绝望的内心在静默中的交融。在寂静的背景下、安详的叙述中,激越的悲愤转化为不尽的悲凉,使这个在新闻报道中屡见不鲜的"上访故事"具有了非文学形式难以具有的艺术感染力。

《颜色》选取了一个十分刁钻的叙述角度,它写的是一个揽活民工眼中的行为艺术:一对身裹紧身衣、健硕妖娆的青年男女,于火车站前互相在彼此身上刷黑白两色的油漆。该行为艺术取名为"宇宙的颜色"。然而,三天中他们最虔诚的观众是一个胸前挂着"杂工"牌子的民工,他眼巴巴地守候着他们,唯一的目的是希望他们累了以后花钱雇他表演。这是一个典型的"看与被看"的场景,艺术家希望他们的表演引起人们形而上的思考,而吸引民工的则是食色的欲求。"看人"的民工更希望"被看",但他既被艺术家漠视,更被路人忽略,像一个路边的"静物"——"静物"是另一个行为艺术的主题,一个"疯子"艺术家雇了120个民工在太阳下静坐,据说目的是"让这个城市的人联想起来这座城市和这些'静物'的关系"。但民工只有被艺术家雇佣才可能"被看",否则则成为一个纯粹的"静物"。在这组"看与被看"的对立中,先锋艺术家与劳苦大众、国际大都市与从山沟里走来的农民工之间的隔膜、敌视被以一种反讽的形式展现出来。

多年来,刘庆邦的创作一直没有离开他出身的底层——煤矿和乡村。从2000年的《神木》开始,他的笔触越来越深入底层现实的黑暗和苦难。2004年被刘庆邦称为"生活年",这一年他回家乡和一些矿工生活了一段时间,补充了新的生活素材。① 2005年初他就推出了一系列作品:《卧底》(中篇,《十月》第1期)、《福利》(短篇,《大家》第1期)、《鸽子》(短篇,《人民文学》第2期)、《车倌儿》(短篇,《当代》第2期),全部是矿工题材,使人看到他多年的积累和一年的深访所积蓄的热量,终于如岩浆一般喷发出来。

《卧底》率先像一声压抑许久的闷雷从地底爆出,以赤裸裸的真实和黑漆漆的惨烈震惊了我们。记者站的见习记者周水明为了尽快"转正",自告奋勇去私人小煤窑"卧底",却遭到比"包身工"更悲惨的奴隶待遇,生不如死。故事在一个封闭的"地下魔窟"中发生,但小说并没有止于揭露惨境,而是借此更深入地揭示了整个社会的恶劣生态:司站长的袖手旁观、公安局的敷衍了事、窑工们的彼此敌视与互相出卖,这些都使周水明原本希冀的救援变得遥不可及,而他本人的见利忘义、见风使舵更使其堕入心灵的深

---

① 刘庆邦:《2004,我的生活年》,《北京日报》2004年3月8日。

渊——在矿长的利诱下,他立刻打算将自持的正义感以5000元售出。这让人看到,倘若有一丝可能,他也会立即蜕变成与矿长无异的食人血汗的蛆虫。作者最深刻之处就在于,他没有把周水明塑造成一个孤胆英雄,而是写出了这个人物的功利性和两面性,而这种功利性和两面性又有着充分的现实合理性。小说决绝地向我们揭示了这个社会普遍信奉的生存法则的可怕性,整个社会对正义力量的漠视,集成一张巨大的黑暗之网,为求自保,所有人都弃械投降,为了先坐稳奴隶的位置不惜自相残杀。最具有讽刺意味的是那个不乏粗粝感的结尾:周水明的得救纯粹出于偶然,并不是来自任何人的良心发现;得救之后,不仅没有幻想中的苦尽甘来(他的采访和遭遇无人理睬、无人过问),甚至遭到辞退。至此,刘庆邦撤掉了最后一根通向光明的梯子,这种令人窒息的绝望,以及绝望之后的深深无奈,将读者抛置于无比荒凉冷漠的世界中。

比起前几年的《神木》,《卧底》对人性黑暗的揭示少了几分"人类的共性",多了几分"此时此地性",显示出一种脱出经典化、接近生活本身的不懈努力。应该说正是生活本身的力量,再次撕开了刘庆邦创作的一角,增加了其重量和厚度。也正是生活本身的酷烈,使这位矿工出身的"短篇王"没有掉过头去,寻求"美学脱身术"。

有人认为,《卧底》的弱点在于过于黑暗,让人看不到一丝光明。但在笔者看来,这篇小说在思想上和艺术上的力度正是通过其对黑暗揭露的彻底性表现出来的。这份彻底性似乎冷酷地暗示了:在这个由弱肉强食的"丛林法则"主导的现实世界,作为单一的个体,要么同流合污,要么只能束手就擒。然而,正是由于揭示得如此彻底,它产生的后果并不消极,而是具有了强烈的批判性。读者在彻底绝望之后反倒生出"反抗绝望"的信心和勇气,这正是鲁迅所说的"直面惨淡的人生"的信心和勇气。小说以波澜造势,每个环节都以梦想的落空形成情节上的反转,一步步推进叙事。结构紧凑,推进有力,开辟了多条解救之路,但搭建梯子的同时又将后路抹掉,最后将人物逼上绝境,也逼得读者无法掉头,主题的深化与情绪的推动达到了高度的一致性。

相对于《卧底》的新闻体风格,《福利》则散发着黑色幽默的味道。小说的着笔重点落在那口大模大样地摆在矿井区的棺材上——由于矿难频发,棺材竟然成为老板招揽矿工的福利品!作者的叙述语调如拉家常,绕着煤矿工人家旺和棺材翻来转去,却在前半部的转绕之中抽丝剥茧,草蛇灰线地暗示出家旺对待棺材态度上的细微变化。最初,醒目的棺材激起了家旺对死亡的恐惧;当睡在棺里的流浪汉扬长远去,留下家旺抚摸刨花清香的棺木时,他和棺材的感觉就亲近了。而插入了卖果少妇,牵扯出家旺身世,则是借工友黄皮子之口,坐实了棺木在家旺心中的意义:对他来说,生活没有希望,存身煤窑、冒死挖煤是他唯一的出路;而唯一可以安慰的,就是死后能够睡上那口散发清香的棺材,有个安尸之地。小说至此,却又笔锋一兜开始了荒诞。当棺材——他卑微生活中的唯一支柱,却变为妓女卖淫欢叫的床铺时,黑色幽默的冷笑渗透了全篇。家旺之死,是小说逻辑所注定的,读者也早就预知,但是家旺最终连福利棺材都睡不上的结尾,还是像一根活刺,钉在读者心上。

如果说《卧底》《福利》写的是"冷",《车倌儿》《鸽子》则写的是"暖"。《车倌儿》写一个矿工遗孀和雇工之间因互相同情而产生的情愫。矿工死于矿难,留下寡妻孤儿,只好将自家的骡儿雇佣给一个车倌儿拉煤,以此养家。车倌儿赵焕民知道骡儿是窑嫂宋春英赖以活命的功臣,在窑下再苦再累,也不像别的车倌儿那样鞭打骡儿以发泄,看见宋春英为了打发时间,每每赌博输钱,也好言相劝;宋春英不忍心看赵焕民每每从井下归来,饿得洗都不洗,就草草做饭吃饭,于是先是主动给他做了带到窑下吃的饭,后又让他下班后直接到她家吃饭……通过一个个充满质感的细节,那种底层劳动者之间朴素得不能再朴素的相濡以沫生长出来了,暖意一点一点上升。写的是这个宁静的河湾,但是读者却能隐隐听到怒涛之声。小说不动声色地淡淡写来,这点温暖才更显珍贵,才显出坚韧。

在这一组有关矿工生活的系列小说中,《鸽子》算是一篇小品。小说截取了生活中的一个场景将之放大,在放大的光晕下,一只鸽子的生命竟然在人命不值钱的现实生活中得到如此的关注。作品本身的意义或非甚巨,但放置在整个系列中,则显难得:它终于令读者舒了一口气,在诸多压抑与绝望的图景中见到了一抹亮色,让人看到作者在彻底的现实主义背后的诗意和理想。

刘庆邦的创作基本分为两大类——矿工题材和农村题材,写前者酷烈,写后者温情。值得称道的是,刘庆邦把这两者分得很开,不做廉价的调和,写酷烈写得冰寒入骨,写温情写得贴心透腑。要考察刘庆邦一个时期的创作必须同时看他两路作品,它们一如深井,一如天窗。也许有人觉得这显示了刘庆邦的分裂和单一,笔者倒觉得这成就了他的深邃和阔大。试想,若无那份对暖意的企盼,又何来深入地狱一捅到底的决心和勇气?刘庆邦堪称当今少有的对批判现实主义精神贯彻最彻底的作家之一。

进入2005年以后,"底层文学"逐渐升温并迅速成为热潮。这和"底层文学"的席卷力有关,也和政府提出建设和谐社会的主导政策有关①。"底层叙述"不但已经从一种"冷门叙述"变为一种"热门叙述",也开始从一种"异质性叙述"变为一种"主流性叙述"。正因为如此,如何讲述"底层的故事",随之变为一个需要谨慎对待的问题。有的作家既无底层经验,又少底层关怀,只因题材热门、"政治正确",也来分一杯羹,寻求"入场"的捷径,这样的"底层叙述"已经是一种"功利叙述",变"为底层说话"为"拿底层说事儿",使"底层文学"出现鱼龙混杂的局面。

不过,更核心的问题还是"底层如何文学"的问题②。自从"底层文学"兴起后,就不断受到"文学性不足"的指责。"底层文学"的文学水准固然参差不齐,现实主义手法本身也面临着危机,但这种指责背后仍不免有"纯文学"评价体系把"文学性"本质化、对现实主义作品评价本身缺乏公正性的影响。在"文学性"有形无形的引导下,一些刚刚冒出头角的"底层文学"作家也开始向现代主义方向"提升"——其实,自从张炜以《九月寓言》开始从现实主义向现代主义转型之后,以"写实"成名,以"超写实"提升艺术等级,已经成为新进作家的"自然转型",甚至是唯一的一条"进步之途"。③ 但由于"底层文学"与现实主义的天然联系,"底层文学"作家整体写作基础的局限,这样的转型未必带来艺术性的提升,倒反而有可能是拔苗助长,造成写作偏离。比如,有的作家在表现苦难时脱离了具体的语境,将之抽象化、概念化、寓言化,同时也推向极端化。在充满现代感的形式背后,作为思想支撑的往往是简单的"城乡对立""肉食者鄙"等古老逻辑,以苦大仇深作为推动故事的情绪动力,于是"底层叙述"变成了隐含的"仇恨叙述",变成了不断刺激读者神经、比狠比惨的"残酷叙述"。

---

① 2005年3月温家宝总理在十届全国人大三次会议上发表政府工作报告,将"着力建设和谐社会"列为政府施政新目标。

② "底层如何文学"的说法是在"北大评刊"论坛讨论中由魏冬峰率先提出的,笔者后来在《底层如何文学》(《小说选刊》2006年第3期)一文中直接当作题目使用了,借此特别说明并致谢!

③ 参阅拙文《与大地上的苦难擦肩而过——从阎连科〈受活〉看中国当代乡土小说现实主义传统的失落》,《文艺理论与批评》2004年第6期。

以《马嘶岭血案》有力地参与开创"底层叙事"的陈应松,在于《人民文学》2005年第10期发表的新作《太平狗》(中篇)中就表现出这种问题倾向。《太平狗》以一条名叫"太平"的狗和民工程大种在城市里九死一生的悲惨遭遇为主线,力图呈现一幅发生在城市里的阶级对立图景。如果说《马嘶岭血案》是在现实的情境中展现知识分子与农民隔膜的可悲,在城乡、阶层复杂的对立中探究人性的黑暗,在隐忍和节制中传导仇恨的积累和爆发,这样的具体性、平衡感和控制力在《太平狗》里都不见了。作者似乎急不可待地要将"底层"惨烈的苦难体验淋漓地展现出来,自始至终都在拼全力狠写,但每一个情节的出现都显得根基不稳。脱离了上下文语境的苦难显得抽象化,不断追求冲击力的结果更是使读者神经麻木:尽管太平狗遭受了各种致命伤害,死了八次,但每一次的痛楚都与上次程度相当。小说有明显的寓言化追求,看得出作者力图在艺术性和思想性上"更上一层楼",但这样的追求并没有达到形而上的深度,也与写实的笔法不谐,反而在急切中暴露出简单,对暴力和血腥的极力描述也使小说的语言显得粗糙。

"底层如何文学"是一个复杂的问题,这中间涉及的不仅是文学创作的真实性与虚构性原则,更反映出作家的写作态度、道德立场、思考层次等一系列深层问题。不过说到底,与社会民主、平等、公正等原则相关的"底层叙述",首先需要的是诚恳和朴素。在这个意义上,罗伟章①的《大嫂谣》(中篇,《人民文学》2005年第11期)就以其本色质朴的风格向人们显示了"底层如何文学"的基本途径。

罗伟章擅长在作品人物上倾注个人情感体验,他引起文坛关注的两篇小说《我们的成长》(《人民文学》2004年第7期)和《我们的路》(《长城》2005年第3期)都带有浓厚的"自传"性质,描述了徘徊在城乡之间无所归依的打工青年艰难的成长和无路的迷茫。《大嫂谣》的情感更加丰沛,语言也更加成熟。小说以"大嫂"这个人物形象的塑造为侧重点,动情地书写了当下生活在农村和城市的各式"底层人"的体验。作者没有采取表面极度悲愤实则难免居高临下的俯视姿态,而是将农民工放在普通人的位置上,将心比心,细致地描写他们的生活和情感。正如《人民文学》编者在"留言"中

---

① 罗伟章,男,1967年生于四川省宣汉县,1989年毕业于重庆师范大学中文系,后就读于上海首届作家研究生班,现为四川省作协巴金文学院专业作家。著有长篇小说《饥饿百年》《不必惊讶》,中篇小说集《我们的成长》《奸细》等。

所说:"那些农民工不是'他们',而是'我们'……要站在他们之中,和他们一样体验和想像,决不是站在他们之外流廉价的泪水"。

小说中年过半百的"大嫂"形象令人印象深刻,她是整个家庭的支柱,心地善良,吃苦耐劳,具有普通劳动者沉默而坚韧的性格。与周围乡民不同的是,她心中始终"有一道遥远的光",希望家人通过读书过上更好的生活。为了供小叔子和儿子读书、考大学,她毫不顾惜自己并不强壮的身体,在田里、在工地上拼死拼活地劳作。在这道光的照亮下,"大嫂"的形象站立起来了,她让人感到可敬,而不是可怜,她所遭受的苦难让人感到内在的同情,而不是外在的怜悯。从塑造形象入手,注重人物的独特性、丰富性,使"大嫂"与许多"底层文学"中那种一味惨兮兮的扁平人物形象区别开来——她是"这一个",而不是"这一类";正因为她是"这一个",才能真正有力地代表"这一类"。

《大嫂谣》以情感人,但并未对现实矛盾有所回避。小说涉及的城乡对立问题,比如"包工头"胡贵率领手下民工向城里的经理讨要工钱,因伤人而入狱的情节,冲突激烈。但作者并未过多纠缠于暴力场面,而是着力挖掘更深的矛盾,试图呈现社会秩序"天然"的不公造成农民工境遇"注定"的无望——进城打工多年并"混出模样"的胡贵,在城里的处境却艰辛危险,未能真正进入城市,而且随时可能被城市摒弃。虽然在村里人看来,胡贵是"大老板",他却无法在城里人面前摆脱"下贱货"的身份,城乡对立的现实构成了他对城市的复杂态度,他对城里人既尊崇又仇恨,既屈辱卑微又铤而走险。因此在胡贵的命运悲剧背后,实际隐藏着社会悲剧的内容。

另一重构成小说复杂性的是"我"(即大嫂的小叔子)的视角的采用。"我"虽然考上大学并留在城里工作,但未能出人头地,而是以卖文为生,"连自己的嘴巴也糊不拢",同样是社会底层的挣扎者。"我"的处境让读者看到,"底层"是一个涵盖面更大的问题,并不能仅从城乡差别层面进行解释,更不能以人之善恶加以确认。连大嫂也发现"城里人的好人和乡下的好人一样多",但令她困惑的是,"究竟是什么把城里人和乡下人分得这么清楚的呢"?作者借大嫂之口发出此问,从简单的城乡道德对立的模式跳出,却更深地从道德层面引发人们对社会公平公正问题的思考。小说结尾依然采用了回乡模式,狱中的胡贵听到大嫂即将回家并会去探望他的家人时,他的"眼里燃烧着一团火球",向大嫂鞠了一躬。不过,在这里,令胡贵感动的巨大力量来自亲情,而不是将田园视为与"城市魔窟"对立的"世外桃源"。胡贵在家乡的房屋早已坍塌破败,但那却是他们自幼成长的地方,也是他们被城市驱逐后唯一可去之处。

就文字的精简和叙述语言的完善而言,《大嫂谣》显然还存在相当大的改进空间。好在作者对"底层"的感受方式是朴素的,不做作,不矫情,更不高高在上,这种淳朴的写作态度甚至使小说中那些太过直白的议论也好像出自我们身边生活在"底层"的某个熟人之口。这样的朴素和淳朴,也许未必能成就优秀的小说,但却是"底层叙事"所必需的。

不过,罗伟章的创作也并不稳定。继《大嫂谣》之后推出的更典型的"底层题材"小说《变脸》(中篇,《人民文学》2006第3期),就明显表现出急切。人物比较脸谱化,议论也嫌直白,因少了朴素就显出"主题先行"的概念化,文字也愈显粗糙。罗伟章的"变脸"显露出"底层文学"发展中另一种问题倾向,在作家自身经验告罄后,如何深入底层,补充新的经验?在自我表达完成后,如何为他人"代言"?以何种情感和态度为"底层"说话?

作为"底层文学"的首发阵地和重镇之一,《当代》杂志在2005年"底层文学"形成热潮之际,没有顺势推高,而是继续"低下去",进入到文化和情感层面的细描,关注长篇,而且发表的又是名不见经传的基层作家撰写的长篇——《桥溪庄》(2005年第1期,王华)和《苦楝树》(2005年第2期,楚荷),显示了老牌期刊的树大根深、诚恳大气。

《苦楝树》写的也是一个大厂的兴衰,不过关注重点不在厂长而在工人。小说的笔墨基本围绕着一个普通工人吴满的生活展开,讲他如何进厂,如何拜师,如何成为技术顶呱呱的电工。小说写得极有生活,也极有质感,如写那种纯属民间性质的"论资排辈"的方式,那些师徒"规矩",那些人情世故,将工厂生活的血肉肌理活生生地展现出来。在这种亲切有味的叙述中,读者可以深切地感到,工厂绝不仅仅是工人打工挣钱的地方,而是他们生活的家园;工人也绝不是可以随意雇佣更换的低级劳动力,而是工厂的主人,至少是其中的一分子。最后吴满下岗了,但很快被私有企业高薪聘请,但他的"感觉"没有了,那种与一个工厂同生共长的老工人的感觉没有了,那种技术老大"满哥"的感觉没有了,那种感觉是社会主义大厂文化给他的,是"工人阶级当家做主"的观念给他的,因而他不是如贫嘴张大民那样的以"原子"方式存在、有点好吃好喝就能满足的"底层贫民",而是如小说中的苦楝树一样,是失去特定土壤就会枯萎的工人。这背后已显示出资本主义文化与社会主义文化的矛盾对抗,让人感觉到,只从经济效益上盘算的改革,不管公平不公平,都是对工人精神文化的阉割。但这不是作者在小说中明确提出的,或许也是他未曾深入思考的。作者只是以非常朴素的笔法,写出了吴满们的失落和伤痛。在各种社会发展方案争论不下、大家都在"摸着石头过河"的今天,关注底层的作家未必能给"说法"、找出路,但这种大面积存在的真切伤痛却正是文学该表达的,也正是《苦楝树》的可贵之处。

贵州青年作家王华的长篇《桥溪庄》写的是当代农村的苦难,小说的焦点也不在于对现实层面苦难的描绘,而在于对人心灵内伤的揭示。因为工厂的污染,桥溪庄的男子都患上了不育症,使得所有对幸福的追求都变成绝望。小说把几对青年男女的爱情写得悱恻、哀伤,那种溶化于深情的苦难让人心痛,也让人无法逃避地意识到,对农村资源不计成本的掠夺,也许可以免除一时饥寒之苦,但对农民生活造成的潜在损害和对其生气活力的剥夺,却是各种统计数据无法显示的。

这两部长篇都出于"基层作者"之手,发现、发表这样的作品,想必费了《当代》编辑不少苦功。这种从基层发现作者、培养作者的传统已被不少杂志编辑放弃了,正像"下生活"的传统已经被不少"成熟作家"放弃了一样。"基层作者"在意识观念和艺术训练上多有不足,这两部长篇或寒伧或青涩,在语言和结构上都有缺憾,《桥溪庄》尤显单薄。但是,它们提供的现实生活的新质,却是"成熟作家"们没有发现、无力表达的。

2006年"底层文学"已经成为文坛主潮。这时翻开期刊,到处都是"底层"的影子。不过,这一年度推出最有实力作品的期刊,仍首推《当代》。该刊第4期发表的《命案高悬》(胡学文[①],中篇)和第5期发表的《霓虹》(曹征路,中篇),在"底层文学"的创作序列里都称得上是最新力作,并且分别在经验的深透性和思想的穿透性方面有所突进,在艺术方面也颇见考量。

胡学文的《命案高悬》通过对一桩命案的追寻,对当下农民的生存状态和农村基层权力的运行方式进行了深透而又精微的书写。小说最成功之处,是塑造了吴响这样一个"圆形人物"。吴响亦官亦民,既是个爱占女人便宜的"光棍儿",又是命案真相执着的追寻者。多面的身份和性格,使他能够自然地游走于官民之间,展露双方的对立和"底层"的众生相。最后,

---

[①] 胡学文,男,1967年9月生,毕业于河北师院中文系,鲁迅文学院第三届中青年作家高级研讨班学员。张家口市文联副主席、作协主席,河北省文学院合同制作家。著有长篇小说《燃烧的苍白》《天外的歌声》,中篇小说集《极地胭脂》《婚姻穴位》等。

人们看到,致使"命案高悬"的原因,不仅是人所共知的官员贪腐和草菅人命,也有"底层人"的贪财怕事、麻木不仁等复杂的"民情"。有着深厚基层生活经验的作家胡学文秉承现实主义"写真实"的文学传统,不夸张,不虚矫,不回避,吴响这个"典型人物"深植于中国当下农村"典型环境"的泥土中,叙述沉稳从容又不失内在激越,显示出深切的底层关怀和扎实的写实功力。对于一些急功近利、闭门造车,只顾罗列简单现象、发表空疏道德义愤的"底层"写作者而言,胡学文的《命案高悬》无疑是一个可供参照的样本。

2006年发表的"底层文学"中,还有一些作品虽然没有从更高的视点和社会批判立场关注"底层问题",但作家能"贴着人、贴着经验写",让人们看了比较丰富、真切的"底层"画面。马秋芬的《北方船》(中篇,《十月》第2期)为读者呈现了一个无法成为新闻题材的民工世界。在作者的笔下,"北方船"(一个建筑工地的名字)是独立于繁华都市中的"小社会",虽然有旁边繁荣的商业街和同在这里工作的廖珍、老范等"城里人"做参照,但吴顺手、吴青苗等"民工们"的情绪却更多地被远在家乡的亲人们所左右。因此一个小小的建筑工地,却颇有层次地呈现了城市与乡村的立体世界。张鲁镭的《幸福王阿牛》(短篇,《人民文学》第10期),写一个善于营造"幸福生活"的民工如何"把自己的工棚小日子打发得有滋有味有汤有水",充溢着浓郁的生活气息。这样的写作基本从"小人物的日常生活"的角度切入,使"底层文学"与"新写实小说"的界限开始模糊。

2007年"底层文学"最引人注目处是上文谈到的,贾平凹、孙惠芬等著名乡土文学作家终于在自己的创作路径上与"底层"相遇,这自然扩大了"底层文学"的阵容,但也使"乡土文学"和"底层文学"共同呈现出来的现实主义创作的困境格外凸显。还有一些知名作家也开始介入底层,最有代表性的是范小青。

多年来范小青一直执着于对生活于苏州小城的世俗小人物的书写,随着生活的变化,她的观察目光也在变化①,逐渐将着眼点落在穿梭于城乡的"飞来飞去的鸟儿"上,《在街上行走》《我的朋友胡三桥》等小说,都是对一

---

① 在创作谈《变》中,范小青写道:"几乎是在不知不觉中,我们就从'从前'一下子到了'现在',几乎就是一眨眼的功夫,从前、小巷、安静、怀旧等等都从我们的窗景变成了我们挂在墙上的画。一个曾经长期生活在旧式的小城,并且为那一个小城写作的人,当有一天打开门户的时候,忽然发现,门窗外的景色变了,变得陌生,变得喧闹,这个人会怎么样?"《山花》2006年第1期。

些飘乎民间的边缘人传奇命运的想象。随着"底层文学"的兴起,她的关注和想象进一步落在农民工这一"新型边缘人群"身上。不过,为她赢得鲁迅文学奖的那篇《城乡简史》(短篇,《山花》2006年第1期),应该说是一篇比较概念化的作品,热情有余,却简化了农民工进城的动机和过程,甚至充满了小资想象,未能呈现问题的深刻与复杂,给人生硬的感觉。一年之后,在同一份刊物发表的中篇《父亲还在渔隐街》(《山花》2007年第5期)所触及的问题,与《城乡简史》有许多共通之处,却真正体现出了作者写作上的某种变化,体现出了作者对时代体察与思考的加深。小说写得很"轻",笔调很"淡",和此前的《在街上行走》《我的朋友胡三桥》等小说是一个路数。乍一看像是写农民工进城后"留守子女"的问题,其实讲述的是关于追寻与迷失的故事,作家将我们面对现代生活的滚滚红尘时那种无尽的茫然与恐慌表达得委婉多致,叫人恍惚,颇有些先锋的意思。对于一个长于描绘苏州市民生活的作家而言,进入其他题材已经意味着一定程度上的风险,而如此努力地想要在这方面有所突破更是不易。范小青的变化,或许是因为她找到了扬长避短的方式,跳出了对城乡关系的简单想象,回归到自己更为熟悉的城市叙事,并纳入了外来者的视角,重新观察这个时代发生的事情。"底层文学"兴起后,大都采用传统的现实主义笔法,像范小青这样基本只是以"底层"为题材,将之带入自己原有风格的写作,可以在写法上有所突破。

在贾平凹、孙惠芬以长篇的方式将"乡土文学"推向"底层"的同时,"底层文学"也进一步深入乡土,从各个角度表现当下农村的生活状态和变化——民主进程中的乡村,官、商挤压下的乡村,留守的乡村,溃败的乡村……代表性的作品主要有:曹征路的《豆选事件》(中篇,《上海文学》第6期)、胡学文的《淋湿的翅膀》(中篇,《十月》第3期)、罗伟章的《最后一课》(中篇,《当代》第2期)、存文学的《人间烟火》(中篇,《收获》第3期),等等。

胡学文的《淋湿的翅膀》由《十月》"新农村题材作品专栏"推出。与曹征路的《豆选事件》正面切入农村基层民主选举不同,这篇小说虽然也写的是农民为自己的合法权益抗争,却选择了一条相对"偏"的路子。

首先,小说进入核心矛盾的角度是偏的。小说意图反映的是新农村背景下,有为官者为经济发展"毅然决然"地建厂破坏环境,于是有领事者率众村民"捍卫"自己权益,抗议环境污染并索赔,双方在利益的天平上较量引来种种纷争。但小说切入的角度则是通过一位充满乡村智慧的母亲对女儿婚姻的算计,这一线索贯穿始终。最后,男女主人公马新与艾叶背离故乡的结尾,也不能给出在巨变与压迫下乡村儿女真正的出路。在这条线索的缠绕下,作者细细交代了深陷抗争事件中的每个人物的不同心态,对任何一方,都既没有单纯的批判,也没有片面的鼓励,所有人物均是在命运的转轮下无奈地前行着。这种对现实的呈现方式蕴含作者隐晦、复杂、充满矛盾的态度。

其次,小说塑造的主人公马新,也不是传统路数里为民请命、充满悲情的高大英雄形象,而是一个有着新意识、新思维的农民,但看上去有些吊儿郎当,浮躁投机,华而不实。马新最初鼓动农民索赔多为一己之私,到后来才发展为真心为集体谋福利,终因引发了深层的"官民冲突",也由此展露出村民人性中的阴暗面,使他发起的索赔运动不可避免地走向失败结局。其实,这类"新农民"的形象在胡学文的《命案高悬》里已经出现,主人公吴响即是。但《命案高悬》详述了吴响在村妇尹小梅之死的震撼下,在屡探真相未果的逆境中,性格一步步转变,一个带着"无赖泼皮"色彩的人在一种特定的情境下蜕变成一个执着于挖掘真相讨个说法的"好人",其轨迹扎实明晰,也因此拥有了感人至深的力量。相比《命案高悬》,马新的形象便"弱"了许多。

当下中国农村所蕴含的复杂性与丰富性,的确不易透析,这部作品的含混与无力多少源自于此。将其放在胡学文整个写作脉络之内看,小说虽"偏"出了一定新意,却也因"偏"所限,丧失了胡学文固有的强悍力量。

罗伟章的中篇《最后一课》在《当代》2007年第2期发表时,编者在封面的按语中称"这一部好小说让我们泪流满面!"小说借一个叫王安的代课老师十来年的教学生涯展示山区教育所面临的种种困境:严重的师资流失,艰难的学费收缴,学生辍学频频,免收学费后学校和家长的尖锐冲突,偏远教学点裁并和随之产生的上学难问题。作为一个典型的"问题小说",作者抓住了当下的热点"代课教师问题",对农村教育现状做了相当开阔的展示,对农民、教师和教育官员的真实心态和现实生存方式的挖掘也比较深入。小说的最后,王安一人苦撑的"南山小学"被国家摒弃,被乡民偷盗,它终于颓然垮去,教室里长出荒草,而村里的老人们只好带着孩子走异乡住店读书。这是一幅流浪的、溃散的乡村图景,也是一曲厚重而深沉的现实旋律,在农村面临全面解体危机的今天,学校作为挽留乡村凝聚力的最后阵地也正在逐渐消失。《最后一课》抓住了这个问题,并把它呈现出来,是一次负责任的"底层写作"。

不过,苛刻点儿来说,小说尽管在"世道"的描摹上不乏成绩,但在"人心"的烘托上却很有些捉襟见肘。王安在整个故事中作为一个"单纯的弱者"出现,不仅无法看到一种抗拒的精神力量来引领读者,甚至人物在面临巨大灾难时的无奈和困顿的情绪也没有很好地传达给读者。作家的确在用心刻画这个"农民"形象,但似乎对这样的生存缺少一种力透纸背的理解,这就导致了这篇小说呈现出事件堆积而人物没有写透的缺陷,同时也导致了细节渲染的失败,像"最后一课"这样的关键场面显然很有些用心不够,人物浮在故事上,情感渗不出来。

存文学的《人间烟火》(中篇,《收获》2007 年第 3 期)从一个特殊的角度写乡村的溃败。小说写发生在壮劳力们都出去打工的落寞山村之中的故事,山村中的媳妇们饥渴着男人,外出打工的丈夫们饥渴着女人,在人性自然的需要面前,原有的家庭伦理悄然崩溃,自然而然地发酵出了另一种合乎人性的伦理——他们各自在家庭之外寻找欲望的替代品,彼此慰藉,互相取暖。在理解中,妻子们与丈夫们以及情人之间达成了谅解。小说体现了作家对生活独到的观察,在这个城市吞噬乡村的时代农民所必然经历的牺牲里,传统遭到了破坏,取而代之的是生活的合理性。谁也无权谴责这种扭曲,只能在淡淡的悲哀面前束手无策。

进入 2008 年,"底层文学"作为一种文学潮流已经趋于尾声。不过,这一年,曹征路终于推出了长篇小说《问苍茫》,使"底层文学"拥有了一个标志性的总结。"底层文学"于 2004 年发轫,2005 年进入热潮,2006 年成为文坛"主潮",2007 年与乡土文学汇合,2008 年开始落潮。在经过大致梳理后,我们可以对围绕"底层文学"的种种观念概念之争进行进一步的讨论。

二 围绕"底层文学"的观念概念之争

首先是,何为"底层"?

对于这一概念的界定大致有两种倾向,一种是普泛地将"底层"的概念等同于"穷人",甚至是更广义的"受压抑的阶层"[①];另一种是将"底层"的

[①] 如南帆曾在一个研讨会上谈到:"我认为底层无法进行一个简单的本质主义命名,而是必须进入历史化的过程。换句话说,底层不是固定的某些人,而是要在特定的历史环境里辨认。尽管如此,底层有一个基本特征,即底层是一个被压抑的阶层。"见石一宁:《"底层文学"引发的思考》,《文艺报》2006 年 1 月 12 日。

概念与马克思主义理论的"阶级"概念紧密相连,同时与中国 1990 年代以来因社会结构变革引发的社会矛盾直接相关。持后一种观点的论述者在引述"底层"一词的出处——葛兰西《狱中笔记》中对"下层阶级"(subalternclasses)和"臣属"(subaltem)的概念界定时,都强调葛兰西的底层理论实际上是阶级斗争的理论,"他通过论述底层在各种统治中的作用而论及底层在自己的政党领导下取得霸权的问题,就是说,葛兰西的'底层'首先是作为一种革命力量存在的,而底层的其他方面是被置后的"①。论述者反对将"底层"的概念抽空"简化为一种古典人道主义或普遍主义的修辞"②。蔡翔在 1996 年发表的《底层》一文中,虽然以无限抒情的语调描述"底层"——"对我来说,底层不是一个概念,而是一道摇曳的生命风景,是我的来处,我的全部的生活都在这里开始",但关于"底层"的诉说围绕着一个承诺——革命对以工农为主体的"底层"关于公平和正义的承诺。尽管这是一个始终未能兑现的承诺,但"穷人"概念的再一次产生,仍是"权力和金钱可耻地结合",促使阶层重新分化的结果,"旧的生活秩序正在解体,新的经济秩序则迅即地制造出它的上流社会"。③ 但在新的社会环境下,"底层"概念的提出,恰恰是对"阶级"概念的回避,如薛毅和刘旭对话中所说,"底层出场的同时,阶级退场了"④。刘继明在引述这一精当表述时称,对"底层"的表述不能脱离历史情境,"在经典的社会主义叙述框架下,它始终同无产阶级、工农大众、阶级斗争以及共产主义革命相生相伴,植根于人类对不平等社会等级制度的颠覆和反抗冲动,与资本主义价值体系是尖锐对立的"。由此他指出:"可以毫不夸张地说,底层问题在今天的浮出水面,实际上折射出当前中国社会结构的复杂形态和思想境遇。作为一个文化命题,它也决非空穴来风,而是上世纪 90 年代继人文精神、自由主义与'新左派'等论争之后又一次合乎逻辑的理论演练和进一步聚焦。"⑤在重提"阶级话语"的背景下,蔡翔、刘旭基本同意陆学艺从社会学的角度对于"底层"的定义。陆学艺在其主编的《当代中国社会阶层研究报告》里,在职业类别的基础上,依据对组织资源、经济资源和文化资源这三种资源的占有程度,对当代

---

① 蔡翔、刘旭:《底层问题与知识分子的使命》,《天涯》2004 年第 3 期。
② 刘继明:《我们怎样叙述底层?》,《天涯》2005 年第 5 期。
③ 蔡翔:《底层》,《钟山》1996 年第 5 期。
④ 薛毅、刘旭:《有关"底层"的问答》,《天涯》2005 年第 1 期。
⑤ 刘继明:《我们怎样叙述底层?》,《天涯》2005 年第 5 期。

中国社会阶层进行划分。底层很少或基本不占有上述三种资源,其来源主要是商业服务业员工、产业工人、农业劳动者和城乡无业失业半失业者阶层。这样,中国有78%以上的人口都被划为底层。蔡翔强调陆学艺的划分最有价值的部分在于,他不是仅仅依据经济资源的占有程度划分阶层,同时依据组织资源和文化资源。从组织资源来说,跌入"底层"的工人、农民失去了"新中国"承诺给他们的国家"主人翁"的地位。从文化资源来说,"底层"没有了表达自己的权利,而进入新利益阶层的知识分子也不再为"底层"代言。于是,"底层"彻底不能说话,沦为"沉默的大多数"。[1]

与"底层"概念的定义分歧相应,对于"底层文学"的概念界定也大致分两种倾向。一种基于对"底层"最普泛的定义,将一切与"底层"相关的作品都定义为"底层文学"。由此可能由于外延无限扩大而使概念本身界限模糊,如洪治纲所言,"由于'底层'这一社会学概念很难界定,只能泛指一些弱势生存群体,因此,面对'底层写作',绝大多数研究者都自觉地绕开了对这一概念的界定,并根据自己所阐释的不同对象,将之置换为'农民工''打工者''下岗人员''城市平民'或'乡村百姓'。由此而带来的问题是,既然'底层'是一个外延不清、较为宽泛的能指,那么所有关于底层平民生活的书写,都应该属于'底层写作'——像王安忆、莫言、韩少功、迟子建、余华、苏童、叶兆言、方方、刘醒龙……等等作家的大量作品。如果是这样,那么这队伍显然十分庞大,我们甚至还可以追溯到'新写实'小说。这是一个令人困惑的问题"[2]。

另一种则基于"底层"的阶级属性,强调"底层文学"必须具有现实批判的抗争精神,它与"五四"新文学引进的批判现实主义传统一脉相承,更是对"左翼文学"传统的复活和发扬。

李云雷提出,他所理解的"底层文学"是这样的:在内容上,它主要描写底层生活中的人与事;在形式上,它以现实主义为主,但并不排斥艺术上的创新与探索;在写作态度上,它是一种严肃认真的艺术创造,对现实持一种反思、批判的态度,对底层人民怀着深切的同情;在传统上,它主要继承了20世纪左翼文学与民主主义、自由主义文学的传统,但又融入了新的思想

---

[1] 蔡翔、刘旭:《底层问题与知识分子的使命》,《天涯》2004第3期。
[2] 洪治纲:《"底层写作"的来路与归途——对一种文学研究现象的盘点与思考》,《小说评论》2009年第4期。

与新的创造。①

还有学者主张从"新左翼文学"形成的高度来解读、导引"底层文学",并将"新左翼文学"的概念从"底层文学"中脱离出来,称之为"新世纪文学的主潮"。如何言宏认为,对于"底层文学"的理解,关键点在于它的"话语基点和精神立场","在此意义上,我还是不主张使用'底层文学'这样的概念,而是倡导将其纳入'新左翼文学'中来思考"。构成"新左翼文学"核心的是"新左翼精神",即"知识分子直面现实、直面时代的战斗精神","我所说的'新左翼文学',实际上就是体现了'新左翼精神'的文学思潮。或者说,'新左翼精神',构成了'新左翼文学'的精神核心,是其最为本质的精神方面"。于是,其题材涵盖就超出了现实的"底层"范畴,"'新左翼文学'不仅包括了一些直面现实的'底层写作',还应该包括那些充分体现着'新左翼精神'的面向历史的文学创作,张广天的戏剧《切·格瓦拉》《鲁迅先生》和《红星美女》、韩少功的长篇小说《暗示》和中篇小说《兄弟》及张承志的很多散文,便是其中的代表性作品"。②

旷新年虽然对中国当下是否产生了"新左翼文学"表示疑问,但也认为"文学传统自有它的力量",而曹征路《那儿》的出现标志着这一文学传统的复苏。③ 自从《中国现代文学研究丛刊》2002年第1期推出"左翼文学笔谈"将"人民性"这个概念重新召唤出来以后,"人民性"就被倡导者视为"新左翼文学"之魂。以此为核心,旷新年重新梳理了20世纪中国文学的发展和斗争线索:"20世纪'人民文学'的出现和发展是一个曲折的历史过程,'人民文学'与'人的文学'成为了20世纪文学发展中重要的碰撞和冲突。这种历史进展并不是能够仅仅由文学自身获得解释,它是由社会历史条件所决定的。'人民文学'是一种想象的逻辑,是一种新的文化创造,是一个尚未完结的历史建构。"④

在"底层文学"文学性的评价上,一直存在争论,这些争论大都涉及"底层文学"与"纯文学"关系、"底层文学"与现实主义关系问题。"底层文学"的兴起与对"纯文学"的反思相隔不久,它的出现自然带出了与"纯文学"的

---

① 刘继明、李云雷:《底层文学,或一种新的美学原则》,《上海文学》2008年第2期。
② 何言宏:《当代中国的新左翼文学》,《南方文坛》2008年第1期。
③ 刘继明、旷新年:《新左翼文学与当下中国思想境况》,《黄河文学》2007年第3期。
④ 旷新年:《人民文学:未完成的历史建构》,《文艺理论与批评》2005年第6期。

对立关系。对"底层文学"持肯定意见的人,大都认为"底层文学"的出现是对"纯文学"脱离社会现实、只重形式不重内容的有力反拨;持否定意见的人往往自觉不自觉地以"纯文学"的艺术标准评价"底层文学",在对其"简单""粗糙""不够文学"的批评中,往往包含"现代主义"对于"现实主义"的"等级优越"。

进入到理论讨论层面,讨论者大都主张超越简单的对立,在融合现实主义和现代主义的基础上建立"新的美学原则",不过出发点和路径大不相同。旷新年等人从"新左翼文学"的建立和"人民性"的建构的角度指出:"左翼文学正如内容上的激进性和批判性一样,也必然充满形式上的实验性和探索性。"①陈晓明则以"后左翼"命名新生的左翼性文学②,其"人民性"也是"后人民性"。在《后人民性与美学的脱身术》一文里,他以杨映川的《不能掉头》、鬼子的《大年夜》等作品为分析对象,肯定作家们在表现"无根的苦难"时运用"美学脱身术"跨越思想困境,并达到了艺术上的深度:"'人民的苦难'是一个现代性的革命历史主题,它无法成为一个现实主题,这使'人民性'的当代性只能变成叶公好龙,它必然向美学方面转化。作家并不想真正,也不可能真正从历史与阶级意识的角度来揭示人民的命运,这一切与其说是自觉地转向人民性立场,不如说是因为艺术上的转向使这批作家与这样的社会思潮相遇,与这样的现实境况相遇,他们获得了这种文学表现的现实资源,他们可以在应对现实的同时,完成艺术上的深化。也就是说,人民性不再是自觉建构的意识形态,而是文学性创新压力下寻求自我突破的一种现实捷径。"③

对陈晓明的说法,李云雷直接表达不同意见,认为这样的分析虽然表现了论者艺术上的敏感,"却也显示了他过于关注文本或理论的推演,而忽略了'文学与生活'这一视角,也缺少对现实生活中'底层'的关注与了解。'苦难''底层'虽然要经过作家的写作,才能呈现于我们面前,但并非'文本之外一无所有',它们也是具体而真切地存在的,构成我们生活经验的一部分"。他鲜明地提出,"底层文学"是一种先锋,这种先锋不仅立足于思想

---

① 刘继明、旷新年:《新左翼文学与当下中国思想境况》,《黄河文学》2007年第3期。
② 陈晓明:《"憎恨学派"或"后左翼"的新生》,《当代文坛》2006年第1期。
③ 陈晓明:《"后人民性"与美学的脱身术——对当前小说艺术倾向的分析》,《文学评论》2005年第2期。

性,也立足于新的思想和内容必然带来形式的创新,建立起"新的美学原则","如果说1980年代提出的'新的美学原则'只不过是简单地以一种西方的、现代主义的、精英阶级的既定美学标准来规范中国文学,那么在今天的底层文学中,则蕴含着一种'新的美学原则'的可能性,这种美学原则是中国的而不是西方的,是人民大众的而不是精英的,是容纳了各种创作方法而不只是现代主义的。这样一种'新的美学原则',当然还处于萌芽状态,需要历史与作家去创造"①。

刘继明在提出"新左翼文学"对传统现实主义创作方法有所超越的同时,更明确指出这一"新的美学原则"对无产阶级文艺传统的继承性和对资产阶级美学传统的反叛性。"这种以异端和激进为主要特征的革命,势必会带来与之相适应的美学形式。在文艺范畴里,它们被称为无产阶级革命文学、左翼文学、社会主义现实主义或者革命现实主义与革命浪漫主义相结合的创作方法,等等。这些新的'革命文学'同传统的审美形态相比,在艺术上或许有些幼稚、粗陋和简单,不那么精致和'高级',甚至是排斥'多样化'的,但他们从语言、叙述立场、文化趣味上,无疑是鲜活、朴素的、生动的,是直接从底层和人性内部迸发出来的。它们是一个长期被压迫和忽略的阶级在美学上的集体亮相和对传统艺术格局的决绝突破,因而,这些作品中的人物既是一个个具体的个体,又不仅仅是孤单的个人,始终带着鲜明的'阶级烙印'。在苏俄,从高尔基的《母亲》《在底层》,到肖洛霍夫的《静静的顿河》《被开垦的处女地》,在中国,从30年代柔石的《为奴隶的母亲》、蒋光慈的《少年漂泊者》、萧军的《八月的乡村》到艾青的《大堰河我的保姆》,从四十年代赵树理的《小二黑结婚》《三里湾》,李季的《王贵与李香香》、丁玲的《太阳照在桑干河上》到新中国建立后柳青的《创业史》、周立波的《山乡巨变》和浩然的《艳阳天》等等,都可以看作是这种具有鲜明阶级特征的'底层叙事'不断强化和扩张的一个连续过程,并且逐渐构建起了一种新的'美学原则',这种美学原则独立于根深蒂固的资产阶级文化的话语谱系之外,在相当长的时段里对由学院、知识分子垄断的文学等级观念构成了强有力的冒犯。"②

围绕"底层文学"的争论中,不难看到一股力图重新使文学"政治化"的

---

① 刘继明、李云雷:《底层文学,或一种新的美学原则》,《上海文学》2008年第2期。
② 同上。

力量与"纯文学"意识形态的持续笼罩之间的斗争,背后是1990年代中后期开始的"自由主义"与"新左派"的论争。在这两者之间,笔者不讳言是偏"左"的。基于此情感立场,笔者主张狭义地定义"底层文学"。在对"底层"的定义上,突出其阶级面向和斗争面向,并且与中国1990年代以来的社会结构改革结果直接相关。这样的"底层"主要指失去原社会主义社会结构中"主人翁"地位的工人和农民——这是一种经济和文化的双重失落——不仅包括下岗工人和被迫离开土地的农民,也包括虽然在岗但失去了工人文化的工人、虽然在乡但失去了乡土伦理的农民。"底层文学"则特指2004年先后兴起的一种文学潮流,这些创作不但真切地反映"底层"的苦难,而且关注造成这些苦难的制度性不公,具有控诉抗争的精神向度。它发展性地继承批判现实主义和左翼文学传统,并吸收新思想资源,努力形成面对时代命题、具有时代精神指向的"新左翼文学"。

笔者承认这一"底层文学"的定义不但是狭义的,也是理想化的,与创作实绩有一定的距离,更代表一种发展方向。大部分"底层文学"作品,包括优秀作品,都是一些朴素的"写真实"的作品。与朴素的"写真实"的文学传统相应的是朴素的人道主义情怀。人道主义,这套在五四前后传入中国、在"新时期"思想解放运动中再度深入人心并且在某种意义上被认为是"超政治"的价值体系,仍然是"底层文学"写作者主要的思想资源。尽管以中国当下社会发展进程的特殊性而言,这套产生于西方资本主义发展初期、曾支持欧俄批判现实主义的思想体系仍然有着很大的发挥空间,但毕竟难以应对21世纪的新问题。思想资源的陈旧和滞后使"底层文学"在最初的爆发后难以继续走向深入。作家们写出了"底层"的苦难,却无法挖掘苦难背后的根源;写出了"底层人"的不幸,却只能哀而不敢怒,因为无法论证其抗争的合法性。在"阶级"一词本身被回避的话语体系里,"底层"这个本来就暧昧的概念外延被无限扩大(甚至扩大到任何一个阶层的弱势一方),越来越接近于"小人物"。于是,"底层"的苦难被轻化为"小人物"的悲欢。沿着这一路径,"底层文学"的异质性和挑战性容易被消解,逐渐融入主流叙述中去。

在这个意义上,曹征路的写作就显得特别重要。在"底层文学"作家中,曹征路被认为是少有的具有左翼思想和立场的——这一点在他2004年推出力作《那儿》时就受到持左翼立场的批评家的高度肯定。从《那儿》到《霓虹》,从《豆选事件》到《问苍茫》,曹征路的创作触及底层文学创作的各个方面,在思想上和艺术上都达到了很高成就。像曹征路这样自觉地秉承左翼文学传统,并在一定程度上吸纳学术新资源,比较明确地从阶级的角度解读"底层问题"的作家,本来至少应该有一个群体,现在却几乎是独一无二。他的写作不但体现了"'现实'重新'主义'",也体现了"底层文学"向"新左翼文学"发展的自觉努力。其中体现的困境和问题也值得深入讨论。

三 从"底层文学"到"新左翼文学"——曹征路的创作

曹征路①算得上是一位老作家了,他从1970年代中期就开始创作,不过,在"写什么"和"怎么写"之间,他显然更重视"写什么",所以在这些年来以"纯文学"为主导的文坛一直居于边缘。直到进入新世纪,现实主义在某种程度上开始回潮,其创作才引起文坛关注。曹征路的创作题材颇为广泛,对社会现实有深入的观察,常能提出独到而新鲜的命题。其中,《贪污指南》(《上海文学》2001年第5期)、《请好人举手》(《上海文学》2002年第6期)曾产生较大影响,前者突破了一般"官场小说"的模式,在艺术上有所创新;后者以一个孩子被污染的心灵来看当下的生存环境,被认为延续了鲁迅"救救孩子"的主题。以《今夜流行疲惫美》(《中国作家》2001年第8期)为代表的一组关注"三农问题"的小说,描写了知识分子参与农村形象塑造、宣传过程中知识、权力、金钱的复杂关系,可以视为"底层文学"的先声。不过,直到《那儿》发表(《当代》2004年第5期),曹征路的写作力量才真正爆发出来,已经破土一年左右的"底层文学"终于获得了旗帜和命名。

《那儿》堪称一首大气磅礴的时代悲歌,其揭示时代重大问题的勇气、精神指向的高度、人物塑造和情节推进的力度,以及充盈全篇的荡气回肠的悲壮之美,都使其不愧为"底层文学"的代表作,即使放在"新世纪"十年中短篇小说中,也堪称翘楚。

小说写的是一个社会主义大厂的工会主席("小舅"),在企业改革中力阻国有资产的流失,最后因失败自杀的故事。面对权力与资本明目张胆的

---

① 曹征路,男,江苏阜宁人,1949年出生于上海,插过队,当过兵,做过工人和机关干部。1971年发表第一篇小说《开端》。曾任安徽省铜陵市作协主席,一级作家,后执教于深圳大学师范学院中文系。著有小说集《开端》《山鬼》《只要你还在走》《曹征路中篇小说精选》,长篇小说《贪污指南》《非典型黑马》,长篇报告文学《伏魔记》,理论专著《新时期小说艺术流变》。

掠夺,面对以之为家的工厂就要变成"地皮",面对一手带出、暗恋多年的女徒弟被生活所迫沦为"霓虹灯下的哨兵"(当地人对被迫卖淫的下岗女工的称谓——笔者注),"小舅"这个"劳模""工会主席",终于成为领导抗争的"工人领袖"。然而,相对于曾在1930年代领导工人罢工的"姥爷","小舅"只是一个大战风车式的疯子。剿灭他的不仅是看得见的势力,还有说不清的道理和缠不清的利益纠葛。经过一次次转制、改革,他这个"劳模"已经拥有"副县级待遇",他这个"工会主席"已经成为"管理层",与每月拿128元的"下岗"工人已经分属不同的利益集团。在"下岗"了的工人兄弟姐妹的眼中,"小舅"已经成为"昧良心的工贼",因为他两次听从了"上头"的"说法",说服工人们"分享艰难",以为可以帮大家保住岗位,结果掏空了他们的积蓄,"男的蹬三轮,女的当破鞋",在贫贱和耻辱中承受"改革的负面结果"。在经过了两次孤身探险式的"上访"后,"小舅"终于获得了部分工人的信任,或许也是工厂即将被贱卖的事实逼迫工人背水一战,他们拿出了最后的血本——房产证,试图以"职工集体集股"的方式在市场经济的法则体系里重新成为"工厂的主人","买回本来属于自己的工厂,买回属于自己的劳动权利"。"小舅"被推举为代表,他恢复了"领导阶级"的气魄、"大厂工人"的自信:"我知道咱们厂是怎么一天一天落到这一步的,知道了原因就不难想出办法。另外我还知道咱是工人,咱工人卖的是力气靠的是技术,只要有活干咱就能把日子打发的快快活活。"然而,就在事情似乎已经板上钉钉的时候,"上头"又下来一个文件,在"经营者持大股"的原则下,工人们血本无归,而"小舅"作为"经营层"的一员,获得了百分之三的股份,成了"大老板"。"小舅"第三次欺骗了工友,除了死,无以自辩。在扔了一地的酒瓶子,打了一堆镰刀、斧头后,"小舅"用空气大锤砸碎了自己的头颅,一曲呼唤公平和正义的《英特纳雄耐尔》在人们心中响起。

小说的题目《那儿》源自已患了老年痴呆症的"外婆"的口误,这位早年工人领袖的遗孀清醒时还能唱"英—特—纳雄—那—儿就一定要实现……"当别人给她指出"是英特纳雄耐尔"不是"那儿"的时候,她却固执地说"就是那儿,那儿好!"这显然是一种隐喻。支撑"小舅"反抗的精神资源中,既有来自革命先辈的榜样力量,也有"英特纳雄耐尔一定要实现"的理想承诺,还有社会主义大厂文化给予工人的自豪感和"主人翁"意识,甚至"文革"的集会经验和当时的话语(如"当前的形势是什么?就是有人要出卖咱工人阶级,侵吞咱国家财产""一千个不答应,一万个不答应"……),

都成为工人成了"原子式存在"以后,切实有效的组织资源和话语资源。然而,这一切都不再能指向一个"英特纳雄耐尔"式的信仰目标,而只能指向方向不明的"那儿"。尽管如此,奔向"那儿"的力量仍然饱满地支撑了一曲理想悲歌的叙述完成。

《那儿》发表后,立即引起了强烈的反响。笔者主持的"北大评刊"论坛因追踪点评的工作性质率先对此作品做出反应,点评者李云雷、季亚娅给予其高度评价,称其为"左翼文学传统在今天的延续",并指出:"与其它反映国企改革的小说不同,《那儿》不再只关注改革不可逆转的滚滚车轮,而是关注车轮底下被人忽视的那一抹鲜红。或者说,它不再延续'新时期'以来'改革文学'的主调,诠释历史的合理性,而是侧身于改革中'沉默的大多数'的情感和立场,描写他们的被压抑、被损害和显然是力量悬殊的抗争。"①在论坛编选的《2004年最佳小说选》(曹文轩、邵燕君主编,北京大学当代最新作品点评论坛编选,北京大学出版社,2005年)中,《那儿》也被列为首篇。新锐学术网站"左岸"随即推出专辑。2004年底,"左岸"与"乌有之乡"书店联合召开了关于《那儿》的座谈会。《文艺理论与批评》2005年第2期推出评论《那儿》的"专题",发表了韩毓海、旷新年等人的文章,以及李云雷对曹征路的访谈《关于〈那儿〉》。有关《那儿》的讨论,也很快越出了文学界,进入思想界,并在社会上引起相当反响。如此盛况自"文学失去轰动效应"后,已经很少见到。②

讨论中出现了一些非常重要的观点。如旷新年称《那儿》是"工人阶级的'伤痕文学'","它描写了在新自由主义理论的主宰之下工人阶级的悲剧命运"。③ 韩毓海也认为,这一小说反映了中国无产阶级的命运,它突破了像《一地鸡毛》《贫嘴张大民的幸福生活》这类小说的小市民意识或市侩意识的主题,而表现了一种无产阶级意识。他说:"如果中国还存在一个以鲁迅为代表的左翼文学传统的话,那么《那儿》的价值就在于它力图在当代的

---

① 李云雷、季亚娅:《看〈当代〉》,《中文自学指导》2005年第1期,左岸网站(http://www.eduww.com)"北大评刊"栏目;季亚娅:《"左翼文学"传统的复苏和它的力量——评曹征路的小说〈那儿〉》,《文艺理论与批评》2005年第1期。
② 比如2004年底乌有之乡和左岸网站联合召开的研讨会上,就来了很多普通读者,其中有一些退休工人和出租司机。有人对笔者表示,看到《那儿》才知道《当代》杂志还在办。
③ 吴正毅、旷新年:《〈那儿〉:工人阶级的伤痕文学》,《文艺理论与批评》2005年第2期。

语境下进一步回答：鲁迅所谓的中国无产阶级在当代中国的命运是什么。"①陈晓明则认为，《那儿》非常真实而痛切地写出了工人阶级作为过去的一个强大历史主体现在面临的崩溃状况。但在"后革命"时代，"革命正在被推向了另一条道路，正向着科学与民主、产业与资本的方向进发。这一方向对左派运动而言无疑是一次深深的挫败"②。

尽管评论者观点不一，但《那儿》的思想价值获得了普遍肯定。而对其艺术性，很多人并不认可，认为其"文学性"不足，手法陈旧老套，如旷新年指出，"就艺术而言，无论在哪一个方面《那儿》都算不上是一部高水准的作品"③。

对此评价，笔者不能苟同。在笔者看来，《那儿》的成功不仅在其思想性，也在其艺术性，正是其艺术上强大的感染力，才使其思想上的震撼力饱满地表达出来。而其艺术上的饱满恰得益于思想资源上的饱满——虽然这饱满颇有几分"偶然天成"。正如有的研究者批评的那样，"底层文学"往往征用早已"失魅"的意识形态④，但由于特定题材、特定视角、特定情感立场的选择，《那儿》调用的社会主义文化资源和"左翼文学"资源却足以支持其现实性写作，从而使小说不必"一黑到底"，不必寻求"美学脱身术"，批判现实主义小说内在的浪漫主义精神得以振奋昂扬。小说有着明确的价值立场和批判指向——凝聚了中国工人阶级几代人理想、奋斗和劳动积累的国有资产被贪婪的当权者无耻地侵吞，这背后明显的是非判断和巨大的道德悲愤已经足以跨越"新左派"与"自由主义"的理论争论；"咱们工人有力量""英特纳雄耐尔一定要实现"这些特有的文化符号在脱离了原有语境后仍然保留着强大的艺术感染力，在新的语境下又立刻激发出强大的情感力量，同时携带着相当的政治力量；在重扬工人阶级光荣传统的背景下，小说提出的国有企业垮掉的真实原因和由工人集资买厂真正"当家做主"的解决方案，至少在小说内部可以自足成立，也与当时郎咸平等经济学家提出的最新理论有暗合之处。

在艺术形式上，《那儿》其实并不简单，它还是吸收了某些"八五变革"

---

① 韩毓海：《狂飚为我从天落——为〈那儿〉而作》，《文艺理论与批评》2005年第2期。
② 见李云雷：《转变中的中国与中国知识界——〈那儿〉讨论评析》，《人间思想与创作丛刊》（台湾）2006年3月。
③ 吴正毅、旷新年：《〈那儿〉：工人阶级的伤痕文学》，《文艺理论与批评》2005年第2期。
④ 何言宏：《当代中国的新左翼文学》，《南方文坛》2008年第1期。

以来的叙述技巧,如"第一人称"间隔视角、复调叙述、主副线交叉同构等方式的使用,使小说避免了"问题小说"的简单化,与当下语境对接,从而具有了某种程度的"新"——这些都常被为其艺术性辩护者所举证①。但小说真正的力量还是来自于"旧",来自深植于现实主义传统的风格力量。小说的情节内核甚至借鉴了"工农兵文艺"的叙述模式——指出这点绝非贬义,正是这种叙述模式的简单有力、激越高亢,使小说高潮迭起,荡气回肠,成就了这篇小说最突出的艺术特点:单纯,但单纯得有力量②。在这一点上,笔者非常同意曹征路的观点:"所谓艺术,不过是作家为表现对象找到了一个最佳角度和表现方式。艺术性的高度取决于对表现对象的实现程度。"③对《那儿》艺术价值的公正评价,笔者以为有赖于对现实主义文学的公正评价,以及对"工农兵文艺"价值的重新评价。

或许在写作《那儿》时,曹征路未必有如何自觉的复活左翼文学传统的追求,尽管他在访谈中谈到一直关注着"新左派"和"自由主义"的争论,但在文学创作上,期待的仍是"现实重新'主义'"④。不过,《那儿》之后,曹征路的创作中明显增大了左翼文学的要素,从2006年写下岗女工被迫卖淫继而集体维权的《霓虹》(中篇,《当代》第5期),到2007年写农村基层民主选举的《豆选事件》(中篇,《上海文学》第6期),曹征路的"底层"关注中,一直有着自觉的阶级目光,自觉地向打造"新左翼文学"的方向努力。

《霓虹》可以视为《那儿》的姊妹篇。小说由勘察报告、侦查日志、谈话笔录、日记构成,力图以"事实"的方式,呈现沦为妓女的下岗女工倪红梅的悲惨生活及其在绝望中的挣扎与反抗。小说最高潮的部分是倪红梅组织那些身体上遭受摧残、人格上遭受践踏的姐妹们"维权"的斗争,显示了曾为"国家主人"的工人阶级即使沦为"最卑贱的底层"后,仍然蕴含着的群体反抗力量——这是倪红梅不同于以往文学作品中那些被逼为娼的可怜女性

---

① 参阅曹征路、李云雷:《曹征路访谈:关于〈那儿〉》,《文艺理论与批评》2005年第2期。
② 记忆中这句话是季亚娅在课堂讨论发言时说的。在"'左翼文学'传统的复苏和它的力量——评曹征路的小说〈那儿〉"一文中,她有类似的表述:"《那儿》在坚持它的工人阶级立场时,也就放弃站在其它立场观察和思考问题的角度。在这个意义上,我愿意称《那儿》是一部单纯的作品,但是正因其单纯,它保持了锐利和锋芒。"《文艺理论与批评》2005年第1期。
③ 本刊特约记者:《曹征路访谈:关于〈那儿〉》,《文艺理论与批评》2005年第2期。
④ 曹征路:《期待现实重新"主义"》,《文艺理论与批评》2005年第3期。

(如老舍《月牙儿》中的女主人公)的特质。小说在文学上的成功之处在于,通过对倪红梅等人从绝望到反抗的心理过程的描绘,逼真地再现了群体反抗之所以发生的现实情境——或许这样的情境只在文学作品中存在,作家却建构了相当充足的现实合理性和逻辑必然性,从而使作品具备了理想主义色彩,人物也具有了"高于生活"的"榜样力量",这也正是左翼文学的宗旨要求。不过,相对于《那儿》,《霓虹》在人物形象的塑造上有简单化的倾向,叙述角度也更为单一,细节(特别是倪红梅卖淫生活部分)未能超出人们的惯常想象。《霓虹》在形式上的尝试主要在于勘察报告、日记等文体的运用,可惜并没有把这些文体的最佳优势充分发挥出来,有的地方还呈现出人造痕迹。尽管存在这些问题,仍不掩其大,《霓虹》延续了《那儿》的高度和大气,尤其在当时"底层写作"开始进入"主流叙述"的"和谐"大势中,更显出鹤立鸡群的刚健骨气。

2007年贾平凹发表《高兴》,使"乡土文学"终于与"底层"相遇。在曹征路这边,也把"底层写作"转向农村。《豆选事件》选择了一个意味深长的名字,豆选,显然不仅仅是乡村基层选举的一个讨巧的说法,这个源自于延安革命政权的民主形式似乎联系着某种传统和某一乌托邦实践。即便从最表层的修辞看来,"金豆豆,银豆豆,投在好人碗里头",这一民主形态上的轻松或许已经构成了今天乡村民主进程的一次反讽:与革命圣地的艳阳天形成强烈反差的是,今天基层选举的实践举步维艰,而每一次有效的选举几乎必然是一次动荡、一次事件、一次革命的献祭。小说着力塑造了三个悲剧性的人物,美丽温柔的菊子带着传统的报恩之情嫁给养母之子继仁子,却不得善待。菊子的自杀像一道锐利的闪电,划过灰暗的现实,她用生命洗涮了自己的屈辱与无奈,洁净了她的爱,更反衬了继仁子的自私与怯弱。继仁子则是一个典型的老实巴交胆小畏事的乡民,在外头沉默憋屈,回了家便将气撒在老婆身上,除了非他所愿当选为新一任村长后在代表大会上的多年情绪的累积爆发,他一直活在生的卑微和郁结中。继武子,作为小说中唯一一个代表着文明与启蒙,敢于挑战旧有体制恶势霸权,不断提出问题与思考的先进形象,虽然要的只是一场公平正当合法的选举竞争,却被打被关被恐吓,即便如此他仍不屈不挠,豆选也果真取得胜利令方国栋下了台,但代价却是青梅竹马的菊子的永远离开,终是太过惨痛。小说除了细节扎实、语言生动外,情感始终充沛丰盈,含着澎湃的力,这情感既有对乡情的懂得与体贴,又有对现实的激愤、无奈、悲苦与沉痛。

从《那儿》到《霓虹》到《豆选事件》，曹征路关注"底层"的笔触，由城市到乡村，由工人到农民。感人的依然是作家对底层民众现实困境和历史成因的深切体认和同情，动人的依旧是弱势者在被逼到绝境后反抗力量的积聚和爆发。虽然不像《那儿》那样荡气回肠，《豆选事件》在语言和叙述结构上更为讲究，加上题材的拓展，使曹征路的"底层写作"更加丰满起来。

2008年曹征路终于推出了长篇小说《问苍茫》，这部具有某种标志性意义的长篇更是全方位地继承了"左翼文学"传统，不但采用了传统"左翼文学"《子夜》的"社会剖析"模式，还嫁接了"革命文学"《青春之歌》的"道路选择"模式。如果说《那儿》可以称为"工人阶级的伤痕文学"，《问苍茫》则可以称为"工人阶级的反思文学"。从《那儿》到《问苍茫》，我们可以看到"底层文学"向"新左翼文学"方向的发展和深化。然而，《那儿》以单纯的立场和单纯的力量避开的问题，此处也不可避免地展露出来。

在《问苍茫》的写作中，曹征路遇到的一个最大的问题是"新左翼文学"的思想资源问题。如果说"伤痕文学"可以相对单纯地站在受害者立场进行控诉，"反思文学"则需要从全方位做出阐释，立场的背后必须有一套总体的解决方案作为支持。《问苍茫》借用了《子夜》和《青春之歌》的写作模式，但那套曾经支持"左翼文学"和"革命文学"的价值体系已经遭到质疑。而尽管"新左翼"思潮在全球范围的兴起有深厚的现实基础，但尚未能提出一套完整的"可替代性方案"。而且，曹征路对其现有思想成果的吸收也欠广泛，思考欠深入。这使他在对当下中国各"阶层"及其主要矛盾进行整体性描写和分析时，未能高屋建瓴，甚至面对最核心的问题，也始终持回避犹疑的态度。问苍茫大地，谁主沉浮？到底是资本还是工人阶级？读完小说，不同观念预设的读者完全可能得出相反的答案。在思想资源不能达到"新左翼文学"写作需求的同时，小说依然受制于既有模式的惯性推动。在结构上，《问苍茫》明显分为"叩问"和"指路"两截，前半部分试图表现出社会多方面的复杂性，呈现每一个阶层人物的生存逻辑和现实合理性；后半部分以一场工厂大火为标志骤然转型，资产阶级与新生的无产阶级迅速显露出其阶级属性，人心善恶也随之划分——如此仓促转折的背后，是《子夜》模式与《青春之歌》模式的生硬对接。在情节节奏上，那场标志性的大火本来应该成为各种矛盾的扭结点，而写矛盾在逐渐积累后的最终爆发，也正是曹征路在《那儿》等作品中一再显示的拿手功夫，但在《问苍茫》中，由于对那场大火发生的必然性缺乏逻辑的铺垫和蓄势，未能形成应有的冲击力和爆发力,在调动起读者对于左翼小说模式的"高潮期待"后又使之落空。在人物塑造上,"左翼文学"本来就容易出现概念化的问题,如果理论论证再不充足的话,人物就会更简单、突兀、缺乏可信性,《问苍茫》在这方面的问题主要表现在对"新型人物"的塑造上,既包括像常来临那样夹在资本利益和工人利益之间的"新党委书记",也包括像唐源、柳叶叶那样的"新型工人阶级"的代表人物。

如果说长篇小说《问苍茫》的问世代表了"左翼文学"的新生的话,它的问题也呈现了"新左翼文学"的困境。对于这样一种全球性的困境难题,"开药方"远非笔者力量所及。笔者这里只提出两个可尝试的方向。

一个是作家必须以"左翼知识分子"自命,立足当下中国现实问题,在"后革命"时代,参与"新左翼精神"的打造。在这个问题上,笔者同意何言宏的看法:"'新左翼文学'的根本问题,还是其所初步张显的'新左翼精神'如何才能在广泛汲取包括人道主义、正义原则等人类历史上优秀的思想传统和精神资源的基础上,走向进一步的丰富与深刻。但在其中,我以为最关键的,应该是目前的'新左翼文学'最为匮乏的历史意识问题。'新左翼文学'特别是其中属于'底层写作'的大部分作品,要么缺乏深刻和充分的历史感,要么过于匆忙、不加反思和简单化地'征用'早已失魅的意识形态。不管是对社会现实的见证与批判,还是对革命记忆的精神重访,目前的'新左翼文学'很多都未表现出充分明确和足够深刻的新的历史意识。而实际上,独特的历史意识正是左翼精神最为核心的方面。在据说'历史已经终结',革命早已退潮,人类历史上的左翼实践饱受重创的'后革命时代',是否需要和应该以怎样的新的历史意识在历史发展中深刻书写当下中国异常复杂的社会现实与精神现实,并将这种书写紧密联系于现代以来包括中国在内的人类历史上波澜壮阔、充满悲怆的左翼实践(包括左翼文学实践),将是'新左翼文学'所要面临的最为重要、最为艰巨的课题。只有很好地解决这样的问题,'新左翼文学'的现实战斗精神才会具有相当坚实的思想基础,当下中国的'新左翼文学'也才会拥有更加广阔的未来。"①

另一个是,在写作方法上,笔者主张无论是"底层文学"还是"新左翼文学"在现阶段都应立足于现实主义传统,把写实的功夫做足。不少人提出今天的"底层文学""新左翼文学"未必要局限于现实主义的写作方式,应该

---

① 何言宏:《当代中国的新左翼文学》,《南方文坛》2008 年第 1 期。

多吸收现代主义技巧进行形式突破。在笔者看来,从现实主义发展的角度而言,突破和吸收其实早已不是问题。但越是"无边的现实主义",越需要有坚硬的精神内核,在精神内核尚不够强大的阶段,任何夸张变形寓言抽象,都可能成为"美学脱身术"。作家们在精神上"仰望星空"的同时,更需在写作上"脚踏实地",注重各种原生经验的提取,塑造各种新型人物,让这些扎实可信的经验和有血有肉的人物成为各种辩论的根据,甚至可以跨越各种辩论而生根。

四 "打工文学"的发展及其"主流化"问题

伴随"底层文学"的兴起,一直默默发展了近二十年的"打工文学"也浮出水面。"打工文学"发端于1980年代中期,在"当代文学失去轰动效应"的1990年代异军突起。当时,大量发表"打工文学"作品、以"打工一族"为主要读者群的《佛山文艺》最高发行量逾50万份,超过《收获》《当代》《十月》《花城》这文学期刊"四大名旦"发行量的总和。号称中国最早打工刊物的《大鹏湾》发行量也稳居10万份以上。此外,还有打工作者自办的民刊《打工诗人》(2001年)和"打工诗人论坛"网站(2002年)等。"打工文学"的意义正如有"打工文学评论家"之称的柳冬妩所言:"它揭示了被这个大时代有意遮蔽的另一个部分,在打工作品里,我们时代的生活得到了系列的呈现,虽然这种呈现还是相当的枯燥,但是它却让人们得到了一种健全的主体性感受。一个公平的社会、一个和谐的社会,应该尊重被表述者的话语权。我认为,打工文学是两亿农民工争取他们的权利在目前来讲最合适的渠道,其他的渠道我们这个国家还不是太健全。"①

如果说"底层文学"本质上是"代言"的,是"知识分子写、知识分子读"的"精英文学","打工文学"才是"底层人自己说话",是"打工者写、打工者读"的"草根文学"。从某种角度讲,"打工文学"能够发展起来也是受惠于社会主义的乡村教育制度和文学普及制度,使众多居于社会底层的孩子拥有了识字能力和文学兴趣。不过,这些来自偏远乡村的农家子弟显然没有那么强烈的"阶级自觉"意识。"打工文学"对于这些外出谋生的漂泊者而

---

① 《打工文学:身份验证后登陆社会》,《羊城晚报》2005年12月5日,收入《打工文学备忘录》,杨宏海主编,社会科学文献出版社,2007年。

言,更多的是一种自我表达、自我安慰,同时也是自娱自乐的需要。虽然,"打工文学"中也包含着反抗性和先锋性的成分,但大都集中在诗歌方面。小说则主要以一种民间通俗文学的形态存在,"《知音》体""《故事会》体""琼瑶体"等言情励志风格为其主导风格,最有代表性的是从"打工妹"到"打工作家"再到"企业家"的安子的创作(代表作《青春驿站——深圳打工妹写真》,曾在《深圳特区报》连载,海天出版社1999年出版)。

因此,虽然发展了近二十年,"打工文学"一直盘踞在打工者密集的珠江三角洲一带,以一种民间、底层又商业自足的"独立形态"居于主流文坛之外,也居于主流批评的视野之外。直到"底层文学"崛起,以及受"建设和谐社会"文化政策的强力影响,这支一直被"视而不见"的文学力量终于在众多体制性的努力下被打捞上岸,"打工文学"开始被"主流""收编"。

2005年深圳市文联主办"第一届全国打工文学论坛",邀请全国范围的主流批评家与打工作家对话,"打工文学第一次被提到了与构建和谐社会息息相关的高度"[①]。此后,"全国打工文学论坛"继续每年在深圳举办。在2007年11月举办的第三届论坛上,"收编"已经代替第二届的"先锋"成为与会者提及频率最高的"关键词"。不久,"打工论坛"移师北上,由中国作协《人民文学》杂志和深圳文联共同举办,这个被称为"打工文学进北京"的论坛的举办,被认为"将成为打工文学走向全国、迈进文学主流的标志性事件"[②]。

在"打工文学进北京"的同时,由深圳文联副主席杨宏海主编的《打工文学作品精选》(海天出版社,2007年)、《打工文学备忘录》(社会科学文献出版社,2007年)等书也先后出版。这些书的出版使这些年来"打工文学"的创作和理论成果得以集中展现,也为进一步的学术研究提供了正规且方便的材料。

《人民文学》《收获》等主流期刊也陆续推出了郑小琼、王十月、戴斌、塞壬等人的作品,取得了很大影响,其中郑小琼还接连以其诗歌、散文创作获得"人民文学奖"(2007年6月)和"庄重文文学奖"(2008年1月)。小说方

---

① 董小明:《打工文学与外来工文化权利的实现》,杨宏海主编《打工文学作品精选》序言,深圳:海天出版社,2007年。作者为中共深圳市文联党组书记、主席。
② 韩小蕙:《打工文学走进文学殿堂》,《光明日报》2008年1月18日。

面最有代表性的作家是王十月①,他的中篇小说《国家订单》以头条位置登上了《人民文学》(2008年第4期),《小说选刊》(2008年第5期)随后转载。2009年他又推出了长篇小说《无碑》(《中国作家》第9期),在"打工文学"向"主流文坛"挺进的过程中具有标志性意义。不过,在这两部作品中,"打工文学"在思想立场和审美趣味上与"精英期待"的落差也比较明显地表露出来。

《国家订单》是一部具有独特经验的作品,即使在"打工文学"之中,也有一定的特殊性。这是一个人们习见的"血汗工厂累死人"的故事,但不见预期中的劳资对立,而是充满了"同是打工受苦人"的理解和辛酸。作者的用心之处不在雇佣矛盾,而在这矛盾中流淌的温情。小说叙述的重心一直在"小老板"这里:由于资金断链工厂面临破产,此时收到一笔救命的"国家订单"。于是,全厂员工从上到下一齐赶工。五天五夜,"小老板"身先士卒,鼓舞士气,并且兑现诺言。然而在最后一刻,工人张怀恩因疲劳过度而猝死,一切都成了泡影。在悲剧发生之前,小说刻意铺垫了"小老板"对张怀恩是相当仁义的,甚至他对所有人都是有情有义的,包括妓女阿蓝。这固然是"小老板"善于拢人的精明,但背后确实有人品不错的厚道。最后,"小老板"在绝望中不知不觉走上高压线架,看着地面上的人,他静静地给阿蓝打了个电话,说着空洞的告别似的话。当妻子哭着喊着"破产了我们再去打工","小老板突然感觉一片温暖"。此时,香港经销商赖查理的电话再一次响起——又一笔"国家订单"——要两天内赶制出十万面国旗,这订单能再救厂子的命,但也可能再死几个张怀恩。"去他妈的国家订单",小老板终于愤怒了,把手机扔得很远,用力撕碎了手里的国旗样板。同时,"国家订单"这个标题充分表现出它的讽刺意味:所谓"国家订单",是为美国生产国旗。遭遇9·11恐怖袭击后,美国亟需大量国旗提振爱国士气,这一寄托

---

① 王十月,1972年生于湖北省石首市调关镇南湖村。初中毕业后开始打工,在外漂泊二十年,做过近二十种工作。2000年开始尝试写作,2001年在《作品》发表短篇小说《出租屋里的磨刀声》,并获首届"作品奖"。2008年就读于鲁迅文学院第八届高研班。迄今为止在《人民文学》《中国作家》《十月》《天涯》《大家》等刊发表小说、散文两百余万字。众多作品入选《新华文摘》《小说月报》《小说选刊》《散文海外版》等选刊及二十余种年度选本。连续三次入选"中国当代最新作品排行榜",两次入选"中国散文学会年度散文排行榜",一次入选"中国小说学会2008年度小说排行榜"。获首届"鲲鹏文学奖"一等奖、第三届"冰心散文奖"单篇作品奖、《中国作家》鄂尔多斯文学新人奖、"广东省新人新作奖"等。出版、发表长篇小说《烦躁不安》《31区》《活物》《大哥》《无碑》,多部作品被改编成电影。

着美好爱国情怀的订单就落在了中国的血汗工厂。处于全球资本主义体系中"划桨奴隶"位置的中国劳工,为了赚取最微薄的利润以命相搏,为了生存权而赌掉生命权。但为死去劳工争取合法补偿的律师也是美国基金资助的——小说用这样一个巧妙的设计,将"打工者的苦难"诉说脱离开简单的劳资对立矛盾,而置于全球经济体系的大框架中,置于文明本身的价值悖论中。小说写得细腻生动,真切感人,确实"带着写作者的体温和心灵的热度"[1]。

《国家订单》处理"劳资矛盾"的立场和方法受到了主流文坛的接纳和赞许(小说不但以"头条"的位置登上"国刊",还获得了"鲁迅文学奖"),却受到了持左翼立场的批评家的质疑。李云雷在肯定了小说视野宽广和人物丰富等文学价值之后,提出:"值得探讨的是它所着力倡导的一种'劳资和解',即打工者与小老板面临共同的压迫'都不容易',作者的立场与情感也更多倾向于'小老板',这样一种倾向既是对真实社会关系的掩饰,也是对'新意识形态'的顺应,也在更大程度上遮蔽了打工者的真实处境,但或许超越了作者的主观规定,小说中描述了打工者加班而死的残酷现实,虽然这一事实在作者看来,或许不如'小老板'被逼爬上电线杆更加触目惊心,但也让我们看到了'更不容易'的一个阶层。在这个小说,我们看到了不少背叛,打工者背叛了老乡,小老板也是靠背叛发家的,李想也背叛了小老板,在他们看来,或许只有背叛才能发财致富与出人头地,但他们却没有对整个社会的逻辑进行反思,正如这篇小说一样,它以'打工文学'的名义背叛打工者的阶级意识,为文学界所接受并高度评价,但它只是顺应了当下的文坛与新意识形态,在美学与历史中并没有足够的突破及新因素。"[2]

对于这样的批评,想必王十月是不能接受的。他在关于《国家订单》的创作谈中曾谈到,看待问题的方式取决于自己的生存境遇和立场,"我反对那种站着说话不腰疼的指责","刀剁在自己手指上的痛,和看到别人受伤而想象出来的痛是不一样的",并指出小说中的人物不但都是他自己熟悉的,甚至那些看似对立的人物身上都有着自己的影子,"李想身上有我的影子,'小老板'的身上有我的影子,'张怀恩'的身上也有我的影子。或者说,

---

[1] 王十月:《王十月创作谈:几点随想》,《新世纪文坛报》2011 年第 2 期。
[2] 《北大评刊》2008 年第 2 期,魏冬峰《看〈人民文学〉》,李云雷针对《国家订单》的"插话"点评。"左岸网站·北大评刊",http://www.eduww.com。

他们的人生,就是我生命的多种可能性,是我们这一代打工者的可能性,只是在人生的三岔路口"①。

"底层文学"兴起以后,招致的非议之一即写作者的身份尴尬:远离或者从未有过当下底层生活经验("起于书斋止于书斋的不在场")的作者能否仅凭道听途说、一腔热情就去为当下的"底层""代言"?其"代言"的合法性和真实性何在?在此背景下,"打工文学"特别令人期待。应该说,王十月和他的《国家订单》是非常符合这些期待的。首先,作者本人出身于打工者一族,身份血统纯正;其次,小说讲述的是作者熟悉的打工故事,取材来源可靠;最后,它讲述的故事超出了我们对"底层"、对打工者生活的概念化想象,因而可以被命名为"真实"。然而,知识精英的期待与"底层话语"之间还是存在着错位和落差,况且,确实还有一个强大的"主流文坛",其"收编"力量自然构成无所不在的"询唤"力量②。其实,从民间生长起来的"打工文学"不仅在思想立场上与"左翼期待"有落差,甚至在文学情怀、立意结构、审美趣味上都与五四新文学以来引进的现实主义文学传统有明显差异,这在王十月的长篇《无碑》中表现得相当明显。

和曹征路的《问苍茫》一样,王十月的《无碑》在"打工文学"的发展史上也被预期为一部"里程碑式"的作品。王十月显然有志于为"中国制造"立传,小说以珠三角普通打工者老乌十多年的人生经历,写一家工厂、一群人、一个村庄在一个时代里跌宕起伏的命运、沧海桑田的变迁。对于任何一个接受"新文学"传统训练的读者来说,以"现实主义史诗风格"来期待这部作品,都应该是很自然的事。但进入作品你会发现,表面上,这似乎也是一部按照西方文学样本打造的"中国制造",但骨子里,它却是一曲渗透了中国乡间文人幽怨惆怅的乡愁挽歌。作者以一种古典文学传统的抒情语调浅斟低唱,言尽心中无限心事——乡村及其附着的美好文化传统,在潮水一般的现代化进程里正如滔滔逝水,一去不返。十年一觉"中国梦",酒醒处,晓风残月。在这里,你看得见唐诗宋词,看得见"三言""二拍",看得见《老残游记》,但看不见托尔斯泰、巴尔扎克,也难见鲁迅、茅盾、柳青。

---

① 《〈国家订单〉创作谈——几点随想》,王十月天涯博客"云在青天水在瓶",http://blog.tianya.cn/blogger/blog_main.asp? BlogID=58512,2008年4月10日。

② 王十月和郑晓琼后来都以"特殊人才"资格被广东省作协引进,作为《作品》杂志专职编辑正式进入体制。

王十月显然提出了一个难题,即传统文人笔墨趣味有无对接当代生活的可能？一代打工者血泪交织的历史,疼痛与梦想,期盼与痛失,在工业文明中永远沦丧的瑶台乡村神话,一切可能如狂风骤雨般激烈的情感,在叙事者老式才子佳人式的惆怅感怀里,竟如云淡风轻,春梦了无痕。

小说分为很明显的两个部分。第一部分写老乌初次到南方打工的经历,描绘瑶台村打工者中奇人、好人、坏人、小人之众生相,细致描写了基德厂从无到有的发家历史,以及两次罢工风潮的因果始末。这一部分写得比较实,为当代文学提供了不少宝贵的新经验,也触及了如《国家订单》中所呈现的一些"中国式悖论"。比如在罢工中,一边是有恩于己的老板,一边是命运相连的打工兄弟,老乌在公义与私人情感之间的两难选择,恰恰体现了传统忠义伦理与现代阶级观念的冲突,这也是令人深思的现代性命题。老乌最后的独自罢工,恰是他"精神上拒绝奴化"的自我苏醒。在这个没有任何外部可能性的世界,这种仪式化的抵抗,正对应着打工者主体意识的刹那闪亮和黯然熄灭。这部分文字虽略有矫情,但大致不失朴素真挚,自有其动人之处。

进入后半部,作者则完全倒退回个人命运的一己悲欢。作者让老乌离开工厂,混迹打工社区的市井生活,先后与两个打工女子发生感情纠葛,并以书法的一技之长跻身打工者中的文化阶层。这部分内容据说取材于作者真实的人生经历,但这一个人的故事与一个群体无关。作者还把老乌的成功完全讲述为命运的偶然,甚至连个人奋斗的成功哲学也没有,遑论一个阶层的上升与出路。老乌与两个打工女子的交往,是老戏曲中才子落难佳人相救的旧模式,对于女性美的观照也仍停留在物化的把玩层面。对于女性打工者的内心世界,作者仿佛彻底盲视,不由令人想起《废都》中的庄之蝶们。满纸旧式落难文人的自怜自伤,把一切本应沉重的事物变为玩赏,不得不说这种语言和观察方式都远离这个时代,丧失了这个题材应有的鲜活体验与本真的生活质感,更遑论提出任何恩怨纠缠和世事如烟的感慨之外的可能性出路。

王十月在《无碑》中表现出的文学情怀和审美趣味让我们不得不正视大部分"打工作家"的文学传承和文化资源脉络。和"底层文学"作家不同,真正生活在"底层"的写作者绝大多数没有受过大学教育,甚至没有完成中学教育。他们没有受过西方价值传统和文学传统的洗礼,也不是五四新文学的传人。对于1970年代、1980年代出生于贫困乡村、少小离家的王十月们来说,"新时期"文学给予他们的精神营养,估计最多是一部《平凡的世界》。在"文学失去轰动效应","文学"回到自身"的这二三十年内,滋养他们童年文学心灵的,应该是早已在民间生根的中国古典文学,如民间戏剧、评书故事,等等。唐诗宋词、"三言""二拍"《金瓶梅》《红楼梦》,也自然会成为他们努力奋进、自学成才的文学教材。他们有生活,有故事,有血泪,有义愤,当他们拿起笔来的时候,会写苦难,写不满,写抗争——看起来似乎是现实主义文学,但实际只是反映现实生活的文学,与"为人生"的现实主义传统无关,更与"左翼文学"的革命精神传统无关。他们的作品可能会触及现代性的命题,但现代性思考却不是他们习惯的思维方式。面对"劳资纷争",他们不会想"阶级对抗",宁愿想"谁都不容易"。骨子里,他们是温柔敦厚、风流自赏的。所以,如果"主流社会"以"和谐""收编",与他们的"天性"并无抵牾。在"纯文学"审美体系对"文学性"的要求下,他们的古典文学积淀、文人雅趣、诗词美感也自然会被呼唤出来。

在这样的情形下,"打工文学"要不要进入主流是一件令人感到矛盾的事。首先,相信每一个真诚关注"打工文学"发展的人都会感到,"打工文学"最终能够"进北京",是二十多年来无数"打工作家"奋斗的结果,他们以血泪凝成的文字终于得到更广泛的关注,给萎靡苍白的文坛带来冲击。或许,这种记录了鲜活的"中国经验"的"生存性写作"可以进入文学史,至少,"打工文学"可以获得更多的重视、更公正的评价、更有力的扶持、更迅速的提高。然而,在抱有如此希冀的同时,我们也不能不考虑,"打工文学"进入"主流"是在一种什么样的社会语境下发生的,背后起核心作用的是什么样的权力运作机制和审美标准体系?"打工文学"进入"主流"是能够进一步发展壮大,还是会被削弱、变形乃至消失?

多年来对"打工文学"深有研究的广东省文联理论处研究员谭运长就曾提出,如果"主流文学界"要接纳"打工文学",应该用什么样的方式来接纳?是不是把它的风格弄得更精致,使其文学性更强?而在以这样的方式被"接纳"的过程中,"打工文学"会不会最终丧失自己的特色和美学特征?他以郑小琼的获奖作品(《铁·塑料厂》,《人民文学》2007 年第 5 期)以及其后创作的受到文学界高度评价的诗歌为例谈到,"这些作品从文学上看非常好,但看后却感到很不安",因为作品中那种九曲回肠式的表达方式是文人式的,与"打工文学"的基本风格特征非常不同。"'打工文学'是劳动者的文学,它的痛苦和呐喊都是很直接、直白的,是那种'劳动号子'式的,如'打工打工最光荣,嘿!'"对于郑小琼文风发生的变化,他认为:"如果是编辑改成这样的,我可以理解,这就是收编的过程。但是如果是她本人写成这样的,我担心这样进行下去,某一天会让作家自己感到陌生,因为这个身份跟她是不相符的,变化非常大。"由此,谭运长提出,"主流文学"接纳"打工文学"一个更合适的方法是重新评价主流文学和美学的视野,就是说应该有一种新的美学意识,比如,把"劳动审美"这个在传统现实主义中老之又老的概念重新纳入进来:"假如我们用'劳动美学'的视野来看的话,打工文学就可以进入到主流文学。根本不需要你进行收编,它在文学上所有的粗糙都是美,不需要再去把它形式化、精致化。这个'嗨哟嗨哟'就是美,'打工打工最光荣,嘿!'也是美。……所以我提倡打工文学的作者,不要觉得自己的生活只是一种需要呐喊、需要发泄的生活,我觉得这里有美。美不是你在自我陶醉,而是你感觉到自己生存的尊严和价值。"

谭运长的观点无论对"打工文学"的发展还是对促进主流审美体系的开放都很有启发性。但"主流"的开放并非"边缘"单方的愿望可以达成,在真正开放、平等、互动的局面出现之前,笔者以为,"打工文学"不必急于进入主流。"打工文学"现在真正要做的不是所谓的"提升",而是"扎根",保持它的草根性、民间性、血肉性。退一步说,一种边缘的文化群体只有在充分保全自足性之后,才能获得与主流文化互动对话的资格。在这方面,网络文学的发展或许可以作为参照。这也就是笔者在第三届全国打工文学(宝安)论坛会议上提出的:"打工文学"要自成一统、自给自足、自说自话,哪怕自生自灭。① 而要想不自生自灭,除了站稳自己的地盘外,还必须如谭运长所说,建立独立的"新审美原则"。

在这个意义上,笔者主张"打工文学"发展的主导方向应该是诗歌而不是小说,尤其是寄托着其反抗性、先锋性的部分应立足于诗,乃至歌。因为诗一旦谱成歌,感染力大不相同。比如,组织打工青年艺术团的孙恒②创作的《天下打工是一家》,被认为是"打工诗歌"的代表作,但若光读文字,确实直白简单,而一旦唱出来,直白简单背后的力量美立刻爆发出来(笔者曾在

---

① 《第三届全国打工文学(宝安)论坛会议实录》《第三届全国打工文学(宝安)论坛资料汇编》,内部资料,深圳市文学艺术界联合会、深圳市作家协会印。
② 孙恒,北京打工青年。2002年创办"新工人艺术团",以文艺形式为打工者提供文化服务,谋求打工群体合法利益。出版《天下打工是一家》(2004年)、《为劳动者歌唱》(2007年)、《我们的世界我们的梦想》(2009年)等音乐专辑。

深圳一家工厂听过该艺术团演唱,极具感染力,在场者无不动容)。以诗为歌,可以"上接《诗经》,下连摇滚",在"自媒体"时代,还可以通过音频、视频进行多种方式的传播。"打工诗歌"完全有可能作为一种最有时代感和生命力的艺术形式,与优秀的"底层文学"一起参与"新左翼文艺"的打造。而小说部分,如果"主流文坛"支持力量减弱,可能出现分化。除少量优秀作家会继续向现实主义文学、"新左翼文学"方向发展外,大部分写作者可能会回复到大众通俗文学的定位,并入网络文学之中。如果能在网络文学内部开辟一个特别的空间,其实也不失为一种有生命力的前景。

第五章 "新海外华人作家"的创作

2004年"底层文学"破土之际,另一种写作力量也在悄悄聚集。待到2008年"底层文学"退潮,这种写作力量正值鼎盛,成为新世纪第一个十年"底层文学"之后另一令人瞩目的创作力量,这就是"新海外华人作家"群体。

之所以称之为一种"创作力量"而不是"创作潮流",是因为这支一开始被人们习惯地称为"海外兵团"的创作力量,其实是一些散兵游勇,人数不多,也没有统一的组织,和大陆期刊的联系基本是个人的、松散的。他们大都在1980—1990年代出国,如今人在天涯,心怀母语,其沉静的书写原本只是个人生命的投放,没想到竟会形成如此强大的冲击力。2008年度,在中短篇部分,"海外兵团"已与大陆文坛有分庭抗礼之势;2009年度,无论长、中、短篇,都几占半壁江山。2009年第12期《人民文学》推出"新海外华人作家专号",《青年文学》也在同年第9期推出"留学文学主题","新海外华人作家"由此获得"官方命名"。这些作家中除严歌苓外,基本在出国前未以写作得名,至今也不以写作为生。若讲作家阵容,"新海外华人作家"和大陆作家完全不成比例,但其质量和影响却使人惊愕。这样的反差也令人不得不对大陆这些年来的文学发展问题做出深刻反思。

一 "新海外华人作家"创作概览

《人民文学》2009年第12期"新海外华人作家专号"首次正式使用了"新海外华人作家"的概念。按照编者"留言"中的描述,这批作家全部是改革开放以来从大陆走向世界各地的,携带着中国当代历史和中国当代文学的记忆。他们的作品大都在国内重要期刊发表,正在成为中国文学、汉语文学中重要的新力量。主要作家有:严歌苓、王瑞芸、陈河、陈谦、袁劲梅、张翎、张惠雯等。笔者认为还有两位重要的作家应该包括在内——在新世纪第一个十年内"打头"的苏炜和"压阵"的于晓丹。其中严歌苓、陈河和陈谦三位作家无论从创作持续性还是质量数量上都更胜一筹,可谓更具代表性的作家(下节专述)。

在这一轮"新海外华人作家"创作热潮中,苏炜①和王瑞芸②是最早发表作品的,苏炜因其势头更猛,更早引起关注。

2004年,苏炜的《迷谷》(长篇,《钟山》第3期)和《米调》(大中篇,《钟山》第4期)以大气磅礴之势书写了知青记忆和红卫兵记忆,让我们看到,"知青文学""寻根文学"在新一轮的回潮中,意义和主题都有了显著的突破。《迷谷》意境雄浑,充盈着来自浩渺天际的苍穹之气。它在艺术上最炫目之处是创造了如梦似幻缥缈壮阔的视觉奇观,描摹了一种读者身不能至、心向往之的情境,显示出一种独特的美感。

小说记叙了"知青"路北平因误撞"鬼婚"被迫进入深山老林,闯入"化外之民"——"流散人"生活圈的奇特经历,塑造了主人公路北平以及流散人阿佩、八哥、阿秋等独特生动的形象。除了必需的背景交代外,小说刻意避开了"文革"的政治运动,仿佛整个中国大陆的地覆天翻只为了将路北平抛向那个几乎与世隔绝的蛮荒之地。于是,路北平的记忆也得以从那个特殊的时代环境下区隔出来,获得一个旷达的表现空间。这就使"知青"路北平的回忆,变成了路北平个人的青春记忆,"上山下乡"的历程变成了个人探险和成长的历程。

---

① 苏炜,男,笔名阿苍,1953年生于广州。"文革"中曾下乡海南岛十年。1974年开始发表文学作品。1978年入中山大学中文系,毕业后赴美留学,获洛杉矶加州大学文学硕士,并在哈佛大学费正清东亚中心担任研究助理。1986年回国工作,任职于北京中国社会科学院文学研究所。1989年定居美国,现为耶鲁大学东亚语言文学系高级讲师。著有长篇小说《渡口,又一个早晨》(《花城》,1982年)、《迷谷》(北京:作家出版社,2006年),短篇小说集《远行人》(北京:北京出版社,1987年),学术随笔集《西洋镜语》(杭州:浙江文艺出版社,1988年),散文集《独自面对》(上海:上海三联书店,2003年),《站在耶鲁讲台上》(台北:九歌出版社,2006年),《走进耶鲁》(南京:凤凰出版社,2009年),以及论文集多种。

② 王瑞芸,江苏无锡人。1982年毕业于南京师范学院美术系。同年进入中国艺术研究院研究生部学习,师事吴甲丰先生,专攻西方艺术史,1985获硕士学位,留中国艺术研究院美术研究所工作。1988年进入美国俄亥俄州凯斯西方储备大学,获艺术史硕士学位。此后在美国生活二十年,潜心研究西方艺术,尤其注重现当代艺术,为国内写了不少西方艺术的研究专著。2006年任四川美术学院客座教授,2008年回中国艺术研究院美研所工作。迄今出版有《巴洛克艺术》《二十世纪美国美术》《美国艺术史话》《新表现主义》《激浪派》《涂鸦艺术》《变人生为艺术》《通过杜尚》,翻译《杜尚访谈录》。在艺术史研究的同时还从事文学创作,出版有《美国浮世绘》(散文集)、《戈登医生》(小说集)。

"流散人"有着自己的一套生活体系和文化体系,尽管这个"小世界"的祸福存亡根本上取决于那个"大世界"的风雷激荡,但迷谷中的一切都显得神奇而自然,如上《山海经》所言的"其华四照,其名曰迷谷",神秘的自然景致中洋溢着丰盈的情欲。作者着力描写的是充满奇趣玄怪的原始情境,以及在那种野性的大自然下人们被激发出的原始欲望,还有以"知青"为代表的现代文明和以"流散人"为代表的原始文明之间的交锋与融合。小说关注的不只是知青故事本身,而是深入到对永恒人性的重新思考,触及了人与自然、情欲与社会、偶然与宿命、有序与无序等许多话题,表达了作者对人世的理解和温情。小说以浪漫抒情的笔调描绘了"流散人"类似于母系氏族"一女多男"的自然和谐的男女关系,以及同性间深挚细腻的情爱关系,这些在现代文明社会中被视为畸形丑恶的关系,在小说中被定义为自然健康的情感,对它的热切描述显然含有丰富的当代性,启发读者对现代人的婚姻结构和文明结构有所反思。正是这种普遍的当下性,使这些极具"个人化"的小说,走出了"知青"这一特定群体,赢得更多读者的喜爱。

相比孔捷生创作于1980年代的《大林莽》和《南方的岸》(这两部作品也都是以海南岛的原始森林为写作背景),《迷谷》已成为明显不同于当年"集体话语"的"个人话语"。如果我们继续以"知青文学"归类《迷谷》的话,会发现它已有不同的流向——虽然"根"仍然是当年共同扎下的,但是今天的作者已走出历史的雾霭,不再纠缠于"有悔""无悔"的争论,更因身处"异域"怀有"他者"的视角,在返身回看历史时,能够旁逸斜出,给出独到的视野和见解。这样的"个人性"恰与大陆1990年代以来的"个人化写作"潮流暗合。

不过,需要指出的是,作品议论中流露出的某些道德观念显得有些陈腐,尤其那酷似张贤亮笔下公子落难蒙佳人相救的模式,在如今的当代文学创作中早已被弃之不用,多少显示出作者久居海外在潜意识中存留的1980年代遗风。

《米调》紧接着《迷谷》的磅礴而来,作品依然沉郁浑厚,复杂多义,而提供的精神向度又比《迷谷》更深。小说讲述了主人公米调的传奇人生:从叱咤风云的红卫兵领袖,到为了理想上山、越境、参加缅共打仗、参加"克钦帮"。他曾与死亡擦肩而过,后受到佛教高僧的点化,苦学"古梵文",在丝绸之路到处流浪,考证、寻根。而这一切,又是通过几十年后初恋情人廖冰虹不远万里的大漠寻人,揭开了这个历经波折的故事的幕布。《迷谷》中没有正面触及的"文革"细节,在这里得到充分的展现。苏炜讲述故事的手法虽然老式,但很老实。他就像个对传统叙事策略得心应手的"说书人",在迂回曲折、波澜暗涌的行进中将传奇的米调塑造得丰富立体。作者对米调这个"切·格瓦拉"式人物的塑造,满含怀旧的激情和诗意。米调像一匹"黑骏马"般始终追寻着一种现在已消失的情怀,凭内心一直涌动着的强大意志支持着信仰。结尾处,米调面对作为理想和爱情双重隐喻的"罗布泊"从喃喃自语到抽搐大吼,除了缅怀生命历尽沧桑后的失落之痛外,也显示了他所积蓄的蓬勃不倒的力量。这种追寻理想主义的激情,放在1980年代不出奇,但在"小时代"的文坛环境中却难能可贵。

苏炜的两篇小说让我们看到作品的质量和作家的思想能量成正比。不过,单从小说叙述尺度论,《米调》尚不够收敛。苏炜喜欢讲道理,固然许多问题都有对应现世困惑的当下意义,同时也展现了自己对知识、哲学、人生的思考与积淀,但《米调》表达得不如《迷谷》凝练,有意图大过行动之弊。叙述有些随意,使得情节未能跟上人物强烈的精神紧张度一起向前冲,原本能一气呵成的厚重深邃被冲淡了。作者拉不开与叙述者的距离,任由情感自我奔腾,对青春、革命激情的宣泄缺乏克制,曾是"新时期"小说的通病。从这几点也可以看出,苏炜依然沉浸在1980年代的文学表述中。

王瑞芸的创作也延续着1980年代的路径。广受文坛好评的《姑夫》(短篇,《收获》2005第1期,获2005年"《北京文学·中篇小说》"奖)①,将大陆中断已久的"反思文学"推向深入;此前的《画家与狗》(中篇,《收获》2004年第3期)也以严谨扎实的写实笔法向大陆诸多基本功不过关的作家展示了传统写作的范例。

《姑父》写的是极"左"思想对一个无辜的人的可怕摧残。小说的艺术力量堪当"力透纸背"四字,控诉力量和反思力量全部凝于一点——对姑父这个人物形象如雕塑般的刻画:二十年的牢狱之灾使一个曾经充满朝气、梦想和魅力的青年男子变成了自私、懦弱、委琐的神经质老头,即使出狱后,他

---

① 《姑父》入选两个年选本:《2005中国最佳中篇小说——太阳鸟文学年选系列》(林建法选编,辽宁人民出版社,2006年)、《北大年选2005小说卷》(曹文轩、邵燕君主编,北京大学出版社,2006年)。

也依然无法从梦魇中醒来，继续自顾自地生活在那无边的心灵黑暗之中，再也无缘享受任何亲情温暖。它向我们展示了生活的炼狱如何摧毁一个人的精神和信仰，如何让高贵沦丧，令亲情避让，使一切价值倾覆无存。这个不幸的人物身上负载了太多的时代悲剧，仿佛一个错误年代的缩影，矗立在历史深处。

当"伤痕文学""反思文学"浪潮过去二十年后，《姑父》在文坛引起的震动，迫使我们思考"文革"题材的继续挖掘问题。"伤痕"远未平复，"反思"更需深入，但已很少有作家执着如怨鬼。小说的笔法也向人们展示了一种"保守的力量"。这篇小说写得很"讲究"，但一点花哨都没有，其"讲究"处正在于"老派"，传统得仿佛19世纪批判现实主义在21世纪的复活，一笔一画中规中矩，稳当而传神。

如果说《姑父》的力量来自"守正"，《画家与狗》的功力则在于"耐烦"。这是一个不好写的故事，一个失意的华人画家在美国得了幽闭症，连自己都讨厌了，但在与一条和他同样孤独落魄的狗的交往中，逐渐克服了精神困境，焕发了生活和艺术的热情。小说写得极富耐心，一股如太极般柔韧的力道在画家与狗之间推来荡去，反复回来。每个细节都是饱满的，层层推进，直至水到渠成。王瑞芸久居海外，研究的是西方现代艺术，以最传统最经典的写实笔法来进行这篇小说的创作，是其经过思考后的自觉选择。这或许可以促使我们对文学"守成"与"趋新"的关系问题进行重新思考。

张翎[①]的作品具有比较强的可读性，《雁过藻溪》（中篇，《十月》2005年第2期，2007年获"《十月》文学奖"）和《空巢》（中篇，《人民文学》2005年第11期，2006年获"《人民文学》奖"），都以情感伦理为题材。《雁过藻溪》讲述了母女三代人复杂而失败的情感历程，小说触及了人世的无常，间杂情欲的书写，可惜对生命之痛的挖掘尚欠深入。《空巢》讨论的问题更与海外

[①] 张翎，女，1957年出生，浙江温州人。1983年毕业于复旦大学外文系。分配到北京的煤炭部工作，做科技翻译。1986年赴加拿大留学，分别在加拿大的卡尔加利大学及美国的辛辛那提大学获得英国文学硕士和听力康复学硕士。居住过多个城市，尝试过多种职业，后定居于加拿大多伦多市，任听力康复师（clinical audiologist）。1990年代中后期开始写作，在《收获》《十月》《人民文学》《钟山》《香港文学》及《世界日报》和《澳门日报》的副刊等处发表多部小说。著有长篇小说：《邮购新娘》《交错的彼岸》《望月》（海外版名《上海小姐》），中短篇小说集《盲约》《雁过藻溪》《尘世》等。2009年华东师范大学出版社出版《张翎小说精选》，共6册，分册为《金山》《余震》《邮购新娘》《雁过藻溪》《望月》《交错的彼岸》。

华人直接相关,写远在他乡的儿女为老年丧偶的父亲寻找保姆的故事。小说在题记中说"献给世上一切空巢的父母和离家远行的儿女",读来不乏感人之处,一些细节也给人深刻印象,但总体看来,"父母"与"儿女"两部分不够平衡:身居海外的离婚女儿的飘零感和奔波感都有打动人心之处,但老父的孤独感并不突出,保姆的形象也有概念化之嫌。如果国内部分的细节经验能如国外部分那样扎实深切,小说估计会更自然、更厚实。

长篇《金山》(《人民文学》2009年第4、5期连载,北京十月文艺出版社,2009年)是张翎有史诗性追求的大作品。张翎曾自道"写作就是回故乡",《金山》即缘起于她某次参加海外作家回国采风团,在广东开平碉楼里触发的灵感①,而且无论是采访过程、作品主题还是发表机制,《金山》都内在地孕育于"中国"。正是全球化浪潮里中国逐渐崛起的形势,让她能够在离散中不断通过想象方式回归母体。作家以令人尊敬的"拙劲"正面强攻了北美华人史,在史料搜集和细节描摹上都颇费功夫。虽然在对历史纵深的把握、移民原生经验的开掘以及人物形象的塑造上都有不尽人意之处,但毕竟拉起了一个宏大而完整的框架,在有关华人移民史题材的书写史上,《金山》将是一部绕不过去的作品。

任哲学教授的袁劲梅②是一位思辨型的学者作家,其获2003年台湾"联合文学奖·新人奖"中篇一等奖的《忠臣逆子》,是一部几代中国人的革命寻路史,也是一部百年沧桑的精神困惑史。戴家这个"英烈五世,忠杰同堂"的大家族,每一代人都在不惜代价地寻找出路;每一代人都剪过上一代人的"辫子",又都是自己建立的新传统的守护者;每一代人都是逆子,又都是忠臣。袁劲梅以西方文化为参照坐标,回头反思中国文化在求变过程中的各种求索,在短短的篇幅中,探讨了革命问题、信仰问题、信仰过度和循环革命的问题,构成一部沉甸甸的百年沉思录。

---

① 钟八:《百年华工史 故土入梦来——访小说〈金山〉作者张翎》,《侨报》副刊2009年6月26日,http://wenxinshe.zhongwenlink.com/home/news_read.asp? NewsID=36694。
② 袁劲梅,女,学者,作家。美国克瑞顿大学(Creighton University)哲学教授,美国哲学协会亚洲哲学和亚洲哲学家委员会委员。在海内外发表过大量散文、诗歌、小说及哲学论文。曾多次获"汉新文学"小说、散文一等奖。作品《忠臣逆子》获2003年"联合文学奖·新人奖"中篇一等奖,并荣登2004年《北京文学》排行榜;《一步三回头》获2005年"《侨报》纪实文学奖"。出版《月过女墙》(2004年)、《忠臣逆子》(2010年)、《青门里志》。哲学论文曾获傅·查尔斯基金会优秀论文奖。

《罗坎村》①是袁劲梅首发在大陆期刊《人民文学》(2008年第12期)上的中篇,同样以格局大、视野开、思考深给文坛带来震动。作家站在中美文化之间、传统与现代之间,抓住具有根本性、悖论性的命题,以文学的方式进行哲学的论证。

小说开篇就以约翰·罗尔斯《正义论》中有关正义的定义——"正义是社会制度的最高美德,就好像真理是思想体系的最高美德。正义是灵魂的需要和要求"为题解,引出正义的命题,然后由发生在美国的一个华人家庭的"虐童案"入手,对比以"罗坎断案模式"(罗坎村可视为中国宗法社会的微缩版),从而探讨中美文化有关司法公正、伦理公正、社会公正等的诸多命题。看得出,作家的基本坐标系立在西方现代民主制度一边,不过,对美国司法制度的教条化颇多揶揄,对罗坎村式的中国智慧多有会心,与此同时,又始终坚持对中国传统文化劣根性的审视和批评,尤其针对其在当下社会的借尸还魂,发出有异于"中华文明大合唱"的异声。由此可以看出,作为一个从1980年代启蒙思潮走出的知识分子,作家在思考上的变化和立场上的坚持。小说还涉及了全球化时代个人身份认同、宗教信仰和专制、乌托邦与现实等诸多命题,一个不足五万字中篇的思想含量,远远超过近年来大多数"长篇巨制"。难得的是,小说对如此庞大复杂命题的探讨,能够落实到具体的经验、事例,以文学而非哲学的方式进行,尤其是小说第一节,事件的典型性和经验的生动性使命题的解剖化繁就简,明了清晰。可惜,这样的提纯功夫在第二、三节开始松懈,人物有概念化倾向,细节也有失真之处。原因恐怕是作家对近年来大陆的发展变化缺乏足够的了解和理解,也缺乏足够的消化沉淀。

尽管在文学上仍有上升的空间,《罗坎村》的出现在当下仍有不同寻常的意义。这种有胆识、有气魄,既有尖锐的问题意识又有相应思考能力的小说,已经多年难得一见,对大陆文坛多年盛行的四平八稳、小模小样的创作之风,产生不小的冲击。

相比《罗坎村》,袁劲梅一年后发表的《老康的哲学》②(中篇,《人民文学》2009年第12期)不尽如人意。《老康的哲学》可视为《罗坎村》的续篇,

---

① 中篇小说《罗坎村》进入2008年《北京文学》小说排行榜,并获得2009年"茅台杯《人民文学》奖"、2010年"茅台杯《小说选刊》奖"。
② 《老康的哲学》入围2010年"《江南》首届郁达夫小说奖"。

依旧是中西比较的大格局,依旧是逻辑推衍的雄辩滔滔,但人物塑造却比较概念化。作品一旦形销骨立,《罗坎村》中隐藏的问题就明显地暴露出来。比如,小说没有处理好叙述人和人物的间离关系,主人公情绪化背后的刻薄,普世价值背后的西方优越感,都对读者造成一定的阻隔。

1978年出生的张惠雯①年龄较小,出国也较晚,2006年开始在《收获》发表作品,先是曾于2005年获新加坡"国家金笔奖"的《水晶孩童》(《收获》2006年第2期),随后是长篇小说《迷途》(《收获》2006年第3期)和短篇《如火的八月》(《收获》2007年第1期)。张惠雯文笔清新,写作重个人感受,从作家分类上更应属受"纯文学"影响成长起来的"新锐作家",只因侨居身份划入"新海外华人作家"群体。2009年,她在《青年文学》第9期"留学文学"专题推出长篇小说《完美的生活》,大面积地动用了多年存而未用的留学生活经验。小说写得如蜘蛛结网般细密,有一种苍白中见苍凉的味道。这是首部以新加坡留学生活为背景的长篇,只可惜,新加坡始终作为一个可替换性的背景存在着。究其原因,作品是以作家的婚恋观为核心展开,生活背景在一定程度上是抽象虚化的,这仍是先锋写作的路数。

在"新海外华人作家"中,于晓丹②是露面最晚的。她一出手就是一记"重拳"——长篇小说《一九八〇的情人》(《当代》2009年第2期)是一次深情的回眸,然而这回眸盯得太狠,像为一代人触摸旧伤。主人公毛榛是那么任性、那么倔强、那么大义凛然地特立独行,却也因而那么内在地"一九八

---

① 张惠雯,女,1978年生,祖籍河南西华。1995年底获新加坡教育部奖学金赴新留学,毕业于新加坡国立大学商学院。大学期间尝试创作,获新加坡"大专文学奖"多个小说及散文奖项。2003年,小说《摇役场》获新加坡"国家金笔奖"中文小说组首奖。2005年,小说《水晶孩童》蝉联"金笔奖"中文小说组首奖。2006年,短篇小说集《在屋顶上散步》获新加坡国家艺术理事会赞助在新加坡出版。2008年获"中国作家鄂尔多斯文学新人奖"。1995—2010年定居新加坡,《联合早报》专栏作家。现居美国。作品发表于《收获》《人民文学》《上海文学》《青年文学》《中国作家》《西湖》《文学界》等文学期刊。
② 于晓丹,女,1960年代生,祖籍山东荣成,生于洛阳,长在北京。小学、中学就读于北京外国语学院附属外国语学校,大学毕业于北京外国语学院(现北京外国语大学),后进入中国社会科学院外国文学研究所,任《外国文学评论》编辑,并于社科院研究生院获得英美文学硕士学位。其间一直以文字为生,写过小说,做过翻译。1990年代中期移居纽约,毕业于纽约时装技术学院,后一直以内衣设计为生。著有长篇小说《1980的情人》(人民文学出版社,2009年),以及专栏文章集《内秀:一个纽约内衣设计师的时尚手记》(译林出版社,2011年)。

〇",北京的高校圈子、外国使馆的Party、隐秘的地下舞会、深夜长街的骑车狂奔……小说弥漫着一种惶恐的激情,如沙尘暴中的雨点,身不由己,无的放矢。其实,这是一次彻底的"个人化"写作,却以"个人化"逼近着"时代氛围"。毫无疑问,于晓丹在小说中贡献了她自己的经验。她和小说中的人物一样,都曾是"一九八〇"的情人,与"一九八〇"共享着一段私密情感。如今,时过境迁,去乡日远,然而,"一九八〇"却越钉越深。于晓丹的文字深沉、内敛而有力量。她1990年代中期出国前曾任《外国文学评论》编辑,翻译过纳博科夫的《洛丽塔》和雷蒙德·卡佛的《你在圣弗兰西斯科做什么》。此番她向母语世界贡献的不仅是外国文学的深厚功底和海外漂泊的情感积淀,更是自己的青春经验——中国的,一九八〇年代的,只能活一次的青春。她的出现使势头正猛的"海外兵团"如虎添翼。

二 代表性作家的写作——严歌苓、陈河、陈谦

在"新海外华人作家"中,严歌苓[①]是创作时间最长、作品最多、影响最大的一位,也是唯一一位以写作为职业的作家。严歌苓1980年代初登上文坛,1980年代末出国以前就已经发表了三部长篇小说(《绿雪》,1986年;《一个女兵的悄悄话》,1987年;《雌性的草地》,1989年)。赴美以后,她以"旅美华人作家"的身份进行创作,作品基本在台湾发表、获奖,也在美国发行。《扶桑》(1996年)以充满寓意的中西方文化景观,荣获台湾"联合报文学奖长篇小说奖",并成为2002年美国《洛杉矶时报》年度十大畅销书之一。《人寰》(1998年)获台湾《中国时报》"百万长篇小说奖"。与此同时,严歌苓还在好莱坞担任职业编剧工作[②]。这一切自然使作家的创作题材和创作风格有所改变,从写自我,到写"中国";从写女性经验,到写"东方女

[①] 严歌苓,女,1958年出生于上海。少年参军为芭蕾舞演员,曾在"对越自卫反击战"中担任战地记者。1978年发表处女作,此后创作大量电影文学剧本和长、中、短篇小说。1986年加入中国作家协会,1980年代末出国留学,获哥伦比亚艺术学院文学写作系艺术硕士学位。后以旅美作家身份写作,作品多在台湾出版,同时为好莱坞编剧。2004年起,陆续在大陆发表、出版大量作品。小说或以小说改编的影视剧多次获国内外奖项。

[②] 据严歌苓介绍,她在美国是好莱坞是职业编剧,加入了好莱坞编剧协会;该协会加入标准很高,她自己可能是能够加入这一协会的唯一中国人。《严歌苓:给好莱坞编剧的中国女人》,《南京日报》2006年3月27日。

性"经验。在这一过程中,难免内在化地包含了"他者"的目光和好莱坞的"造型艺术"。

或许是与大陆文坛多有联系的缘故,严歌苓于 1998 年就又重新开始在大陆期刊发表作品,中篇小说《白蛇》(《十月》第 5 期)还曾于 2001 年获第七届"《十月》中篇小说奖"。不过,连续发表作品也和其他"新华人作家"一样从 2004 年开始,中短篇主要有《拖鞋大队》(《北京文学》2004 年增刊"中长篇专号")、《灰舞鞋》(《收获》2004 年第 5 期)、《小顾艳情》(《上海文学》2004 年第 7 期)、《吴川是个黄女孩》(《上海文学》2005 年第 3 期)、《金陵十三钗》(5 万字中篇发表于《小说月报》2005 年第 6 期,工人出版社,2007 年;陕西师范大学出版社,2011 年增补本)、"非洲小说专辑"3 篇(《上海文学》2006 年第 7 期)。之后,她连续推出几部长篇小说:《一个女人的史诗》(湖南文艺出版社,2006 年)、《第九个寡妇》(作家出版社,2006 年)、《小姨多鹤》(作家出版社,2008 年)。此后又有《陆犯焉识》(作家出版社,2011 年)、《补玉山居》(陕西师范大学出版社,2012 年)。

这些长篇小说大多被改变成影视剧,在社会上产生了广泛影响。不过,严歌苓在"《扶桑》时期"形成的"东方风格"也延续下来,扶桑——那个隐却自我、性格执着、长于以不变应万变的"东方女性"形象,不停地在"爱我的人我不爱,我爱的人不爱我"的田苏菲(《一个女人的史诗》)、以"浑然不分的仁爱与包容一切"的王葡萄(《第九个寡妇》)、以"恕"和"亲"渡过一切劫难的多鹤(《小姨多鹤》)身上轮回再现。这几个女人都跨过了风云激荡的大时代,都经历了最具政治化的特定时期,从而使小说具有了某种"史诗"的架势。然而,它们又无一不是"一个女人的史诗"。无论故事的背景坐落在多么复杂混乱的历史环境中,严歌苓的笔触只关注于女人的情感世界,无论多么复杂的历史故事,都变成了一个女人和一个或几个男人的故事,这大大简化了历史,但在一个"去政治化"的时代,也让无力应对历史的人们心安。不管世道如何艰险,生存环境如何逼仄,人们都可以凭本能活着,"扶桑"式的女人以"地母"的形象成为女性本能的化身——这正是从余华《活着》、王安忆《长恨歌》一直在不断讲述的故事。严歌苓的特点在于她打开了女性欲望和女性经验的隐秘空间,其细密深透的力道让女性读者颤栗。但这些"女性欲望"和"女性经验"大都是不经反省的,所有男权文化的建构都作为女性的"自然本能"呈现,在引发女性共鸣的同时,也吸引着男人的欲望目光。这在严歌苓或许是"自然表达",但至少是暗合了欲望叙述的快感机制。

由于对历史的简单化处理和暗含的欲望叙述特质,笔者对严歌苓的长篇评价不高,尽管这些长篇为她带来了很多奖项①,在文坛获得很高评价。笔者推重的是她的中短篇,在这里,严歌苓才是真正的"自然表达",而不用讲述一个好看的故事,容纳东方、西方、男人、女人的欲望目光。这些才是严歌苓真正能驾驭的故事,是经验叙事而不是欲望叙事。作者内心的力量与语言的力量融为一体,喷薄而出,不写大时代,反而见出大气魄。其中最夺目的作品要算发表在《上海文学》2005年第6期的《吴川是个黄女孩》。

这篇小说的叙述风格在严歌苓的作品中比较特异,颇有现代之风。严歌苓将沉重的大陆经验和"十年一觉美国梦"的海外经验消化贯融,将女性的飘零感和游子的漂泊感融为一体,吐出跨越时空的生命之痛的蚌珠。小说写得底气十足,冷峻紧凑的笔调贯彻始终,剖现了一个自幼被母亲遗弃、侨居芝加哥从事色情服务业的大陆女人的哀伤。多年前,风骚的母亲黎若纳随香港富家子弟出走,留给"我"的是前胸大片的烫伤和一颗受伤的心灵。黎若纳就像那见不得人的伤疤一样被"我"痛恨厌弃又不可剥离。同母异父的妹妹吴川的出现,既引发了"我"强烈的姐妹之情,也唤起了"我"对母爱深层的渴望和对妹妹强烈的嫉妒。但是"我"——那个被侮辱和被损害的,最终选择了原谅并接受一切。因为说到底,"血浓于水",吴川虽然骄傲冷漠幸福洁净得令人妒恨,受尽宠爱而不自知,但是当"我"的生活突发灾变时,竟表现出让人意想不到的义愤,这让读者不禁感到巨大的安慰,再次短暂地相信了那个关于骨肉亲情的神话。在这个漂泊的异乡,究竟可以抓住些什么,又可以握紧些什么?穷途末路,百无聊赖,只好一步步退向最原始的亲情。故事的最后,其实什么实质性问题都没有解决,吴川真的从此就能和"我"做无话不谈的好姐妹了吗?"我"真能从那个如天上掉下来的"古典主义者"身上得到永远的安慰吗?"我"真能原谅黎若纳吗?一切都未知,且作者故意写得让人缺乏信心,但一场变故至少打破了姐妹俩的僵持,拉近了彼此关系,揭示出冷漠戒备之下未必没有温暖亲近的可能。对于

---

① 长篇小说《第九个寡妇》获《中华读书报》"2006年度优秀长篇小说奖"、新浪读书网"2006年度最受网友欢迎长篇小说奖";《小姨多鹤》列2008年中国小说学会"年度小说排行榜"长篇小说榜首、入选2008年度《当代》长篇小说奖的"五佳小说"、获2009年"中山杯"华侨文学奖最佳小说;《陆犯焉识》列2011年度中国小说学会"年度小说排行榜"长篇小说榜首(继2006年度《小姨多鹤》后,二次问鼎榜首)。

人性的挖掘在这个中篇里达到了相当的深度。除了这份刻骨的亲情外,小说对漂泊的海外生活做了多面和深切的表达,爱恨交加悲喜掺杂,加上回忆性叙事结构的千回百转,成就了整篇小说特有的狠、准且深的特色。无论从严歌苓自己的创作而言,还是从海外华人创作和女性创作而言,这都是一篇难得的力作。

一年之后,严歌苓在《上海文学》2006 年第 7 期发表的"非洲小说专辑",虽是 3 篇小品,也尖新清丽,虽是他人的故事,也见心底之悲,不过已有悲悯超脱之意。或许在这样的创作里,严歌苓更显示出她"新海外华人作家"的一面。

陈河①可以算作经验型作家。他的海外经历丰富多彩,且富有传奇性。他 2006 年发表的《被绑架者说》(《当代》第 2 期)和《女孩与三文鱼》(《收获》第 6 期),据称就是以亲身经历为素材的。而真正显示他艺术才华的是 2008 年发表在《人民文学》第 6 期的中篇小说《西罗尼症》。小说以一种致命的传染疾病为引线,传达一种动荡不安、神秘莫测的生命体验。另一短篇《夜巡》(《人民文学》第 12 期)写 1975 年发生在大陆一个小警察身上的故事,同样渗透着神秘和不安之感,看来这是陈河的写作风格。只是这种写作风格与海外生活联系在一起,就呈现出异域的漂泊感,同时也使小说具有了某种欧洲古典小说的韵味,优雅神秘,摇曳多姿。

陈河是一位才华出众的作家,且创作颇丰。继《西罗尼症》和《夜巡》之后,他又在 2009 年推出了《黑白电影里的城市》(《人民文学》第 5 期)、《信用河》(《中国作家》第 9 期)两个中篇力作和小长篇《沙捞越战事》(《人民文学》第 12 期)。陈河的小说胜在韵致,文字总是在时间和空间、记忆和现实中游动穿梭,尘封的记忆在跨地域、跨文化、跨制度的冲撞中破匣而出,弥漫开来。

《黑白电影里的城市》以一个 20 世纪末进入阿尔巴尼亚的中国药品经

---

① 陈河,男,原名陈小卫,1958 年 11 月 21 日生于浙江温州。年少时当过兵,在部队打过专业篮球。后在企业当经理,曾担任温州市作家协会副主席。1994 年出国,在阿尔巴尼亚居住五年,经营药品生意。1999 年移民加拿大。停笔十年之后重拾写作,2006 年起在大陆《当代》《人民文学》《收获》等期刊发表作品,现为自由写作人。主要中短篇作品有《夜巡》(获首届"中国咖啡馆短篇小说奖")、《黑白电影里的城市》(获首届"郁达夫小说奖")、《西尼罗症》《信用河》,长篇有《沙捞越战事》(2011 年获"华人华侨文学奖主体最佳作品奖")、《布偶》(2011 年)、《红白黑》(2012 年),另有纪实文学《米罗山营地》(2013 年)。

销商和一个当地女药剂师的情爱故事,钩沉出中国人的一段特殊记忆:1960—1970年代,同属社会主义阵营的阿尔巴尼亚与中国关系极为亲密,《第八个是铜像》《宁死不屈》等一大批阿尔巴尼亚电影风行中国,留下了一份沉甸甸的文化和心理遗产。这是一篇很有味道的心理小说,真正的主角不是人,而是城市,甚至是"黑白电影里城市"所埋藏的时间。主人公行走在这"黑白电影里的城市"中,二战、冷战、后冷战三种经验以历史、影像、现实三重意识波纹式地交错叠置。陈河以他擅长的场景描写将这些因素聚拢点出,强烈的熟悉感扑面而来。可惜,作为小说几重脉络的纠结点——当下时空中这对中阿男女的故事讲得多少有点虚飘,否则,其背后联结的复杂命题可以抵达更深邃的空间。

相形之下,《信用河》虽然没有背负那么悠深广博的历史记忆和文化蕴涵,却更单纯有力。小说将一个情爱故事讲得刻骨铭心,由此精微地呈现了海外华人的生存状态,进而打破了自《北京人在纽约》以来的叙述模式和惯性想象,将新华人社会内部的权力结构呈现出来。这个情爱故事在上一代移民金先生、1980年代技术移民文森特·高和来自新疆仅有临时访问学者身份的阿依古丽之间展开。不难看出这些人物名字中的文化隐喻,金先生自然代表金钱权力,文森特·高令人想起在1980年代的中国曾作为艺术和理想象征的文森特·凡·高,阿依古丽这个在老电影里不断出现的美丽名字,在从"文革"走出的一代中国人心目中,更是隐秘的"情欲之名"。小说就在这样一组充满特殊记忆的文化符号中展开,同时,《白毛女》《红色娘子军》不经意地成为背景音乐。于是,我们看到一个"喜儿"的故事在全球资本主义逻辑下的新版本:为了取得身份,阿依古丽处心积虑地嫁给垂死的金先生,却被老谋深算的金先生作为传宗接代的工具,被情欲和自尊所困的文森特未能听懂阿依古丽"提前播种"的暗示,与心爱的人失之交臂。信用和利益,爱情和欲望,古老的冲突在异国文化背景下再度展开。不过,这些沉重的命题都隐身在浓郁饱满的情感叙述里。小说在电影画面般阔大旷远的场景中展开,沉郁的忧伤有如大提琴乐曲缓缓流淌,散发出一种久违的古典小说式的纯净悠深之美。

陈河的写作是"纪实与虚构"双向并行的,继2006年的《绑架者说》后,又于2013年推出纪实文学《米罗山营地》,他"心怀敬畏",历时两年累积史料,走访老兵和马来亚战时故地,以鲜为人知的史实、凝练饱满的叙述,再现了二战时期东南亚战场一段惊心动魄的抗日历史。这段历史正是他2009

年发表的小长篇《沙捞越战事》的写作素材。不过,尽管小说在扉页上称"谨以此纪念二战期间战斗在沙捞越丛林的华裔特种兵",但作家的用心却不在写当年的英勇战事,也不在为前辈华人寻根修史,而是重在对身份认同问题的探讨。此外,小说对东南亚热带森林等自然景观和原始部落生活也做了不少奇观性描写,陈河写景的才华再次显露。不过,总体来说,小说尚在素材和叙述之间辗转,读来像隔着一层发黄的档案纸。看来作家在这个题材的写作中,"纪实"胜于"虚构"。

陈谦[①]是一位"自剖其心"式的作家,写作分为两类,一类是以个人记忆切入民族的精神创伤,一类则是写华人在美的心路历程。新世纪第一个十年她在大陆期刊发表的作品中,前者有《特蕾莎的流氓犯》(中篇,《收获》2008年第2期,入选中国小说学会2008年度中国小说排行榜),后者有《望断南飞雁》(中篇,《人民文学》2009年第12期,获2010年度"茅台杯"人民文学奖)。两篇都以头条位置刊发,引起很大反响。

《特蕾莎的流氓犯》从个人的角度进入对"文革"的反思,从"青春期"成长之疼入手,思考"文革"对于"青春""爱情"与"性"的扼杀。这种切入角度和写作方式让人想起另一位广西女作家林白2007年发表的长篇小说《致一九七五》。在充满隐痛的秘径上,海内外女作家不期而遇,巧合的是,陈谦回首凝视的居然也是1975——特蕾莎与王旭东都有一个发生在1975年的广西的青春期故事,初恋与性的萌动这些今天看来正常而平凡的事情,在那个年代却往往演变成决定命运的严重"事件"。这经历成了他们一生中各自的隐痛,在"原罪"的躲避与追寻之中,两人在海外相遇。作为中篇,《特蕾莎的流氓犯》显示出叙述上的精巧:先在特蕾莎的叙述中将读者"误导"为王旭东就是特蕾莎的"流氓犯",再通过王旭东的叙述,发现了另一个大同小异的故事。最后,才抖出"包袱":王旭东并不是特蕾莎的而是另一个女孩的"流氓犯"。这"剥洋葱式"的复杂纹理不仅令阅读饶有解密的兴味,也使小说浮现出深厚的意味:那个年代的"青春期"之痛是如何贯穿于所有彼时的成长之中,因而具有怎样的普遍意义。与特蕾莎的忏悔相比,王

[①] 陈谦,女,笔名啸尘,生于1960年代,长在广西南宁。1989年春赴美留学,获计算机工程硕士学位,任职于高科技公司,资深集成电路芯片设计师。自由写作者。现居美国硅谷。自1997年起,在海外著名文化网站"国风"撰写专栏。出版长篇小说《爱在无爱的硅谷》(2002年),中篇小说集《覆水》(2004年),散文集《美国两面派》(2007年)

旭东的叩问不仅伸向历史与时代，还透入了自省与人性的刻度，亦令小说升腾到更高处。

相对于《特蕾莎的流氓犯》，《望断南飞雁》的叙述更为质朴平实，却以坚实的现实体验给予了读者更强烈的冲击。作家以深切的生命之痛书写了一个以"陪读太太"身份出国的大陆女性南雁在家庭责任和自我实现之间辗转挣扎的心路历程。虽然专注于讲述个人的故事和命运，却以血肉之躯撞开了日常生活之下女性困境的坚冰，在中西文化的深层碰撞中探寻女性独立生存的价值和意义，无论在女性文学还是海外华人文学的写作史上都将留下深深一笔。就像在严歌苓所有的创作里笔者最推重《吴川是个黄女孩》一样，在陈谦目前所有的创作中，笔者最推重《望断南飞雁》，认为这一脉的创作更能体现"新海外华人作家"中女性创作不可替代的文学价值。

在这篇小说里，始终困扰主人公南雁的是一个永恒的命题：什么是生命的意义？人活着到底是为了传递基因还是活出自己？这似乎是一个属于人类整体的形而上命题，但对于身为"陪读太太"的南雁却如此具体。她相信"每一个人都有自己的使命"，这说法是来美国后听到的，却与从小母亲的教育深度契合。被期待成为贤妻良母的南雁怀揣着自己的"美国梦"——她画画的天赋和成为设计师的梦想在中国的高考制度下夭折了，却希望在美国实现，毕竟，这是一个允诺给全世界人"你想是什么就能成为什么"的"自由的土地，勇士的家园"。但是到了美国之后，她发现，她的人生程序早已被设定好了，丈夫已经是精英社会的选民，而成功的果实却如同悬挂在悬崖另一端的宝物，她必须协助他全力以赴走钢丝，钢丝之下白骨累累。她一面学英语、考托福、做自己不喜欢的工作，一面几乎独自带大两个孩子。她也曾试图把自己套进各种模式，并一度成为人们眼中成功的职业妇女兼家庭主妇。然而，各种人塞给她的"美国梦"都不能压住她"内心的呼唤"。最终，她明白，丈夫的成功仅仅是他的，不可能是他一再强调的"我们的"，她有自己的刀山得上，火海得闯，即使变成累累白骨，也必须死在自己的寻宝路上。于是，她在丈夫即将大功告成，对孩子完成基本生活训练后，毅然出走，独立求学，"我连自己都没活出来，有什么资格做母亲？"这是南雁最终给出的答案。

和《特蕾莎的流氓犯》一样，《望断南飞雁》也是一篇靠女性心理逻辑推动的小说。从南雁这个人物身上看得见作家强烈的自我投射，她是那么投入、具体地写"这一个"，却让我们看到了其身后的"那一群""那一代"，甚至"那几代"。南雁不是孤立的,她是繁漪的后裔,从《致橡树》走来,那颗从五四新文化运动时期就播种下来的女性解放的种子,经过社会主义中国几十年的制度培育,终于落在了美国这片最倡导平等自由的土地上,同时,也陷入了最可怕的"无物之阵",从而触碰到了性别压迫的本质。表面上作为"幸福妻子和母亲"的南雁一直在进行着一场孤绝的反抗,她反抗的不是有形的压迫,而是无形的压抑。这压抑来自一个有着数千年性别压迫制度的男权社会,当制度的硬壳瓦解后,文化的软甲留了下来,化作紧身衣。一切都以"人之常情"重新编码,并且符合"政治正确"的原则。一切的"就范"都变成了"自行选择"(by choice),女性不再被强迫牺牲自我,而是自愿承担起母亲的"天职"。这紧身衣是那么的柔软、天然,如同皮肤,以致反抗就是撕裂自己的皮肤。在一个以"成功男人+幸福女人"为理想家庭模式的社会制度中,女人如果想像男人一样追求现代社会允诺给每一个人的"实现自我"的自由,就意味着抛夫别子,离亲叛众。小说写得非常有耐心,在人物每一个选择的路口,每一个转弯处,都以绵密的叙述细细缝过,没有一点虚晃,不做艺术的"留白"。当四壁所有通向"正常"的门把上都留下南雁以额相撞的鲜血后,读者一点一点地认同了她的抉择——壮士断腕(可惜我们没有另一套词汇来书写女人),飞向天窗,用生命最后的一口气,去追逐可能永远追不到(甚至并不存在)的星光。

南雁不是一个自觉的女权主义者,她要求的不是女权,而是人权,她顺着"人的解放"的路径出发,扎实地推进了"女性解放"的进程。同样,这篇小说也不是一篇自觉的女权主义小说,却在最坚实的生活基础上探讨了女权主义的核心命题。女权主义不在叙述和议论里,却在人物的行动中,正如小说探究生命意义的主题早已内化为人物的人生主题。这样的内化也成就了小说在艺术上最大的成功:它一直贴着人物的血肉写,最后穿透人物,并且随着人物飞了起来,挥动着沉重而坚定的翅膀。

"新海外华人作家"从2004年起陆续在大陆文学期刊发表作品,逐渐令人瞩目,到2009年《人民文学》和《青年文学》分别推出"新海外华人作家"和"留学文学"专题达到鼎盛。在当年各大期刊发表的优秀之作中,"新海外华人作家"的作品几乎占据一半。"他山之石,可以攻玉"也好,收获"新时期"文学的海外果实也罢,这股文学力量的出现确实给整体浮躁和匮乏的大陆文坛注入了新的动力,也促使大陆文坛对这些年自身的发展问题进行反思。

首先是写作态度。这些作家大都是业余创作,写作除了受内心驱使外,没有什么其他的驱动力量。这种纯正的写作态度原本应是最自然朴素的,但在职业化写作已渐成主导的大陆文坛显得特别珍贵。

写作态度直接关系到写作资源。海外作家之所以要写作,是因为有特别重要的、特别充足的生命经验要表达,而经验正是大陆作家,尤其是专业作家普遍匮乏的。很多作家在成名后,经验已经告罄,但缺乏有效的更新补充途径,同时又在专业作家体制和商业写作机制的双重规范和催动下高效率地生产,于是只能凭想象写,凭臆想写,作品自然就会假、隔、虚,乃至邪。在经验资源外,写作资源的另一个重要方面是思想资源。在这方面这些海外作家不但具有国际视野和学术资源的优势,同时也保持着1980年代的知识分子传统,所以作品普遍大气深厚。而大陆作家在1990年代后整体从知识分子群体退步抽身,成为"写字儿"的专家,"作品"退化成"故事"。

在写作态度和写作资源之外,海外作家在写作方法的选择和使用方面给了我们很大的触动。这些作家大都在1980年代举国上下"拥抱海洋文明"的热潮中走出国门,多从事人文科学、艺术的研究。或许是身在佛乡反不迷信,他们的写作没有受到机械的形式进化论的影响,很少刻意使用现代派的文学技巧。相反,他们的写法大都很老派,很古典,是传统的现实主义小说风格,这种写法与小说的题材和主题是相应的。在他们的创作中,我们可以很明晰地看到伤痕文学、反思文学、知青文学、寻根文学脉络的延续,以及经过时间沉淀和文化碰撞之后的发展变化。这些文学潮流,在大陆文坛日新月异的文学变革中早就被一掠而过,在刚刚看到要结出更成熟果实的时候,根苗已被拔起,战场整体转移。从某种意义上说,海外像一个"保留地",让我们看到1980年代文学另一种发展的可能。当然,历史不存在假设,目前发表的海外作品也不代表海外创作的全部,但是其创作实绩带来的对比性震动,还是可以为我们今日"反思八十年代",特别是继承文学遗产,提供宝贵的启示。

第六章 "期刊新人"与"80后"作家

新世纪第一个十年也是文学新人辈出的十年,然而与其他时段不同的是,培养新人的基地不再是"主流文坛"一家。2004年批评家白烨最早提出"80后"作家"进入了市场,还没有进入文坛","80后"作家"在'出场'和'出道'之初,不必先在主流文坛造成影响,并取得某种资质"。① 与此同时,原有的文学期刊"新人培养机制"仍在持续运行,这里的"文学新人"依然按照"在主流期刊发表作品、获得'新人奖项'、赢得批评界重视肯定"的路径发展。他们也没有被统一贴上"80后"的标签,事实上,其中也有"70后""60后",因此这里称为"期刊新人"。由"期刊新人"和"80后"作家不同的"入场式"和成长轨迹,可以看到新世纪十年间随着生产机制的变迁,"文学场"内象征资本的颁发机制的多元化,以及它们彼此之间的对抗和博弈。

一 "期刊新人"的成长成熟

发现、培养、推介新人一直是文学期刊的一个重要任务。中国当代文学的生产机制里本来有一套很完整的新人培养机制,《萌芽》《青年文学》《鸭绿江》等都是专门发表新人作品的刊物。各大期刊的编辑也一向以发现、培养新人为责、为能、为荣,这是一项优秀的"伯乐传统"。在"80后"明星作家风起云涌的同时,这套机制和这项传统的坚持力量也仍在发挥着影响。

1980年代中期的"文学变革"后,大多数"文学青年"都加入了"先锋文学"的阵营。但进入1990年代以后随着"市场化"转型,"先锋文学"逐渐式微。这时候,倒是居于偏远的《山花》(贵州省作协主办)扛起了"先锋"的大旗,成了凝聚"先锋追随者"的大本营,这在相当程度上归功于主编何锐先生的执着努力。2007年以后,新改版的《西湖》(杭州作协主办)也设立了"本期新锐"栏目,每期以大量篇幅推举新人,并连续举办"西湖·中国新锐小说奖",成为继《山花》之后又一个重要的新人培养基地。此外,《花城》

---

① 白烨、张萍:《崛起之后:关于"80后"的答问》,《南方文坛》2004年第6期。

《钟山》《大家》《作家》《天涯》等杂志也以发表新锐文本、扶植新锐作家为特色。纵观这些"新锐作家"的创作,水平参差不齐,尤其在"先锋文学"形式试验方面不尽如人意,或锐气不足,放不开手脚,或剑走偏锋,落入了异境。然而,在"先锋运动"退潮、创新精神低靡、平庸之作充斥、"好看"原则优先的整体大势下,几个"小杂志"坚持为"纯文学"保存火种,培育新人,实在难能可贵。

令人惊喜的是,在新世纪第一个十年行程过半之际,一批具现代形态的成熟之作开始成规模地出现。看得出来,这些作家都深受西方现代大师的影响,不过这影响不再是外部模仿,而是内部生根。那些遥远的来自西方的现代观念,如存在感、荒谬感、幽暗罪恶的人性,都有了本土的生长语境。特别可贵的是,作家们具有了"以实写虚"的功夫,小说不再只是"意念的行走",而是落实到细节,环环相扣,步步为营。如此的进展,一方面得益于中国社会的现代转型、现代主义二十年来的持续影响,同时也不可忽视作家们长期坚持之功。写作这些作品的作家有的已不算年轻但尚属"文学新人"之列,多年来他们偏居一隅,埋头苦干,不但抗拒着"常规写作"的诱惑和挤压,甚至在"纯文学"的理念被逐步掏空为一种"不及物"的代名词时,仍固守着其纯粹性:技艺的完美和精神的先锋。唯其如此,才能在文学整体下滑的大势下,在局部创新处获得扎实的推进。

李浩引起文坛广泛关注,是因为 2007 年获了第四届"鲁迅文学奖"(短篇小说),获奖小说名为《将军的部队》。这篇小说看似"军旅题材",实际上与"军旅文学"并不搭界,是借一个将军的外壳,讲述衰老和抗拒、记忆和遗忘的故事。应该说这算是一篇"李浩式"的小说,只是在"李浩式"的小说中很一般。如果不是"题材优势",可能很难获得"主流大奖"的青睐。

什么是"李浩式"的小说呢?这些年他的小说风格一直在变,唯一不变的是"反常规"。他写得不算多,但每一篇都在挑战,挑战别人挑战自己。他这股挑战的劲头特别像当年的"先锋作家"——"先锋作家"叱咤文坛那会儿,正是李浩文学"天目"初开的时候,猛喝一大口奶,就中了"先锋的毒"。十几年后,当"先锋"已全面落潮,余华、苏童都转向常规写作,李浩作为"先锋的后裔",依然孤独地前行。

2006 年李浩发表的《失败之书》(中篇,《山花》第 1 期)是一篇非常成熟的"现代形态"的小说。小说将现实和想象交织在一起,层层地堆积起众多的事件,从冷漠的拒绝、激烈的争吵到故意的破坏,哥哥与父母、与妹妹之间的冲突不断升级,他的形象也愈加孤戾,愈加难以捉摸。全篇以短句结构,有着诗的节奏,又有着雕刻刀般的力度,将哥哥这个"坚硬的失败者"的形象一刀一刀地雕刻出来。在这样的写作中,让人强烈感觉到,经过"语言的自觉"和"形式的自觉"之后,现代叙述的浓度和效率。

在众多西方现代作家中,李浩最推崇卡尔维诺。《一只叫芭比的狗》(短篇,《花城》2006 年第 6 期)让人看到他终于修成正果。小说干净、漂亮、紧张,带有明显的寓言性质,对现实场景的刻画却一丝不苟。

这篇小说使用的第一人称是作家惯用的。这个"我",通常都是一个不具备决定权力,但却具有在场可能的旁观者,在冷静的叙述中,既具有在场者细微而精准的细节渗透,又适当地拉开了距离,形成了一种"软弱的但又是思想的"、饱含同情而又略带自责的叙述声音,沉郁动人。"思想,是那弱的;思想者,是那更弱的",多多的这句诗恰当地描绘了李浩声调的独特性,一个充当人性曲折险恶的旁观者见证的声音。芭比,这只闯进小说中的狗,引发了人性之中种种幽微曲折而又沉暗惊心的波澜;叙述语言简洁客观,几乎不刻画内心而独见之于动作,隐藏很深。结尾虚荡一笔,似梦非梦,已经使小说视野大为拓宽;而最后见到的那只被"哥哥"谋害还要爬回家里瘫着的芭比,更变成了祥林嫂,噩梦般顽固地存在着,提醒着人性的丑陋,使小说更深一步,迈入了广阔。

2008 年李浩发表的两篇小说《等待莫根斯坦恩的遗产》(中篇,《人民文学》第 1 期)和《告密者札记》(中篇,《大家》第 4 期)另辟蹊径,尝试一种翻译体的写作。小说中的一切,包括主题、故事、人物、环境全都是西方的,人名、地名、鸟名、树名全都是译名,如果隐去李浩的名字,你会毫不犹豫地认为这是一篇翻译小说。如果考虑到翻译文学在中国现代白话文学建立、发展的进程中起到的重要作用,一个中国作家完全使用翻译的材料搭出一间西式的木屋确实有可观看性。虽然这样的实验到底有多大的意义和发展空间还是令人有疑问的,但李浩持续挑战的姿态令人对他未来的创作充满信心。

王威廉也是一位非常具有现代小说叙述意识的作家,并且把现实生活的存在感扎扎实实地砸进了小说的形式感里。他的中篇"'法'三部曲"《非法入住》(《大家》2007 年第 1 期)、《合法生活》(《大家》2008 年第 5 期)、《无法无天》(《大家》2009 年第 3 期)看似以现实角度进入,讲述日常生活里的人际关系,细节处处落实,底子里却奔着存在主义的命题而去,小说越往后越透出浓重的超现实气息。其中,最具艺术张力的是第一篇《非法入住》。

小说用难度最高的第二人称"你"来叙述。无赖邻居一家的不断骚扰和欺辱,使"你"原本正常的心智不断异化,让捍卫私有空间的正义者渐渐学会并习惯以无赖的方式对抗一切,更令人惊异的是,最终"你"以无赖的姿态成为胜利者,行径甚至比邻居一家更令人不齿,一场突如其来的呕吐让整个故事达到了最高潮,而小说处处透出的恶心感,也由最初的丝丝缕缕累积成了壮观的极致。或许这样的描写对某些读者来说难以接受,它所体现的强烈的荒谬感却具有象征意味,对私人空间的无耻抢夺、争斗双方身份的互换,可看作对复杂人际关系的极端隐喻,人物心理的蜕变也直指来自欲望的本性。除了在细部的真实上下足功夫,以生活的质感争取读者的信任,小说对陡峻的第二人称的运用也是拿捏自如,引导读者步步走入异境而浑然不知。

七格(本名陆秉文,网络用名 Sieg、Siegfried 等)的小说总让人感到强大的理论力量,在创作普遍缺乏理论性的当下,其强度尤其令人目眩。

《真理与意义——标题取自 Donald Davidson 同名著作》(中篇,《山花》2007 年第 6 期)是一个按照哲学原理设计出来的故事,作者将世界分为现象界和真实界,讲述了一段由现象界去往真实界的过程,奇遇不断,颇有些惊险小说的味道。小说中随处可见的哲学术语表面看来令人生畏,却因为与现实意象的结合让抽象有了血肉,而后者也因此变得带有抽象的意味,营造出扑朔迷离的故事氛围和语言效果。比如矛盾变成了可以被鹰吞食的具体之物,而鹰则被称为"辩证之鹰",飞行就此成了"辩证飞行"。除了哲学术语,作者更是将不同时代的多位哲学家直接拉入小说,以其哲学观念各自塑形,维特根斯坦用想象力构造出的火车尤其令人印象深刻。《真理与意义》脱胎于哲学,却并非零打碎敲的小打小闹,也未排斥读者的参与,而是缜密地构筑出一个异境,让读者一旦适应了那里的规则,便可随作者在这个封闭的空间里享受思维的游戏。相比此前发表的《德国精神》(《山花》2006 年第 6 期),《真理与意义》可读性明显增强而未失先锋的品质。而此后的《雷峰塔》(《山花》2008 年第 8 期)、《吹糖人》(《山花》2009 年第 1 期),则显得步伐有些散乱。

黄咏梅的小说总是有一个很讲究的名字,处理的则是畸零的题材,如《负一层》(短篇,《钟山》2005 年第 4 期)、《单双》(中篇,《钟山》2006 年第 1 期)、

《暖死亡》(中篇,《十月》2007年第3期)。其中,力道绷得最紧的是《单双》。

被父母视为"多余"的李小多出生在一个暴虐的家庭中,在承受不幸的同时也制造着不幸。对数字与生俱来的敏感和偏爱,让她获得了预测单双控制输赢的信念。这种不容触动的信念让她变得更加偏执、决绝。现实生活中一次次的惨烈遭遇,却被她冷漠地描述成自己获胜的赌局。李小多的"赌"其实是对外部世界的无望挣扎。本已绝望,输得彻底,却偏要以胜利的姿态来面对。当她以这样那样的方式赢了父亲,赢了母亲,赢了情人向阳,赢了哥哥廖小强之后,她突然发现,"我现在实在想不起来我还有谁该去赢了"。在最后与自己的赌局中,李小多为了改变结果,义无反顾地赔上了性命。和《负一层》中的"智障者"阿甘、《暖死亡》中的"强迫症"夫妻一样,《单双》中的李小多也是一个非正常的人物,她是心灵的"残障者"。黄咏梅在处理这样的人物的时候,似乎总是能深入人物的灵魂。用这样的视角来看世界,也总是与常人不同。李小多的世界是这么冷酷而疯狂,通过这个鲜明执拗的人物,小说展现了生命的无常和脆弱,展现了一种非理性的绚烂,一种悲壮而忘我的投入和盲目。

张静和文珍都是曾获得"西湖·中国新锐小说奖"的女作家。2005年,张静以处女作《采阴采阳》(中篇,《当代》第6期)登上文坛。她鲜活真切的生活经验、缠绵而不乏锐利的笔致,以及对于现代都市中包括女性之间新型关系的入微呈现,使这篇小说不但当时让人眼前一亮,过后仍让人久久难忘。张静的小说很有"现代感",如果说在《采阴采阳》中"现代感"还主要体现在内容,在《珍珠》(短篇,《西湖》2007年第2期,获第一届"西湖·中国新锐小说奖"提名奖)中则体现为形式。小说借用一个卡夫卡《变形记》式的突变,打开了日常生活外壳下的裂隙,虽然笔力尚且嫌弱,但圆润凝练,荒诞的故事框架里,细节触手可得。小说后附的创作谈,言语机智,见地不俗,形象呼之欲出,也可当小说来读。张静出生在1970年代最后一年,如按照这些年文坛盛行的"代际划分"方式推举新人,恐怕难免落得"遗珠"的命运。而作为一个幸运的新人,张静自"冒出头"后,产量也并不高。不过,《珍珠》的质量让人放心。希望在这个新人"辈"出的时代,她能像珍珠一样,静静地生长,熠熠生辉。

文珍的处女作《色拉酱》(短篇,《山花》2006年第1期)同样有着令人欣喜的新异品质。小说以追忆的口吻叙述了两个女孩之间微妙的感情经历,但绝不混同于以奇异情节取胜的小说。作品很短,然细节丰盈,文字空灵犀异,近于诗歌之美。《第八日》(中篇,《西湖》2009 年第 5 期,获第二届"西湖·中国新锐小说奖"大奖),以高度封闭的限制视角将读者带进了失眠八天的顾采采的内心城堡。小说以情绪为单一的推进器,催动起腼腆敏感的失眠症患者的内心暗涌,这些蜂拥而来的斑驳、缭乱的记忆与焦躁、绝望的思绪推着人物往死亡的方向前进。结尾的设计非常精巧,在最为震荡、刺激、喧嚣的过山车上,主人公决意轻生之时,却在轰隆隆中陷入甜美的睡眠。廉价的死亡并没有如期而至,这一跳脱的结局既完成了对人物生命的救赎,也使小说峰回路转。

手指是少有的顶着"80 后"的名号而单纯由期刊之路走上文坛的作家。一代文学新人进入文坛,往往首先靠深入挖掘自身的经验,尤其是"80 后"生长于中国社会巨大的转型期,与前辈的"代沟"前所未有的深广,其经验更有独特价值。但令人长期困惑的是,郭敬明、张悦然等"新概念作文大赛"出身的"明星作家"似乎总是不能直接面对、打开自己的人生经验,而是用玄幻、奇思的方式逃避。

终于,在手指的《我们干点什么吧》(短篇,《大家》2008 年第 4 期)中,我们看到了"80 后"经验的正面打开,同时也体味到他们为什么不愿意面对自己的经验。正如同属于"80 后"一代的评论者所说:"我们年轻的生活,已经没有革命年代那些恢宏的赞歌。我们想为生活寻找的任何意义,都早已先验地被经过大风大浪并洗尽铅华的上一代人、上上一代人贴上了假浪漫化、假正经或假先锋等标签。我们承受着无聊和虚无的痛苦,但这痛苦却从来不曾被社会认可。如果说曾经的前辈们,在他们的青年时期,在那个能够为任何一点日常的小事赋予宏大意义的社会中,仅凭生活的热情和对那些意义的追求便可创作出感动一代人的文学作品,那么在我们看似衣食富足流金溢彩的日常生活中,写作的可能性其实越来越少。"①

无聊,正是这篇小说的真正主题。小说乍看起来真是没内容到了极致,屁大的几个小孩拿没了女朋友作由头,聚在一起发泄那莫名的郁闷。为了振作一点,他们数次提议"让我们干点什么吧",却最后也没干出什么来。除了满口的牢骚和行动的迟缓,整篇小说还有什么呢?没有对女朋友痛心彻骨的爱,有的只是对自身无能的自怨自艾;没有受刺激之后奋发的决心,

---

① 见谢琼对《我们干点什么吧》的点评,《2008 年中国小说·北大年选》,曹文轩、邵燕君主编,北京:北京大学出版社,2009 年。

有的只是几句在最低限度上维持自尊的话而已。所描绘的生活毫无意义,连反面的教育意义也没有。作者似乎也并没有任何意图去为其寻找意义或出口,它只是如实地展示了在这个充满巨大物质欲望和名利色彩的世界中,一个小小的"我"毫无悲情的失败。从传统的思想角度看,这可真是一篇失败的小说。但问题是,如果不是这样,它还能是什么样呢?在这个意义上,《我们干点什么吧》是一个有勇气的作品,作家不但要面对生活的无聊,更要面对这无聊背后深刻的沮丧感。

并不是所有的"期刊新人"都沿着"先锋文学"的道路写现代形态的小说,或探索"新新人类"的"新经验",也有作家沿着自我的经验、思维或文化路径探索,形成了更稳定的个人风格。比如徐则臣、晓航和郭文斌,他们都以个人身份进入文坛,既不属于某一创作脉络,也未因出生年龄被划入"××后"群体(其中,晓航和郭文斌是"60后",徐则臣是"70后",错过了一代人集体登上文坛的时机),而是走传统的自由投稿之路。他们都是实力派作家,又都是幸运儿,几年之内从崭露头角到被"主流期刊"全面接纳,到获得各项大奖,完全靠"期刊机制"培养,是更具代表性的"期刊新人"。

自从2004年以短篇《花街》(《当代》第2期)和中篇《啊,北京》(《人民文学》第4期)在文坛冒出头来,徐则臣的发展可谓扎实而迅猛。不但每年都有十几篇力作推出,作品数度进入年度排行榜,作家本人也几次获得文坛重要的文学奖项或提名①,而且其创作不断地在"京漂""故乡""谜团"②三个向度上推进,逐渐建立起自己的文学世界,其中最有价值的是其"京漂"系列的创作。从《啊,北京》到《三人行》(《当代》2005年2期)到《我们在北京相遇》(《大家》2006年第5期)、《跑步穿过中关村》(《收获》2006年第6期),及至《把脸拉下》(《十月》2007年第3期),徐则臣笔下的"京漂人物"一个个成长起来,"漂泊"的风景一片片连接起来。在新世纪文坛,有关"京漂"题材领域的创作,徐则臣是被公认的"领军人物",而在当代都市漂泊题

---

① 2005年获《当代》杂志"春天文学奖",2007年获首届"西湖·新锐文学奖"大奖,2008年凭长篇小说《午夜之门》获第六届"华语文学传媒大奖·2007年度最具潜力新人奖",2009年获得第十二届"庄重文文学奖"。中篇小说《跑步穿过中关村》因特殊原因与第四届"鲁迅文学奖"擦肩而过。
② 徐则臣的第一部中短篇小说集《鸭子是怎样飞上天的》(北京:作家出版社,2006年,入选"21世纪文学之星"丛书)分为三个部分:"京漂""故乡"和"谜团"。在回答《文学报》记者提问时,徐则臣说,这样的"三分法""比较直接准确地概括了我目前写作的几个方向"。

材的写作者中,徐则臣也称得上是最具有代表性的作家之一。

"漂泊"是文学创作的一个母题,不同时代、不同地域、不同际遇的人群永远会依据自己的心灵体验反复书写。与1980年代开启的中国学子狂热的出国潮相比,1990年代以来,中国中小城镇各种学历、背景的"知识青年"向大都市的进军,规模更加庞大,影响面也更加宽广。然而,相对于"北京人在纽约的故事","外地人在北京的故事"显然缺乏传奇性,理想与现实的冲突、认同与疏离的挣扎,被湮没在日常化的生活场景中,幻梦和卑微都那么切近,需要更敏感的心灵来捕捉,更坚实的笔力来表现。近年来,关注这一题材的作家不乏其人,但作品大都浮光掠影,局限于对生活表层状态的描摹,有的甚至关注点不在"京漂",而在于"北京"——透过"京漂"好奇、艳羡的眼睛,赞叹高速成长的现代化都市的炫目场景。而徐则臣的写作之所以脱颖而出,就在于他不仅近地描写了这一人群的生活状态,更具穿透性地勘探着他们的生存处境,正像作家自己所说的,在这类作品中他关注的其实并不是北京本身,而是身处北京和故乡这一背景下的人物的焦虑、精神困境和出路。"我的兴趣所在是人,是人和环境之间可能存在的张力。"①

徐则臣笔下"京漂"人物的生存处境和精神特征可用"边红旗下"四个字概括。"边红旗"是徐则臣成名作《啊,北京》中主人公的名字,他本是苏北小镇上的一名中学语文教师——一个典型的来自"小地方"的"小人物"。然而,和所有的"外地人"一样,他生在新社会,长在红旗下,对他来说,北京不仅是一个现代化大都市,更是国旗升起、理想飘扬的地方,既是亲爱的首都,又是生活的远方。他满怀憧憬地来到北京,然而,热切的梦想立刻被严峻的现实击得粉碎。他先拉板车,后以贩卖假证为生。在卖假证的同时,还坚持写诗,参加诗歌活动,自称"绝对的民间诗人"。对诗歌的痴迷又贯注了1980年代的理想主义情怀,它和对北京的一往情深合在一起,成为边红旗心中的爱与痛,撕扯着这个没有工作、没有户口(甚至暂住证)、没有未来的"京漂"的身心——这就是"边红旗下",尽管处边居下,心中仍飘扬着红旗。

《啊,北京》在总体氛围上有一种强烈的抒情气息,一如小说的题目,其中不乏略带学生气的文人情怀,这在某种程度上显示了一位初出茅庐作家的青涩。但难得的是,年轻的作家没有以一种"愤青"式的笔调叙述故事,

---

① 徐则臣:《鸭子是怎样飞上天的》,北京:作家出版社,2006年。

而是在痴情不改中饱含了苍凉无奈,而这正契合了边红旗已婚男子的年龄身份,显示了徐则臣一起笔就具备的老道功力。当然,小说最有价值的部分是对"京漂"心态拿捏的细致到位。作家在边红旗身边设置了妻子和情人两个女性形象,她们在一定程度上成了家乡和北京的代码,边红旗在这两个女人间无奈地辗转,这跟他对北京的热爱和惶惶无着的生活纠缠在一起,使整个故事框架坚实,且充满了情感的激荡。同时,边红旗在妻子和情人之间的难以取舍和欲罢不能隐喻了他对家乡和北京的复杂态度,也体现了都市漂泊者对自我身份认同的犹疑,从而提供了另一种意义上的"边缘人"形象,小说因此实现了对一般"京漂"生活表象的穿越,向"文学母题"的方向挺进。从技术上看,这篇小说写得很扎实,层层推进,一些场景细节非常生动,比如诗歌朗诵会的氛围、制造假证的内幕、"非典"时期骑自行车回苏北的旅程,尤其是作为北京大都市多元生活象征的川菜水煮鱼——它不但吊引着边红旗的肠胃,也每每勾起读者强烈的食欲。而妻子对于边红旗吃水煮鱼其实是专拣豆芽菜的发现,不但入微地刻画了人物,也在不经意间埋入了丰富的寓意,成为有意味的细节。

《啊,北京》算是起步,经过《三人行》《我们在北京相遇》等作品多方位、多角度的拓展,到《跑步穿过中关村》,徐则臣"京漂系列"的写作已经基本达到了成熟。这篇小说可以说是作者目前该系列小说中最为出色、功力最为坚实的一部。

《跑步穿过中关村》的主人公敦煌像是边红旗的弟弟,先因办假证被抓进去,一出来又卖上盗版光盘。他不做诗,也不感慨"啊,北京",但却透着一股不知道打哪儿来的精气神儿,一定要在北京扎下来、活下去,并且活出个人样儿来。与《啊,北京》相比,《跑步穿过中关村》中的人物更加本色,容纳的质素也更复杂。作家尽量压住了人物想要呐喊的部分,而传达出"原生态"生活的斑驳面目和内在的漂泊感。"跑步"是这篇小说的"主旋律",它打通了现实与艺术之间的秘道。在北京,中关村是一个著名的交通拥挤的地方,法拉利跑车不如自行车快捷。敦煌的"跑步"并非浪漫的一闪念,而是"穿过中关村"给顾客送货上门的一种最为经济实在的选择,如此的"跑步"肩荷着生活的重压,步履坚定的背后是小人物求温求饱的辗转之痛,而敦煌于跑步中洋溢出来的"朝气"则是"京漂儿"们挣扎向上的"元气"。敦煌从交叉拥堵的车队与人群中寻找道路"跑步前行"的场景,也对"京漂儿"的生存状态构成了一个绝妙的隐喻:对他们来说,眼前的出路是暂时的,长远的目标是含混的,"北京的生活"是他们不能真正进入的,而"跑步"既是当下全部的人生,又通向晃动着希望的未来。这样,"跑步"的动作有力地置换了"啊,北京"的呼告,成为"京漂儿"身上新的关键词。

像《啊,北京》中的"水煮鱼"一样,"沙尘暴"构成《跑步》中一个颇具现实性和象征性的场景意象。沙尘暴是最具"北京标识"的天气,而真正领教沙尘暴的,不是居有定所的北京人,而是生活在街上的"京漂儿"。沙尘暴是严酷的,漫天黄沙的景象又不乏浪漫色彩。作家对沙尘暴景象的反复书写、渲染,使这篇充满粗粝质感的小说渗透着一种内在的忧伤气质。坚韧的浪漫与苦中作乐的幽默为本该苦闷的乐曲汇入了明亮的色调,使小说充满了饱满的张力。

在晓航的新浪博客上,他这样自我介绍:"业余写作者,原名蔡晓航,笔名晓航,搞过科研,当过电台主持人,现在从事贸易工作。平时喜欢足球、象棋、音乐、绘画和啤酒,小说也为至爱之一。"相较于大多数以文学安身立命的作家,晓航确实是个"业余作家"。小说写作对于他而言,不啻是一场智力的足球,一盘文字的棋局,一场精神的沉醉。

或许正是这样一种业余状态、一种文坛之外的写作身份,使晓航的写作展现了一种前所未有的新样式。它既不传统,又不属于任何"先锋"阵营。今天各式各样的先锋实验性写作基本都有一个共同的源头,就是1980年代以"先锋小说"为代表的形式革新运动。那场文学运动有一个明确的挑战对象,就是现实主义文学原则和写作常规。晓航的写作也挑战,但他的挑战性恰恰在于,他犯规,并且,不知道规范在哪儿。他只是按照自己的理解读小说,写小说,他的"新样式"也只是自己独创的一套玩法,因为无所顾忌,所以不落窠臼。

与通常的"反映现实"的小说不同,晓航的小说从来不是源于某种生活,而是源于某种理念。他的每一篇小说都在探讨一个不同的人生命题,比如,《当兄弟已成往事》(中篇,《青年文学》2002年第9期)探讨的是忠诚与背叛,《当情人已成往事》(中篇,《钟山》2003年第6期)探讨的是自由选择,《师兄的透镜》(中篇,《人民文学》2004年第3期)探讨的是真理的认识过程和不可抵达,《送你一棵凤凰树》(中篇,《花城》2004年第6期)探讨的是犯罪和忏悔……但对如此沉重的形而上命题的探讨,并没有导致小说的枯燥和晦涩,恰恰相反,晓航的小说有着极强的可读性。其可读性的形成并非靠"丰富媚人的当下性涂抹"——那只是外包装,真正内在的吸引力在于其"复杂震荡式"的思维方式——那才是每篇小说真正的主角。晓航的本事在于他总能把九天之外的玄思化成可操可感的智力游戏,乱花迷眼又路径明晰。在笔者的记忆里,初读晓航的作品是一次非常美妙的阅读体验,好像在一大片灰暗平琐的尘埃堆积中,忽见一道灵光,通向一座用想象力搭建的神仙洞府,读者的思维跟随叙述者的脚步,穿过一条条隧道,迷墙一层层地打开,直到看到无边的星空,窥见宇宙最初的星光。那种感觉轻盈甜美,让人体会到久违了的小说作为虚构艺术的妙趣。那次笔者读的小说是后来获得第四届"鲁迅文学奖"的《师兄的透镜》。此后又看到了《当鱼水落花已成往事》(《人民文学》2004 年第 8 期),感觉这次花儿开得更加繁复,风光也更加旖旎,在悬疑小说般扑朔迷离的叙述框架下,深涵着青春逝去的怅惘以及情感与理智抉择的困惑,让人在享受阅读快感之余,亦忧伤不已,难以释怀。晓航自己在小说里说过:真正的游戏具有一种神秘的芳香。在这一点上他实现了王小波一贯提倡的一种生活和艺术的观点:有趣。因为思维的乐趣,实现了文本的自由和欢乐。

带有王小波"理趣"风格的"智性写作"是晓航给中国文坛带来的独特风格,通过这样的写作,晓航还给文坛带来了一种非常宝贵的东西,那就是富有理性精神的想象力。

想象力一直是我们不断呼唤的,或许是我们汉民族的文化传统和写作传统里想象力的土壤相对匮乏,这些年来,想象力的发展不但贫弱而且还特别容易走向偏邪。当下的创作中确实有相当大一部分如晓航在创作谈[①]中所讥评的"庸俗现实主义写作"那样,对毫无新意的生活进行或无精打采或大惊小怪的复写。读这样的作品不但不能获得任何"新信息",得不到任何意义上的愉悦,甚至会不时感觉智力上受到侮辱。而另一些据称靠想象力推进的作品,又往往脱离现实世界,缺乏基本的常识感和逻辑性,所谓"个人化"的想象完全成为缺乏基本的阅读通约性的个人臆想,乃至走火入魔的狂想。读这样的作品最强烈的感觉是病态,这是任何高深莫测的"大师"面目和"先锋"旗帜都遮挡不了的。

在想象和经验彼此隔离又双重匮乏的整体创作状态下,晓航"富有理性精神的想象力"显得特别的健康和健旺。这里的理性精神一方面体现在强大的逻辑推演能力上,一方面体现在对纷繁多变的现实生活的把握能力

---

① 晓航:《智性写作与可能性探索》,《当代文坛》2008 年第 5 期。

上。这使晓航有能力把想象的世界搭建在日常生活的场景上。因此,他营造的迷宫虽然机关繁复,甚至带有诡异的气息,但绝无梦幻和呓语。读者行走其间,一路峰回路转,却有可以把握的航向。迷宫是虚幻的,但搭建它的一砖一瓦却是鲜活的经验、扎实的细节和生动的语言。能够行走于最当下的生活又天马行空,这得益于晓航科学哲学的知识背景和鏖战商场的生活经验。用晓航自己的话说:"科研给我的是理智与沉思,而贸易给我的是沸腾的生活和人性的善恶之争。"①无怪乎有评论者称,晓航的生活半径远远要大于一般的写作者,而他的想象力长度又远远大于他的生活半径。② 科学哲学的知识背景在当代小说作家中本已少见,而一线"沸腾"的生活经验也是众多闭门造车的职业作家所缺乏的。因此,晓航的出现,不但令人耳目一新,而且颇有股风景独具的味道。

自从短篇小说《大年》(《钟山》2004年第2期,2005年宁夏出版社出版以《大年》为题的郭文斌短篇小说精选集)引起文坛关注以来,郭文斌的创作一直致力于挖掘边远乡间一息尚存的诗教传统,这传统浸润在日常生活中,尤其在传统节日中凝聚。此后几年间,他发表了一系列写节日的短篇,如《吉祥如意》(《人民文学》2006年第10期,获第四届"鲁迅文学奖")、《中秋》(《人民文学》2008年第7期)、《清明》(《人民文学》2009年第4期),等等,后串联成《农历》一书(上海文艺出版社,2011年,入围第八届"茅盾文学奖"前10名)。这是一部以美学方式探讨中国农村传统生活方式的长篇,核心内容是过节,通过五月、六月这一对耕读之家小儿女的视角,对"农历"中包含的传统农耕文明和民间乡土文化进行了系统的梳理与生动的描绘。在一次次对传统"节日"的回味和提纯中,郭文斌执着地实践着重建中国人诗教生活的理想,传达"安详"的生活理念,同时形成了自己独特的美学风格。

比如《清明》,写一个乡间耕读家庭对节日的敬虔持守。暮春三月,四野新绿,五月、六月一双小儿女背诵着一串似懂非懂的《朱子家训》出场,不仅惹得赶集的人们又笑又爱,此间读者何尝不也会心一笑?你可以安宁了心,仿佛坐在树荫下,舒心畅气地读下去。"祖宗虽远,祭祀不可不诚","凡事当留余地,得意不宜再往",乡野里,一双小儿女眼中的清明郑重其事,但

---

① 周冰心、晓航:《智性写作与可能性探索》,《花城》2004年第6期。
② 周冰心、晓航:《待解与难解之谜——关于2006年晓航小说的对话》,《西湖》2006年第12期。

小孩儿终归是小孩儿,祭祖的郑重里自然透着活泼泼的冒失和意趣,水红色的纸钱上蘸着他们的小心翼翼和暗暗欢喜,不甚明了的思念和温暖的想象在荒凉坟院里的白色挂纸间飘来荡去,孩子们的小心思又与父亲的宽厚慈爱和言传身教融在了一起,不由让人感到冥冥之中天地间有一个"大慈悲"在,活着的和逝去的、年轻的和衰老的都得以及获生命的从容与尊严。郭文斌的一支笔是轻盈而有力的,像在大理石上镌刻优美的中国画,青白两色,摇曳生姿,间夹童音袅袅。这里的世界虽有教化但古朴浑然,儒风晕染中跃着明快,幽静清明里又一团生气。故事如淡墨般透明简单,却散发着仿佛来自遥远时代久违了的情味。

郭文斌写作的诗化风格和禅机参悟都让人想起废名。两人都谈"道",不过,废名之"道"在"出世",郭文斌之"道"在"入世"。去了"人欲",却燃着烟火气,"天理"生长在农人的日子里,正是他这一时期致力推广的孔子的"安详之道"①。

二 "80后"作家:由"市场"到"文坛"到"自立门户"

2004年当批评家白烨提出"80后"作家"进入了市场,还没有进入文坛"时,虽然他敏锐地发现"80后"作家"在'出场'和'出道'之初,不必先在'主流文坛'造成影响,并取得某种资质",原因"一方面是图书出版的市场化运作相对成熟和无孔不入,一方面是'80后'在读与写、供与需上也有自己的流通与消费系统",但仍以长者身份劝告"80后"作家:"在现在这个年代,出几本书并不困难,成一点小名也比较容易,但这并不等于文坛的认可和文学上的成功。"在这里,白烨显然依照惯性将"文坛认可"与"文学成功"等同。2006年3月爆发的"韩白之争"再次显示了一向独自握有颁发象征资本权力的"主流文坛"批评家与已经"不买账"的"80后"作家的冲突。几个月后,郭敬明主编的《最小说》创刊(2006年10月,长江文艺出版社),2008年6月,张悦然主编的《鲤》创刊(江苏文艺出版社);2010年7月,由韩寒主编的《独唱团》(山西书海出版社出版,华文天下文化图书有限公司运作发行)经千呼万唤终推出创刊号后停刊;2010年12月,由笛安主编的《文艺风赏》、落落主编的《文艺风象》创刊(长江文艺出版社)。"80后"最

---

① 参阅郭文斌:《孔子到底离我们有多远》(散文集),银川:宁夏人民出版社,2008年。

有代表性的几位"明星作家"不管有没有进入文坛,都迅速"自立门户"。他们依托的畅销书机制和网络文学一起对"主流文坛"造成了结构性的冲击,形成的新格局又是最早由白烨敏锐发现,他在《2008年文情报告》中提出,"以往文学大一统的格局如今已是一分为三:传统文学、市场化文学和新媒体文学各占其一"①,在"主流文坛"引起强烈震动。

"80后"作家大都是从"新概念"出发的,"新概念作家大赛"本身就是老牌的"青年刊物"《萌芽》在"市场化"转型过程中的突围之举②。也就是说,"80后"作家的"出身之地"本身就是"文坛"与"市场"的混合。不过此时,"新概念"的评审原则依然是精英主导的,大奖赛由《萌芽》杂志社联合北京大学、复旦大学、华东师范大学等7所重点大学共同发起,聘请王蒙等著名作家学者担任评委。大赛组织者对参赛者③的许诺是,获奖作品除在《萌芽》杂志刊登外,还将由专家点评,结集出版。特别是"获奖的或入围的应届高中毕业生将进入七所著名高校重点关注范围"这一条,最为牵动人心。④

"新概念"(即"新思维""新表达""真体验")的提出,成功地导引了在中学生中广泛存在的创作潜流,为作家成长创造了条件。《萌芽》的一位编辑谈到,大赛举办之初他们原本担心学生刚刚摆脱束缚后,还不习惯自由发挥,没想到参赛的作品质量如此优秀。后来他们了解到,不少学生有两套语言系统,应付老师的是一套,同学中流传的是另一套。现在在中学生中写小说成了一种时尚,女生多写爱情小说,男生则擅长武侠、科幻;写好了也不求发表,只是相互传阅以求友声。在首届大赛中,中学生们爆发出的惊人创造力,正是"另一个系统"发生了作用。⑤ 可以想见,这"另一个系统"也是日

---

① 白烨主编:《中国文情报告2008—2009》前言,北京:社会科学文献出版社,2009年。
② 由上海市作协主办的《萌芽》创刊于1950年代,是全国最早的青年文学月刊,它曾伴随"新时期"文学的辉煌而走向辉煌,又伴随文学的整体滑坡而滑落低谷。自1996年起,《萌芽》开始向"反映都市青春风貌"的校园杂志转型,但在众多"青春刊物"的包围中未能脱颖而出。真正令《萌芽》突出重围的是从1998年12月开始启动的"新概念作文大奖赛"。大赛的成功有效地拉动了《萌芽》的销售量,到1999年8月第二届"新概念作文大赛"启动时,杂志已是供不应求。到2003年,大赛已成功举办了5届,据称《萌芽》的销售量从原来的1万余份飙升至26万份。说一项大赛救活一本杂志实不为过。
③ 参赛者分为3组:应届高中毕业生;除高三外的初高中学生;除中学生以外30岁以下的青年人。
④ 见《"新概念作文大赛"倡议书》,《萌芽》1999年第1期。
⑤ 参见沈嘉禄(《新民周刊》记者):《让孩子们写点真的——"新概念"苹果挑战中国语文应试作文教育》,《新民周刊》总第15期,1999年4月12日。

后网络文学的发展基础。不过,"主流期刊"未能给"另一个系统"写作的文学青年提供走上文坛的发展空间,只有《萌芽》的"新概念作文"大赛为广大中学生的"不务正业"提供了光明正大之途。"新概念"以其"新"足以容纳像韩寒这样的传统教育体制的叛逆之徒(韩寒为"首届'新概念'作文大赛"一等奖获奖者),又以入选重点大学的诱人前景成为大多数学生可以放心走的一条常规道路。这就鼓励了广大中学生的课余创作,从而为未来作家的成长提供了良好的环境——这实际上是《萌芽》改版最值得称道之处。作为一份由上海作协主办的老牌青年刊物,《萌芽》在谋求市场生存的同时并没有放弃应承担的文学职责,"改版"只是在新的社会环境下寻找到一种贯彻办刊宗旨的新方式。虽然这种方式也并非完美无缺①,但实践证明在中国现有的教育环境下是行之有效的,销售量的扩大在创造经济效益的同时也保证了杂志"培育文学青年"的文学职能得到更广泛切实的履行②。

对于中学生创作资源的发掘是出版社先行一步,郁秀的《花季·雨季》(海天出版社,1996年)、《太阳鸟》(江苏文艺出版社,2000年),许佳的《我爱阳光》(春风文艺出版社"布老虎青春小说系列",1998年)等几部中学生创作的作品都成了热卖的畅销书。2000年韩寒的《三重门》(作家出版社)出版创造了出版界的神话后,"新概念"更成为青春出版的"金矿"。"青春

---

① 《萌芽》编者在创办"新概念"作文大赛之初就担心它会演变为又一种增加学生负担的方式。果然,在大赛成功举办以后,社会上出现了"新概念赛前辅导""新概念训练班""新概念高级讲座"等活动,还出版了一些辅导书籍,以至大赛编委会不得不郑重声明所有这些都与"提倡创新精神,反对套用现成模式"的"新概念作文大赛"无关。见《郑重声明》,《萌芽》2000年第2期。

② 在《萌芽》改版之前,以"文学青年"为读者定位的期刊已有成功者,这就是由发行量巨大的《女友》创办的《文友》。和其他文学期刊寻找读者不同,《文友》是应读者需求而办的刊物——《女友》编辑部每天受到数以千计的自由来稿,采用率不足1%。为了鼓励文学青年创作,1991年将内部刊物《结友内参》改为《文友》,专门圆文学青年的创作之梦。1993年《文友》公开发行后,印制的4万册被抢购一空,发行量最高时达十几万册。可见在文学期刊遭到冷落的时期,广大文学青年的文学梦同时遭到了何等的冷落。虽然在1990年代末期《文友》因为一些其他原因而突然衰落(后改为《男友》),但它的经验和启示值得文学期刊界重视。《文友》消失以后,留下的市场空缺一直没有一份相应的刊物填补,可以想见文学青年们也会流向网络文学。参见李频:《期刊策划导论》,第59—61页,石家庄:河北教育出版社,2000年;苏阳:《文化杂志的溃败》,《中华读书报》2002年11月6日。

新世纪第一个十年小说研究 | 178

出版热"在2003年进入高潮期,标志性事件有两个:一个是《萌芽》杂志凭借自身的威望和稿源优势,与多家出版社合作创建了青春文学畅销品牌"萌芽书系"①;一个是曾创建中国首个畅销书品牌"布老虎丛书"的春风文艺出版社进军青春出版,签下郭敬明的长篇玄幻小说《幻城》(2003年1月出版,首印10万册,短短几个月便发行到50万册,发行量的火爆势头压过了韩寒的《三重门》)。随后又签下另一位"新概念状元"张悦然,推出《樱桃之远》(2004年1月),并将之打造成与郭敬明"忧伤少年"相配的"玉女作家"。再加上2002年著名文化出版公司魔铁公司推出的"北京娃娃"春树,"80后"青春写作明星阵容完整,既有酷男叛女,又有金童玉女,他们分别有着不同的文化定位——韩寒、春树都是"非主流",不过,韩寒更以叛逆形象立身,以社会批判为特质,春树则以"朋克精神"为旗帜,以"另类"形象"出位";"一半明媚,一半忧伤"的郭敬明实际上引导了"新主流"的小资时尚写作;张悦然则介于传统主流的"纯文学"与"非主流"的亚文化之间。至此,畅销书出版社不但瓜分了青春写作市场,也在相当程度上具有了颁发"象征资本"的权力。2004年2月2日《时代周刊》(亚洲版)以"朋克"装束的春树为封面,并报道了韩寒等辍学写畅销书的"另类"作家,似乎也给予了这种命名以一种"国际认可"式的"定影"。

《时代》周刊的报道立刻在中国文坛引起强烈反应。作为回应,3月10日《南方都市报》的文化版以一整版做了关于"谁是80后文学的代表"的主题报道,选出李傻傻、张佳玮、胡坚、小饭、蒋峰作为"实力派五虎将",抗衡韩寒、郭敬明、春树、张悦然等"偶像派"。5月份,又推出《重金属——80后实力派五虎将精品集》(东方出版社,马原主编并作序)一书,拉开"实力派"与"偶像派"之争的战幕。几个月前,由"苹果树网站"策划编辑的《我们,我们,80后的盛宴》(中国文联出版社,白烨作序)号称是"80后实力写手"的"集体出场",曾刻意剔除掉韩寒、郭敬明,却收入张悦然作品。于是,关于张悦然是偶像派还是实力派的争论也一时成为热点。8月到10月期间,《花城》《小说界》《上海文学》《青年文学》等纯文学期刊集中刊登张悦然、

---

① 2003年《萌芽》杂志凭借自己的品牌优势和稿源优势创办了"萌芽书系",与各出版社合作出版丛书,大体包括三种类型的图书:一是优秀作品的合集,包括《萌芽》精选本;二是作者个人作品集;三是长篇小说和长篇纪实。"萌芽书系"在运作上很成功,陆续推出了蔡骏、那多、李海洋、马中才、王皓舒、朱婧等畅销书作家或实力派作家。

李傻傻等"80后"作家作品。① 随后,学术界也召开了以"80后"为主题的首次较大规模的研讨会,一些"核心期刊"集中发表关于"80后"的评论文章。② 有趣的是,2005年6月27日,美国《时代》周刊(全球版)再次以大量篇幅报道了李傻傻,称他为"幽灵作家",因为他在小说中称涌入城市打工的农村子弟为"城市幽灵"。报道称:"李傻傻身上代表了中国人的种种梦想,苦涩的记忆成就了李傻傻,他是中国最年轻的畅销书作家,其书反映了现代中国的种种矛盾冲突。"《时代》周刊的报道,似乎是对"主流文坛"的命名权的一种认可,一种平衡。由出版社推出的"80后偶像作家"大都聚集在上海、北京这样的国际大都市,"主流文坛"急切地寻找农村"80后"代言人。李傻傻是"80后"作家中唯一出生于农村并且不是从"新概念"出发而是从网络出发的作家③,不过,在被"主流文坛"发现的过程中,他的"文学出发地"被指认为湘西——因为那里是沈从文的故乡,从沈从文故乡中走出的"少年沈从文",自然接续起"主流文学"的乡土文学传统。于是,"主流文坛"慷慨地将一项项桂冠给予了这位"文学新人",马原将李傻傻列为"80后实力派五虎将之首";大型文学期刊《花城》刊发了李傻傻的长篇小说《红X》(第4期);《芙蓉》的"点击80"栏目打破了每期推荐一位"80后"新人的惯例,为李傻傻开辟了专栏;2005年1月启动第三届"华语文学传媒大奖",将李傻傻与张悦然均列入"2004年度最具潜力新人"提名(最后张悦然胜出)……单从小说本身而论,《红X》显示出李傻傻确实是一位颇有才气并且有一定人生积淀的文学新人,但小说毕竟还存在着许多新人的毛病,比如结构松散,笔力不均,对语言、经验与人物身份之间的合理分寸拿捏不准,等

---

① 《上海文学》第8期"希望"栏目发表张悦然的《右手能干的事有很多》(短篇);《花城》"从花城出发"栏目第4期发表李傻傻的《红×》(长篇),第5期发表张悦然的《谁杀死了五月》(短篇)、《吉诺的跳马》(短篇);《小说界》第5期在"80后小说"专辑发表徐斯韡的《几乎被拯救》(长篇)、张悦然的《红鞋》《谁杀死了五月》(短篇);《青年文学》第9期头条发表张悦然的《夜房间》(中篇)。
② 11月22日,由中国社会科学院主办、北京语言大学文学院承办了"走近80后"学术研讨会。这是学术界第一次正式直面并回应"80后"写作现象,《南方文坛》2004年第6期、《文艺理论与批评》2005年第1期等"核心期刊"集中推出了有关"80后"创作的研究文章。
③ 李傻傻(原名蒲荔子)先在网络上发表散文和短篇小说,2003年新浪、网易、天涯三大网站几乎同时推出他的作品专题,随后,《芙蓉》《天涯》《散文》《红豆》等文学期刊向他伸出橄榄枝,由此进军"主流文坛"。

等,"主流文坛"给予的赞誉确实太急切了些①。

在"主流文坛"对"80后"作家的命名中,以"实力派"对抗"偶像派"是一面鲜明的旗帜。然而难以否认的是,恰恰是以韩寒、郭敬明为代表的"偶像派"雄霸市场的"实力",迫使一批著名批评家、重要文学期刊编辑认真正视"80后"写作群体的"实力"。那一本本动辄上百万的畅销书,以及青春文学图书"占据文学图书市场百分之十,与中国现当代作家作品整体份额旗鼓相当、分庭抗礼"的惊人数据,深深震动了文坛。② 甚至,那个庞大的青春消费市场"相对完整封闭的供需自我循环"的状况还让他们感到了失去命名权的焦虑。③ 如果我们说"80后"写作挟市场之威叩击文坛,恐不为过。

在"80后"由"市场"到"文坛"到"自立门户"的进程中,张悦然的发展是最有代表性的,在她身上,各种权力和话语的缠绕关系表现得最为明显。

首先,张悦然是一位典型的"新概念"作家,她是2001年第三届大赛A组一等奖的获得者。和不少"新概念状元"一样,获奖后,她的作品开始在青少年读者间产生较大影响,2002年被《萌芽》网站评为"最富才情的女作家",2003年6月由作家出版社出版了第一部作品集《葵花走失在1890》(以下简称《葵花》)。随后,张悦然被"市场"选中,2004年1月,春风文艺出版社以"金牌畅销书"的规格推出张悦然的首部长篇小说《樱桃之远》,刻意打造成与"金童"郭敬明相配的"玉女"作家。④ 与此同时,她又是被"文坛"接纳最深的"80后"作家。她不但出书最多(2004年就出版了4本:长

---

① 相对于"主流文坛"的急切,李傻傻本人倒是清醒得多。当记者问道:"国内报道全部醒目地标出:'80后中,只有他关注农村、关注农民工'。对此你有何想法?"李傻傻回答:"这能有什么想法。不过就是一句噱头。"并且说:"长辈往往喜欢把你拖到他的阵地上去,所以我基本没有主动找过作家前辈寻求帮助,主要靠自己瞎摸索。"《新生代作家成长的隐痛与孤独》,《中国新闻周刊》2006年8月7日。
② 此数据来自白烨引用的北京开卷图书研究所调查数据,见白烨、张萍:《崛起之后:关于"80后"的答问》,《南方文坛》2004年第6期。据笔者掌握的该公司2004年底公布的一组调查数据,从2001年到2004年的中外文学畅销书作者榜首书数量排序中,郭敬明与韩寒分别以5本和3本居第一(并列)和第三(并列)。
③ 参阅《五大文学评论家作客新浪谈文学现状》,新浪网2004年7月27日,http://book.news.sina.com.cn/author/subject/2004-07-27/3/88969.shtml。
④ 据称,在春风社于北京订货会期间举行的"媒体、经销商、作者见面会"上,《樱桃之远》一亮相就引起满堂彩,经销商踊跃订货,订数突破20万册。而该书首印只有10万册,一时供不应求。《"玉女"张悦然〈樱桃之远〉成热点》,中华读书网2004年2月24日,http://www.booktide.com/news/20040224/200402240015.html。

篇小说《樱桃之远》、小说集《十爱》、图文集《是你来检阅我的忧伤了吗》、图文长篇小说《红鞋》,2005年1月又推出长篇小说《水仙已乘鲤鱼去》),也是最受著名作家、著名评论家称赞、支持的一位,在进入2006"中国作家富豪排行榜"①的同时,获得多项文学大奖②。更值得关注的是,在标志"80后"被"主流文坛"正式接纳的期刊领域,张悦然也是最全面开花的一位,《花城》《小说界》《上海文学》《青年文学》等期刊几乎同时在重要栏目、专题推出了她6篇小说,其中,《谁杀死了五月》花落两家,《花城》《小说界》同期发表,而在此之前3个月该作品已出现在作家出版社隆重推出的作品集《十爱》里。《小说界》当作短篇发表的《红鞋》,其实也正是3个月前上海译文出版社出版的图文长篇《红鞋》的文字稿——这都是违反期刊发表基本原则的。"主流期刊"在争推张悦然的过程中表现出与高评李傻傻时同样的急切。

张悦然自一出道,有关"实力派"和"偶像派"的矛盾就在她身上扭结着,后来终于成为两派冲突的交火点。③ 在对这一问题的处理上,张悦然的做法可谓"两全其美"。一方面,她继续以各种方式展示"玉女风采",甚至在图文集《是你来检阅我的忧伤了吗》中收入了两组个人写真集,题名为《嚣艳》和《沉和》,它们间插在《小染》《葵花走失在1980》《毁》三篇小说中,从目录上看还以为是两篇文字作品,实际上是张悦然个人两组不同场景

---

① "中国作家富豪榜"是一个民间人士操作的榜单,创始者吴怀尧是一位"80后"文化工作者。榜单自2006年每年连续发布,被多家媒体报道,产生广泛影响,号称"全球第一份记录中国作家财富现状、反映中国全民阅读潮流走向的权威榜单"。张悦然的百度百科词条中,特别介绍了这次入榜情况。那一年她是第23名,前5名是:余秋雨、二月河、韩寒、苏童、郭敬明。
② 张悦然于2003年在新加坡获得第五届"新加坡大专文学奖"第二名,同年获得《上海文学》"文学新人大奖赛"二等奖。2004年获第三届"华语传媒大奖"最具潜力新人奖。2005年获"春天文学奖"。2006年长篇小说《誓鸟》被评选为"中国小说排行榜"最佳长篇小说。2008年以《月圆之夜及其他》获得2008年度"茅台杯"人民文学优秀散文奖。
③ 2004年8月由"苹果树网站"策划编辑的《我们,我们,80后的盛宴》(中国文联出版社)一书,刻意剔除掉韩寒、郭敬明,却收入张悦然作品。于是,关于张悦然是偶像派还是实力派的争论一时成为热点。支持张悦然为"实力派"的人认为,张悦然行为低调,一向以作品实力取胜,曾获纯文学奖项,不少著名作家、评论家都对其赞赏有加。而认为张悦然属"偶像派"的人则表示,"当一个美女一个玉女的称呼挂在张悦然这个名字之前出现在各大媒体之上,并且把她迷人的照片放到五湖四海的时候,我们实在觉得张悦然是一个偶像作家了"。参阅赵晨钰:《"80后作家"文集出版韩寒、郭敬明落选引争议》,《新京报》2004年4月6日;刘晨:《韩寒郭敬明落选再引争议:张悦然是偶像还是实力作家》,中华读书网2004年4月28日,http://www.booktide.com/news/20040428/200404280017.html。

的艺术照,每组十余张,或远或近,或实或虚,确实是如花似玉、美艳动人,其魅力和阵势远非当年的卫慧们所能及。而另一方面,在各种文字和访谈中,她又不断表示,"玉女"的称号是外界加给她的,对于这个称号自己并不"特别敏感",也不反对——只要不被过分扭曲地使用,不过她自己则一直致力于纯文学的写作,主动向纯文学期刊投稿,虚心接受名家指点,反复修改作品,等等。对于"偶像派""实力派"之分,她表示,两者之间并无鸿沟,如果一定要有区分,那么,是否有一个令人信服的区分标准?"如果有,我愿意接受'鉴定'和'评审',也有自信会站在实力派的那边。"①

张悦然的左右逢源生动地显现了"80后"与"市场"和"文坛"的关系。在大多数"80后"作者的观念里,市场和"纯文学"从来不是对立的,对于市场,他们没有包括"70后"在内的前辈们或迎或拒的激烈态度。他们不会得罪市场,但也不会轻易拿青春赌明天。如果不是为了故作姿态,他们大都会心平气和、礼貌客气地对待各种人,谦虚谨慎、尊老爱幼,以求得自身利益的最大化。作为一个从小热爱写作的少年作家,在"纯文学"领域有所成就或许确实是张悦然奋斗的理想;但同时,作为一个在市场上已经胜出的"80后"作家,能够跻身文坛,也自然不是坏事,"纯文学作家"的称号不但不会减损"玉女作家"的偶像光辉,只能使其吸引力更强,持续性更为长久。

这一时期"主流文坛"对于张悦然作品的评价,无论是称赞还是批评(包括笔者的批评在内),在今日看来都存在相当程度的误读。对于她的小说表现出来的"嗜酷"倾向、对血腥暴力的迷恋、对极致化的追求,以及幽闭化的写作方式,无论是从更"贴近本质""贴近文学"(莫言)、更具"艺术腕力""悲剧意蕴"的角度称赞②,还是如笔者那样批评其是"价值虚无的心魔

---

① 《张悦然访谈实录:我希望我的小说动起来,不是生冷的》,"名人在线"卓越网访谈,2004年7月30日,http://bbs.joyo.com/vip/chatvip_zyr.htm;刘晨:《韩寒郭敬明落选再引争议:张悦然是偶像还是实力作家》,中华读书网2004年4月28日,http://www.booktide.com/news/20040428/200404280017.html。

② 莫言曾为张悦然的《葵花走失在1890》和《樱桃之远》作序。在《樱桃之远》的序言里,莫言羡慕地感叹张悦然一代人由于没有受到因"政治的原因""家庭的原因""愚昧的原因"所产生的种种压抑,一开始思考就可以直面"人类生存的许多基本问题",因而更能"贴近本质",从而更"贴近文学"。白烨在一篇评论《十爱》的书评《张悦然长大》(《南方都市报》2004年9月20日)里,称"长大"的重要标志即在于,《十爱》里的作品显示张悦然已经走出了"愉悦又茫然"的青春状态,"善于发掘爱中的悲剧意蕴",在艺术表现上,"锐利的叙事与血腥的文字,已经让人感到了张悦然的艺术腕力,更为强劲,更有力了"。

放纵"①,都显得文不对题。这些评论都是从精英体系出发的。而张悦然的写作实际上是介于传统主流的"纯文学"与"非主流"的亚文化之间。她在文学观念上以文学史上主流的现代主义为源头,在写作手法上受到"纯文学"的影响,同时也受到欧美艺术电影、日本动漫的影响,在文化观念上则属于"80后"所推崇的"非主流"的亚文化。如果从包括日本 ACG 文化(Animation 动画、Comic 漫画、Game 游戏)等亚文化的角度切入,用网络文学中常用的"虐""宅""重口味"等概念解读②,应该更切近深入。不过此时网络文学还在起步阶段,尚未对"主流文坛"造成强烈冲击,有关概念很少进入主流批评体系。而张悦然等也尚未拥有自己的文化空间,所以也经常需要用传统文学的概念阐释自己。直到 2008 年《鲤》的降生,张悦然和她代表的"80后"群体的文艺观念和文艺形态样貌才充分地展现出来。

不同于郭敬明、张悦然沉溺于"奇思",笛安一直是"80后"作家中少有的直书自己经验者。从长篇处女作《告别天堂》(2004 年),到童话式作品《莉莉》(2007 年),再到写留学经验的《塞纳河不结冰》(2008 年),以及 2009 年陆续出版的叙述家族情感的"龙城三部曲"(《西决》《东霓》《南音》),我们可以看到一个纯真而执着的少女在一步步的成长中一层层打开成长之痛,走向成熟。对于成长的隐秘,她不回避、不逃离,不愤世嫉俗玩世不恭,也不大惊小怪自恋自怜,而是以一个成长者的庄重恳切,投入而又沉静地书写着。这种正面、直接的写作方式,在"80后"作家中是难得的。也正是这葆含着生命元气的成长之痛,使笛安的作品饱满新鲜、绵密紧致,呈现出不同于前辈作家作品的新质,也显示出她作为文学新人的潜力。

《莉莉》(中篇,《钟山》2007 年第 1 期)如同一股清泉,使我们被现实日渐风干的心重又淋湿、柔软。全篇以拟人的口吻,叙说一头叫做莉莉的狮子,被原野上孤独的猎人抚养长大,在这个狮子、猎人与狗组成的奇特家庭中,莉莉得到了足够的爱和温暖,逐渐遗忘了自身的野性和仇恨。直到成年,她被猎人放逐回森林,遭遇了一系列变故,在一次次的痛失中,莉莉终于

---

① 《由"玉女作家"到"生冷怪酷"——从张悦然的"发展"看文坛对"80后"的引导》,《南方文坛》2005 年第 3 期。
② 有关概念的解释和论述见第九章第三节"类型小说的文学资源与'85—95 独孤一代'的横空出世"。

长大,明白了"所有的灾祸都是因为眷恋",而所有的眷恋都是因为爱,"生命不是为了放纵而是为了承担","不讨价还价地承担"是对命运最安然的"顺从"。

《莉莉》看起来像童话,实际上仍是一篇饱含着青春体验和情感的成长小说。莉莉哪里是一头狮子?分明是一个人,一个女性从婴孩到少女到妻子到母亲的成长历程。然而,成长的体验由少女转入狮子,小说就跳脱开来了,有了更深广的探讨空间。童话的架构明显可见迪士尼动画片(如《狮子王》)的启发,但却不是生硬的模仿,童话的思维方式和画面感已经内化于小说的情节、人物设置和叙述口吻中,显示出哺育这一代作家成长的新文化资源的内在影响。

笛安很会讲故事,虽然有时在情节安排上有点偏于戏剧化了,但她特别懂得如何在激烈的冲突中撞击、撕扯小说的"内核"。如在《莉莉》中,人—狮的故事结构设计,使父亲、情人、仇敌可以自然地合于猎人一体,对于"眷恋"和"顺从"命题的探讨,可以置于极致的冲突——甚至恋父、虐恋等人性幽暗层面中,却不阴暗丑恶。

《莉莉》中的温暖在《圆寂》(短篇,《十月》2008年第5期)里变成了慈悲,虽然对于这个年纪的作家而言,佛性是至为难得的,但超脱到底早了些,倒不如同期发表的《塞纳河不结冰》,在撕裂中见出悲悯。这篇小说写几个中国少男少女在法国巴黎的留学生活,异乡的寂寞可以杀人,何况正值"80后"早熟的青春。苏美扬被寂寞沉入塞纳河,蓝缨因寂寞过早沧桑。敢于触碰冰冷的寂寞,或许正因为背后有一颗向往温暖的心,正如另一位"80后"评论者说,笛安的写作是有温度的,"而且不管感情本身是否已经消褪了温度,叙述本身始终是带有温度的"①。

作为著名作家李锐和蒋韵的女儿,笛安不管自己喜欢不喜欢都是个典型的"文二代",她也确实比别人更容易走上"主流文坛"。她的中篇处女作和最初的两个长篇都直接在《收获》发表②。迄今为止,她发表的作品不多,

---

① 见丛治辰对《塞纳河不结冰》的点评,《2008年中国小说·北大年选》,曹文轩、邵燕君主编,北京:北京大学出版社,2009年。
② 《姐姐的丛林》,中篇,《收获》2003年第1期;《告别天堂》,长篇,《收获·增刊》2004年秋冬卷,沈阳:春风文艺出版社,2005年;《芙蓉如面柳如眉》,《收获·长篇专号》2006年春夏卷,沈阳:春风文艺出版社,2006年。

但得到的文学奖不少①。不过,通过这些作品,笛安证明了她确实不愧于"文二代"的称谓。至少在传统文学评价标准体系内,在"80后"作家中,笛安作品的文学水准是最高的,她的文学成绩更集中表现在期刊发表的小说中。

笛安也是在"80后"作家中最介于"文坛"和"市场"之间的。虽然她出身于"主流期刊"而非"新概念",但也是偶像级作家。特别是2010年加入郭敬明"最世文化"团队以来,"龙城三部曲"《西决》《东霓》《南音》成为热卖的畅销书,笛安本人连续登上"中国作家富豪榜"。在《最小说》中,笛安的文字清洌如泉,却也显得格格不入。2010年底,《文艺风赏》从《最小说》分离出来,"青春版的《收获》"的定位恰如任主编笛安本人的位置。虽然传统文学期刊风格能否在青春文学生态中再生是难以预测的,但似乎没有人比笛安更适合这种架桥铺路式的探索。

从2003年到2005年,是青春文学出版的黄金时期。除了韩寒、郭敬明、张悦然、春树、笛安这几位"偶像级"作家,周嘉宁、朱婧、蒋峰、苏德、水格、宋静茹、徐璐、徐敏霞、那多、蔡骏、李海洋等更多的"80后"新星也先后成为接力出版社、湖南文艺出版社、作家出版社、长江文艺出版社等多家出版社重点打造的对象。一时间,青春文学图书占据了中国现当代文学市场销售额的半壁江山。但到了2006年,青春文学图书市场很快出现了衰颓趋向。曾经力推青春文学的出版社大幅度缩减投资,只有少数人气旺盛的"偶像级"作家的作品获得出版,这被认为是"80后"青春写作缺乏可持续性。不过就在这一年,郭敬明创办了《最小说》,随后张悦然、韩寒、笛安等"偶像级"作家一一"华丽转身"为主编,并再度创造了出版界神话。这说明,并非"80后"青春写作缺乏可持续性发展,而是打造他们的畅销书出版体制落后了,虽然它们在传统的期刊、出版体制中是最灵活的。

相对于传统畅销书机制,"80后"新人们最重要的进步在于他们充分地利用了"粉丝经济"——"粉丝"不仅是偶像作家的忠实读者,还是"粉丝文化"的积极建构者,他们在这种建构中实现着自己的身份认同。偶像作家

---

① 中篇《莉莉》(《钟山》2007年第1期)获首届"西湖·中国新锐小说奖"提名奖、《北京文学·中篇小说月报》优秀作品奖;短篇小说《圆寂》(《十月》2008年第5期)获第一届"中国小说双年奖"(《小说选刊》杂志主办);2010年以长篇小说《西决》(武汉:长江文艺出版社,2009年)获"华语文学传媒大奖"2009年度最具潜力新人奖。

们首先以自己的偶像魅力吸引了粉丝群体,然后他们主编的杂志则是为这个粉丝群体服务,打造具有标示性的粉丝文化——这是这几位从市场中成长出来的"80后"新主编们高于其前辈之处,在"华丽转身"中,他们以惊人的理性精明迅速完成了从作家到出版人的定位转型,杂志不再以作家为中心,而以受众为中心。比如,从《最小说》起就引进了Mook的概念①,《鲤》更将之发展为"主题书"。纵观《鲤》创刊以来的主题:孤独、嫉妒、谎言、暧昧、最好的时光、因爱之名、逃避、上瘾、荷尔蒙……几乎是张悦然的粉丝群——都市文艺女青年的心理症候图。杂志内容以文学性强的作品为主导,但也包括影评、访谈等,还有大量精致摄影,全部围绕主题进行。它不再是一个文学的平台,而是一个品牌,围绕这一品牌,粉丝们建构着自己的文化身份,彼此互认互伴,共享着一种文化生活方式。每一个"80后"新兴杂志都对准一个目标人群,《最小说》面向中学生群体,《鲤》针对大学生、白领小资、文艺青年,而短命的《独唱团》则充当过社会公民意识的传声筒,《文艺风赏》号称要做"青春版的《收获》",聚积传统的文学人口。这些畅销书市场推出的"偶像级作家"再次以偶像品牌的杂志划分了青春文学市场。

  "80后"青春写作"自立门户"之后,与"主流文坛"的关系产生了变化,不再是以个人的身份寻求文坛的认可,而是在一定程度上有了"双方"合作的意味。虽然郭敬明、张悦然、李傻傻、蒋峰都在2007年加入中国作家协会,但几年间在文学期刊高调发表作品的并不是与期刊更有亲缘关系的张悦然、李傻傻、笛安,而恰恰是有剽窃"前科"、被普遍认为"最不文学"的郭敬明。2009年、2010年郭敬明的《小时代》《爵迹》先后登上《人民文学》(2009年第8期)和《收获·长篇专号》(2010年春夏卷)。这两部小说都曾在《最小说》连载,受到中学生粉丝热捧,是典型的"最小说"。它们登上最高等级的"主流期刊"自然引起广泛争议。对此,两个杂志负责人都表示,这不是"纯文学"向市场低头,而是面对新媒介、新写作、文学新人的冲击,传统期刊的开放改革之举。② 由此我们可以看到,文坛"分制"的格局下,"主流文坛"的"纳新"也有了新的意味——未必是给新人提供"入场"机

---

① Mook 是日本人所创造推广的一种新文化商品,图片多文字少,编辑取向情报多理论少,其性质介于 Magazine 和 Book 之间,故而简称为 Mook,意为杂志书,就是把杂志以书的形式发表,没有杂志的时间限制,一般一本书就是一个专题。
② 夏榆:《一个郭敬明不会使殿堂倒塌——专访〈人民文学〉主编李敬泽》《"郭敬明不会伤害我们"——专访〈收获〉执行主编程永新》,《南方周末》2010年6月24日。

会,倒更是提供一个亮相的舞台,进而吸引新人背后的读者资源,或者借鉴新刊的办刊样式,在青年读者中建立自我空间。如此的"纳新"更应该称为"向新",在此过程中,如何延续传统,如何整合资源,如何在开放的同时坚持严肃文学的精英立场和"主流期刊"的社会职责,都是需要在实践中反复探讨的难题。其中的矛盾冲突尤其在刊登《小时代》的《人民文学》"新锐专号"中表现得最为明显。

《人民文学》的"新锐专号"是作为该刊总第600期的特刊推出的,又临近新中国六十年大庆,显得格外隆重。虽然编者称这份"新锐专号"并不是"几零后"专号,但"80后"各种写作力量确实在此集结亮相,并被精心编排:重推的是期刊新人(如头条《莫塔》的作者吕魁,以及王甜、马小淘等作者,都与期刊有较深关系),重磅的是偶像明星(郭敬明在《最小说》上连载、年底火爆热卖的《小时代2》以浓缩版的形式提前刊出,据称由此吸引了大批郭敬明粉丝,当期《人民文学》脱销),殿后的是现在网上栖居的"纯文学"同仁作者(如朱岳、赵松来自黑蓝论坛)。这种编排方式恰恰验证了文坛的分制格局。在有意选择比期刊还"纯文学"的同仁写作为网络文学的代表这一编辑方针上,"国刊"表达了明确的精英立场,但此间以选择而回避的价值观念和艺术原则的冲突仍然在郭敬明的《小时代》中凸显出来。如果从传统的文学标准来看,《小时代》唯一的文学价值在于它的题目——"小时代"三个字精准地概括了当下中国的时代特征,这是一个崇尚拜金享乐、以"个人成功"为唯一价值的"小时代"——然而,对于这一"时代精神"郭敬明由于和"国刊"占位不同,立场态度完全不同。作为"新主流"时尚写作的代表,郭敬明在《小时代》中对资本主义制度下的"金钱奴隶制"采取公然信奉、顶礼膜拜的态度,这势必与"国刊"理应代表的社会主义价值观截然对立。与此同时,郭敬明再次挑战了文学期刊的"原创原则"——虽然郭敬明《梦里落花知多少》对庄羽《圈里圈外》抄袭案在2006年就已有法院判决,但郭敬明只赔偿不道歉,且并无改变。事实上,模仿拼贴是他从第一部长篇小说《幻城》以来一贯的写作手法,这一次的模仿对象是美国好莱坞2006年出品的根据同名畅销书改编的电影《时尚女魔头》(2007年2月译林出版社推出中译本)。郭敬明的大部分粉丝看过这部电影,但仍然热捧《小时代》。对于他们来讲,重要的是《小时代》好不好看,至于它是否原创,并不重要。这实际上已经涉及了产生于印刷时代、与资本主义法权相连的知识产权概念原则在新媒体时代受到的挑战,"新阅读"与"旧制度"之间产生了错位。① 对于这个问题,目前理论上正在讨论阶段,在实践中,基本是关起门来,在含混中自行其道。然而,《小时代》登上"国刊"600期纪念号——这种颇具新闻效应的编排使两种写作潜在的本质对立昭然若揭,这让人看到,对于已经"自立门户"的新锐力量,"主流文坛"不能再以简单聚合的方式集结。

从艺术水准来看,"新锐专号"显示的创作质量总体令人遗憾,深层更令人不安。这遗憾和不安不是来自《小时代》——它的成功与否更应该以文化商品的标准来衡量——而是来自与之抗衡的精英文学(姑且用这个概念)创作。无论是期刊新人还是网络"纯文学"社区同仁身上,都看不到足够的活力和冲力。那些在郭敬明身上存在的病症(如缺乏原创性、疏离自身经验、语言泡沫泛滥,等等),在他们身上也同样存在着,只不过变了一种方式。他们的创作笼罩在各种"腔"里,比如"期刊腔""纯文学腔"。如果说,郭敬明是模仿,他们则是沿袭。而且,不得不说,前者模仿的背后有"粉丝文化"支持,后者沿袭的背后却难掩精英文学日益圈子化、"贵族后裔"缺乏繁殖更新能力的暮气。或许今日文坛之变局,不是新生力量太强大,而是传统力量太衰落。

传统文学期刊的"向新之举"中不仅有"门户开放",还有形式借鉴。2009年老牌青年刊物《青年文学》全面改版,无论版式、装帧,还是主题、内容,都对《鲤》等"80后"新文学期刊有所借鉴,比如"主题文学"之于《鲤》每期的核心主题、"城市阅读"之于《鲤》的"沙龙"、"声色"之于《鲤》的"小电影",等等。借鉴的同时也有自己的特色,其立足点正在于对文学传统的延续,这表现在每期刊物仍以长篇主打,文学作品分量更足,作者队伍范围也更广泛(既有《萌芽》出身的"80后"作家,也有大学文学社团成员,还有一批正处于上升期的"期刊新锐")。不过,在"广"与"足"的背后也显出"杂"和"散"。比如"主题文学",在"神秘""痛苦""救赎"等关键词下,作品并没有明显的主题贯穿,作品之间也缺乏有机关联,有拼凑之嫌。对照之下,《鲤》对主题的选取和设计显然更为认真精心,整本刊物不同栏目的各篇文

---

① 参阅北京大学社会学系储卉娟2013年6月通过答辩的博士论文《说书人和梦工厂——技术、法律和网络文学生产的未来》。论文第一章即以郭敬明抄袭案为例,通过法律与读者之间观念的对立,讨论在文学日益卷入消费逻辑的时代,文学生产(新阅读)与传统文学创作规则(旧制度)之间的张力如何变得日益尖锐和凸显。

章几乎都是围绕当期主题展开,布局得当,搭配严谨。《青年文学》的不足事实上也反映了近年来众多期刊共有的惯常毛病,一方面编者缺乏开创性的编辑思路,另一方面限于普遍的稿荒,编辑即使有创意也难以实现。这也表明期刊背后缺乏一支拥有足够实力的策划运作团队,缺乏维持高效运转的资金,亦缺乏聚拢人气的明星效应,而这些,恰好又是《鲤》这样的杂志所拥有的。对于《青年文学》这样老牌却后发的青年刊物而言,最重要的任务是在市场比拼中建立自己的读者群。如果说《最小说》主要面向追逐物质时尚、可称"媚俗"的初中学生群体,《鲤》定位于较为关注前卫文化、多少"媚雅"的高中及至大学群体的话,《青年文学》能否为那些"纯文学"的后裔、高雅文学的爱好者提供一个平台?而这正是号称"青春版的《收获》"的《文艺风赏》和 2011 年启动的"豆瓣阅读"(第九章详述)要做的事。比起这些靠市场崛起的新期刊、新媒体平台,《青年文学》具有远为深厚的传统、体制资源,但也必然受到传统和体制的惯性制约。如何最大程度地整合资源、挣脱制约,在传统期刊整体老去的格局下重焕青春,走出一条新路,将是一项非常艰难但极有意义的尝试。

对于任何一套文学生产机制而言,新人培养机制都是至关重要的一环。没有强大的"孵化器",再强大的文学传统也无法延续。从新世纪第一个十年文学新人成长情况来看,虽然"期刊新人"表现出很强的创作实力,其中或许能出未来的大家,但比起"80 后"作家群体,他们普遍年龄偏大,且势单力孤。他们的成长更得益于曾经树大根深的期刊体制,甚至是几乎靠编辑们个人力量坚持的"伯乐传统"。在市场的吸引和打造下,"80 后"作家开始脱离"主流文坛",自立门户后更分庭抗礼。到了新世纪第一个十年的尾声,急速膨胀的青春文学刊物和文学网站不但与"主流文坛"三分天下,更垄断了绝大部分青少年读者资源和作者资源,这是对"传统主流文学"最致命的挑战。文学地基的分野必然导致象征资本的多元和文学标准的冲突,未来的整合看来不能延续传统思维模式,或许需要寄望于一个新平台的诞生。

第七章　其他重要作家作品

每一种文学史的描述都是挂一漏万,有的作家作品不属于任何一个潮流、一种现象、一个群体。本章特为拾遗补阙,不过对于作品的选择,仍以本书关注重心和研究者的价值判断为主,对于对文学史有推进意义的探索性作品,尤其是上升期作家的作品,给予重点关注。对于著名作家的新作,有的笔者认为未必有很高的文学价值,有的或许仅仅由于笔者缺乏新见,此处暂且略过。对于这一个十年小说的全景描述,将在附录年表中稍作补足。

一　重要长篇创作

李洱大概可以称为"先锋派"的学弟辈作家,马原、苏童、格非、余华们各展风华的 1980 年代中期,正是他在大学的学艺期。或许得益于"后来者"得以更全面继承前辈成果的优势,或许迫于必须更上一层楼的压力,他在"先锋运动"高潮过后十余年才拿出的《花腔》(《花城》2001 年第 6 期,人民文学出版社,2002 年),堪称"集大成之作"——全面继承了先锋派作家的形式实验成果,并且运用得更为娴熟,因而被认为是"先锋文学的正果",与莫言的《檀香刑》同获首届"21 世纪鼎钧文学双年奖"。

《花腔》是围绕着革命者葛仁的生死之谜进行的叙述探索。小说包括 4 个文本,其中 3 个文本构成"正文",另一个是"副本"。正本是由三位当事人的叙述构成,这明显借鉴了福克纳《喧哗与骚动》的叙述方式。三重叙述如从三个方向各倒一个线头,倒到最后处却断了,留下了一个"致命的空缺"——这正是"先锋文学"代表人物之一、与李洱亦师亦友的格非从博尔赫斯那里学来的绝技。于是,真相的不可抵达、命运的不可预知、政治的残酷性、生存的荒谬感都呈现出来。如小说中叙述者所言:"本书中每个人的讲述,其实都是历史的回声。还是拿范老提到的洋葱打个比方吧:洋葱的中心虽然是空的,但这并不影响它的味道,那层层包裹起来的葱片,都有着同样的辛辣。"(第 284 页)

《花腔》的叙述与《喧哗与骚动》不同之处是,小说第四个叙述者采用的不是全知叙述,而是一个历史现场外的探究者、材料收集人的视角,这就是"我"——葛任的外孙女、唯一的亲人。"我"为了探究葛任的生命轨迹和生死之谜收集了大量的文史资料,这些资料作为小说的"副本"对正文进行补充和说明。小说中的副本并不是单独存在的,而是以一个个片段的形式镶嵌在三个叙述人的叙述中。《花腔》的这种结构方式使其变成了一个更开放的文本,正如作者在"卷首语"中提示的:"读者可以按本书的排列顺序阅读,也可以不按这个顺序,比如可以先读第三部分,再读第一部分;可以读完一段正文,接着读下面的副本,也可以连续读完正文以后,回过头再读副本;您也可以把第三部分的某一段,提到第一部分某个段落后面来读。正文和副本两个部分,我用'@'和'&'两个符号做了区分。之所以用它们来做分解符号,而不是采用通常的一、二这样的顺序来划分次序,就是想提醒您,您可以按照自己对故事的理解,重新给本书划分次序。"这种开放的文本,使阅读主体获得充分的解放,使阅读主体的创造性得以充分地发挥。

于是,《花腔》在自身的4个文本外,还有第5个文本,就是每个读者自己的文本,自己还原历史真相的路径。在此之外,还暗示性地存在着一个"历史原型"的文本——葛任旅俄的经历、记者的身份、忧郁的性格、从容就死的淡定,以及"人生有小休息,有大休息,睡觉时小休息,死亡时大休息"的遗言,都让人想起瞿秋白和他的绝笔《多余的话》。而《花腔》的写作方式提示读者,那个一向被当作历史真实来接受的革命者瞿秋白的故事,其实也来源于叙述,那是一个更庞杂浩瀚、多重缠绕的文本。如此,《花腔》以相当极端的方式实现了现代主义叙述对现实主义叙述的颠覆,从而达到了对现实主义世界观的颠覆——一切历史都是叙述,既然叙述是不可靠的,真相是不可抵达的,世界也就是不可把握、不可再现的。

"先锋小说"对当代文学发展最重要的贡献就是叙述的自觉和语言的自觉,《花腔》在这两方面都有继承性发挥。小说在语言上也充满了狂欢般的热情,三位叙述人有着强烈的诉说欲望,为他们各自言说设置的题目"有甚说甚""喜鹊唱枝头""OK,彼此彼此",也分别抓住了三个叙述人富有个性的语言特征。《花腔》的叙述从一开始就从"高音"起步,然后在不断拔高的音节上施展"花腔",称得上是一次成功的"炫技"。

如果说这部小说的问题,恰恰在于作家过于迷恋叙述本身的自反性了,使任何主题性的建构都无法完成。小说的真正主题是"花腔"——叙述技巧上花腔般的妖娆构成了这部小说最迷人的特征,同时这妖娆也迷住了作家自己,使作家未能如有的评论者所言成为一个"存在的探险家"①,而只停留在"耍花腔高手"的层面。

李洱继《花腔》之后推出的《石榴树上结樱桃》②(江苏文艺出版社,2004年,由发表在《收获》2003年第5期的大中篇《龙凤呈祥》扩展而成)依然充满"花腔"的品格。值得称道的是,在这里,"花腔"不再是高蹈的"洋腔",而是落实进本土经验和话语,化成民间的"颠倒话""弯弯绕"和"花肚肠"。虽然《石榴树上结樱桃》由于某些特殊的原因给李洱带来了广泛的知名度③,但在文学界获得的评价并不如《花腔》高。不过,这部描写农村现实和乡村微观政治的小说,由于经验更加贴合,读起来比《花腔》更有质感,更多会心之处。只不过,离开了"革命"的宏大主题,离开了文学史的对话平台,卸掉了形式的"花腔",小说更容易显示出其自然品质——一部以话语的小机锋捕捉起乡村小智慧的好看小说。

米兰·昆德拉称小说家是"存在的勘探者"(《小说的艺术》),在中国当代作家中,笔者以为这个说法特别适合艾伟。艾伟的写作一直试图穿越表面纷乱、实际僵硬的现实秩序,探索卑微幽暗的人类精神窘境。继《越野赛跑》(《花城》2000年第3期,人民文学出版社,2001年)、《爱人同志》(《当代》2002年第4期,人民文学出版社,2002年)之后,艾伟在第三部长篇《爱人有罪》(《收获·长篇小说》2006年春夏卷,春风文艺出版社,2006年)中,继续探讨自责与受虐、暴力与性欲等命题,将一对"虐恋"男女爱恨生死的故事从开端一直推进到尽头,保持了其一贯的"既邪且狠"的风格和力度。

小说以鲁建的出狱为开头,故事却源于八年前的一场冤案:年轻貌美的俞智丽在一场舞会之后惨遭强暴;而暗恋她的男青年鲁建,阴差阳错锒铛入狱。俞智丽得知事实真相后,倍受良心谴责。为了减轻自己的罪孽,她从一个"轻佻女"变成了"活雷锋";而重获自由的鲁建,自然以"报复"的心态去寻找当初的女人。改变之后的俞智丽像个圣洁的修女,鲁建仇恨退去,爱欲

---

① 参见张学军:《存在的探险——论李洱的〈花腔〉》,《文艺争鸣》2010年第4期。
② 书名出自民间的"颠倒话":"颠倒话,话颠倒,石榴树上结樱桃;东西大路南北走,出门碰见人咬狗。"
③ 《石榴树上结樱桃》2007年在德国出版后受到欢迎,被从"中国农村卷进全球化"的角度解读。德国总理默克尔2008年访问中国时,将德国版赠给温家宝总理,并要求和李洱面谈。《作家嘴里开花腔》,《南方人物周刊》2009年第12期。

重生；而俞智丽则以一如既往的自责迎合鲁建的所有要求。小说自此从"复仇"滑向"虐恋"：在"索罪"与"赎罪"之间，任何需求都无须掩饰，合情、合理、合拍。

艾伟擅长描绘极端状态下的扭曲心灵，他笔下的爱欲纠缠往往超出常规的审美维度。与《爱人同志》一样，《爱人有罪》也把视线投向了我们这个社会的"边缘"。但"边缘身份"的确立不再缘于能力的欠缺，而是来自于社会机制的"清洗"。"虐恋"正是这种对立的极端化心理投射。鲁建和俞智丽这段匪夷所思的"虐恋"促使我们去审视他们的身份：他们都是现实社会中的受害者，但并没有得到社会的同情与接纳。他们触犯了道德和法律的双重规则，只能在制度与规范的夹缝中苟延残喘。而"虐恋"使他们虚无的生命变得如此"真实"：俞智丽可以直面压抑许久的女性身体欲望；而鲁建则得以延续"海市蜃楼"里的梦幻爱情。"虐恋"既是主人公融入现实、超越现实的唯一途径，又迫使读者不得不面对这群被社会自行分化出去的"异端"。

像艾伟这样的作家，在当代文坛是少见的。人们在对"宏大叙事"的习惯期待中，往往会认为这样的作品过于封闭化、狭窄化、缺乏社会指向。或许迫于这样有形无形的压力，抑或是长篇写作的需要，在《爱人有罪》中，艾伟比较有意地将那对"虐恋"的男女置于比较广泛的社会关系之中，试图以"异类"的扭曲来呈现"正常社会"的荒诞及其清洗机制的严酷。这样的思路或许可以成就更伟大的作品，但从此篇的效果来看，"社会"的部分显得平庸，未能形成更大的张力，反而松懈了内在的紧绷力量。

因2004年推出《水乳大地》而备受好评的范稳，继续着他对西藏宗教信仰的"正面强攻"。《悲悯大地》（《十月·长篇小说》2006年第3期，人民文学出版社，2006年）是《水乳大地》的续曲，更多地着眼于藏民生活和藏传佛教本身，试图以宗教世界圣洁的光芒穿越世俗社会仇恨的阴霾。

作品以一个藏民的"个人成佛史"来承担沉重的"悲悯"二字。故事在一个"应验预言"式的结构中展开。都吉家长子阿拉西命中注定是"活佛"，只因尘缘未尽，与隔江相望的白玛坚赞头人的小儿子达波多杰结下杀父之仇。此后，澜沧江两岸各自延伸出一条追寻"藏三宝"的线索：达波多杰追求的是快马、快刀、快枪，而阿拉西则苦苦追寻佛、法、僧。两条线索各表一枝而又相互纠缠，从而支撑起整部作品。最终，阿拉西摒弃了作为凡人的一切，牺牲了良师、胞弟、妻女、母亲，付出了巨大代价成为"洛桑丹增喇嘛"。他宽恕了仇人，阻止了战乱，拯救了生灵。其人格与佛性在涅槃中飞升，而这首悲壮的"悲悯之曲"亦随其"个人成佛史"而走向终结。

1980年代,以加西亚·马尔克斯《百年孤独》为代表的"魔幻现实主义"风靡一时,《悲悯大地》可被视为中国的"百年孤独"——硬、冷、孤僻,把扭曲的时空直接呈现在眼前。在西藏这片"东方神秘主义"的"第三极"上,神巫在变幻的天色里斗法、心脏裸露在破碎的胸腔里跳动、腰悬宝刃的骷髅武士在虚构的平原上游荡,消失的生命在福祸相因中轮回。范稳不仅在技术上模拟了"魔幻现实主义",还充分动用了藏地各种文化资源,将其深入到一个族群的历史记忆和生活方式中去,以玄幻奇异的笔调勾勒出世俗社会所不能想象的另一个世界:佛法的世界——正如达波多杰和阿拉西所各自追寻的"藏三宝"。这两种逻辑、两种规则、两种信仰的冲突,烘托出作品用力最深的两个字——悲悯。这不是余华《活着》那种对自我、对个人命运的悲悯,而是对他者、对所有生灵根本性的悲悯;这不是人的悲悯,而是佛的悲悯——是由"人"转变而成的"活佛"的悲悯,作品也因此具有规劝意味。

而且,作家自己似乎也受到了"佛性"的感召,使《悲悯大地》更多地依靠一种"规劝感化式"的力量打动人心。读者不能、也不必问"为什么",只要默默地接受、体验,而不需要认知。不过小说终究不是"福音书",总要贴住人物来写。而当我们看到有血有肉的阿拉西每靠近"活佛"一步就愈发地形销骨立,看到作品由开篇的气象万千到结尾的单薄拮据,看到作品从"小说"到"叙事长诗"之间的游移,看到老生常谈的《灰阑记》再次在高原"上演",看到"悲悯"被公式化地理解成"个人牺牲+宽恕仇人+舍己成仁",不能不心生疑问:"感化"的力量应从何而来?从小说还是从"佛性"?

尽管如此,在当下普遍放弃难度的创作风气中,在语言的"油滑气"愈演愈烈之际,《悲悯大地》依然呼唤起人们心中久违了的庄严和崇高,是颇为用力的一部苦心之作。

刁斗的《代号:SBS》(《花城》2007年第1期,花城出版社,2007年)是一部颇具荒诞性的小说。作为《私人档案》《证词》《回家》等一系列小说的作者,刁斗一如既往地偏爱设置悬疑,执着于在虚构和现实之间质问存在的荒诞。而在此长篇中,作家也展露了更大的雄心:创造一个当代公司社会的存在寓言,并全面拥抱大众文化形式。

《代号:SBS》是个商业间谍的故事,吸取了侦探小说的元素,整个SBS培训,就完完全全成了一次神秘之旅,"我"打入Y公司管理层的内部,为X公司盗取商业情报。"我"接到一个新的任务:盗取Y公司的SBS培训班的详细内幕。SBS 培训班既是任务的核心,也是故事情节的核心。如果"我"能够代表 Y 公司进入 SBS 培训班,结业之后,未来就可以在 Y 公司内青云直上,得到 X 公司的赏识更是不在话下了。正因为 SBS 培训班是核心机密,因此神秘莫测、难以揣度。当"我"顺利结业返回公司的时候,却由于莫名其妙的公司权力运作,被 Y 公司辞退,连锁反应,随后又被 X 公司婉拒。SBS 培训的神秘、恐怖、荒谬、紧张,也可以说是它的"崇高""重要",突然瓦解了,SBS 培训变成了一次愚蠢荒谬的行动,而这恰好又吻合了文中的另一条线索:妻子杨迎春从事小学生道德品质研究,她精心树立了两个弱智双胞胎团团和圆圆,作为道德上天才的典范。在"我"被辞退的同时,团团、圆圆忽然爆出了乱伦致孕的消息。杨迎春苦心经营的小世界,与"我"妄图通过 SBS 培训飞腾的野心轰然坍塌。虽无理由可言,却又似乎在情理之中——因为世界本就是荒谬的。

小说既具有奥威尔《一九八四》所描叙的集权社会中的权威恐怖,又具备了卡夫卡的"城堡"里那个官僚体制的神秘、荒唐、自我矛盾。而与这些现代主义经典小说不同的是,它大量植入了当代大众文化:故事、笑话、游戏、节目主持中的 PK 元素,还有训练过程中的男欢女爱……从而使小说具有游戏的娱乐性质,成了"大众文化"形式的大荟萃。形式的快乐刺激,与 SBS 培训目的的"郑重"之间构成了张力。小说外表轻松——读者进入了这部小说,就如同进入了游戏的世界,有投入的快感;但内在其实有严肃的指向——正是在玩笑和游戏中,影射了当今社会对人的规训与惩罚。当代社会的"公司",何尝不就是奥威尔所隐喻的集权社会?小说详细地描绘了"公司"是如何对人进行洗脑的,主人公在被洗脑时诚惶诚恐,无意识地主动接受规训,最后却落到了失业的下场。由此,当今世界的荒谬性和冷酷性就如寓言般显现出来,使沉醉于游戏快感的读者骤然间沉入荒谬感和冷酷感的冰窖中。

小说叙述语言相当粗硬有力,长篇整体结构也比较集中,尽管集萃了众多大众文化形式,粗糙混杂之处在所难免。可以说,《代号:SBS》是一次很有意思的尝试。

荆歌的《鼠药》(《西部·华语文学》2008 第 4 期,上海人民出版社,2008 年)以个人的角度切入"文革"叙述。小说最值得称道之处是通过书信体的运用和鼠药这个道具的选择,将最具荆歌特点的两种艺术风格——饶舌和残酷巧妙地结合起来,且能扬长避短。在长篇的领域进行文体创新,这也是继东西《后悔录》、刁斗《SBS》之后,"60后"作家又一较成功的尝试。

可以说《鼠药》是一篇"很荆歌"的小说。大体来说,1960年代出生的苏州作家荆歌,其创作风格有两个路数:或是用饶舌的语言兴致勃勃地讲述一个并不复杂的故事,比如《我们的爱情》(人民文学出版社,2005年),或是用力颇狠地将人物性格与情节发展推向万劫不复的深渊,比如《鸟巢》(作家出版社,2003年)等。当然,这两种风格并非泾渭分明,在更多的时候它们融为一体——作者会饶舌地讲述残酷。《鼠药》则是这种饶舌残酷的典型。一方面,《鼠药》集残酷之大成:它讲述了一个发生在七八十年代的有关家族内爱、恨、背叛和谋杀的故事,试图用一些小范围内的残酷故事来反映时代变迁中人的命运。小说大致包括父母不和的家庭关系、兄弟同爱一女、由爱生恨的谋杀、弟与嫂间的不伦之恋、母亲的杀夫与出轨等情节线索,而小说的题目"鼠药"被小说中除父亲以外的所有主人公在试图自杀或谋杀时提到过,并最终成为母亲杀夫和哥嫂之子意外惨死的罪魁祸首。另一方面,《鼠药》也饶舌,小说由上百封信件组成,信末还附有大量荆歌的评注,这种书信体加评论的结构让作者放手在书信里婆妈,在评注里饶舌,它们往往能使书信看上去更加真实有味,或者使书信的背景更加具体清晰。荆歌的这两大创作特点,就是这样在新作中,以新颖独特的形式,结合得天衣无缝。

总体来说,荆歌对书信体复杂结构的驾驭相当成功。首先,他让每位说话者都在自己的信中从自己的立场、以自己的性格说话,造成了一种多角度叙述和众声喧哗的繁复效果,这种叙述声音的繁复又和故事本身的复杂性相呼应。其次,不同说话者在不同时代的信件都留有那个时代真实的文风,几个词、一句话都能让读者窥到一个时代的风貌。信末评注中对"粮票""下乡"等词的注解,则一方面介绍了信件写作的背景知识,另一方面又让人陡生嗟叹——一个时代正在不可抗拒地离我们远去,以至于如今的读者要凭借注解才能读懂曾经的信件了。最后,书信体非连续性的本质还使叙事能以一种断裂方式进行,使得荆歌作品中常有的不足——情节突兀和理念先行,在这样一种叙事文体中也变得颇为合理了;当然,也不是没有残留。

中国当代的小说基本上都是讨论生存问题的,很少有讨论存在问题的,从这个意义上说,吴玄《陌生人》(《收获》2008年第2期,重庆出版社,2008年)的出现,让人惊奇更让人惊喜。

小说通过塑造"陌生人"何开来这一形象,对"存在"本身进行形而上的哲学思考。这个"陌生人"的另类形象，无论是在中国现代文学还是在当代文学中，都显得格外新鲜独特。何开来名牌大学毕业后，并不是像许多人追求的那样，留在大城市内为成家立业奋斗，而是选择回到家乡小城。他先对市政府秘书一职吊儿郎当，又对炙手可热的电视台记者一职很快厌倦，整天混迹于酒吧中无所事事。在像换衣服一样换了众多女友后，他终于迎来了人生中唯一一次热烈的爱情。但当他得到了爱人之后，又随即厌倦了爱，而出人意料地选择了另一桩完全不般配的婚姻：娶了一个有孩子的胖富婆，借以逃避掉所有人生的徭役，不需要挣钱工作，不需要生养孩子，甚至不需要履行夫妻义务。他回避人生的一切责任，包括爱的责任，甚至因逃避而丧失了性的需求。在他面前，且不说人生之重，即使人生之"轻"也是无法承受的，生命本身已成了一种虚无。主流价值观、社会伦理道德在他那里，都成为一种虚设的存在。他完全自我地活着，对父母之死无动于衷，对男女关系玩世不恭。何开来的冷漠与陌生投射出的空洞，令人绝望。

"陌生人"很自然让人想起法国加缪笔下的"局外人"，乃至俄国莱蒙托夫的"多余人"。"陌生人"的形象来自这一世界文学谱系，但并不是简单的中国版。中国社会经过1980年代存在主义思潮的大规模引进和广泛渗透，以及从现代化到后现代化的转型，那种与西方存在主义哲学一脉相承的"陌生感"，已经有了本土的生存土壤。在小说中，它是具体地存在于人物的生活方式中，而不是概念性地存在于作家的头脑中。"陌生人"何开来是中国的社会环境和伦理环境的产物，有其独特的个性、本土性和时代特征，通过比较才能凸现出来，不仅要和"多余人""局外人"这些外国前辈比较，更要和其本土后代——"80后"作家笔下的同类形象、笔者称为"出局人"的形象比较。

"陌生人"面对的基本人生困局是"无聊"，这也是"80后"作家整体面对的核心问题。正如上一章中对手指的小说《让我们干点什么吧》所分析的，"80后"不愿意面对自己的经验，不仅因为这经验无聊，更因为这无聊中有一种彻底的失败感。"让我们干点什么吧"这个题目曾被"70后"作家周洁如用过，也非常适用于吴玄笔下的"陌生人"何开来，甚至王朔笔下的那些痞子。他们是各个时期社会的"边缘人"，但却有着质的不同。最大的不同之处在于，"陌生人"以前的"边缘人"都具有挑战色彩，他们或是叛逆的，或是清高的，或是自恋的，总之，对于"正常社会"是有优越感的。何开来虽然不知道自己想干什么，但他知道自己不想干什么，而"无所事事什么都不干是很有难度的一种生活"（这是代表正常人的何燕来的评价，见第84页）。而手指笔下的人物，他们不知道自己该干什么，是因为知道自己什么都干不了——这就是"出局人"，背后是自我价值系统的全面崩溃。正像吴玄在自序中所说，"局外人"的自我是很强大的，对于现实社会，他是绝望的、反抗的；"陌生人"的自我开始崩溃，但仍是清高自恋的，对于现实社会，他是疏离的，也是不屑的；而"出局人"的自我完全崩溃，对于社会现实，他是认同而自卑的。从"陌生人"到"出局人"，"局"内法则从强大到唯一。当世界按照唯一的成功法则分为两半后，"出局人"不是拒绝成功的人，而是无法成功的人。从"叛徒"到"弃民"，"边缘人"曾经拥有的道德优越感（更真实）和智力优越感（更清醒）不复存在，背后不仅是中国发展主义价值观的大获全胜，也是"1960年代"以来世界范围内支持各种"抵抗"生活的另类价值观的全面瓦解。

从"出局人"的角度回视，我们可以更清晰地看到"陌生人"的时代属性。如果说"局外人"是现代的，"出局人"是后现代的，"陌生人"则是夹在中间的过渡性人物。吴玄和他笔下的何开来都是"60后"，成长在1980年代。他们是精英的，"骨子里的文学青年"，"愿意选择一条向下走的路"（见附录《北大演讲：无聊和猫的游戏精神》）。这样的人在1980年代有很多，何开来的特点是一条路走到黑，并且行尸走肉地走向了新世纪。在何开来"自愿选择"的背后有着诸多具有中国特色的制度和文化背景，如高考、名牌大学、国家干部、电视台记者、1980年代的文学轰动、启蒙话语下的个人反叛，还有1990年代以来商品社会的形成、原有意识形态的崩溃和再度整合……这一切，都是"80后"作家不曾经历的。

"陌生人"是一个既具有人类共性又具有中国当下时代性的人物形象，这构成了这部作品重要的文学价值。但这个人物形象目前还嫌单薄，人物背后那个具体而广阔的时代还封闭在抽象的状态里，第三人称叙述视角也限制了人物内心世界的深入打开。这个人物形象或许需要进一步完善丰富才能在文学史上留下来，但有希望留下来。

邓一光的长篇《我是我的神》（《长篇小说选刊》2008年第2期，北京出版社，2008年）是继《父亲是个兵》《我是太阳》等作品之后推出的又一部现实主义力作。在题材和风格上都与此前的作品有延续性——以前讲述的是"父"的故事，此番的叙述重心落在"子"；以前的作品属于军旅文学，此番更落在成长小说。而无论在军旅小说还是成长小说、家族小说，乃至共和国史小说等方面,该小说都达到了相当的成就,且杂糅成了一个整体。值得一提的是它给人的阅读感受,80多万字的长篇激情饱满,令人可一口气读完。以我们多年"逐新"的批评眼光看,这部小说显"旧",但旧得有力量,其力量来自"新时期"的英雄主义和浪漫主义激情回荡。

小说构筑了一段宏大的历史,从新中国成立之初至1980年代的近半个世纪,中国的革命、战争、运动、改革、灾难,中国与世界、和平与战争、国家与家庭、小我与大我、人与人、背叛与忠诚、恩情与仇恨、爱情与亲情、生与死等都融入这段历史当中。乌力图古拉经过战争的历练,成了狂傲、粗野、雷威震慑的神煞形象。作为父亲他高高在上,威颜怒目,对儿子永远保持正面的进攻,与犊子们展开一生的搏斗;作为丈夫,他刚劲、率直,与妻子充满火药味;作为军人,他傲然挺立,是永不言败的搏克手,战场上赤膊上阵,不惧碎骨肝脑肉酱血浆,批斗场上愤怒反抗,誓不认罪。当自己的犊子都成长为真正的搏克手,他撒完一泡"时间漫长得足够孕育一茬儿好种子"的尿之后,舒服地躺在床上,向犊子们宣布"老子要死了,你们走吧"。天爷般的父亲,化成了不朽的神。泼辣美丽的萨努亚选择了刚猛的乌力图古拉作为一生的搏克对手,和他进行了一生的爱情战争,这战争充满谩骂和拳脚,却是温情相依。她为他生了四个"蛋",又替他收养了三个烈士孤儿,育犊护犊、念犊悼犊使她成为伟大的母亲。老四乌力天赫、老五乌力天扬从小与父亲斗争,与大院子弟和禁锢自己的一切斗争:炸飞机、打架、抢女孩、离家出走等。天赫走出家门后,二十多年没有回家,成为一名神秘的国家战士,越战、自卫反击战等大大小小无数残酷的战争和任务使他得到了历练。他去过越南,跨过安第斯山脉,迈上了欧洲和西亚的土地。不断的游走、斗争和深沉炽热的爱使他认识了自我,找到了自身的价值,明白了世界和人类、生与死、战争与和平的内在深蕴。天扬在历史的运动中一度成为流浪儿,鸡鸣狗盗,无所不为。参军入伍后,浴血战场,杀敌无数,功绩卓越。本应有个很好的前途,他却毅然离开军队,再度混世,游走于舞厅,抽烟酗酒,还毫不惋惜地把功勋章送给了一度堕落风尘、消极游荡的女子。天扬是在寻找自己,寻找属于自己的神。在这段历史风云里,他们硬朗地活着,与命运、与灾难、与死亡、与混乱、与疯狂激烈对抗,他们愈反抗,愈靠近自我,愈焕发出自我的神性光辉。

作为以军旅文学作品享誉文坛的作家,邓一光在这部小说中依然延续了他的英雄之气和悲悯情怀,谱绘了风云变幻的家族史诗。从普通读者的角度来看，读这样的小说"值"，老作家邓一光在这里投入了自己和自己一家的人生与梦想。尽管文学失去轰动效应是时代必然，但如果这样厚重的作品能够保持一定规模，我们的文学不会像今天这样远离读者。

进入新世纪以来，毕飞宇的写作，先是沿着中短篇的路径，将《哺乳期的女人》(《作家》1996年第8期，获首届"鲁迅文学奖"短篇小说奖)开辟的风格，经《青衣》(《花城》2000年第3期)、《玉米》(《人民文学》2001年第4期，获第三届"鲁迅文学奖"中篇小说奖)等中篇的锤炼而成熟，形成具有标示性的"毕飞宇风格"：细密、锐利、疼痛。之后开始向长篇跃进，并且进一步在写作风格上寻求自我突破。

《平原》(《收获》2005年第4、5期连载)的突破性在于以大破小，以刚制柔。毕飞宇向来擅写"小"——《青衣》中的执拗、《玉米》中的怨毒，均是些蜗角之争，却微观中有惨烈，平凡中有奇峰。《平原》则一如标题的意象，境界、气魄都开阔了许多。在气质上，《平原》也从阴柔走向了阳刚。以往毕飞宇笔下最出彩的形象多是女人，这次却将笔墨投注于男性，写一个叫端方的男子成长的故事，有股虎虎的阳刚之气。虽然从长篇写作的角度来说，《平原》存在结构不平衡、虎头蛇尾的问题，却是有益的尝试。

《推拿》(《人民文学》2008年9期，人民文学出版社，2008年)更是一部自我突破的作品，其突破性恰恰在于自我设限——毕飞宇本来是最擅长察言观色的，以人物的举手投足、一颦一笑烘托心理变化是他的拿手好戏。《推拿》写盲人，等于封住了自己的眼睛。毕飞宇抱定决心不以窥奇的目光来打量这个特殊的人群。虽然字里行间不断提及那属于盲人的"敏感"与"额外"的"自尊"，但不用通常对所谓"弱势群体"的同情口吻。从股票、结婚、房子到推拿所里纠结不清的世故与人情，盲人其实也很"正常"，生活五味同样汤浓汁酽，处处渗溃着内心的酸咸。于是我们看到的始终是盲人推拿师的"生活"而不是"盲目"本身。作者施展开对人物心理的大力"推拿"，执着地揪住人物心理经络最敏感的穴位，兜兜转转地反复用劲，推、拿、提、捏、揉、搓，乃至撕扯开来，使内心皱褶一丝一缕的纹理纤毫毕现，把盲人沉默之心具象化为一个色、声、味、触混融的世界。毕飞宇要告诉我们盲人世界不为人知的曲折隐秘幽微，甚至试图贴着盲人心脏温暖的律动，在黑暗中炼出光芒……尽管这种细腻密实而又汪洋恣肆的笔法在作家中短篇写作中已然得心应手，用它写长篇却仍是一大考验。自我设限与自我推进同时进行，显示了一个成熟作家令人尊敬的探险勇气

《推拿》实写盲人生活,意在探究每个人心中的盲目状态,这种以实写虚的内在追求,使小说具有深远的意蕴空间。在某种程度上,小说也洞穿了盲人和常人间的坚壁,所谓"盲目",并非仅指肉眼的视觉障碍,也存在于常人和盲人之间、盲人与盲人之间、盲人自身的欲望和理智之间的种种错位关系中。只是"正常人"的"盲目"早已板结为视而不见,恰需要超乎日常想象的盲人经验予以洞开,要做到这些光靠将心比心是不够的——在这里暴露了毕飞宇写作一直存在的内在局限,他最擅以己度人,却终归隔了一层。小说对盲人世界生活的描写,基本靠想象进行,虽然几乎到了真切的程度,但还是缺乏原生经验的穿透力度——看来,作家的自我挑战不能只限于想象和技艺,还应拓展到经验层面。

从长篇结构上看,《推拿》比《平原》均衡得多。但人物次第出场的屏风式结构,相对平均的用力,封闭的空间,以及过缓的叙述节奏,还是让人多少有"中短篇汇集"之感。或许向长篇跃进还需进一步的"脱胎换骨"。

尽管2004年曾以《英格力士》(《当代》2004年第4期)获得了当年长篇小说"双冠王"的称号①,王刚仍是个著名的业余作家。相对于很多闭门造车、为写而写的专业作家们,他的特点在于,第一,有的写,他不但"有生活",更居于时代生活的核心;第二,需要写,写作是生命本身的逼迫。②

虽然在题材和风格上《福布斯咒语》③都与《英格力士》大异其趣,但两者之间仍有深层的精神联系。当年那个以"英格力士"为理想象征、怀抱着诗意惆怅走出的边疆少年,进入了大都市,进入了名利场,超出了一般的拉斯蒂涅们,成了时代新贵,并且打开了"福布斯咒语"。王刚用近似荒诞的笔调呈现了富人"灵魂"的挣扎:地产商冯石光鲜外表的背后隐藏的是焦虑不安,他不仅经济上负债累累,入不敷出,精神上也早已不堪重负。王刚一方面书写地产商冯石对金钱的贪婪渴求,另一方面书写下岗工人的艰辛生活,两者相互对照,时代资本家的原罪暴露无遗——王刚正是借助冯石这样的形象完成了对一个时代的"富豪"群体的书写以及资本家生活图景的勾勒,冯石的焦虑正是这个时代的焦虑。越来越多的人患上了时代"焦虑

---

① 该奖由新浪网、人民文学出版社及《当代》杂志联合评选,在由55家媒体提名的42部作品中,王刚的《英格力士》最终获得"2004年长篇小说年度奖"的专家奖和读者奖"双料冠军"。
② 参见周昌义:《新疆饭店,王刚三哭——责编手记》,《当代》2009年第3期。
③ 《福布斯咒语》(上),《当代》2009年第1、3期连载,北京:人民文学出版社,2009年;《福布斯咒语》(下),《当代》2010年第4、5期连载,北京:人民文学出版社,2011年。

症",生活完全被利令智昏的时代彻底异化。同时,王刚通过冯石焦虑不安的生活状态影射了滑稽而破碎的现实人生,这人生如此的焦灼、无奈,而又饱含着荒诞,可以说是一场严肃而滑稽的戏剧,正像结尾的那块石头:冯石在河边发现的这块石头,估价八千万,而经过玉石专家、奇石专家、律师、会计等人一天的研究之后,它的价值直接飙升到一亿三千万,并且被人们广为传颂,"人们歌颂它,就是在歌颂自己美好的生活"。小说中充斥着这些不合逻辑、不近情理的事件,既滑稽可笑,又有很强的反讽性,它们不仅呈现了这个时代富人的焦虑和恐慌,同时也影射了现实人生的无奈。此外,王刚也试图勾勒现代人生存的荒诞图景。当父亲去世,冯石回到阔别已久的故乡的时候,才发现自己的失败——在故乡,他的成功最大程度地获得了人们的认可,但是成功的躯壳下装殓的却是他漂泊不定柔弱无依的灵魂。无论冯石多么成功,他的灵魂终究是漂泊在异乡的,他是一个失去了故乡的人:这正是现代人的生存困境。

《福布斯咒语》的情节体系并不庞大,也没有向我们展示时代的精神群像,但是他给我们塑造了一个时代的精神个像——地产商的形象,王刚对这个已在大都市"混世成王"的人物的内心世界进行了深度开掘。在略显夸张的叙述中,冯石,这个文学史上首次作为主角出现的地产商形象被刻画得有血有肉,真实可感。他极具自信和野心,像"一句响亮的口号",有着超人般的精明果断;同时又色厉内荏,惶恐焦灼,在"福布斯咒语"的阴霾笼罩下,如亡命徒般铤而走险。孤注一掷是他的生活常态,一个比一个巨大的谎言构成了"资金链",金钱对于他恰如氧气一般,能不能"扎"到下一笔钱决定他明天是富豪还是乞丐。他"空手套白狼",张开血盆大口吞没国有资产,却中了更老谋深算的国企厂长的套子,人家携款潜逃,留给他的是几亿元的资金黑洞;他心黑手辣,强行拆迁闹出人命,回到故乡,却要面对下岗亲朋的无声诘问。作家有意从各个角度塑造这个形象,让他在多重角色之间穿梭,老板、大哥、情人、父亲、儿子,角色的变换使得他像演戏一般不断地出场退场,一切都是匆忙的,一切都是临时的,每一重关系背后的纽带都已松懈模糊。通过这样多层面的刻画将人物性格的皱褶打开,让读者窥见了新时代地产商光鲜背后的原罪、富贵背后的凄凉。

这部小说可以和曹征路的长篇《问苍茫》(《当代》2008年第6期)和更早的《那儿》(《当代》2004年第5期)参照阅读。《当代》推出的这几部重头作品在众多的"小叙述"中脱颖而出,直指关于资本的社会核心问题。曹征路关注的是资本的"肮脏血"和工人阶级的觉醒反抗,王刚关注的是资本的困境和资本家的生存困窘。然而,这未必意味着王刚有意对抗左翼立场,甚至可以说,他的笔下没有政治立场,但有情感倾向。官商勾结的腐败、阶级对立的矛盾、时代逻辑的怪诞都通过冯石这个地产商的目光呈现出来,眼镜有色,而图像鲜活。从某种角度说,小说呈现了我们这个光怪陆离的社会广阔的时代图景。但称之为"当代《子夜》"(《当代》发表推荐语)似乎不妥,这仍然不仅是作家立场问题,而是王刚不是茅盾那种"社会剖析派"式的作家,对社会结构和走向缺乏高屋建瓴的把握能力。从结构上说,小说也过于关注冯石这个主人公,全书情节围绕着他一个人单向推进,显得单薄而失衡。总体来说,这是一部从"个人化写作"路径走出而遭遇社会重大现实问题的小说,人物形象的成功大于小说整体的成功。

在《一句顶一万句》(《人民文学》2009 年第 2、3 期连载,长江文艺出版社,2009 年)之前,刘震云已经进行过各种文学操练,"新写实"打下了写实功底,"新历史"极尽语言狂欢,《手机》《我叫刘跃进》等"影视文学"又操练了对当下口语的提炼和读者意识的内植,最终向民间史诗发起了进攻。在《一句顶一万句》里,刘震云回到了故事,回到了故乡,回到了民间口语和中国小说传统,同时又以西方小说的主题做内在统摄,完成了一次中国传统小说的基因暗转,或称西方现代小说的本土内接实验。

小说分为"第一章 前言:出延津记"和"第二章 正文:回延津记"两个部分,写的是清末以来延津普通农民杨百顺一家三代的辗转人生,并以此为主线,串起了四乡八里三姑六婆的人生百态。形式上采取了作家独创的姑且可称为"拟话本"的文体——它上承中国古代白话小说的"话本"传统,所谓"小说者,街谈巷语之说也"。贯穿全篇的是一个代表公众声音的"说书人",但这个知道事情来龙去脉、细枝末节的"说书人"却非西方小说中的全知叙述者,代替上帝视角的是中国民间市井的价值观,而作为现代社会个人的作者也隐身进"说书人"的"行头"里,以公众的语气发生。这种叙述方式有意与新文化运动以来的现代小说叙述模式拉开距离,有助于还原、发掘中国经验,特别是民间价值观的表达,也使白话口语的写作传统在现代欧化书面语的主流叙述外得以延续。从这个角度说,刘震云的写作是在延续《金瓶梅》《红楼梦》的路数,继续走老舍未走完的路——读《一句顶一万句》不由让人想起老舍未能完成的《正红旗下》,中国人在清末以后的故事终于以中国小说的方式获得整体性的表达。这种叙述功夫在之前的《手机》中早已操练纯熟。然而不同于说单口相声似的一个接一个地抖包袱的《手机》，《一句顶一万句》里仿佛有一个沉稳的说书人，言语洗练，有条不紊，调子里偏又有一种绕。这种绕，不是《一地鸡毛》的琐碎，不是《一腔废话》的无聊，也不是《故乡面和花朵》的故布迷障，而是以漫溢全篇的"不是……也不是……而是……"的缠绕说口，将芸芸众生的千头万绪、人情世故的丝丝缕缕码得清清楚楚。因此"出延津记"前半部分中，写老马和老杨的别扭交情、老裴因出轨而惧内、老汪秘密的陈年情事、秦曼卿因沉迷明清小说而下嫁杨家的决意，耐得烦，压得住，渗着生鲜的民间经验和作者的练达体悟，活泼生趣且余味隽永。

不过，作为一种当下的书写，这里有一个特别的难度，就是一方面作者必须"隐进过去"，而另一方面小说中的人物正在"走向未来"。在这样的"相向而动"中，如何完成传统与现代、中国与西方的深层对接，"长在红旗下"的刘震云确实面临着比"长在正红旗下"的老舍更严峻的挑战。

小说目前的处理方式可称"中国血肉，西方骨骼"，尽管从价值形态到语言形态都是周身的中国气派，但小说的内在结构却是西方的——这不仅指"出延津记"和"回延津记"的篇章设计一看就是仿《圣经》，更在于《清明上河图》式的铺陈背后，有一个贯穿全篇的聚焦主题——说话，各色人物的百态人生都困结在一个点上，说话难，找投缘人说知心话比登天还难。小说中一个世纪三代人曲折辗转命运的机缘都在说话上。"前言：出延津记"里的主角杨百顺无论在家在外始终找不到知心人，于是不断漂泊流浪。对世界的恐惧导致他不断失去话语，走向沉默，甚至他的名字也因此一改再改，最终流离失所，漂泊异乡。"正文：回延津记"里，杨百顺被拐卖的继女曹青娥，同样和自己的家人都说不上话，终身未能安心；她的儿子牛爱国也因和妻子、家人、朋友无话可说而或淡漠或反目。书中人物关系基本都归于能不能说上话、说话投缘与否，无论做豆腐的老杨、赶车的老马，还是杀猪的老曾、剃头的老裴、教书的老汪，乃至当县令的老史，都在寻找一个对话者。因此，在《回延津记》中，牛爱国才会为了寻找杨百顺临终捎给曹青娥的那句遗言而四处奔走追索，并悟到自己相好的章楚红那句没说出口的话何其重要。这个人生困境虽被以中国的方式表述为"知音难觅"，实际上是西方的孤独主题。中国人由于没有一个上帝可倾诉，更需要找人说话，这份孤独的苦闷更忧愤深广。作者以此角度烛照出中国人的"千年孤独"，是对中华民族心像的独特发现，使小说在立意上走高走深。然而以如此单一的主题贯穿,却使小说在内容和意蕴上走窄走单。尤其是后半部,小说由众声喧哗的市井热闹,转入对杨百顺及其子牛爱国命运的单述,更显出重复和单调。想想《红楼梦》的浩渺苍茫,中国人的闲愁万种岂是一个"说话"了得?况且,对于小说中的底层小人物而言,"没人说话"的闲愁或许常有,但时时执着于此未免奢侈,作者的"烛照"里还是有更多的作为现代知识分子的投射。

小说以现代民间史诗起势,最后落回个人创作的现代小说,虽说有些遗憾,却是非常有意义的尝试。因为,作家以丰厚的积淀探索了这种写作的可能性,并且遇到了真正的难题。它对小说本土化叙事的实践、对民间生态和个体生命史的关切,已然向我们展示了"民间史诗"写作的丰厚蕴藉,而它对中国人孤独内心的体察更使之凌驾于当前众多小说之上,堪称新世纪十年内最优秀的长篇小说之一。

张炜一向有大师情结,倾二十年之力集结而成450万字巨大篇幅的《你在高原》(作家出版社,2010年)便是一部他自己的生命之书。全书以主人公"我"(宁伽)个人与历史的关系为轴心:追寻家族父辈革命历史的种种隐秘与曲折;自己本人在成长中遭遇"革命"造成的创伤;愤慨于社会转型期的种种负面现象,不断通过出走来抵抗庸俗并寻找新的精神家园。但是这条故事主线被打散在全书各处,并不是推进叙述的真正动力。《你在高原》其实主要是依靠贯穿性的"我"这个强大的浪漫主义道德理想主体来支撑,正是作者自己思想的一贯性使得他如此多不同时期的作品具备了整体性。由于基本上依赖一个强大的主体来统领,全书有非常强烈的抒情性特征,充溢着倾诉式的独白。

的确,这种抒情文体非常有利于作者本人思想观念情绪的直接倾吐。在这种完全直接的释放中,全书有不少亮点:《家族》中关于高贵与庸俗两个不同精神家族对峙的激情;童话般美丽纯真的"阿雅"和"鹿眼";对善良的底层人民、流浪者的生活状态的描绘;等等。

如果只是纯粹自我倾吐,那么,这部小说将会冗长单调得可怕。张炜的艺术能力恰恰体现在他同时也对这种独白进行干涉,保持了小说丰富的弹性。最值得注意的便是"我"在不同时期、不同文本语境下叙述语调的微妙差异所形成的自我内部对话。《你在高原》只是张炜自己个人创作生涯的一帧定格;实则在这二十年间其思想亦有变化。而从他对旧作的擦拭、涂写中(除了细部的字句调整之外,主要是缩写了一些关于朋友之间的生活场景和对话的描写;增添的主要是关于社会现状的讨论),我们可以窥见张炜虽然坚持对 1990 年代以降的社会负面现象采取道德批判的立场,但是他的态度不再那么愤懑与激越,对社会转型的现象有了较多的宽容和理解。

虽然有所微调,但最终从整体上看,张炜的这种全抒情叙述方式面临着种种困境。

最明显的问题是故事情节的破碎与淡化。《你在高原》中"我"的家族身世这同一个故事不断重复讲述,然而在主观情绪张扬的冲刷下,对家族历史的探秘也失去了张力与悬念感,令人读来觉得乏味。曾经有论者对张炜小说屡屡"将此前已经书写过的人物故事……进行差不多相同的二度书写"①多有怨言,严厉者甚至直斥他的"小说的(故事)虚构能力和想象能力"②。

其次是艾特玛托夫式的困境——过度执着于善恶道德论辩而妨碍艺术探索③。长篇抒情小说文体必须依赖读者对理想主义道德激情的高度忠诚才能生效。然而在对此报以敬意的同时,读者也不免抱有疑虑。张炜登上文坛不久,雷达就曾提醒他"只习惯于从政治上、道德上观察人物、评价人物""偏执于道德化地评价社会生活",可能会"影响作品的深刻性和广阔性的,并且也不太适应今天生活的丰富和斑驳"。④ 而这个问题一直挥之不去。

张炜深受俄苏文学影响,虽然他在理念上从托尔斯泰、陀思妥耶夫斯基印证了悲悯道德感但是并未得到他们的厚重,他真正继承的是以艾特玛托夫、阿斯塔菲耶夫为代表的自然抒情派这一脉的衣钵。作为 1990 年代初社会转型期文化论争中"以笔为旗""抵抗投降"的旗手之一,张炜在这一时期创作的小说也深深打上"道德理想主义"立场的时代烙印:对正在冲击社会的市场经济带有神秘化、妖魔化的恐惧。他执着于泛化人文知识分子所普

---

① 王春林认为:批评界的"人文精神"与"民间"理论对张炜的热捧,对他的基本艺术思维产生了误导性的影响。见《空洞苍白的自我重复》,《当代文坛》2007 年第 6 期。
② 吴俊:《另一种浮躁》,《文汇报》2002 年 3 月 22 日。
③ 参见何云波:《〈断头台〉:艾特玛托夫的困境》,《俄罗斯文艺》1989 年第 3 期;何平:《张炜创作局限论》,《钟山》2007 年第 3 期。
④ 雷达:《独特性:葡萄园里的哈姆雷特——关于农村题材创作的一封信》,《青年文学》1984 年第 10 期。

遍面临的困境:如何在市场化大潮中坚守自己的价值。这种情结使他形成了以抒情为主的叙述策略。对于要写一部生命大书的张炜来说,唯有这种叙述结构方式才能容纳他自己对生命和历史的所有看法,因而是最适合他的切入叙述的方式。他之所以淡漠了人物的塑造、情节的紧凑等等这些小说的基本要素,采取"强烈主观"的叙述姿态,主要就是要凸显出一个"在高原"的"我",以此抵抗流俗。

追求自我理念的全面释放并非不合理,然而抒情的强度和有效程度取决于"我"的坚定程度和所抵达的精神高度,这对抒情主体内在能量要求非常之高。因此,张炜小说存在的真正问题不在于道德化、理念化,而在于作为抒情的主体,"我"并不是足够强大。张炜急于表达自己对现实和历史的思考,实则他并不以思想的厚重与深刻见长,难以克制自己面对时代的紧张感。因此他的抒情只能"汪成一片",浅显,缺乏深度,无节制地泛滥。丰富的历史进程在《你在高原》的叙述中被缩减成了一个道德衰败的寓言:高贵的精神"家族"拒绝参与世俗的利益斗争,只能出走逃离,一步步从居于城市权力中心的"橡树路"退到平民区,从"03 所"退到"杂志",再退到葡萄园,然而无论在哪里都会碰到利益争夺,于是他们最终退到"高原",离开了低洼和拥挤的"东部"。

这种看似鹓雏般"非梧桐不止,非练实不食,非醴泉不饮"的精神洁癖,实际上只是软弱避世,没有真正有效的抵抗。愤激与忧虑没有转化为现实的力量,难以因应时代之轮的碾压,只能不断退守。问题在于:在"高原"就不会再遇到利益之争了么?他们在所谓的文化地质学指引下弃绝社会生活而转向"自然",走向"高原",实际上这也只是主体自我封闭不断漂移的想象性空旷地带,而不是真正可以据此坚守的根据地。

二十年来,张炜当年面对的问题并未消失,他所指出的道德路径显然不具备现实性,不能化为真正有效的伦理实践,而只是空洞的能指。他在精神上的探索只是在某个历史现实规定的平面里,不断地退隐自弃,屡败屡退,而没有真正朝自我内心、超越性的维度深处开掘,不足以撑起心气(相比之下,张承志则借偏执彻底的宗教狂热而站稳脚跟,爆发出不可忽视的审美能量)。因此,与其说《你在高原》是一剂济世良方,不如说它更是时代重压下文人的症候。

在新世纪第一个十年行进尾声之际,宁肯《天·藏》(《长篇小说选刊》2010 年第 6 期,北京十月文艺出版社,2010 年)的问世不但给人带来惊喜,甚至有某种拯救的意味①,至少是一种完成——受到世俗化包围和媒介革命挑战的精英文学传统终于结出了硕果,它同时也是1980年代中期"文学变革"以来当代文学现代转向的正果。虽然宁肯长期以"文学青年"的身份厕身于"先锋作家"之外,却解决了"写什么"和"怎么写"的问题,他站在现代小说技巧的基础上,更站在现代哲学的基础上,以西藏为背景,以文学的方式进行灵魂的探索,搭建起足以与精神高原匹配的文学庙宇,正是中国当代文学期待已久的知识分子写作。

《天·藏》是一个思考深邃的精神文本,也是一个形式复杂的实验文本。它拥有一个开放式的结构,三条叙事线索相互交叉:一条是主人公王摩诘的线索。1990年代初,大学青年哲学教师王摩诘带着"内心的困难"来到西藏,在一所小学教书。他的教书生活同时是修行生活,作为维特根斯坦的推崇者,希望借助西藏这片净土,继续进行现代哲学问题的思考,以期重建精神家园。另一条线索是王摩诘与同事维格激情而艰难的情爱。长于北京、留学法国、具有汉藏血统和神秘家族历史的维格,不仅是深爱王摩诘的女人,更是可以与之在各个方面深层对话的"共修者"。当他们的情爱走向深入时,触到了王摩诘"内心的困难"——他是个典型的受虐恋者,这并不是源于个人的病态,而是一种集体性的"历史暴力"的后遗症。第三条线索是"上师"马丁格与父亲让-弗朗西斯科的哲学与宗教对话。马丁格是法国颇有成就的生物学博士,他毅然放弃了科学道路来到西藏,在一所寺院隐居修行。马丁格的父亲是西方著名的怀疑论哲学家,他不理解儿子为什么这么痴迷佛学,为此专门从法国来到西藏,与儿子探讨哲学问题,从西方现代哲学的角度质疑佛教哲学,两人进行了一场意味深长的对话。三条线索立体回旋,形成了一个类似"坛城"的圆形空间。小说采用了多种叙述方式,将不同的叙事时间并置,使作品呈现出立体透视的效果。为了进行复杂的辩论和阐释,作者创造性地挪用了"注释"元素,将"注释"拓展为小说的一个强劲的

---

① 《天·藏》2011年10月获首届"施耐庵文学奖"。授奖词称:"一段藏地生活,一次高难度的写作,一个极具张力却无法自我完成的怀疑主义知识分子,将我们带入了一场深邃而冒险的思想对话之中。由此,自我的真实性,时间的谜一般的魅力,暴力与创伤记忆,变态行为与修行,静观,以及人性的疾病和我们仅剩的脆弱的美好与灵性,一起构筑了这个奇特的实验性的精神叙事文本。当宁肯决绝地把哲学沉思的品格和诗性的超越特质注入汉语叙事时,我们知道,日益世俗化的当代文学,其实从未丧失自我拯救的冲动,而中国作家也从未丧失对文学的信念。"

叙事空间与开放的话语空间,叙述者在"注释"里对文本的内容或解释,或补充,或与小说中的人物辩论、对话、交谈,或对自身的叙述行为进行评论与解说。"注释"的长度常常僭越正文,长达数页,与小说的开放结构达成共振。

无疑,这是一部挑选读者的小说。然而对于愿意并且有能力接受挑选的读者来说,阅读并不沉闷,而是充满了悬念的吸引。这悬念就是那两个根本性的命题——人为什么活着?人应该怎样活着?这两个命题是超越时空和种族的,但在《天·藏》中有一个具体的指向,就是1989年以后的中国知识分子如何安放自己的灵魂?王摩诘的创伤是一代人的精神创伤,王摩诘的漫游是代替"悬置者"们的精神实践。这个小说不可能不复杂,因为王摩诘们信仰过达尔文、马克思,曾是启蒙理想的逐梦者,又读了拉康、福柯、德里达,然后,作为一个东方的智者、儒道文化的后裔,到西藏体味佛陀的道路——一个无法结构的灵魂/在西藏的天空如何结构?一种无法靠岸的思想/在高原的河流如果靠岸?①——这样的精神探寻必须在人类的精神高地上进行,必须建构一种与精微复杂的思辨形式相匹配的小说形式,在这里多重文化、哲学、宗教思想能够在文学的宫殿里碰撞、交锋、震荡、衍生。

宁肯的《天·藏》成功地在一个文本中容纳了"多个":他以汉语去复述佛教的宗教教义、法国哲学家的形而上学、西藏的人文和日常生活等等,但并非单方向地将这些经验汉语化。相反,他从这些内容本身所属的语言形式(佛经、法语、藏歌)中借用了大量异质性的表现手法来激活汉语。当我们在《天·藏》里读到那些只有在仓央嘉措的情歌里才会反复出现的关于水天、关于人的眼睛、关于爱的描写时,或是读到大段以汉语复述的佛教大师与法国哲学家通过翻译才能完成的哲学对话时,我们看到,这些多语言文化背景的张力为汉语写作注入了更多元的经验、更多维的时空概念以及奇异而又精准的感受力,汉语的丰富性与表现力也因此被强力扩张。如果把《天·藏》看作是一个半学术的知识分子文本,它提供了一个空间,在这个空间中不同文化背景的宗教、历史和哲学话语深度交锋。作家对东方佛教和西方哲学的深厚了解,让他有能力把马丁格父子的那场长篇对话写成不同思想源泉探讨个体生命和生存的范本。我们不仅看到了马丁格对佛教教义、其父对西方怀疑论传统的有条不紊的展开,还能听到两人对对方的思想源泉提出的掷地有声的质疑。此外,正如作家相信哲学和生活不可分,他笔下的人物也都能以抽象的思辨来

---

① 小说扉页题诗。

观察日常生活。这些不同人物的日常生活因此更像是多种哲学和宗教的践行,而当他们发生对话和联系时,其实同时也是不同的哲学和宗教在发生对话和联系。日常生活的丰富性和不可预料性为这些抽象的对话提供了全方位的检验空间,让人不断思索每一个抽象理念之于具体生活的有效性。

尤为难得的是,作家的初衷显然不只是关于语言和学术的抽象尝试,还涉及活生生的个人和集体的历史与现在。他将那些充满故事的人物放在和自身的起源相异或部分相异的西藏,试图通过多文化背景的碰撞让他们重新在历史和宇宙中找到个体的位置。正是在小说的这一维度里,主人公王摩诘暴露了自己的精神黑洞——受虐病态,一代人刻意回避的精神创伤,那些关于屈服、恐惧、低贱、犬儒的心理以如此粗暴的方式触目惊心地展露出来,《天·藏》在凌空高飞的翅膀下留下一条粗重丑陋的尾巴,深深扎进我们生活的历史现实的地基里。当然,如果在世俗层面的部分能够更夯实一些,小说将更具"肉身",与思辨性大脑的匹配更均衡。

思辨性强的小说语言如果不是佶屈聱牙,也往往会干硬枯涩,或过于啰唆,《天·藏》不是。巨大的知识含量和艰深的思考并没有影响阅读的流畅和快感,不过,阅读是快不起来的,一字一句都无法跳过。宁肯写得很静,1990年代曾以写作"新散文"知名的他擅长写风景,他笔下的西藏是一处处阔达而安静的风景,如音乐般流动。小说的语言呈现出一种洁净的美感,这美感落在词句的节奏里,与风景和意境连成一体。

作为1980年代入藏的"文学青年",宁肯的写作一直没有离开西藏。不过,西藏在他这里不像在马原笔下作为"先锋小说"的背景存在,而是探索生命存在意义的精神实践地。从《蒙面之城》(2001年)的青春探寻,经《沉默之门》(2004年)、《环形女人》(2006年)的现实拷问,宁肯终于以《天·藏》登上了精神和文学的高地。关于《天·藏》的文学成就和地位,藏族作家扎西达娃的评价恰如其分:"《天·藏》以对文学和生命近乎神性的虔诚姿态构建出哲学迷宫小说,耸立起一座在许多作家眼里不可复制和难以攀登的山峰。它体势诡异,孤傲内敛,遗世独立,爆发出强大惊人的内省力量……这是一部描写西藏又超越西藏的小说,是自八十年代马原之后,真正具有从形而上的文学意义对西藏表述和发现的一部独特小说。"[①]

[①] 扎西达娃的这段评价部分印于《天·藏》封里介绍,全段转引自王德领(《天·藏》一书责编):《构筑精神的高原——读宁肯长篇小说〈天·藏〉》,《文艺报》2010年7月9日。

二　中短篇佳作

继《逍遥津》(《北京文学》2007 年第 1 期)之后,叶广芩连续推出"京剧系列"作品(《豆汁记》《三岔口》《状元媒》《三击掌》等)。其中,《豆汁记》(中篇,《十月》2008 年第 2 期)是韵味最醇厚的一篇,即使放在整个"京味儿文学"脉络里,亦是不可多得的佳作。

小说以一个文化遗迹式的人物莫姜(清末出宫宫女)坎坷多蹇又顺天知命的一生为主线,以豆汁儿、京戏《豆汁记》为贯穿性道具,将那种带有满族风味、充满贵族气息的老北京文化表现得韵味十足。作为一篇典型的"京味儿小说",《豆汁记》的文学意义不仅在于老作家叶广芩以其丰厚的人生经验、炉火纯青的写作功夫把她熟知的文化真正写活写透,更在于她对这套文化符号背后价值观念的深切认同和现实提取,这主要是通过莫姜这个人物体现出来的。莫姜是一个彻底被传统礼教驯化了的人物,礼教戕害了她,又成就了她,在她的身上,美德与奴性浑然一体:既逆来顺受,又不卑不亢;既含辛茹苦,又温润如玉。她身份卑微,命运多舛,却怀有中国传统文化中最令人敬重的君子之风:贫贱不移,威武不屈。显然,莫姜是一个被理想化了的人物,在她的身上,不仅寄托了作家的旧日情怀,也负载了今日的价值取向,莫姜身上具有的正是我们这个时代逝去的。正是因为这种与现实潜在的对话关系,作品超出了一般文化挽歌的范畴,虽然充满了怀旧气息,却毫不腐朽。可以说,在叶广芩笔下,"京味儿小说"终于走出 1980 年代"文化热""寻根热"的阴影,也远离 1990 年代以来文化卖弄的商业气息,抵达醇厚通透的精神境界,形成了自成一统的价值观念和美学风格。

叶广芩和"京味小说"这一脉的创作这些年来一直远离文坛中心,不过,作家总会自觉不自觉地受到文学以及社会总体思潮的影响。从当代创作整体趋向来看,《豆汁记》属于宏大叙事解体后的微观历史叙述。莫姜一生遭逢了最重大的生活政治动荡,从帝制到民国,从建国到"文革",但莫姜只生存在她自己的世界里,影响她命运的是一些偶然的事件。将一个女人"不变"的小生活放置在激变的大历史中书写,是近年来不少女作家喜欢采取的一种写作方式,如王安忆的《长恨歌》、严歌苓的《第九个寡妇》《小姨多鹤》等,背后是一个关于"女性本能"可以超越历史、政治的神话。表面上看,莫姜似乎与王琦瑶、王葡萄、多鹤一样,她的"不变"凭借的也是"女性本能"。细看则不然,莫姜的"本能"是文化性的,而不是生物性的,是习得的,而不是"天然"的。所谓"本能"是文化的内化,莫姜这个人物是有根的,存活在具体的历史文化语境之中,而不是作家的意念中。"不变"在她这里是一种"守护",她不去碰"世道","世道"若一定要碰她,碰到原则底线,就只能玉碎,不为瓦全。如果我们承认所有的人都是"文化的人",只有进入到文化的层次,人物才立得住,才能代表作家的文化立场,也才具有与其他文学形象比较和对话的可能。

《豆汁记》在文学上最大的成功就是从文化本能这个层面上写透了莫姜这个人物,使之成为一个文学典型。莫姜这个人物是属于旧时代的,但作为文学典型却颇具新意。试想,如果在鲁迅笔下,莫姜应该是祥林嫂一类的人物。从"哀其不幸,怒其不争",到"哀其不幸,惜其不再",背后是文化立场的明显变化。叶广芩今天可以如此正面地写一个抱残守缺式的人物,说明启蒙主义的整体叙述已然解体,文学创作进入了价值多元的时代。

《豆汁记》的价值立场是内在而坚定的,它是贵族的、怀古的,这使小说充满了迷人的典雅气息,也设置了一个具有价值遮蔽性的迷局。比如,虽然小说中的"我"多处不满于封建礼教的压抑,但在总体叙述中,对于任何革命、变革,均展现其破坏性、粗俗性的一面,尤其是将小说中唯一的红卫兵角色指派给"最没有人样儿"的妓女的儿子刘来福——这种以出身、道德论政治的处理方式,与革命历史小说的方式其实是一样的。作家此处的处理简单化,也情绪化了,与作品整体温柔敦厚、圆融通达的风格殊不相称。不过,此处的深恶痛绝与整体的一往情深也恰是作品的一体两面,如莫姜所言,"大羹必有淡味,至宝必有瑕秽,大简必有不好,良工必有不巧",真正的好东西,恐怕总是有瑕疵的。

《骄傲的皮匠》(中篇,《收获》2008年第1期)堪称王安忆近几年来写得最好的小说,碰巧可以和《豆汁记》参照阅读。小说写一个乡下来的小皮匠如何在上海里弄里生存立足,如何保持骄傲。小皮匠娶了师傅的女儿,继承了师傅的家业,把家留在乡下,独自在上海的弄堂里修鞋。乡下来的小皮匠如何在上海这个众所周知的倨傲虚荣的城市夹缝中赢得尊严,实在是个不大不小的难题。他虽然地位卑微,却有着可贵的令人起敬的品质:手艺一流,极富专业精神,为人义理通达,会生活,爱干净,喜看书,有见识。这令弄堂里的中年女性银娣刮目相看,小皮匠获得了银娣与银娣丈夫小弟的友谊,也招来了许多风言风语。独居城市的小皮匠终于与惺惺相惜的银娣暗地里发展出一段情事,那些欲抑不止的火星儿,逐渐燃成了一场难以扑灭的情欲之火。当我们理解了他们"发乎于情"的出轨行为时,小皮匠却主动刹车,接来了老婆孩子。或许,是那些时时召妓的外来工邻居"认同"的目光,唤起了小皮匠的骄傲。在一个各种原则边界逐渐被欲望模糊打破的时代,他选择了自尊、自持的生活。

和《豆汁记》相仿,《骄傲的皮匠》也是通过对一个中心人物以及他周围几个相关人物的精心塑造,写透一种文化,并且含而不露地传达出作家的价值取向:小皮匠的骄傲来自他在大上海文化压迫下对尊严体面的极力护持,也来自他在欲望冲击下对分寸尺度的严格把握。他和莫姜都是最卑微、最边缘的人物,而他们身上却遗留着传统文化中最尊贵的品格,这正是高速发展的现代社会最缺失的。如果说有所不同的话,《豆汁记》更是作家把自己"放进去"的作品,其醇厚韵味由作家一生经历和感悟酝酿而成;《骄傲的皮匠》的写作则相对冷静旁观,作家如绣花一样把所有的花瓣和枝叶一笔一画地描出来。王安忆的写实功夫着实令人叹服,每一个人物都依据他(她)的性情、处境和现实逻辑一点一点细推,笔法是最素的,毫不添油加醋,而小说内在的情感却越积越浓,直到男女主人公终于擦出火来,那一刻的爆发,似乎读者、人物甚至作家自己都没有预料到,火一下子升腾起来,而最终又被有条不紊地移置炉膛中。在自然的推进和有效的控制中,相信作家获得了如上帝一般的创造快感。

自从2006年发表长篇《笨花》并接任作协主席以后,铁凝少有作品发表。出人意料,2009年她连续推出的三个短篇——《伊琳娜的礼帽》(《人民文学》第3期)、《风度》(《长城》第3期)、《内科诊室》(《钟山》第4期)均围绕着"时空"的主题,沿着几个向度,迈出精致的舞步。其中,以《伊琳娜的礼帽》最为雅正。

《伊琳娜的礼帽》的重心是空间,小说把场景设定在一个情欲横流的飞机机舱内。旅行是常见的小说选材,且常关乎情色,概因途中的旅行者脱离了原先的"熟人社会",构成临时的"陌生人社会",原有社会规范削弱失效,潜伏的欲望便觉醒放纵。而抵达目的地后,"陌生人社会"立即解体,旅行者纷纷收拾心情,进入又一"熟人社会",秩序得以重建,一切归位。这个过程使得诸多常规状态下被压抑的潜流涌出水面,因此飞机、火车、长途汽车等移动的封闭空间就成为小说家质询人性卑琐与善良、尖刻和宽厚的绝佳腾挪之地。这篇小说不但场景是固定的,叙述者视角是固定的,叙述者的

"心理定式"也是分外僵硬的——"我"是一个刚刚离婚的"怨妇",在男女之事上道德尺度极其偏执严苛。小说明写"我"目睹一个少妇"出轨"的过程,暗写"我"内心的松动过程,由恶毒渐转向怜悯乃至宽容,最后一刻伸出援手,化解家庭危机。故事开篇,在"我"严厉的目光注视下,一个少妇("我"自己给她起名叫"伊琳娜")带幼子("我"给他起名叫"萨沙")登舱,途中与一个猎艳者逢场作戏、半推半就,全然不知儿子已暗中察觉而惊恐羞愤。这一切都落在"我"的眼里。"我"甚至不无恶毒地冷眼旁观"伊琳娜"这段"感情快餐"全过程,来为旅途解闷,还不无兴奋地邀请读者一道窥淫。然而为了完成结尾那个连"我"也不能自料的心理突转,作家其实已经悄然做了诸多细密铺垫。先是写"我"对"伊琳娜"和"萨沙"的特殊好感;尔后又让"伊琳娜"在露水姻缘水到渠成之际母性回归而悬崖勒马,守住了底线;而最重的一笔乃是"萨沙"对母亲和家庭的守护,终于触动了"我"的心弦。更细些看,在叙述中不时浮现的母亲和书房等背景其实也早已点染了"我"的心理底色,故而"我"接手交还礼帽的那一瞬间看似突然实则必然。回头看来,丝丝入扣,无一赘笔。在精确的空间调度中,人物关系和心理不动声色地移转,最后,无论是现实空间还是心理空间都从封闭走向开阔。

小说颇有契诃夫的味道,精细冷峭中有体恤温情。新任作协主席的身份使作家铁凝的许多创作可能性在无形中被封闭,如何在限制中舞蹈相信对每一个作者而言都是难题,铁凝显示了过人的聪明和成熟的功力。

从1996年开始,韩少功把语言作为小说思考和探索的主题。不过《马桥词典》(1995年)和《暗示》(2002年)对于语言是两种截然不同的观点:《马桥词典》中,韩少功对语言持肯定态度,认为语言能表达生活中一些具象;而《暗示》中,韩少功站到了《马桥词典》态度的对立面,认为语言遮蔽了生活中的一些具象,流露出对语言的怀疑和不确定的态度,并认为许多与语言不一致的内心世界、情景、表情以及境遇,反而比语言更可靠。《山居笔记》(2006年)延续了《马桥词典》《暗示》以来的文体特点,而且取"笔记"之名,干脆放弃"小说"的名号(在《钟山》第5期发表时干脆称"长篇散文")和真实/虚构的界限。99个乡村人物或生活场景的片断不是各自为政,而是有整体的表达需要。作者对乡间奇人异事的捕捉,对农民生存哲学的戏谑和理解,让我们看到与五四以来的启蒙叙事完全不同的一种文学形式。作者不再充当高高在上、充满批判精神的启蒙者,而是让乡村生活自身的逻辑展现出来,并与作者的知识分子视角进行平等对话。

中篇《赶马的老三》(《人民文学》2009年第11期)也是这一路径上的写作,韩少功通过对一个"民间智者"老三的出神刻画,为民间智慧和民间幽默鼓掌。故事开篇,是老三和乡长斗法,乡长所代表的那一套现代知识体系在"刁民"面前数次狼狈落败,让人对这种乡土智慧时有会心。乡民之智、乡民之诈、乡民之善、乡村思维方式之匪夷所思又入情入理,以妙趣横生、野气十足的农民口语写出。从形式到内容,这都是对当代启蒙主义式的主流乡土叙事令人惊愕的冒犯,且一路发出响亮的笑声。这笑声于老三解乡长之困时达到最高潮,行文至此,这冒犯只是不动声色,让人感慨作者的高妙:他什么也没说,他只讲故事。自文学进入现代转向以来,农民一直是被观看、被启蒙、被夸张取笑的对象。此番,这面哈哈镜犹在,只是调换了看与被看的位置,"官法"和"官人"的教条和迂阔在民间智者挥洒幽默间不堪一击。作者自己本是这互看之外的第三种看,是现代/传统之外双重的他者眼光,是对现代的警惕与拒斥,亦同样应该是以现代的眼睛"审视老中国"的历史过程。但看着看着,作者的同情更多站在了乡土一边,忍不住套上"乡间智者"的面具,上阵帮腔。这源于他自《马桥词典》以来对于乡土世界一以贯之的"有情"关怀,对于乡土深入的理解和深至的爱。全文行文流畅,妙趣盎然,虽带有一定的漫画化和价值单面性,但如此有底气的标新立异终于能让人在同质化写作的包围中透一口气。

石舒清是当下文坛少数几个特别"耐得住"的作家,几年来,在寂静的探索中,小说风格已数度转型,并且极大幅度地探索了小说的边界。他2005年的《果院》《果核》将以《清水里的刀子》(1998年)为代表的诗化、散文化风格推向了极致,情节几乎淡到无,2006年突然向故事化方向转型,接着又转向传奇。分别代表其故事化和传奇化叙述风格的小说都以《父亲讲的故事》为名,不同的是,前者(《上海文学》2006年第4期)中的父亲是叙述者,讲述自己的故事,后者(《十月》2008年第3期)中的父亲像是说书人,转述古今传奇。从"散文化""诗化"到"故事化"再到"传奇化",作家似乎从小说的现代形态回归到传统形态再到古典形态,其实,这不是一个简单的回归,而是将现代小说要素带回到古典形态之中。比如,在价值观念上,看似很古,但这"古"是单挑着与"今"的差异而来的;在情节模式上,有意打破古典小说的大团圆模式,如曹居中的故事中,好人曹居中最终未能得到好报,受其恩惠的牛化东做了大官回来,却数度与恩人失之交臂;在叙述方式上,说书只是口吻,讲"古今"的父亲仍然是现代小说的叙述人,否则,不可能有现代人的内在视点和现代小说的剪裁方式。小说最具异质感、最具个人化的风格体现在,以西北民间文化观念作为小说的基础价值观,以西北方言作为整体叙述语调,并将方言语汇自然化入,这都是明显溢出中国现代白话小说建立以来的普通话叙述模式和国家—民族意识形态模式的。而打破统一性、建立地方性和差异性,这种写作意识则正是现代的。

石舒清小说中尤其值得称道的是他的"炼字"功夫。在作家惯常的亦诗亦散文的风格中,加入西北腔调和雅化后的方言,分外的熨帖,仿佛"语出天然",每一个词都落到了它原本应该落下的地方。如2006年的那一篇《父亲讲的故事》,很短,不到五页,由父亲慢慢道来。开头就好:"那时节,我就是七岁多一些。记下的事情像是牢实得很,一辈子都忘不掉。"写骆驼队过村子的声音,"灯一吹,像是把它能听得更清楚了。但是听起来像是结了冰打了霜一样,叫人觉得冷清得很,无缘无故地伤心得很。狗还在那里有心无意地咬着。这里一声那里一声的,风吹散的野蒿子一样"。写一村子的人都半夜起来拆现成的土墙,如此惊心动魄的情节换第二个人写来,恐都不能写得如此温柔敦厚:"我当时一点也不知道……后来知道了,他们是拿那个充当粪堆子的。第二天我睡过了头,醒来才听说村里来了上头的人,但是已经很满意地走掉了。"而最后的结尾也好:"我到底没有听你爷爷的话,牵着你爷的手站着睡着了。人站着是能睡着的。后来你爷就把我装在背斗里背回来了。一村子人往回走时,东方都已经开了。"像"牢实""有心无意""东方开了"一类的语词,单看起来字字都不冷僻,可是一当作比喻便觉何其新鲜生动,如西北的黄土,质朴干净,温润喜人。

进入新世纪以后,毕飞宇在以《青衣》《玉米》《玉秀》《玉秧》等中篇形成招牌式的"毕飞宇风格"之后,开始了进一步的写作突破。向长篇跃进的同时,他连续推出几个题材非常新鲜的短篇,探寻年轻人群的新伦理关系。《相爱的日子》(《人民文学》2007年第5期)写在金钱时代的爱情:没有钱的男女如何只能做爱不能恋爱,即使相亲也不能相爱。《家事》(《钟山》第5期)写独生子女时代的早恋,"老公""老婆""儿子"居然是同班同学,暧昧的爱情和匮乏的亲情在混乱中令人迷乱。《睡觉》(《人民文学》2009年第10期)写一个还未正经恋爱过就做了"二奶"的年轻女子貌似沧桑实则苍白的人生和没名没分的哀痛。毕飞宇不仅选材新鲜,切入角度也刁钻,在叙述方式和叙述语言上也与题材相配,尤其是《家事》,把当代中学生的一套"暗语"操练得纯熟巧妙,显示了成熟作家的开放性。其中《睡觉》的叙述最为微妙,与毕飞宇以往的写作风格更有内在的连续性。

《睡觉》里没有《玉米》等作品中那种刀刀见血的狠劲,毕飞宇的手法极轻,但每一笔都描得极准,把隐性暴力的内伤搅痛,让人读毕久久不安。

小美大学毕业就"入了行":从没恋爱过的她跟了温文尔雅、不失浪漫的"先生",成了时下人们熟知的"二奶"。谁知"先生"的真正目的却是要正值青春的小美为自己生个男孩。小美以各种方法包括避孕来避免自己在这场金钱与青春的交易中吃亏。金融风暴之后,前途未卜的小美因为遛狗结识了一位陌生、干净的小伙子,结果唤起了她大学实习时一次"疑似恋爱"的心跳回忆。突发奇想的她,花钱请陌生人在草地上如当年那位白马王子那样陪自己"睡觉",小说到此戛然而止。

小说延续着毕飞宇一贯对隐性暴力的书写,恰如毕飞宇对"先生"的解释:它可以是丈夫,可以是情人,也可以是嫖客。"先生"占有小美时说的话是:"嫁给我。"嫖客不见其嫖,妓女亦不当自己是妓。这类说法看似文雅,实则将赤裸裸的金钱关系变装成含情脉脉的情侣关系,包养者卸掉了作为嫖客的道德负担,被包养者也丧失了对畸形关系的警惕与对正常生活的期待。暴力对女人的伤害是悄无声息的蚀骨腐心散。

"伤痛",在小说中因此藏得很深。小美的避孕计划,无非是希望将来回到正常的男女关系之中,但除了她自己,谁都知道她是在痴人说梦。金钱腐蚀了她的灵魂,泡软了她的手脚,毒毙了她的生存能力。离开了"先生",她也无处可去。"先生"之后,只会是下一个"先生"。她生是"二奶"的命,死也是"二奶"的魂了。小美并非完全不痛,只是痛得错位。"先生"拿走了她的一切,但小美并不知道这一点,甚至还在避孕后难过地想:"我是个坏女人……我是对不起先生的。"这让人想起《玉秧》里玉秧对性骚扰者魏老师的愧疚——高度发达的暴力机制竟然能够让受害者反过来从内心深处维护其统治,并在心理上对反叛行为给予自我惩罚。

乍一看,小说的手法确实有些"轻"。毕飞宇不再如往常一样割开日常生活的表皮,向读者指点人际关系的盘根错节,而是以白描的方式去揣摩一种常人并不熟悉的生活状态。因而,我们看不到《青衣》《玉米》与《平原》背后刀子般的透视眼;我们看到的是当上父亲后的毕飞宇,在《家事》《相爱的日子》里那双充满怜悯与慈爱的眼睛。作家不再穷追猛打,而是点到即止,甚至故意拳打七分,留有余地。这样的转向并非没有道理。此前,那些心事重重的人物是否过于"毕飞宇化"?苛刻地说,从农村少女到城市盲人,面孔各异的他们却总是带有毕飞宇于人于己洞若观火的凌厉目光。这样的轻度雷同趋势未必有损作家此前的写作成就,但可能使路越走越窄。如今的《睡觉》等作品,开掘生活的新质,顺着生活本身的纹理推进,未必不是一种开阔。

上个世纪末以《一个年龄的性意识》(《小说界》1997 年 4 期)等小说登上文坛时,魏微常被人称为"美女作家",缀在卫慧、棉棉后面。新世纪十年间,魏微以持续上升的写作证明自己是一位优秀的作家,"70 后"代表作家。

魏微一向出手很慢,每一篇都是"细活儿"。最出彩的几篇小说全是关于女性情感的。《大老郑的女人》(中篇,《人民文学》2003 年第 4 期,获第三届"鲁迅文学奖")写一个小城自 1980 年代以来的风习演变,细致地刻画了这一过程中的人情世故、人心冷暖。《家道》(中篇,《收获》2006 第 5 期)以一个家庭的兴衰为叙述线索,在人物内心的曲折幽微处步步为营。小说前半部分重点勾勒父亲的升沉痕迹,后半部分则把笔墨落于家道中落后挑起家庭重担的母亲身上。做了十二年"官太太"的母亲面对众叛亲离、屈辱寒酸的生活,如何另起楼台,如何实现她"斑斓转身"的蜕变,是小说中最为动人之处。可读性最强、小说张力也最强的是《姊妹》(短篇,《中国作家》2006 年第 1 期)。这是一个典型的"小三"的故事,但小说没有写成"一个男人和两个女人的故事",而是写成了"两个女人"的故事,男人成了龙套。"多年情敌成姊妹",两个势均力敌的女人从相恨入骨到相知入骨,她们的一生偶然地经由一个男人连接在一起,彼此消耗也彼此成就。最后,男人死了,两个女人的故事却没有完。劫波历尽,恩仇相泯,刻骨铭心地"想"了对方一辈子,最后竟成了自己也不愿意承认、无法言说的惦念和相惜。这样的"姊妹之情"是女性主义意义上的"姐妹情谊"吗?应该不算。小说也没有向同性恋的方向暗示,作者极有分寸,小说有戏剧性但不夸张,本着世俗逻辑、女性的情感逻辑一步步推进,最后竟推出了意想不到的结果:唯有女人能理解女人,唯有女人才配得上女人的爱情。不能说这是一部女性主义的作品,但却是"女性向"的,花儿开在男性叙述的盲区。

《姊妹》《家道》之后,魏微几年间几乎没有发表什么作品。不过,如果是为了孕育《沿河村纪事》,这等待是值得的。这是一次跃进,魏微走出了女性情感地带,来到了一个更阔达的空间。

《沿河村纪事》是一篇颇具思辨深度和小说智慧的精巧力作,名为"纪事",实为"传奇",貌似写实,实为寓言,通过一个小村子数年间的"纪事",

"把几十年的中国历史照搬过来演了个遍"。小说的结构设置和切入点的选取都相当聪明——让三个社会学系研究生(他们的导师很容易让人想起撰写《江村经济》的费孝通先生)先以观察者、后以介入者的视角展开叙述,使小说探讨的命题——乡村政治的错综、农民智慧的复杂、人性欲望的纠缠,以及民主—独裁、自由—效率、革命—小康等诸多悖论,既有生动的民间层面的呈现,又有知识分子的思考空间。在"中国社会改革发展寓言"的主体叙述外,小说还盘旋着一个可视为副题的旋律——"生不逢时",无论是于彪悍的民风,还是于革命的情怀——使小说在严正的思辨外,又有一种浪漫的抒情性,使相对封闭的小说空间有一个打开的向度。小说格局大,立意深,张力强,难得的是,作者对各种冲突力量一直具有良好的驾驭力。语言在平实中有一种内在的幽默,使小说对宏大主题的叙述不致过于沉重,其轻松调侃性契合当下的叙述语境。略有不足之处在于小说的后半部尤其接近结尾处节奏稍快,矛盾和人物的处理多少有些漫画化,未如前半部平缓深入。

盛可以素来敢写敢拼,以百无禁忌驰骋文坛。她的写作粗暴、直接,直扑生命的本质,长篇《水乳》(《收获·长篇小说》2002 年秋冬卷)、《北妹》(《钟山》2003 年增刊秋冬卷"新生代长篇小说特大号")、《道德颂》(《收获》2007 年第 1 期),都以生活本身的粗粝生猛震撼读者。但在这些长篇写作中,往往存在人物大于结构、语言失去控制的问题,尤其是《道德颂》,叙述人与主人公贴得太近,虽快意恩仇,却刹不住车,一任人物被文字裹挟,飞流直下。而这些失衡失控的问题在短篇《缺乏经验的世界》(《大家》2008 年第 1 期)中得到完美的收束,小说像一只盛满烈酒的酒杯,酒香四溢,却没有一滴洒出来。

《缺乏经验的世界》将一个韶华已逝的女作家在火车上对邻座美少年的欲望写得缤纷而汹涌,主人公在女作家、女人、雌性几个层面间纠缠冲突,短短万把字的小说充满了感情和欲望的交织。在一次短途旅行中,一个对男女之事"充满了经验"的成熟女人,与"缺乏经验"的花季少男邂逅,遂在内心搅起了万丈风波。她时而悔恨自己充满了"经验"的人生,时而怨尤对待"经验"男女之间的不平等("经验"丰富对于男人来说是一种魅力,对于女人而言则意味着远离了清纯与青春),时而欲掩盖自己的"经验"丰富,时而又期待凭这丰富的"经验"能勾引到心仪的猎物。总之,在男性那里具有优势的"经验"在一个濒临凋谢的女人这里,成了弃之可惜、食之无味的"鸡肋"。所有的"戏"都由这女人独自扮演与导演,她按捺不住内心汹涌的欲望,以一副顾盼生姿、亲切可爱的模样披挂上阵,试图抓住这短短的旅程实现鸳梦。可是,在对方的"缺乏经验"面前,她蠢蠢欲动的心机不断地被清醒的另一自我所审判,窥见自己的浑浊与可耻。自陈染、林白开启女性私人化写作以来,女性写作一路指向自我暴露,背后摆脱不掉的是男性的欲望目光。盛可以此番将枪口调转,富有经验的"她"在缺乏经验的"他"面前展转腾挪,搔首弄姿,对惯常的男性意识构成冒犯性挑战,从而彻底刷新了女性经验,令具有女性主义意识的读者击掌称快。小说语言狠准凌厉,故意嵌入的古汉语语法和生僻字虽显做作但有收束之力,使欲望的表达狂放而干净。

2007年,一直名不见经传的曹乃谦成为中国文坛最引人注目的作家,其主要创作于1980年代末期的作品被相继出版(《到黑夜想你没办法——温家窑风景》,长江文艺出版社,2007年;此前还有《最后的村庄》,中国广播电视出版社,2006年)——这自然与马悦然先生的力推盛赞有直接关系(马悦然称:"曹乃谦是中国最一流的作家之一,他和李锐、莫言一样都有希望获得诺贝尔文学奖,我不管中国大陆的评论家对曹乃谦的看法……我觉得曹乃谦是个天才的作家")。中国评论界虽然不必以诺贝尔文学奖评委马首是瞻,但若真长期忽略一位优秀的作家也难辞其咎。

通过这两部作品,估计很多人赞同,曹乃谦确实是一位令人尊敬的作家——在那么漫长的寂寞岁月里,他固守着自己的园地和耕种的方式,对文学怀着如此纯正的热爱和虔诚的护守之心。所以,曹乃谦的被"发现"不仅对文学史有补遗之功,对当下创作也是一个有益的警示:他对叙述的讲究,对"留白"的嗜好,对语言近乎吝啬的精简,都如一条无形的鞭子,抽打着日益松弛芜杂的当下创作。

不过,如果说到文学的评价和定位,尤其是提到"诺贝尔文学奖"的高度,就必须把曹乃谦置于几类相关作家——比如与其题材、体裁、风格相近的当代作家、文学史前辈作家——的比较中来考察。在如此苛刻的品评中,我们看到,曹乃谦的创作虽然极具特色并在多方面有探索性成果,但比起在该方面最有成就的作家,还是略逊一筹。

这样的评价是从以下几个方面的比较中做出的:

第一,逼近"原生态",但角度嫌单一,手法嫌单调——相对于李锐《厚土》。

曹乃谦的创作,尤其是最代表其风格和成就的《到黑夜想你没办法——温家窑风景》,核心主题就是一句话:"食色,性也。"这种直逼并且固守"原生态"的写作,在当代创作中特色鲜明但并非独一无二。李锐在1989年发表的《厚土》系列也是要"拨开这些外在于人而又高于人的看似神圣的遮蔽,而还给人们一个真实的人的处境"(《厚土》"后记",浙江文艺出版社,1989年)。《厚土》触及的东西也很"硬",也写到了熬光棍、乱伦、换妻、偷情,等等,但同时写出了生长出这"根性"的社会环境——乡村政治、习俗、伦理和时代氛围,人物彼此之间的关系也更复杂微妙。在写法上,《厚土》也是由极短的短篇系列构成,叙述高度精简内敛,但手法上并不止于专营对话,而是动作、心理、风景描写等全方位调度,手法随故事不同而变化。《黑夜》创作时间与《厚土》相近,所写的地域也相近,但相对于《厚土》,《黑夜》在篇幅上厚了,在意蕴上却薄了,主要原因是将人物从其所属的社会历史环境中孤立了出来,单纯受困于本能欲望;专注于经营对话,特色突出,但也嫌单调。在当时充满了文人想象的"寻根热"的创作中,《厚土》《黑夜》这样的"原生态"写作在很长时间内不被理解(李锐曾多次表示对有关《厚土》的评论不甚满意,因为大多数的文学批评都是从"文化""国民性"的角度来解释这部作品),但《厚土》仍被高评,《黑夜》则被埋没,其相对的单薄、缺乏多种角度的阐释性,或许也是一个原因。

第二,直写"生存本能",但经验细节欠突破——相对于杨显惠《定西孤儿院纪事》。

单调和重复是曹乃谦创作的一个比较显见的问题,"一两篇惊艳,一两部沉闷"是较为普遍的阅读感受。之所以形成这样的感受,除了创作主题的单一和叙述方式的固定化外,还有更内在的原因,就是小说固执地写人的食色本能,但在本能的经验开掘上,缺乏真正有突进性、撕裂性的细节描写——这一点在与另一位也一直被埋没的老作家杨显惠的近作《定西孤儿院纪事》的对比中可以清晰地看到。如本书第三章所分析的,《定西孤儿院纪事》由22个短篇故事构成,写的也是同一个地方的同一群人,主题更单一到只有一个——饿,22篇故事写的就是一件事:人是怎么被饿死的;所有故事都有一个共同的情节模式:从忍饥挨饿到家破人亡;读者反复体验的也是同一种阅读感受:从震惊刺痛到痛定思痛。然而,读完整个系列,你会发现,这些作品的震撼力居然具有惊人的可重复性和可持续性,其原因是构成这些故事的"核儿"的生命体验都是具有突破性的——它们是作家从大量的考察访谈中深挖细掘出来的,带着沉入地狱者最后的挣扎和哀号——因而,对我们所有生者的经验和想象都具有突破性。曹乃谦的创作基本上是把读者带到"底线"处就止步了,在他"留白"的地方,是杨显惠真正的起点。除了艺术追求不同外,这里恐怕还是显示了曹乃谦"体验生活"的深度不够(这和贾平凹写《高兴》的弱点一样)。即使写"在人间"的生活,也缺乏足够扎实鲜活的细节支撑,在一些地方,看得出文人想象的疆囿。写本能又缺乏新经验突破,"惊艳"之后就会让人感到单调。

第三,讲求简笔、留白,但人物嫌简平、内涵欠深厚——相对于赵树理的作品。

简笔、留白,是曹乃谦重要的艺术追求和成就,从中可以看到与林斤澜、汪曾祺一脉相承的艺术风格。但有的时候简笔也真成了简略,使人物简平、缺乏厚度。比如马悦然先生特别赞赏的那篇《女人》(见马悦然为《黑夜》写的序《一个真正的乡巴佬》),写温孩女人新婚之夜不愿意"脱裤子",结果温孩按照他妈说的"树得刮打刮打才直溜,女人都是个这",把女人毒打了一顿。这下"顶事"了,女人也"脱裤子"了,也做饭了,也下地了,有人说:"温孩爹那年就是这么整治温孩妈的。"小说写得极简,温孩媳妇为什么不愿意"脱裤子"?挨打时是什么感受?以后的婚姻生活怎么过?婆媳之间的悲剧命运为什么以如此的方式重复?这些全部被"留白"处理了。对此,马悦然称道曹乃谦的小说能"让读者读出言外之意"。从这样的"简笔"中,读者到底能读出多深的"言外之意"?恐怕也正如马悦然所读出的:"在中国大男人主义的农村里,妇女的地位很低,比毛驴稍微高一点点。"而同样的题材其实是赵树理1950年发表的《登记》中就处理过的,曹乃谦用简笔略过的问题,正是赵树理细腻书写的。在这里我们看到的"女人"不是那像影子一样的"毛驴",而是渴望"翻身得解放"的"受苦人"。马悦然称道曹乃谦"冷静状态之下藏着对山村居民的真正的爱,对他们的艰苦命运的猛烈的憎恨",但对比一下赵树理在笔下人物身上投注的爱与憎,曹乃谦的"不动声色"里多少还是有一种"写风景"式的超然物外,而这样展示出的"风景"是固态的,也是平面的。

第四,语言"原汁原味",但嫌简化做作——相对于赵树理、韩少功、李锐的方言实践。

"原汁原味"的方言构成了曹乃谦创作的另一重要特色,由此马悦然也称之为"一个真正的乡巴佬"。注重对方言资源的运用一向是山西作家的传统,也是当代一些作家的语言自觉。目前运用方言的方式主要有两种,一种是"化方言",一种是"方言化",前者以赵树理为代表,后者以韩少功、李锐为代表。曹乃谦的探索应该是在赵树理"方向"上的。有趣的是,赵树理使用方言的特点是生怕读者看不懂,所以他很少直接用方言,即使用了也要加注,真正使用的是化入方言味的普通话。而曹乃谦使用方言是不怕读者看不读,不但直接搬用,还明确拒绝加注。然而,赵树理使用的虽是普通话但满纸"土味儿";曹乃谦"彻底、直接、全套"地运用方言,背后却隐约可见文人气的"诗味儿"甚至"洋味儿"。究其原因,在赵树理这里,方言只是手段,目的是文艺的"民族化"和"大众化";而在曹乃谦这里,方言本身已经有了意义,渗透了作家的语言意识,乃至"最中国的才是最世界的"的文化意识。方言如何能被"原汁原味"地运用进书面写作,一直是一个难题。李锐认为"不可能",因为有很多字词《新华字典》上根本没有,因而他的《无风之树》《万里无云》这样通篇"口语倾诉"的作品,使用的其实是作家"创作的口语",并非当地农民使用的方言。而韩少功的《马桥词典》则干脆用为一处方言编"词典"的方式彻底颠覆了传统小说的叙述秩序和白话文的话语秩序。曹乃谦的实践在"化方言"的路径上突破了赵树理等前辈作家使用方言的限度,取得了相当的成就。但如苛刻论之,在与方言的内在亲和性上,还是与赵树理有距离,稍嫌做作;相对于李锐的创造才华和韩少功的学者思维,在现代语言意识的维度上,又稍嫌拘谨简单。

  以上从几个方面讨论了曹乃谦作品的不足,需要再次申明的是,这样的品评是苛刻的,是在将其分别与该方面表现最突出的中国作家比较做出的。由于在各方面都略逊一筹,曹乃谦恐难称中国一流的作家之一——这也当然不能掩饰,曹乃谦在二十年如一日的创作中,特色突出、风格稳定、成就斐然,在当代众多随风而动、面相模糊的作家中,他风光独具,堪称优秀。当代文学批评不该忽略这样一位作家,将来的文学史也应给予其恰当定位。

第八章　网络文学的发展及其与文学史的对接

自从网络文学落生以来,就一直在体制外生长。新世纪十年间,网络文学获得了不容忽视的迅猛发展,走过了从自发自觉、自娱自乐到商业化、集团化的过程。在强力发展的进程中,网络文学不但形成了自成一统的生产—分享—评论机制,也形成了有别于五四"新文学"精英传统的网络大众文学传统。这不但对传统精英文学的主流地位构成挑战,也对"新文学"以来的文学评价体系构成挑战。如果从媒介革命的视野出发,中国网络文学的爆发并不仅仅是被压抑多年的通俗文学的"补课式反弹",同时是一场伴随媒介革命的文学革命。这一切都是在新世纪第一个十年拉开序幕的。

当新世纪第一个十年行进尾声,"暗中坐大"的网络文学开始与"主流文坛"交手,互有"挑战""收编"之举,有关管理部门的"和谐力量"也进入"化外之区",政治力量与资本力量开始博弈。在号称"网络文学改编元年"的2011年之后,随着《步步惊心》《后宫·甄嬛传》等一部部穿越剧、宫斗剧的热播,电影《失恋三十三天》(改编于豆瓣"直播贴")的席卷,"网外之民"也身不由己地"被网络化",文学网站开始取代文学期刊,成为影视改编基地。原本作为"亚文化"的网络文学开始向"主流文化"区域辐射;网络文学开始出现有精英指向的精品;2011年底"豆瓣阅读"的启动又开启了"纯文学"的"网络移民",被商业模式格式化的网络文学开始出现分层、分化——这些都是书最为关注的[①]:作为同一时空下的另一种书写,网络文学与"传统主流文学"是否存在着潜在的对话性?是否可能在一个超越雅俗的"新主流文学"的概念下重新整合?在一个更为开放的文学史的概念下,网络文学与古今中外文学传统的关系是否可以获得重新梳理?

[①] "新世纪第一个十年"是本书考察的大致时间范围,因为网络文学1998年左右刚刚兴起,2011年又有与"主流传统文学"直接相关的大事发展,故将对网络文学考察的时间范围扩展至从1998年到2011年。

一 网络文学的发展历程和态势

中国网络文学是何时起步的？对此有不同说法。如果从1991年中国留美学生王笑飞创办海外中文通讯网(chpoem-1@list-serv.acsu.buffalo.edu)算起，中国网络文学已经起步二十余年了，后来又有1994年方舟子等人在海外创办的第一份网络文学刊物《新语丝》(www.xys.org)。中国内地网络文学的萌芽是1995年8月水木清华网站建立的BBS，这应该是大陆原创网络文学的最初基地。1997年12月25日"榕树下"全球中文原创作品网(www.rongshu.com)开通，标志着中国网络文学的大门正式开启。2008年社会各方为网络文学发展十年庆生，所谓"十年"之说，则是从1998年算起，标志事件是3月至5月台湾成功大学博士生蔡智恒(痞子蔡)在BBS上连载的《第一次的亲密接触》在中文网络迅速传播，并于次年出版热销(知识出版社,1999年)。

笔者也同意以1998年为网络文学的"元年"，一方面，这一"纪元法"离"榕树下"的创立只有几天之隔，另一方面，以《第一次的亲密接触》的流行为标志，其侧重点不在作者/原创一方，而在受众/传播一方——这正是网络文学与传统的纸媒精英文学的区分线。正是通过痞子蔡，中国大陆读者第一次与网络文学有了亲密接触，上网看小说和参与写帖子成为一部分年轻网民的文学方式和生活方式。该书出版后，网络文学的概念也在传统文学界有了相当程度的传播。痞子蔡的成功还直接催生了所谓"榕树下""三驾马车"(李寻欢、宁财神、邢育森)和安妮宝贝等第一批网络作家在"榕树下"的登场，掀起了大陆"第一次网络文学冲击波"[①]。

如果从1998年算起，到2011年，网络文学的发展大致经过了三个阶段。

第一阶段(1998—2002年)：文青时期

这一时期的网络文学先后以"榕树下"和"天涯社区"为中心，还有"文学城""黄金书屋""红袖添香"等网站，代表作家除"三驾马车"、安妮宝贝外，还有今何在(《悟空传》,2000年2月新浪网"金庸客栈"首发,光明日报

[①] 参见欧阳友权主编：《网络文学发展史——汉语网络文学调查纪实》，第355—356页，北京：中国广播电视出版社，2008年。

出版社2001年2月出版,2000年获第二届"榕树下""全球网络原创中文作品奖"的"最佳小说奖""最佳人气小说奖")、宁肯(《蒙面之城》,2000年9月新浪文教首发,《当代》2001年第1期发表,人民文学出版社2001年3月出版,2000年获第二届榕树下"全球网络原创中文作品奖"的"最佳小说奖",2001年获"《当代》文学接力赛"总冠军,2002年获第二届"老舍文学奖")、慕容雪村(《成都,今夜请将我遗忘》,2002年4月天涯社区首发,百花洲文艺出版社2003年8月出版,2003年1月获新浪网"年度最佳网络小说奖")。

  从以上这些代表作家成名作的首发、出版、获奖情况大致可以看出,此时的网络作家都是不同程度的"文青",他们虽然未能从文学期刊获得进身之阶,但与"主流文学"的价值体系还是有相当程度的"私淑"关系,因此一旦在网上走红后,就很快获得出版。甚至如《蒙面之城》本身就是向文学期刊投稿未果,网上成名后立刻被"主流文学"系统(期刊—出版—评奖)高规格接纳。"榕树下"创办人朱威廉的梦想本就是办一个"网上的《收获》杂志",因此强调网站编辑部的概念和职能,注册用户需向主系统投稿,经审查才获发表。不过,"榕树下"这种"网刊"的模式显然具有过渡性质,在连续三次举办"全球网络原创中文作品大赛"(自1999年到2001年)影响力达到顶峰后,此模式开始式微,逐渐被更体现互联网自由风格的"天涯"论坛模式所取代。2001年被称为"'榕树落叶'与'天涯冲浪'"的一年,正如研究者马季所言:"'榕树'的落叶,预示着网络文学进入了一个新的时期,说明'榕树下'所实行的效仿纸质文学期刊设置专业编辑审稿的制度以失败而告终,它暗示着网络与纸质期刊终究是不一样的。而'天涯'作为一个管理松散的文学论坛,没有一个专门的文学编辑,所谓版主也多为义务工作者,却因'散'而'聚'的自由'冲浪',取代'榕树下'成为中文网络原创基地,其实质是尊重网络这一特殊空间取得的胜利。"①

第二阶段(2003—2007年):商业类型化形成时期

  2000年随着互联网泡沫的破灭,大量文学网站栖身的免费空间消失,幸存的网站不得不想办法盈利。2002年底,首次有人提出VIP概念,真正运营成功的是起点中文网。起点中文网自2003年10月起开始运行VIP计

---

① 马季:《读屏时代的写作——网络文学10年史》,第168页,北京:中国工人出版社,2008年。

划,年底宣布 VIP 制度走上正轨。① 2004 年 4 月随着新版 VIP 阅读器推出,起点在公告中宣称:"经近半年的不断努力和发展,其中稿酬最高已经达到创纪录的千字 40 元(即单章节 2000 人次订阅,就稿费而言已与国内出版稿费持平)。"2004 年 10 月,起点中文网被以经营网游业务为主的盛大集团收购后,在其资金和技术支持下,加强了 VIP 制度,于 2005 年 7 月开启了"起点职业作家百万年薪计划",2007 年 4 月开办了起点"首届网络作家班",并在 2008 年 6 月的作家峰会上为数位"百万年薪"作家颁奖②。VIP 制度的运作成功,使网络文学生产—消费的内循环系统得以建立。同时,在 VIP 制度下,小说越写越长,超过了出版的正常容量,而改编成影视剧、游戏、动漫将给作者带来更大的经济收益和知名度。于是,网络文学创作逐渐从"网上写作——择优出版"的链条中脱身出来。生产机制的自我循环也自然导致文学原则的自成一统,商业性不再是网络文学的"原罪"而是"本分",这就与"以输为赢"的精英文学原则分道扬镳。

在"内循环"生产机制的依托下,同时也在生存压力的逼迫下,网络文学迅速向类型化方向发展,"文青时代"出于自娱自乐、自我表达的五花八门的写作被类型化小说覆盖,并且充分细分化。随着网络的普及,网络文学的阅读群体越来越倾向"低幼化"(有不少读者是初中生)和"低知化"(农民工构成阅读群金字塔底座),大众文化工业"向下拉齐"的特征也很快显现出来,最具代表性的是 2007 年爆发的"小白文"潮流——我吃西红柿(代表作《星辰变》及其后续系列《盘龙》《吞噬星空》等)取代了号称"起点三大台柱"的酒徒、血红、云天空等更具网文探索性质的"前辈名家",成为新的"网文王者",于是网传"小说不读《星辰变》,就称书虫也枉然",以及相应的来自更"高端"读者的抨击之声:"小白文"让网文倒退十年,直接催生"脑残"。

不过,这一阶段还是被不少人认为是网络文学成熟壮大并且相对自由

---

① 文学网站的 VIP 制度是一种付费阅读制度,如起点中文网的政策,每部收费的长篇小说,读者可以先享受一部分(往往长达二三十万字的)免费试阅,然后,按照千字 2—3 分钱的标准付费阅读剩下的内容,网站最终把这些利益按照"作者七成,网站三成"的比例进行分配。随着网站实力的增强,作者分成比例逐渐下降,一些小作者的分成比例不足五成,而"大神"的收入则可靠"月票榜""奖金榜""打赏"等制度补充。2015 年由起点中文网和创世中文网合并的阅文集团统一整改合同,确定了网站和作者各 50% 的净收益分成模式。所以,实行 VIP 制度之后的网络长篇不是我们纸质意义上长篇的长度,通常都在百万字或百万字以上,这才有利可图。
② 《"起点"作家峰会举行,为"百万年薪作家"颁奖》,中国网 china.com.cn,2008-06-23。

的"黄金时期"。也正是在这一阶段,网络文学开始了其自身在题材、叙述方式、想象力、语言等多方面的探索,其中最重要的是想象力的拓展。想象力一直被认为是中国文学发展的弱项,特别是五四"新文学"确立了写实主义为主导原则之后,想象类的写作基本被压抑。在20世纪"八五新潮"的文学变革中,想象力的匮乏被认为是掣肘中国文学向世界级迈进的痼疾。网络文学为中国的作者和读者打开了巨大的幻想空间,网文中的第一大类便是玄幻小说,其想象元素是直承中国上古传说,融合西方小说电影、日本动漫里的科幻、奇幻要素,构成中国本土的玄幻世界①。对于网络文学这一时期在想象力方面的拓进,研究者多给予称道。如庄庸认为,想象力构成了此阶段网文真正的"原创性驱动力"——对"新世界体系"的建构:从2005年今何在、江南联袂发动网友创建"九洲"体系,到2006年《佛本是道》对古典仙侠封神体系的新设定,以及《搜神记》对中国神话世界的再创造……2003—2007年,网文原创力最大的贡献,就是这种对新世界体系的"想象力建构":想象力决定世界的边际。并且,在他看来,对于网络文学的这种"想象力的原创驱动力",目前研究界重视得还很不够。②

这一时期,网络文学与纸质出版的关系也逐渐发生逆转。以往网络作家普遍抱有的"只有纸质出版才算修成正果"的想法,此时更多是出于一种心理惯性。事实上,网络不仅成为纸质出版的内容源,也成为其动力源和试炼场。在网站和商业出版机构的共同打造下,逐年掀起了一波一波类型出版的畅销热潮,如2005年被称为玄幻/奇幻年(《诛仙》等)、2006年被称为"盗墓年"(《盗墓笔记》等),2007年被称为"穿越年"(《木槿花西月锦绣》《鸾:我的前半生,我的后半生》《迷途》《末世朱颜》四部被腾讯读书、晋江原创网、红袖添香等五大网站100万读者评为"四大穿越奇书";"清穿三大山"的《梦回大清》和《步步惊心》已于2006年出版)。从网络走红到图书畅销,基本有两年左右的时间差,再到影视剧的播出又有三五年的时间差。在被称为"网络文学改编元年"的2011年热播的《步步惊心》(2005年晋江原创网首发)、《后宫·甄嬛传》(2006年17K小说原创网首发),都是几年前

---

① 参阅江林峰:《九州奇幻文学研究》,《网络文学评论》创刊号,广东省作协主办,广州:花城出版社,2011年。
② 参见庄庸:《中国网络文学的关键点》,《网络文学评论》创刊号,广东省作协主办,广州:花城出版社2011年。

的网络红文。① 经过图书出版和影视剧的次第挑选传播,原本作为亚文化的网络文学逐渐主流化。随着传统受众对网络文学的了解和接受,"时间差"越来越短,网络连载、纸质出版、影视播映,以及话剧等舞台演出和动漫、游戏的制作将成为一条完整的产业链,而网络是上游源头。

第三阶段(2008—2011年):集团化、主流化时期

2008年7月,盛大文学有限公司成立,在"起点中文"网之外,又收购了晋江原创网、"红袖添香"网,宣称要打造"网络文学的航空母舰",此后又收购了小说阅读网和"潇湘书院",2009年收购"榕树下",2010年初其官网信息宣称,已占据国内网络原创文学90%以上的市场份额。集团化进一步强化了网络文学中的资本逻辑,像资本横扫的其他领域一样,在高速成长的同时也会大力绞杀草根性和多样性。网络文学中的一个明显的表征是,2007年兴起的"小白文"持续走强,网络红文更倾向于游戏改编②,或许其未来的方向是成为游戏生产的文学脚本基地。这一走势将在多大程度上影响网络文学的原创性和多向度发展(包括向精英方向发展)的可能性,是需要进一步观察的。

网络文学的集团化和主流化几乎同时发生,这并不是巧合。在资本力量和政治力量扭合的过程中,先是资本方伸出的手。"盛大航母"组建以后,高调开启了一系列活动,如2008年底的"30省作协主席小说巡展",2009年3月的"首届全球华语原创文学大展",6月与《文艺报》合作召开的"起点中文网四大作家"研讨会,7月与鲁迅文学院合办的"网络文学作家培训班",等等。主动向官方示好的并非盛大一家,2008年11月"中文在线"也通过与中国作协旗下《长篇小说选刊》合作,开展"网络文学十年盘点"的活动,动用了全国二十余家纯文学刊物的编辑力量读稿评分,巧妙地完成了网络文学学术性活动的"体制化"操作。尽管在最初的对接中难免迂回摩擦,网站的主动攻势还是有力地撬动了主流文坛。③

2009年以后,中国作协对网络文学的关注明显加强,改变了"被动接

---

① 2011年根据网络小说改编播出的电视剧还有《我是特种兵》《裸婚时代》《千山暮雪》《倾世皇妃》,等等。
② 比如,2009年1月9日起点中文网就高调宣布签约作品《星辰变》以100万的价格售出游戏改编版权。
③ 参阅夏烈:《网络文学第十一年:我的思考和亲历》,《MOOK·悦读》2009年第10期。

招"的态势,其中一个重要推力来自白烨《2008年中国文情年报》中提出的一个"震动性"观点——以往文学大一统的格局如今已是一分为三:传统文学、市场化文学和新媒体文学各占其一①。据说,该报告得到中央有关领导批示,要求中国作协具体落实网络文学等当下文学思潮的调研和管控、团结工作。② 笔者也应邀在2009年9月召开的中国作家协会第八次主席团大会上做了介绍网络文学发展态势的报告《传统文学机制的危机和新机制的生成》。③ 2009年中国作协成立了"全国网络文学重点园地联席会议",定期召开有中国作家网、盛大文学、中文在线、新浪读书频道、搜狐读书频道等五家网站参加的联席会议,力图"关注和引导"网络文学创作;鲁迅文学院也从2009年开始举办网络文学作家培训班、网络文学编辑培训班。2010年中国作协重点作品扶持项目首次将三部网络文学创作选题列入扶持范围,给予经费上的支持;2011年度该项目再度评选出三部网络文学扶持选题,中国作协还广纳网络作家入会④。更引人注目的是,继2010年第五届"鲁迅文学奖"向网络文学作品敞开大门后,2011年第八届"茅盾文学奖"也将网络文学纳入参评范围。应该说,"主流文坛"最高文学奖项向网络文学的开放最能展示官方的包容态度,但也使两种文学在生产机制、文学形态、评价标准等方面固有的差异矛盾比较集中地暴露出来。⑤

据新华网报道,截至2011年末,全国网络文学用户达1.94亿,网络文学作者达100多万人,每年约有三四万部作品被签约。⑥ 另据年末公布的"2011百度搜索风云榜",在"十大梦想新职业"中,"网络作家"仅次于"婚

---

① 白烨主编:《中国文情报告2008—2009》前言,北京:社会科学文献出版社,2009年。
② 参阅夏烈:《网络文学第十一年:我的思考和亲历》,《MOOK·悦读》2009年第10期。
③ 以笔者的感觉,此时中国作协高层对网络文学基本处于不大了解但急于了解的阶段。
④ 时至2011年,已吸收当年明月、唐家三少、笑看云起、月关、晴川、跳舞、酒徒、烟雨江南、千里烟等二十多位网络作家为会员,其中"唐家三少"作为一名年轻代表不仅参加了第八次全国作家代表大会,并且当选为中国作协第八届全国委员会委员,成为第一位网络作家委员。
⑤ 比如,《关于征集第八届茅盾文学奖参评作品的通知》规定,"持有互联网出版许可证的重点文学网站"可被纳入征集对象,但"必须由出版单位出版图书作品"才有被推荐的资格,这就未顾及网络文学的根本属性恰在于其网络性的特征。再如,大奖的核心原则现实主义在精英文学里是以反映论的形式存在的,在网络文学中,如果有也是"折射式"的,以此为标准挑选优秀的网络文学难免对不上茬儿。所以,有人主张主流文坛不如另设网络文学奖以显示重视和尊重,不必要与传统文学大奖合在一起。笔者也持这种主张。
⑥ 《网络文学用户达1.94亿 写作者100多万人》,新华网2011年12月22日,http://news.xinhuanet.com/fortune/2011-12/22/c_111276529.htm。

礼策划师",成为年轻人梦想的第二大新职业。① 这样一支百万写手大军无论在数量上还是在覆盖面上都远超过当前作协官方的"建制",甚至超过新中国成立以来文学最繁荣时期的"专业—业余"作家队伍规模。这些数字形象地说明了从"人民的文艺"到"网民的文艺"的时代变迁,而在"新文艺"时代,"党如何管文艺"也是一个战略性的课题。

　　2011年普遍被网络文学业内认为是"很微妙"的一年。在主流的规训和资本的挟持下,刚刚疯长了没几年的网络文学实际已面临着"去草根化"的危机。不过,似乎被商业模式格式化了的网络文学又开始出现分层、分化的迹象,这主要是由于读者的分流。一方面,伴随被称为"网络文学第二次革命"的手机阅读的推广,大量中小学生、农民工等读者加入,低年龄、低层次读者比率的升高势必带来"阅读下沉";另一方面,随着技术门槛的降低和网络文学的"主流化"倾向,以往网络之外的传统读者也逐渐加入,网络文学不再是专属"网络一代"的文学,网络将真正成为一种媒介载体,各种文学趣味的人都可以在此开辟自己的园地。在互联网技术的支持下,网络文学的受众市场本来就是无限细分的。可以设想,既然网络的出现使各类带有亚文化色彩的小众文学(如"耽美文""同人文""女尊文"等)有了生存空间,为什么不能为精英趣味的"纯文学"搭建平台?在这方面,2011年底豆瓣网"豆瓣阅读"的创建是一个极为重要的尝试。

二　豆瓣阅读:网络时代的"纯文学"移民

　　成立于2005年3月6日豆瓣网(www.douban.com),以书评、影评、乐评为网站特色,注册用户上升迅速,至2012年超过6000万,2013年11月超过7500万②。在豆瓣吸引的大批"豆友"中,1970年以后出生、受过高等教育的大学生、白领占绝大多数,"文青范儿"一直是豆瓣网的文化占位特色,

---

① 百度作为中文互联网的第一入口,覆盖超过95%的网民,每天有超过30亿次的搜索请求。该榜据称以网民2011年在百度的搜索行为为依托,通过海量搜索数据总结而来,向人们展示了2011年中国网民的关注热点、精神需求和行为特征,可视为反映中国社会发展和变迁的一个风向标。
② 《豆瓣称月独立用户超1亿 预计2012年营收8000万》,网易科技2012-08-17,http://tech.163.com/12/0817/09/893NSO6F00094Mok.html;《豆瓣月度覆盖用户数达2亿 较去年同期增长一倍》,网易科技2013-11-13,http://tech.163.com/13/1113/15/9DIRK7M4000915BF.html.

因此也被称为"文青养成基地"。以前,豆瓣网文学方面的"文青情结"一直弥散在"豆瓣读书"的书评和直播贴中。2011年底,"豆瓣读书"的子版块"豆瓣阅读"推出,直承文学期刊的发表方式和传统,以鲜明的"纯文学"立场发表诸多中短篇小说,并在半年内完成了从免费阅读到付费阅读的模式运行(2011年11月11日发布个人作者投稿系统,2012年1月19日发布阅读器和免费作品,2012年5月7日豆瓣阅读"作品商店"上线,开始正式发布付费作品),付费系统运行一个月后,付费用户已经超过30万。① 2013年2月,豆瓣阅读首次对作者的销售状况和收入进行了总结,宣布豆瓣阅读的用户量已超过150万,已吸引了数百位认证个人作者,上架作品500多部,投稿作品1000多部。

据参与创建"豆瓣阅读"的作品编辑范筒(本名范超然)介绍,"豆瓣阅读"的根本理念是"自出版",即作者直接与豆瓣发生联系,没有其他中间环节,"豆瓣阅读"作为一个发布平台,使中短篇小说不经过发表、出版,直接被读者通过下载购买(利润三七分,作者七成,豆瓣三成)。相对于文学期刊和出版社编辑,豆瓣编辑的"把关"职能和权力有所弱化,但并非只是技术管理者,而是要负责对投稿作品的质量进行甄别,质量高的放在首页推广,所以,他们的文学理念和文学素养还是相当重要的。目前几位负责的编辑年纪都不大,范筒称,他们都深受"纯文学"喂养(他自己于2011年毕业于北京大学中文系,自称是"纯文学"的"脑残粉"②),"我们真心希望能在网络时代给纯文学一个安置自身的空间"③。

"豆瓣阅读"的文学理念和定位更表现在资源组合上。目前,其内容来源主要分组织机构和个人两方面。组织机构方主要包括《世界文学》《外国文艺》《环球科学》《新发现》《九州幻想》等杂志,也包括"黑蓝文学"(www.heilan.com)、"副本制作"(fuben.org)等态度严肃、多年坚持、有强烈独立精

---

① 据"豆瓣阅读"编辑范筒介绍,2011年底"豆瓣阅读器"(只可在线看,不可下载)上线时,发布了一些免费作品,用户数为30万;而付费作品刚刚上线一个多月,用户数已经超过了免费用户。白惠元、范筒:《豆瓣阅读:网络时代的"纯文学"移民——访"豆瓣阅读"作品编辑范筒》,《网络文学评论》总第3期,广东省作协主办,广州:花城出版社,2012年。
② 脑残粉:与"高级黑"相对,网络术语,开始时表示粉丝追星的不理智行为,后来经常以"自嘲"方式出现,表达自己对某人/物的极端热爱。
③ 白惠元、范筒:《豆瓣阅读:网络时代的"纯文学"移民——访"豆瓣阅读"作品编辑范筒》,《网络文学评论》总第3期,广东省作协主办,广州:花城出版社,2012年。

神和实验色彩的民间文学团体;个人方面一部分是向成名作家约稿,另一部分则是作者通过投稿系统投递,通过审订即可发表。

虽然在文学理念上"豆瓣阅读"与"纯文学"有血脉亲缘,但在运营理念上绝不是"背对读者",而是以豆瓣用户为核心。我们看到,它合作的机构和团体都是在"新一代"文青中有广泛读者和影响力的,而不是仅在主流文坛中有权威地位的"名社""大刊";它对个人约稿和投稿的挑选标准,更注重豆瓣网络自身系统的接纳欢迎度。个人投稿的基本是豆瓣的资深用户;挑选的已成名作家,也大都在豆瓣上有自己的"作者小站"(site.douban.com),这些小站基本由作家自己管理,上传新作。这些小站的被关注度可以印证其作品受豆瓣读者欢迎程度。

目前"豆瓣阅读"的作者以"70后"和"80后"为主体,他们的写作也有一些代际差别,如范筒编辑所言:"70后作者们大多拥有文史哲一类的学科背景,注重与纯文学资源的对话,风格相对厚重;80后作者在保持纯文学的人文关怀、独立精神的同时,也兼顾'类型',他们尤其喜欢科幻、奇幻、悬疑等方式,但是能够保证质量。"不过,这些作者都深通网络的规则和潜规则,熟悉豆瓣文化,和他们的读者共同生长在一个网络文化的"共同体"中。①

"网络时代的'纯文学'移民"是年轻的研究者白惠元(北京大学中文系博士研究生,同时是豆瓣的资深用户)在对"豆瓣阅读"进行采访研究后,提出的一个引人的观点,"以豆瓣网用户为核心,正在形成一个全新的文学场域。而豆瓣网无形成中成为一个'门槛',或者说一个活动的边界,它将有选择地吸收入场者,形成一种有特色的文学生态"。他认为:"这或可看作对网络文学版图的一次重要补白。"②

在笔者看来,意义不止于此。如果"豆瓣阅读"真能形成一个以"纯文学"为旨趣、以豆瓣网为边界、发表—付费—阅读—评论机制完整、作者和读者在"粉丝经济"的意义上亲密互动的"文学场域"的话,它不仅是对网络文学版图的补白,也是对整个当代文学版图的补白,因为它终于建立起"传统主流文学"这些年未能建立起来的"小众文学"市场。一旦这个金字塔"塔尖"和大众类型文学的"塔座"对接起来,整个中国当代文学的版图也将

---

① 白惠元、范筒:《豆瓣阅读:网络时代的"纯文学"移民——访"豆瓣阅读"作品编辑范筒》,《网络文学评论》总第3期,广东省作协主办,广州:花城出版社,2012年。
② 同上。

发生改变。网络时代的"纯文学"移民绕开了文学期刊和出版社,在网络文学内部发生,这对于网络文学发展而言,自然是令人振奋的晨钟;对于寄身纸媒的"传统主流文学"而言,则不啻是又一记生存危机的暮鼓。

三 "新文学"传统的断裂与"85—95独孤一代"的横空出世

在网络文学庞大的版图中,"豆瓣阅读"只是小众的一角,占据绝对主流的是类型小说。对于类型小说来说,不要说"纯文学",就是整个五四以来的"新文学"传统似乎都和它们没什么亲缘关系。

如果我们考察一下当下中国网络文学中的主要类型,就可以摸索到其主要文学资源。这资源大致可以分为四类。第一类是中国传统文学资源,从《山海经》到四大名著,从诗词歌赋到鬼怪传奇。第二类是晚清以来的通俗文学,仙侠公案、蝴蝶鸳鸯、官场黑幕,以及这一脉络的当代港台武侠言情小说。前者大都为被五四"新文学"传统指定为"白话经典"的雅文学,后者则是当年的"新文学"压抑下去的"旧文类",这些构成了玄幻、穿越、武侠、官场、都市、言情等类型的主要资源。第三类是美国好莱坞大片、网游以及包括科幻、奇幻在内的欧美类型文学,特别是科幻文学关于未来宇宙的推演设定和《指环王》《哈利波特》等奇幻文学打造的魔法世界,构成了以"九州系列"为代表的中国奇幻小说(以纸版为主)和以"小白文"为代表的网络玄幻小说想象力的来源之一。第四类是日本动漫,尤其是其中的耽美文化,是"耽美文""同人文"①的直接来源。当然,网络文学的各种类型,特别是其中最具有中国本土和时代特色的新类型,如玄幻、穿越、盗墓等,都是综合以上各文化资源的再创造。

盘点中国网络文学的文化资源,我们不难发现一个触目惊心的事实:在古今中外的文化传统中,单单是五四以来确立的"新文学"传统被绕过去了,而"新文学"传统正是一向居于"主流文坛"的"正统文学"一脉相承的传统。为什么被"主流的网民"选择的大众文学单单绕过了这一最主流的传统?这

---

① 我们现在常用的"同人"这一概念,来自日文"DOUJIN"的发音,取其"由漫画、动画、游戏、小说、影视等作品甚至现实里已知的人物、设定衍生出来的文章及其他如图片影音游戏等创作"之含义;在英文中,"同人文"通常被称为"粉丝小说"(Fan-fiction),字面意思为粉丝创作的小说。维基百科将其定义为"Fans以原著的设定和人物创作的故事"。"同人"从来就不单指"耽美同人",但"耽美同人"是"同人"作品中很大的一个分支。

一大师辈出、感动了几代中国人、有力地参与了中国现代国家建构的伟大传统,这些年来一直被国家文艺管理制度、文学生产体制、学院体制和中小学教育体制置于垄断性的保护地位,为什么不见"断裂"、未经反叛,就这么简简单单地被绕过去了?这是我们讨论重建"主流文学"之前必须审查反思的。

以今日"网络大众"的"自然选择"而反观,五四"新文化"运动建立起来的"新文学"传统有三个突出的面向:以启蒙价值为基础的精英化,以西方文学为师的现代化,以及延续千年的印刷文明的文字化。在网络时代,"新文学"传统在这三个方面都遇到了更致命的挑战,这些都是我们在"绪论"中讨论过的。本章笔者想继续讨论另一个问题,就是洋派的"新文学"其实一直以乡土文学为主导,构成中国作家主体队伍的是广大出身农村、自学成才、在价值观和审美观乃至情感结构上都相当传统的乡土文学作家。除了现代文学的"新感觉派"以及当代文学中的"纯文学"外,都市文学传统一直相当薄弱。而这势单力孤的文学传统在网络时代遭遇的却是"85—95独孤一代"的横空出世。

"网络一代"是"读图一代",也是"独孤一代"。这不仅指他们大都是独生子女,更指他们在文化上也像是孤儿,是"喝狼奶长大"的一代。以前,人们经常用"80后""90后"称呼"网络一代"①,而从网络文化的角度考察,更准确的概念是"85—95一代",因为这是受日本 ACG 文化影响的第一代人②,深受耽美文化浸润,具有浓郁的"宅腐"③特征。"宅男"和"腐女"构成

---

① 实际上,在他们的内部又有细分。如"80后"分"85前"和"85后","90后"分"94前"和"94后",用他们自己的话说,"85年前"的"80后"更像"70后","94前"的"90后"更像"80后"。
② 自1980年12月中央电视台引进第一部国外动画《铁臂阿童木》以来,中国开始有了看着日本动漫长大的第一代人,即"80后"。事实上日本的御宅文化起源于1980年代初期,而耽美文化虽早在1960年代初就已在日本兴起,但直到1990年代后期才进入中国大陆,因此当下真正带有"宅腐"属性的网民大多于1985—1995年出生。参见肖映萱:《"宅腐"挺韩——"85—95"的逆袭》,《网络文学评论》总第3期,广东省作协主办,广州:花城出版社,2012年。
③ "宅男"概念起源于日本"御宅"(おたく)一词,原指对 ACG 具有超出一般人的了解程度、鉴赏能力、游戏技能的人群,这一概念经由台湾再传入大陆,意涵发生了一些变化,泛指不善与人相处,或是整天待在家,生活圈只有自己的人群。"腐女"是"腐女子"的简称,源自于日语,由同音的"腐女子"(ふじょし)转化而来。"腐女"与"耽美文化"有血缘关系。"腐女"就是对"耽美"情有独钟的女性,通常是喜欢此类作品的女性之间彼此自嘲的称谓。"宅腐",也作"腐宅",可作"腐女"和"宅男"的合称,也可理解为兼具腐、宅两种属性。宅腐并不排斥性别,就是说,有"宅男",也有"宅女",有"腐女",也有"腐男"。

目前网络读者的两大重要"族群"。他们也是美国好莱坞大片、英美日韩剧以及《指环王》《哈利·波特》、"吸血鬼系列"等超级国际流行文艺的铁杆粉丝。

我们经常说现在"三年就是一代",决定"一代人"和"一代人"之间"代沟"的是什么?就是要看他们是什么流行文化喂养大的。如果我们把学校推荐给中小学生的阅读书目和他们私下里流传的作品做一个对比参照,会发现两者几乎不搭界。学校推荐书目上的是喂养"亲一代"长大的经典,对于"子一代"来说,它们基本是一种文学知识;而让他们尖叫不已的东西,对于父母而言,可能是完全陌生的。在这里,我们不能不承认"先进媒介"的覆盖力,尤其对于自从识字以后时间就被学校和补习班分割殆尽的中国小孩而言,ACG文化才是他们一心奔向的乳娘。这位乳娘喂养的不仅是艺术审美观,同时也是世界观、人生观、价值观。一方面,我们不能不警觉地看到,由于这些年中国"主流文艺"弱势,"网络一代"的三观塑造深受他国流行文艺的影响①;另一方面,我们又不得不清醒地看到,这些流行文艺不仅满足着"网络一代"的感官需要,同时也满足着"独孤一代"的心灵需要——科幻作品是在启蒙理性杀死上帝后,对宇宙秩序和终极意义的重新设定;《指环王》《哈利波特》等奇幻作品借助前基督教的凯尔特文化,在奥斯维辛之后重论善恶的主题,并最终让正义战胜邪恶;"耽美文"和"吸血鬼系列"在1960年代"性解放"引发"性泛滥"导致"爱无能"之后,通过重设性别或人鬼的禁忌,再度讲述爱情的神话。这些文化都是在西方启蒙运动之后兴起、流行的,属于"后启蒙"文化,它们是对启蒙理性的反拨、反动或补充,属于正统文化之外的民间文化、被压抑的边缘文化、抵抗的亚文化。当启蒙理想打造的现实乌托邦遭到质疑后,流行文艺借助"后启蒙"文化在"第二世界"里建造"异托邦"②,用最时尚的方式重唱"古老谣曲"的母题,重新给人

---

① 2011年秋季学期,笔者在北京大学中文系开设的"新世纪网络文学研究"讨论课上,做了一次特别的调查,请同学们说出对自己的"三观加一观"(人生观、世界观、价值观,笔者特意加上审美观)影响最深的艺术作品(不局限于文学,包括影视动漫,但笔者也强调可以包括最经典正统的文学作品)。结果令人惊诧,"85后"的学生,尤其是接近"90后"的学生,对他们影响最深的是日本动漫,他们的核心价值观,包括那些正面积极的价值观,如勇敢、忠诚、友谊,都是日本动漫给他们的。中华文艺里唯一能够对他们产生深刻影响的是金庸。夸张一点说,如果没有金庸,中华文艺全军覆灭。

② 异托邦(Heterotopias)是福柯晚年提出的一个概念,详见后文论述。

带来信心和安慰。如果说，喂养"亲一代"长大的是五四先贤从启蒙文化脉络引进的正统文学，喂养"子一代"长大的就是"后启蒙"脉络的大众流行文艺，双方的"代沟"隔膜不仅在媒介鸿沟上，也在文化渊源的错位上。而在一个"后启蒙"的时代，一种不包含"后启蒙"文化的文艺很难对时代命题做出有力的回应，很难成为名副其实的"主流文艺"。

从另一角度说，虽然网络文学经常被认为是中国想象力的复苏、传统旧文类的复活，但实际上它是世界文学的有机组成部分，传达的是全球化背景下中国人的深层焦虑。也就是说，只有在全球化的精神背景下，只有在超越雅俗的文学观念下，才能对网络文学做出真正的解读，包括它在另一路径上探索的重建"主流文艺"的可能性。

四　"启蒙绝境"下的"中国穿越"

齐泽克在2011年10月9日"攻占华尔街"的街头演讲中提到中国的"穿越小说"：

> 2011年4月，中国政府禁止电视、电影、小说中出现包含另外的可能（alternatives）或时间旅行的故事①。对中国来说，这是一个好兆头。这意味着人民仍在梦想另外的可能……我们这儿则想不到禁止。因为占统治地位的系统已经压制了我们梦想的能力。
>
> 记住，我们的基本信条是：我们被允许想象另外的可能。现存的统治已经破裂。我们并非生活在最好的可能的世界。但前面有一条很长的路要走。我们面临确实困难的问题。我们知道我们不要什么。但是我们要什么呢？怎样的社会组织方式可以代替资本主义？怎样的新的领导者是我们需要的？记住：问题不在于腐败或贪婪。问题在于推动我们放弃的这个体系。要留心的不仅是敌人，还有虚假的朋友，他们

---

① 中国广电总局官网公布的《广电总局关于2011年3月全国拍摄制作电视剧备案公示的通知》称："个别申报备案的神怪剧和穿越剧，随意编纂神话故事，情节怪异离奇，手法荒诞，甚至渲染封建迷信、宿命论和轮回转世，价值取向含混，缺乏积极的思想意义。对此，希望各制作机构端正创作思想，要弘扬中华民族优秀传统文化，努力提高电视剧的思想艺术质量。"不过，此时只是"希望"，并未禁播。事实上，《步步惊心》《美人心计》《甄嬛传》等"穿越剧""宫斗剧"依然火爆上映。

已经在试图瓦解我们的努力,以如下的方式:让你获得不含咖啡因的咖啡,不含酒精的啤酒,不含脂肪的冰淇淋。他们将努力使我们的行动变成一场无害的道德抗议。①

真所谓"生活在远方"。近年来深受中国理论界推崇的又一位大师级人物齐泽克居然在反抗资本主义的前沿阵地羡慕中国人民的梦想能力。齐泽克的街头宣言活生生地向我们演示了他在《意识形态的崇高客体》一书中揭示的"启蒙主义的绝境":"人们很清楚那个虚假性,知道意识形态下面掩藏着特定的利益,但他拒不与之断绝关系。"②为什么一切变得如此明目张胆?根本原因就在于人类已经没有"另类选择"。所以齐泽克必须在诅咒资本主义的同时申明"我们不是共产主义者"。问题是,"'共同利益'(the commons)的问题尚在",这在齐泽克看来,至今仍然是人们为之奋斗的唯一理由。然而,奋斗的目标又在哪里呢?"我们知道我们不要什么。但是我们要什么呢?怎样的社会组织方式可以代替资本主义?怎样的新领导者是我们需要的?记住:问题不在于腐败或贪婪。问题在于推动我们放弃这个体系。"齐泽克的彷徨是启蒙主义陷入绝境后的彷徨,而他最深的恐惧还不是醒来之后无路可走,而是"这个体系"已经强大到让人们难以醒来,就如电影《黑客帝国》描绘的图景:我们今日生活其中的所谓"世界"不过是机器智能(地球上的真正统治者)制作的"母体"(matrix),所有人类复杂的精神活动都是在被设定的程序里进行的,而程序之所以被设计得如此丰富多彩,只因为唯有在复杂的思维活动中被作为机智能"电池"的人类才可以提供高频率的能量。这是真正的醉生梦死,人类被剥夺了一切,甚至梦想的能力。但问题是,绝大多数人宁愿在梦想中被剥夺一切,也不愿看到自己一无所有而怀抱梦想。

正是站在如此深深的恐惧之上,齐泽克遥想中国之"穿越"。其想象中的天真成分让人不得不感叹大师也是凡人,有不可在理性层面言说的精神幻象。而作为全球化体系内为资本主义提供最强劲动力的"大中华区"主体,中国,至少是生产"穿越文学"的白领网民的世界,早已是赫胥黎笔下的

---

① 引文来源:http://www.occupywallst.org/article/today-liberty-plaza-had-visit-slavoj-zizek。下文有关齐泽克的引文未注明出处者均出自此演讲。
② 〔斯洛文尼亚〕斯拉沃热·齐泽克:《意识形态的崇高客体》,季广茂译,第40页,北京:中央编译出版社,2002年。另参阅译者序的精彩分析。

"美丽新世界"。波兹曼的《娱乐至死》(广西师范大学出版社,2004年)是继齐泽克的《意识形态的崇高客体》之后在学术界广为流行的理论著作,因其笔法通俗,影响范围更广。中国理论界已经过了单纯追赶西方理论时髦的时期,某种理论的流行背后都有其现实动因。和发达资本主义一样,"启蒙的绝境"和"娱乐至死"也是今日中国人深层的精神困境和文化恐惧,只是这个"美丽新世界"更具中国特色而已。

齐泽克确实抓住了问题的核心,任何一种真正的变革背后都必须有一套可替代性制度的支持,否则就会演变成一场无害的道德抗议或嘉年华会。他这里忽略的是,真正有"另外可能"的梦想也需要"另外可能"制度的支撑,否则,禁令之下产生的很可能是更无害的白日梦。中国一直是世界理想的生产基地之一。这一理想的真正死亡(也就是齐泽克所说的"第二次死亡","符号性的死亡""幻象的死亡")发生在华尔街危机之时。理想幻灭(并且是双重幻灭),问题还在,梦早醒来,却无路可走,甚至不能呐喊,只能做梦,只能在遥看华尔街的繁华热闹和抗议热闹之余在纸上"穿越",这就是包括"穿越小说"在内的中国网络文学诞生的现实语境。

让我们从这个角度来打量"穿越小说"。虽说网络文学让一切被"新文学"压抑的旧文类都得以复活,但"穿越小说"可算是网络文学的一大发明①。身处21世纪的中国网络文学的作者和读者,为什么如此钟情于"穿越"的故事?"男性向"穿越②的原因似乎还比较显见(大国崛起的梦想和有关现代性制度变革的讨论出于种种禁忌的原因需要放置在一个有距离的古代空间),那么"女性向"穿越呢?为什么杜拉拉(《杜拉拉升职记》)和乔莉(《浮沉》)们的故事要投放到古代那些大门不出二门不迈的女子身上?为什么她们的言情和"宫斗""宅斗"(折射着现代职场斗争经验)结合得那么紧密,乃至后者压过了前者?齐泽克在谈到传统的心理—现实主义小说在1920年代被现代小说取代时,提出了一个特别有启发性的洞见:要探测

---

① "穿越"作为一种文学形式并非中国网络文学首创,一般会追溯到马克·吐温的《康州美国佬在亚瑟王朝》,对中国网络文学直接产生影响的是台湾作家席绢的《交错时光的爱恋》和香港作家黄易的《寻秦记》。但只有在网络文学的天地里,"穿越小说"才构成一个文类,形成了独特的叙述模式和众多子类。目前在各大原创网站中,"穿越小说"往往占据最主要的位置,其发展巅峰期的2007年甚至被称为"穿越年"。

② 网络小说通常分为"男性向"(以男性欲望为旨归)和"女性向"(对立于传统的男性视点,以女性欲望为旨归),穿越小说也分为"男性向"穿越、"女性向"穿越。

所谓时代精神(Zeitgeist)的变迁,最为简易的方式就是密切注意某种艺术形式(文学等)何时变得"不再可能",并探讨其原因。[①] 以"清穿"为代表的"穿越"言情小说的出现使哪一种传统言情叙述变得"不再可能"？换句话说,相对于传统言情小说的叙述模式,"穿越"言情产生了怎样的变体？这背后又折射出怎样的时代精神变迁？

在"穿越"言情小说出现之前,占据大众文化言情模式主导位置的是琼瑶模式。古装剧《还珠格格》(1997年)可称是2011年初起开始接连热播的"清穿剧""宫斗剧"(《宫锁玉心》《步步惊心》《美人心计》《后宫·甄嬛传》)的前身。如今想来,那个从天而降的小燕子实在像个"穿越人物",而"穿越剧"的出现却使"琼瑶剧"变得"不再可能",其中的质变发生在哪里？

如果我们把小燕子和若曦(《步步惊心》)做对比可以发现,她们之间最大的不同在于"改变世界"还是"被世界改变"。同是具有"假小子"性格的现代型少女降落到古代宫廷,小燕子一直保持着她的现代品格,独立、平等,打破常规,追求个性解放和自由。她身边的人,无论是皇帝、阿哥还是格格,都被她影响着往现代的路上走;而若曦这个真正的现代人却越来越古代化了,现代人的观念和做派只是让她一出场时引人注目,很快她就调整了自己的角色:这里的一切千古不变,即使你知道历史的结局也没有用,需要改变的只是你自己,不能脱胎换骨,便死无葬身之地。她以现代人的智慧思考,却照古人的规矩行事,渐渐地比古人还古人。时时刻刻地察言观色,一次一次地深得圣心,不知不觉间,皇权和男权的秩序已是如此天经地义。小燕子之所以可以不变是因为她的世界是爱神特意为她打造的,她可以永远天真未凿,无法无天,谈不食人间烟火的恋爱。若曦没有爱神的庇护,她的爱情只能在铁打的现实逻辑下存在,所以她只能在步步惊心中事事算计。明知八爷将落败身亡的结局,还不禁坠入爱河,爱不是不让人沉醉,但若曦却不得不让自己醒来。爱并不能改变八爷争夺王位的"事业心",不能改变他妻妾成群的现实,所谓的"真爱"到底能维持多久？有多少爱才能让自己奋不顾身？最终,若曦遵从趋利避害的现实逻辑,舍下八爷而投入未来胜利者四爷的怀抱,但电视剧并没有按照以

[①] 〔斯洛文尼亚〕斯拉沃热·齐泽克:《斜目而视:透过通俗文化看拉康》,季广茂译,第83页,杭州:浙江大学出版社,2011年。

往的叙事逻辑将她指斥为势利女人,而是引导观众认同了这一选择。言情剧本该是白日梦,受众就是想来YY的,但YY也是要靠一点"信"来撑着的。热播言情剧广受认同的女主角居然不再相信爱情,这说明爱情这只股票已经跌到了怎样的谷底?

从《还珠格格》到《步步惊心》,十余年来中国大陆的婚恋观确实发生了巨大的变化。在"穿越世界"之外的现实情感剧里,从写"70后"的《新结婚时代》(2006年11月首播),经《蜗居》(2009年11月首播)到写"80后"的《裸婚时代》(2011年6月首播),演示了根本没有所谓与"在宝马里哭"并列的"在自行车后面笑"的选项,《裸婚时代》里没有爱情的胜利,只有少不更事的盲目和贫贱夫妻百事哀。既然童佳倩(《裸婚时代》)并没有和海藻(《蜗居》)不同的价值观,那她们的不同也只是一个在宝马里哭,一个在自行车后面苦笑。在两剧中饰演"穷小子"的文章从卑微的男友变成卑微的丈夫,到了电影《失恋三十三天》(2011年11月8日首映)里更变成了"男闺蜜"①,男友和女友都靠不住了,能靠的只有"男闺蜜","我们都爱男闺蜜"②的呼唤背后又蕴含了多少对亲密关系不信任的无奈。心是越来越冷了,梦是越来越醒了,在"穿越小说"里,变化也在逐步发生。在2004年开始连载的"清穿三大山"开篇之作《梦回大清》(作者金子,晋江原创网)里,"穿越"女主与十三爷的爱情还是一对一、生死相许的琼瑶模式;到了2005年的《步步惊心》(作者桐华,晋江原创网),"愿得一心人,白首不相离"已是痴人说梦;到了2006年的"宫斗文"《后宫·甄嬛传》(作者流潋紫,17K小说原创网)里,女主角甄嬛虽然也曾经在"宠"还是"爱"之间痛苦挣扎,最后终于以"无心的狠"登上后宫权力的巅峰。受众快感从"白雪公主"的玫瑰梦,转向"狠心皇后"的成长历程。

其实,这几部被改编成影视剧的网络小说,由于有"老少咸宜"的潜质,转型还是比较温和的。在相对小众的网络小说内部,言情叙述模式的转型更为彻底,一个典型的例子是当选2010年度起点中文网"年度作品"(女生

---

① "闺蜜"即"闺中密友"的简称,"男闺蜜"指称的是女性的男性朋友,二人关系亲密,可谈论包括性爱在内的私密性话题,但不含暧昧的男女关系。
② 在豆瓣网上,第一个以"男闺蜜(密)"作为关键词的"小组"创建于2009年4月7日(比《失恋三十三天》网络直播贴的最初发表时间早四十天),名为"我们都爱男闺蜜"。参阅林品:《男闺蜜或雌雄同体的第二人格——论失恋三十三天中的王小贱》,《网络文学评论》总第3期,广东省作家协会主办,广州:花城出版社,2012年。

频道)的《庶女攻略》(作者吱吱)。

这是一部向《红楼梦》致敬的作品,只是完全没有了宝黛那一脉的多愁善感、儿女情长,只取宝钗—袭人一路的现实精明、成熟练达。一位在现代社会专打离婚官司的律师穿越到古代一个大户人家十三岁的庶女十一娘身上,一出场便已是金刚不坏之身。现代人自由平等的理念全都埋在心里,既然在一个嫡庶分明的时代"穿"到了庶女的身上,就认了这卑微的出身,再审时度势按照游戏规则一步一步地爬上去。她先努力使自己成为嫡母手中一枚有利用价值的棋子,嫁入侯府后,又以古代贤妻的德行和现代律师的才干一步步赢得了丈夫、婆婆的信任赏识,最终过上了体面尊贵的幸福生活。十一娘的"冷"冷在骨子里,虽正值花季,却不任性、不怀春、不吃醋,严格秉承"把老公当老板"的原则,即使这个老公年轻有为德才兼备且有情有义,也坚持让自己不动情。这"冷"的背后是戒,是伤,不动心才能不伤心不出错,才能使自己的利益最大化,化解严峻的生存危机。《庶女攻略》被称为"《杜拉拉升职记》的古代版",十一娘一直是"白领",情场如职场。读者也一直在"职场压力"的笼罩下神经紧绷,直到十一娘在侯府站稳脚跟才松下一口气,才有机会以女人的心态打量一下那个坐在"夫主"位置上的男人。"宫斗"和"宅斗"的封闭性和惨烈性把现代白领们的生存危机提高到生命危机,生存需要降至安全需要,活命尚且不易,谈何爱情?至此,"穿越小说"真正形成了其"反言情的言情模式",虽然不谈爱情,却釜底抽薪地缓解了爱情的焦虑。

爱情的神话正是启蒙的神话。即使在西方,浪漫爱情的理念,作为广泛接受的价值观并作为理想婚姻的基础,也是19世纪的事。文艺复兴运动使人的世俗生活价值受到重视,启蒙运动使人的个体生命价值受到尊重。爱情神话的建立,与"个人的发现"有关,与"女人的发现"有关,与"人权运动""女权运动"、浪漫主义文学运动紧密相连。这个神话就是两个精神共振的独立个体的灵肉合一[1]。爱情价值的实现构成了现代人(尤其是现代女人)个体生命价值实现的重要部分,没有得到过真爱的女人,基本等于白活了。因此,爱情神话的幻灭从人类深层情感层面显示了启蒙神话的幻灭,从另一角度说,启蒙话语的解体也必将导致爱情神话的解体。问题是,神话虽灭,欲望尚在。几个世纪以来,罗曼司、浪漫主义文学以及各类言情小说创造的大量幻象,已经把人建构为"爱情的主体"。所以,今日人们对言情

---

[1] 参阅〔美〕纳撒尼尔·布兰登:《浪漫爱情的心理》第一章"浪漫爱情的演变",林本春、林尧译,北京:商务印书馆,2009年。

小说的根本欲求不是满足匮乏,而是消除欲望幻象。"反言情的言情小说"的功能正是通过消解爱情幻象、重构世俗幻象,从而解构"爱情的主体",使人回到之前的"正常状态"。

于是,有了"穿越",至少有了"穿越小说"至今的走势和走向。一"穿"回到启蒙前——在父母之命媒妁之言、三纲五常、一夫多妻的时代,爱情的概念还没有发明,《牡丹亭》《西厢记》和《金瓶梅》一样属于"诲淫诲盗"的"地下读物"。婚姻只是契约,妻子只是职务,夫妻是合伙人,妻妾是上下级,连林黛玉都要唤袭人作嫂子,还有什么气难平的?"穿"回去,一切现代人的麻烦都化解了,知其无可奈何而"坦然为之"①,这是"穿越小说"快感机制中最隐秘的内核。

五 在"第二世界"②重新立法——以猫腻③创作为例

"回撤"并不是"穿越小说"的单独姿态,而是网络文学价值观的总体趋向。与"穿越小说"共撑各大网站的另一大类型"玄幻小说",尤其是那些打怪升级的"小白文",其核心价值观更是"回撤"到文明建构之前的丛林法则。不过,正是在"回撤"的总体大势下,个别逆流而上的作家就特别值得关注,这就是下文要重点分析的猫腻的创作,特别是他的《间客》④,虽为玄幻小说,但内在继承了路遥的精神传统,通过在"第二世界"

---

① 齐泽克认为,意识形态最为基本的定义出自马克思的《资本论》,马克思在其中提出一个著名论断:"他们虽然对之一无所知,却在勤勉为之。"但时过境迁之后,这个定义不再适用于今日。今日意识形态的定义应该是:"他们对自己的所作所为一清二楚,但他们依旧坦然为之。"〔斯洛文尼亚〕斯拉沃热·齐泽克:《意识形态的崇高客体》,季广茂译,第39—40页,北京:中央编译出版社,2002年。
② "第二世界"的概念最早是由《魔戒》的作者托尔金提出来的,相对于"第一世界"即神创造的现实世界。在这里,人代替了神,用神赋予的想象力创造了一个新的世界。
③ 猫腻,原名晓峰,湖北宜昌人。1977年出生,1994年考入四川大学,后来退学打工。乃有"最文青网络作家"之称的起点中文网老牌"大神"。代表作《朱雀记》(2005)、《庆余年》(2007)、《间客》(2009)、《将夜》(2011)、《择天记》(2014)。曾拿下起点最重要的三项大奖(年度作品、年度作家、月票总冠军,网文界只有两位"大神"拿过这一"大满贯",另一位是月关),同时也颇受精英批评界青睐,曾获"西湖·类型文学双年奖"银奖(2013)、首届华语网络文学双年奖(2015)、"腾讯书院文学奖·类型小说"年度作家奖(2015)。
④ 2009年4月27日至2011年5月27日在起点中文网连载,共计348万字,与《庶女攻略》双峰并立,获2010年度"男生频道"的"年度作品"。

里"重新立法"建构"异托邦",在一定意义上替代性地实现了乌托邦的意识形态功能。笔者认为《间客》是一部具有里程碑意义的作品,它的出现意味着中国网络文学经过十几年的发展,终于从"大神阶段"进入了"大师阶段"。对于陷入困境的现实主义创作来说,这另一条道路上的突破也极有参照价值。由此,网络文学与"传统主流文学"有了扎实的对接点和对话基础。

王德威在将刘欣慈的科幻小说《三体》放到晚清以来的文学史中解读时,借助福柯1960年代提出的"异托邦"概念,分析科幻小说在当下社会中的意识形态功能。① 按照王德威的归纳,"异托邦"指的是我们在现实社会各种机制的规划下,或者在现实社会成员的思想和想象的触动之下,所形成的一种想象性社会。它和乌托邦(Utopia)的区别在于,它不是一个理想的、遥远的、虚构的空间,而是有社会实践的、此时此地的、人我交互的可能。"异托邦指的是执政者、社会投资者或者权力当局所规划出的一种空间。在这个空间里,所谓正常人的社会里面所不愿意看到的、需要重新整理、需要治疗、需要训练的这些因素、成员、分子,被放在一个特定的空间里。因为有了这个空间的存在,它反而投射出我们社会所谓'正常性'的存在。""异托邦"可以是监狱、医院、学校、军队,也可以是博物馆、商场、主题公园。当然,也可以是科幻小说。王德威借助"异托邦"的概念想强调的是:"科幻文学作为一种文类,带给我们乌托邦、恶托邦的一些想象空间。还有,这种文类存在于我们的文学场域里面,它本身的存在就是一种异托邦的开始。它不断刺激、搅扰着我们:什么是幻想,什么是现实,什么是经典或正典以内的文学,什么是次文类或正典以外的文学,不断让我们有新的思考方式。"

"异托邦"的概念确实为网络文学的研究打开了一扇理论窗口。其实,网络小说的各种类型,尤其是那些超离现实的幻想类型都和科幻小说一样,是一种"异托邦"。如果说现实主义创作遭遇困境的根本原因在于从现实逻辑到通往乌托邦想象的道路受阻,那些超离现实的幻想小说则可以通过打造一个"第二世界"使受阻的愿望得以实现。相对于现实主义小说作者,幻想类小说作者拥有一个最大的特权,即在其营造的"第二世界"里,自己

---

① 王德威于2011年5月17日在北京大学做了题为《乌托邦,恶托邦,异托邦——从鲁迅到刘慈欣》的演讲,演讲稿于《文艺报》2011年6月3日、6月22日、7月11日分三期连载。

可以成为立法者。但是这个立法者并不像上帝那样具有绝对的权力,特别是在仿真性强的幻想文学里,"第二世界"内部必须有严密的逻辑体系,而其逻辑法则必须以现实世界的逻辑法则和读者的愿望为参照,否则就不可能产生真实感和满足感。网络小说一直被诟病为装神弄鬼、脱离现实,其实,越是在架空、穿越、玄幻的"第二世界",越需要强大的"现实相关性"作为读者的精神着陆点。营造一个可以在现实中存在、互动的"异托邦",正是网络小说介入现实的方式。所以,对网络小说的研究,最重要的不是分析他们虚构了一个怎样的世界,而是分析这个虚构的世界投射了他们对现实的怎样认识,以及他们讲述这种认识的方法。

《间客》被网站划为"玄幻类"小说,而作者猫腻却在"后记"中称之为"一本个人英雄主义武侠小说"。和金庸参照世俗逻辑打造了江湖世界一样,猫腻以科幻元素在星际背景下建构的"第二世界"也是现实世界的投射,并且因为更直接关注政治体制问题而具有寓言色彩。

这是地球毁灭多年之后人类逃往的宇宙星空,但是铁幕依旧,专制的"帝国"和民主制的"联邦"的对峙依旧,拷问人类的问题依旧——到底是专制—效率还是民主—自由更有利于发展?到底是发展更重要,还是人类的幸福更重要?不过,作者的思考早已超越了冷战式的非此即彼,而是直插当下复杂的现实。代表先进制度的"联邦"是一个数万年前就由"五人小组"制定"第一宪章"并由此建立发展的成熟的民主制国家,但是在"宪章的光辉"背后,历史更加古远的"七大家族"的寡头统治始终在暗处岿然不动,是"联邦"的真正主宰。这个虚构的"联邦"很容易让人联想起现实中的美国,而且是金融危机之后寡头政治浮出水面的美国。小说把叙述的落脚点放在"联邦"而非"帝国",就使讨论的基点超越了奥威尔的模式(这仍是目前绝大多数主流文坛作家沿用的模式),超越了"西方中心论"的制度崇拜,与"占领华尔街"的抗议者们站在同一行列。

猫腻在"后记"里说,《间客》就是"一个愤怒青年的故事":"我不知道什么是正确的,但我真的知道什么是错误的,因为那些错误是如此的简单,根本不需要艰深的理论知识,而只需要看两眼。你抢我的东西,偷我的钞票,我无罪时你伤害我,没有塞红包你就不肯把我的车还给我,你拿小爷我缴的税去喝好酒找女人还像他妈的大爷一样坐在窗子后面吼我,这些就是错。这些都是我经历过的,而被我的家人亲人友人所习以为常甚至认为是天经地义的事情,在我看来都他妈是错的。这是很原始朴素的道德,在很多人看来深具小市民天真幼稚无趣特点,然而拜托,你我不就是小市民吗?不就是想有免于恐惧的权利吗?不就是想有不平临身时,有个猛人能站起来帮帮手吗?"

《间客》的主人公许乐就是一个总是站起来帮人一把的"猛人",一个"自掌正义"的侠义英雄。他是一个来自底层的小人物,原本的梦想只是成为一家大公司的白领工程师,过体面的中产阶级生活。但是一连串不合理的事情发生了,他的亲人、哥们儿、女友、战友、一些真诚帮助过他或真正无辜的老百姓在他眼前死去、失踪、被冤枉、被屠杀……就是为了保护这一个个具体的人,为他们讨回公道,他卷入了一次比一次更复杂的阴谋、一场比一场更宏大的战争。当然,作者也不断赋予他超人的能力(如"八稻真气"、中央电脑"第一序列"保护对象,以及"联邦英雄""帝国皇太子"的身份),使他能够完成那些不可能的任务。许乐面临的最大挑战不是对非法暴力的反抗,而是对各种各样"合法暴力"的反抗。这种"合法暴力"里有"潜规则",有"现实理性",甚至有人之常情。很多时候,联邦政府都为了"国家整体利益"认了,七大家族都为了家族利益最大化忍了,偏偏许乐这个"小人物"却不认也不忍。整部作品"爽"的动力就是一个小人物的不忍,如何坏了大人物的大谋。最大快人心的是,无论对于阴谋还是"阳谋",许乐的反抗形式经常是非常简单的直接暴力。他是如此的强悍,以至于可以免受敌手的要挟。因此,在实现正当目的的过程中,他的手段也一直是正当的。最后不但人生大放异彩,也始终保持着内心的完整,实现了那句为人打气的豪言——内心纯洁的人前途无量(这句话出于2005年超女大赛,在《间客》中被题写在帝国"大师范府"墙壁上)。

许乐并不是一个简单粗暴的人,《间客》也不是一部感情用事的作品。继《庆余年》之后,猫腻在《间客》里进一步进行了制度的探讨。如果说《间客》里的联邦正是《庆余年》中"自由主义穿越者"叶轻眉致力于建立的现代民主制度,《间客》讨论的则是民主制度的弊端和悖论。在不能有一个更好的制度总体解决问题的时候,许乐反对牺牲局部的利益,尤其反对权力集团以任何堂而皇之的名义牺牲草民的利益,这种事只要被他看见了,就一定要管。

很显然,许乐是一个道德绝对主义者。《间客》连载的同时,流行于各大网站的"哈佛公开课"中的"公正课"正成为最热门的课程之一,边沁的功利主义和康德的道德绝对主义之争也成为《间客》吧"里常见的话题。猫腻显然是站在康德一边的,《间客》的篇首语便是康德那句被广为引用的名言:"世界上有两件东西能够深深地震撼人们的心灵,一件是我们心中崇高的道德准则,另一件是我们头顶上灿烂的星空。"然而对道德律令的理解,猫腻其实与康德不同。在康德那里,道德律令是绝对的,是不依赖于人的感性而像星空那样的超然存在,是可以代替宗教的信仰。历史发展、自然世界都有一个善的终极目的,人的向善来自于人"内心的道德律令"。康德哲学产生的背景是启蒙运动的兴起,而其思想本身就是启蒙主义的理论基石。康德哲学对于 1980 年代中国启蒙思潮兴起的影响是巨大的,生于 1977 年的猫腻显然也曾浸淫其中。然而,今天的中国人如何还能有康德那般的笃信和笃定?猫腻虽然称自己有"道德洁癖",但也不得不承认,道德是相对的,是"此亦一是非,彼亦一是非"的,既然如此,为什么还要格外看重道德正义这种东西?他的回答是,因为人类生活实在是太需要道德了,尤其是那些存在了几千年的"原始道德"(如不伤害无辜,不牺牲不愿意牺牲的无关者,不说假话欺骗他人的利益……),"可以融洽社会关系,减少资源分配赤裸争端,可以让我们生活的世界,不至于又变成非洲草原那么干燥"(见"后记")。对于许乐而言,选择"道德地生活"只为心安理得,甚至可以是"自私"的选择:"人类社会的教育规条太过强大,已经深入了我们的意识之中,敬老爱幼,忠诚正直,这些道德观点就像是一个鞭子,如果碰触它,心便会被抽一记,有些人能忍,以换取金钱权势之类的东西,我却想不明白为什么要忍,我就按照这些人类道德要求的法子去做事儿,一辈子不挨鞭子,活的心安理得,那不就是愉悦?……我怕死,也不是什么正义使者、四有青年,我只是一个按照自己的喜恶,道德的鞭子生存,以寻求人生快乐的家伙。……这不是无私而是最大的自私。"(《间客》第四卷第四十六章)所以猫腻在"后记"中将《间客》定义为"个人英雄主义的武侠小说","所谓武侠就是以武道达成自己所认为的侠义之行,所谓英雄就是坚定认为自己所做是正确的,然后不顾面前有怎样的艰难险阻,怎样的鲜血淋漓,都会无比坚定地走下去"。

不难看出,猫腻在对许乐行为的"解说"里有很大的辩解和自辩的成分,这其实反映了身处"启蒙的绝境"的中国人的信仰危机、理论贫困和心灵不安。当平等、自由、公正、公平这些基本理念不能获得更好的制度保障和更有力的理论论证时,只能借助最朴素古老的天理良心建立"个人的另类选择"。或许这就是启蒙主义的"剩余能量"①。不过,也正是这"剩余能量"使猫腻在"后启蒙"时代保持了启蒙主义的情感立场,在大家都"穿回去"的时候反向而行,"虽千万人,我不同意!"(第四卷第三百八十章标题)他让心爱的主人公以个人英雄主义申明了普通人的权利:不为虎作伥的权利,不逆来顺受的权利,免于恐惧的权利,愤怒的权利,心安理得的权利……从而为读者打开了另一向度的"幻象空间"。

在"后记"里,猫腻说:"所有人都知道这些(笔者按,指'原始道德')是可以有,应该有的东西,但不知道为什么,好像现在没有多少人愿意提这个东西,更没有几本书愿意写那样一个人,或许是真的不讨喜而且不容易安排情节吧?"但最终他拿出了这部可能"不讨喜"的作品,在诸多流行元素中夹杂了很多"私货",在套用了一些桥段模式后再做翻转。这一跳的发生固然是他多年写作内在追求的结果②,也与2008年汶川地震的发生(猫腻出生于四川宜宾)有着直接的关系。"当法律有时候起不到保障作用的时候,比如泰坦尼克沉的那时,比如飞机落到荒岛上的那时,比如地震的那时,我们真的很需要这些东西,弱小的需要别人把救生船的位置让给你,受伤的人希望有医生愿意帮助你,我们需要这些。"(《后记》)2008年前后,中国人和网络文学都发生了很大转变。一方面,北京奥运会的召开使中国人更快、更强的追求达到顶点,而此前奥运圣火传递受阻、西藏事件和此后美国金融危机的发生和蔓延,以及雪灾、地震等自然灾害的频繁发生,都让中国人重新思考,中国与世界的关系到底是怎样的? 在西方模式之外,中国有没有可能走出自己的道路? 什么是人类更合理的生活方式? 人应该怎么活着? 在成功之外,"幸福指数"成为人们普遍关心的问题。这股思潮在网络文学创作中的反映,就是"重生文"的流行。如果生命可以重来一次,你打算如何生活?这其实就是猫腻在《间客》之前一部广受欢迎的"穿越"作品《庆余年》的主

---

① 在笔者于北京大学中文系开设的"新世纪网络文学探讨课"上,喜欢《间客》并给予其高度评价的基本是"60后""70后",很少有"80后","85后"更少。有一位"80后"同学说,老师之所以这么喜欢这部小说是因为被戳中了"启蒙的萌点"(网络常用语,大致可理解为"因极端喜欢而引发共鸣处");我们反正没建立过这些价值,没有匮乏体验,也就"戳不中"。笔者觉得此言有理。《间客》的粉丝和作者一样,也是"启蒙的剩余能量"过多的人。

② 从处女作《映秀十年事》开始,猫腻就开始了生命意义的追问,"人为什么活着?""如何活着?""怎么才能活好?"这样的追问一直连续性地贯穿在他的几部作品之中。

题,猫腻在这个问题的思考上已经超前了。而《间客》出现后,也没有预计中的"不讨喜",否则也不可能被选为起点中文网 2010 年的"年度作品"。这说明那种"直接导致"作者设计《间客》的故事和人的"无法抑制的冲动"在很多人心中都同样存在着——"就是想在这虚幻的世界里告诉自己,有些东西还是可以做一做的"。

猫腻在《间客》的后记里写道:"我最爱《平凡的世界》,我始终认为那是我看过的最好一本 YY 小说,是我学习的两大榜样之一。"(另一榜样据笔者核实是金庸①。)

笔者虽然深知《平凡的世界》在文学青年中的深远影响(甚至可称唯一一部对网络文学有重要影响的新时期经典),但猫腻亲口这么说还是令人惊喜。许乐身上确实有孙少平的影子,那个从底层走出的"有理想、有道德、有知识、有体力"②的大好青年,"内心纯洁,前途无量"。然而,在现实主义的叙述脉络里,孙少平的路在路遥之后就走不下去了,时代精神的变迁使现实主义这种文学形式变得"不再可能"。但在池大为(《沧浪之水》)那里无论如何也跨不过去的"坎儿",许乐轻易就跨过去了。在侯卫东(《侯卫东官场笔记》)勤勤恳恳地学习"当官"这门"技术活儿"时,许乐可以指着联邦隐藏最深的敌人帕布尔总统的鼻子说:"或许我们没有办法改变这个世界,但也不能让这个狗日的世界改变我。"(《间客》第四卷第三百八十二章)通过建构一个"第二世界"并在其中重新"立法",在现实主义小说中受到阻遏的美感快感通道得以疏通,在酣畅淋漓的叙述中,"大写的人"重登神坛。意识形态整合功能也得到替代性修复——当然是在"异托邦"的意义上——没有人会以许乐同志为榜样,所有那些许乐在小说中"不忍"的,都是我们在现实生活中必须忍的。小说提供了一套不同的价值系统,里面有了敬仰、爱和温暖,但仍旧是一副麻醉剂。高级的"爽"能让人更好地"忍",所以,这样的"异托邦"不但是可以与现实社会并存的,甚至是被需要的,因为它既是反抗的,又是安全的。

在目前的网络文学创作里,像《间客》这样的逆流而上的作品难得一

---

① 邵燕君、猫腻:《以"爽文"写"情怀"——专访著名网络文学作家猫腻》,《南方文坛》2015 年第 5 期。

② 这是邓小平 1980 年 5 月 26 日给全国青少年的题词,后被引申为做"有理想、有道德、有文化、有纪律"的"四有新人"。

见,或许可称"孤本"①,但却是特别值得精英批评者关注的写作倾向。从中我们可以尝试总结出笔者姑且称之为"异托邦"中的"心理现实主义"②的核心要素。第一,它不是客观真实地反映现实,但却要精确深刻地把握现实逻辑,并将读者的深层欲望和价值关怀折射进小说创造的"第二世界"。第二,作为"高度幻想的幻想文学","第二世界"自身需有严密的逻辑系统,这个系统是在参照现实逻辑的基础上"重新立法",重塑具有超越性、引导性的价值观。第三,现实逻辑和想象力逻辑相互渗透,为满足读者"爽"的目的,允许"YY"。③

"异托邦"的"心理现实主义"在网络文学出现确实搅扰了我们的文学秩序,让我们不得不重新思考:什么是正统的,什么是非正统的?什么是严肃的雅文学,什么是消遣的俗文学?它们之间的界限如何划定?对于这些问题的探讨势必不局限于网络文学研究领域,而是整个当代文学研究不能回避的。

---

① 《间客》虽然最终被选为"年度作品",但在"书友总点击""总收藏""总推荐""会员总点击"等更具商业价值的数据上,均大败于连载时与其争锋的《吞噬星空》(天蚕土豆)。一位参加笔者开设的网络文学讨论课的大四本科生(江林峰)在作业中写道:"《间客》代表的才是网络文学的异类,它并不是失败的创作,但也绝对称不上巨大的成功。或许它对于网络文学发展史真的有什么巨大的影响,但至少现在,它实实在在地败了了'小白文'的脚下,无论是在物质实绩上,还是当今网络文学独特的美学价值上——可以这样说,《间客》是赢在传统,输在网络。"这观点很有警醒性,提醒笔者不要把精英文学标准强加到目前网络文学的研究中。但在"网络文学独特的美学价值"和未来方向等问题上,笔者认为,网络文学并不是专属"网络一代"的文学,随着它越来越成为中国当代文学的"主阵地",也将越来越成为一个容纳更多受众群和审美趣味的公共空间。其中,精英力量也具有合法性并必然形成新的向度。

② "心理现实主义"是一个在传统文论中已有的概念,是亨利·詹姆斯以《贵妇画像》为代表从现实主义走向现代主义过程中出现的一种文学思潮,也是一种创作方法。它的产生无疑直接受到了现代心理学的影响。与现实主义相比,它虽然仍以塑造人物形象为旨归,但作品表现的对象已从外部事件转移到了人的精神世界;与意识流手法相比,它虽然也是以心理描写、心理分析为主要艺术手段,但这仍然是为塑造人物形象服务,而且它所关注的只是意识层面而非潜意识的心理活动。

③ 庄庸在论文《中国网络文学十年的关键点》(《网络文学评论》2011年10月创刊号)中详细界定、辨析了网络文学中的"新现实主义""伪现实主义"的概念及其与传统现实主义的区别。庄庸博士多年观察研究网络文学,颇多洞见发人深省,可称目前网络文学研究界非常难得的"学者粉"。有关《间客》的解读及其中蕴含的"心理现实主义"要素特征,我们曾深入讨论,彼此多有激发。由于具体表述不同,公开发表时间又相近,相约不互相引用。

结语　重建"主流文学"

网络文学的迅猛发展,对"传统主流文学"的地位构成了挑战,使文坛格局发生了地基性的变化。而且,这种变化正在从外部冲击转为内在影响——随着文学期刊的边缘化和纸质出版的夕阳化,网络测评系统越来越被传统体系所借重。不但网上红了的作品容易被出版、被改变成影视剧,甚至一些出版社准备出版的作品,也会先放到网上试试。如此一来,网络文学的内部标准,从"写什么"到"怎么写",都会折射进传统体系。不用多少争辩争夺的过程,网络文学从"自成一统"到"暗接正统"似乎已经"自然"发生。2009 年就有大型文学网站的"掌门级"人物宣称,网络文学已经是"准主流文学"①,此后的众多举措也都显示了其向"主流化"方向"挺进"的努力②。随着媒介革命的飞速发展,网络已经日益成为"主流媒介"——也就是说它不再是年轻的"网络一代"自娱自乐的亚文化区域,而将成为国家"主流文艺"的"主阵地"。

然而,到底何谓"主流文学"?原来居于"主流"地位的文学为何只能勉强地被称为"传统主流文学"?其当然"主流"的地位是如何失落的?面对文学媒介的"千年之变"、文学价值体系的"百年之变"和文学制度转型的"五十年之变","传统主流文学"能否在各方争锋中重新进行定位调整和力量整合?是否可能重建一个以"精英为导向""精英"—"草根"良性互动的"新主流文学"?这些都是不容回避的严峻问题。

---

① 侯小强(盛大文学 CEO):《网络文学到底是不是主流文学?》,《新京报》2009 年 2 月 11 日。
② 2008 年 7 月盛大文学成立后,高调开启了一系列活动,如 2008 年底的"30 省作协主席小说巡展",2009 年 3 月的"首届全球华语原创文学大展",6 月与《文艺报》合作召开的"起点中文网四大作家"研讨会,7 月与鲁迅文学院合办的"网络文学作家培训班",等等。主动向官方示好的并非盛大一家,2008 年 11 月"中文在线"也通过同中国作协旗下《长篇小说选刊》合作,开展"网络文学十年盘点"的活动,该活动动用了全国二十余家纯文学刊物的编辑力量读稿评分,巧妙地完成了网络文学学术性活动的"体制化"操作。尽管在最初的对接中难免迂回摩擦,网站的主动攻势还是有力地撬动了主流文坛。

何谓"主流"?

正当"主流文学"突然遭逢"谁将入主"挑战的当口,一本名为《主流——谁将打赢全球文化战争》[1]的书也在流行。这本由法国记者马特尔撰写、2010年出版的畅销书重点不在理论的探讨,而是通过大量采访,对美国、日本、韩国、印度等具有国际影响力的文化产业进行了深入报道,其关注点在于"全球文化战争"——美国电影如何在好莱坞、华尔街、美国国会和中情局的共同作用下成为世界主流文化?迪士尼、索尼等国际文化资本如何以并购等方式占领各国市场?日本如何通过漫画、流行音乐等实现其"重返亚洲"的战略?印度如何通过与好莱坞结盟来抗衡中国?伊朗如何成为各国媒体争夺的目标?非洲如何成为欧、美、中、印巴等共同争夺的市场?总之,文化战争将怎样重塑新的地缘政治?谁将赢得全球文化战争的胜利?耐人寻味的是,这本全方位报道全球文化战争的书虽然几次遗憾地谈到中国的文化保护壁垒政策,却没有正面谈到中国的文化产业,或许暗示了"崛起"的中国并不是一个拥有价值观输出能力的文化大国,而是各种流行文艺的被输出国。

在大量实证考察的基础上,《主流》一书提出的观点是:主流是由多数人共同享有的一种思想方式和文化方式。主流文化是一种大众文化,也是流行文化,是一个国家的"软实力"。在序言中,作者引用"软实力"概念的发明者、美国克林顿时期国防部副部长约瑟夫·奈的话说,"软实力,是一种吸引力,而非强权","软实力"需要通过价值观来产生影响,而负载这种价值观的正是大众流行文化。

仔细解读一下这里的"主流"概念,可以发现它背后有4个关键词:大众、资本、精英、权力。大众流行文化居于最表一层,背后是政治、经济、文化各路力量。在资本的运作下,精英通过流行文化打造大众的"幻象空间",将权力关系植入大众的情感—欲望结构。高明的"软实力"岂止是吸引力,甚至可以是媚惑力,"软"到几乎隐去一切"规训""引导"痕迹,发乎于"人性本能",止乎于"普世价值",才具有真正强大的实力。

---

[1] 〔法〕弗雷德里克·马特尔:《主流——谁将打赢全球文化战争》,刘成富等译,北京:商务印书馆,2012年。

这个"主流文化"的概念与法兰克福学派所批判的作为"社会水泥"的"文化工业"并无本质差别,差别在于精英的占位。在"主流文化"里,精英不是外在的批判者,而是内在的建构者。这也并非是屈服或权宜之计。自1950年代以后,文化精英对大众文化的态度已经发生转向。以罗兰·巴特《神话学》为前导的解构主义理论、以英国伯明翰中心为重镇的文化研究理论都对法兰克福学派和利维斯主义的保守精英主义立场进行了颠覆,大众文化被认为是"积极的过程和实践"。美国大众文化理论家约翰·费克斯更主张"理解大众文化"①,在他开创的粉丝文化研究中,提出生产力和参与性是粉丝的基本特征之一。亨利·詹金斯等学者还主张以"学者粉"(Aca-fan)②的身份进行"介入分析"(Intervention Analysis)③。在法兰克福学派猛烈抨击大众文化半个世纪之后,大众文化不但天下滔滔而且反客为主,并在各国政府力量的支持下成为"主流文化"。今天,再延续法兰克福学派的批判立场已经意义不大,特别是文化研究在1970年代发生"葛兰西转向"之后,外在于大众文化的消极批判远不如积极地介入更有建设性。葛兰西提出的"文化领导权"(Cultural Hegemony)理论的核心要点是,统治阶级的文化要占据"文化领导权",其前提是能在不同程度上容纳对抗阶级的文化和价值,为其提供空间。这样,大众文化就成为阶级对抗和谈判的场所了。此后布尔迪厄提出的"文学场"理论更指出,"文学场"是一个政治力量、经济力量和文学力量相互斗争的"场域",各方为了取得自身的合法性,为了控制这个场的"特殊利润"处于不断的斗争之中。④ 今天,我们谈论"主流文学",首先要建立的一个观念是,它不是一个固定的概念,而是一个斗争、谈判的场所,精英力量只有进入这个"场",并且确实占有相应资本,才有说话的资格。

在全球"主流文化"模式参照下,中国当下"文学场"的格局确实独具特

---

① 〔美〕约翰·费克斯:《理解大众文化》,王晓钰、宋伟杰译,北京:中央编译出版社,2001年。
② 指将自己认同于粉丝的学术研究者,或将自己认同于学术研究者的粉丝。
③ "介入分析"与其说是概念,不如说是一种研究态度和文化实践,即更积极地接近和参与文化研究对象的态度。参阅2011年6月北大中文系韩国留学生崔宰溶博士答辩通过的博士论文《网络文学研究的困境与突破——网络文学的土著理论与网络性》第三章第一节"土著理论和介入分析"。
④ 〔法〕皮埃尔·布迪厄:《艺术的法则——文学场的生成和结构》,刘晖译,第262—270页,北京:中央编译出版社,2001年。

色。一方面,新中国成立以来建立起来的一整套文学体制和管理体制仍然完整存在并且有效运转,但以文学期刊的"边缘化"和"老龄化"为标志,"体制内"文学已经越来越"圈子化",从而失去了大众读者;另一方面,在资本运作下进入集团化的网络文学已经建立起日益成熟的大众文学生产机制,不但拥有了数以亿计的庞大读者群,也建立起一支百万作者大军,然而,必须小心翼翼地接受体制管理,寻求体制接纳。在二者之间,以学院派为代表的文学批评精英力量多年来与五四"新文学"传统脉络下的"严肃文学""纯文学"共生,对骤然坐大的网络文学大都怀有法兰克福学派倾向的拒绝态度,在一个"草根狂欢"的时代,与网络文学的关系基本是互不买账、各说各话。以中国"国情"来看,这样一种"文学场"格局,尤其是体制与资本两种力量的对峙和博弈将会在很长一段时间内存在,而精英文学的强大传统也不会在短期内衰退。在这个意义上,笔者认为,中国"主流文学"的定义未必要依照资本主义体系的"国际惯例"。我们的"主流文学"未必是拥有最大众读者的,但必须是对大众读者最有引导力的,也就是说,决定其"主流"地位的不是读者的占有量,而是是否拥有"文化领导权"。"主流文学"可以是对"大众文学"有"文化领导权"的"精英文学",也可以是获得了"文化领导权"、为"精英文学"留下足够空间的"大众文学"。

谁居"主流"?

按照这一概念,一直以来以"主流文学"自居的"体制内文学"确实已经难当其实。根本原因还不是其失去了大众读者,而是对于体制外"另起炉灶"生长起来的大众文学(网络文学之外还有畅销书以及以畅销书机制为依托的"青春文学")无论在文学标准、文学资源还是文学传承上都失去了引导力。那么拥有大众的网络文学可以称作"主流文学"吗?恐怕也不能。不是因为网络文学还没有完全被"体制"接纳、认可,而是它未能承担起负载中国社会"主流价值观"的责任——或许这是一个过于苛刻的要求,因为对于转型期的中国来说,"主流价值观"本身尚处于模糊状态。然而,对于一种借助新媒介优势快速成长的大众文学而言,网络文学如能在自身发展中充分调动互联网的民众参与力量,积极参与转型期中国"主流价值观"的打造和传播,则更能为"荣登大宝"积累资格。毕竟,"主流"的概念里不是只有大众和资本,还有精英和权力,这个权力并不完全是显性的体制权力,更是靠精英力量运作的隐性的"文化领导权"。可惜,目前以商业化为主导的网络文学更关注娱乐功能,对于参与打造"主流价值观"的使命并未显示出积极的承担意识。

2009年初盛大文学CEO侯小强(此时盛大文学刚刚组建不久,号称"网络文学航空母舰")在对"主流文学"发出挑战,提出"网络文学走过十年之路,成为准主流文学"时,主要依据是网络文学是"主流的网络读者的选择","被读者认同的文学才是主流"①。这种说法并不陌生。事实上,自1980年代中后期文学进入"市场化"转型阶段以来,不断有从"纯文学"阵营走向市场的作家或改版期刊都持此说,以"读者喜欢""好看"这样似乎无须证明的笼统判断论证自身的合法性。② 这实际上显示了,在混乱的转型期,文坛对于"主流文学"的定位和功能、"主流文学"与"大众流行文学"以及"纯文学"的关系等一系列理论问题认识都比较模糊,乃至失语。读者到底为什么会喜欢?"好看"的要素是什么?事实上,大众从来都不是白纸一张,没有一种天然存在的、"本质化"的"大众口味",他们的"天生口味"都是被喂养出来的,是被古今中外各种流行文艺打造出来的。一个国家如果不能生产出可以满足本国大众精神和娱乐需求的当代"主流文艺",他们的"空胃"就会成为各方神圣安营扎寨的"黑屋子"③。没有新的,就吃旧的;没有自家的,就吃别家的。目前,中国的大众文艺消费群体,尤其是年轻群体,已经成为欧美日韩等各国"主流文艺"的狂热粉丝,这提醒了我们建设本国"主流文艺"的必要性和急迫性。

本书对传统"主流文学"内在危机的反思,对于"新文学"传统失落原因的探讨,对于网络文学文化资源的盘点,应该说,都只是为"主流文学"的建构勘察地基。在全球文化战争背景下的网络时代,真正具有"文化领导权"、代表中国"主流价值观"的"主流文学"到底是什么样貌,或许我们现在谁都无法描述,但至少,它必须是有高度整合力和创造力的,并且必然是具

---

① 侯小强:《网络文学到底是不是主流文学?》,《新京报》2009年2月11日。
② 典型的代表是《北京文学》1998年第9期以"好看"为宣言的改版,见以编辑部名义发表的改版公告《我们要好看的小说——〈北京文学〉吁请作家关注》。
③ 齐泽克在《斜目而视》一书中通过对一个短篇小说《黑屋子》的分析,来阐释"幻象空间"是如何发挥作用的。"黑屋子"是一个空洞,一个屏幕,一个供人投射欲望的"幻象空间"。〔斯洛文尼亚〕斯拉沃热·齐泽克:《斜目而视:透过通俗文化看拉康》,季广茂译,第13页,杭州:浙江大学出版社,2011年。

有"中国特色"的。

在这个意义上,笔者提出重建"主流文学"的设想。这个"新主流文学"应该是以重新调整定位的精英标准为导向的,整合进所有"传统的""网络的""体制内的""体制外的"等各种文学资源中有生命力的力量,也为各种"小众文学"和"先锋文学"提供空间。它像一个分层、互动、开放的金字塔。所谓分层,就是要承认居于"塔尖"的"精英文学"与居于"塔座"的"大众文学"各有其读者定位和文学定律,不能以统一的标准一概论之;所谓互动,就是虽然大家各司其职,但仍有一套互通互认的价值系统,"塔尖"为"底座"提供精神参照和艺术更新,"底座"为"塔尖"聚"人气",接"地气"。只有形成良性互动,文学才有持续性发展动力。所谓开放,是指对相关艺术门类的开放,与影视、ACG等媒介艺术共通。再说句悲观的话,在笔者看来,未来担纲"主流文艺"主导门类的,恐怕既不是文学,也不是影视动漫,而是电子游戏。文学除了作为"脚本基地"以外,要保持自身的艺术地位,必须向精英方向发展,同时与"最先进媒介"的艺术保持互通,从而与大众保持互通。

至于这个"文学金字塔"是以哪一方为"基座"建构起来的,是拥有"大众"和经济资本的网络文学一方,还是拥有"精英"和政治资本的"主流文坛"一方,这就要看双方博弈的结果了。近几年,我们可以看到双方都有所动作①,这个博弈的过程会让我们真切地体会到,"主流文学"是一个"斗争和谈判的场所"。目前在这个场域内,政治、经济、大众的力量都很强大,最缺乏的就是文学精英力量。一方的弃权只能让其他力量增大"控制场内特殊利润"的机会。

今天从事当代文学批评的研究者大都是读启蒙经典长大的,深受法兰克福学派等精英理论的洗礼,对于以网络文学为代表的大众流行文学,在外批评易,入场介入难。然而,不入场就没有话语权。未来的"主流文学"不管以哪一方为"基座",都必然要以拥有大众的网络文学为"底座",不理解

---

① 网络文学一方,近年来有两个"精英苗头"的动向特别值得关注。一个是出现了具有"大师品相"的精品,如前文谈到的作家猫腻的创作;一个是豆瓣网2011年底推出"豆瓣阅读",尝试"网络时代的'纯文学'移民"。"主流文坛"一方,除中国作协的一系列举措外,2011年广东、浙江两个省作协也有突破之举,广东作协创办了国内第一个网络文学研究刊物《网络文学评论》,浙江作协启动了全国首个"西湖·类型文学双年奖"的评选。两项举措都旨在打通精英批评通向网络文学的研究通道。

网络文学就无法真正参与"主流文学"的建构。也就是说,对于当代文学研究者来说,理解网络文学,积极参与"主流文学"的建构,是时代向我们提出的新任务。在媒介革命来临之际,要使人类文明得到良性继承,需要深通旧媒介"语法"的文化精英们以艺术家的警觉去了解新媒介的"语法",从而获得引渡文明的能力①——这正是时代对文化精英们提出的挑战和要求。如果从国家文化战略的角度来看,这也是一种责任担当,是对"感时忧国"的五四传统的精神继承。

---

① 麦克卢汉在提出媒介革命理论的同时,一直警告新媒介骤然降临的打击可能带来文明的中断。因而,先知先觉的知识分子有责任承担起"引渡文明"的责任。〔加〕马歇尔·麦克卢汉:《理解媒介——论人的延伸》(增订评注本),何道宽译,第92页,南京:译林出版社,2011年。

参考文献

文艺理论部分

〔法〕皮埃尔·布迪厄:《艺术的法则——文学场的生成和结构》,刘晖译,北京:中央编译出版社,2001年。

〔法〕皮埃尔·布迪厄:《文化资本与社会炼金术——布尔迪厄访谈录》,包亚明译,上海:上海人民出版社,1997年。

〔斯洛文尼亚〕斯拉沃热·齐泽克:《意识形态的崇高客体》,季广茂译,北京:中央编译出版社,2002年。

〔斯洛文尼亚〕斯拉沃热·齐泽克:《斜目而视:透过通俗文化看拉康》,季广茂译,杭州:浙江大学出版社,2011年。

〔英〕雷蒙·威廉斯:《关键词——文化与社会的词汇》,刘建基译,北京:三联书店,2005年。

〔美〕约翰·费克斯:《理解大众文化》,王晓钰、宋伟杰译,北京:中央编译出版社,2001年。

〔加〕马歇尔·麦克卢汉:《理解媒介——论人的延伸》(增订评注本),何道宽译,南京:译林出版社,2011年。

〔加〕马歇尔·麦克卢汉:《古登堡星汉璀璨》,杨晨光译,北京:北京理工大学出版社,2014年。

〔美〕尼尔·波兹曼:《娱乐至死》,章艳译,桂林:广西师范大学出版社,2004年。

〔美〕尼尔·波兹曼:《技术垄断:文化向技术投降》,何道宽译,北京:北京大学出版社,2004年。

〔美〕简·麦戈尼格尔:《游戏改变世界——游戏化如何让世界更美好》,杭州:浙江人民出版社。

〔美〕亨利·詹金斯:《融合文化:新媒体和旧媒体的冲突地带》,杜永明译,北京:商务印书馆,2012年。

〔英〕约翰·苏特兰:《畅销书》,何文安编译,上海:上海文化出版社,

1988年。

〔英〕多米尼克·斯特里纳蒂:《通俗文化理论导论》,阎嘉译,北京:商务印书馆,2001年。

〔英〕迈克·费瑟斯通:《消费主义与后现代文化》,刘精明译,上海:译林出版社,2000年。

〔美〕詹明信(Fredric Jameson):《晚期资本主义的文化逻辑》,张旭东编,陈清桥等译,北京:三联书店,1997年。

〔美〕弗雷德里克·詹姆逊(Fredric Jameson):《政治无意识》,王逢振、陈永国译,北京:中国社会科学出版社,1999年。

〔德〕瓦尔特·本雅明:《机械复制时代的艺术作品》,王才勇译,北京:中国城市出版社,2002年。

〔美〕戴安娜·克兰:《文化生产:媒体与都市艺术》,赵国新译,南京:译林出版社,2001年。

〔英〕迪克· 赫布迪齐:《次文化——生活方式的意义》,张儒林译,台北:台湾骆驼出版社,1997年。

〔英〕安吉拉· 默克罗比:《后现代主义与大众文化》,田晓菲译,北京:中央编译出版社,2001年。

〔美〕尼古拉斯·卡尔:《浅薄:互联网如何毒化了我们的大脑》,刘纯毅译,北京:中信出版社,2010年。

〔法〕弗雷德里克·马特尔:《主流——谁将打赢全球文化战争》,刘成富等译,北京:商务印书馆,2012年。

〔美〕琳达·诺克林:《现代生活的英雄——论现实主义》,刁筱华译,桂林:广西师范大学出版社,2005年。

Pierre Bourdieu, *The Field of Cultural Production*, UK: Polity Press,1993.

Louis, Althusser, *lenin and Philosophy*, Translated by Ben Brewster, New York: Monthly Review Press,1971.

文学史、文化研究、文学批评部分

洪子诚:《问题与方法》,北京:三联书店,2002年。

洪子诚:《中国当代文学史》(修订版),北京:北京大学出版社,2010年。

孟繁华、程光炜:《中国当代文学发展史》(修订版),北京:北京大学出版社,2011年。

陈晓明:《中国当代文学主潮》,北京:北京大学出版社,2009年。
王德威:《想像中国的方法》,北京:三联书店,1998年。
陈平原:《中国现代小说的起源》,北京:北京大学出版社,2005年。
蔡翔:《革命/叙述:中国社会主义文学——文化想象(1949—1966)》,北京:北京大学出版社,2010年。
贺桂梅:《"新启蒙"知识档案》,北京:北京大学出版社,2010年。
陶东风主编:《粉丝文化读本》,北京:北京大学出版社,2009年。
戴锦华主编:《书写文化英雄》,南京:江苏人民出版社,2000年。
王晓明主编:《在新意识形态的笼罩下》,南京:江苏人民出版社,2000年。
陆学艺主编:《当代中国社会阶层研究报告》,北京:社会科学文献出版社,2002年。
张旭东、王安忆:《对话启蒙时代》,北京:三联书店,2008年。
欧阳友权主编:《网络文学发展史——汉语网络文学调查纪实》,北京:中国广播电视出版社,2008年。
欧阳友权主编:《网络文学词典》,广州:世界图书出版公司,2012年。
马季:《读屏时代的写作——网络文学10年史》,北京:中国工人出版社,2008年。
马季:《网络文学:透视与备忘》,北京:中国社会科学出版社,2010年。
黄鸣奋:《互联网艺术产业》,上海:学林出版社,2008年。
北京大学中文系韩国留学生崔宰溶博士论文《网络文学研究的困境与突破——网络文学的土著理论与网络性》,2011年6月通过答辩。
北京大学社会学系储卉娟博士论文《说书人和梦工厂——技术、法律和网络文学生产的未来》,2013年6月通过答辩。
北京大学中文系马力硕士论文《〈收获〉四十年》,1998年6月通过答辩。
北京大学中文系林品硕士论文《从网络亚文化到共用能指——屌丝文化研究》,2013年6月通过答辩。

文献资料部分

白烨主编:《中国文坛年度纪事》(1999—2003年),桂林:漓江出版社。
白烨主编:《中国文坛年度纪事》(2004年),武汉:长江文艺出版社。
白烨主编:《中国文坛年度纪事》(2005、2006年),北京:文化艺术出版社。
白烨主编:《中国文坛年度纪事》(2007—2011年),北京:人民文学出版社。

白烨主编:《文学蓝皮书·中国文情报告》(2003—2013年,自2003年开始,每年出版一本),北京:社会科学文献出版社。

杨宏海主编:《打工文学备忘录》,北京:社会科学文献出版社,2007年。

杨宏海主编:《打工文学作品精选集》,深圳:海天出版社,2007年。

《当代》《十月》《收获》《钟山》《大家》《人民文学》《花城》《作家》《作家杂志》《中国作家》《中华文学选刊》《佛山文艺》《萌芽》《天涯》《芙蓉》《北京文学》《青年文学》等文学期刊2000年以后出版部分。

《最小说》《鲤》《文艺风赏》《独唱团》等"80后"青春杂志。

起点中文、晋江文学城、豆瓣阅读、天涯社区、红袖添香、17K、中文在线、"龙的天空"、百度贴吧等网站、论坛。

(其他参考论文和文学作品随文以脚注注明,此处不逐一列出。)

附录 I 文学年表(2000—2010年,"传统主流文学"部分)

2000年

1月

棉棉的长篇小说《糖》发表于《收获》第1期,同月由中国戏剧出版社出版。

王芫的长篇小说《什么都有代价》发表于《当代》第1期。

2月

刘醒龙的中篇小说《致雪弗莱》发表于《人民文学》第2期。

3月

王蒙的长篇小说《狂欢的季节》发表于《当代》第2期,5月由人民文学出版社出版。

铁凝的长篇小说《大浴女》由春风文艺出版社出版。

须兰的长篇小说《千里走单骑》发表于《收获》第2期。

5月

贾平凹的长篇小说《怀念狼》发表于《收获》第3期,6月由作家出版社出版。

迟子建的长篇小说《满洲国》发表于《钟山》第3期。

艾伟的长篇小说《越野赛跑》发表于《花城》第3期。

邓贤的长篇纪实小说《流浪金三角》发表于《当代》第3期。

毕飞宇的中篇小说《青衣》发表于《花城》第3期。

6月

麦家的短篇小说《天外之音》发表于《人民文学》第6期。

7月

王安忆的长篇小说《富萍》发表于《收获》第4期,9月由湖南文艺出版社出版。

柯云路的长篇小说《蒙昧》发表于《花城》第4期。

尤凤伟的长篇小说《中国:一九五七》发表于《江南》第4期。

严歌苓的中篇小说《谁家有女初养成》发表于《当代》第4期。

《上海文学》第7期开辟"夹边沟记事"专栏(2001年栏目名改为"再说夹边

沟"),开始逐期连载杨显惠的纪实小说《夹边沟记事》,一直连载到 2001 年第 6 期,2002 年由天津古籍出版社出版,2008 年由花城出版社再版时补充了 12 篇小说。

8 月

雪漠的长篇小说《大漠祭》由上海文化出版社出版。

9 月

张炜的长篇小说《外省书》发表于《收获》第 5 期,10 月由作家出版社出版。

邓贤的长篇纪实文学《中国知青终结》发表于《当代》第 5 期。

张欣的长篇小说《沉星档案》、池莉的中篇小说《生活秀》发表于《十月》第 5 期。

10 月

10 月 11 日,第五届"茅盾文学奖"评出 4 部获奖作品,分别是张平的《抉择》、阿来的《尘埃落定》、王安忆的《长恨歌》、王旭峰的《茶人三部曲》(第一、二部)。

11 月

宗璞的长篇小说《东藏记》发表于《收获》第 6 期。

叶广芩的长篇小说《全家福》发表于《十月》第 6 期。

柯云路的长篇小说《黑山堡纲鉴》发表于《花城》第 6 期。

《当代》杂志刊登了一组"人民文学·贝塔斯曼新人奖"获奖作品,分别是阿霞的《金芭太太和她的猫》、蔡骏的《绑架》、刘剑波的《安息日》以及马雨默的《骆叔的镜子》

2001 年

1 月

阎连科的长篇小说《坚硬如水》发表于《钟山》第 1 期,同月由长江文艺出版社出版。

夏商的长篇小说《全景图》发表于《花城》第 1 期。

池莉的中篇小说《怀念声名狼藉的日子》发表于《收获》第 1 期。

刘恒的中篇小说《美丽的家》(《贫嘴张大民的幸福生活》续篇)发表于《北京文学》第 1 期。

2 月

迟子建的中篇小说《鸭如花》、梁晓声的短篇小说《突围》发表于《人民文学》第 2 期。

3月

莫言的长篇小说《檀香刑》由作家出版社出版。

贺奕的长篇小说《身体上的国境线》发表于《收获》第2期。

戴来的长篇小说《我们都是有病的人》发表于《钟山》第2期。

4月

宁肯的长篇小说《蒙面之城》由作家出版社出版。

毕飞宇的中篇小说《玉米》发表于《人民文学》第4期。

5月

张欣的长篇小说《浮华背后》发表于《收获》第3期。

王彪的长篇小说《越跑越远》发表于《钟山》第3期。

陈应松的中篇小说《豹子最后的舞蹈》发表于《钟山》第3期。

7月

周大新的长篇小说《21大厦》发表于《钟山》第4期。

蒋韵的长篇小说《我的内陆》发表于《十月》第4期。

红柯的长篇小说《西去的骑手》发表于《收获》第4期。

安妮宝贝的中篇小说《四月邂逅小至》发表于《收获》第4期。

8月

陈忠实的短篇小说《日子》发表于《人民文学》第8期。

9月

9月22日,第二届"鲁迅文学奖"颁奖典礼在绍兴举行,刘庆邦的《鞋》、石舒清的《清水里的刀子》、红柯的《吹牛》、徐坤的《厨房》、迟子建的《清水洗尘》获"全国优秀短篇小说奖",叶广芩的《梦也何曾到谢桥》、鬼子的《被雨淋湿的河》、铁凝的《永远有多远》、衣向东的《吹满风的山谷》、阎连科的《年月日》获"全国优秀中篇小说奖"。

海男的长篇小说《勾引》发表于《钟山》第5期。

皮皮的长篇小说《所谓先生》发表于《收获》第5期。

方方的中篇小说《奔跑的火光》、张翎的中篇小说《陪读爹娘》发表于《收获》第5期。

10月

阎真的长篇小说《沧浪之水》由人民文学出版社出版。

11月

李洱的长篇小说《花腔》发表于《花城》第6期。

刘醒龙的长篇小说《弥天》发表于《钟山》第6期。

潘婧的长篇小说《抒情年代》发表于《收获》第6期。

2002年

1月

王安忆的长篇小说《上种红菱下种藕》发表于《十月》第1期。

李锐的长篇小说《银城故事》发表于《收获》第1期。

徐名涛的长篇小说《重复一千遍的谎言》发表于《钟山》第1期。

王芫的长篇小说《你选择的生活》发表于《当代》第1期。

迟子建的中篇小说《芳草在沼泽中》、苏童的短篇小说《白雪猪头》发表于《钟山》第1期。

3月

苏童的长篇小说《蛇为什么会飞》发表于《收获》第2期,4月由云南人民出版社出版。

莫怀戚的长篇小说《经典关系》发表于《当代》第2期。

陈应松的中篇小说《松鸦为什么鸣叫》《云彩擦过悬崖》发表于《钟山》第2期。

4月

林白的短篇小说《二皮杀猪》发表于《人民文学》第4期。

5月

刁斗的长篇小说《游戏法》发表于《钟山》第3期。

尤凤伟的长篇小说《泥鳅》发表于《当代》第3期。

荆歌的长篇小说《爱你有多深》发表于《收获》第3期。

麦家的中篇小说《听风者》发表于《青年文学》第5期。

蒋方舟的长篇小说《青春前期》以节选的形式发表于《当代》第3期。

6月

曹征路的中篇小说《请好人举手》发表于《上海文学》第6期。

7月

刘建东的长篇小说《全家福》发表于《收获》第4期。

吕新的长篇小说《成为往事》发表于《钟山》第4期。

郭小冬的长篇小说《非常迷离》发表于《花城》第4期。

毕飞宇的中篇小说《玉秧》发表于《十月》第4期。

8 月

阿来的中篇小说《遥远的温泉》发表于《北京文学》第 8 期。

9 月

韩少功的长篇小说《暗示》发表于《钟山》第 5 期,同月由人民文学出版社出版。

柯云路的长篇小说《龙年档案》(第二部)发表于《当代》第 5 期。

万方的长篇小说《香气迷人》发表于《收获》第 5 期。

张欣的长篇小说《我的泪珠儿》发表于《十月》第 5 期。

10 月

贾平凹的短篇小说《库麦荣》发表于《人民文学》第 10 期。

陈应松的中篇小说《狂犬事件》发表于《上海文学》第 10 期。

11 月

叶兆言的长篇小说《没有玻璃的花房》发表于《收获》第 6 期。

麦家的长篇小说《解密》、程青的长篇小说《恋爱课》发表于《当代》第 6 期。

叶弥的长篇小说《美哉少年》发表于《钟山》第 6 期。

海男的长篇小说《绿帐篷》发表于《花城》第 6 期。

2003 年

1 月

首届"21 世纪鼎钧双年文学奖"颁奖会于 1 月 15 日在北京举行。莫言和李洱分别以《檀香刑》和《花腔》摘取该奖。

严歌苓的长篇小说《花儿与少年》发表于《十月》第 1 期。

周梅森的长篇小说《国家公诉》开始于《收获》第 1 期连载,到第 2 期连载完毕。

林白的长篇小说《万物花开》发表于《花城》第 1 期,7 月由人民文学出版社出版,附《妇女闲聊录》。

董立勃的长篇小说《白豆》发表于《当代》第 1 期。

池莉的中篇小说《有了快感你就喊》发表于《人民文学》第 1 期。

2 月

须一瓜的中篇小说《蛇宫》发表于《人民文学》第 2 期。

3 月

李佩甫的长篇小说《城的灯》由长江文艺出版社出版。

韩东的长篇小说《扎根》发表于《花城》第 2 期。

迟子建的长篇小说《越过云层的晴朗》发表于《钟山》第 2 期。

老张斌的长篇小说《反动艳史》发表于《收获》第2期。

石钟山的中篇小说《父亲最后的敬礼》(《激情燃烧的岁月》续篇)发表于《北京文学》第3期。

4月

首届"华语文学传媒大奖"颁奖典礼在广州举行,其中史铁生以《病隙碎笔》获"2002年度杰出成就奖"、韩少功以《暗示》获"2002年度小说家奖",盛可以以《水乳》获"2002年度最具潜力新人奖"。

5月

杨争光的长篇小说《从两个蛋开始》发表于《收获》第3期。

丁三的长篇纪实文学《蓝衣社碎片》发表于《当代》第3期。

6月

毕淑敏的长篇小说《拯救乳房》由人民文学出版社出版。

7月

莫言的长篇小说《四拾壹炮》由春风文艺出版社出版。

范稳的长篇小说《水乳大地》发表于《中国作家》第7期,2004年1月由人民文学出版社出版。

刘庆的长篇小说《长势喜人》发表于《收获》第4期。

何大草的长篇小说《刀子和刀子》发表于《钟山》第4期。

王安忆的短篇小说《发廊情话》《姊妹行》发表于《上海文学》第7期。

9月

王安忆的长篇小说《逃之夭夭》发表于《收获》第5期。

黄蓓佳的长篇小说《没有名字的身体》发表于《钟山》第5期。

莫言的短篇小说《木匠和狗》发表于《收获》第5期。

邓贤的长篇纪实文学《中国知青终结》发表于《当代》第5期。

10月

迟子建的短篇小说《微风入林》《夜行船》发表于《上海文学》第10期。

苏童的短篇小说《哭泣的耳朵》发表于《北京文学》第10期。

11月

阎连科的长篇小说《受活》发表于《收获》第6期,2004年1月由春风文艺出版社出版。

潘军的长篇小说《死刑报告》发表于《花城》第6期。

笛安的中篇小说《姐姐的丛林》发表于《收获》第6期。

陈桂棣、春桃的长篇报告文学《中国农民调查》发表于《当代》第6期。

晓航的中篇小说《当情人已成往事》发表于《钟山》第6期。

12月

阿来的短篇小说《格拉长大》发表于《人民文学》第12期。

池莉的短篇小说《金盏菊与兰花指》发表于《北京文学》第12期。

2004 年

1月

王蒙的长篇小说《青狐》由人民文学出版社出版。

张欣的长篇小说《深喉》发表于《收获》第1期。

程琳的长篇小说《警察与流氓》发表于《当代》第1期。

南帆的长篇小说《关于我父母的一切》发表于《钟山》第1期。

2月

李锐的短篇小说《颜色》《寂静》发表于《上海文学》第2期。

3月

周梅森的长篇小说《我主沉浮》于《收获》第2期上开始连载,到第3期结束。

曾哲的长篇小说《峡谷囚徒》发表于《钟山》第2期。

陈应松的中篇小说《马嘶岭血案》发表于《人民文学》第3期。

盛可以的中篇小说《取暖运动》发表于《芙蓉》第2期。

4月

姜戎的长篇小说《狼图腾》由长江文艺出版社出版。

晓航的中篇小说《师兄的透镜》发表于《人民文学》第4期。

4月18日,第二届华语文学传媒大奖在京揭晓。在小说类奖项方面,莫言以《四十一炮》获"2003年度杰出成就奖",韩东以《扎根》获"2003年度小说家奖"、须一瓜以《淡绿色的月亮》《蛇宫》等作品获"2003年度最具潜力新人奖"。

《上海文学》第4期在"人间世"栏目中刊发了杨显惠的《定西孤儿院纪事》片段之一《黑石头》,随后每期陆续连载,一直连载到2006年第6期,2007年3月由花城出版社出版。

徐则臣的中篇小说《啊,北京》发表于《人民文学》第4期。

5月

苏炜的长篇小说《迷谷》发表于《钟山》第3期。

孙惠芬的长篇小说《上塘书》发表于《当代》第3期,7月由人民文学出版社出版。

莫言的短篇小说《挂像》《大嘴》《麻风女的情人》发表于《收获》第3期。

6月

格非的《人面桃花》发表于《作家·长篇小说夏季号》,9月由春风文艺出版社出版。

林白的两部中短篇小说《去往银角》《红艳见闻录》发表于《上海文学》第6期。

7月

余秋雨的纪实长篇《借我一生》发表于《收获》第4期,同年8月1日由作家出版社出版。

李洱的长篇小说《石榴树上结樱桃》由江苏文艺出版社出版。

张悦然的小说集《十爱》由作家出版社出版。

王刚的长篇小说《英格力士》、王海鸰的长篇小说《中国式离婚》发表于《当代》第4期。

李傻傻的长篇小说《红 x》发表于《花城》第4期,有删节。

9月

阿来的长篇小说《随风飘散》(即《空山》第一卷)发表于《收获》第5期。

董立勃的长篇小说《米香》发表于《当代》第5期。

曹征路的中篇小说《那儿》发表于《当代》第5期。

盛慧的短篇小说《水缸里的月亮》发表于《大家》第5期。

10月

莫言的短篇小说《月光斩》发表于《人民文学》第10期。

韩少功的中篇小说《山歌天上来》发表于《人民文学》第10期。

林斤澜的短篇小说《去不回门》发表于《人民文学》第10期。

林白《妇女闲聊录》发表于《十月·长篇小说》寒露卷。

11月

荆歌的长篇小说《我们的爱情》发表于《当代》第6期。

尤凤伟的长篇小说《色》发表于《收获》第6期。

葛水平的中篇小说《喊山》发表于《人民文学》第11期。

2005年

1月

贾平凹的长篇小说《秦腔》开始于《收获》第1期连载,到第2期结束,4月由作家出版社出版。

王华的长篇小说《桥溪庄》发表于《当代》第1期。

刘庆邦的中篇小说《卧底》发表于《十月》第1期。

王海苓的短篇小说《姑父》发表于《收获》第1期。

2月

林白的长篇小说《妇女闲聊录》由新星出版社出版。

张悦然的小说《水仙已乘鲤鱼去》发表于《人民文学》第2期。

3月

第二届"21世纪鼎钧双年文学奖"评选结果于3月27日揭晓,其中阎连科、格非分别以《受活》《人面桃花》获奖。

刘醒龙的长篇小说《圣天门口》发表于《当代》第2期,5月由人民文学出版社出版。

乔叶的中篇小说《取暖》《从窗而降》《他一定很爱你》等发表于《十月》第2期。

楚河的中篇小说《苦楝树》发表于《当代》第2期。

4月

4月10日,第六届"茅盾文学奖"评出5部获奖作品,分别是熊召政的《张居正》、张洁的《无字》、徐贵祥的《历史的天空》、柳建伟的《英雄时代》和宗璞的《东藏记》。

第三届"华语文学传媒大奖"在京揭晓,格非以《人面桃花》获"2004年度杰出成就奖",林白以《妇女闲聊录》获"2004年度小说家奖",张悦然获以《十爱》获"2004年度最具潜力新人奖"。

5月

王安忆的长篇小说《遍地枭雄》发表于《钟山》第3期,同月由文汇出版社出版。

阿来的长篇小说《天火》(即《空山》第二卷)发表于《当代》第3期。

东西的长篇小说《后悔录》发表于《收获》第3期。

6月

6月26日,第三届"鲁迅文学奖"颁奖典礼在深圳举行,毕飞宇的《玉米》、陈应松的《松鸦为什么鸣叫》、夏天敏的《好大一对羊》、孙惠芬的《歇马山庄的两个女人》获得"全国优秀中篇小说奖",王祥夫的《上边》、温亚军的《驮水的日子》、魏微的《大老郑的女人》、王安忆的《发廊情话》获"全国优秀短篇小说奖"。

7月

毕飞宇的长篇小说《平原》于《收获》第4期开始连载,到第5期结束,9月由江苏文艺出版社出版。

姚鄂梅的长篇小说《像天一样高》发表于《当代》第4期。

朱辉的长篇小说《白驹》发表于《钟山》第4期。

葛亮的短篇小说《谜鸦》发表于《芙蓉》第4期。

韩少功的中篇小说《报告政府》发表于《当代》第4期。

8月

余华的长篇小说《兄弟》(上部)由上海文艺出版社出版。

鲁敏的中篇小说《方向盘》发表于《人民文学》第8期。

9月

杨志军的长篇小说《藏獒》发表于《当代》第5期。

矫健的长篇小说《换位》发表于《花城》第5期。

10月

陈应松的中篇小说《太平狗》发表于《人民文学》第10期。

11月

迟子建的长篇小说《额尔古纳河右岸》发表于《收获》第6期,12月由北京十月文艺出版社出版。

史铁生的长篇小说《我的丁一之旅》发表于《当代》第6期。

陆天明的长篇小说《高纬度战栗》发表于《小说界》第6期。

罗伟章的中篇小说《大嫂谣》、张翎的中篇小说《空巢》发表于《人民文学》第11期。

张静的中篇小说《采阴采阳》发表于《当代》第6期。

12月

曹征路的中篇小说《赶尸匠的子孙》发表于《北京文学》第12期。

畀愚的短篇小说《白花花的茅草地》发表于《上海文学》第12期。

2006年

1月

铁凝的长篇小说《笨花》发表于《当代》第1期,同月由人民文学出版社出版。

冯唐的长篇小说《欢喜》发表于《小说界》第1期。

张洁的长篇小说《知在》发表于《收获》第1期。

李浩的中篇小说《失败之书》发表于《山花》第1期。

黄咏梅的中篇小说《单双》发表于《钟山》第1期。

文珍的短篇小说《色拉酱》发表于《山花》第1期。

2月

莫言的长篇小说《生死疲劳》发表于《十月·长篇小说》(每双月出版)第1期,1月已由作家出版社出版。

阎连科的长篇小说《丁庄梦》发表于《十月·长篇小说》(每双月出版)第1期,1月已由上海文艺出版社出版。

3月

余华的长篇小说《兄弟》(下部)于《收获》第2期开始连载,第3期结束,同月由上海文艺出版社出版。

严歌苓的长篇小说《第九位寡妇》发表于《当代》第2期,同月由作家出版社出版,但书名改为《第九个寡妇》。

周大新的长篇小说《湖光山色》发表于《中国作家》第3期。

王松的中篇小说《双驴记》发表于《收获》第2期。

4月

4月9日,第四届"华语文学传媒大奖"颁奖典礼在广州举行,贾平凹以《秦腔》获"2005年度杰出作家奖",东西以《后悔录》获"2005年度小说家奖",李师江以《逍遥游》获"2005年度最具潜力新人奖"。

滕肖澜的中篇小说《蓝宝石戒指》发表于《人民文学》第4期。

5月

艾伟的长篇小说《爱人有罪》发表于《收获·长篇小说》春夏卷,同年由春风文艺出版社出版。

张惠雯的长篇小说《迷途》发表于《收获》第3期。

程琳的长篇小说《香水》、王华的长篇小说《傩赐》发表于《当代》第3期。

储福金的长篇小说《S形的声音》发表于《芙蓉》第3期。

6月

范稳的长篇小说《悲悯大地》发表于《十月·长篇小说》第3期。

7月

麦家的长篇小说《暗算》由人民文学出版社出版。

张欣的长篇小说《夜凉如水》发表于《收获》第 4 期。
姚鄂梅的长篇小说《白话雾落》发表于《钟山》第 4 期。
胡学文的中篇小说《命案高悬》发表于《当代》第 4 期。
龙一的短篇小说《潜伏》发表于《人民文学》第 7 期。

8 月

乔叶的中篇小说《锈锄头》发表于《人民文学》第 8 期。
宗璞的短篇小说《小沙弥陶陶》发表于《上海文学》第 8 期。

9 月

苏童的长篇小说《碧奴》由重庆出版社出版。
红柯的长篇小说《乌尔禾》发表于《花城》第 5 期
王微的长篇小说《等待夏天》发表于《收获》第 5 期。
王海鸰的长篇小说《新结婚时代》发表于《当代》第 5 期。
曹征路的中篇小说《霓虹》发表于《当代》第 5 期。

10 月

韩少功的长篇小说《山南水北》由作家出版社出版。

11 月

张悦然的长篇小说《誓鸟》发表于《收获》第 6 期,同月由光明日报出版社出版。
徐则臣的中篇小说《跑步穿过中关村》发表于《收获》第 6 期。

12 月

田耳的中篇小说《一个人张灯结彩》发表于《人民文学》第 12 期。
曹乃谦的长篇小说《最后的村庄》由中国广播电视出版社出版。

2007 年

1 月

格非的长篇小说《山河入梦》由作家出版社出版。
阿来的长篇小说《空山》的第三卷《达瑟与达戈》、第四卷《荒芜》发表于《当代·长篇小说选刊》第 1 期。
盛可以的长篇小说《道德颂》发表于《收获》第 1 期,同月由上海文艺出版社出版。
刁斗的长篇小说《SBS》发表于《花城》第 1 期,同年由花城出版社出版。
张炜的长篇小说《刺猬歌》发表于《当代》第 1 期。
张翎的中篇小说《余震》发表于《人民文学》第 1 期。

王廉威的中篇小说《非法入住》发表于《大家》第 1 期。

2 月

张洁的长篇小说《无字》由北京十月文艺出版社出版。

李佩甫的长篇小说《等待灵魂》发表于《十月·长篇小说》(每双月出版)第 1 期。

3 月

王安忆的长篇小说《启蒙时代》发表于《收获》第 2 期,4 月由人民文学出版社出版。

海男的长篇小说《最漫长的煎熬——南诏大理国秘史》发表于《花城》第 2 期。

朱辉的长篇小说《天知道》发表于《钟山》第 2 期。

4 月

4 月 7 日,第五届"华语文学传媒大奖"终评结果揭晓,韩少功以《山南水北》等获"2006 年度杰出作家奖",北村以《我和上帝有个约》获"2006 年度小说家奖",乔叶以《打火机》《锈锄头》等获"2006 年度最具潜力新人奖"。

曹乃谦的长篇小说《到黑夜想你没办法——温家窑风景》由长江文艺出版社出版。

5 月

唐颖的长篇小说《初夜》发表于《收获》第 3 期。

董力勃的长篇小说《白麦》发表于《当代》第 3 期。

徐则臣的中篇小说《水边书》发表于《上海文学》第 5 期。

方方的中篇小说《万箭穿心》发表于《北京文学》第 5 期。

6 月

曹征路的中篇小说《豆选事件》发表于《上海文学》第 6 期。

7 月

石钟山的长篇小说《锄奸》发表于《十月》第 4 期。

何世华的长篇小说《陈大毛偷了一枝笔》发表于《收获》第 4 期。

范小青的长篇小说《赤脚医生万泉和》由人民文学出版社出版。

苏童的短篇小说《茨菰》发表于《钟山》第 4 期。

8 月

邓一光长篇小说《天堂》发表于《人民文学》第 8 期。

鲁敏的中篇小说《思无邪》发表于《人民文学》第 8 期。

9 月

贾平凹的长篇小说《高兴》发表于《当代》第 5 期,同月由作家出版社出版。

阿来的长篇小说《轻雷》(即《空山》第五卷)发表于《收获》第 5 期。

韩东的长篇小说《英特迈往》发表于《花城》第 5 期。

黄蓓佳的长篇小说《所有的》于《钟山》第 5 期开始连载,到第 6 期结束。

滕肖澜的中篇小说《姹紫嫣红开遍》发表于《人民文学》第 9 期。

10 月

10 月 25 日,第四届"鲁迅文学奖"获奖名单揭晓,蒋韵的《心爱的树》、田耳的《一个人张灯结彩》、葛水平的《喊山》、迟子建的《世界上所有的夜晚》、晓航的《师兄的透镜》获"全国优秀中篇小说奖",范小青的《城乡简史》、郭文斌的《吉祥如意》、潘向黎的《白水青菜》、李浩的《将军的部队》、邵丽的《明惠的圣诞》获"全国优秀短篇小说奖"。

麦家的长篇小说《风声》(《暗算》第二部)发表于《人民文学》第 10 期,同月由南海出版社出版。

林白的长篇小说《致一九七五》发表于《西部·华语文学》第 10 期。

11 月

刘震云的长篇小说《我叫刘跃进》由长江文艺出版社出版。

路内的长篇小说《少年巴比伦》发表于《收获》第 6 期。

阎真的长篇小说《因为女人》发表于《当代》第 6 期。

谌容的中篇小说《空巢颂》发表于《收获》第 6 期。

《人民文学》第 11 期推出一组"青年作家特大号",发表了田耳的中篇小说《环线车》、笛安的中篇小说《请你保佑我》、徐则臣的中篇小说《人间烟火》、魏微的短篇小说《李生记》、叶勐的短篇小说《宇宙制造者》。

12 月

徐则臣的长篇小说《午夜之门》由山东文艺出版社出版。

七格的中篇小说《真理与意义——标题取自 Donald Davidson 同名著作》发表于《山花》第 6 期。

2008 年

1 月

王朔的长篇小说《和我们的女儿谈话》发表于《收获》第 1 期。

杨志军的长篇小说《藏獒 3(终结篇)》、阎真的长篇小说《因为女人(续)》发表于《当代》第 1 期。

石钟山的长篇小说《我是我的神》由北京出版社出版。

陈应松的长篇小说《猎人峰》发表于《小说界》第1期。

王安忆的中篇小说《骄傲的皮匠》发表于《收获》第1期。

汪曾祺的中篇小说(遗作)《最后的炮仗》发表于《十月》第1期。

盛可以的短篇小说《缺乏经验的世界》发表于《大家》第1期。

2月

阎连科的长篇小说《风雅颂》发表于《西部·华语文学》第2期,6月由江苏人民出版社出版。

计文君的中篇小说《想给你的那座花园》发表于《人民文学》第2期。

3月

严歌苓的长篇小说《小姨多鹤》发表于《人民文学》第3期,4月由作家出版社出版。

吴玄的长篇小说《陌生人》发表于《收获》第2期。

莫怀戚的长篇小说《白沙码头》发表于《当代》第2期。

叶广芩的中篇小说《豆汁记》发表于《十月》第2期。

徐则臣的中篇小说《天上人间》发表于《收获》第2期。

陈谦的中篇小说《特蕾莎的流氓犯》发表于《收获》第2期。

4月

4月13日,第六届"华语文学传媒大奖"在广州揭晓,王安忆以《启蒙时代》获"2007年度杰出作家奖",麦家以《风声》获"2007年度小说家奖",徐则臣以《午夜之门》获"2007年度最具潜力新人奖"。

荆歌的长篇小说《鼠药》发表于《西部·华语文学》第4期,8月由上海人民出版社出版。

阿来的长篇小说《空山》第六卷发表于《人民文学》第4期。

王十月的中篇小说《国家订单》发表于《人民文学》第4期。

5月

孙皓晖的长篇小说《大秦帝国》由河南文艺出版社出版。

金仁顺的长篇小说《春香》发表于《收获》第3期。

乔叶的中篇小说《最慢是活着》发表于《收获》第3期。

石舒清的中篇小说《父亲讲的故事》发表于《十月》第3期。

鲁敏的中篇小说《离歌》发表于《钟山》第3期。

7月

姚鄂梅的长篇小说《真相》发表于《收获》第4期。

刘国民的长篇小说《首席记者》发表于《当代》第 4 期。

马小淘的中篇小说《不是我说你》发表于《十月》第 4 期。

手指的短篇小说《我们干点什么吧》发表于《大家》第 4 期。

8 月

雪漠的长篇小说《白虎关》由上海文艺出版社出版。

9 月

毕飞宇的长篇小说《推拿》发表于《人民文学》第 9 期,同月由人民文学出版社出版。

曾维浩的长篇小说《离骚》发表于《花城》第 5 期。

李西闽的长篇纪实文学《幸存者》发表于《收获》第 5 期。

钟求是的长篇小说《零时间》发表于《当代》第 5 期。

阿袁的中篇小说《郑袖的梨园》发表于《小说月报·原创版》第 5 期。

王威廉的中篇小说《合法生活》发表于《大家》第 5 期。

10 月

10 月 25 日第七届"茅盾文学奖"评出 4 部获奖作品,分别是贾平凹的《秦腔》、迟子建的《额尔古纳河右岸》、麦家的《暗算》、周大新的《湖光山色》。

蒋子龙的长篇小说《农民帝国》于《中国作家》第 10 期开始连载,到 11 期结束。

11 月

方方的长篇小说《水在时间之下》发表于《收获》第 6 期。

曹征路的长篇小说《问苍茫》发表于《当代》第 6 期。

葛亮的短篇小说《37 楼的爱情遗事》发表于《青年文学》第 11 期。

12 月

袁劲梅的中篇小说《罗坎村》发表于《人民文学》第 12 期。

叶广芩的中篇小说《状元媒》发表于《北京文学》第 12 期。

2009 年

1 月

张贤亮的长篇小说《壹亿陆》发表于《收获》第 1 期。

杨显惠的《甘南纪事》于《上海文学》第 1 期开始连载,到 2010 年第 3 期结束,2011 年 9 月由花城出版社出版。

张洁的长篇小说《灵魂是用来流浪的》发表于《钟山》第 1 期。

王刚的长篇小说《福布斯咒语(Ⅰ)》发表于《当代》第 1 期。

2月

刘震云的长篇小说《一句顶一万句》于《人民文学》第2期开始连载,到第3期结束,3月由长江文艺出版社出版。

3月

苏童的长篇小说《河岸》发表于《收获》第2期,4月由人民文学出版社出版。

笛安的长篇小说《西决》由长江文艺出版社出版。

于晓丹的长篇小说《一九八零的情人》发表于《当代》第2期。

滕肖澜的中篇小说《倾国倾城》发表于《人民文学》第3期。

铁凝的短篇小说《伊琳娜的礼帽》发表于《人民文学》第3期。

4月

4月11日,第七届"华语文学传媒大奖"颁奖典礼在广州举行,阿来以《空山》获"2008年度杰出作家奖",毕飞宇以《推拿》获"2008年度小说家奖",塞壬以《下落不明的生活》获"2008年度最具潜力新人奖"。

张翎的长篇小说《金山》于《人民文学》第4期开始连载,到第5期结束。

5月

刘醒龙的长篇小说《天行者》由人民文学出版社出版。

张欣的长篇小说《对面是何人》发表于《收获》第3期。

王刚的长篇小说《福布斯咒语(Ⅱ)》发表于《当代》第3期。

陈河的中篇小说《黑白电影里的城市》发表于《人民文学》第5期。

王威廉的中篇小说《无法无天》发表于《大家》第3期。

文珍的中篇小说《第八日》发表于《西湖》第5期。

6月

王十月的中篇小说《九连环》发表于《人民文学》第6期。

7月

艾伟的长篇小说《风和日丽》于《收获》第4期开始连载,到第5期结束,2010年2月由作家出版社出版。

王树增的长篇纪实小说《解放战争》于《当代》第4期开始连载,到第5期结束。

铁凝的短篇小说《内科诊室》发表于《钟山》第4期。

8月

阿来的长篇小说《格萨尔王》由重庆出版社出版。

《人民文学》第8期总第600期特设"新锐作家专号",发表了郭敬明的长篇小说《小时代 2.0 之虚铜时代》、吕魁的中篇小说《莫塔》、马小淘的中篇小说《春夕》等作品。

9 月

阿宁的长篇小说《狼如羊》发表于《花城》第 5 期。

张惠雯的长篇小说《完美的生活》发表于《青年文学》第 9 期。

王十月的长篇小说《无碑》发表于《中国作家》第 5 期。

徐则臣的中篇小说《居延》发表于《收获》第 5 期。

陈河的中篇小说《信用河》发表于《中国作家》第 9 期。

10 月

毕飞宇的短篇小说《睡觉》发表于《人民文学》第 10 期。

11 月

莫言的长篇小说《蛙》发表于《收获》第 6 期,12 月由上海文艺出版社出版。

徐贵祥的长篇小说《马上天下》发表于《当代》第 6 期。

李师江的长篇小说《幸福之州》发表于《青年文学》第 11 期。

郑小驴的中篇小说《秋天的杀戮》发表于《花城》第 6 期。

韩少功的中篇小说《赶马的老三》发表于《人民文学》第 11 期。

12 月

陈河的长篇小说《沙捞越战事》发表于《人民文学》第 12 期。

陈谦的中篇小说《望断南飞雁》发表于《人民文学》第 12 期。

袁劲梅的中篇小说《老康的哲学》发表于《人民文学》第 12 期。

2010 年

1 月

韩东的长篇小说《知情变形记》发表于《花城》第 1 期,4 月由花城出版社出版。

须一瓜的长篇小说《太阳黑子》发表于《收获》第 1 期。

吴国恩的长篇小说《宣传部长》发表于《当代》第 1 期。

2 月

滕肖澜的中篇小说《小么事》发表于《上海文学》第 2 期。

3 月

张炜的长篇小说《你在高原》(10 部)由作家出版社出版。

杨争光的长篇小说《少年张冲六章》发表于《人民文学》第 3 期,同月由作家出版社出版。

王璞的长篇小说《猫部落》发表于《收获》第2期。

程琳的长篇小说《人民警察（Ⅰ）》发表于《当代》第2期。

4月

4月7日，第八届"华语文学传媒大奖"在成都揭晓，苏童以《河岸》获"2009年度杰出作家奖"，张翎以《金山》获"2009年度小说家奖"，笛安以《西决》获"2009年度最具潜力新人奖"

麦家的长篇小说《风语》于《人民文学》第4期开始连载，到第7期结束。

5月

《收获·长篇小说专号》春夏卷发表了郭敬明的长篇小说《爵迹》，引发文坛热议。

李鸣生的长篇纪实小说《发射将军》发表于《当代》第3期。

姚鄂梅的长篇小说《一面是金，一面是铜》发表于《收获》第3期。

赵本夫的短篇小说《洛女》发表于《上海文学》第5期。

郑小驴的中篇小说《和九月说再见》发表于《青年文学》第5期。

6月

宁肯的长篇小说《天·藏》由北京十月文艺出版社出版。

雪漠的长篇小说《西夏咒》由作家出版社出版。

小桥老树的长篇小说《侯卫东官场笔记》由凤凰出版社出版。

7月

六六的长篇小说《心术》发表于《收获》第4期，8月由上海人民出版社出版。

朱文颖的长篇小说《莉莉姨妈的细小南方》发表于《人民文学》第7期。

王刚的长篇小说《福布斯咒语（Ⅲ）》发表于《当代》第4期。

魏微的短篇小说《沿河村纪事》发表于《收获》第4期。

8月

迟子建的长篇小说《白雪乌鸦》发表于《人民文学》第8期，同月由人民文学出版社出版。

范小青的中篇小说《嫁入豪门》发表于《上海文学》第8期。

9月

李师江的长篇小说《中文系》发表于《当代》第5期。

王刚的长篇小说《福布斯咒语（Ⅳ）》发表于《当代》第5期。

唐颖的长篇小说《另一座城》发表于《收获》第5期。

葛亮的长篇小说《朱雀》由作家出版社出版。

王十月的中篇小说《不断说话》发表于《青年文学》第9期。

10月

10月19日,第五届"鲁迅文学奖"获奖名单揭晓,乔叶的《最慢的是活着》、王十月的《国家订单》、吴克敏的《手铐上的蓝花花》、李骏虎的《前面就是麦季》、方方的《琴断口》获"全国优秀中篇小说奖",鲁敏的《伴宴》、盛琼的《老弟的盛宴》、次仁罗布的《放生羊》、苏童的《茨菰》、陆颖墨的《海军往事》获"全国优秀短篇小说奖"。

慕容雪村的长篇小说《中国,少了一味药》发表于《人民文学》第10期。

吕魁的中篇小说《所有的阳光扑向雪》发表于《文学界》第10期。

11月

贾平凹的长篇小说《古炉》发表于《当代》第6期,2011年1月由人民文学出版社出版。

关仁山的长篇小说《麦河》由作家出版社出版。

陈河的长篇小说《布偶》发表于《人民文学》第11期。

12月

《收获》第12期推出一组青年作家的中短篇作品,包括葛亮的《泥人尹》、路内的《阿弟,你慢慢跑》、徐则臣的《小城市》、笛安的《光辉岁月》、张惠雯的《蓝色时代》等。

附录Ⅱ 中国网络文学大事记(1987—2011年)

1987年

9月14日,CANET在北京计算机应用技术研究所内正式建成中国第一个国际互联网电子邮件节点,并发出了中国第一封电子邮件——Across the Great Wall we can reach every corner in the world(越过长城,走向世界),揭开了中国人使用互联网的序幕。

1991年

4月5日,北美留学生创办第一份中文电子周刊《华夏文摘》。少君《奋斗与平等》为最早的网络首发小说。

同年,王笑飞以电子邮件订阅系统的形式创办海外中文诗歌通讯网。

1992年

6月28日,美国印第安纳大学搭建了世界上第一个中文新闻讨论组ACT(alt.chinese.text)。此后,当时以留学生为主的中文网民开始在ACT上手动输入收录金庸、古龙等人的作品。

1993年

3月,诗阳开始通过电邮网络发表作品,并在ACT和中国诗歌网发布数百篇诗歌,被认为是中国首位网络诗人。

1994年

2月,方舟子、古平等人在ACT创办了第一份中文网络文化综合刊物《新语丝》,登载文学、艺术、史地、哲学等方面的稿件,并建立起较为完备的电子文库。1995年5月后,《新语丝》逐渐发展为时评平台。

1995 年

3 月,诗阳、鲁鸣等人创办中文网络诗刊《橄榄树》。
8 月,中国大陆第一个 BBS——"水木清华"BBS 建立。
年底,几位女网友创办女性网络文学诗刊《花招》。

1997 年

6 月,网易公司成立,向用户提供每人 20 兆的免费个人主页空间,这为后来文学书站的发展提供了基础。
12 月 25 日,美籍华人朱威廉创建"榕树下"个人主页。
CNNIC(中国互联网络信息中心)第 1 次《中国互联网络发展状况统计报告》称:截至 1997 年 10 月 31 日,我国上网计算机数为 29.9 万台;上网用户数为 62 万,年龄在 21—35 岁之间的青年人占 78.5%;上网用户中从事科研、教育、计算机行业的用户及学生占 54.7%,真正的消费型用户占的比例很小;大部分上网用户都对科技信息比较感兴趣,只有 24.8% 的用户希望在网上获得休闲信息。

1998 年

3 月,"文学城"成立。
5 月,"黄金书屋"个人书站成立。
7 月 10 日,"书路"(www.shulu.net)正式创办。
3 月 22 日到 5 月 29 日蔡智恒(当时以 jht 为网名,后改为"痞子蔡")的小说《第一次的亲密接触》首发于台湾成功大学 BBS 上,随后被转载到了大陆各大 BBS,并在大陆第一次引起关于网络文学的轰动。1999 年 11 月由知识出版社出版大陆简体版。
8 月到 10 月,筱禾在"男人男孩天堂"(BOY2MAN)连载《北京故事》(2002 年由香港导演关锦鹏改编为电影《蓝宇》)。
CNNIC 第 3 次《中国互联网络发展状况统计报告》称:截止 1998 年 12 月 31 日,我国上网计算机数为 74.7 万台;上网用户数为 210 万;65% 的用户希望在网上获得休闲娱乐体育信息。
在网络发展初期,对于以大学生为主体的网络用户来说,新兴的互联网络媒介对文学的作用主要是:一是为找不到发表渠道的文学青年提供发表平台,并形成志趣相投的交流圈;二是为喜好通俗小说的读者提供便利、及时、海量、免费的阅读渠道。因此,造成以下现象——各书站主要以尽快更新香港流行的玄幻小说(主要是黄易的《大唐双龙》、莫仁的《星战英雄》)来拉拢读者,而同时这一时期比较有影响的网络原创作者作品则主要是业余文青性质的,如邢育森的《活得像个人样》(后来刊登于《天涯》杂志1998年第6期)、李寻欢的《迷失在网路与现实之间的爱情》、宁财神的《缘分的天空》、安妮宝贝的《告别薇安》《七年》《七月和安生》等。

1999 年

3 月

洪华龙创办海南天涯在线网络科技有限公司,运营"天涯文学社区"(简称"天涯")。

7 月

4 日,邹子挺、孙立文创建的"西陆"BBS 正式上线运营。

8 月

上海榕树下计算机有限公司成立,获得 120 万美元风险投资,"榕树下全球中文原创作品网"正式运作,此前一直为个人主页。

20 日,"红袖添香个人书站"成立,声称致力于"白领文学"。

9 月

18 日,王蒙、刘震云、张抗抗、毕淑敏、张洁、张承志起诉世纪互联通讯技术公司,北京海淀法院一审判决世纪互联通讯技术公司败诉,要求其停止侵权并公开道歉,同时赔偿经济损失。

10 月

网易开始举办"中国网络文学大奖赛"。

11 月

11 日,"榕树下首届网络原创文学大赛"举办。

28 日,西门大官人在"天涯论坛·舞文弄墨"以长篇连载《你说你哪儿都敏感》,成为天涯新星,该书后于 2001 年 9 月由中国电影出版社出版。

12 月

"多来米中文网"以 400 万人民币的价格收购网易个人网站排行榜中前 20 位个人网站中的 16 家,其中包括"黄金书屋"。"黄金书屋"被收购后,出于版权的考虑,在操作上不敢太放开手脚抄袭复制,因此未能收录当时比较流行的作品,而自身原创作品又不够多,从而造成读者群逐渐流失,主动让出了网络书站的霸主地位。

CNNIC第5次《中国互联网络发展状况统计报告》称:截至1999年12月31日,我国上网计算机数为350万台;上网用户数为890万,其中高中以上文化占97%;38.04%的用户在网上主要获得电子书籍方面的信息。

除了被并称为"网络文学三驾马车"的李寻欢、宁财神、邢育森,以及俞白眉、安妮宝贝这些知名作者之外,本年度比较有影响的网络原创作者作品主要有:勿用的《临兵斗者皆阵列在前》、都梁的《亮剑》、黑可可的《晃动的生活》、沙子的《轻功是怎样炼成的》、心乱的《秋风十二夜》和《拒绝》、稻壳的《流氓的歌舞》、南琛的《太监》,等等。

2000年

1月

安妮宝贝的短篇小说集《告别薇安》由中国社会科学出版社出版。

22日,"榕树下首届网络原创文学作品奖"颁奖典礼在上海商城剧院会场举行。《性感时代的小饭馆》(尚爱兰)获小说一等奖;《蚊子的遗书》(蚊子)获散文一等奖。2000年4月,"榕树下首届网络原创文学作品"分3册《性感时代的小饭馆》《性感时代的小饭馆》《蚊子的遗书》由花城出版社出版,陈村任主编。

2月

18日,《悟空传》首发于新浪网"金庸客栈",连载至4月5日结束,共20章。2001年2月由光明日报出版社出版实体书。《悟空传》走红之后,陆陆续续有人跟风写了《天蓬传》《唐僧传》《沙僧日记》并获出版。

4月

5日,号称全球最大中文图书阅读网站及电子书发布平台的博库网正式登陆中国,在北京进行大规模招聘。博库网由4位中国留学生1998年于美国硅谷创办,自称是全球第一个与作家签约进行规范化运作的网络公司,已与数百位华文知名作家签约,拥有最庞大的网络书库及作家阵容。

6月

北京中北电视艺术中心主任、知名导演尤小刚投资的"京视交易网"开通,将包括《人民文学》《当代》《十月》《收获》在内的大部分文学刊物上网,试图面向演艺界发布文化消息并进行文化领域的交易。

7月

3日,"榕树下"起诉中国社会出版社"网络人生系列丛书"侵权。北京市第一中级人民法院于11日受理此案,12月1日判决被告中国社会出版社立即停止出版、发行《寂寞如潮》《网事悠悠》等侵权书籍,赔偿原告上海榕树下计算机有限公司人民币10001元。

中旬,"TOM中国文学网"和"榕树下"在北京市主办主题为"网络写手要不要成为传统作家"的网络文学讨论会。

8月

1日,随缘、红尘、水之灵(流水)、五月天空(五月)、Weid 5人决意独立做华语地区第一大原创文学网站,即后来的"龙的天空原创联盟网站",网络文学界简称"龙空"。

3日,癌症患者陆幼青在"榕树下"挂出了第一篇"死亡日记",在网站的推动下引起媒体关注报道。10月23日,陆幼青以一篇《谢幕》结束连载。11月11日,结集成《生命的留言——〈死亡日记〉》出版。

9月

《作家》《大家》《钟山》《山花》4家文学杂志在贵阳举办第六届"联网四重奏"年会,决定刊登有代表性的网络作家作品。

13日,宁肯的《蒙面之城》投稿13家出版社未果,开始在新浪网文教频道连载,2000年12月12日连载结束。连载的成功,引来多家出版社接洽。随后分上下部于《当代》2001年第1期和第2期连载刊登,2001年4月由作家出版社出版。

10月

1日,"龙空"建立作者社区,飞凌、rly、杨雨、mayasoo、今何在、狼小京成为首批入站作者。

"书情小筑""石头书城""小书亭""凝风天下"4个文学书站联合成立松散的网站联盟——"幻剑书盟"。

12月

24日,"榕树下第二届网络原创文学作品大赛"颁奖典礼在上海美琪大戏院举行。flying-max的《灰锡时代》获最佳小说大奖;今何在的《悟空传》获最佳人气小说奖。本次大赛是"榕树下"最兴旺期。2001年4月,"榕树下第二届网络原创文学作品"由陈村主编成"网络之星丛书"(含《猫城故事》《人类凶猛》《灰锡时代》3册)由花城出版社出版。

CNNIC第7次《中国互联网络发展状况统计报告》称:截至2000年12月31日,我国上网计算机数为892万台;上网用户数为2250万;45.99%的用户在网上主要获得电子书籍方面的信息,用户网上实际购买过的产品中,书刊类以58.33%排为第一。

从年中开始,互联网泡沫破灭,大量初期的网络书站倒闭。此时,"西陆"BBS则以相对低廉的价格,成为网络玄幻文学的新中心,"龙的天空""翠微居""天鹰"等著名书站都是由这里起步的。

本年度比较有影响的网络原创作品主要有:今何在的《悟空传》、瞎子的《佛裂》、燕垒生的《瘟疫》,等等。

这一时期学术界已经出现了一些探讨网络与文学艺术关系的著作,代表作为黄鸣奋的《比特挑战缪斯——网络与艺术》(2000),他后来还有一些从媒介角度研究网络与艺术关系的专著,包括《超文本诗学》(2002)、《互联网艺术产业》(2008)、《新媒体与西方数码艺术理论》(2009)。

2001年

1月

"自娱自乐""一意孤行""红尘阁""五月天空乱弹"4个文学论坛宣布退出"西陆"BBS,成立"龙的天空原创联盟网站"(www.dragonsky.net)。在"龙的天空"离开以后,"百战""天鹰"等BBS在"西陆"逐渐崛起。

安妮宝贝的《八月未央》出版。同年9月,安妮宝贝的长篇小说《彼岸花》出版。安妮宝贝的作品在出版路径打通后渐渐淡出网络。由于网络写作与发表不能带来足够的现实收益,其余早期知名网络作家也或转行,或转向纸媒出版。

5月

"幻剑书盟"各成员站在小书亭站的程序基础上正式合并成一个站点,启用国际域名(http://www.hjsm.net)。

雷立刚担任"天涯论坛·舞文弄墨"客座版主,发表《小倩》《爱情和一些妖精》《秦盈》等小说。

6月

依托地下文学刊物《黑蓝》建立文学社团的陈卫等人建立"黑蓝文学网"。9月,网站暂停。2002年3月,网站重新启动。5月,网站开通。"黑蓝文学网"坚持先锋实验性的小众化"纯文学"路线,可以说是最为纯粹的原创文学网。

年中,老猪的《紫川》开始在"龙空"、"幻剑书盟"等网站连载。

7月

"龙的天空"成立关联出版机构——北京世纪幻想文化发展有限公司。由于汇集了当时几乎所有最好的网络作者,"龙的天空"迅速成为大陆地区规模最大、访问量最多的原创文学网站。

12日,艾滋病人以"黎家明"的笔名在"榕树下"连载自己的亲身经历《最后的宣战——黎家明的艾滋手记》,引起传媒关注。

8月

22日,"榕树下"主办的"贝塔斯曼杯·第三届全球网络原创文学作品奖"评比活动开始举行。然而后来随着网络热潮全面衰退,"榕树下"上市成为泡影,融资失利,合并谈判受挫,资金困难。长篇获奖作品《秦盈》(雷立刚)和《烂醉如泥》(潘能军)没有得到大赛承诺的多则两万少则一万的奖金,各自只得到五千元;其他中短篇及散文与诗歌获奖作品一律只有一千元奖金。"榕树下"的背约举措直接伤害了其形象,大赛评委会主任陈村因此辞去评委及"榕树下""躺着读书"版主之职。2002年4月,"第三届全球网络原创文学奖"获奖作品(潘能军的《烂醉如泥》、雷立刚的《秦盈》、李寻欢主编的中短篇小说合集《飞翔》和《春秋时期的爱情疯子》)由杭州出版社出版。后来,改组过的"榕树下"新管理层不再举办网络文学大赛。直到"榕树下"被盛大文学收购后,才于时隔九年之后的2010年重新启动"榕树下第四届原创文学大展"。

11月

宝剑锋等人在"西陆"BBS创建"玄幻文学协会"。

12月

"龙的天空"与台湾狮鹫文化有限公司合作出版《神魔纪事》小说繁体版,开创了大陆原创作者在台湾地区进行繁体出版的先河。此后四年间,"龙的天空"与台湾8家出版公司合作出版各类型长篇小说140余部。

本年,"潇湘书院"(www.xxsy.net)成立。

2001年底,博库倒闭,国内第一次eBook收费尝试宣告失败。虽然博库拓展了知名度和网站浏览量,但是其所倡导的收费下载与收费阅读精神,在免费成为通行法则的互联网争霸年代显得格格不入。盗版风行,其最重要的上游资源——与几乎所有的中文知名作家、作者、学者签约的几千本电子书——的优势也根本没有发挥出来。另外,当时的网络条件也不具备,上网人数少,网速慢且贵,没有便捷的支付条件。

新浪率先在门户网站开办以连载已出版作品为主的读书频道。"新浪读书频道"发源于文化频道的连载,后来决定告别网络原创连载,转变为正规出版物的延伸阅读,开始连载春树的《北京娃娃》、王文华的《蛋白质女孩》及痞子蔡的系列作品。"搜狐读书频道"2004年8月份成立,最初主要以书库的形式运作。"腾讯读书频道"2004年9月上线。随后人民网、千龙网、新华网等其他综合网站也相继开通读书频道。

CNNIC第9次《中国互联网络发展状况统计报告》称:截至2001年12月31日,我国上网计算机数为124万台;上网用户数为3370万;45.99%的用户在网上主要获得电子书籍方面的信息,用户网上实际购买的产品中,书刊类以58.33%排第一。

随着网络用户规模的扩大,网络文学渐渐告别以BBS为主要平台的精英小众时代,开始逐步进入以垂直文学网站为主要平台的大众化时代。互联网用户的文学需要从表达交流为主变为以休闲娱乐为主,因此网络文学原创作品不再以业余文青型为主,通俗幻想型小说(即所谓"玄幻文学")逐渐开始成为主流。

1999年成名的第一波网络文学作者的作品以杂文、小段子居多,虚构类长篇作品相对较少,他们的才华主要体现在以一种幽默的文风写嬉笑怒骂的短文。而2001年后成名的第二波网络作者宁肯、慕容雪村、雷立刚等人主要以长篇小说制胜,本身有比较高的文学素养。此外,另一批作者则以轻型虚构、幻想为主的通俗类型小说成名,如江南、今何在的玄幻小说,何员外、孙睿的青春小说,明晓溪的青春言情小说,沧月的武侠玄幻小说,他们的受众以大学生为主。在2007年左右互联网进一步普及,用户平均文化程度急剧下降后,他们的作品就不再是主流,因此很快转型到传统出版而不再以网络为主要发表平台。

由于受网络游戏收费的推动与手机短信赢利模式的鼓舞,文学网站意识到网络文学潜在的商业价值,开始探索盈利模式,尝试进行收费。

本年度比较有影响力的网络原创作品主要有:老猪的《紫川》、梦回汉唐的《从春秋到战国》、树下野狐的《搜神记》、读书之人的《迷失大陆》、常昆的《无赖战记》、飞凌的《天庐风云》、暗夜流光的《十年》、柠檬火焰的《束缚》等。

2002 年

1 月

短篇小说合集"龙的天空幻想文丛"出版。"龙的天空"网站从此开始了在大陆地区的出版策划工作。8 月与天津人民出版社独家合作,长篇奇幻小说套系"奇幻之旅"正式出版,首批推出《迷失大陆》《秘魔森林》《阿尔帕西亚佣兵》3 部作品。至 2005 年,"奇幻之旅"累计出版长篇小说 12 部。

2 月

"读写网"试运行。

4 月

慕容雪村在"天涯论坛·舞文弄墨"连载小说《成都,今夜请将我遗忘》,2003 年由百花洲文艺出版社出版。

5 月

15 日,"玄幻文学协会"改名为"原创文学协会",筹备成立文学网站。

6 月

"起点中文网"第一版网站(www.cmfu.com)推出,开始试运行。

"晋江文学城"建立"原创试剑阁"栏目板块,这是"晋江原创网"的前身。

9 月

"读写网"正式运行,宣布"计划向作者支付网络刊载的稿酬"。但该网站支付给作者的稿费太低:一个会员看某部会员 A 级授权作品一个月,则网站支付作者 5 分钱;一个会员看某部会员 B 级授权作品一个月,则网站支付作者 8 分钱。即使有 1000 个读者,一个月下来作者的收入也就 80 元,积极性自然不高。而且由于该网站运营存在问题,一直没有发展到足够大的规模。

"龙的天空"网站与"花雨文学"网站、广西人民出版社合作,出版长篇玄幻小说套系"腾龙奇幻书系"。第一辑收录《创世圣战》《女人街的除魔事务所》《神魔纪事》《骑士风云录》4 部作品,稿件全部来自"龙的天空"原创文学社区。此后三年间,"龙的天空"累计为"腾龙奇幻书系"提供了上千万字的稿件。

中华杨在"幻剑书盟"发布《异时空之中华再起》,这是最早产生广泛影响力的网络历史穿越小说。

10月

"龙的天空"开通在线邮购业务。在面临投资购买新服务器扩大网络空间还是走实体出版路线的选择时,"龙的天空"放弃网络上的发展,全力进入实体出版市场。在成立了北京幻想文化公司后,买断了当时网络上最好的原创作品,放弃网上更新。此举直接导致当时网络上小说萧条,直到后来幻剑书盟、爬爬书库、翠微居等新兴网络文学网站崛起,才填补了空白。自此"龙的天空"不再居于网络文学网站一线行列,放弃网络经营领域,而此时的国内互联网正准备起步。

12月

"翠微居文学网"(http://www.cuiweiju.com)成立。

幻剑书盟取代因网速而流失作者的"龙空",成为中国网络原创文学网站之首。

2002年底,中华杨、苏明璞等一批网络写手成立了"明杨·全球中文品书网"(http://www.pinshu.com),首次提出了按字数收费阅读的概念。《异时空之中华再起》成为第一部网络原创收费作品,此时读者还需要通过邮局汇款等传统方式付费。

朱威廉因资金难以为继而将"榕树下"低价转让给贝塔斯曼公司,作价金额未公布。"榕树下"团队大半离去。后来"榕树下"推行会员收费制,导致大批用户流失,"天涯社区"因此取代"榕树下"的位置。

CNNIC第11次《中国互联网络发展状况统计报告》称:截至2002年12月31日,我国上网计算机数为2083万台;上网用户数为5910万。

本年度重要网文有:蔡春猪的《手淫时期的爱情》、醉鱼的《我的北京》、江南的《此间的少年》、瘦子的《风月大陆》、网络骑士的《我是大法师》、蓝夜王子的《江山如此多娇》、蓝晶的《魔法学徒》、罗森的《风姿物语》、可蕊的《都市妖奇谈》、风弄的《凤于九天》等。

2003年

4月

14日,玄雨的星际科幻小说《小兵传奇》开始在起点中文网连载,带来了大量读者,使"起点"的流量在7—8月间大幅增长,ALEXA世界排名由5000名以外迅速升到1500以上。《小兵传奇》《诛仙》《飘邈之旅》(一说为《紫川》),在早期网文界有"三大奇书"之称。

5月

起点中文网第二版投入使用。

6月

北京幻剑书盟科技发展有限公司建立,开始商业化转型。

28—29日,由《传奇文学选刊》杂志社、大然文化公司和广州文化部门联合举办的"大然传奇中国首届奇幻文学笔会"在广州召开,邀请起点中文网、幻剑书盟、"龙的天空"等人气文学网站负责人和数十名网络写手参加。会上,宝剑锋等人提出的VIP方案不被其他网站看好,起点中文网内部也产生分歧,VIP计划延后三个多月。

6—9月,"龙空"原创评论版的版主WEID提议建立一个跨越网站的公正、权威的评论机构,建立一套评分分级体系,将目前网络上的原创玄幻小说划分为不同的等级类别,引导主流作品的走向,对读者的阅读提出建议。

7月

4日,慕容雪村授权新浪文化发布消息,以50万元招标转让《成都,今夜请将我遗忘》的影视改编权。

中旬,由于"天鹰"的访问量日益增大,而"西陆"各方面的软硬条件已经不能满足"天鹰"的发展需要,"天鹰"逐步撤离"西陆","天鹰文学"(http://www.tywx.com.cn)建站。"天鹰文学"凭借《风月大陆》《江山如此多娇》等情色武侠小说打擦边球迅速打开了局面。

8月

1日,"晋江原创网"(www.jjwxc.net)正式成立。

23日,起点中文网第二版的改良升级工作完成,增加了许多贴近书友阅读习惯的设置,被视为当时网络文学界最成功的一次改版。

同期,幻剑书盟也进行了改版,取消积分系统,但效果不佳,到2004年11月将评论区恢复旧版。

木子美开始在"博客中国"连载自传性的性爱日记《遗情书》,引发点击热潮。

31日,幻剑书盟发布作品收录原则2.1版,宣布将限制含较多情色、暴力描写的作品上榜。血红等作者转投其他站点。

10月

"逐浪文学网"(www.zhulang.com)成立。

国庆期间,天下书盟推出VIP计划,按5千字1角钱进行收费。11月,天下书盟开设 VIP 阅读分站。

10 日,起点中文网正式推出第一批 8 部 VIP 电子出版作品,VIP 会员计划正式启动。起点决定在第一个月对会员免费,并且确立了 2 分/千字的全额优惠的稿费标准,后来这成为网络文学的行业收费基本标准。

起点中文网施行的"微支付"VIP 模式是网络文学发展过程中的里程碑。免费试读、分章节订阅的低廉价格使得读者的付费意愿达到最大可能。重要的是,它解决了网络文学作者的稿费问题,从此网络写作职业化成为可能;在稿酬直接依赖读者点击的制度激励下,作者将会最大限度去发现并满足读者需求。网站从中提成,也可以得到稳定的利润,其角色实际上是作者的经纪人兼推广者。总之,此模式使网络文学的读者、作者、网站三个主要参与方的利益达到平衡,使得网络文学告别业余时代,实现了可持续发展的产业化。不过,这种连载体制也因过度迎合最大多数读者的口味,造成了网络小说普遍性地庸俗、浅薄的不良趋向,如何使作品创新、分层、精品化是有待解决的问题。

11 月

1 日,2003 年全国个人网站大赛,起点中文网在 2000 多参选网站中脱颖而出获得第一名。

2 日,由于"龙的天空"网站硬件设备无法应付巨大的流量,新版"龙空论坛"建立,标志着"龙空论坛""第二纪元"的开始。但是,由于"龙空论坛"之前的服务器数据全部丢失,人气与水平大降。

10 日,起点中文网 VIP 优惠期结束,此时该站总共只有 23 部 VIP 作品。由于"起点"为吸引作者而采取全额支付(即所有订阅收入均归作者),首月就有作者稿费超过千元(作者"流浪的蛤蟆"第一个月拿到稿费 1296.08元,平均订阅数为 500 多;另一作者"圣者晨雷"第一个月拿到稿费 441.46元),宣布"优秀作品已经达到 10 元/千字的稿费水平"。在此公告发表后,"天鹰""翠微居"相继开始实施 VIP 收费制度。同期,幻剑书盟也展开调查,为 VIP 收费做准备,但由于技术实力限制,VIP 系统开发了半年多仍未完成。

28 日,新浪"万卷杯网络文学征文"大赛开始征稿。

12 月

起点中文网宣布"VIP 计划中订阅率最高的作品已经达到 20 元/千字稿费级别",并且访问量"居世界前 500,国内排名前 100",VIP 制度已经走上正轨。

CNNIC第13次《中国互联网络发展状况统计报告》称:截至2003年12月31日,我国上网计算机数为3089万台;上网用户数为7950万。

2003年9月起,文学网站迎来了自1999年后的又一个发展高峰,几乎所有文学网站的流量都在飞速上涨。这一增长势头直到第二年才慢慢减缓下来。新的文学网站如雨后春笋般纷纷冒了出来,大量新人投入了网络写作的行列。起点中文网2003年9月17日原创文学作品突破3000部,到2004年初,作品数已经增加了一倍,相当于过去两年增长的总和。但是,这次文学网站流量的猛增与网游有极大关系。网游玄幻作品已几乎全面占领了周点击和新书榜,其他类型的作品基本无法冒头。

本年度重要网文有:六道的《坏蛋是怎样炼成的》、萧鼎的《诛仙》、说不得大师的《佣兵天下》、燕垒生的《天行健》、我是板凳的《金鳞岂是池中物》、玄雨的《小兵传奇》、烟雨江南的《亵渎》、顾漫的《何以笙箫默》等。

2004 年

1月

厦门女教师"竹影青瞳"在其天涯社区个人博客里贴裸照,单日访问量达到150万人次,"弄瘫了天涯社区"。这一事件预示着"博客热"的到来。

2月

10日,幻剑书盟开始实行收费。

3月

晋江原创网推出"小魔女书店",通过电子商务向读者销售以原创书籍为主的纸质印刷品。

4月

1日,起点中文网新版VIP阅读器推出,VIP作品达到100部。"起点"发布公告称:稿酬最高已经达到千字40元(即单章节创纪录达2000人次订阅),累计发放稿酬已近10万元;3月份VIP作者稿酬最高者超过4000元。

7月

幻剑书盟成立了专门的队伍,专职6人、兼职5—10人,大多数是编辑。现在网站基本运营成本在3—5万元/月,收入在5—10万元/月,略有盈余;主要开支就是人员工资、稿酬和服务器成本,收入则主要来自会员费和广告。

8月

幻剑书盟正式推出 VIP 收费阅读系统。

"天鹰文学"在有关部门"扫黄打非"行动中被责令关站整改。11月1日，"天鹰文学"借"天逸文学"(http://www.tewx.com)之名重新登场，但已耽误了"圈读者""圈作者"的时机。

9月

逐浪文学网正式推出 VIP 收费阅读系统。

10月

8日，起点中文网以 2000 万元的价格被当时最大的网络游戏运营商"盛大互动娱乐有限公司"收购，成为盛大全资子公司。收购起点中文网后，盛大就利用其铺设到全国近 70% 二级城市的渠道，将 VIP 阅读点卡卖到内地每个有电脑的地方，加上网络银行等渠道，让众多喜欢看书并有付费能力的读者成了起点 VIP 会员。短短三个月间，读者群迅速增加，这也使得大量作者涌入，起点中文网迅速拥有了业内最为重要的作者资源和读者资源，正式成为网络文学第一大站。

28日，"新浪第二届华语原创文学大奖赛"开幕，在投稿须知中规定：作品体裁为长篇小说，"在征稿期间只能在论坛上发布作品前 2/3 的内容"。这次网络文学大赛可以看作网络文学评奖的一次拐点，说明长篇小说已经成为网络文学最重要的体裁。

CNNIC 第 15 次《中国互联网络发展状况统计报告》称：截至 2004 年 12 月 31 日，我国上网计算机数为 4160 万台；上网用户数为 9400 万。

本年度重要网文有：血红的《我就是流氓》、骷髅精灵的《猛龙过江》、无罪的《SC 之彼岸花》、酒徒的《明》、阿越的《新宋》、周行文的《重生传说》、金子的《梦回大清》、小周123的《十大酷刑》等。

学院派的专业网络文学研究兴起，代表作有欧阳友权的《网络文学本体论》、何学威和蓝爱国的《网络文学的民间视野》。此后欧阳友权学术团队陆续出版了《网络文学论纲》等 20 余部学术专著。

2005 年

3月

31日，起点中文网推出"起点职业作家体系"，开始招聘"职业作家"，实行保底年薪制，即底薪 + 分成 = 年薪。该计划要求作者每月更新字数达到

8—10万字、平均订阅数3000—5000,超出的部分享受分成和奖励。

4月

起点中文网页面日均访问量超过4000万次,相当于幻剑书盟的3倍。

5月

"天逸(即天鹰)""幻剑书盟""龙的天空""爬爬书库""翠微居""逐浪"6大文学站点组建"中国原创文学联盟"(简称CCBA),通过VIP共享来增加作品的阅读率,联合对抗得到盛大集团支持的起点中文网。此后,两大阵营展开了一系列抢夺作者、读者的斗争,而起点中文网最终凭借雄厚的实力胜出。

7月

起点中文网开展"三周年庆:VIP加入新举措,免会员费!"活动,对VIP会员进行分级:初级VIP会员和高级VIP会员。前者充值30元,VIP章节每千字付费3分;后者充值50元,VIP章节每千字付费2分。

10日,起点中文网筛选出了8大职业作家:血红、流浪的蛤蟆、碧落黄泉、肥鸭、周行文、最后的游骑兵、云天空、开玩笑。其中,云天空的年底薪为税后5万元,超出3000订阅的部分每次订阅、每千字分成1分。

31日,起点中文网宣布当月签约作品稿酬发放突破100万。

9月

15日,新浪读书频道举办"第三届新浪原创文学大赛",推出"打造通俗文学"概念,奖金号称高达40万元。

12月

起点中文网宣布累计支付作者稿酬1500万元。

本年度,幻剑书盟的商业模式主要依靠简体出版,和国内外多家出版社合作出版了《诛仙》《和空姐同居的日子》《新宋》以及《搜神记》《狂神》《炽天使传说》《我的播音系女友》等小说。

CNNIC第17次《中国互联网络发展状况统计报告》称:截至2005年12月31日,我国上网计算机数为4950万台;上网用户数为11100万。

本年度重要网文有:血红的《升龙道》和《邪风曲》、猫腻的《朱雀记》、随波逐流的《随波逐流之一代军师》、兰帝魅晨的《高手寂寞》、林海听涛的《我们是冠军》、烽火戏诸侯的《极品公子》、黯然销魂的《大亨传说》、三十的《和空姐同居的日子》、明晓溪的《泡沫之夏》、桐华的《步步惊心》、晚晴风景的《瑶华》等。

2006 年

3 月

1 日,红袖添香网与中华书局(香港)联手举办"2006 新武侠小说大赛",奖金总额超过 20 万元,单项奖金高达 5 万元。

14 日,TOM 在线集团宣布以 2000 万元收购幻剑书盟 80% 股权。

4 月

13 日,北京欢乐传媒集团宣布耗费超 500 万美元成功收购文学网站"榕树下"。

5 月

5 日,由中文在线公司注资成立的"一起看(17K)文学网"推出测试版。为了迅速打开局面,该网站挖来刘英(网名"血酬")等近半原"起点"编辑,并以高价买断策略挖来血红、云天空、酒徒、烟雨江南等原"起点"知名作者。

22 日,"一起看(17K)文学网"正式开站,烟雨江南的《尘缘》、酒徒的《指南录》开始连载。

6 月

逐浪文学网被国宏集团大众书局收购。

7 月

6 日,当时号称"网络第一写手"的血红正式宣布加盟 17k,发布《逆龙道》,当天从中午 12 点开始以每小时更新 1 万字的速度狂发 10 万字。

8 日,2005 年起点中文网最热门小说《邪神传说》的作者云天空宣布正式加盟 17k。此前的 7 月 4 日,云天空曾提出"职业作家"协议内容显失公平,要求修改侵犯其合法权益的相关条款,未获答复。

9 日,云天空的新书《混也是一种生活》正式发布,同样当天从中午 12 点开始以每小时更新 1 万字的速度狂发 10 万字。随着小说的发表,17K 网站的 IP 流量迅速攀升到数十万,达到中等互联网网站的水平。

10 日,起点中文网推出"白金作家签约计划",以取代因血红、云天空等"职业作家"出走而被证明存在问题的"职业作家"制度。

11 日,起点中文网将云天空相关作品《邪神传说》一百万字的 VIP 章节解禁公开,成为免费章节。9 月,云天空以合法权益受到侵害为由,向上海市浦东新区人民法院提起诉讼。12 月 15 日,上海市浦东新区人民法院做出了一审判决:被告上海玄霆娱乐信息科技有限公司赔偿云天空人民币12万元。"起点"方面上诉,但二审维持了原判。2009年1月1日,云天空又回到老东家起点中文网,并相继发表新书《大地武士》《X—龙时代》《写手风流》等。

13日,起点中文网与唐家三少签订"白金作家"协议。8月13日,与流浪的蛤蟆签订"白金作家"协议。10月4日,崭露头角的梦入神机也获签"白金作家"协议。经过之前两年的积累期,"起点"已经拥有了足够大的作者群,"职业作家"离去后留下的空缺迅速被新兴的作者填补上。其后"起点"更加注重对中低层写手的培养,随着新书榜等一系列措施的实行,建立了雄厚有序的作者梯队,霸主地位并未动摇。

8月

起点中文网宣布该站"半年奖"奖金达150万元。

9月

起点中文网日平均浏览量突破1亿,成为率先盈利的WEB2.0网站。

10月

起点中文网对外宣布PV量(page view,即页面浏览量或者点击量)突破1亿。

12月

一起看(17K)文学网正式推出收费阅读系统。

起点中文网推出海外站。

CNNIC第19次《中国互联网络发展状况统计报告》称:截至2006年12月31日,我国上网计算机数为5940万台;上网用户数为13700万。

本年度重要网文有:天下霸唱的《鬼吹灯》、南派三叔的《盗墓笔记》、知秋的《历史的尘埃》、徐公子胜治的《神游》、管平潮的《仙路烟尘》、云天空的《邪神传说》、静官的《兽血沸腾》、梦入神机的《佛本是道》、无罪的《流氓高手》、方想的《师士传说》、海宴的《琅琊榜》、李歆的《独步天下》、海飘雪的《木槿花西月锦绣》、匪我思存的《佳期如梦》、天籁纸鸢的《天神右翼》等。

2007年

1月

"2006年中国畅销书排行榜"(虚构类)显示,网络文学作品出版势力日益强大,占去了至少三分之一的文学图书市场份额。

香港天王星国际集团有限公司注资成立好看(香港)文学城。

3月

7日,盛大集团正式宣布向旗下的起点中文网增资1亿元。

9日,起点中文网宣布启动"千万亿计划",建立专项教育培训基金培训作者,并打造"起点保障金制度"和"起点福利制度"等各项作者保障制度。

4月

5日,由完美时空公司根据武侠小说改编开发的网络游戏《诛仙》正式发行。这次成功的版权改编直接影响了完美时空对原创小说的关注,后来投资建立纵横中文网。

5月

23日,起点中文网发布作家保障、支持、奖励计划。

7月

1日,起点中文网实行2007年起点作家福利体系,对作者许诺较高福利,而作者只需月更4万字即可拿到完本奖。

红袖添香网跟进实行VIP收费模式。同时推出"红袖作家成功计划",涵盖双倍稿酬、保底、买断、签约金、订阅奖励等措施。

8月

8日,书业观察论坛(第11期)在北京出版集团12层多功能厅举行,吴文辉(起点中文网)、林虎(逐浪网)、孙鹏(红袖添香)、黄艳明(晋江)等各大文学网站负责人分别发表演讲,就行业趋势进行交流。

11月

晋江原创网接受盛大集团投资。

CNNIC第21次《中国互联网络发展状况统计报告》称:截至2007年12月,中国网民数增长迅速,平均每天增加网民20万人,一年增加了7300万人,年增长率达到53.3%。新增网民人群中,18岁以下的网民增长较快,拉动因素之一是中小学学校的互联网接入比例在增加,此外,30岁以上年龄较大的网民增长较快,互联网呈现向各年龄阶层扩散的趋势;互联网逐步向学历低的人群渗透,初中及以下受教育程度的网民增长较快,大专及以上网民比例已经从1999年的86%降至目前的36.2%;低收入人群开始越来越多地接受互联网。

本年度重要网文有:大爆炸的《窃明》、皇甫奇的《飞升之后》、蘑菇的《凤凰面具》、洛水的《知北游》、跳舞的《邪气凛然》、禹岩的《极品家丁》、心梦无痕的《七界传说》、月关的《回到明朝当王爷》、我吃西红柿的《星辰变》、zhtty 的《无限恐怖》、林海听涛的《冠军教父》、辛夷坞的《致我们终将腐朽的青春》、崔曼莉的《浮沉》、李可的《杜拉拉升职记》、流潋紫的《后宫·甄嬛传》、天衣有风的《凤囚凰》、安宁的《温暖的弦》、桩桩的《蔓蔓青萝》等。

2008 年

1 月

晋江原创网正式推出收费阅读系统。

5 月

28 日,"起点"实施"365 高 V 免费升级计划",即把高级 VIP 获得资格提高到年消费 365 元。

7 月

1 日,起点中文网发完上半年的完本奖后,就推出 2008 年起点作家福利体系,对 2007 年起点作家福利体系进行修改。

4 日,盛大文学以 2373 万元收购红袖添香网 71% 股份。

14 日,盛大文学有限公司正式成立,旗下有起点中文网、晋江原创网和红袖添香网三个各具代表性的文学网站,意味着中国网络文学开始走上集团化发展的轨道。

9 月

完美时空公司投资成立的纵横中文网正式上线。

10 日,盛大文学策划启动网络作家与"全国 30 省市作协主席小说竞赛"。

12 月

24 日,全国首例网络文学作品侵权案——起点中文网诉"云霄阁"盗版侵权案终审判决,被告人因侵犯著作权罪分别被判处有期徒刑 1 年 6 个月,并处罚金 10 万元。

CNNIC 第 21 次《中国互联网络发展状况统计报告》称:截至 2008 年 12 月 31 日,中国网民规模达到 2.98 亿人,普及率达到 22.6%,超过全球平均水平;网民规模较 2007 年增长 8800 万人,年增长率为 41.9%。中国网民规模依然保持快速增长之势。博客自诞生以来,一直保持快速的增长势头,截至 2008 年底,中国博客作者已经达到 16200 万人。

网络游戏在各个应用中排在第六位,在中小学生的应用排序中是第三,是中小学生上网的一个重要应用。

本年度重要网文有:血红的《巫颂》、酒徒的《家园》、天使奥斯卡的《篡清》、猫腻的《庆余年》、样样稀松的《一个人的抗日》、张小花的《史上第一混乱》、烟雨江南的《尘缘》、晴川的《韦帅望的江湖》、跳舞的《恶魔法则》、禹岩的《极品家丁》、辰东的《神墓》、侯卫东的《官路风流》(2010年更名为《侯卫东官场笔记》)、天籁纸鸢的《月上重火》、唐七公子的《三生三世十里桃花》、孔二狗的《东北往事之黑道风云20年》、鱼人二代的《很纯很暧昧》、妖舟的《入狱》、桔子树的《麒麟》等。

这一年先后有两部网络文学史出版,共同填补了学院派网络文学史研究的空白,分别是:马季的《读屏时代的写作:网络文学10年史》、欧阳友权的《网络文学发展史:汉语网络文学调查纪实》。

2009 年

1 月

1日,起点中文网推出粉丝值系统,通过提高区分读者荣誉度来刺激读者的参与积极性和消费意愿。

7日,工业和信息化部发放第三代移动通信(3G)牌照给中国移动、中国电信和中国联通三家运营商,我国正式进入第三代移动通信时代。网络文学开始进入手机阅读时代。

5 月

文化部前部长、著名作家王蒙出任盛大文学有限公司"文学顾问",题词"文以清心 网更动人"激励网络文学。

6 月

起点中文网推出"打赏"功能。

15日,由《文艺报》和盛大文学共同主办的"起点四作家作品研讨会"在北京举行。与会者就我吃西红柿、跳舞、唐家三少和血红的创作以及网络文学的变化展开探讨。

25日,由中国作协指导、中国家家出版集团和中文在线主办、《长篇小说选刊》及17K文学网承办的"网络文学十年盘点"活动在京落幕。评出十佳优秀作品:《此间的少年》《成都,今夜请将我遗忘》《新宋》《窃明》《韦帅望的江湖》《尘缘》《家园》《紫川》《无家》《脸谱》;十佳人气作品:《尘缘》

《紫川》《韦帅望的江湖》《亵渎》《都市妖奇谈》《回到明朝当王爷》《家园》《巫颂》《悟空传》《高手寂寞》。

7月

盛大文学以4000万元收购华文天下51%股份。

15日至24日,鲁迅文学院与盛大文学合作,首开网络作家培训班。

8月

1日,起点中文网执行"3650升高V计划",读者12个月内消费3650元,才可成为高级VIP会员。起点提高高级VIP会员的门槛,其实是向大部分读者按初级VIP(每千字3分钱)的标准收费,实际上类似于提高定价,不过这个价格在一般付费读者可接受范围之内,因此是成功的。而且这也提高了网站的分成比例。

10月

20日,新闻出版总署、全国"扫黄打非"工作小组办公室宣布,今年以来两部门对互联网出版的低俗内容进行全面清理。截至目前,共有包括网络小说、手机小说在内的1414种淫秽色情和低俗网络文学作品被查处,20家传播淫秽色情文学的网站被关闭,累计删除各类淫秽色情文学网页链接3万余个。

11月

盛大文学与北京书生公司(读吧网)互讼,盛大文学胜诉。

12日,无线互联网公司空中网正式宣布,以总价234万美元及空中网普通股100万股,全资收购国内原创文学网站逐浪网,同时购入囊中的还有专事海外中文小说版权管理的Success Blueprint公司。由此,空中网将渐渐转变以往较单一的无线增值服务提供商的角色,成为拥有更多原创和版权的"主人翁",打造手机文学、手机游戏等共通的娱乐产业链。

连续两期的CCTV"焦点访谈"栏目曝光中国移动涉黄,引起手机阅读行业大地震。中国移动宣布:从11月30日起,对所有WAP类业务合作伙伴暂停计费,并进行全面清理,斩断淫秽色情网站收费链条。其后其他各大移动运营商相继停止WAP计费,这意味着数以百计的SP(移动网络增值服务提供商)被判死刑。取而代之的是浙江移动基地多了20多家直接跟大型网站接口的MCP(内容整合服务提供商)。

下旬,工信部联合中央外宣办、公安部等部门开展整治手机淫秽色情专项行动,媒体陆续曝光手机涉黄情况,扫黄风暴席卷整个移动互联网甚至PC

互联网。

12月

韩寒携《独唱团》杂志和新书加盟盛大文学,分别与华文天下和聚石文华签约。

本年度重要网文有:我吃西红柿的《盘龙》、天蚕土豆的《斗破苍穹》、唐家三少的《斗罗大陆》、烟雨江南的《狩魔手记》、方想的《卡徒》、三戒大师的《官居一品》、陈风笑的《官仙》、风凌天下的《凌天传说》、吹牛者的《临高启明》、忘语的《凡人修仙传》、罗霸道的《屠神之路》、梦入神机的《龙蛇演义》、月关的《步步生莲》、辰东的《长生界》、顾漫的《微微一笑很倾城》、长着翅膀的大灰狼的《盛开》、妖舟的《不死》等。

2010年

1月

盛大文学以690万元收购"榕树下"51%股份。

1日,中国移动手机阅读开始收费,无线阅读开始发力。分成模式为:内容提供商(网站)、作者各2成;2成归中国移动阅读基地;4成归各省移动。

3月

4日,由于北京世纪幻想文化发展有限公司在2009年12月15日审理的"海洋出版社与北京世纪幻想文化发展有限公司、李利新行纪合同纠纷案"中败诉,"龙的天空"论坛受此案牵连,服务器被封。

8日下午,"龙空"新网址(www.lkong.net)启动,当夜激增注册用户近8000多人,标志着"龙空""第三纪元"的开始。主要依靠"龙空"管理员与众网友筹资募捐维护服务器正常运营。

19日,新闻出版总署首次组织网络编辑培训班。

31日,盛大文学宣布收购潇湘书院,以1982.5万元收购其70%股份。

4月

盛大文学以7010万元收购中智博文图书发行公司51%股份。

完美时空宣布向纵横中文网投入1亿美元,且今后每年将会有上亿元资金追加投入。

22日,中国网络文学女作家研讨会召开,这是国内首次针对网络女性写作的大规模研讨活动。

5月

盛大文学以2750万元收购小说阅读网55%股份。

20日,中国作协、广东作协共同举办了"网络文学研讨会"。

7月

盛大文学以750万元收购天方听书网60%股份。

3日,刚以《阳神》在起点中文网创下月票八连冠的梦入神机在《阳神》完结时高调入驻纵横中文网。

17日,鲁迅文学院组织第一期网络文学编辑培训班。

18日,梦入神机在纵横中文网发布新作《永生》。2012年5月4日,上海市第一中级人民法就梦入神机著作权合同纠纷案做出终审判决,解除梦入神机与起点中文网的作者协议与作品委托协议;梦入神机支付违约金人民币60万元;《永生》著作权(除法律规定不可转让的权利以外)归起点中文网方面所有。

9月

8日,中国作协官网发布《第五届鲁迅文学奖评奖办公室公告》,同时公布《第五届鲁迅文学奖备选作品篇目》,共130部作品入围。由晋江文学城(原名晋江原创网,2010年2月改为现名)推荐的《网逝》(文雨,原名《请你原谅我》)以中篇小说入选,成为第一个也是本届唯一一部入选"鲁迅文学奖"的网络小说。这被认为是主流官方认可接纳网络文学的一次"破冰之旅"。后被著名导演陈凯歌改编为电影《搜索》于2012年上映。

晋江文学城的网络作家阿耐的《大江东去》获中宣部"五个一工程奖"。

28日,盛大文学云中书城测试版上线。

10月

27日,新浪网举办首届微小说大赛。

11月

盛大文学以1284万元收购悦读网53.5%股份。

CNNIC发布《中国网络文学用户调研报告》称:截至2010年12月,中国网络文学用户规模达到1.95亿人;网络文学存在不同性别用户对文学类型的差异化需求等特点。

本年度重要网文有:猫腻的《间客》、天蚕土豆的《斗破苍穹》、七十二编的《冒牌大英雄》、陆双鹤的《迷失在一六二九》、风凌天下的《异世邪君》、梦入神机的《阳神》、骁骑校的《橙红年代》、雁九的《重生于康熙末年》、豆子惹的祸的《搬山》、吱吱的《庶女攻略》、关心则乱的《知否知否，应该绿肥红瘦》、妖舟的《Blood X Blood》、唐欣恬的《裸婚》、天下归元的《扶摇皇后》等。

2011年

2月

14日，盛大文学云中书城正式版上线，启用独立域名（www.yzsc.com.cn）。盛大文学2010全年删除屏蔽涉嫌低俗内容九万章，新闻出版总署书面表彰。

20日，流浪的蛤蟆携新作《焚天》入驻纵横中文网。

25日，"茅盾文学奖"公布新修订的《茅盾文学奖评奖条例》，首次注明：将向持有互联网出版许可证的重点文学网站等征集参评作品。有7部作品被推荐参选，分别为新浪网推荐的《成长》《遍地狼烟》《青果》，起点中文网推荐的《从呼吸到呻吟》《国家脊梁》《办公室风声》，中文在线网推荐的《刀子嘴与金凤凰》。结果无一入选。7部作品中有的是传统作家作品，仅仅是在网上传播（如河南省作协副主席郑彦英的《从呼吸到呻吟》由于参加了"30省作协主席小说巡展"而被推荐），被认为并不能真正代表网络文学。另因评奖条例里有"重点文学网站推荐的作品，应为评奖年度范围内在本网站发表并由出版单位出版的图书作品，推荐时应征得著作权人和出版单位的同意，并提供样书"的规定，许多未有纸质书出版的网络文学不能参选。此次"茅盾文学奖"修改条例被认为是继"鲁迅文学奖"之后，官方奖项进一步向网络文学开放，但尚不能按照网络文学的特点予以接纳。

5月

10日，上海市卢湾区人民法院做出一审宣判，认为百度公司侵犯了盛大文学《斗破苍穹》《凡人修仙传》等作品的著作权，判令百度公司立即停止对涉案作品的信息网络传播权的侵权行为，并赔偿盛大文学经济损失人民币50万元以及合理费用人民币44500元。

10日，金宇澄以"独上阁楼"的网名在弄堂网开帖，在线写作《繁花》，2015年该书获第九届茅盾文学奖。

25日，盛大文学向美国SEC提交初步募股书，申请在纽交所IPO，最高融资2亿美元，但因美国资本市场环境惨淡被迫推迟上市。

7月

7月21日,原计划在7月下旬路演的盛大文学在海外称,已决定暂停在纽约证交所融资2亿美元的首次公开募股(IPO),直到市场状况改善为止。

8月

15日,云中书城推出Android客户端。

2日,上海市第一中级人民法院对备受关注的盛大文学诉百度版权侵权案做出终审裁定,准许百度公司撤回上诉,双方当事人按原审判决执行。

10位盛大文学作家与茅盾文学奖评委"结对子"。

11月

盛大文学作家唐家三少当选中国作家协会全国委员会委员,成为第一位网络作家"全委会"委员。

9日,盛大文学发布云中书城移动互联网战略。

11日,豆瓣阅读(http://read.douban.com)上线,定位是为作者、译者提供一个自出版平台。自2005年上线以来,豆瓣以读书、电影和音乐三大主题为中心,以Web 2.0的方式聚集了近6000万文化程度较高的"文艺清新气质"用户。

CNNIC第29次《中国互联网络发展状况统计报告》称:截至2011年12月底,中国网民规模突破5亿人,普及率达到38.3%;手机网民规模达到3.56亿,同比增长17.5%。网络文学用户规模也有小规模增长。

本年度重要网文有:月关的《锦衣夜行》、耳根的《仙逆》、我吃西红柿的《吞噬星空》、七十二编的《裁决》、打眼的《黄金瞳》、愤怒的香蕉的《赘婿》、石章鱼的《医道官途》、皇甫奇的《大周皇族》、御井烹香的《庶女生存手册》、非天夜翔的《二零一三》等。

这一年,网络文学研究在理论探索和研究实践方面均有突破。理论方面包括:欧阳友权的《数字媒介下的文艺转型》(中国社会科学出版社,2011年)、邵燕君的论文《面对网络文学:学院派的态度和方法》(《南方文坛》2011年第6期)、崔宰溶的博士论文《中国网络文学研究的困境与突破——网络文学的土著理论与网络性》(北京大学中文系)等。

【说明】以上大事记主要以网友"后世史学家"的《玄幻网站风云录》(网址http://www.qdwenxue.com/Book/26106.aspx)和欧阳友权的《网络文学发展史》(中国广播电视出版社,2008年)为底本,参考各相关网站说明以及 CNNIC 历次《中国互联网络发展状况统计报告》整理而成。作者作品部分主要依据"龙的天空"论坛相关资料,特别是网友"暗黑之川"撰写的年度总结,以及起点中文网"金键盘奖"获奖名单。由于网页湮灭,资料查找困难,其中若有错漏颠倒之处,请读者谅解并指正。本大事记主要由陈新榜、肖映萱、王恺文、吉云飞、李强、孟德才、叶栩乔整理,特此感谢!

附录Ⅲ 重要奖项一览表(1999—2010年)

茅盾文学奖

届次/评选年度	书 名	作 者	出版社
第六届(1999—2002年) 2005年颁奖	《张居正》	熊召政	长江文艺
	《无字》	张 洁	北京十月文艺
	《历史的天空》	徐贵祥	人民文学
	《英雄时代》	柳建伟	人民文学
	《东藏记》	宗 璞	人民文学
第七届(2003—2006年) 2008年颁奖	《秦腔》	贾平凹	作家
	《额尔古纳河右岸》	迟子建	北京十月文艺
	《暗算》	麦 家	人民文学
	《湖光山色》	周大新	作家
第八届(2007—2010年) 2011年颁奖	《你在高原》	张 炜	作家
	《天行者》	刘醒龙	人民文学
	《蛙》	莫 言	上海文艺
	《推拿》	毕飞宇	人民文学
	《一句顶一万句》	刘震云	长江文艺

鲁迅文学奖

第二届(评选年度:1997—2000 年)

类　别	篇　目	作　者	发表/出版机构
短篇小说	《鞋》	刘庆邦	《北京文学》
	《清水里的刀子》	石舒清	《人民文学》
	《吹牛》	红　柯	《时代文学》
	《厨房》	徐　坤	《作家》
	《清水洗尘》	迟子建	《青年文学》
中篇小说	《梦也何曾到谢桥》	叶广芩	《十月》
	《被雨淋湿的河》	鬼　子	《人民文学》
	《永远有多远》	铁　凝	《十月》
	《吹满风的山谷》	衣向东	《橄榄绿》
	《年月日》	阎连科	《收获》
报告文学	《流泪是金》	何建明	《中国作家》、中国青年出版社
	《远东朝鲜战争》	王树增	解放军文艺出版社
	《西部的倾诉》	梅　洁	《报告文学》
	《中国 863》	李鸣生	《北京文学》、山西教育出版社
	《生死一线》	杨黎光	《深圳特区报》《报告文学》
诗歌	《羞涩》	杨晓民	长江文艺出版社
	《曲有源白话诗选》	曲有源	作家出版社
	《地球是一只泪眼》	朱增泉	解放军文艺出版社
	《西川的诗》	西　川	人民文学出版社
	《纯粹阳光》	曹宇翔	明天出版社
散文、杂文	《大雅村言》	李国文	东方出版中心
	《山居笔记》	余秋雨	文汇出版社
	《精神的归宿》	朱铁志	华东师范大学出版社

续表

类　别	篇　目	作　者	发表/出版机构
	《昨夜西风凋碧树》	徐光耀	北京十月文艺出版社
	《张抗抗散文》	张抗抗	解放军出版社
理论、评论	《"五四"文化革命的再评价》	陈　涌	《文艺报》
	《一九〇三:前夜的涌动》	程文超	山东教育出版社
	《12个:1998年的孩子》	何向阳	《青年文学》
	《西部:偏远省份的文学写作》	韩子勇	百花文艺出版社
	《文学理论现代性问题》	钱中文	《文学评论》
翻译彩虹奖	《济慈诗选》	屠　岸译	人民文学出版社
	《堂吉诃德》	董燕生译	浙江文艺出版社
	《奥德赛》	王焕生译	人民文学出版社
	《秧歌》	董　纯译	法国"中国之蓝"出版社

第三届(评选年度:2001—2003年)

类　别	篇　目	作　者	发表/出版机构
短篇小说	《上边》	王祥夫	《花城》
	《驮水的日子》	温亚军	《天涯》
	《大老郑的女人》	魏　微	《人民文学》
	《发廊情话》	王安忆	《上海文学》
中篇小说	《玉米》	毕飞宇	《人民文学》
	《松鸦为什么鸣叫》	陈应松	《钟山》
	《好大一对羊》	夏天敏	《当代》
	《歇马山庄的女人》	孙惠芬	《人民文学》
报告文学	《中国有座鲁西监狱》	王光明 姜良纲	《人民文学》、作家出版社
	《宝山》	李春雷	花山文艺出版社
	《瘟疫,人类的影子——"非典"溯源》	杨黎光	《中国作家》人民文学出版社

续 表

类 别	篇 目	作 者	发表/出版机构
报告文学	《西藏最后的驮队》	加央西热（藏）	北京十月文艺出版社
	《革命百里洲》	赵 瑜 胡世全	中国青年出版社
诗歌	《野诗全集》	老 乡	敦煌文艺出版社
	《郁葱抒情诗》	郁 葱	河北教育出版社
	《幻河》	马新朝	中原农民出版社
	《幸存的一粟》	成幼殊	山东画报出版社
	《娜夜诗选》	娜夜（满）	甘肃文化出版社
散文、杂文	《贾平凹长篇散文精选》	贾平凹	陕西人民出版社
	《大河遗梦》	李存葆	解放军文艺出版社
	《病隙随笔》	史铁生	陕西师范大学出版社
	《独语东北》	素 素	百花文艺出版社
	《一个人的经典》	鄢烈山	长江文艺出版社
理论、评论	《难度·长度·速度·限度——关于长篇小说文体问题的思考》	吴义勤	《当代作家评论》
	《〈手稿〉的美学解读》	王向峰	辽宁大学出版社
	《打开诗的漂流瓶——现代诗研论集》	陈超	河北教育出版社
	《朱向前文学理论批评选》	朱向前	人民文学出版社
翻译彩虹奖	《神曲》	田德望 译	人民文学出版社
	《雷曼先生》	黄燎宇 译	人民文学出版社

第四届(评选年度:2004—2006年)

类别	篇目	作者	发表/出版机构
短篇小说	《城乡简史》	范小青	《山花》
	《吉祥如意》	郭文斌	《人民文学》
	《白水青菜》	潘向黎	《作家》
	《将军的部队》	李浩	《朔方》
	《明惠的圣诞》	邵丽	《十月》
中篇小说	《心爱的树》	蒋韵	《北京文学》
	《一个人张灯结彩》	田耳	《人民文学》
	《喊山》	葛水平	《人民文学》
	《世界上所有的夜晚》	迟子建	《钟山》
	《师兄的透镜》	晓航	《人民文学》
报告文学	《天使在作战》	朱晓军	《北京文学》
	《部长与国家》	何建明	《中国作家》、新世界出版社
	《用胸膛行走西藏》	党益民	解放军文艺出版社
	《中国新教育风暴》	王宏甲	北京出版社
	《长征》	王树增	人民文学出版社
诗歌	《喊故乡》	田禾	人民文学出版社
	《看见》	荣荣	宁波出版社
	《行吟长征路》	黄亚洲	浙江文艺出版社
	《大地葵花》	林雪	春风文艺出版社
	《只有大海苍茫如幕》	于坚	长征出版社
散文、杂文	《山南水北》	韩少功	作家出版社
	《辛亥年的枪声》	南帆	海峡文艺出版社
	《乡村记忆》	刘家科	河北教育出版社
	《遥远的天堂》	裘山山	解放军文艺出版社

续 表

类　别	篇　目	作　者	发表/出版机构
理论、评论	《见证一千零一夜——21世纪初的文学生活》	李敬泽	新世界出版社
	《无边的挑战——中国先锋文学的后现代性》	陈晓明	广西师范大学出版社
	《数字化语境中的文艺学》	欧阳有权	中国社会科学出版社
	《当前文学创作症候分析》	雷　达	光明日报
	《困顿中的挣扎——贾平凹论》	洪治纲	《钟山》
翻译彩虹奖	《别了,我的书》	许金龙　译	百花文艺出版社
	《笑忘录》	王东亮　译	上海译文出版社
	《斯特林堡文集》(五卷)	李之义　译	人民文学出版社

第五届(评选年度:2007—2009年)

类　别	篇　目	作　者	发表/出版机构
短篇小说	《伴宴》	鲁　敏	《中国作家·文学》
	《老弟的盛宴》	盛　琼	《十月》
	《放生羊》	次仁罗布	《芳草》
	《茨菰》	苏　童	《钟山》
	《海军往事》	陆颖墨	《解放军文艺》
中篇小说	《最慢的是活着》	乔　叶	《收获》
	《国家订单》	王十月	《人民文学》
	《手铐上的蓝花花》	吴克敬	《延安文学》
	《前面就是麦季》	李俊虎	《芳草》
	《琴断口》	方　方	《十月》
报告文学	《震中在人心》	李鸣生	《中国作家·纪实》上海文艺出版社
	《生命的呐喊》	张雅文	新华出版社
	《感天动地——从唐山到汶川》	关仁山	河北教育出版社
	《解放大西南》	彭荆风	《中国作家·纪实》云南美术出版社

续 表

类 别	篇 目	作 者	发表/出版机构
报告文学	《胡风案中人与事》	李洁非	《钟山》
诗歌	《烤蓝》	刘立云	解放军文艺出版社
	《向往温暖》	车延高	人民文学出版社
	《李琦近作选》	李 琦	时代文艺出版社
	《柠檬叶子》	傅天琳	上海文艺出版社
	《云南记》	雷平阳	长江文艺出版社
散文、杂文	《藏地兵书》	王宗仁	解放军文艺出版社
	《路上的祖先》	熊玉群	百花文艺出版社
	《风行水上》	郑彦英	河南文艺出版社
	《王干随笔选》	王 干	人民出版社
	《病了的字母》	陆春祥	上海文艺出版社
理论、评论	《五种形象》	南 帆	复旦大学出版社
	《马克思主义文艺理论及其面临的挑战》	张 炯	《文艺报》
	《想象与叙述》	赵 园	人民文学出版社
	《中国文学跨世纪发展研究》	高 楠 王纯菲	人民文学出版社
	《童年再现与儿童文学重构:电子媒介时代的童年与儿童文学》	谭旭东	黑龙江少年儿童出版社
翻译彩虹奖	空缺		

老舍文学奖

第一届(2001年)

类 别	作 者	篇 目
优秀长篇小说奖	凌 力	《梦断关河》
	刘育新	《古街》
优秀中篇小说奖	刘 恒	《贫嘴张大民的幸福生活》

续 表

类 别	作 者	篇 目
优秀中篇小说奖	铁 凝	《永远有多远》
优秀戏剧剧本奖	张永和、王保春	《烟壶》(曲剧)
	郭启宏	《司马相如》(昆曲)
优秀广播剧奖	李晓明编剧、安战军、李小龙导演	《一年又一年》
	王兴东编剧,雷献禾、康宁导演	《离开雷锋的日子》
	罗金编剧,李健导演	《脊梁》
	刘宝毅编剧,李健导演	《千古流芳》

第二届(2002年)

类 别	作 者	篇 目
优秀长篇小说奖	张 洁	《无字》
	宁 肯	《蒙面之城》
优秀中篇小说奖	刘庆邦	《神木》
	曾 哲	《一年级二年级》
	衣向东	《初三初四看月亮》
优秀戏剧剧本奖	李云龙	《正红旗下》
	陈健秋	《宰相刘罗锅》
优秀广播剧奖	(空缺)	

第三届(2005年)

类 别	作 者	篇 目
优秀长篇小说奖	阎连科	《受活》
优秀中篇小说奖	曾 哲	《香歌潭》
	程 青	《十周岁》
优秀戏剧剧本奖	兰晓龙	《爱尔纳·突击》
新人佳作奖	尉 然	《李大筐的脚和李小筐的爱情》
	毛银鹏	《故人西辞》

第四届(2011年)

类别	作者	篇目
优秀长篇小说奖	徐坤	《八月狂想曲》
	宁肯	《天藏》
	马丽华	《如意高地》
优秀中篇小说奖	叶广芩	《豆汁记》
	刘庆邦	《哑炮》
	荆永鸣	《大声呼吸》
	钟晶晶	《我的左手》
优秀戏剧剧本奖	郭启宏	《知己》
	郑怀兴	《傅山进京》

老舍文学奖是北京市文联和老舍文艺基金会于1999年创立的文学奖,主要奖励北京作者的创作与在京出版和发表的优秀作品,每两至三年评选一次。老舍文学奖是北京市文学艺术方面的最高奖励,与茅盾文学奖、鲁迅文学奖、曹禺戏剧文学奖并称"中国四大文学奖"。

华语文学传媒大奖

届次/评选年度	奖项	获奖者	年度代表作
第一届(2003年)	2002年度杰出成就奖	史铁生	《病隙碎笔》
	2002年度小说家	韩少功	《暗示》
	2002年度诗人	于坚	《澳洲五首》《长安行》
	2002年度散文家	李国文	《中国文人的非正常死亡》
	2002年度文学评论家	陈晓明	《表意的焦虑》)
	2002年度最具潜力新人	盛可以	《水乳》
第二届(2004年)	2003年度杰出成就奖	莫言	《四十一炮》
	2003年度小说家	韩东	《扎根》
	2003年度诗人	王小妮	《十支水莲》

续 表

届次/评选年度	奖 项	获奖者	年度代表作
第二届(2004年)	2003年度散文家	余光中	《左手的掌纹》
	2003年度文学评论家	王 尧	《韩少功王尧对话录》
	2003年度最具潜力新人	须一瓜	《淡绿色的月亮》《蛇宫》
第三届(2005年)	2004年度杰出成就奖	格 非	《人面桃花》
	2004年度小说家	林 白	《妇女闲聊录》
	2004年度诗人	多 多	《多多小辑》
	2004年度散文家	南 帆	《关于我父母的一切》
	2004年度文学评论家	李敬泽	《见证一千零一夜:21世纪初的文学生活》《文学:行动与联想》
	2004年度最具潜力新人	张悦然	《十爱》
第四届(2006年)	2005年度杰出作家	贾平凹	《秦腔》
	2005年度小说家	东 西	《后悔录》
	2005年度诗人	李亚伟	《豪猪的诗篇》
	2005年度散文家	徐 晓	《半生为人》
	2005年度评论家	张新颖	《双重见证》
	2005年度最具潜力新人	李师江	《逍遥游》
第五届(2007年)	2006年度杰出作家	韩少功	《山南水北》
	2006年度小说家	北 村	《我和上帝有个约》
	2006年度诗人	雷平阳	《雷平阳诗选》
	2006年度散文家	李 辉	"封面中国"系列,《收获》1—6期
	2006年度文学评论家	王德威	《当代小说二十家》
	2006年度最具潜力新人	乔 叶	《打火机》《锈锄头》
第六届(2008年)	2007年度杰出作家	王安忆	《启蒙时代》
	2007年度小说家	麦 家	《风声》
	2007年度诗人	杨 键	《古桥头》

续 表

届次/评选年度	奖 项	获奖者	年度代表作
第六届(2008年)	2007年度散文家	舒 婷	《真水无香》
	2007年度文学评论家	陈 超	《中国先锋诗歌论》
	2007年度最具潜力新人	徐则臣	《午夜之门》,
	2007年度生态文学致敬作家	于 坚	(《相遇了几分钟》(散文集)
第七届(2009年)	2008年度杰出作家	阿 来	《空山》
	2008年度小说家	毕飞宇	《推拿》
	2008年度诗人	臧 棣	《宇宙是扁的》
	2008年度散文家	李西闽	《幸存者》
	2008年度文学评论家	耿占春	《失去象征的世界——诗歌、经验与修辞》
	2008年度最具潜力新人	塞 壬	《下落不明的生活》(散文集)
第八届(2010年)	2009年度杰出作家	苏 童	《河岸》
	2009年度小说家	张 翎	《金山》
	2009年度诗人	朵 渔	《朵渔的诗》《高启武传》
	2009年度散文家	张承志	《敬重与惜别——致日本》
	2009年度文学评论家	郜元宝	《不够破碎》
	2009年度最具潜力新人	笛 安	《西决》
第九届(2011年)	2010年度杰出作家	张 炜	《你在高原》
	2010年度小说家	魏 微	《沿河村纪事》《姐姐》
	2010年度诗人	欧阳江河	《泰姬陵之泪》
	2010年度散文家	齐邦媛	《巨流河》
	2010年度文学评论家	张清华	《猜测上帝的诗学》
	2010年度最具潜力新人	七堇年	《尘曲》

华语文学传媒大奖为《南方都市报》主办的文学奖,评选范围为当年度在海内外(包括大陆、港台及其他地区)正式出版或公开发表的所有华语文学作品。评奖宗旨为:"遴选出当年度最优秀的华语文学作品和文学人物,发掘其潜在的文学力量,站在民间的立场,以新的审美标准对当下的文学状况作出崭新的描述,提供新的文学眼光,塑造新的文学灵魂。"

郁达夫文学奖

首届 2010 年(评奖年度 2008—2009 年)

类 别	作 者	篇 目
中篇小说奖	陈 河	《黑白电影里的城市》
中篇小说提名奖	叶广芩	《豆汁记》
	乔 叶	《最慢的是活着》
	陈 谦	《特雷莎的流氓犯》
短篇小说奖	铁 凝	《伊琳娜的礼帽》
短篇小说提名奖	毕飞宇	《睡觉》
	韩少功	《第四十三页》
	朱山坡	《陪夜的女人》

第二届 2012 年(评奖年度 2010—2011 年)

类 别	作 者	篇 目
中篇小说奖	蒋 韵	《行走的年代》
中篇小说提名奖	鲁 敏	《惹尘埃》
	方 方	《刀锋上的蚂蚁》
	张 翎	《阿喜上学》
短篇小说奖	东 君	《听洪素手弹琴》
短篇小说提名奖	苏 童	《香草营》
	盛可以	《白草地》
	甫跃辉	《巨象》

郁达夫文学奖(郁达夫小说奖)设立于2009年,由浙江省作协《江南》杂志社主办,两年一届,评奖范围为我国大陆地区、香港澳门特别行政区和台湾地区以及海外各地用汉语公开发表的中短篇小说。中短篇小说获奖者各仅设一名,而奖金高达10万元,另设提名奖若干名。郁达夫文学奖以体现郁达夫文学精神为主旨,鼓励浪漫诗意的性情写作,注重汉语叙事传统的继承和创新。该奖首创了"实名投票、评语公开"的透明评奖方式,这在国内众多文学奖项中颇有特点。

鼎钧双年文学奖

届次/评选年度	获奖者	获奖作品
第一届(2003年)	莫 言	《檀香刑》
	李 洱	《花腔》
第一届(候补作)	红 柯	《西去的骑手》
第二届(2005年)	格 非	《人面桃花》
	阎连科	《受活》
	谷川俊太郎(日本)	《谷川俊太郎诗选》

"鼎钧双年文学奖"又名21世纪鼎钧双年文学奖,系由11位国内著名学者、编辑共同发起,每两年举办一次,每届颁发给一到两位中国作家。获奖者须在评选期内有重要作品发表或出版,尤以长篇叙事作品为主。同时,其作品在个人创作史上须处于高峰状态,并对汉语写作有创造性贡献及表现出人类精神的丰富性和精湛的文学品质。由第二届起,为加强与东亚其他国家的文学交流及扩大奖项在东亚地区的影响,除中国作家以外,得奖人将增添一位有重大影响的东亚作家。

红楼梦文学奖

第一届(2006年)

类 别	作 者	篇 目
首奖	贾平凹(中国内地)	《秦腔》
决审团奖	董启章(中国香港)	《天工开物·栩栩如真》

续　表

类　别	作　者	篇　目
决审团奖	陈玉慧(中国台湾)	《海神家族》
	刘醒龙(中国内地)	《圣天门口》
推荐奖	范稳(中国内地)	《水乳大地》
	宁肯(中国内地)	《沉默之门》
	杨志军(中国内地)	《藏獒》

第二届(2008年)

类　别	作　者	篇　目
首奖	莫言(中国内地)	《生死疲劳》
决审团奖	董启章(中国香港)	《时间繁史·哑瓷之光》
	朱天文(中国台湾)	《巫言》
	王安忆(中国内地)	《启蒙时代》
推荐奖	张炜(中国内地)	《刺猬歌》
	铁凝(中国内地)	《笨花》
	曹乃谦(中国内地)	《到黑夜想你没办法》

第三届(2010年)

类　别	作　者	篇　目
首奖	骆以军(中国台湾)	《西夏旅馆》
决审团奖	李永平(马来西亚)	《大河尽头》
	刁斗(中国内地)	《我哥刁北年表》
	毕飞宇(中国内地)	《推拿》
推荐奖	张翎(加拿大)	《金山》
	韩丽珠(中国香港)	《灰花》

第四届(2012 年)

类 别	作 者	篇 目
首奖	王安忆(中国内地)	《天香》
决审团奖	贾平凹(中国内地)	《古炉》
	阎连科(中国内地)	《四书》
	格非(中国内地)	《春尽江南》
推荐奖	黎紫书(马来西亚)	《告别的年代》
	严歌苓(美国)	《陆犯焉识》

红楼梦奖又名世界华文长篇小说奖,由香港浸会大学文学院于 2005 年创立,设 30 万港元奖金,以奖励优秀华文作家和出版社。红楼梦奖的宗旨是奖励世界各地出版成书的杰出华文长篇小说作品,借以提升华文长篇小说创作水平。该奖两年一评,30 万港元的奖金是目前单本中文小说奖金最高的奖项。

施耐庵文学奖

第一届(2011 年)

类 别	作 者	篇 目
主奖	贾平凹	《古炉》
	阎连科	《我与父辈》
	董启章	《天工开物·栩栩如真》
	宁 肯	《天藏》
特别奖	谷 怀	《南瓜花》
	顾 坚	《青果》

施耐庵文学奖是以世界著名作家《水浒传》作者施耐庵先生的名字设立的文学奖。该奖旨在鼓励当代汉语长篇叙事艺术的深度探索与发展,推

动汉语长篇叙事的创新与繁荣。从2011年开始,每两年评选一次,逢单年评奖并颁奖。每届评出4部作品,另外评出1—2部特别奖,以鼓励兴化籍(施耐庵故乡)作者的创作。

西湖·中国新锐文学奖

届次/评选年度	获奖者	获奖作品
第一届(2007年)	徐则臣(大奖)	《跑步穿过中关村》
	笛安(提名奖)	《莉莉》
	张静(提名奖)	《珍珠》《有情郎》
第二届(2009年)	文 珍	《第八日》
	王威廉	《非法入住》
	东 君	《子虚先生在乌有乡》
第三届(2011年)	那 或	《薄如蝉翼》
	朱 个	《夜奔》
第四届(2013年)	马小淘	《毛坯夫妻》
	孔亚雷	《火山旅馆》
	石一枫	《老人》

"西湖·中国新锐文学奖"是由浙江省杭州市《西湖》杂志主办的旨在发掘新人、鼓励先锋探索精神的文学奖项。每两年评选一次,评选范围为在全国期刊发表作品的新锐作家。评委除著名文学批评家外,还包括重要文学期刊主编。

后　记

　　2003年我博士毕业留校,到现在已经十二年了。这十二年,我主要做了两件事。先是于2004年创立了"北京大学最新作品点评论坛"(简称"北大评刊论坛"),六年后开始关注网络文学,又经历六年的摸索积累,终于在2015年3月创立了"北京大学网络文学研究论坛"(简称"北大网评论坛")。我的同伴从"70后""80后"变成了"85后""90后"。这些年我一直和这些小伙伴们在一起,不是学术,而是学术生命。说一句感谢,实在是太轻了。

　　这本书是第一个论坛的果实,待到摘果时,我已在另一棵树上。采摘的过程让我看到,我是从哪里来的,为什么走过来,如何走过来,路径竟是那么清晰。

　　感谢责编艾英女士,当我校对此书时,她正在编校我主编的另一本书《中国网络文学经典解读》。感谢她的提议和策划,让我看到这两棵树在地下紧握的根须。此时此刻,我们正互相绑架着、催逼着,走过年关,走向春天。

2016年1月